JAMES ROLLINS

James Rollins, de son vrai nom Jim Czajkowski, est né en 1961 à Chicago. Auteur de nombreux romans à succès, il a fermé son cabinet vétérinaire à Sacramento pour se consacrer à l'écriture et satisfaire son penchant pour l'aventure. Spéléologue amateur et plongeur confirmé, il parcourt le globe, le plus souvent sous l'eau ou sous terre. Il est l'auteur d'*Amazonia* (2010), *Mission Iceberg* (2011) et *La Civilisation des abysses* (2012). *L'Ordre du Dragon* (2007) met en scène les aventures de l'équipe Sigma Force, que l'on retrouve dans *La Bible de Darwin* (2009), *La Malédiction de Marco Polo* (2010), *Le Dernier Oracle* (2010), *La Clé de l'Apocalypse* (2012), *La Colonie du diable* (2013), *Le Complot des immortels* et *Le Fléau d'Eden* (2014). Son dernier ouvrage *Le Sang de l'alliance, L'ordre des sanguinistes*, coécrit avec Rebecca Cantrell, a paru en 2015. Tous ses romans sont publiés chez Fleuve Éditions et repris chez Pocket.

James Rollins est aussi l'auteur de la novélisation du dernier volet des aventures d'Indiana Jones : *Indiana Jones et le royaume du crâne de cristal*. Il est considéré comme l'un des auteurs majeurs de thrillers aux États-Unis.

Retrouvez toute l'actualité de l'auteur sur :
www.jamesrollins.fr

MISSION ICEBERG

DU MÊME AUTEUR
CHEZ POCKET

SIGMA FORCE

L'ORDRE DU DRAGON
LA BIBLE DE DARWIN
LA MALÉDICTION DE MARCO POLO
LE DERNIER ORACLE
LA CLÉ DE L'APOCALYPSE
LA COLONIE DU DIABLE
LE COMPLOT DES IMMORTELS

AMAZONIA
MISSION ICEBERG
LA CIVILISATION DES ABYSSES
LE FLÉAU D'ÉDEN

JAMES ROLLINS

MISSION ICEBERG

*Traduit de l'anglais (États-Unis)
par Leslie Boitelle*

Titre original :
ICE HUNT

Pocket, une marque d'Univers Poche,
est un éditeur qui s'engage pour la préservation
de son environnement et qui utilise du papier fabriqué
à partir de bois provenant de forêts gérées
de manière responsable.

Le Code de la propriété intellectuelle n'autorisant, aux termes de l'article L. 122-5, 2° et 3° a, d'une part, que les « copies ou reproductions strictement réservées à l'usage privé du copiste et non destinées à une utilisation collective » et, d'autre part, que les analyses et les courtes citations dans un but d'exemple et d'illustration, « toute représentation ou reproduction intégrale ou partielle faite sans le consentement de l'auteur ou de ses ayants droit ou ayants cause est illicite » (art. L. 122-4).
Cette représentation ou reproduction, par quelque procédé que ce soit, constituerait donc une contrefaçon, sanctionnée par les articles L. 335-2 et suivants du Code de la propriété intellectuelle.

Copyright © 2003 by James Czajkowski.
Published in agreement with the author, c/o Baror International, Inc.,
Armonk, New York, U.S.A.
© 2011, Fleuve Noir, département d'Univers Poche,
pour la traduction française.
ISBN : 978-2-266-22043-9

À Dave Meek,
Prochaine étoile à l'horizon

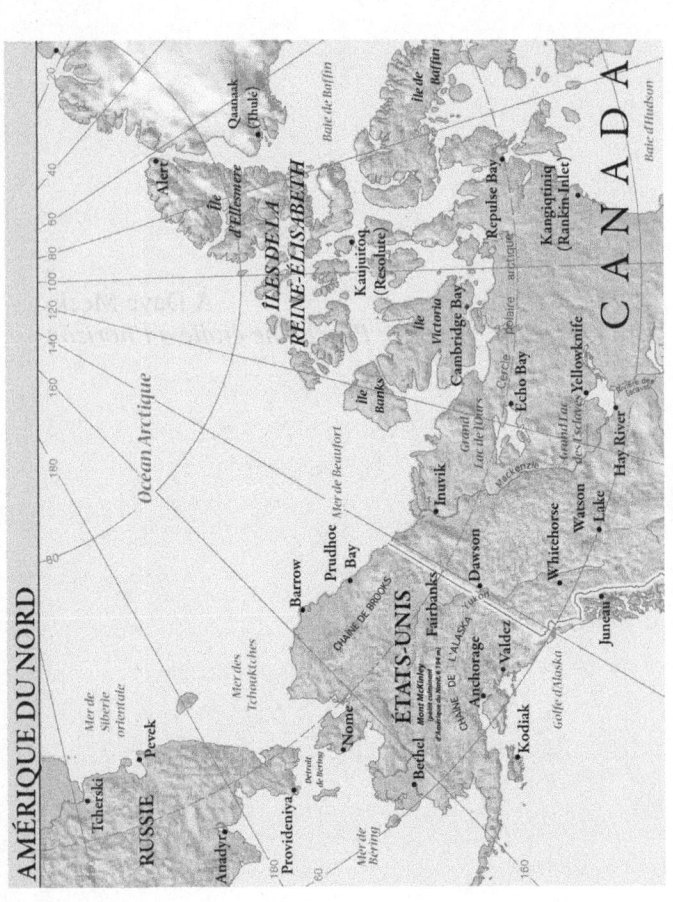

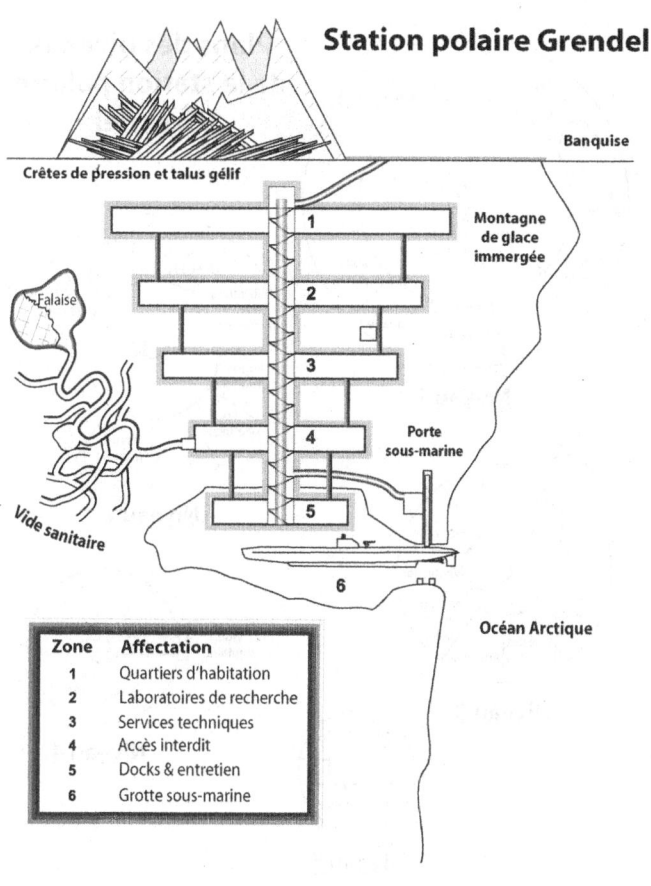

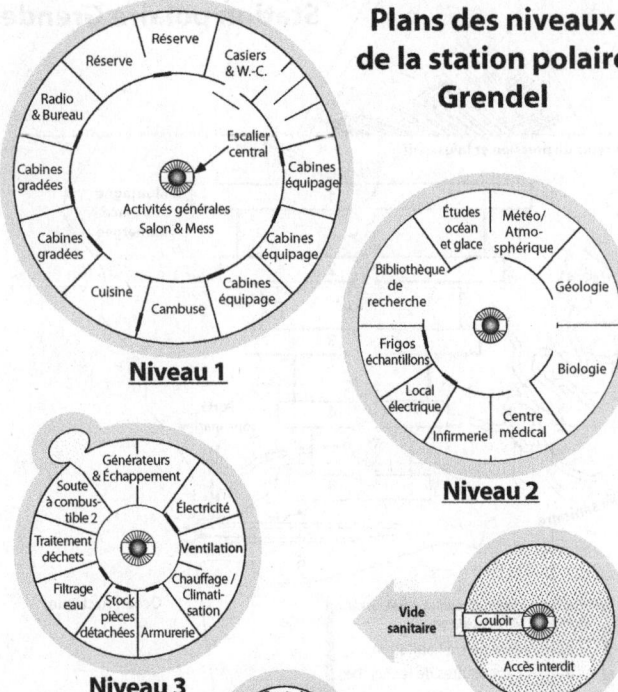

PERSONNEL

CIVILS

1. Matthew Pike, garde forestier en Alaska
2. Jennifer Aratuk, shérif des tribus nunamiut et inupiat
3. Junaquaat (John) Aratuk, retraité
4. Craig Teague, journaliste au *Seattle Times*
5. Bennie et Belinda Haydon, propriétaires d'une agence de tourisme ULM
6. Bane, chien sauveteur retraité, croisé loup/malamute

CHERCHEURS OMÉGA

1. Dr Amanda Reynolds, ingénieure américaine
2. Dr Oskar Willig, océanographe suédois
3. Dr Henry Ogden, biologiste américain
4. Dr Lee Bentley, chercheur de la NASA en sciences de la matière
5. Dr Connor MacFerran, géologue écossais
6. Dr Erik Gustof, météorologue canadien
7. Lacy Devlin, étudiante en géologie
8. Magdalene, Antony et Zane, étudiants en biologie

MILITAIRES AMÉRICAINS

1. Gregory Perry, commandant de la *Sentinelle polaire*

2. Roberto Bratt, capitaine de corvette et commandant en second de la *Sentinelle polaire*

3. Kent Reynolds, amiral et commandant en chef de la flotte Pacifique

4. Paul Sewell, capitaine de corvette et chef de la sécurité à Oméga

5. Serina Washburn, lieutenant de vaisseau

6. Mitchell Greer, lieutenant de vaisseau

7. Frank O'Donnell, second maître

8. Tom Pomautuk, enseigne de vaisseau de deuxième classe

9. Joe Kowalski, matelot

10. Doug Pearlson, matelot

11. Ted Kanter, adjudant, Delta Force

12. Edwin Wilson, sergent-major de commandement, Delta Force

MILITAIRES RUSSES

1. Viktor Petkov, amiral et commandant en chef de la flotte du Nord

2. Anton Mikovsky, commandant du *Drakon*

3. Gregor Yanovich, officier de plongée et commandant en second du *Drakon*

4. Stefan Yurgen, membre des Léopards

ARCHIVES :
THE TORONTO DAILY STAR,
23 NOVEMBRE 1937

UN VILLAGE ESQUIMAU DISPARAÎT !

La police canadienne accrédite
l'histoire du trappeur

Exclusif

Région des Grands Lacs, 23 novembre. À son retour de mission, l'inspecteur de la Police montée canadienne (PMC) a confirmé aujourd'hui la disparition d'un village esquimau près des lacs du Nord. Il y a dix jours, le trappeur Joe LaBelle a fait part aux autorités d'une découverte effrayante. Alors qu'il remontait une ligne de piégeage en raquettes, il est arrivé dans un hameau isolé sur les berges du lac Anjikuni et s'est aperçu que ses habitants – hommes, femmes, enfants – avaient déserté les huttes et les réserves. « On aurait dit que les malheureux étaient partis avec leurs vêtements pour tout bagage. »

L'inspecteur Pierre Menard, de la PMC, a rapporté les indices recueillis par son équipe et corroboré l'histoire de LaBelle. Le village semble, en effet, s'être vidé de sa population dans des circonstances particulièrement troublantes. « Lors de notre enquête, nous avons trouvé du matériel, des provisions et des denrées intacts, mais aucune trace des habitants.

Ni empreinte de pas ni trace de roues. » Même les chiens de traîneau gisaient sous une épaisse couche de neige, morts de faim. Plus étrange encore, les sépultures avaient été profanées et vidées.

La PMC promet de continuer les recherches mais, pour l'instant, le sort des villageois demeure une énigme.

PROLOGUE

6 février, 11 h 58
538 kilomètres au nord du cercle polaire arctique
Soixante-quinze mètres sous la calotte glaciaire

La *Sentinelle polaire* fendait en silence les eaux sombres de l'océan. Grâce à ses deux hélices en bronze, le nouveau sous-marin de recherche de l'US Navy filait à vive allure sous le plafond de glace. Les sirènes des capteurs de proximité résonnaient d'un bout à l'autre du vaisseau.

— Doux Jésus, quel monstre ! marmonna l'officier de plongée, penché sur son écran de contrôle.

L'œil collé au périscope, le commandant Gregory Perry ne contredit pas le capitaine Bratt et regarda l'océan s'étendre derrière leur double coque en titane et fibre de carbone. L'équipage n'avait pas vu le soleil depuis des mois, car, en Arctique, c'était encore l'hiver et, bien qu'on soit en pleine journée, les eaux restaient noires. L'immense banquise était juste émaillée de carrés bleu-vert où la glace, plus fine, filtrait un pâle clair de lune. La calotte polaire ne mesurait généralement que trois mètres d'épaisseur, mais l'étrange toit n'était ni lisse ni uniforme : des crêtes de pression pouvant atteindre vingt-cinq mètres de long saillaient telles de dangereuses stalactites.

Enfin, ce n'était rien comparé à la montagne de glace qui s'enfonçait au cœur de l'océan. Un véritable Everest, que le sous-marin était en train de contourner lentement.

— Ce gros bébé doit mesurer deux mille mètres de hauteur, évalua le capitaine Bratt.

— Deux mille deux cent cinquante-trois, précisa le chef de quart.

Il indiqua l'image vidéo du sonar qui, par l'émission de fréquences élevées, permettait d'éviter l'iceberg.

Se fiant plus à ses yeux qu'aux écrans de contrôle, Perry ne lâcha pas son périscope. Dès qu'il alluma les projecteurs au xénon, la falaise noire se para de teintes bleu cobalt et aigue-marine. La *Sentinelle* frôla suffisamment le danger pour que les capteurs de proximité se déclenchent à nouveau.

— On peut éteindre ces saletés d'alarmes ? maugréa Perry.

— À vos ordres, commandant.

Un lourd silence s'abattit sur le vaisseau. On n'entendait plus que le bruit étouffé des moteurs et le léger sifflement du générateur d'oxygène. Comme tous les sous-marins nucléaires, la *Sentinelle polaire* se devait d'être le plus discrète possible. Le submersible était deux fois moins grand que ses homologues. Malicieusement rangé dans la catégorie Têtard, il avait été miniaturisé grâce à des avancées technologiques de pointe, ce qui permettait d'embarquer un équipage réduit et, donc, de limiter l'espace réservé aux cabines.

L'armement ordinaire avait d'ailleurs été remplacé par du matériel et du personnel scientifiques. Cependant, personne n'était dupe : la *Sentinelle* constituait aussi la plate-forme expérimentale d'une nouvelle génération de sous-marins d'attaque – plus petits, plus rapides, plus mortels.

Techniquement en traversée d'essai, le bâtiment était affecté à la station dérivante Oméga, pôle de recherche américain semi-permanent construit sur la banquise en association avec plusieurs agences gouvernementales, dont la NSF[1] et la NOAA[2].

L'équipage venait de passer huit jours à serpenter entre les blocs de glace flottants et à traverser des lacs à peine gelés appelés « *polynies* ». Son but ? Installer des instruments de mesure météorologiques qui serviraient aux relevés de la station scientifique. Or, une heure plus tôt, ils étaient tombés sur un incroyable Everest renversé.

— Putain d'iceberg ! siffla Bratt.

— Le terme exact serait plutôt « île de glace », lança-t-on derrière eux.

Perry leva le nez de son périscope.

Un homme aux cheveux gris et à la barbe soigneusement taillée courba le dos pour entrer au poste de contrôle. C'était le Dr Oskar Willig, accompagné d'un enseigne de vaisseau. Malgré son âge mûr, l'océanographe suédois avait conservé un regard d'acier et un physique nerveux.

---

1. *National Science Foundation* : agence américaine destinée à financer la recherche scientifique. *(Toutes les notes sont de la traductrice.)*

2. *National Oceanographic and Atmospheric Administration* : agence américaine chargée de l'étude des océans et de l'atmosphère.

— Du Cyclope, la vue est beaucoup plus spectaculaire, commandant. En fait, le Dr Reynolds vous prie de l'y rejoindre. On a découvert un truc bizarre.

Au bout de longues secondes, Perry acquiesça en silence et replia les poignées du périscope. Il tourna l'anneau hydraulique et le mât en inox équipé du module optique disparut dans son compartiment de rangement.

— Je vous laisse piloter, Bratt.

Le capitaine haussa un sourcil broussailleux.

— Vous allez au Cyclope ? Avec toute cette glace ? Vous êtes plus courageux que moi, chef. De vraies couilles en cuivre.

Perry tapota une cloison.

— Non, en titane.

Alors que Bratt gloussait de rire, le Dr Willig reprit, les yeux brillants d'excitation :

— De toute ma carrière, je n'ai jamais vu d'île de glace aussi incroyable.

Perry caressa ses cheveux roux presque rasés et lui fit signe de passer devant.

Le vieil océanographe s'exécuta mais continua de parler très vite, comme s'il s'adressait à ses étudiants de Stockholm :

— De telles îles sont rares. Elles se forment quand des icebergs géants se détachent des glaciers continentaux. Au gré des courants océaniques, ces montagnes flottantes dérivent vers la banquise, où elles se retrouvent prisonnières de la glace. Au terme de nombreuses années de fonte et de recongélation, elles finissent par faire partie intégrante de la calotte elle-même.

Au moment de franchir l'écoutille, Willig se retourna.

— Un peu comme des amandes dans une barre chocolatée.

Perry enfourna son mètre quatre-vingt-cinq à travers la petite porte.

— En quoi votre découverte est-elle aussi palpitante ? Pourquoi le Dr Reynolds insiste-t-elle pour étudier cette amande incrustée ?

L'océanographe longea le couloir principal et traversa les quartiers de recherche.

— Outre leur rareté, ces îles sont issues d'un glacier, donc elles contiennent des eaux très anciennes, voire des rochers et des pans de terre ferme. Ce sont des instants gelés d'un passé lointain. Vous imaginez ?

D'un geste, Perry l'incita à avancer.

— Impossible de rater l'occasion ! On ne retrouvera peut-être jamais de cas aussi exceptionnel. La banquise arctique s'étend sur un secteur deux fois plus grand que les États-Unis et, comme la glace a été égalisée par les vents d'hiver et les fontes d'été, ces îles sont indétectables. Même les satellites de la NASA ne les repèrent pas. Tomber dessus par hasard est un cadeau scientifique de Dieu.

— Je ne sais pas pour Dieu mais, en effet, c'est fascinant.

On avait confié à Perry les rênes de la *Sentinelle* en raison de son passé et de son intérêt à l'égard de la région. Son père avait servi à bord du *Nautilus*, premier sous-marin à traverser l'océan Arctique et à passer sous le pôle Nord en 1958. C'était un honneur d'ajouter sa modeste contribution à l'héritage paternel et de diriger le tout nouveau bâtiment de recherche de la Navy.

Le Dr Willig indiqua une écoutille hermétiquement fermée au fond du couloir.

— Venez voir de vos propres yeux.

Perry lorgna par-dessus son épaule. La *Sentinelle polaire* était divisée en deux zones distinctes. À l'arrière du poste de contrôle se situaient les quartiers de l'équipage et les machines. À l'avant, on avait regroupé les laboratoires de recherche mais, tout au bout, dans le nez du vaisseau, là où un sous-marin de classe Virginia aurait accueilli la salle des torpilles et l'antenne du sonar, on avait procédé à une modification des plus étranges.

— Après vous, souffla le vieux Suédois.

Dès qu'il s'engouffra dans la salle, Perry dut se protéger les yeux : les éclairages tamisés de la *Sentinelle* l'avaient mal préparé à une lumière aussi éblouissante.

La coque supérieure de la salle des torpilles avait été remplacée par un plafond transparent de trente centimètres d'épaisseur en polycarbonate Lexan. Résultat : une superbe fenêtre panoramique sur le monde aquatique environnant. De l'extérieur, le dôme en Lexan ressemblait à un gros œil de verre, d'où son surnom : le Cyclope.

Perry ne prêta pas attention aux scientifiques courbés sur leur matériel et leurs écrans. Les soldats de la Navy se redressèrent et le saluèrent d'un signe de tête. Fasciné par la vue, il répondit à peine.

— Impressionnant, non ?

Le commandant cligna des paupières et aperçut, au centre de la pièce, une silhouette svelte baignée par une lumière bleu-vert.

— Docteur Reynolds ?

— Je n'ai pas résisté à l'envie d'admirer le spectacle d'ici.

Sa voix trahissait un sourire chaleureux. Le Dr Amanda Reynolds était le chef nominal de la station dérivante Oméga. Son père, l'amiral Kent Reynolds, dirigeait la flotte sous-marine américaine du Pacifique. Élevée au biberon de la Navy, la jeune femme était aussi à l'aise en immersion que n'importe quel marin arborant l'emblème à deux dauphins de son escadre.

Perry la rejoignit. Il avait rencontré Amanda deux ans plus tôt, quand Kent Reynolds avait organisé une petite sauterie pour lui remettre ses galons de commandant. En une seule soirée, il avait critiqué par inadvertance sa salade de pommes de terre, failli lui casser un orteil lors d'une courte danse et commis l'erreur de parier que les Cubs battraient les Giants de San Francisco au match suivant, ce qui lui avait coûté dix dollars. Bref, dans l'ensemble, il avait passé un merveilleux moment.

Perry se racla la gorge, attira le regard d'Amanda et lança :

— Que pensez-vous du Cyclope ?

Il avait articulé de façon qu'elle lise sur ses lèvres, car, à 13 ans, elle avait perdu l'ouïe lors d'un accident de voiture.

— Le rêve de mon père est devenu réalité, répondit-elle.

Debout sous la voûte transparente, elle donnait l'impression de flotter dans l'océan. De trois quarts, elle avait remonté ses longs cheveux noirs en queue-de-cheval et son uniforme de marine bleu était soigneusement repassé.

Perry s'approcha. Sous-marinier de carrière, il comprenait qu'une salle aussi révolutionnaire dérange son équipage. Bien que le feu soit le danger principal à bord, personne n'était convaincu à 100 % que la carapace transparente puisse remplacer une double coque en titane et fibre de carbone, surtout quand il y avait autant de glace autour.

Lui-même frémissait à l'idée de n'être séparé du poids de l'océan Arctique que par une simple couche de plastique.

Il effleura le bras d'Amanda.

— Pourquoi m'avez-vous fait appeler ?

— Pour ça, bredouilla-t-elle, surexcitée. Un truc incroyable.

Un mur immaculé dérivait lentement le long du vaisseau. On avait l'impression que les rôles étaient inversés et que, devant le sous-marin immobile, c'était plutôt l'île de glace qui pivotait comme une toupie géante. La falaise luisait sous le feu éclatant des projecteurs au xénon et la banquise y paraissait d'une épaisseur infinie.

Certes, c'était une belle leçon d'humilité et un spectacle à faire froid dans le dos, mais Perry ne voyait toujours pas en quoi sa présence était indispensable.

— On essaie le nouveau sonar DeepEye, expliqua Amanda.

Hypnotisé par l'iceberg qui avançait lentement devant lui, le commandant hocha la tête. La *Sentinelle polaire* était le premier submersible équipé d'un système expérimental de surveillance que le Dr Reynolds, experte en géosciences polaires, avait mis au point : un sonar pénétrant qui fonctionnait comme des rayons X à travers la glace.

— On a voulu le tester sur l'île dans l'espoir d'y localiser d'éventuels rochers ou des blocs de matière terrestre.

— Vous avez trouvé quelque chose ?

— Nos deux premières tentatives n'ont rien révélé, mais c'est comme éplucher un oignon. Il faut être prudent. Les ondes de DeepEye provoquent d'infimes vibrations de la glace et la réchauffent même un peu. Pour scanner l'île, il s'agit donc d'ôter une couche à la fois. Le travail est lent, méticuleux mais, à un moment donné, on a découvert...

Toujours sous l'œil du Cyclope, Perry fut le premier à voir le danger quand le sous-marin contourna une crête de pression. De gros blocs de glace flottaient et rebondissaient contre la falaise : on aurait dit une avalanche à l'envers... sauf qu'une lézarde courait le long de la paroi. Tout à coup, un énorme pan de l'île se détacha au-dessus du vaisseau. La collision semblait inévitable.

Haletant, Perry fonça vers l'interphone.

— Commandant pour le pont !

— Manœuvre en cours, commandant, répondit Bratt d'une voix tendue. Ouverture des purges.

Des tonnes d'eau remplirent les ballasts, et le sous-marin plongea presque à la verticale.

Perry regarda droit devant lui sans ciller, mais il n'était pas sûr d'éviter le choc, car le mur de glace tombait de la falaise comme une lame de guillotine. Une course était lancée entre la flottabilité du gros glaçon et le poids de leurs propres réservoirs d'urgence. Dès que le bateau piqua du nez, tout le monde se cramponna.

Des cris fusèrent, mais Perry ne s'en occupa pas : il assistait à la scène, impuissant. Une collision serait dramatique, car il n'y avait nulle part où regagner la surface à des kilomètres à la ronde. La *Sentinelle polaire* avait beau supporter les rigueurs de l'Arctique, il ne fallait quand même pas exagérer.

L'obstacle leur boucha entièrement la vue et, plus le bâtiment s'enfonçait dans les abysses glacés, plus l'augmentation subite de pression faisait grincer les joints.

Enfin, des eaux libres apparurent. Le sous-marin s'y précipita, et le pan de banquise passa quelques centimètres à peine au-dessus de lui. Perry tendit le cou pour le regarder dériver au-delà du toit en Lexan. Les algues formaient des lignes pictographiques à la surface de glace. Il retint sa respiration, prêt à entendre le métal crisser et les sirènes d'alarme mugir, mais seul le sifflement continu des générateurs d'oxygène troubla le silence.

Au bout de trente secondes interminables, Perry poussa un gros soupir et lança vers l'interphone :

— Commandant pour le pont. Bon boulot, messieurs.

Le capitaine Bratt répondit mi-fier, mi-soulagé :

— Fin de la manœuvre. Purges fermées.

Le sous-marin se stabilisa peu à peu.

— Espérons que cela ne se reproduira pas.

— Et comment ! répondit Perry. On va quand même repartir inspecter la zone à distance raisonnable. Il y a fort à parier que la fissure a été provoquée par DeepEye.

Il se rappela l'inquiétude d'Amanda sur les vibrations du nouveau sonar et la chaleur dégagée.

— On est en phase de test. Autant prendre un maximum de photos.

Bratt acquiesça et ordonna à l'équipage :

— À gauche toute, timonier. Avancez doucement et faites le tour.

Alors que la *Sentinelle* s'écartait de l'iceberg en cercle lent, Perry s'approcha des écrans vidéo.

— On peut zoomer sur la zone de fracture ?

— À vos ordres, répondit un technicien.

— On aurait dû anticiper l'incident, bredouilla Amanda.

— Voilà pourquoi on parle de voyage d'essai. Si on ne se faisait pas chahuter une fois ou deux, c'est qu'on aurait raté notre mission.

Il ne réussit pas à la dérider mais, au fond, il était encore chamboulé d'être passé à deux doigts de la catastrophe.

Les caméras extérieures s'orientèrent vers la brèche et le rempart fracassé de falaise miroita à la lumière des projecteurs.

Amanda indiqua une tache sombre au cœur de la lézarde :

— Qu'est-ce que c'est ? Vous pouvez agrandir ?

Le technicien donna un tour de cadran, le morceau de banquise grossit et la tache se précisa. Ce n'était ni de la glace ni de la pierre, mais quelque chose d'inhabituel. Quand la *Sentinelle* vira de bord, l'étrange masse apparut noire, anguleuse. Artificielle.

Il s'agissait de la queue d'un vieux sous-marin fiché dans l'île comme un bâton d'esquimau. Intrigué, Perry regagna le dôme en Lexan transparent.

D'une voix fluette, le Dr Willig balbutia :

— C'est bien ce que je pense ?

— Un sous-marin, confirma le commandant. Je dirais qu'il date de la Seconde Guerre mondiale. Modèle soviétique de classe I.

Amanda, qui avait repris des couleurs, lança :

— Voilà qui conforte notre précédente découverte. La raison pour laquelle je vous ai fait venir ici.

— Comment ça ?

— Tout à l'heure, DeepEye nous a permis de repérer et d'enregistrer le phénomène suivant.

Un écran afficha une représentation en 3D ultradétaillée de l'île de glace, mais Perry n'y voyait toujours rien de particulier.

— Montrez-lui.

Le technicien pianota sur son clavier et, à l'image devenue simple filigrane, des couloirs et des niveaux distincts séparèrent l'iceberg en plusieurs couches.

— C'est quoi ce machin ? s'étonna Perry.

— On dirait une station polaire désaffectée.

Le film se concentra sur un seul étage, où apparurent des salles et des corridors. Rien à voir avec une formation naturelle !

— Une station polaire russe si vous avez raison à propos du sous-marin, renchérit Amanda. Le vaisseau y est arrimé tout en bas.

Le commandant indiqua des ombres éparpillées çà et là.

— Vous pensez bien la même chose que moi ?

Le technicien cliqua sur une forme. En gros plan, impossible de se tromper.

— Ce sont des corps, chef. Des cadavres.

Un mouvement furtif attira l'attention de Perry à la limite du cadre, puis s'évanouit.

— J'ai la berlue ou quoi ? s'exclama le commandant.

— Rembobinez la bande, ordonna Amanda, les yeux ronds.

Aussitôt dit, aussitôt fait. Le technicien revint en arrière, puis enclencha le ralenti. Au bas de la station, quelque chose remua, puis disparut dans les profondeurs de la montagne de glace, hors de portée du sonar. Cela n'avait duré qu'une fraction de seconde, mais il n'y avait aucun doute à avoir.

— Il y a de la vie là-bas, murmura Amanda.

ACTE UN

VOL SOUS LA NEIGE

⊲⊳ᵃᶠ   ∩ᵃᶠ⊰ᖅ

1

APPÂT SANGLANT

ᐊᐳᖅᒧᒃ ᒥᒃᑭᔭᖅ

6 avril, 14 h 56
Chaîne de Brooks, Alaska

Toujours respecter Mère Nature... surtout quand elle pèse deux cents kilos et surveille sa progéniture.

À cinquante mètres de distance, Matthew Pike et la femelle grizzly s'observaient d'un air méfiant. L'ourson fourrageait dans un buisson de ronces mais, comme la saison des mûres n'avait pas débuté, il se contentait de tripoter les branches sans s'inquiéter du garde forestier d'un mètre quatre-vingt-huit qui transpirait devant lui en plein soleil. En fait, il n'avait pas grand-chose à craindre : forte de sa musculature puissante, de ses crocs jaunes et de ses grosses griffes, sa mère lui assurait une protection à toute épreuve.

Matt serrait son spray au poivre dans sa paume moite. Son autre main s'approcha lentement du fusil qu'il portait en bandoulière. *Ne charge pas, ma belle... Ne me rends pas la journée plus pénible qu'elle ne l'est déjà.* Quelques heures auparavant, il avait eu des soucis avec ses chiens et avait dû les laisser au camp.

Les oreilles plaquées sur le crâne, l'ourse resserra l'arrière-train et piétina sur les pattes avant. Le message était clair : en cas de menace, elle n'hésiterait pas à attaquer.

Matt réprima un grognement. Il aurait voulu déguerpir, mais il savait qu'elle le courserait aussitôt. Il recula donc d'un pas sans faire craquer de brindille. C'était son ex-femme, initiée par son père inuit, qui lui avait cousu ses bottes en peau d'orignal et, même s'ils étaient divorcés depuis trois ans, Matt apprécia son talent, car les semelles souples lui permettaient de marcher en silence.

Il continua de battre discrètement en retraite.

D'ordinaire, le meilleur moyen de sauver sa peau face à un ours était de faire du tapage : cris, sifflets, vociférations, n'importe quoi du moment que cela rebutait le prédateur solitaire. En revanche, lorsqu'on tombait sur une mère et son petit, le moindre bruit ou geste brusque risquait d'inciter celle-ci à donner l'assaut. Chaque année, les attaques d'*Ursus arctos horribilis* se comptaient par milliers en Alaska et causaient des centaines de morts. Deux mois plus tôt, Matt et un collègue avaient fouillé un affluent du Yukon à la recherche de deux rafteurs portés disparus et, hélas, ils avaient retrouvé leurs corps à moitié dévorés.

L'homme connaissait donc bien les ours. En randonnée, il repérait les traces récentes de leur passage : excréments frais, mottes d'herbe retournées, troncs lacérés de griffures. Il avait toujours un sifflet et un spray au poivre et, comme toute personne saine d'esprit, il ne se serait jamais aventuré au cœur de l'Alaska sans son fusil. Depuis dix ans qu'il arpentait les parcs et forêts de la région pour son travail, il avait néanmoins appris que l'imprévu était monnaie courante. Plus vaste que le Texas et souvent uniquement accessible en hydravion, l'indomptable Alaska faisait ressembler les autres contrées sauvages des États-Unis à Disneyland : domestiquées, bourrées de monde et soumises aux sirènes du commerce. À l'extrême Nord, en revanche, la nature régnait encore dans toute sa majesté violente et brutale.

Ce jour-là, bien sûr, Matt espéra éviter la *brutalité*. Il poursuivit son repli silencieux sous l'œil attentif de l'imposant plantigrade. Soudain, le petit mâle – si tant est qu'on puisse qualifier de *petite* une boule de muscles et de fourrure de soixante-dix kilos – remarqua sa présence. Il se dressa sur ses pattes arrière, oscilla un peu et pencha la tête, donnant presque une dimension comique à sa tentative d'intimidation, puis il fit ce que Matt redoutait par-dessus tout : il s'élança vers lui, plus par curiosité et envie de jouer que pour l'agresser vraiment. Toujours est-il qu'il s'agissait d'un comportement mortel.

Le garde ne craignait pas l'ourson (une pulvérisation de poivre l'arrêterait sans doute net), mais la réaction de la mère était une autre affaire. Le répulsif ne serait qu'un assaisonnement de choix quand elle lui bondirait dessus avec sa puissance de déménageur. Pas la peine non plus de viser la tête au fusil de chasse ! Le projectile ricocherait sur l'épaisse boîte crânienne. Quant à une balle en plein cœur, elle mettrait dix minutes à tuer l'animal qui, d'ici là, aurait taillé sa proie en pièces. Le seul moyen de tuer un grizzly était de le blesser aux pattes pour le faire tomber et de continuer à le mitrailler.

Malgré le danger, Matt refusait d'en passer par là. Symboles de l'Alaska, les grizzlys représentaient une espèce de totem personnel. Avec une population tombée à moins de vingt-cinq mille individus, il ne pouvait se résoudre à en tuer un seul. Au contraire, il prenait sur son temps libre pour sillonner la chaîne de Brooks, recenser les ours à peine sortis d'hibernation et établir leur cartographie ADN. Juste avant de se retrouver en fâcheuse posture, il avait recueilli des échantillons de poils sur des pièges répartis aux confins du parc et renouvelé ses appâts nauséabonds.

Or, voilà qu'hélas il devait choisir entre tuer et être tué. L'ourson sautilla gaiement vers lui. Sa mère siffla de colère, mais Matt ignorait à qui elle s'adressait. Dans le doute, il pressa le pas, empoigna son fusil et dégaina sa bombe au poivre.

Pendant que le garde se débattait avec le bouchon escamotable, un grondement féroce résonna derrière lui : sur la piste, une silhouette sombre courait à sa rencontre, la queue au vent.

— Bane ! Non !

Le chien-loup gravissait la colline au galop, le poil hérissé. Son flair infaillible avait dû détecter la présence d'ours, voire la peur de son maître.

— Au pied !

Obéissant, l'animal pila, lâcha un aboiement retentissant et s'accroupit en montrant les crocs. Croisé loup, il avait le poitrail large et pesait près de cinquante kilos. Un bout de laisse en cuir mâchonnée pendait à son collier. Matt avait laissé ses quatre chiens au bivouac, le temps de remplacer une amorce olfactive sur un piège. L'appât – mélange de sang de vache, d'entrailles de poisson pourries et d'huile de mouffette – rendait les chiens fous. Le matin même,

Matt en avait fait l'amère expérience quand Gregor s'était roulé dans un leurre fraîchement installé. Pour le débarrasser de l'odeur pestilentielle, il avait dû le baigner plusieurs fois d'affilée et, comme il ne voulait pas que l'histoire se reproduise, il était parti l'après-midi sans ses bêtes. En fidèle compagnon, Bane avait rongé sa laisse et foncé le rejoindre.

Il aboya de nouveau.

Matt fit volte-face : les deux plantigrades étaient tétanisés par l'apparition du gros chien. La mère huma l'atmosphère. Dans la chaîne de Brooks, elle avait sûrement l'habitude de côtoyer des loups. La menace suffirait-elle à les repousser ?

À une petite quinzaine de mètres, l'ourson dansa d'une patte sur l'autre, puis renversa la tête en arrière et leur bondit dessus sans s'inquiéter du danger. Sa génitrice n'eut plus le choix : elle rugit et se mit à charger.

Ni une ni deux, Matt troqua son spray au poivre contre un pot à confiture rempli d'appât, qu'il lança de toutes ses forces avec la précision d'un joueur de base-ball des Yankees. Dès que le bocal se brisa sur un peuplier de Virginie trente mètres plus loin, le sang et les entrailles giclèrent. D'ordinaire, deux dés à coudre de la mixture suffisaient à attirer les ours à des kilomètres à la ronde, alors, avec toute une bouteille, l'odeur concentrée empesta d'emblée la forêt.

L'ourson se figea, la truffe en l'air, et tourna la tête vers la source d'un parfum aussi délicieux. Même sa mère s'arrêta et lorgna du côté du peuplier souillé. Pour un jeune affamé à peine sorti d'hibernation, le fumet était mille fois plus attirant qu'un buisson de ronces ou l'arrivée de deux inconnus. Tandis que sa progéniture remontait la colline en courant, l'énorme femelle dévisagea les intrus quelques instants, puis elle s'assit et regarda son ourson s'approcher de l'arbre nauséabond.

C'était le moment de se sauver.

— Au pied, Bane, murmura Matt.

Alors que son chien reniflait les effluves de l'appât, il empoigna la corde mâchouillée.

— N'y pense même pas.

Il laissa les ours savourer leur trophée, marcha prudemment à reculons au cas où la maman aurait eu envie de les suivre, mais les deux bêtes restèrent tranquilles. Au bout de quatre cents mètres, il fut enfin rassuré et boucla les trois kilomètres qui le séparaient du campement.

Il s'était installé au bord d'un cours d'eau. Le printemps tardant à s'imposer, il y flottait encore des plaques de glace, mais le redoux se traduisait aussi par l'éclosion de nombreuses fleurs sauvages : polémoines bleues, épilobes jaunes, églantines rouge sang, violettes... Même la rivière, encadrée de saules et bordée d'aulnes, était flanquée de ciguë aquatique.

Matt adorait cette époque-là de l'année, quand le parc national des Portes de l'Arctique émergeait de son sommeil hivernal, mais que les touristes et les rafteurs n'avaient pas encore entamé leur pèlerinage annuel. En fait, il n'y avait jamais foule dans les trois millions d'hectares d'un territoire vaste comme le Vermont et le Connecticut réunis : sur l'ensemble de la saison, moins de trois mille visiteurs osaient affronter la rudesse du parc.

Cependant, pour quelque temps encore, Matt était seul au monde.

Au bivouac, un concert habituel de cris et d'aboiements accueillit son retour. Sa jument rouanne, miarabe, mi-Quarter horse, hennit doucement, hocha le museau et tapa du sabot en signe d'agacement féminin. Bane alla bousculer les autres chiens dans un esprit de franche camaraderie. Dès que Matt les détacha, Gregor, Simon et Bêtasse coururent en rond, reniflèrent, levèrent la patte et sortirent la langue, comme tout bon toutou qui se respectait.

Bane revint s'asseoir auprès de son maître et observa ses jeunes congénères. Il était presque entièrement noir, à l'exception d'un vague sous-poil argenté et d'une tache blanche sous le menton.

Matt l'aurait bien réprimandé, mais à quoi bon ? Chef de sa meute, Bane obéissait vite, galopait avec aisance et n'avait qu'un défaut : c'était une vraie tête de mule.

— Tu sais que ton caprice nous a coûté un flacon entier d'appât ? Carol va nous saigner à blanc pour remplir le prochain.

Carol Jeffries dirigeait le programme d'identification ADN des ours à Bettles. Elle lui en voudrait à mort d'avoir gaspillé une telle quantité de produit. Le dernier pot ne permettrait d'alimenter que la moitié des pièges, Matt serait obligé de rentrer plus tôt, et elle prendrait un mois de retard dans ses recherches. Il l'entendait déjà fulminer de rage. Soupir aux lèvres, il se demanda s'il n'aurait pas mieux valu affronter le grizzly de deux cents kilos.

Il tapota Bane sur le flanc, ébouriffa son pelage touffu et reçut, en échange, un bon coup de queue.

— Allons préparer le dîner.

Si la journée était gâchée, autant se consoler avec un repas chaud. Bien qu'il soit encore tôt, le temps se couvrait et, au nord de l'Alaska, le soleil arctique ne tarderait pas à se coucher. Ils risquaient même d'avoir un peu de pluie ou de neige avant la nuit.

S'il voulait du feu, Matt avait donc intérêt à se dépêcher.

Il retira sa vieille veste militaire délavée, rapiécée aux coudes et munie d'une doublure amovible en alpaga. Sa grosse chemise en laine et son pantalon épais lui tiendraient chaud, surtout après une randonnée en forêt et une belle montée d'adrénaline. Il cassa quelques plaques gelées le long de la berge. Il aurait été plus simple de puiser l'eau directement à la rivière, mais la glace était beaucoup plus pure et, comme il allait allumer un feu, les blocs fondraient vite.

Ravi d'être tranquille dans sa forêt, il entama ses préparatifs avec une facilité déconcertante et ramassa du bois sec en sifflotant à mi-voix. Au bout de quelques minutes, un calme étrange s'installa. Il mit un quart de seconde à s'en apercevoir. Les chiens s'étaient tus. Même les pluviers dorés ne gazouillaient plus. Seul son léger fredonnement déchirait le silence.

Soudain, le jeune homme l'entendit lui aussi.

Le ronronnement d'un avion.

Quand le Cessna franchit la ligne de crête et plongea vers la vallée, Matt se raidit. Il y avait un problème : au lieu de ronfler en continu, le moteur crachotait comme un asthmatique.

L'appareil oscilla d'une aile sur l'autre. Il toussait et, vu sa trajectoire saccadée, le pilote cherchait à se poser. La plupart des avions de brousse étant équipés de flotteurs, il suffirait d'un cours d'eau assez large. Hélas, il n'en trouverait aucun à proximité. La rivière auprès de laquelle Matt avait établi son campement se jetait dans l'Alatna, mais il fallait parcourir encore plus de cent cinquante kilomètres.

Le monomoteur survola la vallée en zigzag, puis reprit assez d'altitude pour franchir la colline suivante. Matt tressaillit, persuadé que les flotteurs avaient frôlé la cime d'un épicéa.

L'avion disparut. Inquiet, le garde scruta l'horizon et, malheureusement, il n'eut pas longtemps à attendre : un crash résonna au loin, dans la vallée voisine.

— Merde.

Quelques secondes plus tard, une colonne de fumée grasse s'éleva au milieu du ciel blanc cassé.

— Et moi qui croyais avoir passé une sale journée... En selle, les gars ! Le dîner attendra.

Matt reprit sa veste et rejoignit sa jument d'un air désabusé. Ailleurs dans le monde, l'événement restait exceptionnel mais, en Alaska, le mythe du pilote de brousse avait la vie dure. Il existait encore des machos bravaches désireux de repousser leurs limites personnelles ou matérielles, quitte à courir des risques inutiles. Chaque année, deux cents avions de tourisme s'écrasaient dans la région. Les entreprises chargées de récupérer les appareils avaient presque un an de retard sur leur carnet de commandes et, vu le nombre croissant de casse-cou, le marché était en plein essor. Un jour, le patron d'une société avait lancé à Matt :

— Pourquoi chercher de l'or quand le fric tombe du ciel ?

Le garde sella son cheval. S'il y avait des rescapés, leur survie dépendait de la rapidité des secours. L'Alaska n'était pas tendre avec les faibles et les blessés. Matt en avait encore eu la preuve quelques heures plus tôt, quand il s'était retrouvé dans la ligne de mire d'un gros grizzly. Là-bas, c'était la loi de la jungle : manger ou être mangé.

Il vérifia son harnachement et prit sa trousse de secours. Inutile de s'encombrer d'une radio : il se trouvait hors zone de réception depuis trois jours.

Matt monta en selle. Ravis de partir se promener, ses chiens gambadèrent à l'entrée du camp.

— Allez, les enfants, c'est le moment de jouer les héros.

*

Base navale de Severomorsk
Mourmansk, Russie

Emmitouflé dans un long manteau marron et une chapka en fourrure, Viktor Petkov patientait à l'embarcadère n° 4. Les seules marques de son grade figuraient sur ses épaulettes rouges et l'avant de sa casquette : quatre étoiles dorées.

Il avait presque oublié le cigare cubain qui pendait au coin de ses lèvres. La base navale de Severomorsk était à la fois sa patrie et son domaine. Cernée de barbelés et de murs anti-explosion en béton, la ville abritait les vastes chantiers de construction, les cales sèches, les ateliers de réparation, les dépôts d'armes et les bureaux de la flotte du Nord. Le complexe russe se dressait face à l'océan Arctique et affrontait les hivers rigoureux d'une région hostile. Là-bas, on forgeait non seulement des navires solides mais des hommes plus durs encore.

De ses prunelles gris tempête, Viktor observa le remue-ménage sur le quai. D'une seconde à l'autre, le sous-marin *Drakon* allait quitter le mouillage : les câbles d'alimentation étaient déjà rembobinés et arrimés.

— Amiral, le *Drakon* n'attend plus que votre signal pour partir, annonça le commandant au garde-à-vous.

— Bien. Dans ma cabine, j'aurai besoin d'une liaison téléphonique sécurisée avant le départ.

— À vos ordres, chef. Si vous voulez bien me suivre.

Le commandant Mikovsky l'emmena jusqu'à la passerelle : à trente ans, c'était la première fois qu'il était nommé à la tête d'un bâtiment militaire, et il marchait d'un pas fier. De retour d'une traversée d'essai réussie à bord du nouveau submersible Akula de classe II, il allait emmener Petkov sur les lieux d'une mission top secret et se pavanait comme un coq sur la jetée.

Étais-je aussi stupide à son âge ? se demanda le vieux Russe. À un an de la retraite, il ne se souvenait guère d'avoir été aussi jeune, aussi sûr de lui. En quelques décennies, le monde était devenu beaucoup plus incertain.

Après avoir annoncé aux marins l'arrivée de leur supérieur, Mikovsky se tourna vers lui.

— Demandons permission d'appareiller, chef.

Viktor acquiesça et jeta son mégot à l'eau.

Le commandant distribua ses ordres, que l'officier de pont relaya au mégaphone vers les matelots restés à quai :

— Détachez la passerelle. Larguez l'amarre n° 1. Larguez l'amarre n° 2.

Une grue déplaça la passerelle. Des hommes s'affairèrent entre les bollards et les filins.

Mikovsky s'approcha du kiosque, donna ses dernières consignes, puis entraîna Viktor à l'intérieur du navire.

L'amiral n'y avait pas mis les pieds depuis presque deux ans, mais il connaissait l'agencement du *Drakon* jusqu'au dernier boulon : ancien sous-marinier, il avait lui-même approuvé les plans du bâtiment. Il se laissa néanmoins guider parmi la foule du poste de contrôle et débarqua dans la luxueuse cabine du commandant, qu'il avait réquisitionnée le temps de la traversée.

Viktor monopolisait l'attention mais, dès qu'ils étaient pris en flagrant délit de curiosité, les regards se détournaient avec respect. Le vieil homme avait conscience de l'image qu'il véhiculait. Pour un sous-marinier, il était grand, mince et un peu dégingandé. Ses cheveux mi-longs d'un blanc éblouissant, son visage impassible et ses yeux gris clair lui avaient valu un surnom qu'il entendit murmurer à la ronde.

Beliy Prizrak.

Le Fantôme Blanc.

Enfin, ils arrivèrent à destination.

— Comme vous l'avez demandé, le téléphone fonctionne toujours, annonça Mikovsky.

— Et les caisses du laboratoire de recherche ?

— Selon vos instructions, elles ont été déposées dans votre cabine.

— Parfait, répondit-il en ôtant sa chapka. Vous pouvez disposer, commandant. Allez vous occuper du départ.

— À vos ordres, amiral.

Viktor verrouilla la porte derrière lui. Hormis ses effets personnels empilés près du lit, six boîtes en titane trônaient au fond de la pièce. Elles étaient surmontées d'un classeur rouge encore scellé, dont la couverture était barrée d'un mot tracé au pochoir :

ГРЕНДЕЛ

Un mythe.

Grendel.

L'amiral serra le poing. La mission tirait son nom du conte nordique *Beowulf*. Grendel était un monstre légendaire qui avait terrorisé les côtes septentrionales jusqu'à ce qu'il soit vaincu par le héros Beowulf. Le mot inspirait néanmoins à Petkov une tout autre réalité : son propre démon personnel, source de douleur, de honte, d'humiliation et de chagrin. Il avait forgé l'homme qu'il était à présent. Ses doigts se crispèrent.

Après si longtemps... presque soixante ans... Il revit son père emmené en pleine nuit sous la menace d'un revolver. À l'époque, Viktor n'avait que six ans.

Les yeux rivés sur les caisses, il mit de longues secondes à se calmer, puis détourna le regard. La cabine, peinte en vert, accueillait un lit d'une personne, une bibliothèque, un bureau, un lavabo ainsi qu'un poste de communication comprenant une enceinte acoustique, un écran de contrôle vidéo et un téléphone.

Il empoigna le combiné, débita quelques mots, puis son appel fut transféré, encodé et réorienté. Après quelques secondes de patience, une voix familière lança entre deux grésillements :

— Ici, Léopard.
— Statut ?
— Cible abattue.
— Confirmation ?
— En cours.
— Vous connaissez la consigne. *(Silence.)* Aucun survivant.

Sans attendre de réponse, Petkov raccrocha. Le compte à rebours était lancé.

17 h 16
Chaîne de Brooks, Alaska

Matt encouragea son cheval à gravir les derniers mètres. L'ascension avait été rude, car la vallée voisine était plus élevée de trois cents mètres. Là-haut, le sol restait parfois enneigé, surtout à l'ombre des arbres. Les quatre chiens cavalaient en avant, la truffe au vent, mais Matt siffla pour qu'ils ne s'aventurent pas trop loin.

Arrivé au sommet, il balaya la vallée du regard. Bien qu'une fine colonne de fumée signale l'endroit du crash, la forêt d'aulnes et d'épicéas cachait l'avion accidenté. Il tendit l'oreille. Aucun éclat de voix. Pessimiste, il talonna les flancs de sa jument.

— Allez, Mariah.

Il longea un ruisseau qui serpentait à travers bois. Un voile de brume flottait au-dessus de l'eau dans un calme inquiétant. À part le bourdonnement agaçant des moustiques, on entendait juste les sabots briser la pellicule de glace qui recouvrait la neige.

Même les chiens avaient perdu leur entrain. Réunis en meute, ils s'arrêtaient souvent pour humer l'atmosphère.

Toujours vigilant, Bane avançait cinquante pas en amont. Son pelage foncé se confondait presque avec les ténèbres tachetées des bois. Fidèle compagnon d'un garde forestier, le chien-loup avait suivi une formation en recherche et sauvetage. Il possédait un excellent flair et semblait avoir deviné la destination de Matt.

Arrivés au fond de la vallée, ils accélérèrent. Une odeur de pétrole brûlé flottait dans l'air. Ils prirent le chemin le plus direct, mais mirent encore vingt bonnes minutes à rejoindre le lieu de l'accident.

La forêt s'ouvrait sur une prairie. Le pilote avait sans doute espéré s'y poser et, d'ailleurs, il avait presque réussi : une balafre fendait le champ d'astragales jaunes jusqu'au centre de la clairière. Hélas, la piste d'atterrissage s'était révélée trop courte.

Un Cessna 185 Skywagon avait heurté de plein fouet les épicéas à gauche. Le nez dans les arbres verdoyants, il avait les ailes froissées, déchiquetées et la queue de travers. De la fumée s'échappait du capot du moteur défoncé, et la vallée empestait le kérosène. L'appareil risquait de prendre feu.

De gros nuages bas s'amoncelaient. Une fois n'était pas coutume, la pluie serait la bienvenue. Le moindre mouvement aurait été encore plus encourageant.

Matt mit pied à terre et contempla l'épave. Des cadavres, il en avait déjà vu un paquet. En six ans de carrière chez les Bérets verts, il avait combattu en Somalie et au Moyen-Orient avant de profiter du *GI Bill*[1] pour terminer ses études. Ce n'était donc pas une délicatesse mal placée qui le retenait. En réalité, la mort l'avait touché si profondément, à titre si personnel, qu'il éprouvait une certaine gêne à fouiller les décombres d'un crash aérien.

Néanmoins, s'il y avait des rescapés...

Matt s'approcha du Cessna endommagé.

— Ohé !

Pas de réponse. Il se sentit bête d'avoir crié et ne s'étonna pas du silence.

---

1. Loi américaine de 1944 permettant aux soldats démobilisés de financer leurs études universitaires ou une formation professionnelle.

En se glissant sous une aile tordue, il piétina des débris de verre Sécurit. Les hublots avaient explosé au moment où le fuselage s'était ratatiné. La fumée qui s'élevait toujours du compartiment moteur faisait tousser et piquait les yeux. Un filet de kérosène coula sous ses bottes.

Le bras posé sur le nez et la bouche, Matt tenta d'ouvrir la porte gondolée. En vain. Il se hissa sur la pointe des pieds et jeta un coup d'œil par la fenêtre latérale : l'avion n'était pas vide.

Le pilote était attaché à son siège mais, vu l'angle du cou et le longeron d'aile qui lui transperçait le torse, il était mort. Alors qu'il commençait à vérifier les places arrière, Matt eut la mauvaise surprise de le reconnaître. *Cette tignasse noire, cette barbe hirsute, ces yeux bleus... à présent vitreux et sans vie.*

— Brent, murmura-t-il.

Brent Cumming. À l'époque où Matt était marié à Jenny, les deux hommes jouaient souvent au poker. Jenny était le shérif des tribus autochtones nunamiut et inupiat et, vu l'immense superficie de sa juridiction, elle se devait d'être une aviatrice chevronnée. Voilà pourquoi elle connaissait tous les pilotes qui sillonnaient la région, à commencer par Brent Cumming. Leurs familles avaient passé un été au camping ensemble, leurs enfants étaient amis. Comment allait-il annoncer la nouvelle à Cheryl, l'épouse de Brent ?

Encore choqué, il vérifia la banquette arrière d'un œil distrait. Un passager gisait sur le dos, inerte. Matt allait pousser un soupir quand le type brandit un pistolet :

— Pas un geste !

Le garde tressaillit, plus à cause du cri que de l'arme.

— Je suis sérieux ! Pas un geste !

L'homme se redressa. Il était pâle, ouvrait de grands yeux verts, et ses cheveux blonds étaient collés de sang sur la tempe gauche. Son crâne avait dû heurter le châssis du hublot. En revanche, son bras ne tremblait pas.

— Je vais tirer !

Matt s'adossa au fuselage et répondit calmement :
— Allez-y.

L'inconnu fronça les sourcils. Vu sa parka polaire flambant neuve, il n'était pas de la région, mais il avait quand même l'air d'un dur à cuire. Alors que son avion s'était écrasé, force était de reconnaître qu'il avait gardé son sang-froid.

— Posez votre pistolet *de détresse*, et je pourrai peut-être boucler ma mission de sauvetage.

Le rescapé se laissa retomber sur son fauteuil.
— Je... je suis désolé.
— Ne vous excusez pas. Vous venez de dégringoler du ciel. En pareilles circonstances, j'ai tendance à pardonner un manque d'hospitalité bienveillante.

Matt réussit à lui arracher un sourire fatigué.
— Vous êtes blessé ?
— J'ai une belle bosse sur la tête... et ma jambe est coincée.

Comme l'avant de l'appareil s'était comprimé, l'homme avait le mollet pris en tenaille entre le siège du copilote et le sien. On ne pourrait pas se contenter de l'évacuer par la fenêtre.

— Le pilote... Est-ce qu'il est...
— Mort. Il n'y a plus rien à faire.

Matt comprit qu'il ne réussirait jamais à ouvrir la porte à mains nues et tapota la carlingue d'un air songeur.

— Attendez une seconde.

Il empoigna Mariah par la bride et l'amena près de l'épave. Elle regimba. Non seulement elle n'avait aucune envie de quitter sa pâture d'astragale, mais l'odeur du moteur en feu la rebutait.

— Tout doux, ma belle, la rassura Matt.

Les chiens restèrent vautrés sur l'herbe. Bane s'assit, les oreilles dressées, mais son maître lui fit signe de se recoucher.

Le sauveteur passa une corde entre la selle et l'encadrement de la porte (de peur que la poignée ne soit pas assez solide), puis il demanda à sa jument d'avancer. Ravie de quitter l'épave nauséabonde, Mariah ne se fit pas prier mais, dès qu'elle sentit une résistance, elle s'arrêta.

Matt eut beau s'acharner sur les rênes, elle refusa de bouger. Il se posta donc derrière elle en réprimant un juron, lui attrapa la queue et la releva d'un coup sec par-dessus la croupe. Il détestait la rudoyer, mais il fallait qu'elle avance. Elle hennit de douleur et lui décocha un coup de sabot. Il trébucha en arrière, lâcha la queue et atterrit sur les fesses. *Pfff*... Décidément, la gent féminine et lui n'arriveraient jamais à communiquer.

Bane aboya sur Mariah et feignit de lui mordre les jambes. La jument ne respectait peut-être pas Matt mais, avec un demi-loup, c'était une autre affaire. Poussée par de vieux instincts, elle avança d'un bond et tira sur la corde.

Un grincement métallique résonna derrière eux : le fuselage cabossé du Cessna penchait de plus en plus. Un cri d'effroi jaillit de l'habitacle, puis, comme si on ouvrait une canette de soda, la porte ratatinée se souleva.

Mariah se cabra. Matt revint vite la calmer, éloigna Bane, emmena son cheval au bord de la clairière et lui tapota le flanc.

— Beau travail ! Tu as gagné une ration supplémentaire de grain au dîner.

De son côté, le miraculé était presque sorti de l'épave. Après avoir réussi à glisser son mollet le long des deux fauteuils enfoncés, il avait atteint la porte béante et retrouvait enfin l'air libre.

— Comment va votre jambe ?

— Malgré les bleus et les saletés de crampes, rien de cassé.

Il était plus jeune que Matt ne l'avait cru au début. Vingt-sept, vingt-huit ans maximum.

— Je m'appelle Matthew Pike.

— Craig... Craig Teague.

Matt l'installa sur un rondin, puis repoussa ses chiens venus le renifler. Le dos meurtri, il se retourna vers l'avion et son ami décédé.

— Que s'est-il passé ?

— Je n'en sais rien. On volait vers Deadhorse...

— Pour aller à Prudhoe ?

Teague effleura prudemment son entaille au cuir chevelu.

— Prudhoe Bay, oui.

Situé à l'extrême nord de l'Alaska, en bordure de l'océan Arctique, l'aéroport de Deadhorse desservait les exploitations pétrolières et la commune de Prudhoe Bay.

— On était partis depuis deux heures quand le pilote a signalé un ennui moteur. *A priori*, il perdait du carburant, ce qui paraissait impossible, vu qu'on avait fait le plein à Fairbanks.

D'après l'odeur tenace qui avait envahi la forêt, une chose était sûre : ils n'étaient pas tombés en panne d'essence. De plus, Brent Cumming, ancien mécanicien devenu pilote de brousse, bichonnait le moteur 300 CV de son Cessna. Marié, père de deux enfants, il dépendait entièrement du petit avion pour subvenir aux besoins de sa famille et survivre : il fallait donc que la machine tourne comme une montre suisse.

— Quand le moteur a commencé à tousser, on a essayé d'atterrir, mais on s'est vite retrouvés au-dessus de ces satanées montagnes. Le pilote... Il... il a voulu appeler au secours, mais même sa radio avait des ratés.

De récentes éruptions solaires brouillaient encore les communications. Matt contempla l'épave. Panique, désespoir, incrédulité... Les derniers instants à bord avaient dû être terribles.

Teague ravala sa salive et enchaîna d'une voix chevrotante :

— On était obligés de se poser ici. Et puis... et puis...

— Tout va bien, le réconforta Matt. On va vous sortir de là. Laissez-moi d'abord examiner votre blessure à la tête.

Il apporta sa trousse de secours, véritable pharmacie ambulante que son expérience militaire lui avait permis de constituer. Aux classiques bandes de gaze, pansements et cachets d'aspirine, il avait ajouté des antibiotiques, des antihistaminiques, des antiprotozoaires et des antidiarrhéiques. La pochette contenait aussi du matériel de suture, un anesthésiant local, des seringues, une attelle et même un stéthoscope. Il sortit un flacon d'eau oxygénée et nettoya la plaie.

— Dites-moi ce qui vous amenait à Prudhoe, Craig.

L'homme ne ressemblait pas à un ouvrier sur plate-forme pétrolière. Chez des gens aussi durs, l'or noir et la graisse étaient tatoués de manière indélébile sur leurs mains calleuses. Or, celui-là avait la peau douce et des ongles soignés. Sans doute s'agissait-il d'un ingénieur ou d'un géologue. Il observait tout avec attention – le cheval de Matt, les chiens, la prairie, les montagnes – et n'évitait qu'une seule chose : l'épave du Cessna.

— Je n'allais pas à Prudhoe Bay. On devait juste y refaire le plein, puis redécoller vers une base polaire : la station dérivante Oméga, qui est rattachée au programme de recherche SCICEX.

— SCICEX ?

Matt étala une noix de crème antibiotique sur l'entaille, puis recouvrit le tout d'un pansement de gaze imperméable.

— Pour « *Scientific Ice Expeditions* »[1], précisa Craig en tressaillant quand son infirmier de fortune fixa la compresse. La Navy et des civils scientifiques ont uni leurs efforts pendant cinq ans autour du projet.

— J'en ai entendu parler.

Le groupe utilisait des sous-marins militaires américains pour recueillir des informations sur plus de cent cinquante mille kilomètres de voies navigables et s'était penché sur des régions jusque-là inexplorées.

— En revanche, je croyais que le programme s'était arrêté en 1999.

Devant l'étonnement de son interlocuteur, Matt expliqua :

— Même si les apparences sont trompeuses, j'exerce le métier de garde forestier et je connais donc

---

1. Littéralement, « expéditions polaires scientifiques ».

la plupart des grands projets de recherche consacrés à l'Arctique.

Craig Teague le toisa d'un air prudent, puis approuva :

— Vous avez raison. SCICEX est officiellement terminé, mais il s'avère que la station Oméga a dérivé dans la Zone d'Inaccessibilité Comparative de la banquise.

Le no man's land, songea Matt. La ZIC, qui était l'endroit le plus reculé de la calotte glaciaire, était particulièrement difficile à atteindre et très isolée.

— Pour permettre l'étude d'une région aussi lointaine, cette base SCICEX a bénéficié d'une subvention exceptionnelle.

— Vous êtes donc scientifique ?

— Oh, non ! gloussa-t-il sans joie. C'est mon patron qui m'a envoyé ici. Je suis journaliste politique au *Seattle Times*.

— Journaliste politique ? Pourquoi un...

Matt fut interrompu par un bruit de moteur. De gros nuages encombraient le ciel. Bane émit un grondement sourd.

— Un autre avion ! s'exclama Craig. Quelqu'un a peut-être entendu l'appel de détresse de mon pilote.

Surgi de la grisaille, un nouveau Cessna se dirigeait à haute altitude vers eux. On aurait dit un Skywagon 206 ou 207, capable d'accueillir jusqu'à huit personnes.

D'un sifflement, Matt rappela Mariah, puis il sortit ses jumelles de la sacoche. De près, l'appareil paraissait flambant neuf... ou fraîchement repeint, ce qui n'était guère courant dans une région aussi ingrate avec le matériel aérien.

— Ils nous ont repérés ? demanda Craig.

Le Cessna pencha sur l'aile et décrivit un grand cercle au-dessus de la vallée.

— Vu la fumée, ils auraient du mal à nous rater.

Matt éprouva néanmoins un certain malaise. Aucun avion n'avait survolé la région depuis huit jours et voilà qu'il en arrivait deux d'un coup ! Par ailleurs, celui-là était trop propre, trop blanc. La porte de la soute s'ouvrit. L'avantage d'un gros Skywagon, c'était qu'on pouvait transférer les blessés vers les hôpitaux les plus éloignés. Le hayon arrière permettait de charger et de décharger les brancards – ou, au pire, les cercueils –, mais il avait aussi une autre fonction très pratique.

Un parachutiste s'élança de l'appareil, suivi d'un second. Ils descendaient si vite qu'on avait du mal à les suivre aux jumelles, puis les voiles se gonflèrent, ce qui ralentit leur chute et permit de mieux les observer. Matt reconnut des ailes de parapaneur, utilisées pour se poser dans les endroits les plus exigus.

Les deux hommes se dirigeaient en tandem vers la prairie. Tout de blanc vêtus, à l'image de l'avion et des voiles, ils avaient des fusils sur le dos, mais on n'en distinguait ni la marque ni le modèle.

Matt sentit son estomac se nouer. Ce n'était pas la présence des armes qui lui donnait des sueurs froides mais ce qu'il apercevait *sous* les parachutistes. Chacun d'eux était attaché à la selle d'un deux-roues équipé de pneus cloutés. Les puissantes motoneiges étaient capables d'avaler les kilomètres et de pourchasser n'importe qui dans la montagne alaskaine.

Matt baissa ses jumelles et se racla la gorge.

— J'espère que vous montez bien à cheval, Craig.

2

LE CHAT ET LA SOURIS

ᐳᓴᓗ ᐊᐱᖅᑯᓯᖅ

6 avril, 17 h 36
ZIC de la calotte glaciaire
Station dérivante Oméga
Arriverai-je un jour à me réchauffer... ?

Le commandant Perry traversait la banquise. Le hurlement lugubre de la brise faisait écho au vide de son cœur. Aux confins du monde, le vent était une créature vivante qui soufflait en permanence et rongeait le paysage, telle une bête affamée. Le prédateur dans toute sa splendeur : impitoyable, tenace et impossible à éviter. « *Ce n'est pas le froid qui tue, c'est le vent* », disait un vieux proverbe inuit.

Perry s'enfonçait d'un pas régulier entre les mâchoires de la tempête. Derrière lui, la *Sentinelle polaire* flottait dans une polynie, vaste étendue d'eau piégée au milieu de la banquise. La station dérivante Oméga avait été construite sur sa berge pour permettre aux sous-marins militaires d'y accéder facilement. Le lac devait sa stabilité à une grosse couronne de crêtes de pression. D'une hauteur de deux étages et d'une profondeur quatre fois supérieure, les remparts de glace le protégeaient contre la poussée constante de la banquise, et il fallait marcher quatre cents mètres par un froid intense pour atteindre les bâtiments érigés sur un semblant de plaine.

Perry dirigeait la première équipe autorisée à accoster. Tandis que les marins bavardaient entre eux, il resta calfeutré dans sa parka militaire, le visage encadré par une capuche bordée de fourrure. Il contempla le Nord-Est, là où la base russe avait été découverte deux mois plus tôt, à même pas cinquante kilomètres de là. Un frisson lui parcourut l'échine, mais cela n'avait rien à voir avec la température glaciale.

Tant de morts... Il revit les cadavres, anciens locataires de la station, entassés comme du bois de chauffage après avoir été découpés ou dégelés de leur sépulture arctique. Trente-deux hommes, douze femmes. Il avait fallu quinze jours pour évacuer tout le monde. Certains semblaient morts de faim, d'autres avaient connu une fin plus violente. Dans une cabine, on avait retrouvé une victime pendue au bout d'une corde si gelée qu'elle s'était effritée sous leurs doigts. *Et ce n'était pas le pire...*

Perry chassa la triste pensée de son esprit.

Alors qu'il gravissait une butte en s'aidant de marches taillées à même la banquise, la station dérivante apparut. Le hameau de quinze cabanes Jamesway rouge vif faisait penser à une traînée de sang sur la neige immaculée. La fumée qui s'échappait de chaque abri donnait l'impression – trompeuse – d'une brume de chaleur qui frémissait au rythme monotone de vingt-quatre groupes électrogènes. Des effluves de gazole et de kérosène emplissaient l'atmosphère. Quant à l'unique drapeau américain fixé à son poteau, il claquait au vent.

Éparpillées autour du campement semi-permanent, quelques motoneiges et deux grosses chenillettes servaient à transporter les scientifiques et le personnel de la station. Il y avait même un char à glace, c'est-à-dire une espèce de catamaran posé sur des patins en inox.

Perry scruta l'horizon. Depuis la découverte de l'ancienne base souterraine russe, les chercheurs d'Oméga y avaient effectué d'innombrables allers-retours et, à l'heure actuelle, le quart des effectifs avaient été transférés vers l'étrange iceberg.

Le commandant observa le paysage. Le chemin qui menait à la base était facile à repérer, car la calotte polaire y était recouverte de *sastrugi*, c'est-à-dire d'ondulations de neige gelée créées par les vents et l'érosion. « *Une vraie tarte au citron meringuée* », avait commenté Bratt. Au fil de leurs passages répétés, les différentes auto- et motoneiges avaient néanmoins considérablement aplani le terrain, traçant une piste usée à travers les vaguelettes craquantes.

Perry comprenait que les scientifiques soient animés par une curiosité avide, mais c'était lui qui, le premier, avait franchi le seuil de la station désaffectée, et nul ne savait ce qu'il y avait trouvé, accompagné de quelques marins. D'emblée, il avait intimé à ses hommes de tenir leur langue et chargé des gardes armés d'empêcher tout accès au secteur concerné. Une seule personne était au courant de la situation : le Dr Amanda Reynolds, présente lors de son entrée dans la base. Pour la première fois de sa vie, la femme robuste et indépendante qu'elle était avait été bouleversée au plus profond de son âme.

De quelque nature que soit le tressaillement enregistré par DeepEye, on n'avait rien repéré de probant. Peut-être s'agissait-il d'un écho fantôme du sonar, d'un mirage engendré par le mouvement propre du sous-marin. À moins qu'un charognard – de type ours polaire – n'ait ensuite déserté les lieux ? La dernière hypothèse était très improbable, car l'animal se serait alors introduit par une entrée secrète. Deux mois auparavant, ils avaient dû recourir à l'aluminothermie pour découper un passage jusqu'à la station enfouie. Depuis, d'autres charges calorifiques et de l'explosif C-4 avaient servi à créer, à proximité, une polynie permettant à la *Sentinelle* d'approvisionner la base récemment réinvestie.

Perry regretta qu'ils ne se soient pas contentés de couler l'étrange relique russe. Une chose était sûre : il n'en ressortirait rien de bon, mais il devait obéir aux ordres. Une rafale de vent le fit frissonner.

Un cri ramena son attention vers les cabanes Jamesway. Un homme en parka bleue les incitait à le rejoindre. Tête baissée pour affronter les bourrasques, il courut à la rencontre de Perry.

— Commandant !

Erik Gustof, météorologue canadien, était un solide gaillard d'origine norvégienne aux cheveux blond-blanc mais, là, on ne voyait de lui qu'une paire d'yeux protégés par des lunettes de ski et une moustache alourdie de givre.

— Un appel satellite pour vous.

— Qui... ?

— L'amiral Reynolds. Je vous conseille de vous dépêcher. Une violente tempête se dirige vers nous, et la dernière série d'éruptions solaires perturbe encore les communications.

— D'accord. Messieurs, rompez les rangs. Vous avez tous quartier libre jusqu'à 20 heures. Après quoi, l'équipe suivante aura permission d'accoster.

La nouvelle fut accueillie dans la liesse générale, et les marins se dispersèrent, certains vers le mess, d'autres vers la salle de détente ou les quartiers d'habitation pour des échanges plus personnels. Perry, lui, suivit le météorologue vers les trois cabanes qui servaient de QG principal.

— Le Dr Reynolds m'a envoyé vous chercher, commandant. Elle discute avec son père, mais on ignore combien de temps la liaison va tenir.

Ils ôtèrent la neige et la glace qui collaient à leurs bottes, puis s'engouffrèrent dans la salle des opérations. Après une longue marche par des températures glaciales, la chaleur qui régnait à l'intérieur fut presque douloureuse. Perry retira ses gants, ouvrit son anorak, ôta sa capuche et effleura le bout de son nez pour s'assurer qu'il était encore là.

— Frisquet dehors, hein ? lança Erik, resté en parka.

— Plus que le froid, c'est surtout l'humidité, ironisa le commandant.

Il pendit son manteau parmi de nombreux autres et, vêtu d'une combinaison-pantalon bleue personnalisée à son nom, il coinça sa casquette sous sa ceinture.

— Vous connaissez le chemin jusqu'à la station SATNAV. Je sors vérifier mes instruments avant l'arrivée de la tempête.

— Merci, Erik.

Souriant, le Canadien rouvrit la porte. En quelques secondes, le vent avait déjà forci. Une rafale gifla

Perry. Erik se dépêcha de refermer le battant derrière lui.

Le commandant se frotta les mains en frissonnant. *Quelle bande de cinglés se porterait volontaires pour passer deux ans dans un trou aussi paumé ?*

Il traversa le vestibule et rejoignit la salle principale, qui regroupait les bureaux administratifs et plusieurs laboratoires. Leur mission ? Mesurer les variations saisonnières de croissance et d'érosion de la banquise afin d'établir un bilan thermique de l'Arctique. Les scientifiques des autres cabanes menaient des études radicalement différentes, depuis l'opération minière d'envergure censée échantillonner le plancher océanique jusqu'à l'hydrolaboratoire observant la santé du phyto- et du zooplancton sous la glace. Les travaux s'étalaient vingt-quatre heures sur vingt-quatre, au fil de la dérive d'une station qui suivait les courants polaires et parcourait environ trois kilomètres par jour.

Après avoir salué quelques visages familiers, Perry franchit les portes d'un sas qui conduisait à un bâtiment mitoyen.

Cette cabane-là bénéficiait d'une isolation renforcée et de deux générateurs de secours, car, unique lien d'Oméga avec l'extérieur, elle accueillait l'ensemble du matériel radio : ondes courtes pour contacter les équipes sur la banquise, TBF et UBF pour les sous-marins affectés sur zone et SATNAV, système de communication militaire par satellite.

Perry rejoignit Amanda Reynolds qui, seule dans la pièce, leva le nez de son téléscripteur. Grâce au petit appareil portable, elle parlait au micro, et les réponses s'affichaient sur un écran LCD.

Après avoir hoché la tête vers le commandant, elle reprit sa conversation :

— Oui, papa. Je sais qu'au début, tu ne voulais pas me voir ici, mais...

Quand l'amiral lui coupa la parole, elle lut la transcription sur le moniteur. Son visage s'empourpra : ils se disputaient et, à l'évidence, le sujet de discorde ne datait pas de la veille. Inquiet pour sa fille à cause de son handicap, Reynolds avait d'abord refusé qu'elle rejoigne la mission mais, déterminée à lui prouver son indépendance, Amanda n'en avait fait qu'à sa tête.

Perry se demanda si elle ne souhaitait pas tant se convaincre elle-même que convaincre son propre père. Il n'avait jamais rencontré de femme aussi farouchement décidée à prouver sa valeur dans tous les aspects de la vie.

Et il y avait un prix à payer.

Avec son regard las et cerné, la jeune femme avait pris dix ans en deux mois. La faute au terrible secret qui pesait sur sa conscience...

— On en reparlera plus tard, grogna-t-elle. Le commandant Perry est arrivé.

Le temps de lire la réponse de son père, elle retint son souffle et se mordit la lèvre inférieure.

— Parfait !

Elle arracha son casque et le tendit à son voisin d'une main tremblante. Colère, frustration ou les deux ? Il couvrit le micro de sa paume pour s'adresser à elle en privé.

— Il continue de verrouiller les informations ?

Amanda se leva de son siège en ricanant.

— Cadenas électronique, reconnaissance d'empreinte vocale et identification par scanner rétinien. Fort Knox ne pourrait pas être plus sécurisé.

— Il fait de son mieux, sourit Perry. L'appareil bureaucratique qu'il a sous ses ordres grince lentement et, vu la sensibilité du dossier, les canaux diplomatiques doivent être traités avec tact.

— Je ne vois pas pourquoi. Ce machin remonte à la Seconde Guerre mondiale. Après autant de temps, les gens ont le droit de savoir.

— Ils ont attendu cinquante ans. Ils peuvent patienter un mois de plus. Comme les rapports entre les États-Unis et la Russie sont déjà tendus, il vaut mieux graisser les rouages avant de lâcher le scoop.

— J'ai l'impression d'entendre mon père, soupira Amanda.

— Auquel cas, notre relation serait très freudienne, répondit-il avant de l'embrasser.

— Tu embrasses aussi comme lui, murmura-t-elle.

Il s'étrangla de rire et s'écarta.

— Ne fais pas trop attendre le *big boss*.

Il enfila son casque et orienta le micro vers sa bouche.

— Allô ? Ici, Perry.

— Je m'en remets à vous pour prendre soin de ma fille, annonça Reynolds d'une voix entrecoupée de parasites.

— Oui, amiral... Très grand soin même.

Le commandant pressa la main d'Amanda. Leur affection réciproque n'était un secret pour personne mais, depuis deux mois, leur lien s'était renforcé, passant d'une simple tendresse à un sentiment plus profond. Par respect des convenances, ils se montraient discrets. Même l'amiral ignorait tout de la tournure que leur relation avait prise.

— Je serai bref, commandant. Hier, on a remis un exemplaire de votre rapport à l'ambassadeur russe.

— Je croyais qu'on ne devait pas les contacter avant de...

— On n'a pas eu le choix. Moscou a appris qu'on avait découvert la vieille station polaire.

— Quel impact la nouvelle aura-t-elle sur nous ici ?

Le silence fut si long que Perry craignit d'avoir perdu la liaison, puis l'amiral reprit :

— Greg...

L'utilisation informelle de son prénom lui fit dresser l'oreille.

— Greg, j'ai autre chose à vous annoncer. Je suis peut-être exilé sur la côte ouest, mais je connais assez le métier pour savoir que la ruche bourdonne à Washington. Il se passe un truc là-bas. La NSA[1] et la CIA se rencontrent de nuit afin d'évoquer le sujet. Le ministre de la Marine a été rappelé d'un voyage au Moyen-Orient, et l'ensemble du cabinet a dû écourter ses vacances de Pâques.

— Pourquoi un tel cirque ?

— Aucune idée, justement. Quelque chose a éclaté dans les plus hautes sphères de l'État, au-dessus de mon niveau de commandement. La nouvelle n'est pas encore descendue jusqu'à moi... si tant est qu'elle y arrive un jour. Un bordel politique monstre se prépare. Washington est en train de fermer les écoutilles. Je n'avais encore jamais rien vu de pareil.

Un frisson glacé parcourut l'échine de Perry.

— Je ne comprends pas. Pourquoi ?

De nouveau, la réponse de Reynolds fut hachée par des grésillements électroniques :

---

1. *National Security Agency*. Désigne une branche des services de renseignements américains.

— Je n'ai pas de certitude, mais je voulais vous tenir au courant des derniers événements.

Perry fronça les sourcils. À ses yeux, il n'y avait rien de neuf sous le soleil de la vie politique. Il avait compris l'inquiétude de l'amiral, mais que pouvait-il faire d'autre ?

— Une dernière chose, commandant : un assistant du sous-secrétaire m'a informé d'un détail curieux. En réalité, un seul mot semble être à l'origine de tout ce charivari.

— Lequel ?

— Grendel. Il s'agit peut-être d'un code, d'un nom de navire, je ne sais pas. Ça ne vous évoque rien ?

Perry ferma les yeux. *Grendel*... La découverte avait eu lieu le jour même. Recouverte d'une épaisse couche de glace et de givre, la plaque d'acier située à l'entrée de la station russe passait facilement inaperçue.

ЛЕДОВАЯ СТАНЦИЯ ГРЕНДЕЛ

— Greg ?

Le commandant avait l'esprit en ébullition. *Comment Washington savait-il...?* Après avoir débattu sur le sens de l'écriteau et en particulier du dernier mot, l'interprète affecté à Oméga et l'expert linguistique de la *Sentinelle* avaient abouti à la même conclusion.

C'était le nom de la base souterraine : *Station polaire Grendel*.

— Vous êtes encore là, Perry ?

— Oui, amiral.

— Le mot vous rappelle-t-il quelque chose ?

— Oui, je crois, lâcha-t-il sur un ton crispé.

Perry avait remarqué les mêmes caractères cyrilliques sur une porte de la station où il avait lui-même posté des gardes armés.

ГРЕНДЕЛ

Jusqu'alors, il ignorait la signification des lettres peintes au pochoir sur le monstrueux battant.
À présent, il savait.
Sauf qu'il n'avait pas été le premier.

18 h 26
Chaîne de Brooks, Alaska

Matt menait la rude ascension en tenant Mariah par les rênes. Sur le dos de l'animal, Craig se cramponnait au pommeau de la selle. Le temps d'atteindre la vallée ou, du moins, une partie plane, Matt préférait marcher à côté, de peur d'épuiser sa monture, et les quatre chiens trottinaient devant.

Leur but à tous ? Quitter les montagnes au plus vite. Seul Bane, manifestement conscient des appréhensions de son maître, restait en retrait, à l'affût.

Matt jeta un coup d'œil derrière lui. Les parachutistes avaient sans doute atterri, mais on n'entendait aucun bruit de moteur. *A priori*, le groupe n'était pas traqué, mais une forêt dense de trembles et d'épicéas leur occultait la vue.

Au crépuscule, l'astre doré disparaissait entre les amoncellements de nuages noirs et les sommets. En avril, les jours rallongeaient, et on assistait à une lente transition entre les ténèbres persistantes de l'hiver et le soleil estival de minuit.

Ébloui, Matt ne voyait rien de ce qui se passait. Il fronça les sourcils. Peut-être s'était-il trompé... À force de vivre seul en pleine nature, il y avait de quoi devenir paranoïaque.

Craig remarqua son air préoccupé.

— Et s'il s'agissait d'une équipe de sauvetage ? On s'est peut-être enfuis sans raison valable.

Une explosion retentit, une boule de feu jaillit de la vallée alors plongée dans la pénombre, puis l'écho de la déflagration se tut.

— L'avion..., murmura le journaliste.

— Ils l'ont fait sauter.

Abasourdi, Matt imagina le corps de Brent Cumming réduit en cendres.

Il n'y avait qu'une explication possible.

— Ils masquent leurs traces. Si l'avion a été saboté, ils doivent détruire toutes les preuves, y compris les témoins.

Matt songea aux empreintes de sabots, de bottes et de pattes qu'ils avaient laissées en fuyant le lieu de l'accident. Il n'avait pas eu le temps d'effacer leur piste.

En contrebas, un gémissement digne d'une scie à ruban déchira la forêt. Un moteur vrombit, puis se mit à ronronner, bientôt imité par un second.

D'un grondement sourd, Bane réagit au vacarme.

Matt contempla le soleil couchant. Les nuages étaient de plus en plus bas. Cette nuit-là, il tomberait plus qu'une averse de neige, ce qui pousserait les saboteurs à vouloir les rattraper avant la nuit.

— Qu'est-ce qu'on peut faire ? demanda Craig.

Matt tira sur la longe de Mariah et reprit sa route vers le sommet. Il devait trouver le moyen de les retarder, du moins jusqu'à l'arrivée des premiers flocons.

— Vous avez un endroit où nous cacher ? insista le rescapé d'une voix mal assurée.

Alors que la jument gravissait un talus rocailleux, il s'aplatit sur la selle.

Matt écarta sa question d'un revers de main. La priorité était de survivre jusqu'à la nuit. Une chose était sûre, ils partaient avec un handicap : un cheval, deux hommes... alors que leurs poursuivants pilotaient chacun une motoneige. La balance ne penchait pas en leur faveur.

Alors que le bruit des moteurs s'amplifiait déjà, Matt encouragea Mariah à grimper plus vite. Au sommet, une rafale glaciale apporta du sud-ouest une promesse de givre imminent. Sans hésiter, il redescendit la pente vers son bivouac. Comme ils ne pouvaient pas s'y réfugier, il examina les autres solutions. Il connaissait bien quelques grottes, mais elles se trouvaient trop loin et ne garantissaient pas une réelle sécurité. Il fallait échafauder un nouveau plan.

— Vous savez monter à cheval ?

Les prunelles étincelantes d'effroi, Craig acquiesça.

Matt prit le fusil coincé derrière la selle et se fourra une boîte de cartouches dans la poche.

— Qu'est-ce que vous mijotez ?

— Ne vous inquiétez pas, je vais juste vous utiliser comme appât. Bane !

Le chien se redressa, tout ouïe. Le bras pointé vers la vallée, son maître ordonna sur un ton sec :

— Bane... au camp !

Dès que le chien obéit, ses congénères lui emboîtèrent le pas. Matt flanqua une tape sur la croupe de Mariah pour l'inciter à suivre, puis il trottina à côté d'eux.

— Ne quittez pas les chiens d'une semelle. Ils vont vous conduire à ma tente. Cachez-vous là-bas du mieux que vous pouvez. Il y a aussi une hache près du tas de bois, au cas où.

Craig blêmit, mais il hocha la tête et gagna ainsi le respect de son interlocuteur.

Matt s'arrêta. Au bout de quelques secondes, la jument, le cavalier et les chiens disparurent dans la forêt touffue.

Il remonta la butte jusqu'à une vingtaine de mètres du sommet, bondit du sentier boueux piétiné jusqu'à un affleurement de granit, puis sauta sur une autre pierre. Il ne voulait laisser aucune trace de son nouveau passage. Une fois loin de la piste, il se tapit à l'ombre d'un majestueux épicéa, où il jouissait d'une vue imprenable sur la crête de la colline. À supposer qu'ils empruntent le même chemin, les motards se découperaient sur le ciel bleu foncé.

Accroupi, Matt enroula la bandoulière du fusil autour de son poignet, coinça la crosse en noyer contre son épaule et visa le long du canon. D'aussi près, il avait bon espoir de descendre un pilote, mais réussirait-il à abattre les deux ?

Tels des animaux enragés lancés aux trousses de leur proie, les moteurs rugissaient de plus en plus.

Le sang battant contre ses tempes, Matt s'agenouilla et se crut de retour dans une autre vie, dix ans plus tôt, le jour où il s'était retrouvé prisonnier d'un immeuble somalien en ruine. Les tirs fusaient de partout. Le monde n'était plus qu'un entrelacs de lignes et d'ombres vertes à travers ses lunettes de vision nocturne. En fait, plus que les coups de mortier, c'était l'attente qui déstabilisait souvent les soldats.

Matt s'obligea à se décontracter et à se tenir prêt. Trop crispés, les meilleurs snipers pouvaient rater leur cible. Il souffla et se concentra sur lui-même. À mille lieues de la Somalie, il se trouvait au cœur des bois qu'il affectionnait tant. L'odeur piquante des aiguilles de pin écrasées l'aida à reprendre ses esprits et à se rappeler où il était. Ces montagnes-là, il les connaissait comme sa poche.

Sur l'autre versant, le rugissement des motoneiges s'accrut encore. On entendait les branches casser sous le poids des pneus cloutés. *Tout près...* Matt déplaça son doigt de la sous-garde vers la détente et se pencha sur son fusil, la joue posée contre la crosse.

L'attente parut interminable. Malgré le froid, il sentit une perle de sueur rouler le long de sa tempe et s'empêcha de cligner des paupières. *Toujours tirer les yeux grands ouverts.* Son père le lui avait souvent martelé quand ils chassaient le cerf en Alabama et, des années plus tard, son sergent instructeur en avait remis une couche. Appliqué, Matt respirait à peine par le nez.

Approche...

Comme si elle avait entendu, une moto bondit à pleins gaz par-dessus la colline et le prit de court. Au lieu d'escalader prudemment la côte, le pilote avait appuyé sur le champignon.

Concentré sur le vol plané de l'engin, Matt changea de position et pressa la détente. Le coup partit, aussitôt suivi du tintement d'une balle sur le métal.

La moto chassa sur le côté. Il avait touché le passage de roue arrière. Le pilote et sa monture rebondirent tant bien que mal sur le sol, puis entamèrent une série de tonneaux. Le type en blanc dégringola le long de la pente et s'évanouit dans les broussailles.

— Merde, marmonna Matt.

Il ignorait si l'homme était indemne, blessé ou mort, mais il n'osait pas quitter des yeux le haut de la colline. La seconde moto restait invisible. Il inséra une nouvelle cartouche en regrettant son vieux M-16 automatique de Béret vert.

Il couvrit le sommet de la butte.

Après la puissante détonation et le premier accident retentissant, ses oreilles bourdonnaient. Un grondement sourd résonnait autour de lui et, lorsqu'une ombre attira son regard, Matt pivota à temps pour voir la seconde moto débarquer à gauche, au-dessus de la colline.

Il braqua son fusil, plus en désespoir de cause qu'en visant vraiment, et tira. Cette fois-là, on n'entendit même pas la balle frapper la carrosserie. La motoneige atterrit en douceur, le pilote se protégea entre les poignées de son guidon, et ils décampèrent tous deux derrière un rocher.

À l'abri de l'épicéa, Matt rechargea encore. Ses adversaires n'étaient pas des amateurs. Anticipant l'embuscade, ils avaient envoyé la première moto à tombeau ouvert pour faire diversion, tandis que la seconde passait sur le côté.

Crac !

Une branche explosa trente centimètres au-dessus de sa tête et l'arrosa d'éclats de bois. Il se recroquevilla, l'arme collée contre la poitrine. Le tir venait de l'endroit où le premier pilote avait plongé. Le salaud n'était donc pas mort !

Matt ravala son affolement. Le sniper ne l'avait pas clairement en ligne de mire, sinon il ne l'aurait pas raté. Il s'était fié à la seconde détonation adverse pour ajuster son tir et il avait visé une branche pour l'obliger à sortir de sa cachette.

— Merde...

Matt était pris au piège entre le type tapi à gauche dans les broussailles et l'autre qui cavalait toujours entre les cailloux.

Les mâchoires serrées, il tendit l'oreille. Le vrombissement de la seconde motoneige n'était plus qu'un ronronnement régulier. Que se passait-il ? Le pilote attendait-il quelque chose ? Avait-il abandonné sa monture, moteur allumé, le temps de trouver une meilleure planque ?

Inutile de courir le risque. Matt devait vite déguerpir.

Il lâcha un juron à voix basse, dévala sur le dos une pente tapissée d'aiguilles d'épicéa et atterrit dans un petit canal de fonte des neiges. Son pantalon de laine se gorgea d'eau, mais sa veste militaire rapiécée garda son torse au sec.

Il resta allongé quelques instants, aux aguets. À part le ronflement menaçant de la moto, on n'entendait plus un bruit. Ses poursuivants ne se trahissaient pas. Matt ignorait s'il s'agissait de soldats ou de mercenaires mais, en tout cas, c'était une équipe de professionnels. Seule consolation ? Le reporter était provisoirement hors de danger, car les deux motards devaient d'abord se débarrasser d'un adversaire armé avant de continuer leur route.

Matt étudia les maigres options qui s'offraient à lui. Certes, il pouvait laisser Craig aux mains des tireurs. Il y avait fort à parier qu'ils en voulaient surtout au journaliste, et il n'aurait aucun mal à disparaître seul dans les bois, mais ce n'était pas une solution : il devait penser à ses chiens.

Il descendit le ruisseau tout doucement, en crabe. Le froid intense l'aida à se calmer. Rien de tel qu'un bain de siège glacé pour s'éclaircir les idées…

Trente mètres plus loin, Matt déboucha sur une cascade rocheuse de deux mètres de haut. Il roula sur le ventre, se laissa tomber les pieds en avant et veilla à ne pas mouiller son fusil.

Grossière erreur !

À peine l'Américain avait-il basculé dans le vide qu'un tir arracha l'arme à ses doigts engourdis. En tentant bêtement de la protéger, Matt l'avait brandie trop haut et avait trahi sa présence. Il atterrit sans ménagement dans une flaque de neige fondue et plaqua sa main endolorie contre lui.

Le fusil gisait en piteux état sur la berge : le canon n'avait rien, mais la crosse en noyer était fichue. Matt détala le long de la petite falaise sans même prendre la peine de masquer sa fuite. Il se rua dans les buissons, piétina des branchages et arriva devant un amas grossier de cailloux et de talus défoncés signalant l'existence d'un ancien glacier. Un vrai labyrinthe de rigoles, de rochers et de ravins.

Derrière lui, on n'entendait rien, mais Matt savait que ses assaillants gagnaient du terrain, arme à l'épaule, prêts à l'abattre.

Sous la pression, il galopa le long de la paroi. Les ombres s'épaississaient à mesure que les nuages cachaient le soleil déclinant. Vivement la nuit ! Il rejoignit la zone escarpée et se blottit derrière un rocher.

À présent, c'étaient ses ennemis qui profitaient de l'obscurité. Un crépuscule d'encre avait envahi la région. Matt scruta l'arête de la falaise. Rien. Il se détourna et faillit la rater. Une ombre furtive. Il s'aplatit au sol. Quelqu'un descendait en rappel, à moitié caché derrière un éboulis. Avant que le garde forestier ne puisse brandir son fusil abîmé, la silhouette s'évanouit au pied du rempart.

Matt continua de braquer son arme du mieux qu'il put. Sans le soutien précieux de la crosse, il la tendit à bout de bras. Le canon frémit. Impossible d'espérer une quelconque précision.

En haut de la pente, la motoneige se remit à pétarader, puis s'éloigna vers la gauche, histoire de prendre sa cible à revers.

Plus près, le premier chasseur s'était volatilisé. Il pouvait se tapir n'importe où. Matt n'était pas à l'abri.

D'une volte-face derrière son gros caillou, il scruta le terrain. Hormis quelques arbres, la végétation se composait surtout de buissons bas, de mauvaises herbes et de lichen des rennes. Une rivière rocailleuse courait au milieu des cascades, surmontée par un voile de brume crépusculaire.

Tête baissée, Matt dévala la pente en direction du ruisseau. Il devait vite effacer les traces de son passage. De bond en bond, il remonta le courant mais, avec ses bottes boueuses et trempées, il laissait de nettes empreintes sur la pierre.

Il s'enfonça dans la rivière glacée. Même si l'eau ne lui arrivait qu'aux genoux, il devait lutter contre la force des flots, et les pierres étaient glissantes. Après avoir trouvé son équilibre, il se dépêcha de gravir le versant qu'il venait de descendre. Le dos voûté, il tenta d'avancer sans se faire repérer.

Il guetta la présence du chasseur tout proche, mais le vacarme de l'autre motoneige le disputait au grondement de l'eau sur les galets.

Au bout de dix mètres, il atteignit une cascade d'un mètre cinquante et pria le ciel d'avoir enfin un peu de chance dans son malheur. Les jambes engourdies de froid, il passa le bras à travers le rideau d'eau. Souvent, derrière les rapides, la force du courant creusait une grotte à même le granit.

Matt remua les doigts.

Celle-là ne faisait pas exception à la règle.

Il y entra à reculons. Des trombes d'eau s'abattirent douloureusement sur sa nuque pendant une fraction de seconde, puis il s'appuya contre la roche, jambes écartées, à moitié accroupi. Face à lui, la cataracte formait un écran translucide qui rendait le paysage un peu flou.

Matt colla le fusil contre son torse et attendit. Immobile, il ne pouvait s'empêcher de claquer des dents et sentait un froid mordant le pénétrer jusqu'à la moelle. Menacé d'hypothermie, il espéra que ses adversaires seraient assez doués pour ne pas le faire patienter trop longtemps.

Soudain, le souvenir d'une autre rivière glacée lui revint en mémoire. À l'époque, il avait été encore plus frigorifié et plus trempé. Trois jours auparavant, vers la fin de l'hiver, une douceur exceptionnelle avait poussé les habitants de l'Alaska à profiter du beau temps. La famille Pike ne s'était pas fait prier et avait organisé une virée camping avec pêche sous la glace et balades dans les montagnes enneigées. Puis une seconde d'inattention...

Malgré le danger immédiat, Matt ferma les yeux de douleur.

Il s'était servi d'une hache de bûcheron pour casser la glace. Il avait fouillé la rivière de fond en comble, quitte à frôler lui-même la mort, mais le cadavre de son garçon de huit ans n'avait été retrouvé que deux jours plus tard, très en aval.

Tyler... je suis désolé...

Il s'obligea à rouvrir les paupières. Bien que ce ne soit pas le moment de pleurer la mort de son fils, l'étreinte réfrigérante de l'eau avait ravivé d'effroyables souvenirs. Son corps n'avait oublié ni le froid ni le bain glacé. Des images pétrifiées dans chaque fibre de son être lui envahirent l'esprit. Tant qu'on n'avait pas perdu un enfant, on n'imaginait pas combien un souvenir pouvait faire l'effet d'un coup de poignard : douloureux, aveuglant, jusqu'au plus profond des os.

Tyler...

Une silhouette qui serpenta à droite entre les rochers ramena Matt à la réalité. Les jambes tremblant d'une vieille colère, il se sentit poussé par un désespoir qui effaça ses peurs.

Le chasseur avait suivi les traces boueuses mais, soucieux de ne prendre aucun risque, il restait tapi dans l'ombre, fusil en bandoulière et pistolet au poing. Il s'était délesté de sa parka blanche et, discrétion oblige, il ne portait plus qu'un uniforme de camouflage et une casquette noire.

Matt pointa son canon à travers le rideau d'eau, mais ne visa pas la forme furtive. Vu l'état de son arme, il doutait de réussir son coup entre les rochers. Il préféra donc braquer son fusil vers la rive détrempée, là où il avait rejoint le ruisseau quelques minutes plus tôt. À dix petits mètres de lui, sans cailloux alentour.

Son adversaire apparut enfin au grand jour et contempla la berge opposée. Aucune piste humide ne partait de là. Il observa le ruisseau en aval. Matt pouvait lire dans ses pensées : sa proie s'était-elle enfuie par la rivière comme elle venait de le faire par le canal de fonte des neiges ? Le chasseur se redressa et scruta le cours d'eau. C'était un homme grand à la carrure de rugbyman.

Utilisant tous les muscles de l'avant-bras et de l'épaule pour stabiliser son arme, Matt approcha l'index de la détente. Un sixième sens éveilla l'attention de l'ennemi, qui se retourna, blême de surprise, et aperçut le fusil au moment du coup de feu.

La détonation résonna dans l'espace confiné de la grotte. Le recul faillit arracher l'arme des mains du tireur. Un cliquetis métallique tinta à son oreille. Concentré sur sa cible, Matt n'y prêta pas attention.

Le chasseur trébucha en arrière. Les bras en croix, il lâcha son pistolet, heurta un bloc de granit et atterrit sur les fesses.

Sans attendre, Matt ressortit de sa tanière. Il voulut éjecter la cartouche usagée, mais elle était coincée. Il s'acharna sur le magasin, sans succès. En réalité, son arme était beaucoup plus abîmée qu'il ne le croyait, et il pouvait déjà s'estimer heureux qu'elle ne lui ait pas explosé à la figure.

Il s'élança vers son adversaire qui, au sol, tâchait d'empoigner son fusil en bandoulière. C'était une question de secondes, mais le courant de la rivière jouait à présent en faveur de Matt, qui effaça les dix mètres en un temps record et bondit hors de l'eau.

Trop tard.

Le fusil pivota et se braqua vers sa poitrine.

Encore en l'air, Matt transforma son arme défectueuse en matraque. Dans un fracas de métal contre métal, il sentit une douleur cuisante lui traverser l'épaule.

Il cria et, lorsqu'il retomba sur son agresseur, il crut percuter un mur de brique. L'homme pesait quinze bons kilos de plus que lui. Heureusement, la force de l'impact le déposséda de son arme, qui dérapa sur les rochers et finit sa course dans l'eau.

Matt roula sur le côté, amorça un coup de pied circulaire pour frapper son adversaire au visage, mais ce dernier l'esquiva sans problème. Sa blessure au torse ne semblait pas le gêner. En fait, il ne saignait même pas.

Un gilet en kevlar, devina Matt.

Furieux, le type était accroupi à cinquante centimètres de lui. Du bout du doigt, il effleura le trou dans sa veste de camouflage.

Ça fait quand même un mal de chien, hein, enfoiré ?

Un éclair argenté et un poignard surgirent. Question armement, le scélérat était un vrai couteau suisse.

Sans se préoccuper de son épaule en feu, Matt brandit son fusil comme un sabre d'escrime et pivota afin d'éviter au mieux la lame.

Les prunelles étincelant d'un appétit cruel et sanguinaire, l'assassin afficha un sourire Émail Diamant. Quels que soient les gens pour lesquels il travaillait, il avait une excellente police d'assurance dentaire.

L'homme lui sauta à la gorge. En habile professionnel, il avait gardé son poignard le long du corps et levé l'autre bras pour parer le fusil-matraque.

Matt recula de deux pas, sortit son spray au poivre, ôta le capuchon de sécurité et aspergea son adversaire au regard d'acier. Censée repousser les ours, la bombe avait une portée de six mètres.

Le type prit le jet en pleine figure, et le résultat fut le même que s'il avait reçu un boulet de canon à bout portant.

Il s'effondra à genoux, la tête renversée, sans plus penser à son couteau. Passé l'instant de stupeur, il poussa un hurlement étranglé d'animal. Il avait dû inspirer au moment où Matt appuyait sur le bouton de l'aérosol, ce qui lui avait brûlé le larynx et le gosier. Il s'agrippa les yeux, le visage et lacéra ses joues de douleur.

Matt recula. Mélange de gaz au poivre et de produit lacrymogène, le répulsif anti-ours, dix fois plus puissant que les bombes des forces de l'ordre, devait neutraliser les grizzlys, pas les simples voyous. Les paupières du chasseur se couvrirent de cloques. Aveuglé de souffrance, il se retourna, fou furieux, tel un marlin échoué sur le pont d'un bateau... sauf que ses soubresauts avaient un but précis : rejoindre la rivière glacée. Le corps secoué de convulsions, il vomit sur les rochers et s'écroula à quelques mètres du ruisseau en gémissant, recroquevillé en position fœtale.

Matt ramassa le couteau. Il aurait pu lui trancher la gorge mais, ce jour-là, il ne se sentait pas d'humeur charitable. Le tueur ne représentait plus aucun danger et, si le jet de gaz ne suffisait pas à le tuer, il finirait défiguré, handicapé à vie. Loin d'éprouver une once de remords, Matt se souvint de Brent Cumming, qui avait eu la nuque brisée lors du crash de son Cessna.

Il tourna les talons et vérifia sa propre blessure : la balle lui avait à peine éraflé l'épaule, ce qui était plus douloureux que grave.

Au loin, le ronronnement de la moto avait faibli. Le pilote avait-il entendu geindre son acolyte ? Savait-il qu'il s'agissait de son ami ? Ou se demandait-il si leur proie avait été touchée ?

Matt chercha le fusil dans l'eau, mais la rivière l'avait déjà emporté. Conscient que l'autre agresseur se lancerait tôt ou tard à la recherche de son partenaire, il n'osa pas s'attarder. Il valait mieux rentrer au camp, réunir les chiens, le cheval et le journaliste, puis rejoindre le seul endroit qu'il connaissait alentour. Qu'il soit invité ou pas, bienvenu ou pas, ils seraient obligés de lui offrir l'hospitalité.

Dernier obstacle : la moto.

Matt avait établi son bivouac à trois kilomètres de là mais, au moins, il se trouvait du bon côté de la falaise. Le temps que le pilote retrouve son complice, contourne la rivière et se lance à leurs trousses, ils auraient tous décampé depuis belle lurette.

Il s'enfonça dans les bois et rejoignit ses pénates à petites foulées. Ses vêtements mouillés avaient beau peser une tonne, l'effort physique réchauffa ses muscles et écarta tout risque d'hypothermie.

La neige commença à tomber doucement. Lourds et collants, les flocons auguraient de chutes plus abondantes. Confirmation dix minutes plus tard. La visibilité n'excédait pas quelques mètres, mais Matt connaissait sa forêt d'épicéas par cœur. Arrivé au creux de la vallée, il longea la berge glacée de la rivière jusqu'au campement et retrouva la piste de la jument.

Bane s'élança vers lui et faillit le faire tomber.

— Moi aussi, je suis content de te revoir, mon vieux.

Matt lui tapota le flanc et le suivit jusqu'à la tente.

Mariah mastiquait des roseaux verts. Les autres chiens accoururent. En revanche, aucun signe du journaliste.

— Craig ?

Soulagé, le reporter émergea d'un buisson en tenant une petite hache à deux mains.

— Je... je ne savais pas ce qui se passait. J'ai entendu les coups de feu... le cri...

— Ce n'était pas moi, mais on n'est pas encore sortis de l'auberge.

Au loin, la moto poussait toujours d'inquiétants gémissements. Matt contempla les bois sombres et enneigés. *Oh, non !* Ils n'étaient pas tirés du pétrin.

Craig contempla le fusil disloqué.

— Qu'est-ce qu'on va faire ?

Matt avait même oublié l'avoir rapporté.

— Il est fichu.

Il rassembla en vitesse le matériel nécessaire à leur escapade nocturne. Seul impératif : voyager léger.

— Vous avez une autre arme à feu ? s'enquit Craig. Vous croyez que, à cheval, on peut semer la moto ?

De la tête, Matt répondit par la négative aux deux questions.

— Quelle est donc la suite du programme ?

Le garde forestier trouva ce qu'il cherchait et le fourra dans son sac. *Ça, au moins, ce n'était pas cassé.*

— Et l'autre motoneige ?

— Ne vous inquiétez pas, Craig. Un vieux proverbe dit qu'en Alaska seuls les plus forts survivent... mais qu'il leur arrive aussi d'être tués.

Ses mots ne furent d'aucun réconfort pour le journaliste de Seattle.

22 h 48

Grâce à ses lunettes de vision nocturne, Stefan Yurgen s'orientait sans allumer son phare de moto, mais le blizzard l'empêchait de discerner la route à plus de dix mètres.

Dans un brouillard verdâtre, il tâcha de se frayer un chemin tortueux jusqu'au sommet. La neige lui bouchait peut-être la vue, mais elle permettait aussi de suivre sa proie à la trace. Sur la poudreuse, il distinguait nettement les empreintes d'un cheval et de quatre chiens. De temps à autre, l'un des deux hommes descendait pour guider leur monture sur un terrain plus accidenté, puis il remontait en selle.

La mine sévère et déterminée, Stefan guettait le moindre signe de séparation, mais aucune trace de botte ne s'écartait de la piste principale.

Tant mieux. Il voulait les attraper ensemble.

Une heure auparavant, il avait retrouvé près d'une rivière le corps supplicié de Mikal, son frère cadet, quasi évanoui de douleur, le visage en sang. Comme il devait suivre les ordres, il n'avait pas eu le choix : cela lui avait déchiré le cœur d'appuyer sur la détente mais, au moins, Mikal ne souffrait plus le martyre.

Stefan s'était ensuite marqué le front avec le sang de son frère. Plus qu'une simple mission de recherche et de destruction, il menait dorénavant une vendetta à mort. Il rapporterait au pays le nez et les oreilles du sale Américain, qu'il donnerait à son père resté à Vladistak. En hommage à Mikal, victime de tortures ignobles. Il l'avait juré sur le sang du jeune homme.

Stefan avait entrevu sa cible dans la lunette de son fusil. Grand, les cheveux blond-roux, le visage buriné par le vent, le type avait de la ressource, mais Mikal était la toute dernière recrue des Léopards. Sur le terrain, il n'avait pas les dix ans d'expérience de son aîné. Ce n'était qu'un débutant. Averti du talent de l'adversaire, Stefan, lui, ne sous-estimerait pas sa proie. Sur le sang de son frère, il capturerait l'Américain vivant, le découperait en morceaux jusqu'à son dernier souffle et le ferait hurler si fort qu'on l'entendrait jusqu'à la Mère Russie.

À mesure qu'il gravissait le ravin boisé et que les traces se précisaient, les traits du jeune soldat se durcirent. Selon ses estimations, il n'était plus qu'à cent mètres du but. Excellent pisteur rompu aux massifs enneigés d'Afghanistan, Stefan savait jauger le moindre signe de passage.

Après un énième virage serré, il mit pied à terre, rehaussa son fusil en bandoulière et prit l'arme soigneusement accolée au flanc de sa moto. Il était temps d'entamer la véritable traque. Élevé sur la côte sibérienne, Stefan connaissait le froid, la neige, la glace et n'aurait aucun mal à traquer sa proie dans la tempête.

Il continuerait sa route à pied, mais d'abord il devait ébranler ses victimes, les affoler pour qu'elles réagissent d'instinct, car, à l'exemple de n'importe quelle bête sauvage, tout individu affolé commettait des erreurs.

Il ôta ses lunettes infrarouges, brandit son nouveau joujou, puis lut les indicateurs de distance et d'altitude à travers le viseur.

Satisfait, il pressa la détente.

23 h 02

Transi de froid, Craig se blottit contre l'homme assis devant lui. Il essayait de se réchauffer au contact d'un autre humain. Au moins, l'imposante carrure du garde forestier le protégeait des rafales les plus glaciales.

— Je ne comprends pas, insista Matt. Il y a forcément une explication. C'est lié à votre article ? Ou il faut chercher ailleurs ?

Le bas du visage drapé d'une écharpe en laine, Craig répéta pour la dixième fois :

— Je n'en sais rien.

Il n'avait pas envie de parler. Son seul objectif ? Rester au chaud. *Putain de reportage...*

— Pourquoi voudrait-on vous empêcher à tout prix de faire votre boulot de journaliste ?

— Aucune idée. À Seattle, je couvre les élections municipales et je traite d'un point de vue local les grandes décisions de Washington. Le rédacteur en chef qui m'a refourgué l'article a une dent contre moi. D'accord, je suis sorti une fois avec sa nièce mais, bon, elle avait *vingt* piges ! Je n'ai quand même pas détourné une gamine de douze ans.

— Pourquoi une station de recherche scientifique ferait-elle appel aux services d'un journaliste politique ? s'étonna Matt.

Craig soupira. Son sauveur ne lâcherait pas l'affaire. Pressé d'écourter la discussion, il avoua tout ce qu'il savait :

— Un océanographe biologiste de la station Oméga a un cousin qui travaille au journal. Dans un télégramme, il parle d'une trouvaille majeure liée à une étrange base polaire désaffectée. Quoi qu'ils aient pu y découvrir, ça a causé une sacrée effervescence, et le personnel de la Navy affecté là-bas a interdit la moindre publication sur le sujet.

— Rien ne doit filtrer ? Pourtant, votre océanographe a réussi à cafter.

— Oui. Ma mission est de vérifier s'ils essaient bien d'étouffer une histoire d'envergure nationale.

— En tout cas, ça a déjà suscité l'intérêt de quelqu'un...

Craig fut soulagé de voir son interlocuteur replonger dans un silence pensif. Derrière eux, le ronronnement de la moto semblait s'être atténué. Ils avaient peut-être distancé leur poursuivant... à moins que ce dernier n'ait enfin renoncé à les rattraper.

Matt lorgna par-dessus son épaule et fit ralentir sa jument.

Sans bruit de moteur, la forêt paraissait plus silencieuse et même un peu plus sombre. La neige tombait entre les arbres dans une espèce de murmure assourdi. Il arrêta son cheval, se dressa sur ses étriers et fronça les sourcils.

Soudain, un sifflement strident fendit la nuit.

— Qu'est-ce..., balbutia Craig.

Matt le força à descendre de selle. Surpris par leur chute brutale, le journaliste eut le souffle coupé.

Il toussa. *Putain, qu'est-ce que...*

Le garde lui enfonça le visage dans la neige et fit écran de son corps pour le protéger.

— Restez couché !

Une explosion secoua la tranquillité hivernale. Quelques mètres en amont, une gerbe de neige, de terre et de broussailles jaillit, dépouillant les arbres voisins d'une bonne partie de leurs feuilles ou de leurs aiguilles.

Les chiens glapirent d'effroi. Les yeux révulsés, Mariah décocha une ruade et hennit de terreur, mais Matt s'était déjà relevé et avait empoigné les rênes.

— Allez, debout !

— Qu'est-ce que...

— Une grenade... Le salaud a un putain de lance-roquettes !

Sonné, Craig tenta de digérer la nouvelle, puis remonta péniblement en selle. Plus un bruit ne dérangeait la montagne. Même la moto s'était tue.

— Il nous suit à pied. On n'a pas une seconde à perdre.

Matt rappela ses chiens. Ils revinrent tous vers lui mais, en voyant l'un d'eux boiter, il examina la gravité de la blessure.

— *Pfff !* Laissez ce clebs ici, s'impatienta Craig.

Matt le foudroya du regard, palpa la patte abîmée de son malamute et murmura, soulagé :

— Ce n'est qu'une petite foulure, Simon.

Il attrapa la longe de sa jument et quitta la piste.

— On va où ? s'inquiéta Craig.

À l'affût du moindre sifflement de grenade, il ne savait plus où donner de la tête.

— Ce connard cherche à nous faire peur.

Dans le cas du journaliste, il avait atteint son but.

Ils s'enfoncèrent d'un pas lourd au cœur de la forêt. Craig devait se courber pour éviter les branches basses et, chaque fois, il recevait des paquets de neige sur le dos. La route était laborieuse, mais Matt n'avait pas l'air décidé à changer de direction.

— Vous nous emmenez où ? insista Craig.

— Voir si de vieux amis vivent encore dans les parages.

23 h 28

Stefan s'accroupit au bord de la piste. Avec ses gants, sa capuche et tout de blanc vêtu, il se fondait dans la neige... sauf qu'à travers ses lunettes infrarouges le monde était un camaïeu de lignes et de silhouettes vertes. Comme il l'avait espéré, ses cibles, manifestement effrayées par l'explosion de la grenade, avaient dévié sur la gauche.

Il leur emboîta le pas. Adepte de la chasse au loup dans sa campagne natale, il savait traverser une forêt sans bruit et dénicher des abris de fortune. Autant de talents naturels qui, décuplés par son entraînement de commando, en faisaient un assassin redoutable.

Ses proies n'auraient pourtant pas dû craindre d'autre roquette. Il avait laissé le bazooka près de sa moto et se contenterait de son fusil... ainsi que du couteau avec lequel il prévoyait de dépecer le meurtrier de son frère. Au début de la nouvelle piste, il vérifia que les deux hommes ne s'étaient pas séparés, mais les empreintes de sabots, de pattes et de bottes demeuraient groupées.

Avant de partir, il avait transmis son rapport à ses supérieurs par radio. La tempête était trop violente pour qu'il reçoive des renforts, mais Stefan leur avait assuré ne pas en avoir besoin. D'ici à minuit, il aurait rempli sa mission. Son évacuation était même organisée dès le lendemain matin.

Il longea le sentier à l'affût d'un guet-apens, mais sa grenade semblait avoir poussé les Américains à détaler.

Au bout de quatre cents mètres, il découvrit un carré de neige piétiné, comme si le cheval avait dérapé sur le terrain glacé. Avec un peu de chance, la chute aurait provoqué quelques mauvaises fractures.

D'un bref coup d'œil, il scruta les environs, mais un seul chemin partait de là. Les traces étaient beaucoup plus fraîches. La gadoue au fond des empreintes de sabots n'avait pas encore regelé. Il avait à peine cinq minutes de retard sur le misérable, qui continuait d'avancer à côté de son cheval.

Stefan nota une odeur nauséabonde d'abats. Un animal était sans doute mort près de là mais, avant l'aube, les charognards auraient bientôt de nouveaux cadavres à se mettre sous la dent.

Il tourna une molette sur la branche de ses lunettes et passa de la vision nocturne actuelle, qui amplifiait la lumière ambiante, à la détection infrarouge des empreintes thermiques. Le camaïeu de verts disparut au profit d'un monde de ténèbres. Stefan chercha les sources de chaleur devant lui. Ses lunettes avaient une portée de cent mètres par beau temps mais, ce jour-là, les rafales de neige diminuaient leur efficacité de 50 %. Il aperçut néanmoins une tache rougeâtre, à peine distincte.

Souriant, il réenclencha la vision nocturne afin de retrouver ses repères et de continuer sa traque. Il ne restait plus qu'à couvrir les derniers mètres qui le séparaient de sa proie. Dans la précipitation, il ne remarqua pas le fil blanc tendu en travers du chemin, mais il sentit une légère résistance sur son revers de pantalon et entendit une ficelle casser net.

De peur qu'une explosion ne retentisse ou qu'un piège ne se referme sur lui, il plongea vers le talus enneigé. Or, seul un éclair verdâtre tomba d'une branche derrière lui et s'écrasa sur un caillou.

Stefan se couvrit le visage, ôta ses lunettes et s'aplatit au sol.

Une substance humide lui éclaboussa les jambes.

Il baissa les yeux. *Du sang...* La traînée rouge vif détonnait sur sa combinaison immaculée. Le cœur battant, il ne ressentit aucune douleur fulgurante. *Ouf!* Ce n'était pas lui qui saignait.

Une odeur pestilentielle le prit au nez. En Afghanistan, il avait arpenté les tunnels des rebelles et découvert un groupe de soldats massacrés par une bombe artisanale. Le sang, les boyaux déchiquetés, les mouches, les asticots... tout avait pourri et fermenté pendant huit jours en plein été. Eh bien, ces relents-là étaient encore plus épouvantables.

Pris d'un haut-le-cœur, il voulut déguerpir, mais la puanteur s'accrocha à lui et se diffusa à la ronde. Un flot de bile lui monta à la gorge et Stefan vomit le contenu de son estomac.

Après quelques secondes difficiles, le dur à cuire frotta néanmoins ses jambes de pantalon dans la poudreuse et se releva. Les yeux embués de larmes, il voyait le monde en noir et blanc, mélange flou d'ombre et de neige.

Il reprit sa route. S'ils croyaient qu'une vulgaire boule puante le mettrait hors d'état de nuire, les crétins se fourraient le doigt dans l'œil. Habitué à résister à l'assaut des gaz lacrymogènes et pire encore, il cracha, regagna la piste et rajusta ses lunettes.

D'un coup de molette, il passa en mode infrarouge et chercha sa cible. Au début, il ne vit que les ténèbres, lâcha un juron et s'étrangla avec sa bile. Ils l'avaient peut-être retardé de deux minutes, mais leurs traces restaient nettes, et il n'aurait aucun mal à les rattraper au détour d'un sommet désert.

Alors qu'il s'apprêtait à réactiver la vision nocturne, une lueur rougeâtre surgit dans l'obscurité. La signature était claire et franche. Le vent avait dû balayer suffisamment de neige pour améliorer le champ de vision. Stefan esquissa un sourire. Ses proies n'étaient pas si loin. Il se dirigea vers la source de chaleur.

Cependant, la tache grossit vite... *trop vite*. Il se figea. À travers ses lunettes, le halo rosé excédait la taille d'un être humain. Les Américains auraient-ils rebroussé chemin à cheval ? Pensaient-ils le neutraliser après leur tentative rudimentaire d'attentat chimique ?

Eh bien, ils allaient au-devant d'une sacrée surprise ! Il ne fallait jamais mésestimer un membre des commandos d'élite russe. Stefan vit alors une autre source de chaleur arriver par la gauche. Il se retourna, perplexe. Une troisième apparut. Et une quatrième.

C'est quoi ce cirque ?

Il s'accroupit dans les relents fétides qui flottaient autour de lui. Les silhouettes devinrent de plus en plus imposantes. Les empreintes rouges étaient énormes, plus grandes qu'un cheval. Une cinquième forme, puis une sixième miroitèrent. Elles débarquaient de tous côtés.

Le soldat avait compris de quoi il s'agissait.

Des ours... Des grizzlys, à en juger par leur gabarit.

Il réenclencha la vision nocturne. Comme la neige tombait plus dru, un épais brouillard vert avait envahi la forêt. Il n'y avait aucun signe annonciateur des dangereux monstres. Retour à l'infrarouge : pourtant, ils étaient vraiment tout près.

Piégé ici... L'odeur atroce... Stefan gémit.

Après plusieurs va-et-vient entre vision nocturne et empreintes thermiques, il braqua son fusil vers une masse rouge qui avançait vers lui. Les brindilles craquaient, la neige crissait.

Pan ! La détonation tétanisa les autres assaillants, mais l'animal qu'il avait voulu abattre poussa un terrible rugissement – un son primal à vous glacer le sang – et chargea le Russe. Son cri de rage trouva écho chez ses congénères et, bientôt, le groupe lui fonça dessus.

Stefan tira plusieurs fois, mais rien ne ralentissait la course des énormes carnassiers. Ses poumons brûlaient, son cœur tambourinait au fond de sa gorge. Il arracha ses lunettes et s'accroupit, le fusil en l'air.

Le mugissement qui lui envahit la tête chassa toute lucidité. Cerné par la nuit et la neige, Stefan pivota sur lui-même comme une toupie.

Où... où... où...

Des ombres émergèrent de la tempête, immenses et cauchemardesques, lancées à pleine vitesse avec une grâce infinie. Elles lui tombèrent dessus, non pas de rage mais avec l'élan irrépressible d'un prédateur sur sa proie.

23 h 54

La longe de Mariah à la main, Matt écouta les cris du chasseur résonner quelques secondes, puis cesser net. Il tourna les talons, franchit la dernière colline et se dirigea vers la vallée. Objectif : parcourir un maximum de terrain jusqu'à l'aube et disparaître dans les bois touffus de la chaîne de Brooks. Il leur faudrait encore au minimum deux jours pour atteindre la seule habitation qui, selon lui, possédait une radio satellite à cent cinquante kilomètres à la ronde.

Craig, livide, frissonnait sur la jument. Lorsqu'ils eurent dépassé l'ultime sommet, il retrouva enfin sa langue.

— Des grizzlys... Comment saviez-vous qu'il y en aurait dans le coin ?

— Cet après-midi, j'ai bousillé un flacon d'appât sanglant, marmonna Matt. L'odeur avait forcément fait rappliquer un paquet d'ours.

— Et... et vous avez décidé de passer par là ?

— Bah ! Avec la nuit, les chutes de neige... il y avait de bonnes chances qu'ils nous fichent la paix tant qu'on ne les dérangeait pas.

— Et la bouteille que vous avez cachée dans l'arbre ?

Fort de son expérience militaire, Matt savait fabriquer un piège en deux temps trois mouvements.

— C'était une autre dose d'appât. Je me suis dit qu'une giclée de produit attirerait les bêtes les plus proches et occuperait notre amateur de grenades.

Matt secoua la tête d'un air désolé – pas à cause du chasseur mais des ours blessés.

Le pas lourd, il se demanda pour la millième fois qui étaient leurs adversaires et pourquoi ils les avaient coursés. Si on lui en avait donné le temps ou l'occasion, il aurait aimé en interroger un. À l'évidence, ils avaient affronté des militaires professionnels, mais étaient-ils encore en service ou s'agissait-il de mercenaires à la solde d'un commanditaire ?

Matt sortit le poignard confisqué au premier chasseur et l'examina à la lueur d'une mini-torche. Ni insigne, ni marque de fabrication, ni modèle particulier… et il était très probable que le reste de leur arsenal soit du même acabit. De simples mercenaires ne se seraient pas donné la peine d'effacer tout signe distinctif de leurs armes.

Matt savait qui, en revanche, le faisait.

Les commandos d'action secrète.

D'après Craig, la marine américaine avait ordonné un blocus de l'information sur la station dérivante. Leur propre gouvernement pouvait-il être en cause ? Après huit années passées dans l'élite des Bérets verts, Matt savait qu'au nom de la sécurité nationale il fallait parfois se résigner à des choix difficiles.

Il refusa d'y croire mais, si ce n'étaient pas eux, alors qui ?

— On va où maintenant ? reprit Craig.

D'un soupir, Matt chassa ses idées noires et contempla la forêt enneigée.

— Je vous emmène dans un endroit encore plus dangereux.
— Où ça ?
— Chez mon ex-femme, lâcha-t-il, la gorge nouée de regrets.

3

LIGNES DE PIÉGEAGE

ᓀᓯᐊᖅᑐᖕᐃᑦ

8 avril, 10 h 02
Parc national des Portes de l'Arctique

Jennifer Aratuk se tenait au-dessus du piège, matraque au poing. Le carcajou siffla, la fixa d'un air méchant et, l'arrière-train relevé, il protégea jalousement sa prise : une martre, prisonnière du collet posé par le père de la jeune femme. Son pelage noir se détachait sur la neige. Elle était morte et enfouie sous une bonne couche de poudreuse, la nuque brisée, mais c'était le carcajou qui l'avait découverte en premier, déterrée et il refusait d'abandonner son trophée congelé.

Jennifer agita son gourdin en bois d'aulne.

— Fiche le camp d'ici !

Le mâle au masque blanc poussa un grondement féroce et lui lança un coup de patte, ce qui, en langage animal, était l'équivalent d'un *« Va te faire foutre »*. Quand il était question de nourriture, les carcajous avaient la réputation d'être assez intrépides pour affronter des loups. Ils possédaient aussi des griffes acérées et de puissantes mâchoires hérissées de crocs pointus.

Contrariée mais prudente, Jenny songea à l'assommer. Un coup de bâton sur le crâne le ferait fuir ou l'étourdirait le temps qu'elle récupère la martre. Son père troquait ses fourrures contre de l'huile de phoque ou d'autres marchandises locales. Elle venait de passer quarante-huit heures à écumer sa zone d'action, autrement dit à relever les pièges, ramasser les prises et poser de nouveaux appâts. Sa corvée ne l'emballait guère, mais son père souffrait d'arthrite sévère, et elle n'aimait pas le voir s'aventurer seul en forêt.

— D'accord, petit. Je suppose que tu es arrivé ici le premier.

Elle détacha la corde pendue au peuplier de Virginie et, une fois la martre libérée de son piège, elle lui donna un petit coup.

Le carcajou grogna, planta ses crocs dans une cuisse gelée de la bête, puis rebroussa chemin avec son butin et regagna son repaire enfoui sous la neige.

Jenny le regarda se dandiner. Elle ne raconterait pas à son père qu'elle avait laissé filer l'occasion de rapporter une martre *et* une peau de carcajou. Il n'aurait pas apprécié. Enfin, bon, elle était shérif du comté, pas trappeuse. Il devait déjà s'estimer heureux qu'elle consacre la moitié de ses quinze jours de congés annuels à relever ses maudits pièges.

Le pas alourdi par ses raquettes de sherpa, elle rejoignit son traîneau. Son expédition en forêt ne présentait pas que des inconvénients : depuis trois jours, une tempête avait recouvert le parc national de soixante centimètres de neige compacte, ce qui constituait un terrain de jeu idéal pour entraîner une dernière fois son équipe avant le dégel printanier. Jenny adorait se promener seule avec ses chiens. Comme il était encore trop tôt dans l'année pour croiser le moindre touriste, campeur ou randonneur, elle jouissait d'un grand coin de nature déserte. Son chalet était bâti un peu plus bas, en bordure de forêt. Grâce à l'ANILCA[1], promulguée en 1980, son père, en tant qu'Inuit pure souche, avait le droit de poser des pièges et de chasser dans certaines zones du parc afin d'assurer sa subsistance. D'où l'escapade en traîneau à chiens.

À son retour, Jenny fut accueillie par le concert traditionnel d'aboiements de sa meute. Elle délaça ses raquettes, s'en débarrassa d'un coup de pied et les fixa au traîneau. Juste dessous, il y avait son sac de couchage, des vêtements de rechange secs, une hachette, une lanterne, une bombe antimoustiques, un sac de croquettes pour chiens, un carton détrempé de barres énergétiques, un paquet de Doritos saveur barbecue et une petite glacière remplie de Coca-Cola *light*. Elle posa son revolver de service sur le guidon et le sangla à côté d'une hache rangée dans son fourreau en cuir.

Ses surmoufles en laine n'étaient plus indispensables, mais elle conserva ses gants en Gore-Tex, plus fins et plus pratiques.

— Allez, les enfants, on rentre.

À son signal, les chiens se relevèrent en remuant la queue. La meute était toujours attelée à la ligne de trait centrale. Pendant qu'elle ajustait leurs traces, Jenny salua ses animaux : Satanas et Diabolo, Laurel et Hardy, Holmes et Watson, Cagney et Lacey. Tous sauvés de la fourrière ou du chenil, ils constituaient

---

1. *Alaska National Interest Lands Conservation Act* : loi de protection des terres d'intérêt national de l'Alaska.

un mélange disparate de croisés labrador, de malamutes et de bergers bâtards. Elle en avait d'autres à la maison, seize au total, avec lesquels elle avait participé à l'Iditarod entre Anchorage et Nome l'année précédente. Elle ne figurait même pas dans la première moitié du classement, mais le défi et le temps réalisé par son équipe avaient suffi à son bonheur.

Elle empoigna la ligne de sécurité et l'agita d'un coup sec.

— Allez !

Les chiens se lancèrent au trot en aboyant furieusement. Jenny marchait derrière eux et orientait leur trajectoire. Le piège dévalisé par le carcajou était le dernier de la liste. Elle avait bouclé son circuit, mais il lui restait cinq bons kilomètres à parcourir pour revenir au bercail. Avec un peu de chance, son père aurait laissé du café au chaud sur la cuisinière.

Elle guida ses chiens sur les nombreux lacets d'une butte à peine boisée et s'arrêta au sommet, le temps d'admirer l'incroyable panorama. Des dizaines de cimes se dressaient à perte de vue. Au soleil, les épicéas drapés de neige brillaient d'un éclat émeraude, tandis que des bosquets de feuillus – aulnes et peupliers de Virginie – agrémentaient le paysage de subtiles nuances jaunes et vertes. Au loin, une rivière argentée bondissait par-dessus des cascades.

Dans une atmosphère qui embaumait le cèdre, la région se parait d'une beauté froide et aride. Certains la trouvaient trop dure, d'autres pas assez. Le soleil, plutôt rare ces derniers jours, réchauffa le visage de Jenny. Entre les nuages, un faucon solitaire tournait en rond. Pendant quelques secondes, elle le suivit du regard.

Elle arpentait les terres de son peuple mais, bien qu'elle y ait vécu toute sa vie, elle n'était plus capable d'affronter son passé. Elle avait perdu un sens dont, jusqu'alors, elle n'avait même pas soupçonné l'existence. Enfin, cela restait la moindre de ses pertes.

De nouveau concentrée sur sa meute, elle enfila ses lunettes de ski, grimpa sur un patin du traîneau et tira sur la ligne.

— *Hi-ya !*

Les chiens bondirent dans leur harnais et entamèrent la descente au galop. Rênes en main, Jenny accélérait ou freinait si nécessaire. Ils volaient presque sur la neige. Un coup de vent lui ôta sa capuche mais, plutôt que de la remettre en place, elle savoura le plaisir de sentir la brise glacée fouetter ses joues et ses cheveux. D'un mouvement de tête, elle libéra sa crinière d'ébène.

Elle lâcha le frein et laissa l'attelage cavaler tout droit. Plus le vent sifflait, plus le paysage devenait flou. Elle guida ses chiens le long d'une imposante rivière. Pendant un instant d'éternité, elle eut l'impression d'être en communion parfaite avec son équipage, avec l'armature en acier et en frêne de son traîneau, avec le monde alentour.

Un coup de fusil la ramena à la réalité.

Elle sauta à pieds joints sur le frein, ce qui souleva un panache de neige à l'arrière du traîneau. Les chiens ralentirent. Elle se redressa sur ses patins.

Une autre détonation déchira la quiétude matinale.

Son oreille aguerrie lui indiqua la provenance des tirs. Son chalet !

Inquiète pour son père, Jenny tira sur la ligne de sécurité.

— *Hi-ya !*

Son esprit échafauda les pires scénarios. Même s'ils s'aventuraient rarement aussi bas dans la vallée, les ours étaient sortis d'hibernation. Un élan pouvait aussi se révéler dangereux, et la maison se dressait près de la rivière, où les brouts de saule attiraient les jeunes animaux. Il ne fallait pas non plus oublier les prédateurs à deux pattes, braconniers et autres voleurs, qui n'hésitaient pas à piller les habitations isolées. En tant que shérif, Jenny avait vu d'effroyables tragédies frapper les coins les plus sauvages de l'Alaska.

Affolée, elle se mit à prendre des risques insensés.

Elle amorça un virage serré. Devant elle, un goulet d'étranglement se profila entre une falaise de granit et la berge rocailleuse. Elle allait trop vite. Elle voulut freiner mais fut trahie par une plaque de glace : le traîneau chassa vers la falaise.

Impossible d'éviter le choc !

Elle bondit de l'autre côté, puis se servit de son poids et de la vitesse engrangée dans le virage pour faire basculer l'engin sur un seul patin. Le fond du panier effleura la paroi glacée. L'acier crissa contre la roche.

En espérant que le traîneau ne se renverserait pas sur elle, elle se cramponna au guidon et lâcha la ligne de sécurité des chiens, qui s'en donnèrent à cœur joie et tirèrent furieusement le matériel derrière eux.

Jenny s'empêcha de hurler... puis tout fut terminé.

La falaise s'éloigna et, quand le traîneau retomba à plat, la jeune femme faillit être éjectée. Tant bien que mal, elle réussit à s'accrocher. Les chiens continuèrent leur folle cavalcade : ils savaient pertinemment que le chalet n'était plus qu'à deux ou trois cents mètres.

Jenny n'essaya pas de les faire ralentir.

Hors d'haleine, elle guetta un autre coup de feu mais n'entendit que le sang battre contre ses tempes. Elle redoutait ce qu'elle allait trouver à l'arrivée. D'une main, elle dégrafa son holster mais laissa le revolver dans l'étui, car elle ne se sentait pas de taille à piloter en brandissant une arme.

Le traîneau fila le long de la rivière, conformément à la piste qu'elle avait quittée la veille. Après un dernier lacet, la cabane surgit, bâtie sur une prairie où le cours d'eau serpentait pour se jeter dans une rivière en crue. Derrière, l'hydravion flottait au bout d'un solide ponton.

Le père de Jenny était planté sur le seuil de la maison. En tenue traditionnelle inuit (anorak en fourrure, pantalon assorti et bottes mukluk), il serrait un vieux fusil de chasse Winchester contre lui. Même de loin, ses prunelles étincelaient de colère.

— Papa !

Surpris, il pivota vers elle. Elle poussa ses chiens à accélérer encore et flanqua des coups de pied sur son engin afin qu'il donne de la bande jusqu'au chalet.

Une fois qu'elle eut troqué la forêt contre sa clairière baignée de soleil, elle sortit son pistolet, sauta du traîneau et profita de son élan pour foncer jusqu'à son père. Derrière, le véhicule privé de pilote heurta un caillou et se renversa. Sans se préoccuper un instant des dégâts causés par l'accident, elle chercha du regard d'où venait le danger.

Soudain, il lui bondit dessus. Une grosse forme noire jaillit des ténèbres du perron.

Un loup, hurla son cerveau. Elle brandit son pistolet.

— Non ! aboya-t-on derrière elle.

Elle plissa les yeux, changea de point de mire... et le fantôme inquiétant se transforma en silhouette familière.

— Bane ! s'exclama-t-elle, soulagée.

Elle baissa sa garde et s'agenouilla pour recevoir les coups de langue affectueux de l'énorme chien. Les joues dégoulinantes de bave, elle fit volte-face. À l'orée du bois, deux hommes patientaient, et un cheval mastiquait les feuilles basses d'un aulne.

— J'ai dit à ce salopiot de débarrasser le plancher ! vociféra le père de Jenny. Il n'est pas le bienvenu ici.

La preuve qu'il parlait très sérieusement ? Il brandit son fusil.

Jenny dévisagea son ex-mari. Matthew Pike sourit mais, derrière ses dents blanches, on lisait une certaine anxiété. Elle contempla le traîneau en miettes, puis lança à son père :

— Vas-y, descends-le.

11 h 54

Son ex-femme ne faisait que se défouler, mais Matt préféra rester en lisière de forêt. Pendant de longues secondes, ils se regardèrent en chiens de faïence, puis elle secoua la tête d'un air dégoûté et rejoignit son père. Elle lui prit le fusil des mains et, en inuktitut, elle dit d'une voix douce mais ferme :

— Tu es trop prudent pour tirer en l'air, papa. Même ici.

Matt était littéralement hypnotisé par Jenny. À cause des origines franco-canadiennes de sa mère, elle mesurait près d'un mètre quatre-vingts, ce qui était grand chez les Inuit mais, comme son père, elle était aussi mince qu'un rameau de saule. Sa peau café au lait était douce au toucher, et aucune femme n'avait d'yeux aussi expressifs. Ils pouvaient danser, scintiller ou devenir très sexy. Ces prunelles-là, il en était tombé amoureux.

Trois ans après leur divorce, les mêmes yeux le fixaient avec une colère manifeste... et quelque chose de plus profond, de plus douloureux.

— Qu'est-ce que tu fiches ici, Matt ?

— Désolés de vous déranger, madame, intervint Craig, mais mon avion s'est écrasé.

Il caressa son pansement à la tête.

— On vient de faire deux jours de marche. Votre ex-mari m'a sauvé la vie.

Enfin, Matt retrouva sa langue.

— C'était l'appareil de Brent Cumming.

Le temps que Jenny encaisse la nouvelle, il se tut. Vu l'absence du pilote chevronné, une question brûlait les lèvres de la jeune femme.

— Il est mort, souffla-t-il.

— Oh, Seigneur ! Cheryl... que vais-je lui dire ?

Timide, Matt avança d'un pas, la longe de Mariah à la main :

— Tu expliqueras qu'il ne s'agissait pas d'un accident.

— Comment ça ?

— C'est une longue histoire.

La cheminée du chalet fumait. Dix ans plus tôt, Matt avait aidé à bâtir les murs en rondin brut et le toit en gazon selon une conception traditionnelle inuit. Il y avait même un petit *lagyaq*, ou « cellier à viande ». Pour mieux chauffer les pièces principales, on avait néanmoins ajouté une cuve à propane et du triple vitrage.

Les vieux souvenirs se superposèrent au présent. Matt avait passé de merveilleux moments là-bas... et un hiver atroce.

— On pourrait discuter à l'intérieur ? Deux autres cadavres gisent dans les bois.

La mine soucieuse, Jenny accepta en silence. Son vieil Inuit de père, en revanche, ne s'était pas laissé attendrir.

— Je m'occupe du cheval et des chiens.

John Aratuk prit Mariah par la bride. Il s'était suffisamment calmé pour caresser le nez de la jument mais refusa d'établir un contact visuel avec Matt et se contenta de saluer Craig d'un coup de menton. Il n'avait rien contre celui-là : il lui reprochait juste ses fréquentations.

Jenny poussa la porte du chalet et posa le fusil Winchester sur le perron.

— Allez-y.

Matt fit signe à Craig de passer devant et se figea sur le seuil. *Il y a trois ans que je n'ai pas mis les pieds ici.* Il prit son courage à deux mains, fit rouler sa langue sur ses lèvres desséchées et entra à son tour. Une partie de lui s'attendait à voir le corps minuscule de Tyler étendu sur la table en pin, ses bras décharnés croisés sur la poitrine. À l'époque, Matt avait trébuché presque à quatre pattes, accablé de chagrin, à moitié gelé, transi de froid, le cœur transformé en bloc de pierre.

Ce jour-là, au contraire, la cabane exhalait une douce chaleur au parfum de musc boisé. Jenny s'approcha de la cuisinière en fonte, remua les braises à l'aide d'un tison et ranima le feu. Une cafetière posée sur une grille fumait doucement.

— Il y a des chopes dans le buffet, Matt. Tu sais où elles sont.

L'intéressé sortit trois grosses tasses en faïence et balaya du regard le salon au plafond de rondin. Les choses n'avaient guère changé. La vaste pièce principale était toujours éclairée par trois *qulliq*, c'est-à-dire des lampes à huile traditionnelles représentant des demi-lunes en stéatite creuse. Il y avait du courant, mais il aurait fallu allumer le groupe électrogène. Une cheminée en galet trônait dans un coin. Les fauteuils et le canapé avaient été fabriqués par un artisan local à partir de cuir de caribou et d'épicéa vieilli à la flamme. Jenny étant une merveilleuse photographe, un mur était orné de ses clichés. Quelques bibelots inuit parachevaient la décoration : petits totems, statuette de la déesse marine Sedna ou masque bariolé de chaman utilisé dans les cérémonies de guérison.

Difficile de rester planté là, car chaque objet avait une histoire. Matt semblait maudit. Alors qu'il venait d'intégrer l'université du Tennessee, ses parents avaient été tués lors d'un cambriolage qui avait mal tourné. Sans ressources, il avait dû s'engager dans l'armée. Il avait alors utilisé sa colère et son chagrin au service de sa carrière, ce qui lui avait permis de rejoindre les forces spéciales et, par la suite, les Bérets verts. Néanmoins, écœuré par l'avalanche de morts et les bains de sang en Somalie, il avait démissionné et repris ses études. Une fois son diplôme de sciences de l'environnement en poche, il s'était installé en Alaska pour profiter des grands espaces et des parcs naturels.

Il était venu y mener une vie d'ermite, mais sa rencontre avec Jenny avait tout bouleversé.

Ses tasses à la main, Matt était tétanisé entre passé et présent. Il détourna la tête des deux chambres qui s'ouvraient sur le salon, parce qu'il n'était pas prêt à affronter des souvenirs aussi intimes. Quelques-uns réussirent, hélas, à s'insinuer à l'intérieur de son esprit.

Dans une chambre, il lisait Winnie l'Ourson *à Tyler, toute la famille en gros pyjama de laine, pelotonnée au fond du lit...*

Dans l'autre, il était blotti sous une grosse couette en duvet d'oie avec Jenny, son corps de braise nu contre sa peau...

— Le café est prêt.

La maîtresse des lieux prit la verseuse brûlante à l'aide d'une vieille manique et leur fit signe de rejoindre le canapé.

Tiré de sa rêverie, Matt posa les chopes sur la table et, pendant qu'elle les remplissait, elle lâcha sur un ton neutre et professionnel de shérif :

— Expliquez-moi ce qui s'est passé.

Craig raconta ses péripéties depuis son départ de Seattle et termina par l'effroyable piqué de l'avion.

— Sabotage ? lâcha Jenny.

Comme Matt, elle connaissait Brent Cumming : avec un type aussi sérieux, le problème ne venait pas d'une simple négligence ou d'une défaillance mécanique.

— C'est ce que je croyais, répondit son ex-mari. Puis l'autre avion a débarqué.

Il avait noté l'identifiant peint sur le fuselage, mais l'appareil avait certainement été volé ou affublé d'un code fantaisiste.

— Alors qu'il tournait en rond au-dessus de nous, deux commandos ont sauté de l'avion avec fusils et motoneiges. Une chose est sûre : ils ne voulaient laisser aucun témoin gênant.

Perplexe, Jenny lorgna du côté du reporter, qui touillait consciencieusement le sucre dans son café.

— Qu'est-il arrivé ensuite ?

Matt apporta un maximum de détails sur le sort des meurtriers de Brent. Lorsqu'elle déplia une carte topographique de la région, il précisa l'endroit où le Cessna s'était écrasé ainsi que la zone où on retrouverait le corps des deux types.

— Je dois contacter Fairbanks, annonça Jenny.

— Et, moi, il faut que je prévienne le journal, intervint Craig, requinqué par une gorgée de café fort. Ils se demandent sans doute ce que je fabrique : j'étais censé les appeler dès mon arrivée à Prudhoe Bay.

— Le téléphone satellite se trouve sur la table. Dépêchez-vous, parce qu'après, j'aurai besoin de joindre mon bureau.

Craig emporta sa chope de café.

— Ça fonctionne comment ?

— Composez le numéro comme sur un cadran ordinaire. Il y aura sûrement de la friture sur la ligne à cause des récentes tempêtes solaires.

L'homme acquiesça en silence et, tandis qu'il décrochait le combiné, Jenny s'approcha de Matt.

— Que penses-tu de cette histoire ?

Il posa la main sur le manteau de la cheminée.

— Quelqu'un veut empêcher la presse d'accéder à la station dérivante.

— Pour étouffer l'affaire ?

— Aucune idée.

Derrière eux, Craig grogna au téléphone :

— Sandra, c'est Teague. Passez-moi le grand chef. *(Silence.)* Je me contrefiche qu'il soit en réunion. Mes infos ne peuvent pas attendre.

Le reporter avait déjà plus de choses à raconter dans son article qu'il n'en aurait espéré à son départ de Seattle.

Jenny lui tourna le dos et baissa d'un ton :

— Ce mec pourrait-il nous cacher des trucs ?

— J'en doute. À mon avis, il se retrouve ici parce qu'il a perdu à la courte paille.

— Et les commandos ? Tu es sûr qu'il s'agissait de soldats ?

— Ils ont au moins un passé militaire.

Matt la sentit crispée. Elle évitait de croiser son regard et restait laconique. Elle avait un travail à accomplir, mais la présence de son ex-mari la rendait nerveuse.

Comment le lui reprocher ? Il ne méritait pas mieux, même s'il regrettait la gêne d'un dialogue forcé. Il aurait voulu annoncer qu'il n'avait pas bu un verre depuis deux ans, mais quelle importance à présent ? Le mal était fait.

Il contempla une photo encadrée de Tyler sur la cheminée : le blondinet souriait, un chiot dans les bras, Bane, alors âgé de huit semaines. Le cœur de Matt se serra de joie et de chagrin. Il laissa l'émotion l'envahir. Depuis longtemps, il n'essayait plus de réprimer ses sentiments. La douleur était encore là et, à de nombreux égards, c'était une bonne chose.

— D'autres impressions ? reprit Jenny.

Matt s'éloigna de l'âtre et tenta de masquer son désarroi.

— Je ne sais pas... Il pourrait s'agir d'étrangers.

— Pourquoi ?

— Ils n'ont jamais parlé à haute voix. Avec le recul, je pense qu'ils voulaient peut-être cacher leur origine et qu'à l'image des armes anonymes, leur silence était délibéré.

— Des mercenaires ?

Matt haussa les épaules. Il n'en avait aucune idée.

— Jusqu'ici, on n'a pas grand-chose à se mettre sous la dent, souffla-t-elle, pensive. On va appeler la police scientifique et voir ce qu'elle peut découvrir, mais mon petit doigt me dit que les vraies réponses sont à la station polaire. Auquel cas, il faut prévenir le FBI... et, si la Navy est liée à l'affaire, les renseignements militaires. Quel merdier !

— Un merdier que *quelqu'un* voulait nettoyer à grands coups de fusil.

Elle parut vouloir répondre, puis se ravisa.

Matt se jeta à l'eau.

— Jenny... écoute...

Craig, jusqu'alors discret, haussa soudain le ton :

— Prudhoe Bay, *pourquoi* ?

Jenny et Matt se retournèrent.

— Je ne vois pas pourquoi je devrais... *(Long silence.)* Très bien, mais je suis avec un shérif. Je ne peux pas vous promettre d'arriver là-bas.

Le reporter leva les yeux au ciel d'un air exaspéré et soupira :

— Putain, quand je rentrerai, vous avez intérêt à me filer une sacrée augmentation.

Il raccrocha d'un coup sec.

— Un problème ? s'ensuit Matt.

Craig fulmina quelques instants, puis reprit ses esprits.

— Ils me demandent de rester. Vous vous rendez compte ? J'ai rendez-vous avec le correspondant du journal à Prudhoe pour couvrir la suite des événements. Savoir si, d'une manière ou d'une autre, ils sont liés à la base scientifique.

— De toute façon, vous ne partirez qu'après avoir été blanchi par Fairbanks, objecta Jenny. L'enquête démarre à peine.

— Parfait, maugréa-t-il, écœuré.

Alors que le shérif s'apprêtait à téléphoner, John Aratuk entra d'un pas lourd et secoua la neige de ses bottes.

— J'ai l'impression que d'autres visiteurs vont débarquer à l'improviste.

Il fusilla son ex-gendre du regard.

— On dirait qu'un avion essaie d'atterrir.

En entendant un moteur ronfler et les chiens aboyer, les jeunes gens se précipitèrent sur le perron : dans le ciel, un Cessna blanc décrivait une courbe parallèle à l'imposante rivière.

Matt sentit une chape de plomb s'abattre sur ses épaules :

— C'est le même.

La main en pare-soleil, Jenny tâcha de décrypter l'identifiant inscrit sous les ailes de l'appareil.

— Ils savent que vous êtes ici ?

Au hublot, un homme se pencha et agita le bras vers eux. Les yeux du garde forestier s'écarquillèrent. *Pas un bras... un lance-grenades autopropulsé !*

Au moment où il repoussait Jenny à l'intérieur, une gerbe de feu jaillit de l'arme.

— Qu'est-ce..., glapit la jeune femme.

La déflagration lui coupa la parole. Une fenêtre orientée au sud explosa en mille morceaux à travers le salon.

Matt se précipita. Les ruines du petit *lagyaq* fumaient autour d'un cratère béant. Son toit volait encore dans les airs.

Le Cessna effleura la forêt et bascula sur une aile pour amorcer un deuxième passage.

— Je crois qu'ils ont retrouvé notre trace, lâcha Matt.

Le visage fermé, Jenny avait déjà empoigné sa Winchester et marchait d'un pas décidé vers la porte du chalet.

Matt se dépêcha de la rattraper.

— Tu fais quoi maintenant ?

Dehors, il fallait hurler pour couvrir le vacarme ambiant.

Du canon de son arme, Jenny suivit la trajectoire du Cessna :

— On fiche le camp ! Tout le monde au Twin Otter !

Perplexe à l'idée de monter dans l'hydravion du shérif, Craig suggéra :

— Si on repartait à travers bois ?

— On a déjà réussi à leur échapper par là, répliqua Matt. Par un temps aussi clair, on n'aura pas deux fois la même chance. Sans compter que d'autres commandos écument peut-être la forêt.

Le groupe s'élança vers l'embarcadère. D'une main solide, Jenny aida son père à avancer. Les chiens couraient, aboyaient et sautaient partout.

Alors que Bane le rejoignait au galop sur le ponton, Matt s'égosilla :

— Jenny ! Démarre et passe-moi ton flingue ! Je vais tenter de les occuper !

Elle acquiesça avec un sang-froid étonnant, lui tendit son arme, et il rebroussa chemin, le chien-loup sur ses talons.

Le Cessna entama une nouvelle descente vers le chalet. Matt braqua son fusil. Premier coup de feu, rien. Il tira sur la culasse mobile pour insérer de nouvelles munitions.

Au bout du quai, le moteur du Twin Otter toussota, puis se tut. *Allez, Jen...*

Après avoir rabattu ses volets, le Cessna plongea vers l'hydravion en difficulté.

Matt visa la fenêtre du cockpit et refit feu. Encore raté.

— Merde !

Il tira de nouveau sur la culasse, épaula son fusil et se campa plus fermement sur ses pieds.

L'Otter crachota et, lorsqu'il démarra enfin, ses pétarades couvrirent le concert d'aboiements.

— Matt ! cria Jenny. Monte !

L'avion ennemi n'était plus qu'à dix mètres au-dessus de l'eau. Une silhouette en parka blanche se pencha par l'ouverture béante, un bazooka noir posé sur l'épaule. Lancé à pleine vitesse, il voulait tirer à bout portant, ne laissant ainsi aucune chance à ses proies.

Leur seul espoir ? Que Matt l'oblige à manquer sa cible, ce qui forcerait l'avion à refaire un passage et donnerait à Jenny le temps de décoller.

Il se mordit la lèvre inférieure, plaça l'appareil dans sa ligne de mire, se concentra sur le gros tube noir et pressa la détente.

La détonation le fit cligner des paupières. Le tireur adverse s'abrita sous une jambe de train. Matt l'avait manqué, car il visait l'aile, mais le souffle de la balle avait ébranlé leur agresseur.

Hélas, ce ne fut pas suffisant. Le lance-roquettes revint vite en position. Le Cessna, qui ne se trouvait plus qu'à soixante-dix mètres, arrivait comme un fou en rase-mottes.

L'Américain réarma sa Winchester.

— Grouille-toi, Matt ! hurla Jenny.

John Aratuk tenait la porte ouverte et pointa l'index vers la corde :

— On est encore arrimés au ponton !

Matt jura tout bas et courut vers eux, fusil au poing. Après avoir détaché l'amarre de sa main libre, il bondit sur un flotteur.

Son fidèle Bane sauta dans l'habitacle avec grâce. Depuis qu'ils vivaient ensemble, l'animal était un habitué de l'avion.

— On peut y aller !

Le moteur vrombit. Les deux hélices, une sur chaque aile, s'emballèrent, et le Twin Otter s'éloigna du quai.

Quand John voulut l'aider à rentrer, Matt le fixa droit dans les yeux, enroula la corde autour de sa taille et lui en jeta une extrémité :

— Non. Attachez-moi !

Devant la perplexité manifeste du vieil Inuit, il indiqua le montant en acier de la porte.

— Assurez-moi !

Effaré, John comprit et s'exécuta. Autrefois, les deux hommes avaient gravi bon nombre de glaciers ensemble.

Tandis que l'Otter accélérait sur l'eau, Matt se laissa glisser le long du flotteur gauche en utilisant l'amarre comme corde de rappel. Le père de Jenny veillait à maintenir la ligne tendue grâce au montant métallique.

Matt émergea de l'ombre portée d'une aile.

Le Cessna, qui les traquait au ras des flots, volait à peine trente mètres plus loin et se rapprochait vite. Ils ne pourraient jamais lui échapper à temps.

Matt brandit son fusil, se pencha dehors, à peine retenu par l'amarre, les jambes arc-boutées sur le flotteur, et visa la fenêtre du cockpit.

Au moment où il pressait la détente, une étincelle fusa du lance-roquettes. Matt poussa un cri. Il avait tiré trop tard.

Pourtant, le Cessna tangua, perdit de l'altitude et vira sur une aile.

Avec un *vlouf* effroyable, un geyser d'eau et de cailloux jaillit sous le nez du Twin Otter.

Matt se tortilla dans sa corde quand ils longèrent le point critique. Des débris s'abattirent sur la rivière et la berge.

La grenade avait raté sa cible. Un tressautement de l'appareil avait dû gêner le tireur.

Incapable de stopper sa course, le Cessna passa en trombe au-dessus de leurs têtes et se retrouva à présent pourchassé par l'Otter. Il réussit à se stabiliser, mais Matt aperçut des fissures en étoile sur le pare-brise.

Objectif atteint !

Il se redressa. Giflé par les vents contraires, il laissa John le ramener à la porte et, tandis que les flotteurs quittaient la rivière, il agrippa la carlingue. Aussitôt, les trépidations cessèrent.

Quand l'appareil s'inclina, Matt perdit l'équilibre et tomba en arrière. Il agita les bras pour se cramponner quelque part et lâcha la Winchester, qui s'écrasa dans l'eau.

Une main puissante le rattrapa par la ceinture.

Il fixa les prunelles noires de son ex-beau-père qui, sanglé sur son siège, le tenait solidement. Le vent mugit autour d'eux, puis quelque chose se brisa sur le visage du vieil Inuit, et il hissa Matt à l'intérieur.

Dès qu'il retrouva son maître, Bane, installé sur la troisième banquette, fourra le museau contre son torse, la langue pendante. Matt le repoussa et ferma la porte d'un coup sec.

— Ils reviennent ! annonça Jenny aux manettes.

Le jeune homme se faufila vers la place du copilote. Devant eux, le Cessna amorça un virage très penché sur l'aile.

Le temps de s'asseoir, Matt remarqua ses mains vides et s'en voulut d'avoir perdu la Winchester.

— Tu as un autre flingue ?

Jenny mit les gaz pour prendre de l'altitude.

— J'ai mon Browning... et mon fusil de service est fixé à la cloison de la cabine arrière, mais tu ne descendras rien en plein ciel.

Matt soupira. Elle avait raison. Aucune arme à feu n'était aussi précise à longue portée, surtout par grand vent.

— Notre seule chance est de rallier Prudhoe Bay.

C'était la base militaire la plus proche. Quelle que soit l'histoire dans laquelle ils étaient embarqués, elle dépassait de loin leurs compétences. Problème : la ville se trouvait à six cent cinquante kilomètres de là.

Jenny regarda le Cessna plonger vers eux.

— Ça va mal tourner.

14 h 25
Sous la calotte glaciaire

— Un message pour vous, amiral.

Plongé dans *Les Frères Karamazov*, de Fédor Dostoïevski, Viktor Petkov ne prêta aucune attention au jeune lieutenant planté sur le seuil de sa luxueuse cabine. Il avait souvent trouvé réconfort auprès du vieux roman russe : chaque fois que son âme était mise à l'épreuve, il songeait au combat qu'Ivan Karamazov menait contre lui-même et sa spiritualité.

Sauf que le père de Viktor, fervent Russe orthodoxe, n'avait jamais lutté en tant que tel. Même sous le règne de Staline, où il était devenu impossible de pratiquer sa foi, il n'avait pas renié ses croyances. Voilà peut-être pourquoi un des scientifiques les plus récompensés de son époque avait été arraché *manu militari* à sa famille et exilé dans une lointaine base arctique.

Viktor était arrivé à la fin du chapitre intitulé « La Légende du Grand Inquisiteur », où Ivan répudiait Dieu de manière spectaculaire. Une scène bouleversante ! La colère du personnage faisait écho aux frustrations de son cœur de lecteur. Lui aussi avait dû encaisser le meurtre de son père – pas par un de ses fils, comme dans le roman, mais néanmoins par la main d'un traître.

Son malheur ne s'était pas arrêté là. Après la disparition de la station polaire en 1948, sa mère avait sombré dans une terrible dépression qui, au bout de dix longues années, s'était soldée par un suicide. Viktor avait 18 ans quand il était rentré chez lui et avait découvert la pauvre femme pendue à une poutre de l'appartement.

L'orphelin avait été recruté par l'armée russe, qui était devenue sa nouvelle famille. À force de chercher des réponses ou encore une logique au destin funeste de son père, il s'était intéressé à l'Arctique. Son obsession, doublée d'une rage vissée au corps, avait orienté sa carrière et lui avait fait gravir les échelons des forces sous-marines russes jusqu'au poste de commandant du complexe naval de Severomorsk.

Malgré sa réussite professionnelle, Viktor n'avait pas oublié comment son père avait été enlevé à sa famille. Il revoyait aussi sa mère pendue à son nœud coulant, les orteils effleurant à peine le plancher.

— Chef ?

Un frottement de semelles le ramena à la réalité. Effrayé à l'idée de déranger *Beliy Prizrak*, le « Fantôme Blanc », le lieutenant bredouilla :

— Nous... nous avons reçu un message codé estampillé *Urgent* et adressé à vous seul.

Viktor referma son livre, caressa le cuir de la reliure et tendit la main. Une demi-heure plus tôt, le *Drakon* était remonté à portée de périscope et avait déployé son matériel de communication à travers une brèche de la banquise, ce qui permettait de transmettre les rapports et de recevoir des instructions.

Soulagé, le jeune soldat lui remit un classeur métallique. Viktor signa la fiche et s'en empara.

— Vous pouvez disposer. Si j'ai besoin d'envoyer une réponse, je contacterai le pont.

— À vos ordres, chef.

Dès que le lieutenant eut pris congé, Viktor ouvrit le classeur. La première page était flanquée du tampon RÉSERVÉ À L'AMIRAL. La suite était cryptée. Soupir aux lèvres, il s'attela à la corvée du déchiffrage. Le message venait du colonel général Yergen Chenko, membre exécutif du FSB. Avec son quartier général établi à Lubyanka, le *Federalnaïa Sloujba Bezopasnosti*, que les Américains appelaient « Service fédéral de sécurité », était un héritier du KGB. *Nouveau nom, même fonction*, songea amèrement Viktor.

URGENT　　　URGENT　　　URGENT　　　URGENT
DE : FEDERALNAÏA SLOUJBA BEZOPASNOSTI (FSB)
À : *DRAKON*
//BT//
RÉF : LUBYANKA 76-453A DATÉ 08 AVR
OBJ : COORDONNÉES DE RENDEZ-VOUS/DÉPLOIEMENT
TOP SECRET　　TOP SECRET　　TOP SECRET
À L'ATTENTION EXCLUSIVE DE L'AMIRAL
RMQS/

(1) DE NOUVEAUX RENSEIGNEMENTS ONT CONFIRMÉ UNE OPÉRATION DE CONTRE-ESPIONNAGE AMÉRICAINE EN COURS. DELTA FORCE US MOBILISÉE. CHEF DE L'OPÉRATION IDENTIFIÉ ET CONFIRMÉ. DES MESURES DE RÉSISTANCE ONT ÉTÉ ACCÉLÉRÉES ET COORDONNÉES AVEC LES LÉOPARDS.

(2) LA STATION DÉRIVANTE OMÉGA EST DÉSIGNÉE CIBLE N° 1. COORDONNÉES ALPHA QUATRE DEUX POINTS SIX PAR TROIS UN POINT DEUX, REPÈRE Z-SUBONE.

(3) ORDRE AU *DRAKON* DE NAVIGUER EN SILENCE JUSQU'À FEU VERT MOLNIYA.

(4) FEU VERT DE DÉPLOIEMENT FIXÉ À 0800.

(5) LES NOUVEAUX RAPPORTS DES SERVICES DE RENSEIGNEMENTS SERONT TRANSMIS AVEC FEU VERT.

(6) SIGNÉ COL. GÉN. Y. CHENKO.

BT
NNNN

Viktor fronça les sourcils.

Le contenu de la lettre était limpide et sans surprise. La cible et l'heure avaient été fermement établies – *station dérivante Oméga, demain matin* – et, selon toute vraisemblance, Washington connaissait désormais les enjeux autour de la vieille base polaire.

Pourtant, comme d'habitude avec Chenko, il fallait lire entre les lignes de code.
Delta Force US mobilisée.
La petite phrase en disait deux fois plus que de prime abord. La Delta Force, qui comptait parmi les unités le plus secrètes des forces spéciales américaines, n'était pas soumise au respect des lois. Une fois sur le terrain, ses équipes fonctionnaient en autonomie quasi totale, supervisées par un simple « contrôleur des opérations », qui pouvait être un militaire gradé de haut rang ou un membre influent du gouvernement.

Sitôt la Delta Force engagée quelque part, les règles de l'affrontement étaient claires de part et d'autre. Les combats à venir ne seraient jamais divulgués dans la presse. Il s'agissait d'une guerre à couvert. Qu'importait le résultat, l'opinion publique ne saurait jamais ce qui s'était passé. Chaque camp le comprenait et, par ses actions, y apportait son accord tacite.

Sur la banquise, il y avait un trésor vital à remporter, mais aussi un secret à enterrer, et chacun des deux pays était bien décidé à en sortir vainqueur.

Tant pis pour ceux qui se trouveraient sur leur route !

Les conflits clandestins n'étaient pas une nouveauté. En dépit d'une coopération apparente entre les États-Unis et la Russie, les combats politiques menés en coulisse n'avaient jamais été aussi féroces et vindicatifs : tout en se serrant la main, on gardait un poignard derrière son dos.

Viktor connaissait les règles du jeu par cœur. Il en maîtrisait les ruses et les supercheries. Sinon, il n'aurait pas occupé un poste aussi haut placé.

Il referma le classeur et s'approcha des six caisses en titane posées à terre. Chacune mesurait cinquante centimètres de côté. Sur les couvercles étaient frappées, en lettres cyrilliques, les initiales de l'Institut de recherche arctique et antarctique, installé à Saint-Pétersbourg, mais personne, pas même Moscou, ne savait ce que les boîtes contenaient.

Viktor contempla le symbole tamponné sous le sigle de l'institut : une icône à trois pales internationalement connue.

Danger nucléaire...
Il effleura le dessin.
Voilà une partie qu'il avait la ferme intention de remporter.

4

LA VOIE DES AIRS

ᐳᐸᑕᖅ ᕿᒪᓂ

8 avril, 14 h 42
Au-dessus de la chaîne de Brooks

Jennifer Aratuk vérifia sa vitesse propre, son cap et essaya d'oublier le Cessna qui virait vers elle en plein ciel. Pas évident avec Matt qui, le nez presque collé au pare-brise, hurlait :

— Ils arrivent !

Sans blague. Elle fit basculer son avion sur la pointe d'une aile, amorça un grand virage et aperçut sa maison en contrebas. Le cellier dévasté fumait encore, et les chiens, surexcités, aboyaient sans bruit. Son cœur se serra. Tant qu'elle ne serait pas de retour ou n'aurait pas envoyé quelqu'un s'occuper d'eux, ses amis à quatre pattes devraient se débrouiller seuls.

Pour l'instant, la priorité était néanmoins de survivre.

Alors qu'il rasait les cimes enneigées, son hydravion sembla traverser une averse de grêle. Un crépitement métallique fit vibrer la cabine. Bane se mit à aboyer.

— Ils nous tirent dessus ! s'exclama Craig.

L'aile droite était criblée de plombs. *Merde !* Jenny tira violemment sur les manettes, ce qui remonta le nez de l'appareil et leur permit de reprendre un maximum d'altitude.

Matt agrippa ses accoudoirs pour ne pas glisser du siège.

— Attache-toi, grogna Jenny.

Le temps de boucler sa ceinture, il guetta le retour du Cessna : l'ennemi s'était lancé à leurs trousses.

— Accrochez-vous ! prévint-elle au moment de survoler le point culminant de la vallée.

Elle ne pouvait pas laisser l'autre avion reprendre l'ascendant mais, comme son Twin Otter était moins rapide qu'un Cessna, elle était condamnée à l'exploit.

Elle rabattit les volets, poussa sur le manche et replongea vers la vallée voisine. Avec ses flancs abrupts, l'endroit ressemblait davantage à une gorge. L'avion dégringola à une vitesse vertigineuse, et Jenny se servit de la gravité pour accélérer encore. Le Twin Otter fondit en piqué vers la grosse rivière qui divisait le canyon en deux.

Derrière elle, le Cessna décrivit un arc de cercle très haut dans le ciel pour tenter à nouveau de dépasser sa proie.

Jenny prit un virage serré et suivit le cours d'eau qui serpentait au fond de la gorge.

— Allez, mon grand, murmura-t-elle à son avion.

L'Otter, qu'elle pilotait depuis sa nomination au poste de shérif, l'avait déjà tirée de nombreux pétrins.

— Ils recommencent à nous foncer dessus !
— Je t'entends, Matt.
— Tant mieux.

L'appareil survola la rivière et son enchaînement de rapides. *Tout juste...* Une brume épaisse flottait au-dessus de l'eau et occultait la vue.

— Jen... ? balbutia Matt.

— Je sais.

Elle fit redescendre son avion. Les flotteurs frôlaient désormais à un mètre les rochers couverts d'écume. Un grondement résonna à l'intérieur de l'habitacle.

Soudain, on entendit un étrange bruit de pétards. Une rafale de plombs balaya la berge escarpée et s'écrasa dans l'eau : le Cessna volait au-dessus de leurs têtes, juste derrière eux.

— Une mitrailleuse, marmonna Matt.

Une balle ricocha sur un caillou et frappa une vitre latérale, qui s'étoila aussitôt.

Haletant, Craig se ratatina sur son siège.

Jenny grinça des dents. Il était trop tard pour changer de cap. Les parois de la gorge s'étaient transformées en falaises et se resserraient de chaque côté comme les mâchoires d'un étau.

D'autres plombs atteignirent l'aile, ce qui déstabilisa l'avion. Jenny s'efforça de reprendre le contrôle. Le flotteur fixé sous la plaque de métal abîmée heurta l'eau, puis rebondit. Un seul projectile tinta à travers la cabine.

Après quoi, ils s'enfoncèrent dans un brouillard opaque.

Jenny laissa échapper un soupir. Le monde disparut autour d'eux, et un puissant rugissement couvrit le bruit des moteurs. Le pare-brise se couvrit de gouttelettes. Elle ne s'embarrassa pas des essuie-glaces. De toute façon, elle était provisoirement aveugle.

Elle poussa les manettes vers l'avant, ce qui entraîna l'avion dans une descente à vous retourner l'estomac.

Persuadé qu'ils allaient s'écraser, Craig lâcha un cri.

Il n'aurait pas dû s'inquiéter. Lorsqu'ils plongèrent presque à la verticale, leur vitesse propre remonta en flèche et ils longèrent une cascade de soixante mètres de haut. Les nuages se dissipèrent et le sol se rapprocha à vitesse grand V.

Jenny remit l'avion sur une aile et bifurqua à droite en s'orientant par rapport à la falaise de gauche.

Tandis que Craig, bouche bée, se cramponnait à son siège, Matt observa le mur monstrueux et annonça au journaliste :

— Je vous présente le Continental Divide. Quand on visite la chaîne de Brooks, c'est un site à ne pas rater.

Jenny contempla la paroi. Le Continental Divide était une ligne de partage des eaux qui naissait au sud dans les Rocheuses, traversait le Canada, suivait la chaîne de Brooks et aboutissait à la péninsule de Seward. En Alaska, il séparait les courants qui se jetaient au nord et à l'est dans l'océan Arctique de ceux qui débouchaient, au sud et à l'ouest, dans la mer de Béring.

À cet instant précis, Jenny espéra qu'il débarrasse aussi le Twin Otter de ses poursuivants. Quand le Cessna continua sa route droit devant, bien au-dessus des cascades, elle esquissa un sourire sans joie. Le temps que l'ennemi la repère et fasse demi-tour, elle jouirait d'une bonne longueur d'avance.

Cela suffirait-il ?

Simple tache derrière eux, le Cessna rebroussa chemin.

Jenny modifia sa trajectoire et se dirigea vers la vallée de l'Alatna, qui s'écartait des falaises pour serpenter entre des contreforts plus modestes. Après avoir survolé la rivière qui s'écoulait au sud du massif montagneux, ils continuèrent tout droit.

— Tu nous emmènes où ? s'étonna Matt. Je pensais que tu voulais rejoindre Prudhoe Bay.

— Absolument.

— Alors, pourquoi aller vers l'ouest ? Il vaudrait mieux remonter le long de l'Alatna et survoler le col d'Atigun. C'est le moyen le plus sûr de traverser la montagne.

— On n'arrivera jamais aussi loin. Ils nous auront rattrapés avant. Après Atigun, il n'y a que de la toundra à perte de vue. On se ferait tirer comme des lapins.

— Mais… ?

— Tu veux ma place ? s'irrita-t-elle.

— Non, trésor. C'est toi qui mènes la danse.

Les doigts de Jenny se crispèrent sur le manche. *Trésor ?* Elle dut se retenir de lui flanquer son coude en pleine figure. Matt savait piloter. Elle le lui avait appris, mais il n'avait rien d'un intrépide. Il était même trop prudent pour briller vraiment. Parfois, il fallait s'abandonner au vent, se fier à son appareil et à la puissance du sillage. Matt n'en serait jamais capable. Il préférait s'escrimer à maîtriser chaque aspect du vol, comme s'il essayait de dresser un cheval.

— Rends-toi utile et essaie la radio. On doit prévenir quelqu'un de ce qui nous arrive.

Le jeune homme s'empara d'un micro-casque et envoya leur signal vers un satellite en orbite autour du cercle polaire.

— Il n'y a que de la friture sur la ligne.

— Les tempêtes solaires ont repris, déplora Jenny, la mine sombre. Bascule sur la radio. Canal onze. Essaie de contacter Bettles. On nous reçoit peut-être encore. La liaison se coupe et se rétablit sans cesse.

Matt s'exécuta. Sur un ton laconique, il indiqua leur position, leur cap, puis répéta le tout. Aucune réponse.

— On va où ? chevrota Craig.

Installé à l'arrière, il voyait les prairies et les forêts défiler à travers la vitre étoilée. Jenny comprit sa terreur. Cette semaine-là, il avait déjà été victime d'un accident d'avion.

— Vous connaissez la région ? demanda-t-elle.

Il secoua la tête.

— Si on veut les semer, il faut se faire discret. La vue est trop dégagée ici. On est trop exposés.

Matt lorgna vers le tableau de bord.

— Tu n'es pas sérieuse ?

John, qui avait deviné leur destination, lâcha un mot :

— Arrigetch.

— Mon Dieu, souffla-t-il en resserrant d'un cran sa ceinture de sécurité. Tu as prévu des parachutes, j'espère ?

15 h 17
Sur la calotte glaciaire

Amanda Reynolds volait sur la banquise. Comment dire autre chose ? On avait beau parler officiellement de « char à glace », la description s'accordait mal à la nature même de l'expérience.

Le vent gonflait la voile bleu vif de quatre mètres. Moulée dans un siège en fibre de verre, Amanda actionnait les deux pédales au plancher et gardait la main sur le gouvernail. Le char fonçait sur la glace et traversait les *sastrugi* à une allure époustouflante.

Malgré la vitesse, elle regarda autour d'elle. Le désert gelé était encore plus immense et inhospitalier que le Sahara mais, avec ses vents incessants, la danse du blizzard et les teintes subtiles de la glace, il dégageait une beauté spirituelle indéniable. Même les pics déchiquetés des crêtes de pression étaient des sculptures représentant la force mise en forme.

Grâce à son talent affûté par dix ans d'entraînement, la jeune femme joua des pédales pour contourner une arête. Issue d'une longue lignée de marins et de constructeurs navals, elle se sentait dans son élément… même si elle débarquait de la boutique familiale de Port Richardson, au sud de San Francisco.

Son frère l'avait aidée à fabriquer son char : coque de cinq mètres en épicéa de Sitka soigneusement sélectionné et patins en alliage de titane. Amanda avait déjà chronométré son engin à cent kilomètres à l'heure sur le lac Ottachi, au Canada, mais elle avait été limitée par sa longueur d'à peine trois cents mètres.

À la vue de l'immensité autour d'elle, elle sourit.

Un de ces jours…

Pour l'heure, elle apprécia ses quelques instants de solitude, calée dans son siège, loin de la station Oméga humide et exiguë. Sous un soleil éclatant, la température était encore glaciale. Malgré la gifle permanente du vent, Amanda n'avait pas conscience du froid. Elle portait une combinaison isotherme moulante à capuche digne d'un plongeur en eaux arctiques. Quant à son visage, il était recouvert d'un masque en polypropylène fabriqué sur mesure et équipé de lentilles polarisées. En fait, les rigueurs polaires se rappelaient seulement à elle quand elle inspirait. Elle aurait pu utiliser le réchauffeur d'air pendu à sa combinaison, mais elle préférait humer l'atmosphère de la région.

Et savourer l'expérience.

Son handicap avait disparu. Nul besoin d'entendre la brise ou le sifflement strident des patins sur la glace. Elle sentait les vibrations du bois, la pression du vent et admirait la valse des flocons sur la banquise. La nature lui chantait une jolie chanson.

Amanda en aurait presque oublié l'accident de voiture. *Un chauffard ivre... une fracture de la base du crâne... et le monde était devenu silencieux et plus vide.* Depuis, elle combattait l'apitoiement, à la fois chez les autres et au fond de son cœur, mais la tâche était ardue. Dix ans après le drame, elle perdait doucement sa capacité d'élocution. Devant la mine perplexe de ses interlocuteurs, elle devait souvent se répéter ou utiliser la langue des signes. De rage, elle avait décidé de concentrer son énergie sur ses recherches scientifiques. Une partie d'elle savait qu'elle était en train de s'isoler, mais où se situait la frontière entre solitude et indépendance ?

Après la disparition de sa mère, son père l'avait couvée presque vingt-quatre heures sur vingt-quatre. Sans doute n'était-ce pas lié à la seule surdité de sa fille. Il avait simplement peur de la perdre. Or, peu à peu, il avait fini par l'étouffer. En revendiquant sa liberté, Amanda voulait lui prouver qu'elle pouvait vivre en tant que sourde parmi les entendants mais surtout être indépendante, point barre.

Après quoi, Greg... le commandant Perry... était entré dans sa vie. Ses sourires, son refus de la prendre en pitié, ses tentatives maladroites de séduction, tout cela l'avait fait fondre. Au seuil d'une relation plus profonde, Amanda n'était néanmoins pas sûre de ses sentiments. Sa mère avait épousé un commandant et la jeune femme avait bien conscience que, loin d'être un monde de solitude ou d'indépendance, il y était souvent question de cocktails, de dîners officiels et de rencontres hebdomadaires avec les femmes de marins. Était-elle prête à se lancer là-dedans ?

Elle mit sa réflexion de côté. Inutile de se précipiter. Qui savait où leur histoire allait les mener ?

Pensive, elle fit bifurquer le char vers sa destination : la station russe enfouie sous la banquise, trois kilomètres plus loin. À l'aube, le Dr Henry Ogden, biologiste en chef, l'avait informée par radio qu'une découverte avait déclenché une altercation avec les géologues. Il avait tenu à ce qu'elle vienne régler le problème.

En tant que patronne d'Oméga, Amanda arbitrait souvent des conflits interdisciplinaires. Quelquefois, elle avait l'impression de sermonner une bande d'enfants gâtés. Elle aurait très bien pu s'en occuper après ses heures de service mais, pour s'échapper de la station dérivante, c'était une excuse en or.

Elle avait donc accepté et était partie juste après le déjeuner.

Devant elle, des drapeaux rouges flottaient sur une zone immense de crêtes de pression. Ils signalaient l'entrée de la base quoique, depuis quelque temps, la précaution était devenue inutile : quatre motoneiges et deux chenillettes rouge vif y étaient garées à l'abri du vent. Derrière, la marine américaine avait fait sauter un morceau de banquise pour permettre à la *Sentinelle polaire* de remonter à la surface.

Amanda eut un mauvais pressentiment. Des tourbillons de vapeur faisaient ressembler le tunnel d'accès à la gueule d'un dragon endormi. Depuis huit jours, les nouveaux occupants de la station russe avaient rallumé les vieux groupes électrogènes. Cinquante-deux au total, tous impeccables. À la surprise générale, les lampes et les radiateurs fonctionnaient toujours, ce qui donnait à l'endroit la réputation d'être plutôt douillet.

Amanda se rappela néanmoins ses premiers pas dans le tombeau glacé. Aidés de détecteurs de métaux et de sonars portatifs, ils avaient localisé l'entrée principale, puis utilisé des explosifs pour percer une galerie jusqu'aux portes scellées de la base. Bloqués par la glace et une énorme barre d'acier, ils avaient été obligés de découper un passage au chalumeau à acétylène.

Amanda se demanda si leurs efforts en valaient la peine. À l'approche du massif montagneux, elle rabattit sa voile et freina doucement. On avait installé une morgue provisoire dans une vallée protégée par deux pitons de glace. Des tentes orangées abritaient les corps congelés. Selon l'amiral Reynolds, une délégation russe partie de Moscou devait récupérer les dépouilles la semaine suivante.

En revanche, on ne parlait toujours pas de ce qu'on avait trouvé en bas.

En quelques coups de pédale experts, Amanda gara son char sur le parking improvisé de la base.

Personne n'était sorti l'accueillir.

Elle scruta les montagnes plongées dans la pénombre. Le secteur était un dédale de ponts, de surplombs, de pics et de crevasses. Elle se souvint de l'étrange activité que DeepEye avait enregistrée pendant quelques secondes. Peut-être s'agissait-il d'un simple spectre électrique mais, rien qu'à l'idée de tomber sur un dangereux ours polaire, elle frémit.

Sans perdre une minute, elle descendit ses voiles à la manivelle, les attacha solidement et planta un pieu à neige. Une fois son matériel bien arrimé, elle prit son nécessaire de voyage et rejoignit le tunnel embrumé.

On aurait dit une grotte banale, comme il en existait des dizaines au pôle Nord. Depuis la dernière visite d'Amanda, on avait élargi l'entrée pour y faire passer les 4 × 4. Elle descendit quelques marches jusqu'à une porte en acier qui, après avoir été forcée, était restée tordue dans ses gonds. À l'endroit où l'air chaud de la base suintait au-dehors, le brouillard s'épaississait. Le battant métallique était surmonté d'un écriteau riveté, sans doute mis au jour quand le commandant Perry et ses hommes avaient agrandi la galerie.

Le nom de la base figurait en caractères cyrilliques gras :

ЛЕДОВАЯ СТАНЦИЯ ГРЕНДЕЛ

Station polaire Grendel

Pourquoi les Russes l'avaient-ils baptisée ainsi ? Amatrice de littérature, Amanda avait noté l'allusion à la légende de Beowulf, mais elle n'y comprenait pas grand-chose de plus.

Comme le gel se reformait en permanence autour des charnières de la porte, elle dut donner un coup d'épaule et, dans un craquement d'acier et de glace, elle trébucha à l'intérieur.

Un jeune homme agenouillé devant un tableau de distribution ouvert se retourna. C'était Lee Bentley, chercheur de la NASA en sciences de la matière, vêtu d'un simple jean et d'un T-shirt.

Faisait-il aussi chaud dans la base ?

Il leva les mains d'un air faussement terrifié.

— Ne tirez pas !

Amanda prit conscience qu'elle devait avoir une drôle de tête avec son masque. Elle le retira et l'accrocha à sa ceinture.

Lee se releva en gloussant :

— Bienvenue au sauna Grendel.

Il mesurait à peine un mètre cinquante-cinq. Un jour, il avait expliqué qu'il rêvait de devenir astronaute mais que cinq petits centimètres avaient eu raison de sa candidature et qu'il avait donc atterri au laboratoire de la NASA. Il était venu à Oméga afin de tester de nouveaux matériaux composites dans les conditions météorologiques extrêmes de l'Arctique.

Amanda ôta sa capuche.

— Quelle fournaise !

— Justement, j'y travaille. Tout le monde se plaint de la chaleur. On a apporté des compresseurs pour activer la circulation de l'air, mais il vaudrait mieux régler le problème de thermostat avant que la base ne commence à fondre dans son gros iceberg.

— Il y a un risque ? s'étonna Amanda.

Amusé, le jeune chercheur tapota un mur blindé.

— Non. La station est protégée par un mètre d'isolant. On pourrait la transformer en four à pizza que la banquise autour ne bougerait pas d'un pouce.

Il balaya le couloir d'un regard admiratif.

— L'architecte connaissait bien les sciences de la matière. L'isolation se fait par un feuilletage de couches de ciment imprégné d'amiante et de blocs d'éponge. Le squelette structurel de l'endroit associe acier, aluminium et composites céramiques bruts. Des matériaux légers, durables et en avance de plusieurs décennies sur leur temps. Je dirais...

Amanda l'interrompit. Dès qu'un collègue commençait à parler boutique, il pouvait jacasser pendant des heures et, à cause du jargon technique, elle avait du mal à lire sur les lèvres.

— Le Dr Ogden m'a donné rendez-vous. Savez-vous où il pourrait être ?

Lee Bentley se gratta la tête avec un tournevis.

— Henry ? À votre place, j'essaierais le Vide sanitaire. Ce matin, il s'est énervé contre les géologues. On les entendait beugler jusqu'ici.

Amanda acquiesça et continua son chemin. La base était construite sur cinq niveaux circulaires reliés par un escalier central en colimaçon. Chaque étage était à peu près agencé de la même manière – une enfilade de pièces donnant toutes sur une grande salle commune – mais, plus on descendait, plus l'espace devenait exigu, à l'image d'une énorme toupie fichée dans la banquise.

Le niveau supérieur, qui était le plus vaste, mesurait cinquante mètres de diamètre et abritait les anciens quartiers d'habitation : dortoirs, cuisine, bureaux. Amanda s'engouffra dans l'imposante pièce commune. Avec ses nombreuses tables et ses chaises éparpillées, l'endroit avait dû servir de mess et de salle de réunion.

Elle salua deux scientifiques, puis rejoignit l'escalier. Les marches s'enroulaient autour d'un puits ouvert de trois mètres de large. De gros câbles graisseux retenaient une cage rudimentaire, qui tenait plus du monte-plats que de l'ascenseur et servait à transférer le matériel d'un étage à l'autre.

Les marches en acier vibraient au son grave des groupes électrogènes et des machines, ce qui créait une impression bizarre, comme si l'endroit sortait d'une longue hibernation et reprenait vie.

Amanda passa devant les Niveaux Deux et Trois, qui accueillaient de petits laboratoires de recherche ainsi que les locaux techniques de la base.

Il ne restait que deux étages. Le plus petit, scellé par une porte étanche, abritait l'ancien embarcadère, à moitié inondé et gelé, d'un sous-marin russe pris sous une couche de glace translucide.

Amanda, elle, se dirigeait vers le quatrième niveau. À la différence des autres, l'escalier ne débouchait pas sur une salle commune, mais sur un couloir fermé desservant l'ensemble de la plate-forme. Une seule porte latérale permettait d'accéder à l'étage.

Deux soldats de la Navy montaient la garde, fusil à l'épaule.

Le second maître salua Amanda d'un coup de menton.

— Docteur Reynolds.

L'autre, matelot de deuxième classe, toisa en silence la jeune femme moulée dans sa combinaison isotherme bleue.

— Vous avez vu le Dr Ogden ?

— Oui, madame. Il nous a prévenus de votre visite et nous a demandé de ne laisser entrer personne dans le Vide sanitaire jusqu'à votre arrivée.

La porte qui se dressait au fond du couloir ne conduisait pas au laboratoire : elle donnait accès au cœur de l'île de glace. Derrière elle s'étalait un labyrinthe de grottes naturelles et de tunnels artificiels que les chercheurs de la station avaient surnommé le Vide sanitaire.

Glaciologues et géologues s'y promenaient toujours avec un sourire béat. Ils recueillaient des échantillons, relevaient des températures et pratiquaient quantité de tests sibyllins. Comment leur reprocher leur excitation ? On n'avait pas souvent l'occasion d'explorer un iceberg de l'intérieur. Après la découverte d'une réserve d'inclusions, ce qui, dans leur terminologie, désignait des rochers et d'autres débris de matière terrestre, tous les géologues avaient quitté Oméga pour s'installer à Grendel.

Qu'est-ce qui avait pu causer la colère des biologistes ? Il n'y avait qu'un moyen de le savoir.

— Merci, répondit-elle au garde.

Ravie de quitter le niveau confiné, Amanda n'avait pas osé établir de contact visuel franc avec les marins. Elle se sentait coupable de ce qu'elle savait et, par conséquent, ne devait pas apprécier à leur juste mesure la portée des autres découvertes.

Chez les chercheurs, les spéculations allaient bon train sur ce que le Niveau Quatre abritait : vaisseaux extraterrestres, technologie nucléaire, expériences de guerre biologique, voire rumeurs proches de la réalité.

Présence d'autres corps.

L'effroyable vérité dépassait de loin les hypothèses les plus farfelues.

Les doubles portes s'ouvrirent au bout du corridor. Une silhouette en gros anorak jaune s'avança d'un pas traînant. La jeune femme sentit le souffle froid de l'île de glace.

En ôtant sa capuche, l'inconnu révéla des traits couverts de givre. Le Dr Henry Ogden, 50 ans, biologiste à Harvard, parut surpris de la voir.

— Docteur Reynolds !
— Bonjour, Henry.

— Mon Dieu.

Il arracha son gant d'un coup de dent, vérifia sa montre et caressa son crâne chauve. Hormis ses sourcils, les seuls poils qui lui restaient sur la tête étaient une fine moustache brune et, sous la lèvre inférieure, une minuscule touffe de barbe, qu'il tripota d'un air distrait.

— Désolé, j'espérais vous retrouver là-haut.
— Que se passe-t-il ?
— Je... J'ai trouvé un truc... incroyable. Vous devriez...

Lorsqu'il se retourna vers la porte, elle ne réussit plus à lire sur ses lèvres.

— Docteur Ogden ?

Il fit volte-face d'un air étonné. Elle s'effleura la bouche.

— Oh, pardon.

Il se mit alors à parler en détachant les syllabes, comme s'il s'adressait à une attardée mentale. Amanda ravala sa colère.

— Je vous ai fait venir, car vous devez le voir de vos propres yeux.

Il hocha la tête vers les deux soldats de garde.

— Impossible de compter sur eux pour tenir ces canailles de géologues à distance. Les spécimens...

Par distraction, sa voix se brisa. Il secoua la tête.

— Allons vous chercher une parka, et je vous y emmène.

— Ma combinaison me tiendra assez chaud, s'impatienta-t-elle. Montrez-moi ce que vous avez trouvé.

À le voir autant sur ses gardes, le biologiste devait multiplier les hypothèses autant que les autres. Son regard finit par revenir sur Amanda.

— Ce que j'ai trouvé... À mon avis, il s'agit de la raison pour laquelle la station a été bâtie ici.
— Quoi ? Comment ça ?
— Venez voir.

Il tourna les talons et franchit les doubles portes.

Après avoir jeté un dernier coup d'œil aux sentinelles, Amanda lui emboîta le pas. *La raison pour laquelle la station a été bâtie ici.*

Elle implora le ciel que le biologiste se soit trompé.

15 h 40
Au-dessus de la chaîne de Brooks

Le nez collé au pare-brise, Matt essaya de se concentrer sur la beauté d'une des plus grandes merveilles naturelles de la planète. Chaque année, des milliers de randonneurs, d'alpinistes et d'aventuriers exploraient ce secteur-là du Parc national des Portes de l'Arctique.

Les pics Arrigetch tiraient leur nom d'un mot nunamiut signifiant « les doigts de la main tendus ». Excellente description ! La région regorgeait de cimes vertigineuses. C'était le royaume des immenses falaises de granit, des dangereux surplombs et des cirques glaciaires. Les passionnés d'escalade y trouvaient un terrain de jeu idéal, tandis que les promeneurs appréciaient ses alpages verdoyants et ses lacs bleu pâle.

En revanche, seul un fou survolerait Arrigetch en avion. Non seulement il fallait éviter les innombrables montagnes, mais les courants aériens en provenance des hauteurs glaciales étaient redoutables, créant un mélange furieux de rafales inopinées, de bourrasques et de vents traversiers.

— Tenez-vous prêts !

Jenny se dirigea vers le paysage chaotique. De part et d'autre, les versants étincelaient de neige, de glaces flottantes et, au milieu, se dressaient les pics Arrigetch. *A priori*, il n'existait aucun moyen de traverser la région sans encombre.

Matt tendit le cou. Le Cessna bourdonnait de nouveau quatre cents mètres derrière eux. Oserait-il les suivre dans un labyrinthe aussi mortel ?

Un ruisseau s'écoulait des montagnes escarpées. Une taïga clairsemée d'épicéas finit par capituler devant l'altitude et disparut peu à peu. L'hydravion volait désormais au-dessus de la limite forestière.

Une dernière fois, Matt voulut dissuader Jenny de sa folle entreprise mais, devant son regard déterminé, ses traits crispés, il comprit qu'il n'y avait rien à faire.

John fixa le collier de Bane à un harnais de siège.

— Nous, on est prêts.

Raide comme un piquet, Craig avait blêmi en apercevant Arrigetch. Au sol, le spectacle était impressionnant mais, vu du ciel, c'était carrément terrifiant.

L'Otter survola à vive allure les dernières pentes rocheuses, infranchissables et d'une hauteur incroyable.

— On y est, annonça Jenny.

— Eux aussi, répondit Matt.

Le crépitement de la mitrailleuse couvrit la plainte des moteurs. L'argile schisteuse des massifs dansait sous l'impact des balles, mais les rafales tombaient toutes à côté : le Cessna était encore trop loin pour assurer une bonne précision de tir. Il semblait plutôt s'accorder un baroud d'honneur avant que sa proie ne lui échappe entre les pics Arrigetch.

Une gerbe de feu fusa d'un hublot latéral. Matt n'entendit rien, mais il imagina le sifflement de la grenade. Sa trajectoire signalée par une traînée de fumée, elle frôla l'extrémité de leur aile et disparut. La charge explosive retentit contre une cime, puis déclencha une pluie de cailloux. Un pan de falaise se détacha et glissa vers la vallée.

Lorsque Jenny vira sur l'aile et fonça entre les deux pitons rocheux, Matt distingua brièvement le sol.

— Oh, mon Dieu, oh, mon Dieu…, psalmodia Craig.

Une fois l'obstacle franchi, l'appareil se stabilisa. Ils étaient cernés par des colonnes et des tours, des pics et des montagnes, des murs et des falaises. Les altitudes étaient telles qu'on ne distinguait même pas les cimes depuis la fenêtre.

Sentant le petit avion ballotté par les vents comme un jouet, Matt agrippa son siège.

D'un virage serré, Jenny bascula sur l'autre aile. Il aurait voulu fermer les yeux mais, curieusement, il n'y arrivait pas et se maudit d'être aux premières loges. À cet instant précis, la classe économique revêtit un intérêt certain.

Le Twin Otter fonça entre une falaise et une colonne penchée. Jenny se mit à fredonner à voix basse. Matt savait qu'elle en avait l'habitude dès qu'elle se concentrait à fond sur quelque chose mais, en général, il s'agissait juste des mots croisés du *New York Times*.

L'avion contourna le pinacle et s'équilibra de nouveau… pendant une fraction de seconde.

— Accrochez-vous, les gars.

Matt foudroya Jenny du regard. Il avait déjà des crampes à force de tenir ses accoudoirs. Que voulait-elle de plus ?

Elle vira de bord, tournoya autour d'une cime et zigzagua cinq longues minutes dans le labyrinthe rocheux en faisant son show. D'avant en arrière, sur une aile, puis sur l'autre...

L'estomac en vrac, Matt eut l'impression de scruter une forêt de pierre. Dès leur entrée à Arrigetch, il avait perdu la trace du Cessna, ce qui était le plan de Jenny depuis le début. Il existait mille et une façons de sortir du secteur : cols, rapides, moraines, vallées, glaciers... De plus, avec un plafond nuageux aussi bas, leurs adversaires seraient obligés de suivre l'hydravion s'ils voulaient savoir où il se dirigeait. Enfin, à supposer qu'ils en aient le cran.

Quand le Twin Otter s'engouffra dans un vaste cirque glaciaire, amphithéâtre naturel sculpté à flanc de montagne, Jenny longea doucement la pente de la cuvette encaissée. Une corniche gelée s'était formée autour du cratère.

Certes, le sol était jonché de gros cailloux et de till, gravier mêlé de sable que la fonte des neiges avait laissé affleurer, mais un paisible lac de montagne s'étalait au centre. L'Otter tourna en rond dans le miroir de l'onde bleue. Les parois du cirque, trop abruptes, empêchaient de sortir directement. Jenny entama donc une longue spirale censée éviter les cimes menaçantes.

Matt poussa un soupir de soulagement : ils avaient survécu à Arrigetch.

Soudain, un mouvement à la surface du lac attira son attention.

Un autre avion !

Le nouveau Cessna déboucha de nulle part à l'intérieur du cirque. À le voir cafouiller quelques instants, il devait être aussi surpris qu'eux de les retrouver.

— Jen ?

— Je n'ai pas assez d'altitude pour passer les falaises, Matt.

C'était la première fois depuis le décollage qu'elle paraissait effrayée.

Les deux avions qui tournaient désormais au-dessus de l'amphithéâtre rocheux reprirent de la hauteur. Leur combat spectaculaire et tendu se reflétait dans l'eau bleue du lac. Une porte du Cessna s'ouvrit. À soixante-dix mètres d'eux, Matt vit la fameuse silhouette en anorak blanc épauler son lance-roquettes.

D'emblée, il sut qu'il allait regretter sa phrase, mais ils ne réussiraient jamais à franchir les falaises sans se faire mitrailler.

— Repars à Arrigetch, Jen !
— On n'a plus le temps !
— Vas-y !

Matt s'extirpa de son siège et s'approcha de la fenêtre située face au Cessna.

Tandis que Jenny se rapprochait de l'effroyable dédale de pierre, Matt fit coulisser la vitre. Un vent violent envahit la cabine. Sur sa banquette, Bane aboyait comme un fou et remuait frénétiquement la queue : il adorait voler.

— Qu'est-ce que tu fabriques ?
— Contente-toi de piloter, Jen !

Il ouvrit l'armoire d'urgence. Il lui fallait une arme. Comme il n'avait pas le temps de charger le fusil, il empoigna le pistolet de détresse et visa l'avion adverse. Avec le vent, le sillage des hélices et le brimbalement des appareils, la tentative était désespérée.

Il ajusta son tir au mieux et pressa la détente.

Un panache flamboyant survola le cirque. Matt avait visé la parka blanche, mais les vents déportèrent la fusée, qui explosa de mille feux au niveau du nez du Cessna.

L'autre pilote, déjà stressé par sa traversée périlleuse d'Arrigetch, vira de bord. Le type en parka bascula dans le vide en battant des bras, mais il resta pendu par son harnais à la porte de l'appareil et commença à se balancer sous le ventre du Cessna.

La diversion avait produit son effet.

— On se casse ! hurla Matt avant de refermer la fenêtre et de regagner sa place.

Au passage, le père de Jenny lui tapota l'épaule.

— Joli tir.

— C'était une idée de Craig.

Deux jours plus tôt, le journaliste l'avait menacé avec le pistolet de détresse de Brent Cumming, ce qui lui avait rappelé une leçon de son sergent instructeur : *Utilisez tout ce que vous avez sous la main... Ne jetez jamais l'éponge.*

Rasséréné, il rattacha sa ceinture de sécurité.

— Ils nous suivent ! s'exclama Jenny.

Matt se retourna à temps pour voir l'homme soudain libéré du harnais : son corps fendit l'air et s'écrasa sur le lac.

Incroyable ! Ils avaient sacrifié leur tireur afin de continuer la traque.

Jenny fonça entre les falaises mais, là, l'autre avion ne les lâcha pas d'une semelle.

Et le shérif commençait à fatiguer. Ses mains tremblaient. Dans ses yeux, une lueur de désespoir avait remplacé sa détermination farouche. Une seule erreur, et ils étaient morts.

À l'instant où Matt s'en faisait la réflexion, elle arriva : alors que Jenny contournait une colonne à pic, un rempart de pierre leur obstrua la vue.

Un cul-de-sac !

Ils n'avaient plus le temps de passer à côté. Matt rassembla ses forces, persuadé que Jenny le tenterait quand même, mais elle préféra mettre les gaz.

La gorge serrée, il comprit où ils étaient et ce qu'elle envisageait de faire :

— Non, non, non...

— Oh, si.

L'avant de l'avion plongea à une vitesse vertigineuse. Elle entama une légère spirale et reprit sa trajectoire.

Une rivière coulait au pied de la falaise. Des siècles auparavant, un séisme avait secoué la région d'Arrigetch et créé le col du Diable. La brèche située sous deux pics écroulés constituait une des sorties du labyrinthe.

Jenny fonça vers la rivière en espérant profiter de l'infime trouée. Elle arriva trop à la verticale mais, à la dernière seconde, elle tira de toutes ses forces sur le manche et ralentit au point de presque arrêter les hélices. L'Otter rasa l'eau, puis se jeta dans le col du Diable.

Le monde devint tout noir, les moteurs ronflèrent trois fois plus fort, mais la lumière du jour apparut au fond. C'était un couloir d'à peine quarante mètres en ligne droite, mais il était aussi très étroit et ne laissait qu'un mètre de marge de manœuvre de chaque côté.

Jenny fredonnait de nouveau.

— Ils sont toujours derrière nous ! glapit Craig.

Matt se retourna au moment où le Cessna s'insinuait dans le tunnel : l'autre pilote ne lâcherait pas sa proie.

Pfff ! Leur dernière tentative désespérée n'avait servi à rien. Non seulement l'adversaire rendait coup pour coup mais, après le tunnel, se dressait un vaste massif montagneux qui n'offrirait aucune cachette valable.

— Tenez-vous bien, les gars !
— Qu'est-ce que tu... ?

Jenny repoussa le manche. L'avion partit en piqué, ses flotteurs percutèrent la rivière et glissèrent à la surface en créant un gros sillon d'eau. Quand l'appareil rebondit enfin, ils sortirent de l'étroit corridor et retrouvèrent l'air libre.

Matt scruta le ciel derrière eux.

Le Cessna resurgit du tunnel en piteux état, queue par-dessus tête, les ailes brisées. Une hélice se détacha et tournoya sur la pente enneigée.

Matt contempla son ex-femme avec un respect mêlé d'admiration. Le brusque remous de son ricochet sur la rivière avait coûté ses hélices et ses ailes à l'autre avion, car il avait dû tanguer contre les parois rocheuses.

Erreur fatale.

— Je déteste qu'on me colle au train, lâcha Jenny d'une voix tremblante.

16 h 55
Station polaire Grendel

C'était comme pénétrer dans un nouveau monde. Situé en marge de la base russe, le Vide sanitaire était un labyrinthe naturel de glissières et de cavernes de glace. Dès qu'elle franchit le seuil, Amanda quitta la douce chaleur du bâtiment mais aussi toutes les structures créées de la main de l'homme.

Derrière les doubles portes gisaient des paquets de tôles rouillées, de vieux sacs de ciment, des mètres de canalisation et des bobines de fil électrique. Les premiers explorateurs avaient présumé que l'endroit servait d'annexe de stockage, d'où son surnom.

Selon un ingénieur en génie civil de la NASA, la station aurait été construite dans une cavité naturelle de l'iceberg, ce qui avait réduit les travaux de forage. Le Vide sanitaire constituait donc peut-être le vestige minuscule d'un immense système de grottes.

En dehors de spéculations aussi futiles, la plupart des chercheurs d'Oméga n'y voyaient toutefois aucun intérêt. À leurs yeux, ce n'était que la loge du concierge. Seuls les géologues et les glaciologues étaient fascinés par l'enfilade d'arrière-salles et de glissières.

— Par ici, indiqua le Dr Ogden.

Après avoir remonté la fermeture Éclair de son blouson et rabattu la capuche fourrée sur son crâne chauve, il prit une des lampes torches entassées près de la porte, l'alluma et enjamba le fouillis du vestibule pour s'engager dans un couloir sombre. Lorsqu'elle le vit s'arrêter quelques instants, Amanda crut qu'il était en train de parler mais, comme il lui tournait le dos, elle n'avait aucune certitude. Elle n'eut pas le temps de se renseigner qu'il se dirigea vers le dédale de galeries.

Elle lui emboîta le pas. Les géologues avaient eu la bonne idée de répandre du sable sur le sol glacé pour empêcher les gens de glisser. Comme l'air s'était considérablement rafraîchi et qu'il paraissait même plus glacial qu'en surface, elle enfila le masque réchauffeur qui pendait à sa ceinture et le mit en marche.

Henry Ogden serpentait entre des cavernes latérales vides ou remplies de matériel. L'une d'elles abritait même des paquets enveloppés de papier de boucherie et des caisses bardées de russe. *Des denrées périssables*, imagina Amanda. Au pôle Nord, il était inutile de s'encombrer de congélateurs.

En chemin, elle aperçut les traces du travail des chercheurs : des murs truffés de trous de sonde, quelques jalons surmontés d'un drapeau, des outils modernes et même un paquet de cookies, qu'elle écarta d'un coup de pied. Les nouveaux résidants de Grendel étaient en train d'y laisser leur empreinte unique.

Distraite par le décor, Amanda fut vite perdue. Les couloirs s'entrecroisaient dans tous les sens.

Lorsque Ogden s'arrêta à une intersection et balaya la paroi avec sa torche, elle remarqua de petites marques peintes à la bombe. Apparemment très fraîches, elles étaient de formes et de couleurs différentes : flèches rouges, gribouillis bleus, triangles orangés... En fait, les scientifiques avaient laissé des moyens de se repérer.

Henry effleura un point vert d'un air approbateur et poursuivit sa route.

Depuis quelque temps, les galeries étaient devenues beaucoup plus exiguës, si bien qu'Amanda devait marcher voûtée derrière l'opiniâtre biologiste. Dans une atmosphère étrangement silencieuse, les cristaux de glace étincelaient à la lumière de la torche. Les murs étaient si transparents que les bulles d'air coincées à l'intérieur de l'iceberg étincelaient comme des perles.

De sa main gantée, elle caressa la paroi. Quelle douceur ! Les tunnels et les grottes se formaient quand la chaleur estivale faisait fondre la banquise : l'eau tiède s'immisçait dans les lézardes et les fissures pour créer des poches d'air. Après quoi, la surface gelait de nouveau, scellant et protégeant à jamais l'ensemble complexe de cavernes.

Amanda admira les murs de verre bleutés. Le lustre du paysage atténuait l'impression de froid intense. Soudain, son talon dérapa, et elle ne dut son salut qu'à un réflexe désespéré pour agripper une aspérité providentielle.

Le Dr Ogden jeta un regard par-dessus son épaule.

— Attention, à partir d'ici, le sol devient glissant.

Merci de prévenir, songea-t-elle. Elle ne s'était pas raccrochée à une stalagmite de glace mais à un caillou saillant du mur. Tandis que le biologiste continuait son bonhomme de chemin, elle examina l'une des nombreuses inclusions décrites par les géologues et la caressa avec un certain respect. La pierre qu'elle avait sous les yeux provenait d'un bloc continental dont l'iceberg s'était détaché des milliers d'années auparavant.

Quand le Dr Ogden bifurqua avec sa torche, Amanda se retrouva dans l'obscurité. Elle se dépêcha de le rejoindre en regrettant de ne pas avoir emporté de lampe, mais elle faisait à présent très attention où elle marchait, car les couloirs n'étaient plus sablés. Sans doute les géologues n'avaient-ils pas encore exploré cette partie-là du Vide sanitaire.

— On arrive, annonça Henry.

Le tunnel s'élargit de nouveau. Au cœur des murs transparents, les rochers étaient figés, telle une avalanche stoppée net. Plus loin dans la glace, d'autres ombres voilaient les niveaux supérieurs. Sans doute s'approchaient-ils d'un agrégat d'inclusions.

Au détour d'un virage, la galerie déboucha sur une immense grotte. Amanda dérapa encore. Heureusement, grâce à un mouvement de balancier avec les bras, elle réussit à se rattraper et resta bouche bée.

Quel choc ! Le sol aurait pu servir de patinoire olympique, mais ce n'était rien comparé au volume impressionnant de la caverne. Au-dessus de leurs têtes se dressait une véritable cathédrale naturelle, moitié glace et moitié *pierre* au fond !

La jeune femme tressaillit en sentant quelque chose lui effleurer le bras, mais le Dr Ogden voulait juste attirer son attention.

— Ce sont les vestiges d'une falaise ancestrale. Du moins, à en croire MacFerran, notre cher géologue. Selon lui, elle se serait désagrégée du bloc continental au moment où le glacier a accouché de cette île, c'est-à-dire pendant la dernière période glaciaire. D'emblée, il a voulu en faire sauter des pans à la dynamite pour récolter des échantillons, mais j'ai dû m'y opposer.

Amanda restait muette de stupeur.

— J'ai d'abord trouvé des lichens morts et des mousses gelées. Dans les anfractuosités de la falaise, j'ai ensuite découvert trois nids, dont l'un recelait encore des œufs !

Plus il s'emballait, plus la jeune sourde devait se concentrer sur le mouvement de ses lèvres.

— Une bande de rongeurs et un serpent étaient aussi piégés dans la glace. Toute une biosphère préservée sous la banquise... Vous parlez d'une mine d'or sur la vie animale de l'époque ! *(Il s'approcha du mur rocheux.)* Ce n'est pas fini, venez voir !

Moins solide qu'en apparence, la paroi était grêlée d'alcôves et de recoins. Certains endroits paraissaient brisés, à moitié éboulés. Quant aux nombreuses lézardes, elles étaient trop sombres pour permettre d'évaluer leur profondeur.

Amanda avança sous l'arche de pierre et observa d'un air inquiet les blocs en équilibre instable au-dessus de sa tête. Tout cela n'avait pas l'air très robuste.

Le Dr Ogden l'empoigna par le bras et lui montra le sol :

— Attention.

Quelques pas plus loin, il y avait un puits béant dans la patinoire. Sa forme ovale était trop parfaite pour être naturelle et les rebords avaient été taillés à la va-vite.

— Ils en ont extrait un ici.

— Un quoi ? s'étonna Amanda.

D'autres puits étaient répartis à travers la caverne.

— Venez.

Henry lui demanda de s'agenouiller sur la glace et détacha la gourde qu'il portait à la ceinture. Ils n'étaient plus qu'à quelques mètres de la falaise et, le dos rond, ils se seraient presque crus sur un lac gelé aux berges toutes proches.

Le biologiste frotta le sol, puis posa sa torche à la verticale. Éclairée par le dessus, la patinoire se mit à luire, mais une pellicule de givre empêchait de distinguer les détails. Amanda discerna cependant une forme à un ou deux mètres de profondeur.

Henry se rassit sur les talons et déboucha sa gourde :

— Regardez.

Il versa un peu d'eau à la surface, ce qui fit fondre le givre et rendit la glace aussi transparente que du verre. Le rayon lumineux éclaira alors nettement la silhouette immergée.

Estomaquée, Amanda eut un mouvement de recul.

On avait l'impression que la créature allait lui bondir à la gorge, comme prise sur le vif par un flash d'appareil photo. Son corps lisse d'un blanc laiteux faisait penser aux bélugas qui peuplaient l'Arctique. D'un gabarit comparable, l'animal pesait au moins une demi-tonne, mais il était pourvu de courts membres antérieurs terminés par des griffes acérées et de grandes pattes arrière palmées, alors en extension, prêtes à lui sauter dessus. Le corps était plus souple que celui d'une baleine, avec un poitrail plus fuselé et galbé comme celui d'une loutre. Bref, il paraissait modelé pour nager vite.

Néanmoins, c'était surtout sa gueule allongée, hérissée de dents effilées et béante qui donnait la chair de poule. Elle aurait pu engloutir un cochon entier. Ses prunelles noires étaient à moitié révulsées, tel un grand requin blanc lancé à la poursuite de sa proie.

Tremblante de froid et d'horreur, Amanda inspira quelques bouffées d'air à travers son masque.

— C'est quoi ce machin ?
— Il y en a d'autres !

Le biologiste glissa à genoux sur la glace et éclaira une deuxième créature tapie au pied de la falaise. La bête était recroquevillée en boule, les mâchoires coincées au centre, la queue enroulée autour du corps, comme un chien assoupi dans son panier.

Henry se releva aussi sec.

— Ce n'est pas tout.

Il s'engouffra dans une large brèche de la paroi rocheuse. Amanda le suivit, histoire de rester à la lumière, mais elle était toujours hantée par les mâchoires du monstre, immenses et avides.

La trouée, longue de quelques mètres, aboutissait à une caverne de la taille d'un garage deux voitures.

Amanda se redressa. Six énormes blocs de glace trônaient contre le mur du fond. Chacun contenait un spécimen congelé de l'étrange animal, tous ramassés en position fœtale, mais ce fut le spectacle au milieu de la pièce qui donna aussitôt à la jeune femme envie de ressortir.

À l'image des grenouilles de laboratoire, une créature gisait au sol, les pattes en croix. Son poitrail était ouvert de la gorge au bassin, sa peau retournée et clouée sur la glace. Étant donné l'état de congélation avancée, il s'agissait d'un vieux sujet de dissection. Pourtant, à la vue des os et des organes, Amanda eut la nausée.

Elle repartit précipitamment vers le lac gelé, talonnée par un Dr Ogden qui ne semblait pas se rendre compte de son malaise.

— Une découverte de cette ampleur va bouleverser le monde de la biologie ! Maintenant, vous comprenez pourquoi je devais empêcher les géologues de détruire le splendide écosystème. Une trouvaille pareille... aussi bien conservée...

Amanda l'interrompit sèchement.

— Et ce sont quoi vos bestioles ?

Henry cligna des paupières et agita la main.

— Oh, bien sûr. Vous êtes ingénieure.

Malgré la surdité, elle entendit presque sa condescendance. Même si elle fulminait, elle sut tenir sa langue.

Il lui fit signe de regagner la brèche.

— J'ai passé ma journée à étudier l'animal. La paléobiologie, ça me connaît. Des restes fossilisés de cette espèce ont été retrouvés au Pakistan et en Chine, mais jamais dans un état de conservation aussi impeccable.

— Quelle espèce, Henry ? insista-t-elle, le regard noir.

— *Ambulocetus natans*, plus communément appelée la « baleine qui marche ». Elle représente le maillon indispensable de l'évolution entre les mammifères terrestres et la baleine actuelle.

Amanda était sidérée.

— On estime qu'elle existait il y a quarante-neuf millions d'années et qu'elle s'est éteinte il y a trente-six millions d'années. Néanmoins, les pattes formées, le bassin soudé à la colonne vertébrale, la dérive nasale... tout porte à croire qu'il s'agit d'un *Ambulocetus*.

— Vous n'osez pas prétendre que les créatures sont aussi vieilles ? Quarante millions d'années ?

— Justement, non ! rétorqua Henry, surexcité. Mac-Ferran estime que, à cette profondeur, la glace aurait à peine cinquante mille ans et remonterait donc à la dernière période de glaciation. De plus, ces animaux possèdent des caractéristiques uniques en leur genre. Selon mes premières hypothèses, un groupe d'*Ambulocetus* a dû migrer vers les régions arctiques, comme nos baleines le font aujourd'hui. Une fois sur place, leur corps s'est adapté aux conditions extrêmes : peau blanche, gigantisme, épaisse couche de graisse... à l'instar des ours polaires et des bélugas.

Amanda se souvint avoir elle-même fait la comparaison avec les bélugas.

— Ils auraient survécu ici jusqu'à la dernière période glaciaire ? Sans être découverts depuis ?

— Ça vous étonne ? Toute créature ayant vécu et péri sur la banquise peut avoir sombré dans les profondeurs encore largement inexplorées de l'océan Arctique. D'autre part, sur la terre ferme, c'est le permafrost qui empêche les fouilles au-delà du cercle polaire. Il est donc très possible que quelque chose ait existé pendant des millénaires, puis disparu sans laisser de trace. Aujourd'hui encore, on ne possède presque aucune donnée paléontologique sur la région.

Incrédule, Amanda secoua la tête, mais comment nier ce qu'elle avait vu de ses propres yeux ? Et comment rejeter les explications de l'éminent biologiste ? Le progrès technologique ne permettait d'explorer véritablement l'Arctique que depuis une dizaine d'années. Les chercheurs d'Oméga identifiaient une nouvelle espèce chaque semaine. Enfin, jusqu'à présent, on ne parlait que d'algues ou de phytoplancton inconnus, rien à l'échelle d'*Ambulocetus*.

— Les Russes ont dû découvrir ces animaux au moment de construire leur base, enchaîna Henry. À moins qu'ils ne se soient installés ici précisément à cause d'eux. Qui sait ?

Amanda se rappela une affirmation du chercheur : *Il s'agit de la raison pour laquelle la station a été bâtie ici.*

— Qu'est-ce qui vous le fait penser ?

Ce qu'ils avaient trouvé au Niveau Quatre lui revint en mémoire mais, aussi effarante que soit l'étrange baleine, il ne semblait y avoir aucun lien entre les deux.

— Ça ne vous saute pas aux yeux ?

Amanda plissa le front en silence.

— Les fossiles d'*Ambulocetus* n'ont été découverts qu'il y a quelques années, expliqua Ogden, le doigt pointé vers la brèche. Pendant la Seconde Guerre mondiale, on ne se doutait de rien. Les Russes ont donc baptisé le monstre à leur guise.

Elle ouvrit des yeux ronds.

— Et la base a pris le même nom, précisa le biologiste. En référence à leur mascotte, j'imagine.

Amanda contempla le lac gelé et la bête qui semblait lui sauter à la gorge. Elle savait à présent ce qu'elle avait sous le nez. Le monstre de la mythologie nordique.

Grendel.

ACTE DEUX

LE FEU ET LA GLACE

ᐃᔅᓇᖅᑐ ᓯᑯᓗ

5

PENTE GLISSANTE

ˢdᵇˁPᵃ‿ˢ⊃ˢᵇ   ∧ˢᵇ▷⊲∩Jᶜ

8 avril, 21 h 55
Au-dessus du versant nord, Alaska

Matt s'avachit sur son siège. Un ronflement résonnait dans la cabine du Twin Otter. Il ne venait ni du journaliste endormi ni de John, à moitié assoupi, mais du chien-loup vautré, les quatre fers en l'air, sur la troisième rangée de fauteuils. Le vacarme réussit à dérider son maître.

— Je croyais que tu devais lui faire redresser la cloison nasale, lâcha Jenny.

Le rictus de Matt se transforma en franc sourire. Déjà chiot, Bane ronflait bruyamment au pied du lit, et le couple s'en était toujours amusé. Le jeune homme se redressa.

— Le chirurgien esthétique de Nome a renoncé devant l'ampleur de la tâche. Il fallait trop raboter. Le pauvre toutou aurait ressemblé à un bouledogue.

Face au silence de Jenny, Matt osa un regard furtif : elle fixait le ciel droit devant elle, mais il remarqua les petites rides au coin de ses yeux. Un amusement teinté de tristesse.

Les bras croisés, il se demanda s'il pouvait s'y prendre mieux avec elle. Pour l'instant, il s'en contenterait.

Sous la lune presque pleine, les étendues enneigées se paraient de reflets d'argent. À une latitude aussi septentrionale, l'hiver n'avait pas dit son dernier mot, mais quelques détails annonçaient le redoux du printemps : un filet d'eau embrumé, quelques rares lacs dégelés. De-ci de-là dans la toundra, des troupeaux épars de caribous profitaient de la nuit pour longer lentement les ruisseaux de neige fondue. Ils se nourrissaient de lichen des rennes, de grappes d'airelles et mâchonnaient de grosses balles d'herbe enracinées dans la tourbière boueuse.

— On a eu du bol de joindre Deadhorse tout à l'heure.

— Comment ça, Jen ?

Sortis des pics Arrigetch, ils avaient réussi à contacter l'aéroport de Prudhoe Bay pour informer les autorités civiles et militaires de leur course-poursuite à travers la chaîne de Brooks. Le lendemain matin, des hélicoptères partiraient à la recherche de l'épave du Cessna, ce qui permettrait d'identifier rapidement leurs ennemis. Matt avait aussi appelé Carol Jeffries, spécialiste des ours à Bettles. Elle connaissait le chalet de Jenny et enverrait des gens s'y occuper des animaux. De son côté, Craig s'était entretenu avec son propre contact à Prudhoe. Dès qu'il aurait répondu aux questions et livré son témoignage, il aurait une sacrée histoire à raconter. Une fois le monde extérieur au courant des péripéties de la journée, tous les occupants de l'avion s'étaient alors détendus.

Qu'est-ce qui cloche maintenant ? Matt se redressa. Jenny ne lui montra pas la toundra mais le ciel dégagé.

Il se pencha. Au début, rien d'anormal. La constellation d'Orion brillait de mille feux. Polaris, l'étoile polaire, scintillait droit devant. Soudain, il vit des serpentins verts, rouges et bleus trembloter à l'horizon. Une aurore boréale s'annonçait.

— D'après la météo, il faut s'attendre à du beau spectacle, précisa Jenny.

Matt se renfonça dans son siège et regarda le ciel nocturne vibrer de flammes colorées. En Amérique du Nord, les Indiens Athapascan avaient baptisé l'étrange féerie naturelle *koyukon* ou *yoyakkyh*, alors que les Inuit, eux, parlaient juste de *lumières des esprits*.

La vague bariolée submergea la voûte céleste, puis son halo lumineux déferla sur des nuages azur ou rouge cramoisi.

— On ne pourra contacter personne d'ici un bout de temps.

Matt acquiesça. Les vents solaires qui frappaient les couches supérieures de l'atmosphère produisaient d'éblouissants spectacles, mais ils brouillaient aussi les communications. Par chance, le groupe était bientôt arrivé. Plus qu'une demi-heure de vol grand maximum. Au nord, l'horizon luisait déjà sous les éclairages des gisements pétroliers et de la lointaine Prudhoe Bay.

Pendant quelques minutes, ils apprécièrent le panorama au son des ronflements canins. Matt se sentait de nouveau chez lui. Peut-être était-ce le contrecoup d'une journée harassante, un sentiment de bien-être engendré par les endorphines, mais il craignait de tout détruire en ouvrant la bouche.

Ce fut Jenny qui, d'une voix douce, rompit le silence :
— Matt...
— Non.

Il leur avait fallu trois ans et un combat à mort contre un avion ennemi pour supporter de se retrouver dans le même espace. Il ne voulait pas tout gâcher.

Ses gants de cuir crispés sur le manche en vinyle, Jenny lâcha un soupir exaspéré :
— Peu importe.

La quiétude de l'instant s'était envolée... et ils n'avaient même pas eu besoin de parler. Le malaise dressa un mur entre eux, si bien que le trajet se termina dans un silence de mort, imprégné de tension et d'amertume.

Les premiers derricks apparurent, scintillants comme des sapins de Noël. À gauche, une ligne déchiquetée argentée ondulait à travers la toundra, tel un immense serpent métallique : véritable rivière d'or noir, l'oléoduc Trans-Alaska reliait Prudhoe Bay à Valdez, dans la baie du prince William.

Ils approchaient de leur destination. Tout en suivant une trajectoire parallèle au pipeline, Jenny tenta d'appeler la tour de contrôle de Deadhorse par radio. Sans succès. Le ciel continuait de danser et de lancer des éclairs.

Elle amorça un léger virage sur l'aile. De nuit, la ville de Prudhoe Bay – si on pouvait parler de *ville* – miroitait comme un pays d'Oz pétrolier. Son but ? Assurer la production d'hydrocarbures, leur transport et les services logistiques attenants. On comptait moins d'une centaine d'habitants, mais la population variait au gré de la charge de travail et donc de l'afflux de saisonniers. Quelques militaires étaient aussi chargés de protéger le cœur de l'extraction pétrolière du versant nord.

Derrière la bourgade s'étendaient la mer de Beaufort et l'océan Arctique, mais on distinguait mal la frontière entre la terre et l'eau. D'immenses icebergs s'enfonçaient sur des kilomètres dans les flots et finissaient par fusionner avec la banquise. L'été, la calotte polaire fondait de moitié et s'éloignait du rivage mais, pour l'instant, la glace était encore solide.

Jenny se dirigea vers la mer, tourna autour de Prudhoe Bay et se prépara à atterrir sur l'unique piste de l'aérodrome.

— Il se passe un truc en bas.

Une activité inhabituelle s'était emparée des abords de la ville. Une vingtaine de véhicules quittaient la base militaire à vive allure pour traverser les plaines enneigées. Matt jeta un coup d'œil de l'autre côté de l'avion.

Au sol, on apercevait une extrémité de l'oléoduc Trans-Alaska. Les énormes bâtiments de la Station collectrice n° 1 et de la Station de pompage n° 1 étincelaient derrière la clôture Cyclone. Le pétrole du versant nord y était refroidi, asséché, séparé de son gaz, puis il entamait un voyage de six jours et mille trois cents kilomètres jusqu'aux tankers de la baie du prince William.

Alors que l'hydravion s'approchait de la Station de pompage n° 1, Matt aperçut un pan de clôture défoncé. À la vue du ballet pressé de jeeps, il eut un mauvais pressentiment :

— Fiche le camp d'ici, Jen !
— Qu'est-ce… ?

BOUM ! Les locaux de la Station collectrice n° 1 explosèrent dans un fracas terrible. Lorsqu'une boule de feu jaillit vers le ciel, son courant thermique chaud associé à l'effet de souffle fit tanguer le Twin Otter, et la jeune pilote dut batailler ferme pour ne pas terminer dans le décor.

À l'arrière, on poussa des cris, et Bane aboya.

Pestant à voix basse, Jenny s'éloigna des lieux du drame. Une pluie de débris enflammés s'abattait autour d'eux, sur les terrains enneigés et les édifices voisins. Des incendies se déclarèrent. Le toit de la Station de pompage n° 1, emporté par une déflagration, déclencha un deuxième brasier. La canalisation d'un mètre de diamètre qui s'enfonçait à l'intérieur de la bâtisse flamba. Le pétrole en feu giclait de tous côtés. Il ne s'arrêta qu'à la première des soixante-deux vannes-portes, ce qui empêcha le carnage de se propager à l'oléoduc.

En quelques secondes, la commune endormie vit sa tranquillité hivernale disparaître dans les affres de l'enfer. Des rivières de feu se tortillaient vers la mer en dégageant des nuages de vapeur. Les bâtiments brûlaient. De petites explosions ravageaient les conduites principales de gaz et les réservoirs de stockage. Les habitants et les véhicules détalaient en ordre dispersé.

— Putain ! s'exclama Craig, le nez collé à la vitre.

Sur le canal général de la radio, une voix grésilla :

— Dégagez l'espace aérien sur-le-champ ! Toute tentative d'atterrissage sera réprimée par la force.

— Ils bouclent le secteur ! mugit Jenny.

Tandis qu'elle bifurquait vers la mer gelée, son père contempla la côte ravagée par les incendies.

— Que s'est-il passé ?

— Aucune idée, murmura Matt. Accident, sabotage... En tout cas, le timing semblait réglé sur notre arrivée.

— Vous ne croyez quand même pas qu'on a quelque chose à voir là-dedans ? balbutia Craig.

Matt se rappela la clôture éventrée et les jeeps quittant précipitamment la base militaire. Une entrée par effraction avait déclenché les alarmes et, au regard des quarante-huit dernières heures, on ne pouvait pas écarter l'hypothèse qu'ils soient impliqués. Depuis que l'avion de Craig Teague s'était écrasé, ils avaient frôlé la mort plusieurs fois. Une chose était sûre : quelqu'un ne voulait pas que le journaliste politique du *Seattle Times* rejoigne la station polaire SCICEX.

— Où peut-on aller ? demanda Craig.

— Je n'ai plus beaucoup de carburant, prévint Jenny.

Elle tapota le cadran, comme si un miracle allait faire remonter l'aiguille de la jauge.

— Kaktovik, grommela John.

La jeune femme approuva la suggestion de son père.

— Kaktovik ? répéta Craig.

— Ce village de pêcheurs, situé sur l'île Barter, près de la frontière canadienne, se trouve à deux cents bornes d'ici, répondit Matt. Il te reste assez de kérosène, Jen ?

— Vous allez peut-être devoir sortir et pousser sur les derniers kilomètres.

Génial.

Craig était décomposé. Il commençait à se lasser de traverser le ciel alaskain dans tous les sens.

— Ne vous inquiétez pas, le rassura Matt. Si on tombe en panne de carburant, l'Otter peut atterrir en patins sur n'importe quelle plaine enneigée.

— Et après ? grogna Craig, les bras croisés.

— Après, on fera ce qu'a dit la dame... On poussera !

— Arrête, intervint Jenny. On a assez pour rejoindre Kaktovik. Au pire, j'ai des jerricans de secours dans la soute. On pourra toujours remplir manuellement le réservoir principal.

Rassuré, Craig se détendit un peu.

Les rives embrasées s'éloignèrent peu à peu. Quand son regard croisa celui du père de Jenny, lui aussi fasciné par le spectacle, Matt comprit que le vieil Inuit ne considérait pas la série d'explosions comme une coïncidence.

— À quoi penses-tu ? murmura John.

— À du sabotage.

— Quel intérêt ? Juste à cause de nous ?

Matt secoua la tête. À supposer que quelqu'un veuille les empêcher d'arriver, cela revenait à tuer une mouche avec une caisse de dynamite.

D'une voix mal assurée, Craig ajouta son grain de sel :

— C'est un acte calculé de diversion et de déroutage.

— Comment ça ?

Devant la froide impassibilité de leur passager, Matt s'inquiéta : il connaissait les symptômes du stress post-traumatique.

Craig ravala sa salive et parla lentement, histoire de reprendre ses esprits en se concentrant sur un seul problème :

— On a parlé de nos agresseurs aux autorités de Prudhoe Bay. Les investigations devaient démarrer demain, mais je parie qu'elles vont être reportées. Les rares enquêteurs, militaires ou civils, vont être débordés pendant des semaines, ce qui laissera aux autres tout le loisir d'effacer leurs traces.

— Ils ont détruit une ville dans le simple but de nettoyer leur chantier en pleine chaîne de Brooks ?

Craig écarta l'hypothèse d'un revers de main.

— Non. Une attaque d'une telle ampleur doit pouvoir se justifier sur plusieurs plans. Sinon, ce serait dépasser les bornes.

Matt crut s'entendre réfléchir quelques secondes plus tôt.

Craig énuméra les différentes raisons :

— Les déflagrations vont retarder l'enquête en montagne. Elles vont aussi nous distraire et nous offrir une histoire beaucoup plus excitante à suivre. L'incendie de Prudhoe Bay fera la une de la presse pendant des jours. Quel reporter aurait envie de rater un truc pareil ? Avoir des informations de première main, être témoin de l'événement, il n'y a que ça de vrai !

Exténué, il secoua la tête.

— D'abord, les salauds essaient de me tuer. Maintenant, ils veulent m'acheter avec un article séduisant et prometteur qui me tombe tout cuit dans le bec.

— Diversion et déroutage, répéta Matt à voix basse.

— Ça va encore plus loin. Ici, on n'est que du menu fretin. Je mettrais ma main à couper que l'attaque a été planifiée depuis un bail. Nous ne sommes qu'une diversion secondaire. Les saboteurs cherchent à détourner l'attention de la planète. Après l'assaut, Prudhoe Bay monopolisera les regards, les discussions et les moyens d'enquête. Dès demain, CNN dépêchera des envoyés spéciaux sur place.

— Mais pourquoi ?

Craig dévisagea Matt. Quel sang-froid d'acier ! Au moment du crash, il avait menacé son sauveur avec un pistolet de détresse. Même en situation de stress, il cogitait vite. Il avait beau paraître terrorisé, sa personnalité cachait de nombreuses facettes pour lesquelles Matt éprouvait un respect croissant.

— Pourquoi ? répéta Craig. Rappelez-vous : diversion et déroutage. Laissons le monde contempler le feu d'artifice – *il agita les doigts en l'air* – pendant que le vrai grabuge a lieu à la dérobée. En réalité, ils ne veulent pas qu'on regarde au nord.

— Vers la station dérivante, conclut Matt.

— Il va se passer un truc là-bas. Quelque chose que l'opinion publique internationale ne doit surtout pas savoir et qui justifie l'incendie de Prudhoe Bay.

Voilà pourquoi le *Seattle Times* avait envoyé Craig dans le Grand Nord. Le journaliste voulait faire croire à une punition pour avoir flirté avec la nièce du rédacteur en chef, mais Matt n'était pas dupe : le type connaissait son affaire. Il calculait ses coups et possédait un sens aigu des manœuvres politiques.

— Qu'est-ce qu'on décide ?

— On rallie Kaktovik, répondit Craig. Je ne vois pas d'autre solution.

Devant la mine dubitative de Matt, il ajouta en grognant :

— Si vous croyez que je vais rejoindre cette saleté de station dérivante, vous êtes cinglé. Je préfère rester peinard dans mon coin.

— Et à supposer que vous ayez raison... ?

— Hé ! Je tiens à ma peau. Je n'ai pas été berné par le spectacle pyrotechnique de ces crétins, mais j'ai saisi le message.

— Il faut donner l'alerte.

— À vous l'honneur. Personne ne vous entendra par-dessus le vacarme des petites phrases. Le temps que vous attiriez l'attention de quelqu'un pour qu'il aille vérifier, tout sera terminé.

— Pas le choix. On doit donc y aller.

— On pourrait aussi rester planqués chez les pêcheurs en attendant que les choses se tassent.

Matt repensa à l'obstination de leurs agresseurs et à l'explosion de Prudhoe Bay.

— Vous croyez vraiment qu'ils nous ficheront la paix là-bas ? S'ils espèrent gagner du temps pour nettoyer derrière eux, ils voudront aussi se débarrasser de nous. Ils connaissent notre avion.

La détermination de Craig perdit de sa superbe.

— À Kaktovik, on sera des cibles faciles, renchérit Matt.

— *Pfff !* Je déteste l'Alaska… je vous jure.

Le garde forestier se renfonça dans son siège. Jenny, qui avait tout entendu, vérifia ses jauges.

— Si on veut voler aussi loin, j'aurai quand même besoin de refaire le plein.

— Bennie habite Kaktovik.

— On peut y atterrir dans une heure. Et redécoller une heure après.

Matt scruta le nord d'un air approbateur. Les mots de Craig résonnaient en lui : *Il va se passer un truc là-bas. Quelque chose que l'opinion publique internationale ne doit surtout pas savoir.*

De quoi pouvait-il bien s'agir ?

23 h 02
À bord de la Sentinelle polaire

— Nous avons reçu l'ordre de nous tenir prêts mais sans nous déployer, annonça Perry, planté devant son périscope.

Une rumeur de déception accueillit la nouvelle. Ses hommes, sous-mariniers de carrière dans la Navy, avaient entendu parler de l'attaque de Prudhoe Bay, à six cents kilomètres de là, et ils étaient pressés de passer à l'action.

Le réseau de communication en temps réel des satellites SATNAV ou des UHF était parasité par les bombardements électriques d'une tempête solaire. La consigne était donc arrivée par liaison EBF : les ondes mégamétriques traversant les océans sur des amplitudes de plusieurs kilomètres à une allure d'escargot, les lettres du message s'égrenaient lentement.

Les équipiers de Perry avaient espéré se déployer sur la côte alaskaine, rejoindre les enquêteurs et aider à nettoyer les dégâts. Vu les circonstances, ils ne supportaient plus de jouer les nounous pour une bande de scientifiques. Depuis qu'une crise avait éclaté presque sous leur nez, ils attendaient tous d'être appelés à la rescousse.

Les dernières instructions du COMSUBPAC[1] étaient arrivées cinq minutes plus tôt. Perry partageait la déconvenue de ses officiers.

— Des infos sur l'origine des explosions ? se renseigna le capitaine Bratt, visiblement frustré.

— Non, c'est trop tôt. À l'heure qu'il est, ils tentent encore d'éteindre les incendies.

Diverses théories circulaient déjà parmi les marins : écoterroristes cherchant à protéger une contrée sauvage de nouvelles opérations d'exploration et de forage, Arabes désireux de fermer le robinet pétrolier de l'Alaska, Texans motivés par la même envie. Sans

---

1. *COMmand SUBmarine PACific* : quartier général des forces sous-marines du Pacifique.

compter les Chinois et les Russes, qui avaient aussi leur part de responsabilité. Des esprits plus pondérés envisageaient la possibilité d'un simple accident industriel, mais cette perspective était nettement moins exaltante.

— On continue donc de se geler les miches ici, maugréa Bratt.

Perry se redressa. Il fallait remonter le moral des troupes.

— Capitaine, tant qu'on ne recevra pas d'ordre contraire, on accomplira la mission qui nous a été confiée, rétorqua-t-il avant de durcir le ton. La *Sentinelle* sera prête à intervenir à tout instant, mais on ne négligera pas le reste. Dans trois jours, la délégation russe vient récupérer les corps de ses compatriotes. Vous préféreriez qu'on laisse les chercheurs se débrouiller seuls avec l'amiral russe et son équipage ?

Bratt fixa la pointe de ses chaussures.

— Non, chef.

À bord, il faisait partie des rares hommes à savoir ce qui se trouvait au Niveau Quatre de la station Grendel.

Leur conversation fut interrompue par le radio de quart, qui débarqua, un bloc-notes à la main.

— Commandant, je viens de recevoir un message urgent du COMSUBPAC. Transmission éclair. Personnel et confidentiel.

— Une transmission éclair ? s'étonna Perry. La liaison SATNAV serait-elle rétablie ?

— Oui. On a eu la chance de tout récupérer. Ils devaient émettre la dépêche en continu dans l'espoir que la tempête solaire leur accorde un bref répit. Elle se répète aussi en boucle sur le réseau TBF.

Une diffusion multicanaux. Qu'y avait-il d'aussi important ?

— J'ai réussi à répondre qu'on avait bien reçu le message.
— Parfait, lieutenant.

Perry tourna le dos aux officiers, tous curieux d'en savoir plus. Il ouvrit le calepin et, dès qu'il lut la prose de l'amiral Reynolds, un frisson d'effroi lui parcourut l'échine.

flash *** flash *** flash *** flash *** flash *** flash

384749ZAVR
DE : COMSUBPAC PEARL HARBOR, HAWAÏ//N475//
À : *SENTINELLE POLAIRE* SSN-777
//BT//
RÉF : ORDRE D'OPÉRATION COMSUBPAC AC 37-6722A DATÉ 08 AVR
OBJ : LES INVITÉS ARRIVENT EN FRANCE
sci/top secret – oméga
À L'ATTENTION EXCLUSIVE DU COMMANDANT
RMQS/

(1) LE SATELLITE POLAIRE CONFIRME QU'UN SOUS-MARIN RUSSE AKULA II A FAIT SURFACE, ANTENNE SORTIE, À 14:25 AUX COORDONNÉES ALPHA CINQ DEUX POINT HUIT PAR TROIS SEPT POINT UN.

(2) L'APPAREIL, BAPTISÉ *DRAKON*, BAT PAVILLON RUSSE. AMIRAL VICTOR PETKOV À BORD.

(3) LES INVITÉS RUSSES POURRAIENT BIEN ARRIVER EN AVANCE. LES SERVICES DE RENSEIGNEMENTS IGNORENT POURQUOI LE CALENDRIER S'EST ACCÉLÉRÉ. AVEC LES DERNIERS ÉVÉNEMENTS DE PRUDHOE, MÉFIANCE MAXIMALE. SABOTAGE CONFIRMÉ. SUSPECTS ENCORE INCONNUS.

(4) LA *SENTINELLE POLAIRE* DOIT RESTER EN ÉTAT D'ALERTE ET OUVRIR L'ŒIL EN PATROUILLE.

(5) LES INVITÉS SERONT TRAITÉS EN AMIS JUSQU'À ORDRE CONTRAIRE.

(6) LA PROTECTION DES INTÉRÊTS AMÉRICAINS AU SEIN D'OMÉGA ET DE GRENDEL RESTE LA MISSION PRIORITAIRE DE LA *SENTINELLE POLAIRE*.

(7) POUR SOUTENIR LES INTÉRÊTS SUSNOMMÉS, DES ÉQUIPES DE LA DELTA FORCE ONT ÉTÉ DÉPÊCHÉES EN ARCTIQUE. UN CONTRÔLEUR DES OPÉRATIONS, ENVOYÉ PAR RL, ARRIVERA UN PEU AVANT. INFORMATIONS À SUIVRE.

(8) BONNE CHANCE ET CIREZ BIEN VOS CHAUSSURES DE CLAQUETTES, GREG.

(9) SIGNÉ AMIR K. REYNOLDS

BT

NNNN

Une fois sa lecture terminée, Perry ferma les yeux et se remémora les différentes consignes.

L'amiral avait lui-même codé son message crypté. *RL* était l'abréviation de « Reconnaissance Langley », ce qui sous-entendait une implication de la CIA. Des équipes Delta étaient donc déployées sous l'égide de la CIA ? Mauvaise nouvelle. Une telle plate-forme organisationnelle aboutissait à un commandement à deux têtes, sans que l'une sache ce que l'autre était en train de faire. Cela empestait aussi l'opération clandestine à plein nez. *Informations à suivre* signifiait que même le COMSUBPAC était laissé hors du coup, ce qui n'augurait rien de bon.

Et que dire de la dernière phrase ? *Cirez bien vos chaussures de claquettes, Greg.* De nouveau, l'utilisation informelle de son prénom remplaçait une longue série de points d'exclamation. Au cours d'un dîner officiel de la Navy, l'amiral Reynolds avait employé la même expression quand la délégation du COMSUBLANT, commandement sous-marin de la zone Atlantique, avait débarqué. Les sous-mariniers atlantiques et pacifiques se livraient une lutte de pouvoir sans merci, faite de défis, de *wargames* et de rivalités excédant de loin le cadre professionnel. *Cirez bien vos chaussures de claquettes* était une manière élégante de dire : « Tenez-vous prêts parce que, bientôt, ça va chier dans le ventilo. »

Perry s'adressa à son commandant en second.

— Évacuez les civils. Ramenez-les à Oméga et récupérez les soldats en permission à terre.

— À vos ordres, chef.

— Une fois la *Sentinelle* sécurisée, préparez-la à plonger à mon signal.

— On part à Prudhoe Bay ? intervint le chef de quart.

Perry scruta les visages pleins d'espoir de l'équipage. Inutile de rejoindre la ville incendiée pour passer à l'action : ses hommes l'apprendraient bien assez tôt.

— Contentez-vous de cirer vos chaussures de claquettes, messieurs. Vu ce qui nous attend, il va falloir un sacré jeu de jambes.

23 h 32
Kaktovik, Alaska

Sur le parking, Jenny examina la carlingue de son Twin Otter à la torche électrique. Les impacts de balles sur l'aile n'avaient pas provoqué de dégâts majeurs. Rien n'exigeait de réparation immédiate, et elle pourrait colmater les trous au ruban adhésif. Sa tasse à la main, elle boucla l'inspection.

Une demi-heure plus tôt, ils avaient atterri en pleine nuit sur la piste enneigée du minuscule aérodrome de

Kaktovik. Matt et les autres se réchauffaient dans un hangar voisin, où on avait installé une petite gargote. Derrière la vitre graisseuse, ils sirotaient un café et discutaient avec la jeune serveuse inuit.

Seul Bane avait suivi sa maîtresse pendant qu'elle faisait le plein et vérifiait son appareil. Le croisé loup avait lui-même exploré le parking, levant la patte çà et là pour laisser une trace jaune de son passage. Depuis, il ne quittait pas Jenny d'une semelle, la langue pendante, la queue frétillante.

Après avoir contourné la queue de l'avion, elle rejoignit Bennie Haydon qui, adossé au fuselage, un cigare coincé entre les dents, surveillait le tuyau de carburant. Costaud et trapu, il portait une casquette DHL vissée par-dessus ses yeux fatigués.

— On a le droit de fumer ici ? s'étonna Jenny.

— Ma femme m'interdit d'en profiter à l'intérieur, marmonna-t-il sans lâcher son mégot.

Avec un demi-sourire, il désigna la serveuse.

Après des années passées à entretenir les véhicules de patrouille du comté, Bennie avait économisé assez d'argent pour s'installer à Kaktovik avec son épouse et ouvrir son atelier de mécanique. Patron d'une agence de tourisme, il proposait aussi des survols en ULM de la réserve naturelle nationale de l'Alaska. Le petit engin, très maniable (au fond, ce n'était guère qu'un deltaplane muni d'un moteur de tondeuse et d'une hélice) était idéal pour traverser la région, côtoyer les troupeaux de caribous et découvrir la toundra en rase-mottes. Au début, Bennie voyait passer un touriste de temps en temps mais, depuis que la réserve revêtait un intérêt en matière d'exploitation pétrolière, il transportait aussi des géologues, des journalistes, des fonctionnaires, voire des sénateurs. Son unique

ULM de départ s'était vite transformé en une flotte d'une dizaine d'appareils.

Le mécanicien vérifia la jauge.

— Ça y est, tes deux réservoirs sont pleins.
— Merci.
— Pas de souci, Jen. Maintenant, raconte-moi comment tu t'es fait mitrailler sur l'aile.

Tandis qu'il rangeait son tuyau, Jenny le suivit.

— C'est une longue histoire qui ne nous a pas encore donné de véritables réponses.
— Un peu comme Matt et toi..., souffla-t-il, pensif.

Il hocha la tête vers la fenêtre. Dans l'obscurité, la lumière vive à l'intérieur du hangar ressemblait à une balise.

Jenny soupira et tapota Bane sur le crâne.

— Tu sais qu'il a cessé de boire, reprit Bennie.
— Je n'ai pas envie d'en parler.
— Oh, je voulais juste que tu sois au courant...
— Je sais.

La porte du hangar s'ouvrit sur Belinda, la femme du mécanicien.

— Vous venez vous réchauffer ? J'ai des œufs et des steaks de caribou sur le feu.
— Dans une seconde, chérie.

Bane n'eut pas autant de patience. Alléché par le délicieux fumet, il sautilla vers la porte en remuant frénétiquement la queue.

Amusée, Belinda le laissa passer, puis elle montra le bout incandescent du cigare de Bennie.

— Le chien peut entrer, ton machin non.
— Oui, mon cœur.

Il lança à Jenny un regard du genre, *Tu vois ce que je suis obligé de supporter*, mais elle n'était pas dupe du tendre amour qui unissait le couple.

Belinda referma la porte en secouant tristement la tête. Bien qu'elle ait dix ans de moins que son mari, son intelligence et sa maturité désabusée avaient comblé le fossé. Comme plusieurs générations de sa famille, elle était originaire de Kaktovik mais, adolescente, elle avait déménagé à Fairbanks avec ses parents. À l'époque, c'était le début de la ruée vers l'or noir – déluge de pétrole, d'argent, d'emploi et de corruption. Les Indiens et les Inuit de la région, qui attendaient tous impatiemment le partage des richesses, s'étaient précipités en masse vers les villes, abandonnant leurs terres natales et leurs coutumes. Hélas, ils n'avaient trouvé à Fairbanks qu'une agglomération polluée où se côtoyaient ouvriers du bâtiment, conducteurs de chiens de traîneau, routiers et proxénètes. Sans qualification, les Indiens s'étaient fait broyer par le progrès. Pour aider sa famille, Belinda s'était prostituée dès l'âge de seize ans, et c'était à la suite de son arrestation qu'elle avait rencontré Bennie. Il l'avait prise sous son aile, au sens littéral du terme : il lui avait montré le ciel au-dessus de Fairbanks et proposé une autre vie. Ils avaient fini par se marier et s'installer à Kaktovik avec les parents de Belinda.

L'homme se redressa, aspira une dernière bouffée de tabac, puis écrasa son mégot d'un coup de talon dans la neige.

— Je sais ce que tu penses de Matt.

— Bennie..., gronda Jenny.

Il retira sa casquette maculée de graisse et caressa son crâne dégarni.

— Écoute-moi jusqu'au bout. Je sais combien vous avez perdu tous les deux, mais souviens-toi : vous êtes encore jeunes. Un autre enfant pourrait...

— *Non.*

On aurait dit un aboiement, un réflexe rotulien. Dès qu'elle lâcha le mot, elle se rappela qu'à bord de l'avion Matt l'avait interrompue de la même manière, mais elle n'avait pas pu retenir sa colère. Comment Bennie avait-il le culot de prétendre connaître la douleur de perdre un enfant ? Penser qu'un nouveau bébé remplacerait le premier !

Il la toisa du regard, puis reprit d'une voix calme :

— Nous aussi, on a perdu un gosse... une petite fille.

Pas possible ! La rage de Jenny retomba comme un soufflé :

— Mon Dieu, Bennie, quand ça ?

— Il y a un an... Une fausse couche.

Il contempla le paysage de neige. Au loin dans la nuit, les quelques lumières du village de pêcheurs tremblotaient. Un soupir lourd s'échappa de ses lèvres.

— Belinda a failli ne pas s'en remettre.

Jenny comprit que son ami aussi avait été traumatisé.

— Après, on a appris qu'elle ne pourrait plus avoir d'enfant. Un problème de cicatrisation. Selon les médecins, ça vient de...

Sa voix se brisa. Il secoua la tête.

— Disons que ça vient de complications liées à son ancien métier.

— Je suis vraiment navrée, Bennie.

D'un geste, il refusa sa compassion.

— On continue d'avancer. C'est la vie.

Par la fenêtre, Jenny regarda Belinda rire en resservant un café à Matt. On n'entendait pas un bruit, juste le sifflement du vent dans la toundra.

— Vous deux, en revanche, vous êtes encore jeunes.

Elle comprit l'allusion : *Vous pourriez avoir un autre bébé.*

— Vous allez bien ensemble, insista-t-il. Il est grand temps que l'un de vous s'en souvienne.

Les yeux rivés sur la fenêtre, Jenny murmura, plus pour elle-même que pour Bennie :

— Je m'en souviens.

Elle avait rencontré Matt lors d'une enquête liée au braconnage dans la chaîne de Brooks. Un conflit avait éclaté entre les indigènes et l'administration fédérale sur le droit de chasser leur nourriture au sein des parcs. Le jeune homme représentait l'État mais, après avoir découvert que les tribus locales avaient tout juste de quoi vivre, il était devenu un de leurs plus fervents défenseurs. Jenny avait été impressionnée par sa capacité de donner aux gens priorité sur la loi, ce qui était une qualité très rare chez les agents gouvernementaux.

Le temps de régler le problème et d'établir une nouvelle législation, ils s'étaient rapprochés. Au début, ils invoquaient des prétextes professionnels pour se voir mais, une fois à court d'excuses bidons, ils avaient commencé à sortir ensemble. Un an plus tard, ils étaient mariés. Les parents de Jenny avaient eu du mal à accepter un Blanc dans la famille, mais le charme, la décontraction naturelle et la patience obstinée de Matt avaient fini par les convaincre. Même son père.

Benny s'éclaircit la voix.

— Il n'est pas trop tard, Jen.

Elle fixa l'intérieur du hangar, puis détourna la tête.

— Parfois, si. Il y a des choses impardonnables.

— C'était un accident. Au fond de toi, tu le sais.

La colère de la jeune femme, toujours à fleur de peau, se raviva immédiatement.

— Il buvait.

— Mais il n'était pas ivre, si ?
— Je m'en fiche ! Même une goutte d'alcool... *(Elle se mit à trembler.)* Il était censé surveiller Tyler. Pas boire ! S'il n'avait pas...
— Je sais ce que tu penses de l'alcool. Putain, j'ai bossé avec toi à Fairbanks. Je sais ce qu'il a fait à ton peuple... *à ton père.*

Elle crut recevoir un coup de poing à l'estomac.
— Tu dépasses les bornes, Bennie.
— Il faut bien que quelqu'un s'y colle. J'étais là quand John s'est fait coffrer, merde ! Je suis au courant ! Ta mère est morte dans un accident de voiture parce que ton père était bourré.

Jenny lui tourna le dos, mais elle ne pouvait pas se boucher les oreilles. À l'époque, elle n'avait que 16 ans. Des spécialistes avaient inventé le concept d'*épidémie alcoolique*. Cette dernière causait des ravages chez les Inuit, contaminait sournoisement les familles et faisait des dizaines de morts ou d'estropiés – à cause de la violence, des suicides, des noyades, des maltraitances conjugales, des anomalies congénitales ou encore du syndrome d'alcoolisation fœtale. En tant que shérif d'origine esquimaude, Jenny avait vu la boisson décimer des villages entiers. Et sa propre famille n'avait pas échappé à la malédiction.

D'abord sa mère, puis son fils.

— Ton père a passé un an en taule, enchaîna Bennie. Il est allé aux AA. Depuis, il s'est mis au régime sec et a trouvé la paix en renouant avec les traditions de ses ancêtres.
— Peu importe. Je... je ne peux pas lui pardonner.
— À qui ? rétorqua-t-il d'une voix plus perçante. Matt ou ton père ?

Jenny fit volte-face, les poings serrés, prête à le frapper.

Son ami resta campé devant la porte.

— Que Matt ait été sobre comme un chameau ou pas, Tyler serait quand même mort.

Son franc-parler déchira l'épaisse cicatrice qui avait envahi Jenny jusqu'au plus profond de son être. Non seulement elle lui enveloppait le cœur, mais elle s'était insinuée dans son ventre, son cou, ses jambes et lui permettait de survivre. Voilà comment le corps réagissait quand il ne pouvait pas atteindre la guérison complète. Il se marquait de cicatrices. Accablée de douleur, la jeune mère sentit ses yeux s'embuer.

Bennie avança d'un pas et, quand il l'attira contre lui, elle se laissa faire. Elle aurait voulu s'indigner de ce qu'il avait osé dire, l'envoyer promener mais, en son for intérieur, elle connaissait la vérité. Avait-elle déjà pardonné à son père ? Dans quelle proportion sa colère était-elle devenue partie intégrante de sa personnalité ? Elle avait rejoint la police pour donner de l'ordre aux drames et aux aléas de la vie, trouver du réconfort dans les lois, les règlements et les procédures, là où les punitions se mesuraient en unités de temps – un, cinq ou dix ans – et où, à force de persévérance, on pardonnait les péchés. Le cœur, hélas, n'était pas une machine aussi bien huilée.

— Il n'est pas trop tard, susurra Bennie à son oreille.

Le visage enfoui contre son torse, elle marmonna encore :

— Parfois, si.

Elle savait que c'était vrai. Le bonheur qu'elle avait jadis partagé avec Matt était anéanti à tout jamais.

La porte se rouvrit sur la douce chaleur du restaurant, ses odeurs de friture et quelques éclats de rire.

— Vous savez qu'il y a des hôtels pour ça ? lança Matt.

Jenny s'écarta de Bennie et se lissa les cheveux. Avec un peu de chance, ses joues n'étaient plus mouillées de larmes.

— On a mis le plein de carburant, annonça-t-elle. L'avion peut repartir dès qu'on aura terminé de dîner.

— Et vous alliez *où* au juste ? demanda Bennie.

Matt lui fit les gros yeux :

— Bien tenté, mon vieux.

Pour le bien de tous, ils avaient décidé de garder leur destination secrète.

— Bah ! Tu ne peux pas m'en vouloir d'avoir essayé.

— En fait, si. Hé ! Belinda, tu savais que ton mari se tapait mon ex-femme sur le perron ?

— Dis à Jenny qu'elle peut le garder !

Matt leva les pouces.

— Vous avez le feu vert, les enfants. Amusez-vous bien !

Lorsqu'il referma la porte derrière lui, Jenny, restée dans la pénombre, secoua la tête.

— Et tu veux que je me réconcilie avec lui, Bennie ?

— Oh ! Je ne suis qu'un pauvre mécanicien. Qu'est-ce que j'en sais ?

23 h 56
À bord du Drakon

L'amiral Viktor Petkov scruta les écrans vidéo du poste de contrôle. La banquise ressemblait à une couverture noire que les projecteurs du *Drakon* éclairaient par-dessous. Quatre plongeurs en combinaison isotherme venaient de passer une demi-heure à y fixer une sphère en titane. Il fallait visser d'immenses anneaux de retenue sous la couche de glace, puis positionner les attaches sur les écrous pour bien arrimer la sphère.

C'était le dernier de cinq engins identiques. Chaque globe se trouvait à cent kilomètres de l'iceberg, cernant ainsi la base russe désaffectée comme les branches d'une étoile. Les sites choisis répondaient à des coordonnées géographiques précises. Il ne restait plus qu'à installer le détonateur principal au centre de l'étoile.

Viktor regarda par-delà les hommes-grenouilles qui évoluaient dans les ténèbres de l'océan et se figura la gigantesque île de glace à l'intérieur de laquelle dormait la station. Il n'aurait pas pu rêver d'un meilleur endroit pour activer le dispositif.

Moscou lui avait ordonné de récupérer les travaux de son père et de tout anéantir derrière lui, mais l'amiral russe voyait encore plus grand.

Un plongeur appuya sur un interrupteur, et la série de diodes bleues qui éclaira l'équateur de la sphère attira l'attention de Viktor. Le dernier des cinq appareils était désormais armé. On y distinguait parfaitement les initiales de l'Institut de recherche arctique et antarctique (IRAA) inscrites en caractères cyrilliques.

— Et ce ne sont que des capteurs scientifiques ? s'étonna Mikovsky.

— Le dernier cri en matière de sonde bathymétrique, conçue pour mesurer les variations du niveau de la mer, les courants, la salinité et les densités de glace.

Le commandant du *Drakon* parut dubitatif. Il ne fallait pas le prendre pour un débutant. Au départ du complexe naval de Severomorsk, Mikovsky avait reçu l'ordre d'escorter l'amiral en mission diplomatique jusqu'à une station polaire russe abandonnée, mais il savait qu'on ne lui avait pas tout dit. Il avait vu les caisses d'armes et de matériel dans les soutes et, s'il n'en comprenait pas la teneur, il était au courant du message crypté du FSB.

— Ces engins sous-marins n'auraient aucune application militaire ? Du genre mettre les Américains sur écoute ?

D'un haussement d'épaules, Viktor lui permit de mal interpréter son silence. Parfois, il valait mieux laisser les soupçons de son interlocuteur aboutir à la conclusion la plus évidente.

— Ah, d'accord...

Persuadé d'avoir compris ce qui se tramait dans son dos, Mikovsky contempla la sphère avec un respect accru.

Viktor se concentra de nouveau sur les écrans. À la longue, le jeune commandant apprendrait peut-être que les parties des puissants se jouaient à des niveaux autrement plus profonds.

Dix ans auparavant, il avait recruté des chercheurs de l'IRAA triés sur le volet et initié un projet secret au sein du complexe naval de Severomorsk. À cela, rien d'exceptionnel : de nombreux programmes scientifiques polaires étaient lancés là-bas. Non, l'originalité du projet *Onde de choc* venait du fait qu'il était placé sous le contrôle direct de Petkov, alors simple capitaine. Tout passait par lui et, dans l'arrière-pays des côtes arctiques, à l'abri des regards indiscrets, c'était un jeu d'enfant d'enterrer un programme parmi une ribambelle d'autres. Personne n'avait posé de questions sur son travail, même quand ses six chercheurs avaient péri dans un accident d'avion. Leur disparition avait mis un terme au projet *Onde de choc*.

Du moins, en apparence.

Viktor était le seul à savoir qu'à l'époque, c'est-à-dire deux ans plus tôt, les travaux étaient déjà achevés. Il regarda les plongeurs s'écarter de la sphère en titane.

Tout était parti d'un article de 1979 reliant le dioxyde de carbone au réchauffement progressif du globe. À l'idée effrayante que les calottes glaciaires puissent fondre, on avait échafaudé d'effroyables scénarios de montée des océans et d'inondations dévastatrices. Bien sûr, les Russes avaient chargé l'IRAA de Saint-Pétersbourg d'enquêter sur de telles menaces et, très vite, l'institut s'était constitué une base de données impressionnante sur l'état des glaces de la planète. On avait fini par s'apercevoir que, si la fonte du Groenland et de l'Antarctique risquait de provoquer une hausse spectaculaire de soixante mètres du niveau des mers, le pôle Nord ne représentait pas le même danger. Comme elle *flottait* déjà sur un océan, sa banquise aurait déplacé autant d'eau qu'elle en aurait produite si elle s'était désagrégée. À l'image de glaçons dans un verre empli à ras bord, le dégel de la calotte polaire n'accroîtrait pas la hauteur des océans. Il n'y avait donc pas à s'inquiéter.

En 1989, un chercheur de l'IRAA s'était néanmoins rendu compte que la disparition pure et simple de la calotte glaciaire représentait un danger beaucoup plus grave, car l'océan Arctique ne posséderait alors plus aucune couche isolante. Incapable de réverbérer l'énergie solaire, il s'évaporerait plus vite et déverserait d'énormes quantités d'eau dans l'atmosphère, qui, à leur tour, déclencheraient des précipitations massives sous forme de pluie et de neige. Selon les conclusions de l'IRAA, les régimes climatiques et les courants océaniques en seraient bouleversés, ce qui engendrerait des inondations, de colossales pertes agricoles, la désintégration de l'écosystème et un chaos planétaire dont les pays et les économies mondiales ne se relèveraient pas.

La prédiction s'était cruellement vérifiée en 1997, lors d'une perturbation des courants pacifiques baptisée *El Niño*. D'après l'ONU, le phénomène avait coûté la bagatelle de quatre-vingt-dix milliards de dollars, tué plus de cinquante mille personnes... et on ne parlait que d'une seule modification de courant marin sur un an. La disparition de la calotte polaire s'étalerait sur des décennies et, loin de se cantonner au Pacifique, elle affecterait tous les océans. Bref, ce serait une catastrophe inédite dans l'histoire de l'humanité.

Bien sûr, le rapport scientifique avait donné des idées aux militaires. Pouvait-on détruire les glaces du pôle Nord ? Des études avaient vite démontré qu'il aurait fallu une puissance dépassant de loin les technologies nucléaires actuelles. Le projet semblait donc voué à demeurer une utopie.

Un chercheur de l'IRAA avait néanmoins émis une hypothèse fascinante. Inutile de faire fondre la banquise : il suffisait de la *déstabiliser*. Si une partie de la glace s'évaporait et que le reste était ébranlé, un simple été se chargerait du reste. Une fois le sol transformé en gadoue, l'énergie solaire toucherait une plus grande surface de l'océan Arctique, ce qui réchaufferait les eaux entourant la glace fragmentée et ferait fondre les derniers blocs. Quand on avait le soleil à disposition, pas besoin de technologie nucléaire ! Si l'homme réussissait à abîmer la calotte polaire à la fin du printemps, il suffirait d'un été pour qu'on n'en parle plus.

Or, comment la déstabiliser ? La réponse était venue en 1998, lorsqu'un autre expert de l'IRAA, étudiant la cristallisation de la banquise arctique ainsi que la relation entre les courants océaniques et la formation des crêtes de pression, avait énoncé sa théorie des harmoniques. La glace ressemblait à n'importe quelle structure cristalline, en particulier lorsqu'elle était soumise à une pression extrême : si on lui appliquait la bonne hauteur de vibration, elle pouvait voler en éclats.

Ces travaux-là avaient constitué le socle du projet *Onde de choc* : créer artificiellement un ensemble d'harmoniques et de signatures thermiques capable de désintégrer la calotte polaire.

À l'écran, la sphère en titane luisait dans les eaux sombres, tandis que les projecteurs du *Drakon* baissaient peu à peu d'intensité. L'amiral consulta le gros boîtier fixé à son poignet. Le cadran plasma affichait une étoile à cinq branches. Chaque point miroitait. Au centre, le détonateur principal attendait le feu vert.

Il n'y en avait plus pour très longtemps.

Viktor contempla les points lumineux.

Les scientifiques disparus parlaient de *dispositif Polaris*, en référence à *Polyarnaya Zvezda*, l'étoile polaire, mais, en termes plus techniques, le détonateur nucléaire était un *disrupteur subsonique*. Une fois activé, il aurait un double effet. Déjà, il creuserait un cratère d'un kilomètre et demi de diamètre mais, ensuite, au lieu d'envoyer l'impulsion électromagnétique d'une arme nucléaire classique, le moteur émettrait une onde harmonique à travers la banquise. Les vibrations feraient exploser les cinq sphères en même temps, ce qui propagerait et amplifierait l'onde de choc avec assez d'énergie et de force pour détruire l'ensemble de la calotte glaciaire.

Caché dans un coin de l'écran, un petit cœur rouge battait au rythme des pulsations cardiaques de l'amiral.

Bientôt...

Pour l'instant, Viktor passerait le reste de la nuit à peaufiner son projet et vérifier que tout était en ordre.

Il avait patienté soixante ans... Il pouvait bien attendre un jour de plus.

Après que le projet *Onde de choc* avait été bouclé, il avait repoussé l'exécution de son plan durant deux ans. Le simple fait d'avoir Polaris à portée de main lui avait apporté une certaine sérénité. À présent, il se disait que le destin avait retenu son bras. On venait de redécouvrir Grendel, tombeau de son père, et ce n'était sans doute pas une coïncidence. Il allait rapatrier la dépouille du valeureux savant, récupérer le trophée enfoui au cœur de la base, ferait sauter Polaris et changerait ainsi à jamais la face du monde.

Quand les projecteurs du sous-marin s'éteignirent, la sphère en titane se mit à luire comme une étoile polaire au cœur de la nuit arctique.

Désireux d'assouvir sa vengeance, l'amiral n'avait pas initié le projet *Onde de choc* par hasard. À la fin de son rapport en 1989, le chercheur de l'IRAA avait estimé que la destruction de la calotte polaire représentait un autre danger, plus grave que l'effet à court terme des inondations et des bouleversements climatiques.

Une menace terrible se profilait dans un horizon lointain.

Quand l'océan Arctique s'évaporerait, ses eaux se déverseraient sous forme de précipitations neigeuses. Au fil des ans, la neige, de plus en plus compacte, augmenterait la taille des glaciers et en créerait même de nouveaux. Après quoi, ces derniers s'étendraient et s'entasseraient en couches épaisses jusqu'à envahir tout l'hémisphère nord.

Au bout de cinquante mille ans, ce serait le début d'une nouvelle ère glaciaire !

Les yeux rivés sur le doux éclat de Polaris dans les eaux nocturnes de l'Arctique, Viktor apprécia la symétrie de la situation.

Son père avait péri, congelé dans un glaçon... et le monde s'apprêtait à subir le même sort.

6

PRIS DANS LES GLACES

ᔐᑉ ᐊᔪᖅᓯᐅᖅ ᖃᐅᒻᒐᑐᖅ

9 avril, 5 h 43
Au-dessus de la calotte glaciaire

Depuis son siège de copilote, Matt regarda le soleil grimper sur le toit du monde. La banquise, qui étincelait d'une lumière aveuglante, lui brûlait la rétine. Alors que Jenny portait des lunettes d'aviateur, il admirait à l'œil nu la beauté d'une aurore au pôle Nord. Sous de telles latitudes, le phénomène se produisait rarement, puis le globe glacé restait fiché dans le ciel quatre mois d'affilée. On apprenait donc à apprécier chaque lever et chaque coucher de soleil.

Ce matin-là, le spectacle était particulièrement féerique. Un vent contraire de sud-est avait dissipé l'éternel banc de brume flottant au-dessus de la calotte. En contrebas s'étalait un vaste monde immaculé de glaces blanches crénelées, de pics cristallins escarpés et d'étangs bleu ciel.

À l'horizon, un flot rosé de lumière s'étendait jusqu'au sillage de l'avion. Des traînées orangées et rouge foncé zébraient l'azur alaskain.

— Il va y avoir de la tempête, grommela-t-on à l'arrière.

Le père de Jenny s'était réveillé de sa sieste.

Matt se retourna.

— Qu'est-ce qui vous le fait dire ?

Craig ronchonna, à moitié assoupi sur son siège : il ne s'intéressait guère aux prévisions météorologiques. Derrière lui, Bane leva le museau et bâilla à s'en décrocher la mâchoire. Le chien-loup semblait aussi contrarié que le journaliste d'avoir été tiré de son sommeil.

Sans y prêter attention, John montra le ciel au nord. Le crépuscule s'y accrochait toujours. Des volutes de fumée tourbillonnaient et écumaient près de la ligne d'horizon.

— C'est du brouillard givrant, annonça le vieil Inuit. La température dégringole même quand le soleil se lève.

— Le temps est en train de changer, acquiesça Matt.

En Alaska, les tempêtes étaient rarement anodines. Soit le ciel était clair et calme, comme ce jour-là, soit le blizzard balayait tout sur son passage. Certes, autour du cercle polaire, les chutes de neige ne voulaient pas dire grand-chose, mais les vents, très dangereux, soulevaient des bancs de glace et de poudreuse qui bloquaient toute visibilité.

— On arrivera à la station dérivante avant que ça ne craque ?

— Sans doute, répondit Jenny.

C'étaient les premiers mots qu'elle prononçait depuis leur départ de Kaktovik. Quelque chose l'avait bouleversée chez Bennie, mais elle avait refusé d'en parler. Elle avait avalé son dîner aussi machinalement qu'une tractopelle aurait attaqué une butte de terre compacte. Après quoi, elle s'était accordé une courte sieste dans le bureau du hangar – une demi-heure maximum – et, quand elle était ressortie de sa tanière, elle avait les yeux rouges, signe qu'elle n'avait pas dû dormir du tout.

John Aratuk croisa quelques secondes le regard de Matt. Quand Jenny était mariée, les deux hommes étaient copains comme cochons : ils adoraient camper, chasser ou pêcher ensemble. Depuis le drame, leur relation s'était considérablement refroidie.

Pourtant, à la mort de Tyler, Matt n'avait ressenti aucune récrimination de la part de son beau-père. John connaissait mieux que personne la cruauté de la vie rurale en Alaska : à tout instant, on risquait d'y laisser la vie. Il avait grandi dans un hameau côtier du golfe de Kotzebue, près du détroit de Béring. Son prénom inuit était Junaquaat, qu'il avait raccourci en *John* au moment de s'installer dans l'arrière-pays. Victime de la famine durant les terribles gelées de 1975, son village avait été rayé de la carte en un seul hiver. L'homme avait perdu toute sa famille – et son malheur n'était pas exceptionnel. Dans le Grand Nord, les provisions étaient rares. La survie ne tenait souvent qu'à un fil.

Même s'il ne blâmait pas son ex-gendre de la noyade de Tyler, John lui reprochait les mois atroces qui avaient suivi. Matt n'avait pas été tendre avec sa fille. Miné par la souffrance et la culpabilité, il avait sombré dans l'alcool et exclu Jenny de son existence, tant il avait du mal à affronter son regard accusateur. À l'époque, ils s'étaient assené des paroles irréversibles et, finalement, la coupe avait été pleine. Brisés, accablés, le cœur en miettes, ils avaient fait une croix sur leur couple et s'étaient séparés.

John pressa l'épaule de Matt en signe d'acceptation et de paix. Le peuple inuit apprenait à survivre à la mort mais aussi au chagrin.

Tandis que le vieil homme se renfonçait dans son siège, Matt fixa sans ciller l'éblouissant matin glacé. Il avait la désagréable impression de douter de sentiments qu'il croyait ancrés en lui depuis des années, comme si un bloc de ciment avait bougé à l'intérieur de son corps et perturbé son centre de gravité.

Jenny vérifia son cap et sa vitesse.

— D'ici à une demi-heure, on devrait atteindre les coordonnées indiquées par Craig.

— On avertit la station de notre venue ?

— Non, Matt. Tant qu'on ignore ce qui se passe là-bas, je préfère rester discrète. De toute façon, les liaisons radio sont encore très mauvaises.

En chemin, ils avaient reçu des bribes de messages sur les canaux ouverts. La nouvelle des explosions à Prudhoe Bay s'était propagée à vitesse grand *V*. Comme Craig l'avait prédit, les agences de presse accouraient et les spéculations allaient bon train.

Le journaliste se redressa d'un air grognon.

— Si on déboule sans prévenir, comment justifier notre arrivée à la base ? On se présente en tant que représentants de la loi ? Reporters d'investigation ? Réfugiés en quête d'asile ?

— Oubliez l'idée de débarquer sous couvert d'autorité, répliqua Jenny. Ma juridiction ne s'étend pas jusque-là. Il vaut mieux expliquer ce qu'on sait et avertir les responsables des opérations. Nos agresseurs ne sont peut-être pas loin.

Craig scruta le ciel :

— La station sera-t-elle en mesure de nous protéger ?

— Vous connaissez Oméga mieux que nous, monsieur le journaliste, ironisa Matt. Quel contingent de marine est stationné là-bas ?

— Je n'ai reçu aucune précision sur ma destination. On m'a juste dit de boucler ma valise et d'embarquer sur le premier vol d'Alaska Airlines au départ de Seattle.

Matt réfléchit. Il devait y avoir au moins un sous-marin et son équipage. Avec un peu de chance, d'autres soldats surveillaient aussi la base de recherche. Il reprit à voix haute :

— Vu la tempête qui s'annonce, ces gens seront obligés de nous offrir l'hospitalité. Après quoi, on les convaincra d'écouter. Qu'ils nous croient ou pas, c'est une autre paire de manches. La destruction de Prudhoe Bay a éveillé les soupçons.

— Va pour ta stratégie, approuva Jenny. Du moins, jusqu'à ce qu'on maîtrise mieux la situation.

— J'aperçois un truc quelques degrés au nord, intervint John. Des bâtiments rouges.

— La station dérivante ? se renseigna Craig.

— Pas sûr. L'ensemble se trouve à une dizaine de kilomètres des coordonnées que vous nous avez données.

— Mon patron ne m'a pas fourni d'autres indications.

— Ce sont les courants, expliqua Matt. On ne parle pas de station « dérivante » sans raison. Je suis même étonné de la trouver aussi *près* des coordonnées initiales. Les informations de Craig remontent presque à une semaine.

Jenny rectifia sa trajectoire vers l'ensemble rouge.

À mesure que l'avion approchait à basse altitude, des détails apparurent. Une grande polynie s'étendait à proximité de la base. Des bittes d'amarrage métalliques avaient été fixées aux berges glacées : il s'agissait de matériel réservé aux sous-marins même si, pour l'heure, le lac était désert. Derrière la polynie, l'ancien militaire compta quinze cabanes Jamesway, version grand froid des anciens baraquements en tôle. Un drapeau des États-Unis claquait au centre du hameau.

— Au moins, il s'agit d'une base américaine, souffla Craig.

— Ce doit être l'endroit qu'on recherche, confirma Matt.

Plusieurs véhicules étaient alignés sur le côté. Des traces nettes reliaient la polynie à l'essaim de cabanes rouges, mais une autre piste aux empreintes profondes partait de la station. Où conduisait-elle ? Avant que Matt puisse y regarder de plus près, Jenny vira de bord et entama sa manœuvre d'atterrissage.

Au sol, des silhouettes en anorak émergèrent des bâtiments et levèrent les yeux au ciel. Comme les visiteurs ne se bousculaient pas dans une région aussi reculée du pôle Nord, le ronronnement du bimoteur avait dû attirer leur attention. Matt fut soulagé de constater que les badauds étaient habillés de couleurs vives – vert, bleu, jaune et rouge – de manière à être repérés facilement s'ils se perdaient en plein blizzard.

Dieu merci, aucun ne portait de parka *blanche*.

Jenny sortit les skis, baissa les volets et amorça sa descente vers un plateau situé au nord de la base.

— Que tout le monde attache sa ceinture.

Le Twin Otter plongea vers la banquise, puis se rétablit brusquement et se posa. Les vibrations des patins contre la surface irrégulière de la glace faisaient autant cliqueter les boulons de la carlingue que les plombages des molaires de Matt, agrippé aux accoudoirs.

Dès qu'elle eut touché le sol, la pilote réduisit les gaz et remonta les volets pour freiner au maximum. L'avion décéléra, et les trépidations furent remplacées par de gentils cahots.

Craig poussa un soupir de soulagement.

— Bienvenue au milieu de l'océan Arctique, annonça Jenny.

Tandis qu'elle faisait demi-tour et roulait vers la base, le reporter observa le paysage d'un air suspicieux.

— L'océan Arctique...

Matt comprit ses doutes. Lui aussi avait perdu toute confiance dans la glace depuis trois ans : elle avait beau paraître solide, elle ne l'était pas. Il n'y avait jamais de certitude. Elle donnait une illusion de robustesse, un faux sentiment de sécurité qui trahissait le promeneur au moment où il s'y attendait le moins. Il suffisait de tourner le dos pendant une seconde... un bref instant de distraction...

Cramponné à son siège, les yeux rivés sur le paysage polaire, Matt se retrouva confronté à son enfer personnel : non pas des flammes ardentes mais de la glace à perte de vue.

— J'ai l'impression qu'on nous attend de pied ferme, reprit Jenny.

Dès qu'elle coupa ses moteurs, les deux hélices ralentirent.

Matt se concentra de nouveau sur la station. Six chenillettes fonçaient vers eux. Au volant : des hommes portant une parka bleue frappée du sigle de la Navy.

Sécurité de la base.

Un type se dressa de son siège et brandit un mégaphone :

— Descendez immédiatement ! Sortez les mains vides et bien en vue ! Toute tentative de fuite ou réaction hostile sera réprimée par la force !

— En ce moment, il y a du relâchement dans le comité d'accueil, soupira Matt.

6 h 34
Station polaire Grendel

Effarée par la quantité de travail abattu en une nuit, Amanda contempla le chaos. Au pôle Nord, le distinguo entre le jour et la nuit n'avait cependant pas de réelle importance, surtout quand on parlait des tunnels obscurs du Vide sanitaire. Isolée dans son monde de silence, elle regarda la pièce de théâtre se dérouler sous ses yeux.

— Attention avec ça ! aboya le Dr Henry Ogden.

Même à plusieurs mètres de distance, Amanda sentit son exaspération.

Sous le contrôle du biologiste, deux étudiants de troisième cycle installaient un quatrième lampadaire devant la paroi rocheuse. Non loin de là, le groupe électrogène qui faisait fonctionner les ampoules et le reste du matériel grognait sur ses patins en caoutchouc. Le lac était aussi jonché de cordons d'alimentation et de canalisations.

Des fanions rouges jalonnaient le sol gelé. On en distinguait même d'autres fichés entre les échelles métalliques de la falaise.

Des emplacements de spécimens, songea Amanda. Elle savait quels animaux dormaient sous les secteurs du lac délimités par de la ficelle et des drapeaux : les *grendels*, comme on avait décidé de les appeler.

La nouvelle s'était vite ébruitée. Le Dr Ogden n'avait pas divulgué l'information lui-même mais, dans un groupe de chercheurs coupés du monde, il était impossible de garder un tel secret très longtemps. Quelqu'un n'avait pas su tenir sa langue.

Étudiants de doctorat et biologistes confirmés travaillaient de concert dans l'énorme caverne. Amanda aperçut aussi plusieurs spécialistes d'autres disciplines, dont son ami le Dr Oskar Willig. L'océanographe suédois était le doyen du groupe Oméga. On ne comptait plus ses découvertes et ses célèbres récompenses, parmi lesquelles le prix Nobel en 1972. Sa tignasse grise en bataille permettait également de le reconnaître entre mille.

Amanda contourna les monceaux de boîtes et de flacons à échantillon. Au moins, on avait sablé le sol et installé des tapis en caoutchouc sur les zones d'étude les plus fréquentées. Agenouillé sur une carpette, Willig examinait l'épaisseur de glace.

Lorsqu'il vit la jeune femme arriver, il se rassit sur les talons d'un air ravi.

— Bonjour ! On vient voir la mascotte de la station ?

— Je m'en suis déjà fait une idée la nuit dernière, sourit-elle.

Doté d'un physique maigre et nerveux, le septuagénaire se releva avec une facilité déconcertante pour son âge.

— Il s'agit d'une découverte stupéfiante.

— Le mythique Grendel en personne.

— *Ambulocetus natans*, rectifia-t-il. Ou, selon notre éminent collègue de Harvard, *Ambulocetus natans arctos*.

Une sous-espèce arctique... Le Dr Ogden n'avait pas perdu de temps pour revendiquer sa trouvaille.

— Que pensez-vous de ses théories, Oskar ?

— C'est fascinant. Une adaptation polaire d'une espèce préhistorique ! Quoique, de l'hypothèse à la preuve, Henry a encore du chemin à parcourir.

— En tout cas, il ne manquera pas de sujets d'étude.

— Non, en effet. Il devrait être en mesure de décongeler...

L'océanographe sursauta et lorgna par-dessus son épaule.

Amanda suivit son regard : il avait entendu quelque chose. Très vite, elle remarqua le remue-ménage qui avait interrompu leur conversation.

Henry Ogden et Connor MacFerran s'affrontaient nez à nez. L'imposant géologue écossais toisait le petit biologiste qui, penché en avant, les poings sur les hanches, refusait de céder du terrain. On aurait dit un chihuahua surexcité devant un pit-bull.

— Et rebelote ! lâcha Willig. C'est la troisième prise de bec depuis que j'ai débarqué ici il y a une demi-heure.

— Je ferais mieux d'aller voir, maugréa Amanda.

— Toujours à jouer les diplomates.

— Non, les *baby-sitters*.

Elle rejoignit les deux chercheurs en colère qui, s'apercevant à peine de son arrivée, continuèrent de se disputer.

— ... pas avant d'avoir recueilli tous les spécimens ! vociféra Henry, le visage presque collé à celui du géologue. On n'a même pas commencé les photos !

— Vous n'avez pas le droit de monopoliser le temps de recherche. Cette falaise, c'est du basalte volcanique bourré d'intrusions carbonifères pures. Il m'en faut juste quelques échantillons.

— Combien ?

— Pas plus d'une vingtaine.

Le visage du biologiste s'assombrit.

— Vous êtes cinglé ? Vous allez tout bousiller ! Détruire je ne sais combien de données ultrasensibles !

Amanda avait du mal à saisir la teneur exacte de la querelle, mais elle s'aida de leurs gestes et de leur attitude corporelle. Le combat de boxe n'était pas loin. Elle sentait déjà, dans les deux camps, les effluves de testostérone.

— Les garçons, souffla-t-elle d'une voix calme.

Devant ses bras croisés et sa mine sévère, les adversaires reculèrent d'un pas.

— Que se passe-t-il ?

Connor MacFerran, dont l'épaisse barbe noire empêchait de bien lire sur les lèvres, répondit :

— Nous avons été patients avec les biologistes, mais notre dernière trouvaille est aussi importante que la leur. Une inclusion d'une telle ampleur – *il désigna la paroi rocheuse* – n'est pas l'unique propriété du Dr Ogden.

Henry défendit sa position :

— On n'a eu qu'une nuit pour préparer le site. Notre phase de collecte est beaucoup plus délicate que celle des géologues avec leurs gros sabots. C'est une simple affaire de priorité. Mes échantillons n'altéreront pas ses spécimens. En revanche, ses forages risquent de ruiner mes travaux de façon irrémédiable.

— Menteur !

Bien qu'elle n'ait pas entendu Connor hausser le ton, Amanda vit ses joues s'empourprer, son torse se gonfler.

— Quelques petits trous pratiqués loin de vos satanés lichens et moisissures n'abîmeront rien.

— La poussière... le bruit... ça pourrait tout foutre en l'air ! s'insurgea Henry avant de s'adresser à Amanda. Je pensais qu'on avait réglé le problème hier soir.

— Il a raison, Connor. Cette falaise existe depuis cinquante mille ans. Elle ne bougera pas le temps que les biologistes récolteront leurs échantillons...

— Il me faut au moins dix jours, annonça le biologiste.

— Je vous en donne trois.

Elle se tourna vers la mine réjouie du colosse écossais.

— Ensuite, vous pourrez commencer vos forages... uniquement aux endroits indiqués par Henry.

Le géologue perdit le sourire.

— Mais...

Amanda fit volte-face. Quand on était sourd, le meilleur moyen de couper la parole à quelqu'un, c'était de ne plus le regarder.

— Quant à vous, Henry, tâchez de libérer un pan de falaise d'ici à trois jours parce qu'ensuite j'autorise les forages.

— Mais...

Elle tourna le dos aux deux scientifiques et vit le Dr Willig lui adresser un grand sourire. MacFerran marcha d'un pas décidé vers la sortie du tunnel. Henry partit dans l'autre sens, prêt à haranguer ses étudiants. Amanda venait d'imposer un cessez-le-feu d'au moins vingt-quatre heures entre biologistes et géologues.

Le vieux Suédois la rejoignit.

— Un instant, j'ai cru que vous alliez leur donner la fessée.

— Cela leur aurait fait trop plaisir.
— Venez, je vais vous montrer ce que le Dr Ogden protège réellement.
D'un geste paternel, il lui prit la main et l'entraîna vers la brèche située au cœur de la roche volcanique. Amanda traîna des pieds.
— J'y suis déjà allée.
— D'accord, mais avez-vous vu ce que notre chicaneur bien-aimé y fabrique ?
Curieuse, elle se laissa faire. Ce matin-là, elle avait troqué sa combinaison isotherme contre un jean, un pull en laine, des bottes et, le temps de son expédition dans l'atmosphère glaciale du Vide sanitaire, elle avait emprunté un anorak en Gore-Tex. À l'entrée de la galerie, elle perçut la chaleur qui régnait à l'intérieur. Un courant d'air humide émanait de la lézarde.
— C'est franchement étonnant, reprit le Dr Willig.
— Quoi donc ?
Amanda était distraite par l'atmosphère moite et quelque peu fétide. Des filets d'eau ruisselaient sur les cailloux du sol. Des gouttes tombaient aussi du plafond.
Au bout de six pas, ils atteignirent la grotte envahie, comme sa sœur aînée, d'outils technologiques dernier cri. Un groupe électrogène ronronnait dans un coin. Des radiateurs étaient alignés contre les murs, la grille de chauffage tournée vers la glace, et deux lampadaires éclairaient l'espace en détail.
La veille au soir, à la lueur d'une torche électrique, la salle avait paru sinistre et désuète mais, là, sous la lumière crue des spots halogènes, elle prenait une étrange dimension clinique.
La créature disséquée gisait toujours, pattes écartées, au milieu de la pièce. Cependant, au lieu d'être

gelée, elle luisait d'un éclat mouillé. Ses organes suintaient et ressemblaient à de la viande fraîche sur l'étal du boucher, comme si l'autopsie avait débuté la veille et non soixante ans plus tôt.

Derrière le cadavre, la pellicule d'eau qui dégoulinait le long des six blocs de glace les rendait aussi transparents que du cristal. À l'intérieur de chacun : une bête pâle et recroquevillée, le museau au centre, son long corps sinueux enroulé autour de la tête, avec la grosse queue par-dessus.

— Leur posture endormie ne vous rappelle-t-elle rien ? demanda le Dr Willig.

Amanda fouilla dans ses pires cauchemars. En vain.

— Je suis peut-être influencé par mes origines nordiques mais, moi, ça m'évoque de vieilles gravures scandinaves de dragons. Les grands wyrms se roulaient en boule, et leur museau touchait leur queue, symbole du cercle éternel.

— Vous pensez que des Vikings seraient autrefois tombés sur ces bêtes congelées ? Ces… grendels ?

— En bons pionniers des expéditions polaires, ils ont traversé l'Atlantique nord jusqu'en Islande et aux glaciers du Groenland. S'il existe une poignée de ces animaux ici, qui sait si d'autres ne seraient pas éparpillés dans les contrées les plus septentrionales du globe ?

— Possible.

L'océanographe contempla les blocs en train de fondre.

— Ce n'est qu'une hypothèse, mais elle sème le doute dans mon esprit, en particulier avec les nombreux cadavres retrouvés sur place.

Son interlocutrice fronça les sourcils. Willig ne savait rien à propos du Niveau Quatre.

— Tous les chercheurs russes et le personnel fonctionnel…, précisa-t-il. Quelle tragédie ! On se demande ce qui s'est passé il y a soixante ans. Pourquoi la station est devenue une ville fantôme.

Soupir aux lèvres, Amanda se rappela ses premiers pas à l'intérieur du tombeau glacé. Quelques victimes squelettiques paraissaient mortes de faim, certaines s'étaient clairement suicidées, d'autres avaient connu une fin plus violente. On ne pouvait qu'imaginer la folie qui avait dû s'emparer des lieux.

— Souvenez-vous que le drame remonte aux années 1940, répondit-elle. À l'époque, les liaisons satellites n'existaient pas, aucun sous-marin n'était allé au pôle Nord et on n'avait pas encore cartographié l'enchevêtrement des courants arctiques. Il a suffi d'une méchante tempête d'été, d'une rupture de communication, d'un problème mécanique ou même d'un seul navire de ravitaillement qui ne serait pas arrivé à destination. La moindre de ces mésaventures a pu entraîner la perte de la station. Dans les années 1930, organiser une expédition arctique revenait à aller sur Mars aujourd'hui.

— Cela n'en reste pas moins une tragédie, objecta Willig.

— L'arrivée des émissaires russes d'ici à quelques jours devrait nous apporter des réponses supplémentaires. S'ils se montrent coopératifs, on connaîtra peut-être même le fin mot de l'histoire.

Il y avait néanmoins un détail sur lequel les Russes refuseraient de s'étendre. Comment le pourraient-ils ? Aucune explication ne justifierait le contenu du Niveau Quatre.

Alors que le Suédois observait les grendels roulés en boule, Amanda se souvint qu'il n'avait pas terminé sa dernière pensée.

— Vous avez parlé de doutes. Un truc au sujet du vieil emblème scandinave du dragon enroulé sur lui-même.
— En effet.

Le vieil homme se frotta le menton mais, comme la jeune femme avait du mal à lire sur ses lèvres, il baissa la main.

— Je vous disais que le symbole représentait le cercle de la vie éternelle, mais il a une signification plus sinistre et, avec le triste spectacle découvert ici, le destin funeste de la base...

Il secoua la tête.

— Quel est l'autre sens du symbole ? insista Amanda.
— La fin du monde.

7 h 05

Lacy Devlin était accroupie à l'intérieur du Vide sanitaire. La jeune assistante géologue ne commençait son service sous les ordres de MacFerran que deux heures plus tard. Remarquez, elle avait déjà passé une bonne partie de la nuit *sous* Connor dans sa chambre. Il avait beau avoir une épouse en Californie, cela n'empêchait pas monsieur d'avoir des besoins.

Au souvenir de leur étreinte, elle esquissa un sourire.

Une fois ses patins lacés, elle se releva et contempla la courbe de l'immense tunnel gelé. En quelques étirements, elle dénoua ses cuisses et ses mollets endoloris. Ses jambes étaient sa marque de fabrique. Longues et joliment musclées, elles remontaient vers des hanches puissantes. Lacy avait fait partie de l'équipe américaine de patinage de vitesse aux jeux

Olympiques de 2000, mais une rupture du ligament croisé antérieur du genou avait mis un terme à sa carrière. Elle avait alors bouclé ses études et obtenu sa licence à Stanford, où elle avait rencontré Connor MacFerran.

Elle avança de quelques pas. Ses patins de short-track en graphite et kevlar étaient moulés sur mesure : lorsqu'ils s'usaient un peu, ils devenaient un prolongement naturel de son corps au même titre que ses doigts ou ses orteils. Elle portait aussi des sous-vêtements en Thermolactyl, une combinaison isolante seconde peau rayée bleu-blanc-rouge et, bien sûr, un casque. Sauf qu'elle avait troqué son matériel habituel de course contre un casque de mineur équipé d'une lampe frontale.

Lacy s'engagea dans la galerie. Bien qu'elle se soit souvent entraînée sur la banquise, les tunnels représentaient un défi beaucoup plus stimulant : les vertigineux canaux de glace étaient un régal à traverser

En pleine extension, elle poussa sur les jambes et, quand elle ressentit certaines courbatures dues à ses ébats avec Connor, elle exulta. Cette nuit-là, pour la première fois, il lui avait confié qu'il l'aimait, murmurant chaque mot dans un souffle haletant au moment de la pénétrer. Réchauffée par le souvenir de l'instant, elle oublia presque le froid polaire.

La légère déclivité du tunnel lui permit d'accroître sa vitesse. Depuis qu'elle avait découvert le Vide sanitaire, Lacy avait établi un parcours qu'elle suivait tous les matins, loin du terrain de jeu des géologues. Comme on n'y avait trouvé aucune inclusion digne d'intérêt, le sol n'était pas sablé. Lors d'une expédition de reconnaissance deux mois plus tôt, elle avait repéré les moindres obstacles de son itinéraire et mémorisé une boucle complète qui la ramenait au point de départ.

Lacy accéléra dans la première courbe, quitte à empiéter sur le mur de glace. Le vent sifflait à ses oreilles. À l'approche du tournant, elle s'accroupit. Devant elle : une incroyable série de virages en épingle à cheveux, sa portion préférée du circuit.

Par souci d'équilibre, elle gardait le bras gauche collé dans le dos et balançait le droit en cadence. D'avant en arrière, elle poussa sur les cuisses, prit encore de la vitesse et accéda à la section la plus sinueuse du tunnel en poussant un cri jubilatoire. À chaque lacet, elle grimpait sur les parois de glace et se servait de son élan pour ne pas tomber.

Elle aborda ensuite une zone plus délicate du parcours. Les galeries s'y entrecroisaient comme dans un labyrinthe de fête foraine. Elle ralentit, le temps de distinguer les repères peints à la bombe. Bien qu'elle connaisse les changements de direction, elle ne voulait pas commettre d'erreur.

L'éclat de sa lampe frontale parait la glace de reflets translucides. Les jalons – des flèches orangées – étaient faciles à voir. Ils semblaient même briller d'une lumière intérieure.

Elle emprunta le premier couloir balisé en évitant les culs-de-sac et les tunnels qui débouchaient sur des parties plus dangereuses. Au fond de l'un d'eux, elle crut discerner une ombre fugace, mais elle allait trop vite pour la voir en détail. Elle se risqua à jeter un coup d'œil derrière elle. *Trop tard !* L'angle de sa course ne lui permettait déjà plus d'éclairer quoi que ce soit.

Elle repartit aussi sec. À une vitesse pareille, elle devait rester concentrée sur ce qui se passait devant.

Pourtant, elle avait les nerfs à fleur de peau, comme si on lui avait jeté un seau d'eau glacée. En une fraction de seconde, elle avait basculé d'une douce euphorie à une réelle angoisse.

Histoire de se rassurer, elle lâcha tout haut :

— Ce n'est qu'un jeu d'ombres.

Hélas, l'écho puissant de sa voix lui donna la chair de poule, et elle prit douloureusement conscience qu'au fond du labyrinthe elle se retrouvait seule au monde.

Un bruit attira son attention. Sans doute n'était-ce qu'un fragment de glace se détachant d'une paroi, néanmoins son étrange crissement lui tétanisa les mâchoires. Derrière, sa lampe frontale ne révéla qu'un souterrain désert mais, à cause des lacets, Lacy n'avait que vingt mètres de visibilité.

En reprenant sa course vers l'avant, elle faillit rater une flèche orangée, dut freiner et donna un coup de rein à gauche pour emprunter la bonne galerie.

Les muscles éreintés par la peur, elle avait les jambes en coton. En fait, elle aurait dû tourner à l'embranchement précédent. Le premier itinéraire intégrait une boucle de huit cents mètres. L'autre était un raccourci, peu adapté à son entraînement quotidien de six kilomètres, mais, là, elle voulait juste ficher le camp, retrouver la civilisation et se réfugier dans les bras de Connor.

À l'entrée de la boucle, elle accéléra encore et, au bout d'une longue minute d'obsession, elle comprit à quel point elle était ridicule : il n'y avait plus ni ombres ni bruits mystérieux – juste le sifflement net de ses patins sur la glace.

Elle amorça sa sortie de la boucle. La petite montée exigeait un effort supplémentaire. Heureusement, la sportive émérite pouvait compter sur sa vitesse de course et l'absence d'aspérités au sol. Peu à peu, elle retrouva son rythme de croisière, quitta la galerie et reprit le chemin de la base.

Elle laissa échapper un petit rire. De quoi avait-elle eu si peur ? Que pouvait-il y avoir là-bas ? Elle réfléchit. Sa nuit avec Connor avait peut-être réveillé des inquiétudes enfouies. Parce qu'elle culpabilisait au sujet de leur relation ? Elle avait souvent croisé l'épouse de son amant lors de réceptions universitaires. Linda était une femme douce, gentille et très chaleureuse. Elle ne méritait pas d'être si...

Le bruit recommença. Un frottement de glace sur la glace.

Sauf qu'à présent, il résonnait *devant* elle.

Des ombres s'agitèrent au fond du couloir. Lacy freina mais ne s'arrêta pas : elle voulait vérifier s'il y avait vraiment de quoi avoir la frousse.

— *Hé-ho !* lança-t-elle.

Un autre chercheur explorait peut-être les lieux de son côté.

Pas de réponse. Le mouvement cessa. Les ombres étaient redevenues calmes.

— *Hé-ho !* Il y a quelqu'un ?

D'un coup de patin, elle suivit le faisceau de sa lampe.

La boucle rejoignait l'immense entrelacs de galeries. La gorge sèche et serrée à cause du froid, Lacy avait l'impression que quelqu'un cherchait à l'étrangler. *Tu n'as qu'à traverser le labyrinthe et, ensuite, retour direct à la civilisation.*

Malgré son bref instant de culpabilité, elle n'avait qu'une envie : voir Connor. À l'idée de retrouver ses mains puissantes et sa large carrure, elle se sentit pousser des ailes. Une fois qu'elle serait blottie contre l'imposant Écossais, rien ne pourrait lui arriver.

Elle serpenta dans le dédale. Rien à signaler.

— C'est le fruit de ton imagination, se rassurat-elle à voix basse. Il n'y a que de la glace, de la lumière et des ombres.

Elle suivit les repères orangés, semblables à des balises dans la nuit, emprunta un virage, puis un autre. Tout à coup, au cœur des ténèbres, son faisceau lumineux refléta deux points rouges.

Lacy sut d'emblée ce qu'elle voyait.

Des yeux fixes, immenses – dépourvus d'émotion.

Elle pila en projetant une gerbe de glace.

Épouvantée, elle sentit sa vessie se relâcher. Un filet tiède imbiba sa combinaison moulante.

Elle recula d'un pas, puis deux. Ses jambes tremblaient. Elle aurait voulu détaler mais, de peur de tourner le dos aux étranges prunelles, elle continua de battre prudemment en retraite.

Soudain, les yeux disparurent. Parce que sa lampe était trop loin ? Que la créature n'était plus là ? Mystère. Libérée du regard qui la paralysait, elle s'enfuit à grands coups de patin.

Galvanisée par la terreur, elle fila à toute allure, battit des bras et arracha de gros morceaux de glace à la piste. Elle fonça à l'aveuglette dans l'enchevêtrement de couloirs. Les flèches orangées formaient un circuit à rebours censé lui indiquer la route la plus sûre. Or, à présent qu'elle rebroussait chemin, elles ne voulaient plus rien dire et pointaient irrémédiablement vers la créature derrière elle.

En quelques secondes, Lacy s'égara.

Elle s'engagea dans une brèche étroite qu'elle ne connaissait pas. Sa respiration haletante était saccadée, le sang battait contre ses tempes, mais son cœur ne cognait pas assez fort pour couvrir le crissement de la glace.

Les joues zébrées de larmes gelées, elle força sur ses patins. Quand le tunnel s'élargit, elle redonna un coup de collier. Son seul but : sortir de là, coûte que coûte. Un gémissement s'échappa de ses lèvres. Cela ne lui ressemblait pas, mais impossible de s'en empêcher.

Elle se dévissa le cou pour braquer la lampe par-dessus son épaule. À travers l'étau de la brèche, une énorme silhouette s'approchait d'elle : des yeux luisants sur un corps monstrueux, une blancheur d'albinos, un banc de neige en mouvement.

Un ours polaire, glapit le cerveau de la jeune fille.

Le bruit courait que le sonar DeepEye avait détecté quelque chose. Une activité sur l'écran.

Elle hurla et déguerpit à toutes jambes.

Au détour d'un virage serré, le plancher étincelant se transforma en une flaque de ténèbres. Étudiante en géologie, Lacy sut qu'elle venait de tomber sur une *cisaille de glace*. Comme n'importe quel cristal, un morceau de glace soumis à la pression cassait net. En montagne, cela créait des falaises abruptes, mais le phénomène se produisait aussi à l'intérieur des glaciers... ou des icebergs.

Lacy ficha ses lames dans le sol mais, trahie par son élan et la pente douce du tunnel, elle bascula par-dessus bord. Un cri strident jaillit de sa gorge.

L'à-pic n'était pas très profond mais, quand elle atterrit cinq mètres plus bas, le choc fut trop violent. Malgré les protections en kevlar, sa cheville craqua. Son autre genou percuta le sol avec une force telle qu'elle le sentit jusque dans l'épaule. Elle se ramassa en boule par terre.

Plus forte que la peur, la douleur irradia vers toutes ses terminaisons nerveuses.

Lacy redressa la tête.

Sa lampe frontale dansait comme une bouée en pleine mer.

En haut du précipice, l'animal hésita. Roulant des épaules, il posa sur sa proie des yeux rouges inexpressifs. Des griffes s'enfoncèrent dans la glace. De fines volutes de vapeur s'échappèrent de ses narines fendues, tandis qu'un grondement sourd faisait vibrer l'atmosphère.

Lacy comprit qu'elle s'était trompée, et la terreur qui s'empara d'elle faillit la rendre folle.

La créature d'une demi-tonne avait la peau lisse et luisante d'un dauphin. Sa tête lustrée et dépourvue d'oreilles partait en pointe jusqu'à un museau fuselé, ce qui donnait une étrange impression de longueur. Quant aux narines fendues, elles trônaient très haut, presque au-dessus de ses yeux espacés.

Lacy contempla le monstre d'un air hébété. Il était trop grand, trop musclé, trop primitif pour faire partie du monde moderne. Malgré sa crise de démence, elle reconnut ce qu'elle avait devant elle : *une créature préhistorique de l'ordre des sauriens... mais aussi des mammifères.*

À son tour, l'animal l'étudia, ses babines roses retroussées sur des dents acérées d'un blanc étincelant. Ses griffes aussi affilées que des rasoirs se plantèrent dans la glace.

Lorsqu'un faible miaulement primitif s'échappa du gosier de Lacy, l'étudiante parut réagir aux instincts séculaires du prédateur face à sa proie.

Imperturbable, la bête entama sa descente au fond du puits.

7 h 48
Station dérivante Oméga

Matt en avait assez d'être tenu en joue. On l'avait conduit au mess avec les autres et, depuis une heure, ils patientaient autour d'une table. Une kitchenette avait été aménagée au fond, froide et déserte. *A priori*, l'heure du petit déjeuner était déjà passée.

On leur avait proposé un reste de café et, même aussi épais que la boue du Mississippi, il réchauffait les organismes. Le dos voûté, Craig tenait sa tasse à deux mains, comme si c'était la dernière chose qui le séparait d'une mort lente et douloureuse.

Assise en face, Jenny ne décolérait pas d'avoir dû quitter son avion. Pire, son badge et ses papiers de shérif n'avaient pas dissuadé l'équipe de sécurité de la Navy de les jeter *manu militari* dans une cellule improvisée.

Après l'attaque de Prudhoe Bay, personne ne voulait courir de risque. Il fallait respecter les voies hiérarchiques. Fort de son passé militaire, Matt en avait parfaitement conscience.

D'après leur uniforme, ils étaient surveillés par un second maître et un simple matelot. Chacun arborait un fusil en travers de la poitrine et un pistolet à la ceinture. Jenny, en revanche, avait dû remettre son arme ainsi que le fusil de service rangé à l'arrière du Twin Otter.

— Qu'est-ce qui leur prend autant de temps ? ronchonna-t-elle à voix basse.

— Les communications ont du mal à passer, répondit Matt.

Le patron de la sécurité était parti vérifier leurs identités depuis vingt minutes mais, pour ce faire, il devait joindre quelqu'un sur la côte, qui, à son tour, serait obligé de contacter Fairbanks. Ils étaient peut-être coincés là jusqu'au déjeuner.

— Bon, c'est qui le boss ici ? insista Jenny.

Le personnel de sécurité se résumait aux six hommes qui les avaient escortés à la station. Où étaient passés les autres militaires ? Matt se souvint de la polynie et des bittes d'amarrage fichées dans la glace :

— Les responsables doivent être de sortie en sous-marin.

Craig leva le nez de sa tasse.

— Quel sous-marin ?

Matt expliqua ce qu'il avait vu depuis l'avion :

— Les stations SCICEX étaient desservies par des bâtiments de la Navy. Oméga ne doit pas faire exception à la règle, d'autant qu'elle se trouve au milieu de nulle part. Je vous parie ma chemise que les gradés sont en mission sous-marine. Peut-être pour aider Prudhoe.

— Et le chef des chercheurs ? demanda Craig. Il doit bien y avoir une figure d'autorité parmi les civils. Si quelqu'un acceptait de nous écouter...

Depuis leur arrivée, une poignée d'hommes et de femmes étaient venus les observer. Sur leur visage, on lisait à la fois une certaine curiosité scientifique et l'envie folle d'avoir des nouvelles de l'extérieur. Un membre de la NASA avait même dû être évacué de force par un garde.

— Oh ! Je vous fiche mon billet qu'il est aussi de sortie, répondit Matt avant de hocher la tête vers leurs cerbères. À mon avis, il ne se serait pas embarrassé de ces deux-là.

Comme si on l'avait entendu, la porte s'ouvrit, mais ce n'était pas le responsable de la base. Le capitaine de corvette Paul Sewell, en charge de la sécurité, s'approcha de la table.

Bane se dressa sur son arrière-train, à l'affût. Matt le retint d'une main ferme.

Sewell posa le badge et les papiers de Jenny sur la table.

— Vous êtes en règle mais, à Fairbanks, vos supérieurs ignorent ce que vous fabriquez ici. Vous étiez censée être en vacances.

Il distribua les autres pièces d'identité : insigne des Eaux et Forêts de Matt, permis de conduire de John, carte de presse de Craig.

— Et mes armes ? réclama Jenny.

— On les a mises sous clé jusqu'au retour du commandant, répliqua Sewell sur un ton qui ne tolérait aucune discussion.

Matt respecta son attitude polie mais raisonnable.

Jenny, non. Le regard noir, elle détestait se retrouver sans moyen de défense.

— Nous ne sommes pas venus semer la zizanie, intervint Craig. Le bruit court que vous avez découvert une base polaire désaffectée.

— La base russe ? tressaillit Sewell.

Matt faillit recracher son café. *Russe...* Jenny écarquilla les yeux de surprise. Quant à John, il reposa sa tasse.

Seul Craig était resté de marbre.

— Absolument. Mon journal m'envoie faire un article dessus. Ces messieurs-dames ont accepté de

m'accompagner après que j'ai rencontré quelques...
hum, soucis en Alaska.

Matt, qui avait repris ses esprits, confirma :

— Quelqu'un a tenté de le tuer.

À son tour, le capitaine de corvette parut interloqué.

— Des commandos paramilitaires ont saboté son avion. Après le crash, des parachutistes ont voulu terminer le travail. On leur a échappé de justesse pour rejoindre... le shérif Aratuk.

Il pointa l'index vers Jenny.

— Depuis, nos agresseurs ne nous lâchent plus, enchaîna-t-elle. On pense même que les explosions de Prudhoe Bay sont liées à l'affaire. À votre découverte ici.

— Comment... ? bredouilla Sewell. Attendez ! Qui vous a parlé de la station polaire russe ?

Craig répliqua du tac au tac :

— Mes sources sont confidentielles. Dorénavant, je ne parlerai plus qu'à un responsable. À quelqu'un capable d'agir.

Le soldat afficha la même mine renfrognée que Jenny. En tant que chef de la sécurité, il se méfiait de ses visiteurs. Matt se rendit compte que Craig essayait aussi de percer l'homme à jour.

— Avant de prendre une décision, je dois en référer au commandant Perry.

Il refourgue le bébé à son supérieur, songea Matt.

— Et son retour est prévu quand ?

Sewell le dévisagea sans répondre.

— Qui dirige la station en son absence ? s'enquit Jenny. Où est le chef des chercheurs ? Trouvez-nous un interlocuteur digne de ce nom !

Exaspéré, le militaire essayait manifestement de jongler entre courtoisie et autorité.

— Le Dr Amanda Reynolds est... absente pour le moment.

— Alors, qu'est-ce qu'on devient ? Vous ne pouvez pas nous retenir ici.

— J'ai bien peur que si, madame.

Il tourna les talons et quitta la pièce.

Au terme d'un long silence gêné, Matt souffla :

— Eh bien, ça ne nous a menés nulle part !

— Au contraire, chuchota Craig. Une base polaire russe. Pas étonnant qu'on m'ait envoyé ici... Ils ont dû tomber sur un truc. Une bombe politique ! *Primo*, la marine américaine boucle la station dérivante. *Secundo*, on impose la loi du silence aux scientifiques. *Tertio*, quelqu'un qui a eu vent de mon itinéraire a voulu m'empêcher d'arriver ici.

— Les Russes ? suggéra Jenny.

— Bingo ! Si c'étaient des agents de notre pays, ils auraient pu user de mille et un moyens légaux pour me mettre des bâtons dans les roues. Nos agresseurs, eux, ont fait profil bas et tenté de passer entre les mailles du filet.

— Craig a peut-être raison, approuva Matt. Les commandos ont certainement une expérience militaire. Il pourrait s'agir d'une équipe restreinte chargée de procéder à une frappe chirurgicale.

— Pourquoi me viser, moi ? grommela Craig. Je ne suis qu'un simple journaliste.

— Non. En dehors de cette base et d'une hiérarchie gouvernementale précise, vous êtes peut-être le seul à avoir une idée de ce qu'on a trouvé ici.

Matt se remémora leurs péripéties des deux derniers jours. Quelque chose clochait. Qu'y avait-il d'important au point d'induire une réaction aussi implacable ?

Il observa les gardes de la Navy. Raides comme des piquets, ils n'avaient rien de baby-sitters bienveillants pour scientifiques : ils rappelaient plutôt le comportement de soldats avant la bataille. Le silence de Sewell sur la date de retour du sous-marin et de son commandant était également mauvais signe. Si l'équipage était parti aider les habitants de Prudhoe Bay, l'expédition durerait plusieurs jours. On leur aurait déjà préparé des chambres. Leur confinement au mess sous-entendait que le dénommé Perry était attendu d'une minute à l'autre. Auquel cas, pourquoi le submersible n'avait-il *pas* été appelé au secours de la ville ravagée ? La catastrophe avait eu lieu à deux pas de la station. Pourquoi n'avaient-ils pas bougé ? Pourquoi avaient-ils *besoin* de rester à Oméga ?

Craig enfonça une porte ouverte.

— On doit découvrir ce qui se passe.

— Je suis ouvert aux suggestions, annonça Matt.

— Il nous faudrait déjà un moyen de rejoindre la fameuse station russe, lâcha Jenny. Tout part de là-bas.

— Comment ? protesta son ex-mari. On aura du mal à s'y rendre à pied. Et ils ont placé ton avion sous surveillance.

Personne n'avait de réponse mais, à voir les mines inquiètes, chacun savait que le temps pressait.

Des forces puissantes se disputaient un bout de banquise gelé. Des Russes... des Américains... une base perdue recélant un secret...

Dans quelle guerre clandestine s'étaient-ils fourrés ?

7

ACTION DISCRÈTE

ᐊᖅᐸᑦᓈᖅᑐᖅ ᓂᐸᑦᓈᕐᓯᒪᐊᑐᒥᖅ

9 avril, 8 h 38
À bord du Drakon

Viktor Petkov devinait l'impatience du jeune commandant. Voilà une heure qu'ils n'avaient pas bougé d'un pouce, moteurs éteints, à deux mètres de profondeur. Un mètre à peine de la banquise ! Ils avaient déniché un couloir dans la calotte polaire, trop étroit pour refaire surface, mais la brèche leur avait permis de déployer leur antenne radio à l'air libre.

Comme prévu, ils attendaient le feu vert du colonel-général Chenko au FSB, mais les transmissions par rafales de Lubyanka avaient pris du retard. Même Viktor, sur des charbons ardents, consulta encore sa montre.

— Je ne comprends pas, souffla Mikovsky. Nous sommes censés débarquer à la station de recherche américaine dans quarante-huit heures. Qu'est-ce qu'on attend ? Une nouvelle manœuvre ? Histoire d'installer d'autres balises *météorologiques* ? ironisa-t-il.

Le commandant croyait encore que le dispositif Polaris était un simple moyen d'espionner les Américains.

Soit.

Sur le pont, les marins étaient à cran. Ils avaient appris l'attaque de la veille sur la station pétrolière en Alaska. Personne ne savait de quoi il retournait, mais ils avaient tous conscience que les forces américaines déployées sur place seraient en état d'alerte maximale. Les eaux de la région étaient devenues beaucoup plus chaudes, même pour une banale mission diplomatique.

Viktor vérifia le lourd moniteur Polaris qu'il portait autour de son autre poignet. L'écran plasma affichait toujours l'étoile à cinq branches. Chaque point luisait dans l'attente de la détonation maîtresse.

Tout allait bien.

Cette nuit-là, les tests diagnostiques de Polaris s'étaient déroulés sans encombre et n'avaient nécessité qu'un léger recalibrage. Doté d'une technologie sonique dernier cri, l'engin nucléaire était capable de fracasser la banquise tout entière mais, en mode silencieux, il servait aussi de récepteur sensible. Les cinq extrémités de l'étoile constituaient un radar, une énorme parabole glacée de cinquante kilomètres de rayon. À l'image des systèmes EBF embarqués à bord des submersibles, Viktor pouvait se trouver n'importe où sur la planète, son moniteur réussirait toujours à communiquer avec le dispositif.

Dans un coin de l'écran, le minuscule cœur rouge clignotait au rythme de ses propres pulsations.

Soudain, l'officier de pont jaillit du cagibi radio.

— Un message pour l'amiral Petkov !

Il remit son bloc-notes au commandant Mikovsky, qui le transmit à l'intéressé.

Le vieux Russe s'éloigna de quelques pas et, au fil de sa lecture, esquissa un sourire glacé.

URGENT URGENT URGENT URGENT
DE : FEDERALNAÏA SLOUJBA BEZOPASNOSTI (FSB)
À : *DRAKON*
//BT//
RÉF : LUBYANKA 76-454A DATÉ 09 AVR
OBJ : CONFIRMATION D'OPÉRATION

TOP SECRETTOP SECRETTOP SECRET
À L'ATTENTION EXCLUSIVE DE L'AMIRAL
RMQS/

(1) OP LÉOPARD RÉUSSIE À PB. REGARDS TOURNÉS AILLEURS.

(2) FEU VERT DONNÉ POUR CIBLE N°1.

(3) UNE FOIS SITUATION OK, RDV SUR CIBLE N°2, NOMMÉE GRENDEL.

(4) BUT PRINCIPAL : COLLECTER INFORMATIONS ET MATÉRIEL POUR LA RÉPUBLIQUE RUSSE.

(5) BUT SECONDAIRE : NETTOYER SITE.

(6) SACHEZ QU'UNE ÉQUIPE DE LA DELTA FORCE US A ÉTÉ DÉPLOYÉE. SELON LES SERVICES DE RENSEIGNEMENTS, L'ENNEMI POURSUIT DES OBJECTIFS IDENTIQUES. CONTRÔLEUR DES OPÉRATIONS ENCORE DANS LA NATURE. MISSION DELTA ESTAMPILLÉE CODE NOIR PAR NSA. JE RÉPÈTE : CODE NOIR.

(7) LES CANAUX CONFIRMENT LES INTENTIONS DANS LES DEUX CAMPS.

(8) LES DONNÉES NE DOIVENT PAS TOMBER AUX MAINS DE L'ADVERSAIRE. PERMISSION D'UTILISER TOUS LES MOYENS POUR L'EMPÊCHER.

(9) SIGNÉ COL. GÉN. CHENKO.
BT
NNNN

Viktor passa en revue les remarques de son supérieur. *Mission Delta estampillée code noir par NSA... Les canaux confirment les intentions dans les deux camps.* Il secoua la tête. C'était le jargon ordinaire des opérations clandestines. Un vocabulaire farfelu signifiant que les adversaires approuvaient tacitement l'imminence d'une guerre à couvert. Les gouvernements monteraient au créneau, mais ni l'un ni l'autre n'admettraient qu'il y ait eu le moindre affrontement.

Et Viktor savait pourquoi.

Les deux pays voulaient taire un sombre secret et remporter le trophée encore plus sinistre qui allait de pair. Aucun d'eux ne reconnaîtrait son existence, mais personne non plus ne pouvait le laisser tel quel. Les enjeux étaient trop élevés. La récompense, fruit du travail acharné de Petkov père, était une découverte révolutionnaire.

Seulement, qui s'en emparerait ?

Viktor n'avait qu'une seule certitude : les Américains ne rafleraient jamais l'héritage familial des Petkov. Il en faisait le serment solennel.

Après quoi, il réglerait les autres problèmes.

Il consulta de nouveau son moniteur Polaris. À présent qu'il avait reçu le feu vert, il était temps de lancer sa propre manœuvre. Il appuya trente secondes sur un bouton argenté situé le long de la tranche et veilla à ne pas toucher le bouton rouge voisin. Du moins, pas encore.

Viktor disposait de trente secondes pour reconsidérer sa décision : une fois Polaris activé, il ne pourrait ni revenir en arrière ni changer d'avis, mais il ne flancha pas et maintint le bouton enfoncé.

En soixante-quatre ans, il avait vu la Russie changer : puissance tsariste de rois et de palais, régime communiste de Staline ou de Khrouchtchev et, dorénavant, tableau dévasté de nations indépendantes gangrénées par la guerre, la pauvreté et le risque de faillite. Chaque transition affaiblissait son pays, son peuple.

Le reste de la planète ne se portait pas mieux. Des haines séculaires emprisonnaient l'humanité dans une spirale de conflits et de terreur. L'histoire se répétait *ad vitam œternam* sans résolution ni espoir.

Viktor avait toujours l'index collé sur le bouton.

L'heure était à l'avènement d'un autre monde, où les vieux schémas voleraient en éclats, où les nations seraient obligées de travailler ensemble pour survivre et se reconstruire. Une nouvelle civilisation naîtrait de la glace et du chaos.

Voilà ce que Viktor léguerait aux générations futures en mémoire de ses parents.

Le détonateur central resta noir, mais les diodes situées aux extrémités de l'étoile se mirent à clignoter en rafale dans le sens des aiguilles d'une montre.

L'amiral relâcha le bouton.

Mission accomplie.

À présent activé, Polaris n'attendait plus que le déploiement du détonateur principal au sein de la station. Le projet *Onde de choc* allait devenir réalité. Viktor contempla les salves de lumière sur l'étoile à cinq branches.

Une fois qu'il aurait lancé l'ordre final, il n'existait pas de procédure d'annulation.

Aucun mécanisme de sûreté intégrée.

Mikovsky avança d'un pas.

— Amiral ?

Petkov l'entendit à peine. Le commandant était vraiment un jeunot trop naïf : son monde était déjà terminé... et il n'en avait même pas conscience. Le vieux Russe soupira. Il ne s'était jamais senti aussi libre.

Débarrassé de l'avenir, il n'avait plus qu'un objectif : rapatrier la dépouille de son père, récupérer l'héritage familial.

À la fin du monde, rien d'autre n'avait d'importance.

— Amiral ? insista Mikovsky. Chef ?

Viktor se racla la gorge.

— Le *Drakon* a reçu de nouvelles consignes.

9 h 02
À bord de la Sentinelle polaire

Perry avait le nez collé au périscope n° 1. Une fissure leur avait permis de remonter à quelques mètres de la surface en louvoyant entre deux crêtes de pression et, depuis dix minutes, il scrutait l'immensité de la banquise. Des vents violents balayaient les plaines gelées. Le ciel était devenu tout blanc. Une grosse tempête couvait, mais le commandant n'avait pas besoin d'observer les conditions météorologiques pour le savoir.

Conformément aux instructions, ils avaient passé la nuit à sillonner les profondeurs autour de la station Oméga et de la base russe à la recherche du *Drakon*. Sans résultat, hélas. Le sonar n'ayant détecté qu'un banc de bélugas, la *Sentinelle polaire* paraissait seule au monde.

Les militaires de l'équipage restaient néanmoins sur les nerfs. Embarqués à bord d'un vaisseau édenté, ils pourchassaient un sous-marin d'attaque rapide Akula de classe II. Perry avait lu le rapport des services secrets sur la force de frappe du *Drakon*, qui signifiait « dragon » en russe. Le nom était bien choisi, car, hormis les torpilles conventionnelles, le bâtiment disposait d'armes autopropulsées : torpilles-fusées Shkval et missiles anti-sous-marins SS-N-16. Même contre les meilleurs vaisseaux de la flotte américaine, c'était un adversaire redoutable, alors, face à la minuscule *Sentinelle*, l'affrontement tiendrait plus du combat entre un têtard et un monstre des mers.

L'opérateur radio de quart entra au poste de contrôle :

— J'ai établi un contact avec les autorités de Deadhorse, mais j'ignore combien de temps je pourrais maintenir la liaison.

— Très bien.

Perry replia les poignées du périscope, le fit redescendre le long du mât hydraulique et suivit le jeune enseigne.

— J'ai réussi à réfléchir les ondes UHF sur l'ionosphère. Seulement, je ne peux pas vous promettre que ça va durer.

Le sous-marin était remonté à portée de périscope afin de déployer ses antennes et d'envoyer le rapport de la nuit précédente. Perry avait aussi demandé au radio de joindre Prudhoe Bay, car ses hommes étaient impatients d'avoir des nouvelles.

Il décrocha le combiné.

— Commandant Perry à l'appareil.

— Ici, le capitaine de frégate Tracy, murmura une voix d'outre-tombe. Content que vous ayez pu nous contacter.

— Comment l'opération de sauvetage se déroule-t-elle ?

— C'est toujours le bazar mais, au moins, les incendies sont maîtrisés et on a peut-être une première piste valable sur les saboteurs.

— Une idée de leur identité ?

Après un long silence, Tracy lâcha :

— J'espérais que vous pourriez répondre à cette question.

— Moi ?

— En ce moment, j'essaie de joindre Oméga. Il y a une heure, on a reçu la vidéo anonyme d'un petit bimoteur survolant la Station collectrice n° 1 juste avant son explosion. L'image est neigeuse, en noir et blanc, comme filmée par caméra infrarouge.

— Quel rapport avec Oméga ?

— Votre équipe de sécurité s'est renseignée auprès des autorités de Fairbanks sur un avion de leur flotte et l'identité d'un de leurs shérifs. On l'a appris lorsqu'on a pisté le numéro d'enregistrement aperçu sur la bande-vidéo et qu'on a nous-mêmes appelé Fairbanks. C'est le même appareil.

— Où se trouve-t-il maintenant ?

Perry se doutait de la réponse. La confirmation ne se fit pas attendre.

— Il a atterri sur votre base ce matin.

Le commandant ferma les yeux. Adieu, la sieste d'une ou deux heures dont il rêvait après une nuit interminable !

— J'ai demandé à vos supérieurs que les occupants de l'avion soient ramenés à Deadhorse pour interrogatoire.

— Vous croyez qu'ils ont fait sauter la station ?

— C'est ce qu'on a l'intention de découvrir. En tout cas, quelle que soit leur identité, ils doivent être surveillés de près.

Perry soupira. Il ne pouvait pas contester la sagesse d'une telle décision, mais que fabriquaient d'éventuels terroristes à Oméga ? Et, à supposer qu'ils soient innocents, l'enchaînement de coïncidences était trop spectaculaire pour n'être dû qu'au hasard. D'abord, les explosions à Prudhoe Bay, ensuite, le comportement suspect des Russes et, à présent, l'arrivée inopinée de mystérieux visiteurs. Une chose était sûre : ils étaient impliqués dans l'affaire, mais à quel titre ?

— Avant de transférer les prisonniers, je dois en référer au COMSUBPAC. En attendant, je les garde au chaud.

— Parfait, commandant. Bonne chasse !

Perry raccrocha et s'adressa au radio :

— Vous me mettrez en liaison avec l'amiral Reynolds dès notre retour à la station dérivante.

— À vos ordres, chef. Je ferai le maximum.

Le commandant prit congé et regagna le kiosque.

— Des nouvelles de Prudhoe ? lança Bratt.

— J'ai l'impression que la clé de ce foutoir nous a atterri sur les genoux.

— Comment ça ?

— Je veux dire qu'on rentre à Oméga. On a des invités.

— Les Russes ?

— Non. Contentez-vous de nous ramener à bon port.

— À vos ordres, chef.

Tandis que Bratt entamait la manœuvre de plongée, Perry tenta d'assembler mentalement les pièces du puzzle mais, comme il manquait encore trop d'éléments, il jeta l'éponge. Conscient qu'il devrait bientôt être en état d'alerte maximale, il espéra pouvoir se reposer un peu durant le trajet.

Alors que le commandant s'apprêtait à confier les rênes de la *Sentinelle* à son second, le responsable du sonar annonça :

— Officier du pont, nous avons un contact sur Sierra One !

Tout le monde dressa l'oreille. *Signal sonar*.

Bratt rejoignit le superviseur et les électroniciens du sonar BSY-1. Perry s'approcha des écrans où les données recueillies défilaient en interminables cascades vertes.

— C'est un autre sous-marin... Et un gros.
— Le *Drakon*, souffla Perry.

À ses côtés, Bratt lut la trajectoire et la vitesse de la cible.

— Bonne pioche, commandant. Il fonce droit sur Oméga.

9 h 15
Station polaire Grendel

Dès qu'elle quitta les tunnels gelés du Vide sanitaire, Amanda retira sa parka. Après avoir enduré le froid mordant de l'iceberg, elle apprécia la chaleur du bâtiment principal, mais l'atmosphère restait moite, presque suffocante.

Le Dr Willig garda son manteau. Unique concession à la hausse brutale de la température, il baissa la fermeture Éclair, ôta sa capuche et, après avoir fourré ses mitaines dans sa poche, il se frotta les mains en soupirant d'aise.

— Que faites-vous maintenant ?

— Une grosse tempête menace. Si je veux rentrer à Oméga, il faut que je me dépêche de partir. Sinon, je risque de rester coincée ici un ou deux jours.

— Et je sais que vous n'en avez aucune envie, sourit-il. Le commandant Perry doit bientôt regagner la station.

Le vieil océanographe hocha le menton vers l'unique garde posté à la porte. Les effectifs militaires de la base étaient réduits, car on avait rapatrié du personnel au sous-marin en vue d'un exercice.

— Impossible de rater ça.

— Oskar..., gronda-t-elle, amusée.

Était-elle si facile à déchiffrer ?

— Pas de problème, ma grande. Helena me manque aussi. C'est difficile d'être séparés.

Amanda pressa la main de son mentor. Deux ans plus tôt, il avait perdu sa femme de la maladie de Hodgkin.

— Rentrez vite à Oméga, insista-t-il. Ne laissez pas filer le temps que vous pouvez passer ensemble.

Ils étaient arrivés à hauteur du marin chargé de surveiller l'entrée du Niveau Quatre.

— Vous refusez toujours de me dire ce qu'il y a là-dedans ?

— Vous n'auriez vraiment pas envie de le savoir, Oskar.

— Bah ! Un scientifique a l'habitude des réalités dures à encaisser, en particulier quand il est aussi vieux que cette base.

— Un jour, la vérité finira par éclater.

— Après l'arrivée des Russes...

— Ce n'est qu'une histoire politique, lâcha-t-elle avec une pointe d'amertume.

Amanda détestait cacher des informations à ses chercheurs mais, surtout, le monde avait le droit de savoir ce qui s'était passé à Grendel soixante ans plus tôt. Quelqu'un devait répondre de ses actes. En optant pour le *black-out* médiatique, les autorités essayaient de gagner du temps, de désamorcer l'affaire, voire de l'étouffer complètement.

La colère au ventre, la jeune femme gravit l'escalier en colimaçon. Les marches vibraient sous ses pas. Un mouvement attira son attention vers le puits central. Une cage d'acier coulissa jusqu'à eux et monta dans les étages supérieurs.

— Ils ont réparé l'ascenseur !

— Oui, confirma le septuagénaire. Lee Bentley et ses collègues de la NASA s'en donnent à cœur joie avec ces machines d'un autre âge. De vrais gamins auxquels on aurait donné de beaux jouets !

Incroyable ! Tout ce qui avait été abandonné dans la glace était en train de ressusciter.

Une fois arrivée à destination, Amanda prit congé de son ami et rejoignit sa chambre où, après avoir rassemblé ses affaires, elle endossa sa combinaison isotherme de course. Sachant que le conflit entre biologistes et géologues était apaisé pour quelques jours, elle était libre de rentrer à Oméga.

Lorsqu'Amanda ressortit dans le couloir, une femme en uniforme bleu attira son regard d'un geste et traversa la salle commune. Le lieutenant Serina Washburn était la seule représentante du beau sexe parmi les soldats envoyés à Grendel. Avec sa stature imposante, sa peau d'ébène et sa coupe en brosse, elle rappelait les guerrières amazones de la mythologie, savant mélange de force et de grâce. Toujours calme et sérieuse, elle se planta respectueusement devant l'ingénieure :

— J'ai un message en provenance d'Oméga, docteur Reynolds.

Pfff! Qu'est-ce qui clochait encore ?

— L'équipe de sécurité retient des civils qui ont atterri ce matin devant la station.

— De qui s'agit-il ? tressaillit Amanda.

— Ils sont quatre, parmi lesquels un shérif, un garde forestier et un journaliste. Leurs identités ont été confirmées.

— Alors à quoi bon les placer sous surveillance ?

Washburn haussa les épaules en bredouillant :

— Après le sabotage de Prudhoe Bay...

Personne ne voulait tenter le diable.

— On connaît la raison de leur visite ? reprit Amanda.

— Ils sont au courant pour Grendel et se bornent à répéter qu'un grand danger nous guette. D'ailleurs, il y aurait peut-être un lien avec l'explosion des champs pétroliers. Tant qu'ils ne pourront pas s'adresser à un responsable, ils refusent d'en dire davantage... et on n'arrive pas à joindre le commandant Perry.

En tant que chef de la base, Amanda devait intervenir.

— De toute façon, j'allais rentrer. Je m'en occuperai là-bas.

Elle s'écarta d'un pas, mais le lieutenant la retint.

— Le journaliste et ses camarades veulent absolument venir ici. Ils font un battage pas possible à ce sujet.

Amanda songea un instant à leur refuser le droit de visite, puis elle se rappela combien elle était frustrée par les multiples secrets et autres politiques politiciennes concernant la découverte du Niveau Quatre. *Si un reporter venait ici, quelqu'un pour tout consigner... et un shérif également...*

Elle étudia les différents scénarios possibles. Si elle rentrait interroger les visiteurs, les intempéries les coinceraient quelques jours à Oméga et, une fois de retour, ordre de sa hiérarchie oblige, le commandant Perry interdirait au journaliste l'accès à Grendel. Amanda, en revanche, n'avait de comptes à rendre à personne. Elle disposait donc d'un créneau étroit pour sortir de l'impasse politique et révéler une once de vérité avant que l'effroyable découverte ne soit ensevelie sous les mensonges et la rhétorique.

La jeune femme fixa l'austère lieutenant.

— Amenez-moi les civils, je vais les interroger.

— Je doute que le capitaine de corvette Sewell approuve votre décision, objecta Washburn, quasi impassible.

— Ils seront aussi bien chaperonnés ici que là-bas. Si Sewell veut leur affecter une escorte, je n'y vois pas d'inconvénient. Il peut envoyer autant d'hommes qu'il le souhaite, mais je veux que tout ce beau monde arrive avant le début de la tempête.

— À vos ordres, madame.

Tandis que le lieutenant se dirigeait vers le local abritant le relais radio temporaire à ondes courtes vers Oméga, Amanda jeta un regard à la ronde. Quelqu'un d'extérieur allait enfin découvrir le lourd secret de Grendel, ce qui laissait présumer qu'au moins une part de la vérité éclaterait au grand jour.

Pourtant, elle se sentit mal à l'aise. Avant de pouvoir en déterminer la cause, elle tressauta quand une ombre géante s'abattit sur elle. Un des inconvénients majeurs de la surdité, c'était qu'on n'entendait jamais les gens approcher par-derrière.

Elle fit volte-face et tomba nez à nez avec l'immense Connor MacFerran, manifestement préoccupé.

— Vous avez vu Lacy ?

— Mlle Devlin ? Je l'ai croisée en arrivant dans le Vide sanitaire. Elle avait ses patins à la main.

Amanda avait échangé quelques mots avec l'apprentie géologue, qui partageait sa passion de la glisse en milieu polaire.

Connor consulta sa montre.

— Elle devrait être rentrée depuis une heure. On avait rendez-vous... pour... *hum !* étudier des données.

— Je ne l'ai pas revue. Vous craignez qu'elle se soit perdue ?

— Je ferais mieux d'aller vérifier. Je connais son itinéraire de prédilection.

Il s'éloigna, aussi raide qu'un gros ours noir.

— Ne partez pas seul ! Et tenez-moi au courant quand vous l'aurez retrouvée.

MacFerran leva la main, soit pour manifester son accord, soit pour l'envoyer promener.

Amanda le regarda partir. Désormais plus inquiète qu'angoissée, elle espéra que la jeune fille ne s'était pas blessée. Alors qu'elle rebroussait chemin vers sa cabine en baissant la fermeture Éclair de sa combinaison, elle aperçut le Dr Willig.

Il lui fit signe de le rejoindre à sa table.

— Je pensais que vous seriez déjà partie.

— Changement de programme.

— Je discutais avec le Dr Gustof.

Oskar désigna le météorologue canadien assis à ses côtés. Avec son physique d'imposant Norvégien, Erik Gustof était reconnaissable entre mille. Il ôta les miettes de sandwich accrochées à sa barbe en collier et la salua d'un coup de menton.

— D'après ses calculs, la tempête va se transformer en blizzard. Il a déjà enregistré des vents supérieurs à cent dix kilomètres à l'heure.

— Un véritable ouragan, confirma Erik. On va se retrouver bloqués un sacré bout de temps.

Soupir aux lèvres, Amanda se rappela l'avertissement de ses prochains visiteurs : *Un grand danger nous guette*. Ils savaient *a priori* de quoi ils parlaient, mais elle sentait que la réelle menace ne viendrait pas de la météo.

— Ça va ? demanda le vieux Suédois.
— Pour l'instant, marmonna-t-elle. Pour l'instant.

10 h 05
Station dérivante Oméga

Jenny toisa les sentinelles du regard et mit sa parka. Autour d'elle, les autres enfilèrent aussi des vêtements antifroid, parfois fournis par le personnel de la base : mitaines, écharpes, pulls. Matt avait emprunté un bonnet en laine, car sa veste militaire kaki ne possédait pas de capuche. Toujours aussi buté, il avait refusé de l'échanger contre une grosse parka de la Navy. Jenny savait qu'il ne se séparerait jamais de son vieux souvenir rapiécé.

— Vous aurez besoin de lunettes de soleil, annonça Sewell.
— Je n'en ai pas, répondit Craig.

Le journaliste remonta sur l'épaule son sac d'appareils photo et d'affaires personnelles. Un officier de marine était allé lui chercher son matériel resté dans l'hydravion.

Une demi-heure plus tôt, Sewell avait reçu de nouvelles consignes *via* la responsable civile d'Oméga, fille de l'amiral en charge des militaires stationnés là-bas. Bel exemple de népotisme, apparemment ! Néanmoins, comme le Dr Reynolds les avait autorisés à rejoindre la base, Jenny n'avait pas fait la fine bouche.

Le capitaine de corvette tendit à Craig ses propres lunettes. Il resterait à la station dérivante, de même qu'un des nouveaux arrivants.

Un genou à terre, Jenny serra Bane dans ses bras. Le chien-loup remua la queue et lui mordilla l'oreille. On avait refusé que l'animal les accompagne.

— Sois sage, souffla-t-elle.

Flap... flap... flap...

Matt gratouilla Bane derrière la nuque.

— On revient demain, mon grand.

Jenny l'observa en douce. Ce gros toutou constituait le dernier lien entre eux. Un reste d'amour partagé. Quand Matt surprit son intérêt, leurs regards se croisèrent mais, très vite, une gêne s'installa, et il fut le premier à détourner la tête.

— Je m'occuperai bien de Bane, promit l'enseigne de vaisseau qui le tenait en laisse.

— Vous avez intérêt.

— Ne vous inquiétez pas, monsieur Pike. Mon père possède un équipage de chiens de traîneau.

Surprise, Jenny l'étudia de plus près. À vingt ans, il avait le teint olive et ses prunelles étincelaient d'un mélange d'innocence, de jeunesse et de fougue. Il paraissait d'origine indienne, aléoute peut-être. Elle lut le nom sur son badge brodé :

— *Tom Pomautuk*... Vous ne seriez pas le fils d'Aigle des Neiges par hasard ? Jimmy Pomautuk ?

Le marin ouvrit des yeux ronds.

— Vous connaissez mon père !

— Il s'est classé troisième à l'Iditarod de 1999.

— Exact, sourit-il fièrement.

— Je faisais partie des concurrents. Il m'a donné un coup de main quand j'ai trébuché et renversé mon traîneau.

Jenny était rassurée de confier Bane au fils d'Aigle des Neiges.

— Comment va Nanook ?

Le sourire du jeune homme s'élargit, empreint d'une pointe de tristesse.

— Il commence à se faire vieux. Il n'accompagne plus mon père qu'en promenade. Sa carrière de chien de tête est terminée, mais on est en train de former un de ses petits sur les îles Fox.

— Si vous voulez éviter la tempête, il est temps de partir, intervint Sewell.

Jenny caressa son fidèle compagnon une dernière fois.

— Sois gentil avec Tom.

— Je n'aime pas laisser Bane à un inconnu, maugréa Matt.

— Eh bien, je t'en prie, reste !

Lorsqu'elle se dirigea vers la porte, il lui emboîta néanmoins le pas, telle une ombre maussade dans son dos.

Dehors, la lumière crue des néons fut remplacée par l'atmosphère lugubre d'un temps glacial et couvert. À la faveur d'un éternel crépuscule, le soleil luisait à peine, coincé entre le jour et la nuit. Ce matin-là, l'horizon s'était bouché autour de la station noyée dans un brouillard givrant. Voilà comment Jenny imaginait le purgatoire : un immense océan triste et blanc.

Dès la première inspiration, le froid envahit sa poitrine, comme si ses poumons s'emplissaient d'eau glacée. D'instinct, elle toussa. La température avait déjà dégringolé. Vu les conditions météorologiques, chaque centimètre carré de peau nue risquait l'engelure. Les poils du nez se transformaient en glaçons. Même les larmes se solidifiaient dans leurs canaux. Bref, il était impossible de survivre sur la banquise.

Les puissantes rafales prirent d'assaut les vêtements de Jenny, à la recherche du moindre bout de peau tiède. La tempête n'allait pas tarder.

Serrés les uns contre les autres, tête baissée, ils s'approchèrent des chenillettes.

Un gros *boum* résonna au loin.

— C'était quoi ? frémit Craig, sur le qui-vive.

— Des morceaux de banquise qui se détachent, expliqua Jenny. Les vents violents sont en train d'ébranler la glace.

D'autres explosions retentirent à l'horizon, comme autant de roulements de tonnerre. On le sentait même à travers les bottes. Il fallait s'attendre à une tempête du feu de Dieu.

Deux marins conduisirent Jenny et son père jusqu'à un véhicule. Craig et Matt en rejoignirent un autre sous solide escorte. Bien que la permission de visiter la base russe soit une preuve de bonne volonté, Sewell prenait ses précautions : il les avait séparés, et leurs chaperons armés ne les quittaient pas d'une semelle.

Un garde ouvrit la portière de la première chenillette.

— Votre père et vous voyagerez là-dedans, madame.

Ravie d'échapper à la brise glaciale, Jenny s'engouffra à l'intérieur.

Le chauffeur en parka bleue avait déjà pris place. Lorsqu'elle le rejoignit à l'avant, il la salua d'un coup de tête.

— Madame.

Elle le foudroya du regard. Si quelqu'un osait encore l'appeler « *madame* »...

John s'installa près d'elle, et les deux gardes s'entassèrent à l'arrière.

— Désolé, je ne peux pas allumer le chauffage, s'excusa le conducteur. Si on veut parcourir les cinquante kilomètres, il faut économiser le carburant.

Quand tout le monde fut installé, il démarra et roula dans les traces de la première chenillette. Une fois lancé, il appuya sur un bouton et de minuscules haut-parleurs braillèrent du *rockabilly*.

— Fiche-moi ta musique de bouseux à la poubelle, grommela le marin à l'arrière. Tu n'as pas de hip-hop ?

— Qui tient le volant ici ? Je pourrais aussi vous mettre les Backstreet Boys.

Devant la menace ultime, l'autre préféra céder.

— Non, non, ça va.

Perdus dans leurs pensées, ils quittèrent la base.

Tandis que le conducteur fredonnait au rythme de la musique et que la neige crissait sous les chenilles, Jenny lorgna derrière son épaule. Au bout de quatre cents mètres, les bâtiments rouges ressemblèrent à des fantômes tremblotant dans l'épaisse brume matinale. Le blizzard aussi commençait à hurler.

Au moment où elle tournait la tête, un mouvement attira son attention – pas au niveau de la base mais plus loin. Une forme sombre apparut, telle une baleine jaillie d'un océan de blancheur. Intriguée, Jenny comprenait mal ce qu'elle avait sous les yeux.

Par chance, une bourrasque dissipa brièvement la purée de pois, et un kiosque noir émergea derrière un horizon déchiqueté de crêtes de pression. Dans l'atmosphère glaciale, sa cuirasse fumait comme un animal vivant. En plus des projecteurs latéraux, de minuscules points rouges balayaient la banquise et traversaient le brouillard. Plusieurs silhouettes indistinctes se frayèrent un chemin dehors.

— C'est votre sous-marin ? se renseigna Jenny.

Les deux militaires firent volte-face. Le critique musical, qui était le mieux placé, bondit de son siège et ouvrit la portière arrière.

— Putain de merde ! Ce sont ces enfoirés de Ruskovs !

Le vent s'engouffra dans l'habitacle. Le conducteur freina. À bord de la première chenillette, son collègue, en revanche, fendait toujours le brouillard givrant : il n'avait pas dû repérer le submersible.

— Ils portent des parkas blanches, annonça John Aratuk.

Son fusil d'assaut à la main, le jeune marin bondit par la portière sans attendre l'arrêt complet du véhicule.

— Continuez de rouler ! mugit Jenny.

Hélas, le chauffeur ne lui prêta aucune attention.

Dehors, le garde, prêt à tirer, observa le manège des Russes sur la banquise.

Des pointeurs lasers balayèrent le terrain. Un éclair jaillit du sommet du sous-marin et un missile, parti en cloche, s'écrasa sur une dépendance de la base.

Anéantie, la cabane projeta une pluie de débris enflammés autour d'un cratère de trois mètres.

— Ils ont détruit le dispositif satellite, gémit le soldat resté sur la banquette arrière.

Il se pencha par la portière béante.

Lorsqu'elle vit un point rouge danser sur la banquise et se fixer sur la chenillette, Jenny hurla :

— Roulez !

Comme son voisin ne réagissait pas, elle appuya sur l'accélérateur. Le véhicule, toujours en prise, bondit vers l'avant.

— Qu'est-ce que vous foutez ? protesta le conducteur.

— Ils ont bousillé votre système de communication ! Vous croyez vraiment qu'ils vont nous laisser partir ?

Des coups de feu retentirent. Un genou à terre, le garde était en train de tirer.

— Allez-y !

Après une demi-seconde d'hésitation, le chauffeur appuya sur le champignon.

— Accrochez-vous !

— Allez, Fernandez ! s'égosilla le militaire resté à l'intérieur.

Sur la banquise, l'intéressé se releva et rebroussa chemin. Le canon de son fusil fumait. D'autres pointeurs lasers se braquèrent sur les fugitifs. L'homme courut vers la cabine mais, alors qu'il touchait au but, il trébucha. Sa jambe droite se déroba sous son poids. Il s'effondra et glissa en laissant une traînée rouge derrière lui.

— Fernandez !

D'un bond, son camarade s'élança vers lui, l'empoigna par le col et le traîna vers la chenillette, qui ralentit suffisamment pour leur laisser le temps de la rattraper.

Jenny roula sur la banquette arrière et aida le blessé à grimper.

Une fois les deux soldats récupérés, Fernandez vociféra au chauffeur :

— Botte-lui le cul à cette cochonnerie !

Plus furieux d'avoir reçu une balle qu'effrayé, il flanqua un coup de poing sur le siège.

Son voisin lui comprimait sa plaie à la cuisse, mais le sang coulait à flots entre ses mains gantées.

La chenillette fonça à vive allure. Droit devant, le véhicule de tête avait disparu dans le brouillard. Si seulement ils réussissaient le même tour de passe-passe...

Alors que la neige crissait et que les haut-parleurs braillaient toujours du *rockabilly*, un sifflement strident couvrit le vacarme.

— Merde, pesta le conducteur.

Une explosion toute proche les arrosa de blocs de glace. Le pare-brise s'étoila. Ils n'avaient plus aucune visibilité.

D'instinct, le militaire donna un grand coup de volant. Trop lourd du haut, l'énorme engin dérapa sur une seule chenille. À travers l'écran de fumée, Jenny vit ce qu'ils tâchaient d'éviter : un trou béant ! À trois mètres de là, la banquise n'était plus qu'une grosse flaque d'eau et de glace fondue. Des nuages de vapeur s'élevaient des bords du cratère.

Déséquilibrée, la chenillette continua sa course folle vers le puits mortel et se mit à chasser. Pour Jenny, la chute était inévitable, mais son voisin n'avait pas dit son dernier mot.

Plus personne n'osa respirer.

Par miracle, le véhicule s'arrêta à quelques centimètres de la trouée déchiquetée.

Le conducteur lâcha un juron, à la fois de soulagement et d'affolement contenu.

Lorsqu'ils retombèrent sur les deux chenilles, Jenny sentit ses dents claquer mais, surtout, un énorme *crac* retentit.

Le cœur de la jeune femme se serra.

— Dehors ! s'étrangla-t-elle.

Elle voulut attraper la poignée de la portière.

Trop tard.

Tel un iceberg se détachant de la côte, le pan de glace sur lequel ils se trouvaient céda. Au son retentissant du *rockabilly*, la chenillette suivit le même chemin et se renversa dans l'océan glacé.

10 h 38
À bord de la Sentinelle polaire

L'équipage retenait son souffle devant l'écran qui retransmettait l'image numérique d'une caméra extérieure. À huit cents mètres de là flottait l'ombre du *Drakon* éclairé par une colonne de lumière en provenance directe de la polynie. Apparemment, l'ennemi n'avait pas remarqué qu'il était suivi.

Son casque sur les oreilles, le capitaine Bratt murmura :

— Les hydrophones ont détecté des échos de tir, commandant.

— Merde !

— Des instructions ?

Depuis le premier contact sonar, la *Sentinelle* n'avait plus lâché le submersible Akula de classe II qui fonçait en silence vers Oméga. Hélas, les Américains ne pouvaient ni se défendre ni lancer d'offensive contre un adversaire plus grand qu'eux et surtout mieux armé. Sans refaire surface, ils n'avaient aucun moyen non plus d'avertir la station dérivante. La seule solution était donc de jouer à cache-cache avec l'autre bateau.

— Tir de missile ! siffla le soldat chargé du sonar.

À l'écran, un bloc de glace s'effondra dans un éclair éblouissant, comme si une météorite venait de s'y écraser. Pas besoin d'hydrophones pour entendre son écho retentir au fond de l'océan.

S'ensuivit un long silence abasourdi.

— Je crois qu'il s'agissait du local satellite, souffla Bratt, l'index posé sur une carte vectorielle de la station.

Ils sont en train d'isoler leur proie, comprit Perry. Hormis la *Sentinelle*, les émetteurs-récepteurs satellites constituaient le seul lien d'Oméga avec le monde extérieur.

— Qu'est-ce qu'on fait, commandant ? demanda Bratt.

— Il faut sortir de l'eau ! On repart à Grendel. Le temps de donner l'alerte de là-bas, on évacuera les civils, car ce sera sans doute la prochaine cible des Russes.

— À vos ordres.

D'une voix étouffée, Bratt distribua ses instructions. Le timonier et le responsable de la barre de plongée changèrent de cap, de sorte que le sous-marin s'éloigne sans bruit du *Drakon*.

Le tumulte des explosions couvrait leurs manœuvres mais, à vrai dire, ils auraient pu s'enfuir dans un silence de mort. Équipée d'un système de propulsion silencieux dernier cri et d'un revêtement anéchoïque imperméable aux sonars, la *Sentinelle* passait presque inaperçue. Elle partit sans que le *Drakon* semble même l'avoir repérée.

À l'écran, les ténèbres se refermèrent sur la colonne de lumière enveloppant le bâtiment ennemi.

— Arrivée prévue à la base russe dans trente-deux minutes, annonça Bratt.

Perry balaya le pont du regard. La mine sombre, ses hommes paraissaient furieux. Ils fuyaient le combat... mais un combat qu'ils n'auraient jamais pu remporter. La *Sentinelle polaire* était l'unique moyen d'évacuer la station.

Le commandant sentit pourtant une angoisse terrible lui tordre l'estomac. *Amanda*... La veille, elle était partie régler une altercation entre les biologistes et les géologues de Grendel, mais elle devait rentrer à Oméga dans la matinée. Était-elle déjà de retour ? Ou se trouvait-elle encore à l'ancienne base polaire ?

— Les Russes devraient boucler la station en un rien de temps, surtout que, là-bas, nos troupes n'ont aucun moyen de se défendre. Après quoi, ils décanilleront vers Grendel.

Bratt avait raison. Conscient du créneau très serré dont ils disposaient pour libérer les civils, Perry se racla la gorge.

— Réunissez sous votre commandement une équipe d'intervention rapide. Qu'elle se tienne prête à débarquer dès qu'on refera surface. On a besoin de sortir tout le monde au plus vite.

— Message reçu, chef. Timing d'évacuation ?

Perry étudia la question par rapport à la vitesse du sous-marin adverse et aux défenses rachitiques d'Oméga. Il lui fallait un maximum de temps, mais il ne pouvait pas courir le risque de se faire pincer en remontant à la surface.

— Quinze minutes. Je veux qu'on ait replongé dans quinze minutes pile.

— C'est court.

— Je me fiche que vous deviez les sortir à poil de la douche. Qu'ils ramènent juste leurs fesses à la *Sentinelle*. Ne vous embarrassez pas du matériel. Le but est de rapatrier l'ensemble du personnel à bord, point barre.

— Comptez sur moi.

Bratt pivota sur les talons en vociférant déjà ses ordres.

Perry le regarda partir. Sur le pont, c'était l'effervescence. Livré à ses propres pensées, il s'inquiéta pour Amanda. *Où était-elle ?*

10 h 44
Station polaire Grendel

Amanda suivit l'imposant Connor MacFerran au cœur du Vide sanitaire. L'organisation du transfert du journaliste et de son groupe vers la station l'avait mise sur des charbons ardents. Amener des étrangers à Grendel revenait à profaner l'esprit de la loi du silence imposée par la Navy, sinon sa lettre. Le monde ne devait pas savoir ce qui avait été découvert au Niveau Quatre, mais cela ne voulait pas dire qu'Amanda ne pouvait pas en parler aux gens déjà sur place. Tant qu'ils restaient au sein de la station, le shérif, le reporter et les autres respecteraient le *black-out*.

La responsable d'Oméga avait quand même conscience de marcher sur des œufs. Greg… le commandant Perry… ne serait pas content. Il faisait partie de l'armée et, comme l'amiral Reynolds, il n'appréciait guère les entorses à la loi. Seulement, elle ne voulait pas se renier. La vérité devait paraître au grand jour. Ils avaient besoin d'un intervenant impartial pour la relater, alors pourquoi pas un journaliste ?

Une fois sa décision prise, Amanda s'était sentie à cran et n'aurait jamais pu rester les bras ballants durant les deux heures du transfert. Après avoir reçu confirmation de la part de Washburn, elle avait donc rejoint le Vide sanitaire pour prendre d'éventuelles nouvelles de Lacy Devlin.

Un coup de chance qu'elle ait eu envie de vérifier !

Elle avait retrouvé Connor MacFerran en train de fixer des crampons sous ses bottes. À l'instar des chaussures de golf, ils permettaient de rester d'aplomb sur la glace. En fait, le grand Écossais s'apprêtait à partir en solitaire, contrairement aux instructions du Dr Reynolds.

— Tout le monde est occupé, avait-il grogné avant de tapoter son anorak en duvet. Et j'ai mon talkie-walkie.

Bien sûr, elle avait refusé de le laisser se débrouiller seul et, comme elle portait encore sa combinaison isotherme, elle n'avait eu qu'à enfiler une paire de crampons.

Connor s'arrêta au croisement de plusieurs tunnels. Son casque de spéléologie éclairant les différentes glissières, il mit ses mains en porte-voix. Sa poitrine se souleva. Même sans voir ses lèvres, Amanda comprit qu'il criait le nom de Lacy.

Comme sa surdité l'empêchait de distinguer une quelconque réaction, elle attendit, sa torche à la main et une bobine de fil de polyéthylène à l'épaule. Ils s'étaient aventurés dans un secteur non cartographié du Vide sanitaire, véritable labyrinthe de galeries, de crevasses et de grottes.

Connor effleura une flèche orangée peinte à la bombe. L'itinéraire d'entraînement de Lacy était balisé, mais Amanda n'avait pas besoin de repères colorés pour suivre la jeune sportive à la trace. De vieilles empreintes de patins dessinaient de mystérieuses arabesques d'acier sur la glace.

Le géologue emprunta le souterrain indiqué en appelant son élève mais, vu son pas régulier, il n'avait toujours pas de réponse.

Pendant vingt minutes, ils suivirent une immense boucle en dénivelé, puis retrouvèrent le dédale de brèches et de galeries. Connor continuait de s'époumoner et de suivre les flèches orangées.

À l'affût du moindre bruit ou de la balise suivante, il ne vit pas le sillon s'écarter de la piste principale et se diriger vers une longue lézarde.

— Connor ! lança Amanda.

Il sursauta. Peut-être avait-elle crié trop fort.

— Quoi ?

— Regardez, elle est partie par là.

Elle frotta la glace entaillée par les coups de lame. Difficile d'estimer à quand remontait le dernier passage, mais cela valait la peine d'aller voir.

Le géologue acquiesça et s'enfonça dans l'étroit couloir.

Armée de sa torche, elle lui emboîta le pas.

Ils descendirent la pente en se fiant à leurs crampons pour ne pas déraper. Le tunnel se rétrécit, mais la piste continuait.

Connor se figea. Intrigué, il regarda par-dessus son épaule – non pas vers Amanda mais vers l'entrée du corridor.

— Un problème ?

— J'ai cru entendre un bruit.

Il dressa l'oreille, puis haussa les épaules et reprit sa route.

Dix pas plus tard, le chemin aboutit brusquement à une falaise de glace.

Alors qu'il éclairait le fond du puits, Connor se raidit et tomba à genoux : cinq mètres plus bas, la glace était souillée d'une balafre rougeâtre. Une botte gisait au milieu. On distinguait aussi un casque de spéléologie, la lampe fracassée.

— C'est celui de Lacy, souffla l'Écossais.

Il n'y avait aucune trace de corps mais, au bout d'un moment, la traînée écarlate disparaissait du champ de vision.

— Il faut que je descende, annonça-t-il. Il existe peut-être une issue par là. Si Lacy a essayé d'y ramper...

Amanda contempla le volume de sang répandu. Bien que la situation paraisse désespérée, elle posa son rouleau de câble à terre.

— Je suis plus légère. Tenez-moi bien, et je vais jeter un coup d'œil.

Connor aurait préféré sauter lui-même, mais il se contenta d'approuver en silence.

Amanda jeta l'extrémité de son cordage au fond du puits. Assis à un mètre du rebord, les jambes écartées, les crampons solidement plantés dans le mur, son partenaire s'enroula le fil de polyéthylène autour de la taille, puis le coinça sous les aisselles et le secoua, histoire de tester sa résistance.

— Prêt ?

— Je ne risque pas de lâcher une gamine comme vous, ronchonna MacFerran. Retrouvez-moi Lacy.

Amanda fourra la torche dans sa poche, empoigna le câble et commença à descendre en rappel.

Quelques secondes plus tard, ses orteils touchèrent le sol :

— Je suis arrivée !

La corde vibra quand le grand gaillard relâcha son effort et rampa vers le bord. Il avait toujours son lasso de polyéthylène autour du torse. Le regard anxieux, il articula quelque chose mais, gênée par la lumière aveuglante de son casque et la barbe fournie, Amanda ne comprit pas ce qu'il disait.

Plutôt que de l'admettre, elle agita la main et ressortit sa lampe électrique.

Un parfum nauséabond la fit grimacer. Lourd, étouffant, il semblait flotter au creux du puits. Elle ravala sa salive. Alors qu'elle était encore étudiante à Stanford, elle avait travaillé un été au chenil d'un laboratoire d'expérimentation animale, et la puanteur, mélange de sang, d'excréments et d'urine, lui rappela aussitôt des souvenirs. C'était l'odeur de la peur.

Amanda dirigea sa torche le long de la traînée sanglante. La piste menait derrière la falaise, vers une ouverture dans la paroi de glace. C'était une fente horizontale, parallèle au sol, semblable aux caniveaux qui débouchaient sur les égouts souterrains d'une ville. La brèche lui arrivait à peine aux genoux mais mesurait presque la longueur de son corps.

Un *gros* caniveau !

Amanda s'approcha :

— Lacy !

À cause de son handicap, elle releva la tête vers Connor pour voir s'il avait entendu une réaction. Toujours agenouillé au bord du vide, il avait le dos tourné vers le fond du tunnel.

Lorsqu'elle sentit son pied heurter un obstacle, elle baissa les yeux : la chaussure de Lacy glissa jusqu'au mur opposé. D'instinct, Amanda braqua sa lampe dessus.

Le bottillon n'était pas vide. Des éclats d'os étincelants en dépassaient.

Elle hurla, mais aucun son ne sortit de sa bouche. Ou peut-être que si. Elle n'avait aucun moyen de le savoir. Elle rampa à reculons et tendit le cou vers le rebord de la falaise.

Personne.

— Connor !

La lampe du géologue s'agitait dans tous les sens, comme s'il exécutait une espèce de gigue écossaise. Même le fil de polyéthylène fouettait la paroi avec ardeur.

— Connor !

Comme si elle l'avait entendue, la lumière cessa de se trémousser et fixa le toit du tunnel. Quant à la corde dansante, elle retomba mollement.

Soucieuse d'avoir une meilleure visibilité, Amanda s'éloigna et brandit sa torche vers le haut du cratère. La gorge nouée, le sang battant dans ses oreilles inutiles, elle n'essaya même plus de hurler.

Au-dessus de la lampe frontale du géologue, quelque chose projeta une ombre immense et voûtée au plafond.

La peur au ventre, la jeune femme tenait sa torche à deux mains, comme un revolver. Ce n'était certainement que Connor, mais sa surdité l'empêchait d'en être sûre à 100 %. Peut-être était-il en train de l'appeler...

L'ombre s'approcha.

Sans demander son reste, Amanda détala vers la seule issue possible : elle suivit les traces ensanglantées de Lacy et, le souffle coupé, elle plongea à plat ventre sur la glace. Sa lampe pointée devant elle, elle glissa vers la sinistre bouche d'égout... et disparut.

La fente l'avait engloutie.

Emportée par son élan, Amanda parcourut plusieurs mètres, puis ralentit et se rétablit péniblement sur les genoux.

Elle était arrivée dans une petite cavité. Le plafond était assez haut pour qu'on y tienne debout en baissant la tête, mais elle resta assise et, munie de sa lampe-torche, elle balaya le secteur.

C'était *mort*... à tous les sens du terme.

Le fond de la cuvette était jonché d'ossements : fissurés, brisés, certains blanchis, d'autres jaunis. Des crânes vides, humains et animaux, luisaient. Fémurs, côtes, omoplates...

Un mot résonna dans la tête d'Amanda.

Un nid...

Dans un recoin gisait une silhouette tordue et disloquée, inerte, parée d'une combinaison isotherme bleu blanc rouge. Une flaque de sang gelé s'était formée autour.

Amanda avait retrouvé Lacy.

10 h 47
Sur la banquise...

Matt s'opposa aux deux gardes à l'arrière de la chenillette.

— Il faut rebrousser chemin !

Il reçut un violent coup de coude sur le nez. Aveuglé de douleur, il retomba sur son siège.

— Restez assis, sinon on vous flanque les menottes, grimaça le lieutenant Mitchell Greer en se frictionnant le bras.

L'autre molosse, un dénommé Doug Pearlson, quartier-maître de deuxième classe, avait sorti son pistolet. Pour l'instant, l'arme était braquée vers le ciel, mais la menace était claire.

— Du calme, Matt, souffla Craig, installé à l'avant.
— On obéit aux instructions, expliqua le conducteur.

Une minute plus tôt, Sewell leur avait ordonné par radio de continuer vers Grendel. Il fallait prévenir la station du guet-apens russe, mais il n'avait pas réussi à la contacter lui-même.

Une violente explosion avait alors interrompu la communication. La banquise avait tremblé au passage de la chenillette. Tout le monde s'était retourné. Des coups de feu résonnaient au loin.

Hélas, la tempête transformait déjà la neige en épais blizzard. L'autre véhicule ne répondait pas. Fou d'inquiétude pour Jenny et son père, Matt avait voulu prendre le volant mais, face à son escorte, il ne faisait pas le poids.

Toujours aucun signe des autres.

— Essayez encore d'appeler !

Le nez abîmé et un goût métallique dans la bouche, le garde forestier ravala ses larmes de douleur.

Sans trop y croire, le chauffeur empoigna la radio.

— Auto n° 2, ici Auto n° 1. Répondez. À vous.

Aucune réaction.

— Il s'agit peut-être d'une zone de silence. On verra à l'arrivée. Parfois, on peut parler à quelqu'un à l'autre bout de la planète mais pas dans son propre jardin.

Matt n'en crut pas un mot. Il avait l'intime conviction que Jenny avait des ennuis mais, depuis la déflagration, ils avaient pris deux ou trois kilomètres d'avance. Même s'il réussissait à s'échapper, il n'était pas certain de revenir l'aider à temps.

— Je suis sûre qu'elle va bien, le rassura Craig.

Matt préféra se taire.

En plein blizzard, ils s'éloignaient inexorablement de la femme qu'il avait autrefois aimée. Et qu'il aimait peut-être toujours.

10 h 48

Jenny avait dû s'évanouir. Elle se souvenait que la chenillette avait basculé et, l'instant d'après, les flots glacés qui lui brûlaient la peau à travers son jean l'avaient brusquement ramenée à elle. D'un bref coup d'œil à la ronde, elle évalua la situation.

Il y avait trente centimètres d'eau à l'intérieur de la cabine retournée. Le ronronnement du moteur faisait vibrer l'habitacle et le tableau de bord luisait d'un éclat sinistre.

En voyant John se tenir le poignet, Jenny rampa jusqu'à lui.

— Papa ?

— Ça va, je m'étais juste coincé la main.

En revanche, leur chauffeur gisait face dans l'eau, la tête bizarrement renversée en arrière.

— Il a la nuque brisée, constata le vieil Inuit.

Les deux autres gardes s'acharnaient sur la portière.

Fernandez flanqua un coup d'épaule contre la poignée. Rien à faire ! La pression de l'océan était trop forte.

— Putain !

Lorsqu'il s'écarta à cloche-pied, sa plaie à la cuisse laissa une traînée sanglante dans l'eau glacée.

— Trouvez-moi de quoi fracasser une vitre ! aboya-t-il.

— Que pensez-vous de ça ?

Jenny sortit l'arme de poing de l'autre garde, ôta le cran de sûreté et, d'un tir bien placé, elle fit sauter un morceau du pare-brise en verre sécurit arctique.

— Ça ira, apprécia Fernandez.

Furieux, son collègue reprit son pistolet et le rangea dans son holster.

— Ne vous offusquez pas de la réaction de Kowalski. Joe déteste qu'on touche à ses affaires.

Fernandez fit signe de se réfugier sous les sièges, le temps que son camarade marin pulvérise le reste de pare-brise.

Des tourbillons d'eau mousseuse mêlée de blocs de glace déferlèrent à l'intérieur.

— Là, on tombe de Charybde...

Jenny indiqua un pan de terrain effondré.

— On pourrait grimper par là-bas.

— Les dames d'abord, suggéra Kowalski.

Ils avaient désormais de l'eau à mi-cuisse. Jenny poussa sur ses jambes engourdies. Un froid mordant la saisit lorsqu'elle plongea dans l'océan, et elle dut résister à l'instinct de se recroqueviller. L'eau de mer gelait à – 2 °C. À cet instant précis, elle lui parut un million de fois plus glacée, si froide qu'elle brûlait. À grands coups de pied, la jeune femme écarta les obstacles de son chemin, puis elle nagea lentement jusqu'à la banquise et, de ses doigts ankylosés, chercha à agripper la terre ferme.

Une fois sortie de l'eau, elle se retourna. Les autres la suivirent. Kowalski voulut prêter main-forte à Fernandez, mais ce dernier l'envoya promener.

Derrière eux, la chenillette piqua du nez, puis sombra dans les profondeurs bleutées. Ses phares fendirent les ténèbres. Un bref instant, le visage blafard du conducteur se colla au carreau, puis l'énorme véhicule disparut en emportant son dernier passager.

Jenny aida son père à émerger de l'eau. L'étroite lézarde était jalonnée de blocs de glace et d'avancées coupantes comme des rasoirs, mais les protubérances formaient aussi les marches d'un escalier naturel.

Transis de froid, les Américains entamèrent une rude ascension. Leurs vêtements mouillés gelaient. Leurs poils collaient à la peau. Dans un effort désespéré pour se réchauffer, leurs membres étaient secoués de tremblements quasi épileptiques.

L'un après l'autre, les rescapés se hissèrent tous sur la banquise. Ils n'étaient pas tétanisés d'épuisement mais de froid. Impossible d'y échapper ! Il les tenait fermement dans son étau.

Depuis que le vent s'était levé, les rafales de neige et de glace donnaient le vertige.

John rampa vers sa fille et la serra contre lui, ce qu'il n'avait pas fait depuis des lustres. À la mort de sa mère, Jenny n'avait que 16 ans. Les deux années suivantes, un oncle et une tante l'avaient recueillie pendant que son père était en prison, puis en liberté conditionnelle. Ensuite, elle ne lui avait presque plus adressé la parole. Certes, comme la vie inuit s'articulait autour des réunions de famille (anniversaires, naissances, mariages et funérailles), la jeune femme avait dû signer une paix latente avec son père, mais ils étaient loin d'être proches.

Surtout à ce niveau-là.

Des larmes gelèrent sur les joues de Jenny. Quelque chose venait enfin de se briser en elle.

— Papa... je suis désolée.

John resserra son étreinte.

— Chut, garde tes forces.

— Pour quoi faire ? marmonna-t-elle sans même être sûre de parler à haute voix.

8

LA CHASSE EST OUVERTE

ᖃᐊᖕᒪᓴᕐᐊᖅᑎᖕᐃᓗᐊᖅᑎ

9 avril, 11 h 12
À bord de la Sentinelle polaire

— Lucarne en vue ! mugit le chef de quart. Quarante degrés à bâbord !
— Dieu merci.
Perry orienta son périscope. Le blizzard ayant déplacé la banquise de plusieurs degrés, ils avaient perdu cinq minutes à chercher la polynie artificielle qui jouxtait l'iceberg. Rien n'était immuable au pôle Nord. *Rien, hormis le danger.*
Un immense plafond de glace noir flottait au-dessus de leurs têtes mais, vers la gauche, comme indiqué par le chef de quart, le commandant repéra une ouverture étrangement carrée. D'un bleu-vert éclatant, elle donnait à l'eau qui brillait dessous un faux air de mer des Bahamas.
— C'est la polynie ! annonça-t-il avec un sourire pincé. Cap à bâbord un-tiers, retour à tribord un-tiers,

puis barre à droite toute. Conduisez-nous à cette saleté de lucarne !

Les sous-mariniers employaient le terme *lucarne* depuis la première fois qu'ils s'étaient aventurés sous la calotte polaire. Il désignait une ouverture dans la glace. Un endroit où émerger. Il n'y avait pas de meilleure solution à la ronde... surtout que le temps pressait.

On relaya les consignes de Perry et, quand le submersible prit le cap indiqué, les tôles de pont vibrèrent légèrement.

— Droit devant en douceur, renchérit le commandant, les yeux rivés au périscope. Comment la glace apparaît-elle en surface ?

Le chef de quart scruta l'écran vidéo du sonar.

— Elle m'a l'air bien. L'ouverture est un peu gelée. Au niveau de la lucarne, je détecte une épaisseur minimale de sept centimètres mais jamais plus de quinze.

Ouf ! La couche serait assez mince pour refaire surface. Autour du lac, les berges sombres et déchiquetées de la banquise étaient aussi menaçantes que les mâchoires d'un requin.

— Nous sommes arrivés sous la lucarne, annonça Bratt.

— Coupez les moteurs et redressez la barre.

Tandis qu'on exécutait ses ordres, Perry s'assura que le sous-marin ne s'abîmerait pas contre les parois tranchantes du canyon. Satisfait, il replia les poignées du périscope, et le mât en inox disparut dans son logement.

— Rien à signaler en surface. Vous pouvez remonter lentement, capitaine.

À mesure qu'une pompe vidait les ballasts d'eau de mer, le sous-marin se hissa vers la banquise.

— Les Russes vont nous entendre vidanger les réservoirs.

— On n'y peut rien, Bratt. Vos hommes sont prêts à sortir ?

— Tout est OK, chef. On va évacuer la station en moins de dix minutes.

— Veillez à n'oublier personne.

Pour la centième fois, Perry songea à Amanda. Comme s'il lisait dans ses pensées, Bratt le dévisagea.

— Comptez sur nous.

Le commandant acquiesça en silence.

— Paré à briser la glace ! cria le chef de quart.

Le pont supérieur blindé fendit la croûte gelée au point d'ébranler le vaisseau. Quelques instants plus tard, la coque refit surface. De tous côtés, on ouvrit des vannes, on en ferma, on vérifia des cadrans. Des comptes rendus de manœuvres résonnèrent aux quatre coins de la *Sentinelle*.

— Ouvrez les écoutilles ! rugit Bratt. Paré à débarquer !

On débloqua les poignées de débrayage et des hommes en anorak surgirent, fusil sur l'épaule. L'un d'eux tendit une parka bleue au capitaine, qui lança :

— On revient tout de suite, chef.

Perry consulta sa montre. Les Russes s'étaient certainement déjà lancés à leurs trousses.

— Quinze minutes, Bratt. Pas une de plus.

— On sera larges.

Le commandant les regarda sortir. Un courant d'air froid et humide envahit la pièce, puis l'écoutille se referma d'un coup sec derrière le dernier soldat. Perry commença à faire les cent pas devant le périscope. Il aurait voulu participer à l'expédition, mais sa place était à bord.

Trépignant d'impatience, il annonça au chef de quart :

— Prenez le relais, je vais surveiller les opérations depuis le Cyclope. Vous m'y transmettrez les communications radio de l'équipe à terre.

— À vos ordres, commandant.

Perry se dirigea vers le nez du sous-marin. Après avoir franchi une série de trappes, il longea les laboratoires de recherche déserts, ouvrit une dernière écoutille et pénétra dans une salle baignée de lumière naturelle.

Sur le toit en Lexan transparent, l'eau se figeait en serpentins de glace morcelés formant peu à peu des objets fractals complexes. Au-delà de la *Sentinelle*, il n'y avait pas grand-chose à voir : d'une part, la coque en fibre de carbone dégageait des nuages de vapeur, d'autre part, des tombereaux de neige s'abattaient en rafales glacées depuis les montagnes alentour.

Perry contempla l'ouverture béante de la base russe. De vagues silhouettes courbées, les hommes de Bratt, luttaient péniblement contre le vent et finirent par disparaître dans la gueule du tunnel.

L'interphone bourdonna.

— Commandant, ici le pont, grésilla une voix métallique.

— Que se passe-t-il ?

— Le radio ne détecte aucune liaison SATNAV. Nous sommes coincés sous une énième tempête solaire qui, pour l'instant, nous rend sourds et muets.

Perry étouffa un juron. Au moment critique, voilà qu'ils étaient coupés du monde extérieur !

— Une idée de l'heure à laquelle les communications satellites seront rétablies ?

— Impossible à prévoir. Le radio espère de brèves accalmies, mais il ne peut pas deviner quand. À vue de nez, les perturbations devraient se calmer après le coucher du soleil. *(Long silence.)* Il va essayer de réfléchir les ondes UHF sur l'ionosphère. Hélas, par un temps pareil, on n'a aucune garantie d'être entendus. Avec un peu de chance, on réussira à joindre Prudhoe Bay.

— Message reçu. Dites-lui de continuer tant qu'on sera à l'air libre. Configurez aussi un SLOT[1] et cachez-le sur la banquise.

Le SLOT était une balise flottante de communication capable de déclencher à retardement l'envoi d'un rapport transmis par satellite.

— Programmez-le pour qu'il s'active longtemps après le coucher du soleil.

Il fallait être sûr que le message parte après la tempête solaire et le rétablissement de la liaison satellite.

— À vos ordres, commandant.

Perry vérifia sa montre. Cinq minutes s'étaient écoulées. Il regagna la verrière en Lexan. Avec une visibilité quasi nulle, on apercevait à peine la ligne de crêtes de pression, mais il resta sur le qui-vive. Au bout d'une autre minute interminable, des fantômes se dessinèrent sous la neige. Les premiers évacués !

Quand l'écoutille extérieure grinça dans le ventre creux de la *Sentinelle polaire*, le commandant imagina le sifflement du vent. D'autres silhouettes émergèrent du blizzard. Il voulut les compter, mais les puissantes bourrasques l'empêchaient même de distinguer les hommes des femmes.

---

1. *Submarine-Launched One-Way Transmitter* : émetteur unidirectionnel envoyé par sous-marin.

À force de serrer les dents, il avait mal aux mâchoires.

L'interphone bourdonna de nouveau.

— Ici, le pont. Je vous passe le capitaine Bratt.

— Commandant ? lança une voix entrecoupée de parasites. On a passé en revue tous les niveaux. Deux hommes équipés de mégaphones finissent d'explorer les secteurs balisés du Vide sanitaire.

Perry dut se retenir de lui couper la parole pour demander des nouvelles d'Amanda, mais Bratt satisfit sa curiosité.

— On a appris que le Dr Reynolds était encore ici.

Quel soulagement ! Elle n'avait donc pas été victime de l'assaut russe sur Oméga. Elle était saine et sauve, à Grendel.

Bratt sema néanmoins le doute en lui.

— En revanche, personne ne l'a vue depuis une heure. Avec un géologue, elle est partie fouiller les nombreuses galeries de glace à la recherche d'une étudiante qui semble s'être évanouie dans la nature.

— Je vous interdis d'abandonner *qui que ce soit*.

— Compris, commandant.

— Il vous reste sept minutes.

Le poste de contrôle intervint de nouveau.

— Ici, le pont. Depuis quelques minutes, on n'entend plus de coups de feu dans les hydrophones. Le sonar détecte aussi un écho suspect qui pourrait s'apparenter à la plongée d'un sous-marin. Évacuation d'air, bruits mécaniques...

Il s'agissait forcément du *Drakon*. Le chasseur russe était en route. Il n'y avait plus de temps à perdre. Perry ne pouvait pas risquer la vie des occupants de son bateau.

— Repassez-moi Bratt.

Quelques secondes plus tard, la voix du capitaine grésilla dans le haut-parleur.

— Ici, Bratt.

— On va bientôt avoir de la visite. Que tout le monde se dépêche de sortir !

— On n'a même pas fini de fouiller le Vide sanitaire.

— Vous avez trois minutes pile pour évacuer la station.

— Message reçu. Terminé.

Perry ferma les yeux, inspira à fond et, après un dernier regard, il quitta le Cyclope, direction le poste de contrôle.

Dans une espèce de chaos organisé, les militaires aidaient des civils hébétés à descendre vers les quartiers d'habitation. Le blizzard qui s'engouffrait à l'intérieur du submersible avait déjà fait chuter la température d'une dizaine de degrés.

Le Dr Willig interpella Perry.

— Je sais que vous êtes très occupé, commandant.

Essoufflé, l'océanographe suédois avait des flocons de neige fondue sur les cheveux.

— Qu'y a-t-il, monsieur ?

— Amanda... Elle se trouve toujours dans le Vide sanitaire.

— Oui, je suis au courant, répondit-il d'un ton sec.

Tenu de se comporter en chef, Perry ne devait pas laisser transparaître son propre affolement.

— Avant de partir, vous devez vérifier qu'il n'y a plus personne là-bas.

— On fera de notre mieux.

Sa réponse ne rassura pas le vieil homme, qui éprouvait une tendresse quasi paternelle envers Amanda.

— Le capitaine Bratt est revenu en ligne, annonça le chef de quart.

Perry contempla l'écoutille béante. Personne sur l'échelle. Où son fidèle second était-il passé ? Il s'empara de la radio.

— Le temps est écoulé, Bratt. Bougez-vous le cul ! Retour immédiat.

Sur le pont, tout le monde s'était tu.

— Une poignée de civils manquent à l'appel, répondit une voix à peine audible. Sommes dans le Vide sanitaire avec le lieutenant Washburn. Demandons permission de rester. Pour aider les gens encore ici. On les récupère... et, après, on se trouve une bonne cachette.

Le commandant serra le poing en silence.

— J'ai laissé mes plans de la station au capitaine, annonça Lee Bentley. Les tunnels d'accès et les vieux puits de construction y figurent en détail.

Derrière le chercheur de la NASA, les regards étaient braqués sur le commandant. Le Dr Willig était pâle comme un linge. On attendait la décision.

Perry appuya sur l'interphone.

— Capitaine...

Il mourait d'inquiétude pour Amanda, mais il avait un sous-marin rempli de civils et d'hommes d'équipage à protéger.

— Capitaine, on ne peut plus attendre.
— Compris.
— Retrouvez les autres... et mettez-les à l'abri.
— Reçu cinq sur cinq. Terminé.

Incrédule, le Dr Willig rompit le silence pesant :

— Vous allez partir sans eux ?

Après avoir pris une lente inspiration, le commandant Perry annonça au chef de quart :

— Paré à plonger.

11 h 22
Station polaire Grendel

Le cœur battant, Amanda se blottit dans le nid d'ossements. Des relents de sang et d'entrailles saturaient l'atmosphère. Le cadavre de Lacy ressemblait à un mannequin désarticulé, irréaliste. Quelque chose avait mis l'apprentie géologue en pièces. Une créature énorme.

Amanda haleta entre ses mâchoires serrées.

L'étudiante gisait sur le dos, défigurée, les membres fracturés, comme si on l'avait secouée violemment et cognée contre la glace.

Amanda évita de regarder son corps éventré. Du sang gelé sortait d'un trou béant. Dans la nature, les loups dévoraient toujours les tendres organes abdominaux de leur proie : c'était là qu'ils fourraient leur museau en premier et faisaient une chère de roi.

Une chose était sûre : le même genre de prédateur rôdait par là, mais lequel ? *Pas un loup... pas à une latitude aussi élevée.* On ne voyait aucune trace non plus du chasseur arctique par excellence : l'ours polaire. Ni excréments ni touffes de poils blancs.

Quelle bête horrible hantait donc les lieux ?

Amanda se campa près de l'unique sortie et rassembla les maigres indices à sa disposition. Deux mois plus tôt, DeepEye avait détecté un mouvement. À présent, elle était certaine qu'il ne s'agissait pas d'un écho fantôme.

Affolée, elle envisagea toutes sortes de scénarios. L'étrange créature avait deviné la présence du sonar et s'était réfugiée au cœur de l'iceberg, mais quels animaux étaient sensibles aux ondes acoustiques ?

Ayant étudié les particularités du sonar pour ses propres recherches, Amanda connaissait les réponses classiques : chauves-souris, dauphins... et *baleines*.

À la vue du cadavre étripé de Lacy, elle se rappela un autre corps étendu et découpé à même la glace.

L'*Ambulocetus* en cours de dissection du Dr Ogden.

Selon les biologistes, ces bêtes-là étaient les ancêtres de la baleine actuelle. Rien que d'y penser, elle fut transie jusqu'aux os.

*Les galeries abritaient-elles des spécimens vivants, et pas uniquement congelés, d'*Ambulocetus ?

Un frisson d'horreur lui parcourut l'échine. L'idée paraissait ridicule, mais il n'y avait pas d'autre explication plausible. Le responsable du carnage n'était ni un loup ni un ours polaire et, là-bas, esseulée, Amanda voyait ses cauchemars se matérialiser en chair et en os. L'impossible devenait possible.

Elle posa la main sur le faisceau de sa torche. La lampe frontale de Connor miroitait dans la caverne voisine. La jeune femme scruta l'unique issue de secours. Rien ne bougeait. Il n'y avait aucun mouvement, aucun moyen de savoir si le prédateur était toujours là ou s'il revenait vers elle.

Elle était prise au piège, non seulement dans la grotte mais aussi dans un cocon de silence. Sa surdité l'empêchait de discerner le moindre indice sonore d'approche : un grognement, une griffe qui raclait la glace, une respiration sifflante.

Elle craignit de ressortir.

Hélas, comment aurait-elle pu rester ?

D'un bref coup d'œil, elle chercha un endroit où se cacher. Les parois du nid étaient parfois fissurées ou encombrées de blocs de glace, mais rien ne garantissait d'abri sûr.

Elle se concentra de nouveau sur le tunnel.

Une ombre imposante passa devant la lampe frontale.

Surprise, Amanda se réfugia entre les ossements et éteignit sa torche. La seule source de lumière s'insinuait désormais par la gorge de l'étroite galerie. Quelque chose était accroupi devant l'entrée, tel un rocher au milieu d'une rivière argentée.

Le monstre commença à rouler lentement vers elle.

Amanda se terra dans un interstice du mur. L'esprit en ébullition, elle tenta de garder les idées claires. Elle ralluma sa torche et la jeta près du cadavre de Lacy en espérant que son éclat vif attirerait le prédateur. Sa dernière pensée en déclencha une foule d'autres. Qu'est-ce qui permettait à l'animal de voir dans le noir ? La chaleur corporelle ? Les vibrations ? L'écholocation ?

Il ne fallait écarter aucune hypothèse.

La jeune femme remit sa capuche, se coinça de travers au fond de la brèche et se badigeonna le visage de givre. Si c'était une question de chaleur corporelle, sa combinaison isotherme lui fournirait une protection optimale. Amanda n'avait plus qu'à rafraîchir sa peau nue pour se faire le plus discrète possible.

Engoncée dans la fissure, elle voulait n'offrir aucune prise à un éventuel système de guidage par écholocation. Elle se couvrit la bouche et retint sa respiration, de peur d'être trahie par une haleine tiède.

Plus silencieuse et immobile qu'une statue, elle n'eut pas besoin d'attendre longtemps : l'animal entra et s'accroupit devant la jeune femme effarée.

Un grendel *vivant*.

Il avait inséré la tête à l'intérieur de la cavité. Un souffle chaud s'exhala des évents situés au sommet de son crâne pointu. Son long museau blanc dégoulinait de sang et de chair fraîche.

Connor...

Les babines retroussées sur des crocs acérés, il rejoignit son nid d'un pas traînant et huma l'air ambiant. D'une taille imposante et trapue, il pesait bien cinq cents kilos pour trois mètres de long – du bout du nez jusqu'à la pointe de sa queue épaisse.

Aux aguets, il inspecta sa tanière. Il avait le corps souple et sinueux d'une loutre, mais sa peau était blanche, lisse et sans poils. On aurait dit une bête créée pour se glisser habilement dans l'eau ou les couloirs étroits. Ébloui par la torche électrique, il plissa ses yeux noirs.

Lorsqu'il arriva presque devant les orteils d'Amanda, il s'arrêta, intrigué. Les muscles de ses épaules se tendirent, ses hanches se soulevèrent, ses griffes arrière se plantèrent dans le sol gelé, et sa queue fouetta méchamment le tapis de vieux ossements.

Plus vif qu'un lion, il bondit vers la lumière, atterrit sur le cadavre de Lacy et fit valser la lampe. À grands coups de dents et de griffe, il déchiqueta à une vitesse incroyable ce qui restait de la jeune fille, puis il s'attaqua à la torche, qui s'écrasa contre un bloc de glace et s'éteignit.

Amanda retenait toujours son souffle.

L'assaut s'était déroulé sans bruit.

Pendant une fraction de seconde, elle n'y vit plus rien, puis la lueur à l'extérieur de la grotte filtra peu à peu. L'ombre fantomatique du grendel se détachait dans l'obscurité.

L'animal fit le tour de la caverne. *Une fois, deux fois*. Il ne semblait pas avoir remarqué la présence de l'intruse. Il s'installa au milieu de son nid, le cou tendu, et vérifia les parois une à une. L'espace d'un instant, que ce soit sous l'effet de sa propre terreur ou d'un sonar à ultrasons, Amanda sentit les poils de sa nuque se hérisser.

Un filet de sueur coula sur son front.

Le grendel pivota vers elle en reniflant et sembla la fixer droit dans les yeux.

Amanda essaya de ne pas hurler.

Qu'importe !

Le monstre se dressa sur ses pattes arrière, la gueule menaçante, et se faufila vers elle.

11 h 35
Sur la banquise...

Jenny était encore vivante. D'une certaine manière...

Elle était allongée auprès de son père mais, même s'il la serrait encore dans ses bras glacés, John ne réagissait plus depuis longtemps. Elle n'avait pas la force de bouger pour vérifier son état de santé. Père et fille étaient d'ailleurs réunis par leurs vêtements, que le gel avait collés ensemble. Coupée du monde par un violent blizzard, Jenny avait perdu de vue les deux soldats de la Navy : Fernandez et Kowalski.

En dépit de ses efforts, elle ne sentait ni ses bras ni ses jambes. Elle avait aussi cessé de trembler, car le sang n'irriguait plus ses extrémités. Bref, elle était passée en mode de survie pure et focalisait toute son énergie sur le centre de son corps.

Même le froid intense avait disparu, remplacé par une terrible impression de calme. Elle avait du mal à rester éveillée, mais elle savait que tout assoupissement était synonyme de mort.

Papa... Elle ne pouvait pas parler. Ses lèvres étaient paralysées. Un autre nom surgit malgré elle dans son esprit : *Matt...*

Son cœur, qui battait au ralenti, se serra de douleur.

Elle aurait bien pleuré, mais ses canaux lacrymaux avaient gelé. Elle ne voulait pas périr ainsi. Pendant trois ans, elle avait mené sa barque tant bien que mal et, à présent, elle avait envie de vivre. Elle maudit le temps perdu, la moitié d'existence qui avait été la sienne. Hélas, la nature n'avait cure des souhaits et des rêves : elle tuait avec la cruauté farouche de n'importe quel prédateur.

Jenny sentit ses paupières se baisser. C'était trop douloureux de les garder ouvertes.

Alors que le monde s'estompait doucement, des fusées éclairantes jaillirent. *Une, deux, trois, quatre...* Leur halo lumineux fendit le blizzard. *Des anges de neige...*

Jenny tâcha d'y regarder de plus près. Leur éclat s'aviva et, au bout de quelques secondes, elles furent accompagnées d'un grondement strident qui couvrit la plainte du vent.

Pas des anges...

D'étranges véhicules émergèrent du brouillard blanc. On aurait des chenillettes, mais ils roulaient trop vite et rasaient la banquise avec une grâce inhabituelle, tels des jet-skis de montagne.

En fait, ils glissaient au-dessus de la glace, sans daigner effleurer la surface du globe. Jenny en avait déjà vu des prototypes lors de salons d'exposition.

Des aéroglisseurs.

Ceux-là étaient plus petits (à peine le gabarit d'un jet-ski biplace), sans toit et ils se pilotaient comme une moto. Le pare-brise bombé protégeait à la fois le conducteur et son passager. Certes, ils étaient équipés de patins mais, *a priori*, on ne s'en servait que pour amorcer les virages et freiner. Chaque véhicule se posa avec souplesse sur la banquise et s'arrêta quelques mètres plus loin.

Des hommes descendirent, vêtus de parkas blanches, fusil à l'épaule.

Jenny entendit parler russe, mais le monde extérieur resta indistinct, à peine éclairé par les phares du premier aéroglisseur.

Les soldats, masqués, devaient faire partie d'une section d'assaut. Ils approchèrent d'abord prudemment, puis s'enhardirent. Certains testèrent la solidité du cratère glacé. D'autres se lancèrent. L'un d'eux s'agenouilla devant Jenny et aboya en russe.

La jeune femme ne réussit à émettre qu'un vague grognement.

Il lui tendit la main mais, comme elle avait jeté ses dernières forces dans la prononciation d'un son, aussi faible fût-il, elle s'évanouit. À son réveil, elle était sanglée au fond d'un siège baquet. Autour d'elle, le monde était flou. Elle volait.

Grâce à un regain de lucidité, elle comprit qu'elle voyageait derrière un militaire. Ce dernier n'avait qu'un gros pull gris sur le dos, et elle se rendit compte qu'elle était emmitouflée dans sa parka. La capuche bordée de fourrure l'aveuglait presque.

Ils repartaient vers Oméga. Un incendie s'était déclaré sur les ruines d'un bâtiment annexe.

Troublée par l'incohérence de la situation, Jenny perdit à nouveau connaissance.

Dès qu'elle reprit conscience, elle souffrit le martyre. Elle avait l'impression qu'on l'écorchait vive et qu'on versait de l'acide sur chaque centimètre carré de son corps meurtri. Elle hurla, mais aucun son ne sortit de sa gorge. Elle se débattit contre les bras qui l'empêchaient de bouger.

— Tout va bien, mademoiselle Aratuk, lâcha une voix bourrue derrière elle. Vous êtes sauvée.

Le même type s'adressa à l'autre personne qui la retenait :

— Augmente un peu la température de l'eau.

Jenny comprit qu'on l'avait flanquée nue sous la douche.

— Ça... ça brûle.

— Le jet est à peine tiède. Il faut laisser au sang le temps d'irriguer votre peau. Vous risquez de souffrir de légères engelures.

On lui planta une aiguille dans le bras.

— Une dose de morphine devrait atténuer la douleur.

Jenny se retourna enfin vers son interlocuteur : le capitaine de corvette Sewell. Elle était assise sur le plancher en fibre de verre d'une salle de bains commune. Des militaires américains s'affairaient dans la pièce. D'autres douches fumaient.

Quelques instants plus tard, son calvaire s'atténua en simple séance de torture. Sur ses joues, les larmes se mêlèrent à l'eau du robinet. À mesure qu'il se réchauffait, son corps fut saisi de tremblements incontrôlables.

— M... m-m... mon père, bégaya-t-elle.

— On s'occupe de lui, la rassura Sewell. Il se porte même mieux que vous. On l'a déjà enveloppé de serviettes. Un vrai dur à cuire, celui-là ! Il souffre juste d'une engelure au nez. Il doit être taillé dans un bloc de glace.

Jenny esquissa un sourire. *Papa...*

Elle s'autorisa à frissonner de plus belle et, tout doucement, sa température interne revint à la normale. Le réveil des terminaisons nerveuses lui donna l'impression d'avoir un million de fourmis dans les mains et les pieds, pire que Jésus sur la croix.

Au bout d'un moment, on lui donna la permission de se relever. Elle était même assez revigorée pour se sentir gênée de se retrouver nue parmi tant de mâles en uniforme. En sortant de la douche, elle passa devant Kowalski qui, les fesses à l'air, claquait des dents sous son jet d'eau.

Tandis qu'on la drapait de serviettes chaudes, elle demanda :

— Fernandez ?

— Le temps que les Russes arrivent, il était mort, répondit Sewell.

Le cœur lourd, elle le suivit vers des chaises installées devant les radiateurs. Son père y sirotait déjà une tasse de café brûlant. À cause des calmants, elle avait les jambes en coton, mais elle réussit à s'asseoir.

— Bon retour parmi les vivants, Jen.

— Parce que tu appelles ça « vivre », papa ?

Elle se rappela le sourire en coin de Fernandez. Difficile d'imaginer qu'un type aussi bouillonnant d'énergie n'était plus des leurs. Peut-être à cause de la morphine, un sentiment sourd de soulagement s'insinua néanmoins en elle mais, surtout, il venait du cœur.

Elle était vivante.

Tandis que le radiateur lui soufflait son air humide au visage, Sewell tendit une tasse à la jeune rescapée.

— Buvez. Il faut autant vous réchauffer de l'intérieur que de l'extérieur. De plus, la caféine est un excellent stimulant.

— Inutile de me faire l'article, capitaine.

La gorgée de liquide brûlant glissa lentement au fond de ses entrailles. Un frisson de plaisir mêlé de douleur lui parcourut le corps.

Une fois les mains et le ventre au chaud, elle promena son regard à la ronde. On l'avait amenée dans un grand dortoir. Les lits étaient alignés contre les murs. Au centre : des tables et des chaises. La plupart des gens étaient des civils, des chercheurs... mais il y avait aussi quelques soldats de la Navy.

— Racontez-moi ce qui s'est passé.

— Les Russes ont réquisitionné la base, expliqua Sewell.

— Ça, je l'avais deviné, mais quel intérêt ?

— Je crois que c'est lié à la base russe désaffectée. Un truc y serait caché. Ils interrogent chaque membre important du personnel pour découvrir ce qu'il sait. Voilà pourquoi ils vous ont sauvé la vie sur la banquise. Ils se sont dit que vous vous sauviez peut-être avec quelque chose ou quelqu'un, donc ils vous ont ramenée illico. Je les ai prévenus que vous étiez sous-officier.

— Que cherchent-ils ?

— Aucune idée. Ce qui se trouve à la base est top secret, réservé à la connaissance d'une minorité, maugréa-t-il. Et, manifestement, je ne compte pas parmi les gens qui doivent savoir.

— Quelle est la suite du programme ?

— Il n'y a pas grand-chose à faire. Nos forces de sécurité sont réduites au minimum.

D'un geste, il balaya la pièce.

— Les salauds m'ont tué cinq hommes. Résultat : on s'est vite retrouvés débordés et cloîtrés ici. Le personnel civil aussi. Les Russes nous ont tous à l'œil.

À les entendre, si on se tient à carreau, ils nous libéreront dans quarante-huit heures.

Blotti sous ses couvertures, John Aratuk demanda :
— Et la chenillette qui transportait Matt et Craig ?
Jenny, qui redoutait le pire, se crispa.
— D'après mes informations, ils vont bien. J'ai réussi à les contacter avant de me faire pincer. Je leur ai dit de donner l'alerte dès qu'ils auraient atteint Grendel.

La jeune femme sirota son café en tremblant comme une feuille et s'étonna de devoir retenir ses larmes.
— Tous les autres sont ici ?
— Tous les survivants, oui.

Elle chercha du regard un visage précis. En vain.
— Où est passé l'enseigne Pomautuk ?
— Malheureusement, il fait partie des disparus avec plusieurs civils, mais il n'y a rien de sûr. Les Russes ont emmené les blessés graves à l'infirmerie. Il est peut-être là-bas. On manque de détails.

Jenny observa son père. À cause des engelures, il avait le bout du nez gris terreux. Dans ses yeux se reflétait la propre angoisse de sa fille. Il sortit la main de sa couverture et chercha la sienne. Elle serra ses doigts calleux : il avait encore de la poigne. Malgré les nombreuses épreuves qui avaient jalonné son existence, il s'en était toujours tiré. Elle puisa un peu de force en lui et trouva le courage de lancer à Sewell :
— Le délai de quarante-huit heures... Vous pensez qu'ils nous laisseront partir après ?
— Je n'en sais rien.
— En d'autres termes, *non*, soupira-t-elle.
— Pour l'instant, peu importe qu'on les croie ou pas. Nos agresseurs sont deux fois plus nombreux que nous. Et ils nous ont confisqué nos flingues.

— Des nouvelles de votre commandant et du sous-marin ?

— La *Sentinelle polaire* se trouve peut-être quelque part, mais ils ne disposent d'aucune arme. Espérons qu'ils réussiront à se sauver pour ramener de l'aide. Enfin, s'ils sont toujours de ce monde.

— Alors, on se contente de poireauter ? On se fie à la parole des Russes sur notre sécurité ?

Kowalski les avait rejoints, emmitouflé de la tête aux pieds dans ses serviettes. Il se laissa tomber lourdement sur une chaise.

— Ça me ferait chier.

Personne ne trouva à redire.

— Il nous faut donc un plan, conclut Jenny.

11 h 45
Station polaire Grendel
N'étaient-ils pas déjà passés par là ?

L'impétueux capitaine Roberto Bratt était perdu. Il avait coutume d'imputer son côté soupe au lait à l'héritage familial : sa mère était mexicaine, son père cubain. Ils parlaient fort, s'emportaient vite et se disputaient souvent. Enfin, ces saletés de tunnels auraient même ébranlé la patience légendaire de Gandhi. Tout se ressemblait. De la glace et encore de la glace !

Devant lui, son jeune lieutenant fonça dans une galerie. Il lui emboîta le pas. Ses bottes crissèrent sur le sol sablé.

— Hé ! Vous savez où vous allez, j'espère ?

Serina Washburn ralentit et braqua sa torche sur une tache violette au mur.

— C'est le seul endroit balisé qu'on n'a pas exploré. Après, on aura nous-mêmes besoin d'un pot de peinture pour se repérer dans les secteurs encore vierges.

Bratt lui fit signe d'avancer. *Génial... Tout simplement génial...*

Pendant le chaos de l'évacuation, son équipe avait donné l'alerte au mégaphone. La nouvelle s'était répandue comme une traînée de poudre mais, talonnés par les Russes, les militaires n'avaient pas eu le temps de procéder à une fouille complète du Vide sanitaire.

Résultat : quand le calme était revenu, des gens manquaient à l'appel, notamment le Dr Amanda Reynolds, chef des civils à Oméga.

Sa mission à moitié remplie, Bratt s'était senti obligé de rester à Grendel mais, à sa grande surprise, Washburn avait *tenu* à l'accompagner. Chargée d'assurer la sécurité de la base russe, elle refusait de partir sans avoir sauvé ses protégés jusqu'au dernier.

Bratt l'observa. Mince, musclée, elle mesurait dix centimètres de plus que lui et ressemblait à une championne de course à pied. Ses cheveux en brosse lui donnaient une allure sévère sans toutefois affecter sa féminité. Elle avait le teint marron glacé, de grands yeux profonds mais, pour l'heure, elle ne pensait qu'à son travail.

Bratt aussi. Il se concentra sur le dédale de galeries. Sa mission : retrouver les civils égarés et les mettre à l'abri.

Il alluma son mégaphone et lança d'une voix retentissante :

— Ici, le capitaine Bratt ! Si quelqu'un m'entend, répondez !

Rendu presque sourd par un écho qui résonnait dans ses oreilles, il n'espérait de toute façon aucune réaction. Ils inspectaient les lieux et appelaient en vain depuis une demi-heure. Quand une voix se fit enfin entendre, il se demanda s'il ne rêvait pas.

Washburn se retourna vers lui, intriguée.

Le cri se répéta, faible mais clair :

— Par ici !

Les deux militaires s'élancèrent. Son fusil en bandoulière, Bratt avait les poches pleines de munitions récupérées sur ses hommes avant qu'ils ne regagnent le sous-marin. Washburn aussi était chargée comme une mule, mais cela ne l'empêchait pas de cavaler en tête.

Le tunnel déboucha sur une caverne glacée remplie de groupes électrogènes ronflants, de projecteurs et d'équipement scientifique. L'atmosphère y était nettement plus chaude et humide. Quant au mur du fond, il était constitué de roche volcanique grêlée de trous.

— Putain, marmonna Bratt à voix basse.

Un petit chauve emmitouflé dans une parka ouverte les rejoignit en dérapant sur la patinoire. C'était un chercheur de la base, accompagné de deux jeunes gens.

— Docteur Ogden ? s'étonna Washburn. Qu'est-ce que vous fabriquez encore ici ? Vous n'avez pas entendu la consigne d'évacuation ?

— Si, mais mes travaux n'ont rien à voir avec la politique. C'est de la science. Tant que mes spécimens sont à l'abri, je me moque de savoir qui contrôle la station. Danger ou pas, je ne pouvais pas les abandonner, surtout à un moment aussi critique. La décongélation est presque terminée.

— Vos spécimens ? La décongélation ? répéta Bratt. C'est quoi, vos salades ?

— Il faut les protéger ! Pas question de risquer la moindre perte de données.

Ses collaborateurs, sans doute étudiants de troisième cycle, dansaient d'un pied sur l'autre en se tordant les mains. Apparemment, ils étaient moins convaincus.

— Venez voir ! s'exclama le biologiste. On a détecté une activité EEG !

Il rebroussa chemin vers le mur de roche volcanique.

— Le Dr Reynolds est aussi ici ? lança Washburn.

Bratt avait hâte d'entendre la réponse. *Si toutes les personnes absentes étaient réunies...*

Hélas, le scientifique anéantit vite ses espoirs.

— Amanda ? Non, je ne sais pas où elle se trouve. *(Un coup d'œil inquiet derrière lui.)* Pourquoi ?

— Elle se balade quelque part dans les parages. On nous a dit qu'elle avait accompagné le Dr MacFerran à la recherche d'une collègue disparue.

Ogden frotta sa moustache gelée.

— Je ne suis au courant de rien. J'ai passé la nuit ici avec mon équipe.

Une flaque d'eau s'était formée à la base d'une grosse fissure de la paroi. Alors que le biologiste se dirigeait vers la caverne, une silhouette se précipita à leur rencontre.

C'était une étudiante d'à peine vingt ans. Bratt la rattrapa au moment où, prise de panique, elle trébucha sur la glace. *Combien de crétins y avait-il encore là-bas ?*

— Professeur ! Il se passe qu... quelque chose, bégaya-t-elle.

— Quoi donc ?

Bouche bée, le regard halluciné, elle pointa l'index vers la brèche. Ogden s'élança vers la salle.

— Il y a un souci ?

Tout le monde le suivit dans une espèce de bulle vaste comme un garage deux places. Des projecteurs éclairaient les nombreuses piles de matériel.

Bratt eut le souffle coupé à la fois par le spectacle et par l'odeur. Il avait travaillé un été dans une usine de transformation du poisson à Monterey. La chaleur, l'odeur pestilentielle du sang et des entrailles en décomposition... Tout était pareil, sauf que la puanteur ne venait pas des produits de la pêche.

Une créature blanchâtre dépecée et éventrée était roulée sur le côté. On aurait dit un béluga sur pattes. L'animal n'était pas seul. Six congénères, plus frais et intacts, étaient recroquevillés à terre. Des fragments de glace collaient toujours à leur chair pâle. Deux d'entre eux étaient reliés par un câble coloré à une machine, où des ondes sinusoïdales s'affichaient sur les écrans miniatures.

Le chef des biologistes scruta la pièce.

— Je ne comprends pas. Quel est le problème ?

L'étudiante affolée désigna le spécimen roulé en boule le plus proche de l'animal disséqué :

— Il... il a bougé...

Furieux, Ogden l'envoya promener d'un revers de main.

— Ridicule ! Ce n'est qu'un jeu d'ombres. Vous vous êtes fait berner par le tressaillement d'un projecteur.

Les bras serrés contre la poitrine, la jeune fille n'en semblait pas persuadée. Elle avait vraiment eu une peur bleue.

Son professeur se tourna vers Bratt et Washburn.

— Les résultats d'EEG perturbent nos collaborateurs débutants.

— Un EEG ? Comme des ondes cérébrales ? balbutia Bratt.

— En effet. Nous avons enregistré une certaine activité sur les sujets en cours de dégel.

— Sans blague ! Ces machins-là sont vivants ?

— Non, bien sûr. Ils ont cinquante mille ans. En revanche, le phénomène s'observe parfois quand des êtres sont congelés très vite, puis réchauffés de manière progressive. Bien que le sujet soit mort, les substances chimiques du cerveau fondent, circulent de nouveau et, de manière automatique, certaines fonctions neurochimiques reprennent. Néanmoins, sans activité cardiaque, l'effet ne tarde pas à s'estomper définitivement. Voilà pourquoi je devais rester coûte que coûte et recueillir les données avant qu'il ne soit trop tard. On est en face d'un prodige auquel personne n'avait assisté depuis cinquante mille ans !

— Peu importe, grogna Bratt. Du moment que les bestioles sont bien mortes.

Comme s'il avait entendu, l'un des corps fut pris d'un spasme. Sa queue se déplia d'un coup sec et renversa un projecteur.

Tout le monde recula d'un bond... sauf le Dr Ogden, incrédule.

L'animal se tortilla dans tous les sens, puis, saisi de violentes convulsions, il tressauta par terre, tel un marlin au bout de son hameçon.

Stupéfait, le biologiste tendit la main, histoire de le toucher pour le rendre réel.

— Il est en train de ressusciter.

— Docteur..., avertit Bratt.

L'étrange créature plongea vers Ogden, la gueule béante, et les mâchoires hérissées de dents de requin se refermèrent à quelques centimètres de ses doigts.

Il s'écarta d'un pas en se tenant le bras, comme s'il venait réellement de se faire mordre.

Assez plaisanté ! Le capitaine le tira en arrière, poussa les gens à l'écart et brandit son fusil.

— Ahurissant ! s'extasia Ogden.

Au moment d'ouvrir la bouche, Bratt sentit un bourdonnement strident derrière la nuque. Sa mâchoire vibrait aussi fort qu'un diapason. Pour quelqu'un qui travaillait à bord d'un sous-marin, l'impression était familière. Il avait déjà été exposé aux ondes puissantes des sonars. Il connaissait l'effet produit.

À les voir se frotter les oreilles, d'autres le sentaient aussi.

Des ultrasons...

— Regardez l'EEG ! lança un étudiant.

À l'écran, les ondes sinusoïdales s'étaient emballées et atteignaient des pics. Les deux spécimens reliés aux machines commençaient à trembler. Une queue se détacha d'un corps glacé.

Tout le monde battit en retraite vers la sortie.

— Hallucinant..., bredouilla Ogden. Je crois que le premier animal est en train de communiquer avec les autres.

— Grâce à son sonar, précisa Bratt.

— Plutôt un chant de baleine avant l'heure. *Ambulocetus* est un ancêtre des cétacés modernes. Les ultrasons doivent servir de déclencheur biologique et réveiller le reste de la bande. Peut-être même qu'il les appelle. Excellent moyen de défense mutuelle !

Les coups de queue reprirent. Le matériel vola en éclats. Quant aux ultrasons, ils devinrent de plus en plus désagréables.

La première créature avala des litres d'air entre ses mâchoires avides, puis roula péniblement sur le ventre en grelottant.

— Flinguez vite ces monstres ! glapit l'étudiante.

Bratt leva son fusil.

— Vous êtes cinglé ? C'est la découverte du siècle... et vous voulez vous en débarrasser ? Non, il faut les protéger !

Bratt répondit sur un ton courtois mais ferme.

— On ne tourne pas le remake de *Sauvez Willy*, docteur Ogden. Pour l'heure, je veille à nous protéger, nous.

Il l'empoigna par le bras et le poussa dans la brèche.

— Au cas où vous ne l'auriez pas remarqué, ils ressemblent plus à de grands requins blancs qu'à des baleines à bosse mangeuses de plancton. Ils se défendront très bien seuls.

Le biologiste voulut protester, mais Bratt lança à Washburn :

— Faites-les sortir d'ici, lieutenant.

Tout en surveillant les bêtes déchaînées du coin de l'œil, la militaire acquiesça en silence.

Bratt réunit les civils derrière lui, puis ils traversèrent le lac gelé au galop.

— Les Russes devaient être au courant, rumina Ogden. Voilà sans doute pourquoi ils essaient d'investir la station. Ils veulent s'accaparer les lauriers.

Bratt, qui faisait partie des rares personnes à connaître le secret du Niveau Quatre, savait que le biologiste avait tort. Loin de viser la gloire, les Russes cherchaient surtout à étouffer l'affaire.

Quelques mètres en retrait, Washburn lança :

— Capitaine ! On a de la compagnie !

Un animal se faufila hors de l'étroit corridor. Un autre suivit... puis un troisième...

Leur démarche n'était pas très assurée, mais ils paraissaient déterminés et, au bout de cinquante mille ans, ils avaient sans doute une faim de loup.

— Ils se réveillent vite, constata respectueusement Ogden.

— Dehors ! mugit Bratt. Grouillez-vous !

Trois têtes monstrueuses pivotèrent vers l'origine de la voix. De nouveau, il perçut un bourdonnement au-dessus de lui. Les prédateurs étaient en train de le localiser grâce à leur sonar.

— Merde, pesta-t-il en reculant, prêt à tirer.

Ils étaient devenus le gibier !

Deux autres créatures émergèrent de la falaise.

— Ramenez tout le monde au tunnel, Washburn. *Et que ça saute !* Vous connaissez le chemin. Je vais empêcher ces saloperies d'approcher trop près.

Il brandit son fusil.

— Non ! supplia Ogden.

— On n'a plus le temps de discuter, professeur.

11 h 58
Sur la banquise...

Depuis plus d'une heure, le second maître Frank O'Donnell roulait à vive allure sans se préoccuper du relief accidenté. Le dos en compote, Matt avait l'impression de chevaucher un agitateur à peinture. Il ne sentait plus ni ses muscles ni ses os.

Il avait renoncé à dissuader les militaires de rejoindre la station russe désaffectée. Sa seule victoire ? O'Donnell avait accepté d'appeler l'autre chenillette toutes les cinq minutes.

Personne n'avait encore répondu.

Ils avaient aussi essayé de contacter Grendel *via* les ondes courtes... sans plus de succès. Bref, ils étaient livrés à eux-mêmes.

De plus en plus inquiet pour Jenny, Matt avait une boule de la taille d'un pamplemousse dans la gorge et, par conséquent, un mal fou à se concentrer sur ses propres problèmes.

— Station en vue ! annonça le conducteur, soulagé. J'ai l'impression qu'au moins, ils nous ont laissé la lumière.

Tandis que les rafales de neige martelaient la carrosserie, un rempart de glace se dressa au milieu des crêtes de pression. Le blizzard, qui balayait horizontalement le paysage, effaçait les détails mais, au pied d'un sommet, une lueur perça la pénombre de mi-journée.

— Je ne vois aucune station, lâcha Craig.

— Les installations sont souterraines, expliqua O'Donnell.

La chenillette se dirigea vers le repère lumineux en tressautant sur les aspérités de la banquise. D'autres véhicules, garés à l'abri, étaient à moitié ensevelis sous la neige. Il y avait même un char à glace, voiles repliées.

— Bordel de merde !

Le juron du lieutenant Greer fit sursauter l'assistance.

L'Américain avait le nez collé à la vitre latérale. Aussitôt, les regards se braquèrent du même côté et, là, Matt crut avoir la berlue : le kiosque dégoulinant d'un sous-marin émergeait de la banquise dans un nuage de vapeur.

— Les Russes ! siffla Pearlson. Ils nous ont pris de vitesse !

Par chance, la polynie était trop petite pour que l'imposant bâtiment adverse sorte complètement.

— Qu'est-ce qu'on fait ? demanda Matt.

— Je n'ai bientôt plus d'essence, annonça O'Donnell.

Greer, le plus gradé du groupe, n'hésita pas une seconde.

— On rejoint la station !

Matt approuva en silence. Il était suicidaire de rester dehors : il leur fallait un endroit où se réfugier. De plus, il y avait fort à parier que les hydrophones russes avaient détecté les vibrations de la chenillette sur la banquise.

O'Donnell appuya sur le champignon et, lorsqu'ils franchirent une crête particulièrement abrupte, Matt se cogna au plafond.

— Accrochez-vous !

Le garde forestier se frotta la tête et se cala au fond de la banquette. *Sympa de prévenir...*

Greer agrippa le dossier du siège avant.

— O'Donnell...

— J'ai vu, chef !

Des types en parka blanche massés sur la passerelle haute du sous-marin les montraient du doigt.

Après un virage serré, la chenillette fonça à tombeau ouvert vers l'entrée de la base.

— Moins vite ! hurla Craig, cramponné au tableau de bord.

Les yeux ronds, Matt comprit le but de la manœuvre.

— Vous n'êtes pas sérieux...

Des coups de feu retentirent. Les balles crépitèrent, comme si on leur avait lancé un chapelet de pétards enflammés dans le coffre. La vitre arrière explosa avec un vacarme de tous les diables.

Difficile à dire, mais Matt avait peut-être crié.

Ils percutèrent le tunnel de plein fouet. O'Donnell rétrograda, écrasa la pédale de frein mais, emporté par son élan, le véhicule dévala l'escalier presque à la verticale et percuta le plafond de glace. À cause du choc, l'arrière de la cabine se ratatina, puis la chenillette rebondit sur les marches en crissant bruyamment.

Les passagers se retrouvèrent sens dessus dessous, arrosés par une pluie de verre brisé.

Un bref instant, les phares éclairèrent des portes métalliques, puis l'engin retomba avec une violence qui projeta tout le monde vers l'avant. Matt vola par-dessus le siège de Craig et heurta le pare-brise, qui se déboîta de son cadre. L'homme roula alors sur le capot, à moitié jonché de verre Sécurit, et atterrit sans grâce au pied des roues avant.

Au moins, ils s'étaient arrêtés.

Tandis que Matt se relevait péniblement, Craig se pencha au-dehors.

— Ça va ?

Sa plaie à la tête s'était rouverte. Un filet de sang lui coulait sur le visage.

— Mieux que vous.

Matt remua les membres, histoire de vérifier qu'il n'avait pas menti.

O'Donnell se tenait le côté en gémissant. Il avait dû heurter le volant et se froisser quelques côtes. Déjà debout, Greer et Pearlson guettaient l'arrivée des Russes à travers la lunette arrière fracassée.

La chenillette était coincée à l'entrée du tunnel, tel un bouchon dans un collecteur d'eaux pluviales.

— Rien ne vaut le service porte à porte, ironisa Matt.

Greer ramassa son fusil.

— Tout le monde dehors !

Vu l'étroitesse du sas, il était impossible d'ouvrir les portières mais, comme il n'y avait plus de pare-brise, la sortie était toute trouvée. Matt les aida à enjamber le capot.

— Avancez ! mugit Greer à l'arrière. Dieu sait combien de temps cette épave retardera les Russes !

Arrivé à hauteur de Matt, il lui tendit un Beretta 9 mm.

— Vous savez l'utiliser ?

— J'ai servi chez les Bérets verts.

Greer le regarda soudain d'un autre œil.

— Tant mieux, ça vous évitera de vous arracher le pied.

— Sauf s'il le faut pour me sortir de ce merdier.

Au bout de quelques mètres, le couloir déboucha sur une vaste salle circulaire d'où partaient plusieurs pièces. Des tables et des chaises étaient éparpillées autour d'un escalier central. Parfois, les assiettes étaient encore à moitié pleines. Arme au poing, ils explorèrent les lieux.

Rien à signaler.

— Où sont-ils tous passés ? s'étonna Matt.

Ils dévalèrent les marches jusqu'au deuxième étage, toujours aussi désert.

— Ils sont partis, balbutia Pearlson, effaré.

— On les a évacués, rectifia Greer. La *Sentinelle polaire* a dû avoir vent de l'assaut, et elle est venue directement vider les lieux.

— Génial, ronchonna Matt. On se tape une route d'enfer pour les prévenir et, eux, ils ont déjà plié bagage.

— Qu'est-ce qu'on décide ? demanda Craig, le visage mi-ensanglanté, mi-terreux.

— Il y a un vieux stock d'armes au troisième niveau, annonça Greer. Grenades, fusils d'époque... On va en récupérer un maximum.

— Et ensuite ?

— On se planque. On survit.

— La seconde moitié de votre plan me plaît, répondit Matt.

À l'approche du troisième niveau, des coups de feu résonnèrent. Le bruit ne venait pas d'au-dessus... mais *d'en bas*.

— Il y a du monde ici, lâcha le journaliste, les yeux écarquillés.

— On dirait que ça vient du niveau juste en dessous, commenta Pearlson.

— Allons-y ! lança Greer.

Au même instant, une explosion retentit au rez-de-chaussée. Tout le monde se figea.

— Les Russes, devina Matt.

— Magnez-vous ! ordonna Greer.

Les étages supérieurs s'emplirent d'ordres en langue étrangère et de bruits de pas pressés.

Craig et Matt suivaient Greer. Pearlson et O'Donnell assuraient les arrières. Ils atteignirent le quatrième palier. Contrairement aux autres niveaux, l'espace de vie commune était remplacé par un long couloir.

Lui aussi était désert, mais une porte à deux battants se dressait au fond.

— C'est le Vide sanitaire, expliqua Pearlson.

— Excellent endroit pour se cacher, approuva Greer. Un labyrinthe à vous rendre fou. Venez !

— Qui tirait les coups de feu ? frémit Craig.

Matt se demandait la même chose.

— Prions le ciel pour qu'ils fassent partie de *notre* camp, grogna Greer.

Et comment ! Ils avaient besoin de renforts. Seulement, une autre question se posait :

Si ces types-là étaient les gentils, qui visaient-ils ?

9

IMPASSE

ᐅᖃᒃᓯᒪᔪᖅ ᓄᐊᔪᓂ

9 avril, 12 h 02
Station polaire Grendel

Dans la pénombre du nid, le monstre rampa vers Amanda d'un air hésitant, suspicieux. Ses dents dégoulinaient de sang. Ses griffes traînaient encore quelques lambeaux de la combinaison de course de Lacy.

Il émit un gémissement dont les ultrasons firent vibrer la mâchoire de la jeune femme, la racine de ses molaires, les poils de sa nuque. Terrée au fond de son trou, elle resta tétanisée, tel un lapin pris dans les phares.

Va-t'en, implora-t-elle de tout son cœur. Elle retenait son souffle depuis si longtemps que des étoiles dansaient devant ses yeux. Elle n'osait pas expirer. Des filets de sueur froide coulaient le long de son visage nu.

S'il te plaît...

Le grendel n'était plus qu'à trente centimètres. Sa silhouette se découpait à contre-jour. Seules ses deux pupilles captaient encore l'éclat des parois immaculées.

Rouge foncé... sanglantes... inexpressives et aussi glacées que la banquise.

Amanda comprit qu'elle allait mourir.

Quand il pivota soudain vers la sortie, elle ne put retenir un halètement. Elle se crispa, de peur de s'être trahie, mais le prédateur n'y prêta pas attention et s'éloigna d'un pas traînant vers le tunnel. Intrigué, il inclina la tête d'un côté, puis de l'autre.

Amanda n'avait aucun moyen de savoir ce qu'il entendait. Est-ce que quelqu'un arrivait ? Ou Connor, encore en vie, hurlait-il au secours ?

Toujours est-il que le grendel donna plusieurs coups de queue, puis s'éclipsa à l'intérieur du tunnel.

Après d'interminables secondes d'effroi, Amanda sortit de sa niche, les jambes flageolantes, et trébucha vers la sortie. Plus à cause de l'angoisse que du manque d'oxygène, elle avait des petits points devant les yeux et se pencha à temps pour voir son pire ennemi détaler vers la falaise.

Terrifiée par l'inconnu, elle se hâta de gravir l'étroite lézarde en plantant ses crampons sur la pente glissante, puis elle jeta un coup d'œil dehors.

Le grendel escalada le rempart glacé avec l'agilité d'un lézard sur une façade en stuc. Manifestement lancé aux trousses de quelque chose, il disparut très vite par-dessus le rebord.

Amanda observa le fil de polyéthylène bleu qui dégringolait toujours du haut de la paroi.

C'était son seul espoir.

Elle s'extirpa de la fissure, se précipita vers la falaise et pria pour que la corde soit restée attachée à ce qui restait de Connor. La dernière fois qu'elle avait vu le géologue, il se l'enroulait autour du torse.

Elle referma ses mains gantées sur le câble.

Seigneur, je vous en supplie...

Elle tira sur le fil. Il avait l'air de tenir. Elle s'appuya de tout son poids. Il résista encore.

Les larmes aux yeux, elle entama son ascension, centimètre après centimètre, les crampons enfoncés dans la glace. Interdiction d'être fatiguée ! Heureusement, la peur lui donnait des muscles d'acier.

Arrivée au sommet, Amanda s'effondra près du cadavre du Dr MacFerran. Sa lampe frontale orientée vers le plafond avait un faux air de balise au cœur des galeries obscures.

La jeune femme fit volte-face et, à quatre pattes, elle s'éloigna du carnage. Comme Lacy, l'Écossais avait été étripé. Une mare de sang gelée s'était formée autour de lui, ce qui avait permis à sa collègue de remonter à la surface. Pendant l'heure qu'avait duré le calvaire d'Amanda, le corps ravagé de Connor avait adhéré au sol, constituant une amarre cruelle à laquelle elle avait pu s'accrocher.

Tout en implorant le pardon du malheureux, elle se pencha vers son casque. Elle avait besoin de lumière. Au moment de détacher la mentonnière, elle dut affronter une vision d'horreur. Un coup de griffe avait arraché l'œil gauche et le nez du géologue. Il avait la gorge tranchée au niveau de la clavicule et sa barbe n'était plus qu'un bloc de sang coagulé.

En larmes, elle s'empara du casque, se releva et l'enfila. Trop grand pour elle, il partait de travers, mais elle serra la mentonnière à fond.

Dans le long tunnel, toujours aucune trace du grendel.

Alors qu'elle tournait les talons, l'éclat d'un piolet à terre attira son attention. Connor avait dû s'en servir pour se défendre.

Rassurée à l'idée d'avoir un outil, si modeste fût-il, Amanda se dépêcha de le ramasser.

Alors qu'elle s'apprêtait à entamer un voyage terrifiant, elle effleura le manche du piolet et un souvenir resurgit. Quelques heures plus tôt, quand elle avait reproché à Connor de partir seul à la recherche de Lacy, l'homme avait balayé ses inquiétudes d'un revers de main. *Tout le monde était occupé*, avait-il prétendu avant d'ajouter autre chose. Des mots qui lui revinrent en mémoire.

Et j'ai mon talkie-walkie.

Amanda s'agenouilla près de l'Écossais, fouilla son anorak lacéré, d'où s'échappaient des plumes et du duvet, et retrouva la petite radio portable.

Elle appuya sur le bouton. Une diode rouge s'alluma.

— Ici, Amanda Reynolds.

Elle s'efforça de parler à voix basse mais, en même temps, elle craignit que personne ne l'entende.

— Si vous me recevez, je suis coincée dans le Vide sanitaire. Un épouvantable prédateur hante les souterrains. Il a tué Lacy Devlin et Connor MacFerran. Maintenant, il se promène en liberté quelque part... je ne sais où. Je vais tenter de rejoindre les niveaux supérieurs. S'il vous plaît... s'il vous plaît, si vous m'entendez, venez armés. Je transmettrai ma position dès que j'aurai atteint une galerie balisée.

Amanda posa les doigts sur le haut-parleur. *Mon Dieu, faites que quelqu'un écoute.* Pendant quelques secondes, elle espéra sentir une vibration, signe qu'un interlocuteur communiquait avec elle. Sans résultat.

Elle se redressa. Le faisceau de la lampe frontale perçait les ténèbres. La radio d'une main, le piolet de l'autre, elle devait sortir du Vide sanitaire.

Après quoi, elle serait en sécurité.

*12 h 15
À bord du Drakon*

Ses hommes s'étaient débrouillés comme des chefs.

Le commandant de vaisseau Anton Mikovsky observait sereinement les opérations depuis l'estrade du périscope. Vêtu de son uniforme vert, il avait rentré les bas de pantalon à l'intérieur de ses bottes. Les rapports continuaient d'affluer des différentes zones de combat.

Aucun incident à signaler.

Mikovsky ne voulait pas courir de risque. Son bataillon à terre avait confirmé la prise de la station Grendel. Les Américains qui avaient défoncé les portes du tunnel d'accès en chenillette manquaient toujours à l'appel : les fugitifs – cinq hommes – avaient détalé comme des lapins affolés et disparu dans les entrailles de la base, mais on finirait bien par les retrouver. Ce n'était qu'une question de temps. Le reste du bâtiment était désert, vidé de ses occupants par le personnel du petit submersible qui avait rejeté ses eaux de ballast moins d'une heure auparavant.

Mikovsky connaissait l'adversaire : un vaisseau scientifique américain, la *Sentinelle polaire*. Modèle expérimental et dépourvu d'armement, il ne représentait aucune menace et se dépêchait sans doute d'emmener les civils loin des combats. Le commandant avait reçu l'ordre de le laisser partir.

Sa mission ? Occuper la base, la sécuriser, installer un poste de communication, puis repartir en plongée à l'affût du véritable danger. En Arctique, il fallait surtout craindre les sous-marins d'attaque rapide qui sillonnaient en permanence les eaux polaires.

Pour ce faire, les Russes disposaient d'une fenêtre de douze heures précises. *Vhodi, vidi.* Entrer, sortir. La confusion qui régnait à Prudhoe Bay retarderait certainement les Américains.

— J'ai réussi à joindre Oméga, annonça le radio de quart.

— Excellent.

Le commandant le rejoignit et prit le combiné.

— Ici, Mikovsky. Passez-moi l'amiral Petkov.

Une voix entrecoupée de parasites répondit :

— Tout de suite, chef. Il attendait votre appel.

Le temps que la connexion soit établie, le patron du *Drakon* répéta son texte. Petkov était resté à Oméga pour interroger les prisonniers, perquisitionner les lieux et s'assurer que l'objet de tous les désirs du gouvernement russe n'avait pas déjà été transféré de Grendel vers un laboratoire de la base américaine.

Mikovsky n'avait jamais rencontré personne d'aussi motivé et calme à la fois. C'était troublant. Petkov semblait animé de courants encore plus glacés que les neiges de l'Arctique. Son surnom – *Beliy Prizrak*, le Fantôme Blanc – lui allait comme un gant. Huit jours plus tôt, le jeune homme avait été ravi et honoré d'être promu commandant auprès d'un amiral de la flotte du Nord. Il s'était même délecté de faire des jaloux chez ses camarades de rang. Or, à présent... à présent, il se réjouissait que Petkov soit à des kilomètres du sous-marin.

Comme si on l'avait entendu, une voix impassible résonna au bout du fil.

— Quelle est votre situation, commandant ?

Pris de court, Mikovsky sentit sa gorge se serrer.

— Grendel est sous contrôle, amiral. Vous aviez raison, la base a été évacuée, mais cinq membres des forces ennemies courent toujours.

Il relata l'arrivée fracassante de la chenillette dans la station.

— J'ai doublé les effectifs de l'équipe d'assaut. Maintenant, ce sont vingt hommes qui vont passer chaque niveau au peigne fin. Je vous transmettrai le feu vert pour votre arrivée.

— Je pars dès maintenant. Vous avez installé la charge nucléaire ?

— O-oui, amiral.

Conformément aux ordres, une sphère en titane d'un mètre de large avait été vissée au plancher du dernier niveau de la station.

— Vous n'êtes pas obligé de venir tant que tout n'est pas sous contrôle, amiral. La procédure...

— Je me contrefiche que vous remettiez la main sur ces Américains ou pas. Verrouillez la base, en particulier le Niveau Quatre. Je viens en aéroglisseur. Repartez illico en plongée, continuez les patrouilles sur zone et rendez-vous à Grendel à 16 heures.

— Compris, chef.

Mikovsky consulta sa montre. *Moins de trois heures.*

— Le *Drakon* refera surface à 16 heures.

— Très bien.

Dès que le Fantôme se volatilisa dans l'espace céleste, la liaison cessa de grésiller.

Le commandant se tourna vers son radio.

— Contactez le responsable de l'équipe d'assaut.

Tandis que le technicien s'exécutait, un brouhaha attira l'attention de Mikovsky vers le sonar.

— Un problème ?

— On a détecté une anomalie, mais ça n'a pas de sens.

— Quel genre d'anomalie ?

— De multiples signaux sonar actifs. Très faibles.

— D'où viennent-ils ?

Le commandant passa en revue les différentes hypothèses : la *Sentinelle polaire*, un sous-marin d'attaque rapide, voire des bateaux naviguant au-delà de la calotte glaciaire. La réponse du responsable sonar fut encore plus troublante :

— De *l'intérieur* de la station.

12 h 22
Station polaire Grendel

Pistolet au poing, Matt franchit le seuil avec le lieutenant Greer. D'emblée, l'architecture organisée de la base polaire laissa place à un fouillis de galeries de glace, de ravins, de falaises et de grottes. Craig ne le quittait pas d'une semelle, suivi par un Pearlson au regard de pierre et un O'Donnell plus grimaçant. Les cinq hommes s'élancèrent dans les abîmes du labyrinthe.

Greer brandissait leur seule torche électrique, ramassée près de l'entrée. Au fil de sa course, la lumière dansante donnait des reflets bleu argenté aux parois sombres. On aurait dit qu'ils exploraient les entrailles d'une sculpture de glace.

— Vous savez où vous allez, Greer ? demanda Craig.

— Il y a du monde en bas. Il faut établir le contact.
— Il est grand comment votre Vide sanitaire ? s'enquit Matt.

« *Grand* » fut la seule réponse qu'il obtint.

Conscients d'avoir les Russes aux trousses, ils continuèrent de courir. La distance était plus importante que la direction.

Plus ils zigzaguaient, plus ils s'enfonçaient au cœur de l'iceberg. Au moment où le groupe arriva à une intersection, des coups de feu retentirent. Quelqu'un tirait à l'arme automatique au-dessus de leurs têtes, mais dans quel tunnel ?

Tout le monde se figea.

— De quel côté ? lança Pearlson.

Quelques secondes plus tard, le verdict tomba : une lumière jaillit à droite, fébrile et tremblante, accompagnée d'autres détonations plus assourdissantes que jamais dans l'espace confiné.

Matt pointa son Beretta vers le bout du couloir.

— Les ennuis arrivent.

On entendait désormais crier.

Les soldats de la Navy mirent le doigt sur la gâchette.

Au détour d'un virage, la lumière, plus vive, éclaira une silhouette affolée. Un jeune homme dérapait sur la glace malgré le sol sablé. Il courait en agitant les bras, comme s'il cherchait du secours. Avec ses cheveux bruns mi-longs, sa parka North Face et son pantalon isotherme imperméable, il n'avait franchement rien d'un militaire.

Matt crut qu'il allait leur demander de l'aide, mais le garçon passa en trombe devant eux.

— Courez !

D'autres personnes surgirent à fond de train : un type chauve d'âge mûr, une fille d'une vingtaine d'années et un autre jeune homme. Une grande Noire en treillis bleu cavalait en tête.

— Washburn ! s'exclama O'Donnell.

— Ramasse tes couilles et dégage ! aboya-t-elle.

Des tirs résonnèrent derrière le groupe. Le feu de bouche découpa le profil d'un dernier marin, qui, un genou à terre, tentait de faire barrage. Éclairé par le faisceau d'une torche électrique, le tunnel luisait comme un serpent bleuté ondulant à travers la glace.

— Que se passe-t-il ? lança Greer.

Au loin, Matt vit une ombre envahir la galerie.

C'était quoi ce cirque ?

Washburn débarqua avec ses protégés.

— Il faut ficher le camp du labyrinthe... *maintenant* !

— Impossible. Les Russes...

— J'emmerde les Russes ! On a un truc bien pire qui nous colle au cul !

Haletante, elle fit signe aux autres d'avancer.

Les coups de feu se turent. L'autre marin s'était relevé et fonçait vers eux en tentant de recharger son fusil.

— Courez, courez, courez !

Greer pointa l'index vers O'Donnell et Pearlson.

— Vous et vous, ramenez les civils là-haut.

O'Donnell empoigna Craig par le bras et déguerpit avec les chercheurs affolés. D'un coup de coude, Matt empêcha Pearlson de l'attraper à son tour.

Le soldat n'insista pas et partit de son côté.

— Et les Russes, lieutenant ?

J'emmerde les Russes. Matt n'en revenait toujours pas de la réaction de Washburn.

Greer apporta une réponse plus utile.

— Ramenez les civils à l'entrée du Vide sanitaire et attendez-nous là-bas !

En signe d'approbation, Pearlson pivota sur ses talons et le groupe poursuivit sa ruée dans le souterrain.

Le dernier militaire arriva enfin.

— Capitaine Bratt ! s'étonna Greer.

— Préparez-vous à nous couvrir !

Bratt fit volte-face, s'agenouilla de nouveau et réinséra une cartouche dans son arme.

Greer pointa son fusil au-dessus de son supérieur et tendit la torche à Matt.

Entre le groupe qui battait en retraite et les deux tireurs campés sur leurs positions, Matt hésita. Valait-il mieux partir ou rester ? Il pouvait aussi s'enfuir à l'aveuglette dans un tunnel secondaire, au risque de s'y perdre très vite. Aucune solution ne lui paraissant plus raisonnable qu'une autre, il resta planté là.

Bratt lui jeta un bref coup d'œil.

— Vous êtes qui, vous ?

Matt braqua son pistolet vers le fond du tunnel.

— Pour l'instant, je suis un mec qui couvre vos arrières.

— Alors, bienvenue dans l'équipe.

— Qu'est-ce qu'on attend ? se renseigna Greer.

— Votre pire cauchemar.

Des pupilles rouges brillèrent dans l'obscurité. Matt sentit sa tête bourdonner, comme si une nuée de moustiques l'avait envahie.

— Ils arrivent ! haleta Bratt.

Un monstre blanchâtre rayé de rouge... non, de *sang*... surgit. Ses multiples plaies par balle dégoulinaient, ses flancs étaient creusés de longs sillons, la moitié de sa gueule ressemblait à un steak tartare, mais il s'obstinait à avancer.

C'était quoi ce machin ?

D'autres ombres apparurent furtivement derrière lui.

Le monstre de tête s'élança vers les Américains. Ses griffes déchiquetèrent la glace.

Malgré des bourdonnements intracrâniens de plus en plus forts, une rafale de tirs sortit Matt de sa stupeur. En désespoir de cause, il brandit son 9 mm. À l'image du grizzly d'Alaska, une arme aussi modeste ne viendrait jamais à bout d'un colosse pareil.

Plusieurs plaies sanguinolentes luisaient entre les yeux de l'animal et, pourtant, il fonçait sur eux, tête baissée. Son épaisse peau caoutchouteuse et son blanc de baleine isolant servaient de bouclier pare-balles.

Matt pressa la détente, plus aveuglé par la terreur que dans l'espoir réel de tuer la bête.

— Ces cochonneries sont increvables ! confirma Bratt.

Le civil tira jusqu'à ce que le magasin du pistolet s'ouvre.

Plus de balles.

Greer s'en aperçut et hocha la tête vers le groupe de fugitifs à présent disparu.

— Filez ! chevrota-t-il avant de tendre une radio à Matt. Canal quatre.

Au moment où l'Américain allait décamper, le chef de meute s'effondra sur la glace, les pattes flasques. Il dérapa sur le sol en piquant du nez, puis s'arrêta, les yeux fixes et sans vie.

Mort.

Les bourdonnements insistants se transformèrent en simple démangeaison derrière les oreilles.

Bratt se releva.

— Reculez.

Le corps massif de l'animal empêchait ses congénères de passer, mais on les voyait s'agiter derrière la montagne de chair meurtrie.

Les trois hommes rebroussèrent chemin jusqu'au carrefour, leurs armes pointées vers le cadavre qui obstruait le tunnel.

— Ça devrait les retenir un moment, se réjouit Greer.

Soudain, une saccade fit glisser le corps de l'animal vers eux avant qu'il ne s'arrête à nouveau.

— Bien parlé, marmonna Matt.

— C'est quoi, ce merdier ? ricana Greer.

Le monstre reprit sa course en avant.

— Les autres sont en train de le pousser ! s'exclama Bratt, plus effaré que terrifié. Merde !

Les bourdonnements reprirent, mais ils venaient d'ailleurs, comme si quelqu'un regardait par-dessus leur épaule. Matt se tourna vers le tunnel transversal voisin.

Deux prunelles rouges luisaient dans le noir.

À dix mètres à peine.

Quand la créature chargea, d'instinct, il leva son pistolet.

Hélas, du coin de l'œil, il aperçut le magasin encore béant.

Non, toujours à court de munitions.

12 h 49

Amanda ne savait ni où le grendel était parti ni ce qui avait provoqué sa fuite. Planté de travers sur sa tête, le casque de Connor éclaira une marque orangée au mur.

L'itinéraire balisé de Lacy Devlin.

Elle scruta le reste de la paroi. *S'il vous plaît...*

Une nouvelle trace de peinture apparut sur la glace bleutée : un losange vert. La piste d'entraînement de la jeune patineuse croisait un autre parcours. Amanda ne put retenir un sanglot. Elle avait enfin retrouvé le secteur cartographié du Vide sanitaire !

Elle ralluma son talkie-walkie.

— Si quelqu'un m'écoute, j'ai trouvé le chemin des losanges verts. Je vais le suivre. La bête n'a pas redonné signe de vie depuis une heure mais, je vous en prie, aidez-moi.

Elle coupa sa radio, car il fallait économiser la batterie, et implora le ciel. Si seulement quelqu'un était en train d'écouter...

Dans un silence de mort, elle accéléra le pas.

Au fur et à mesure des losanges, elle estima qu'elle devait se rapprocher des zones habitées de la base souterraine. Tentant le tout pour le tout, elle éteignit sa lampe frontale et se retrouva plongée dans un monde oppressant de ténèbres.

Elle était à présent sourde *et* aveugle.

Au bout de trente secondes, ses yeux s'habituèrent au noir. Elle balaya les environs du regard, puis tourna la tête... et aperçut ce qu'elle cherchait.

Une lueur se détachait au niveau du plafond. Quelqu'un arrivait avec une torche.

La lumière se divisa en deux petites étoiles à l'éclat plus faible mais distinct. Chaque halo s'écarta vite de l'autre.

Le premier partit vers le haut et s'éloigna jusqu'à disparaître complètement.

Le second, de plus en plus vif, fonça vers elle.

On la cherchait... Quelqu'un avait dû entendre son appel.

De peur d'attirer le monstre qui hantait les lieux, elle n'osa pas crier. La meilleure solution étant de réduire la distance entre la tache de lumière et elle, elle ralluma son casque.

Aussitôt, l'autre lueur s'évanouit. Amanda détestait l'idée d'effacer son unique raison d'espérer, mais il était trop dangereux de traverser le labyrinthe dans le noir... et elle ne voulait pas perdre la piste des losanges verts. Si ses sauveteurs l'avaient entendue, c'était la route qu'ils emprunteraient pour la retrouver.

Elle se dépêcha d'avancer mais, toutes les deux minutes, elle éteignait sa petite ampoule et vérifiait sa position par rapport à l'équipe de secours.

À chaque pause, elle faisait aussi autre chose.

12 h 52

— Je remonte toujours la piste des losanges verts mais, s'il vous plaît, soyez prudents. Le monstre qui a massacré Lacy et Connor rôde au cœur des galeries.

La radio de Greer fourrée dans sa poche, Matt entendit l'énième compte rendu d'une mystérieuse femme égarée. Il avait tenté de la contacter, mais soit elle ne captait pas le signal, soit elle avait un souci avec sa radio. De toute façon, il avait déjà ses propres problèmes.

Il poursuivit sa course effrénée, un pistolet vide d'une main, une torche électrique de l'autre.

Cinq minutes plus tôt, le prédateur solitaire avait chargé dans un carrefour. Matt s'était alors retrouvé séparé des deux militaires, qui avaient ouvert le feu pour lui donner le temps de s'enfuir.

En vain.

Après une brève hésitation, l'animal s'était lancé à ses trousses, telle une lionne traquant une pauvre gazelle.

Sans munitions, Matt fonçait tête baissée. De dérapages contrôlés en glissades le long de traverses abruptes, il avait du mal à garder l'équilibre. Il se butait souvent contre les parois glacées et les affleurements, mais il refusait de ralentir. Il savait à quelle vitesse un monstre truffé de balles pouvait galoper. Il avait, par conséquent, tout à craindre d'un spécimen indemne et en pleine forme.

La bête ne s'était plus montrée depuis de longues minutes. Peut-être avait-elle renoncé. Matt avait même l'impression que le chaos dans sa tête s'était apaisé. Ces animaux-là semblaient émettre un signal en dehors des longueurs d'onde normalement captées par l'oreille humaine.

Les bourdonnements avaient à présent disparu.

Oserait-il espérer que la brute aussi soit partie ?

Le talkie-walkie grésilla de nouveau :

— *Je vous en prie... si vous m'entendez, venez m'aider. Apportez des armes ! Je continue à suivre la piste des losanges verts.*

Que pouvait-elle bien raconter ? *La piste des losanges verts ?* On aurait dit une publicité pour des bonbons magiques à la pomme.

— *Aucune trace du grendel depuis trois quarts d'heure. Il paraît s'être volatilisé. Il s'est peut-être enfui.*

Matt fronça les sourcils. *Grendel ?* Était-ce le nom de l'animal qui les avait attaqués ? Auquel cas, la fille égarée semblait mieux informée que quiconque sur ce qui se passait.

Alors que la galerie se divisait en deux couloirs, sa torche éclaira d'étranges taches de peinture sur la paroi : un rond bleu à droite et un losange vert à gauche.
Des balises !
Comprenant enfin de quoi il retournait, il choisit le tunnel de gauche et, surveillant toujours ses arrières, il chercha le prochain losange vert.

Putain ! J'ai intérêt à courir vers quelqu'un qui sait dans quel pétrin je me suis fourré.

Matt serpenta de souterrain en souterrain. La pesanteur et la pente glissante l'entraînaient de plus en plus bas... et toujours aucun signe de la mystérieuse femme. Perdu dans des ténèbres de glace, il déboucha sur une grotte, à peine éclairée par le faisceau de sa lampe.

— *Hé-ho !*

L'appel ne venait pas de sa radio mais d'en face.

Après un énième lacet, où Matt dut poser la main au mur pour ne pas tomber, sa torche révéla une grande femme svelte, nue et peinte en bleu. On aurait dit une étrange déesse inuit.

De plus près, il se rendit compte qu'en fait elle portait une combinaison moulante bleu pâle et, par-dessus sa capuche, un casque de spéléologie trop grand pour elle.

— Dieu merci ! s'écria-t-elle.

Elle éteignit sa lampe frontale. Ses traits devinrent plus nets et une profonde confusion se lut sur son visage.

— Qui êtes-vous ? Où sont les autres ?
— Si vous cherchez du secours, il faudra vous contenter de moi, répondit Matt avant de brandir son pistolet vide. Même si je doute de vous être très utile.

— Et vous êtes ?

Elle articulait mal et parlait d'une voix inhabituellement forte. Aurait-elle trop bu ?

— Matthew Pike. Eaux et Forêts de l'Alaska.

— Les Eaux et Forêts ? balbutia-t-elle, déconcertée. Pourriez-vous baisser votre torche ? Je... je suis sourde et la lumière vive m'empêche de bien lire sur vos lèvres.

— Désolé. Je fais partie du groupe de civils transférés ici.

Amanda acquiesça d'un air suspicieux.

— Que se passe-t-il ? Où sont tous les autres ?

— La station a été évacuée. Les Russes viennent d'attaquer Oméga.

— Mon Dieu... je ne comprends pas.

— À l'heure qu'il est, ils sont aussi à deux doigts d'investir cette base souterraine. Et vous ? Qui êtes-vous ? Que fabriquez-vous ici toute seule ?

Le regard oscillant entre Matt et le tunnel derrière lui, la jeune femme approcha.

— Docteur Amanda Reynolds, responsable de la station dérivante Oméga.

En quelques mots, elle relata le sort funeste des chercheurs disparus et l'attaque du monstrueux prédateur polaire.

— Au talkie-walkie, vous parliez de grendels, comme si vous les connaissiez.

— On a retrouvé plusieurs corps congelés dans une vieille grotte. Ils étaient censés avoir cinquante mille ans et remonter à la dernière période glaciaire. Un genre d'espèce disparue.

Disparue, mon cul, songea Matt. Toujours sur le qui-vive, il lui raconta ses propres mésaventures depuis l'assaut russe.

— Bien sûr, il y a donc plus d'un grendel, murmura-t-elle, mais comment ont-ils réussi à rester planqués aussi longtemps ?

— En ce moment, ils ne se cachent pas. Si on est tombés sur un nid, on a intérêt à déguerpir vite fait. Vous connaissez un autre chemin vers la surface ? Avec ce que j'ai eu aux trousses, il vaut mieux laisser tomber les losanges verts. Essayer un itinéraire *bis*.

— La piste d'en face devrait nous conduire à d'autres, mais le Vide sanitaire ne m'est guère familier. À mon avis, elles finissent toutes par rejoindre la sortie.

— Espérons-le. Venez, il faut guetter le moindre signe des grendels – empreintes de pattes, griffures sur la glace – et éviter de traîner dans le coin.

Amanda acquiesça. Cette femme-là forçait le respect : non seulement elle avait survécu à une confrontation nez à nez avec l'un des monstres mais, à présent, elle cherchait à fuir armée d'un simple talkie-walkie et d'un minipiolet, tout en n'entendant rien des dangers à la ronde.

— Avec un peu de bol, on n'en croisera plus, lâcha-t-elle.

Matt se retourna au moment où un nouveau bourdonnement lui vrilla les tympans.

Amanda lui agrippa le bras. Malgré sa surdité, elle avait senti les vibrations et, vu la manière dont elle enfonçait ses ongles dans son biceps droit, elle savait ce que cela voulait dire.

Leur chance venait de tourner.

10

DU SANG SUR LA GLACE

ᵃᒍᐊᖅᑕᒐᖅ ᕐᑐᖧ

9 avril, 13 h 02
Station dérivante Oméga

Au bout d'une heure devant le radiateur, Jenny se sentit presque dégelée – et étrangement regonflée à bloc. Peut-être était-ce l'effet de la caféine, voire de la morphine. À moins qu'elle ne doive son regain d'énergie à l'incroyable stupidité de leur plan.

Un matelot leur avait appris le départ de l'Akula de classe II. Les forces ennemies avaient retrouvé l'Américain tapi dans une tente de recherche et il avait rejoint *manu militari* le reste des prisonniers.

— Une idée du nombre de Russes encore présents à Oméga ? se renseigna Sewell, accroupi près de lui.

Les mains plongées dans un saladier d'eau chaude, le marin frissonnait sur sa chaise et claquait des dents.

— Je n'en suis pas sûr, chef. J'ai compté dix hommes, mais je n'ai sans doute pas vu tout le monde.

— Donc, dix au bas mot.

— Ils ont t... tué Jenkins. Il voulait se sauver par la banquise, rejoindre la station de la NASA et tenter d'y faucher un véhicule, mais ils l'ont abattu d'une balle dans le dos.

Sewell lui tapota l'épaule. Ce n'était pas le premier acte de cruauté qu'on lui reportait. L'occupant avait apparemment reçu l'ordre strict de boucler Oméga. Un par un, tous les officiers et quelques scientifiques avaient été emmenés sous la menace d'une arme, mais ils étaient revenus sains et saufs, à l'exception d'un lieutenant qui avait eu le nez cassé.

Phase d'interrogatoire, avait-on expliqué à Jenny. Leurs adversaires cherchaient quelque chose, quelque chose que la station polaire désaffectée recélait autrefois. Ils n'avaient rien trouvé. Du moins, pas encore.

Jenny avait aperçu le responsable des interrogatoires : un grand type à l'allure digne, à la tignasse blanche et au visage encore plus blafard.

Sewell voulut se relever, mais le marin transi de froid lui attrapa le bras.

— J'ai aussi vu deux Russes jeter une boîte dans un trou de la banquise. Ils sont en train d'en percer d'autres.

— Décrivez-moi vos boîtes.

— On dirait des mini-barils. Tout noirs avec des embouts orange vif.

— Merde.

— De quoi s'agit-il ? intervint le shérif Aratuk.

— De bombes russes de catégorie V. Ils prévoient sûrement de couler l'ensemble de la base.

Kowalski, désormais rhabillé, tendit les mains vers le radiateur. Il avait encore les ongles bleutés.

— On met quand même notre plan à exécution ?

— On n'a pas le choix. Il devient de plus en plus évident que les Russes sont en double mission de pillage et de grand nettoyage. Ils veulent en rafler un maximum, puis tout brûler derrière eux. Quoi qu'il puisse y avoir à Grendel, ils ont la ferme intention de s'en emparer et de ne laisser aucun témoin gênant.

— Tant qu'ils n'ont pas déniché ce qu'ils cherchent, on reste donc en vie, soupira Kowalski. Dès qu'ils mettent la main dessus, on est morts.

Sewell se tourna vers Jenny.

— Vous vous sentez capable d'assumer votre part du plan ?

John posa la main sur l'épaule de sa fille. Elle la couvrit de sa paume. Il ne voulait pas la laisser partir.

— J'y arriverai.

D'un regard appuyé, le capitaine de corvette testa sa détermination mais, comme Jenny ne flanchait pas, il acquiesça :

— Allons-y.

Kowalski s'approcha de la jeune femme. Le gorille, à peine moins poilu, la dépassait d'une bonne tête.

— Ne me quittez pas d'une semelle.

Elle lui jeta un regard exaspéré.

Sewell les conduisit à l'endroit où deux marins avaient ôté un pan du plafond et découpé le revêtement isolant à l'aide de couteaux en plastique. Leur chantier se trouvait hors du champ de vision direct des sentinelles. Par bonheur, les Russes entraient rarement dans la pièce, car ils avaient confiance en leur prison de fortune – et à juste titre. À supposer qu'ils réussissent à quitter leurs quartiers, où les Américains se seraient-ils enfuis ? Le bâtiment était étroitement surveillé et, une fois sur la banquise, ils s'exposaient à une lente agonie.

On avait confisqué leurs parkas. Seul le dernier des idiots aurait osé s'aventurer dans le froid polaire avec une simple chemise sur le dos.

S'évader, c'était mourir.

Minée par la sombre perspective, Jenny regarda les deux marins en nage s'affairer au-dessus de sa tête : ils s'étaient installés contre la couche d'isolation en fibre de verre et dévissaient une plaque extérieure du toit. Avec de simples couverts en plastique, ce n'était pas une sinécure, mais ils se débrouillaient.

Une vis tomba à terre.

— D'habitude, les cabanes Jamesway sont percées de trois lucarnes, expliqua Sewell. Au pôle Nord, où il fait nuit la moitié de l'année et jour l'autre moitié, les fenêtres posent surtout des problèmes, notamment en termes de déperdition de chaleur. Elles ont donc été masquées et scellées.

— Plus qu'une, grogna l'un des deux acrobates.

— Baissez les lumières, souffla Sewell.

Tandis que les lampes situées autour de la zone critique s'éteignaient, Jenny se drapa d'une couverture, qu'elle noua sur ses épaules comme un poncho à capuche. Elle nageait dedans, mais c'était mieux que rien. Du moment que le bout de tissu protégeait du vent, tout était bon à prendre.

La dernière vis tomba. Dès que la plaque atterrit dans les mains d'un ouvrier, un courant d'air froid s'engouffra.

Le vent rugit. Pour que le vacarme n'éveille pas les soupçons, Sewell fit signe à un second maître d'allumer son baladeur CD. Très vite, un tube de U2 couvrit les hurlements du blizzard.

— Grouillez-vous. Si quelqu'un débarque ici par hasard, on est cuits. Il faut resceller l'ouverture au plus vite.

Jenny acquiesça en silence et escalada le lit superposé transformé en échelle improvisée. Un bref instant, elle croisa le regard soucieux de son père, mais John ne desserra pas les dents. Ils n'avaient pas le choix. C'était la meilleure pilote du groupe.

Elle se faufila par le trou et agrippa les rebords gelés du toit. Sans gants, ses doigts adhérèrent presque au métal, mais elle se moqua de la morsure du froid.

Aidée de deux marins qui la poussèrent aux fesses, elle sortit la tête et fut aussitôt aveuglée par les violentes rafales de neige.

Après avoir mis ses lunettes de protection, elle se hissa dehors sur le ventre. Le nez à quelques centimètres des panneaux rouillés, elle agissait avec prudence, de peur qu'une bourrasque ne la balaie comme un fétu de paille. Pire, les cabanes Jamesway possédaient un toit bombé en pente raide et Jenny dut se cramponner pour s'installer à califourchon sur le faîte glacé.

À son tour, tel Jonas s'extirpant de l'évent d'une baleine métallique, l'imposant Kowalski réussit l'exploit de passer par le petit trou du toit. Il ronchonna un peu, puis indiqua le flanc au vent du bâtiment. Les deux comparses se dandinèrent, puis glissèrent sur les fesses à l'endroit où la déclivité descendait directement vers le sol. À tout instant, une plaque de glace risquait de les emporter par-dessus bord.

De ce côté-là, la neige abondante avait formé un talus compact qui arrivait presque à hauteur de la toiture. Du haut de son perchoir, Kowalski guetta la présence d'éventuels gardes russes. La voie paraissait libre mais, à cause du blizzard, ils n'avaient qu'une visibilité de quelques mètres.

Le colosse jeta un coup d'œil à Jenny, qui hocha la tête.

Les pieds en avant, il se laissa glisser sur la congère, puis roula habilement le long du versant glacé et disparut.

Avant de se lancer, sa complice lorgna vers le trou. Impossible de rebrousser chemin : on l'avait déjà refermé de l'intérieur. Elle se lança donc sur le derrière et atterrit dans la neige.

Quelle évasion !

Jenny roula naïvement le long du talus, perdit le contrôle et, quand elle percuta Kowalski de plein fouet, elle eut l'impression de heurter un rocher rivé à la banquise.

Le souffle coupé par la collision, elle haleta en silence.

Au lieu de l'aider, Kowalski la poussa dans la poudreuse, le doigt pointé devant lui.

Près d'une cabane, plusieurs silhouettes voûtées luttaient contre le vent. Seul le halo lumineux de leurs aéroglisseurs permettait de les distinguer à travers le brouillard.

Les deux fugitifs restèrent cachés.

Les Russes ne tardèrent pas à monter en selle. Leurs engins devaient tourner au ralenti, car l'éclat des phares dansa aussitôt au gré du vent, puis changea de direction. La clameur de la tempête couvrait le bruit des moteurs, ce qui donnait encore plus le frisson.

Tandis que les motos s'évanouissaient dans l'immensité de la plaine glacée, deux gardes regagnèrent le bâtiment voisin.

Jenny regarda le dernier aéroglisseur disparaître à l'horizon. Seule destination possible ? La base polaire. Quelques heures plus tôt, une chenillette avait emporté Matt et le journaliste de Seattle au même endroit.

Pour la première fois depuis des années, Jenny espéra que son ex-mari était en sécurité. Elle regretta de ne pas avoir prononcé des paroles que l'amertume et la colère avaient longtemps retenues au fond d'elle. Tout semblait si futile à présent. Tant d'années perdues à se morfondre !

Elle murmura quelques mots à voix basse.

Je suis désolée, Matt... je suis tellement désolée...

Des tirs résonnèrent, à la fois forts et très proches.

Kowalski la releva d'un coup sec en braillant :

— Debout ! *Courez !*

13 h 12
Station polaire Grendel

Amanda s'enfuyait avec le grand inconnu. Le grendel était toujours invisible mais, à cause du système d'écholocation, elle avait la tête qui bourdonnait de façon très désagréable.

L'animal remontait lentement leur piste et les obligeait à s'enfoncer au cœur de l'iceberg.

— Qu'est-ce qu'il attend ? s'étonna Matt.

Amanda se rappela le triste sort de Lacy Devlin.

— Que notre chance tourne. D'un instant à l'autre, on risque de déboucher sur une impasse – un couloir bloqué, une falaise – et d'y être pris au piège.

— Féroce et malin ! Une association redoutable.

Ils s'élancèrent dans un virage. Si les crampons donnaient de l'adhérence aux bottes d'Amanda, Matt, en revanche, dérapait sur la glace. La jeune femme l'empoigna par le bras pour l'aider à garder l'équilibre.

— Impossible de continuer ainsi ! Le monstre nous éloigne de plus en plus de l'endroit où on veut aller.

— Qu'est-ce qu'on peut faire d'autre ? rétorqua Amanda en brandissant le petit piolet de Connor. L'affronter avec ça ?

— Jamais de la vie.

— Alors, à vous de jouer, monsieur le garde forestier. Moi, je ne suis qu'une simple géophysicienne.

— Il faut ruser pour le détourner de notre piste, lui donner un leurre à suivre. Si on réussissait à lui passer par-derrière ou par-dessus, on courrait au moins vers la sortie.

L'esprit revenu en mode objectif, Amanda tâcha de résoudre l'équation. Elle avait beau ne pas savoir grand-chose du prédateur, cela ne l'empêchait pas d'extrapoler des hypothèses. Les grendels chassaient par écholocation, mais ils étaient aussi sensibles à la lumière, voire à la chaleur. Elle se rappela sa première expérience au fond du nid. L'animal n'avait perçu sa présence qu'au moment où il avait fracassé la torche électrique et que sa proie avait commencé à transpirer.

Lumière et chaleur. La réponse n'était pas loin, mais où ?

Tandis qu'ils longeaient un entrelacs de galeries, la jeune femme trouva enfin la solution et pila net.

— Attendez !

Lorsqu'il la vit rebrousser chemin, Matt freina sur les talons, une main posée au mur. *Lumière et chaleur.* Elle ôta son casque, augmenta la puissance de la lampe et détacha le masque réchauffeur pendu à sa ceinture. Une fois réglé au maximum, le bloc thermique tiédit rapidement entre ses mains.

— À quoi pensez-vous, docteur ?

— Les grendels se repèrent à la lumière et aux empreintes thermiques.

Tout en guettant l'arrivée du prédateur à l'entrée du carrefour, Amanda fourra le masque réchauffeur et son chargeur – désormais brûlant – à l'intérieur du casque.

— Excellent leurre ! approuva Matt.

— Espérons que ça fera l'affaire.

Elle lança son invention dans la grande allée. Le casque jaune tournoya sur lui-même tel un gyrophare d'ambulance, rebondit contre un mur et disparut après le virage.

Amanda se redressa :

— Lumière et chaleur. Avec un peu de chance, le grendel va suivre l'appât au fond du couloir, ce qui nous permettra de lui passer dans le dos et de nous rapprocher de la sortie.

— Comme si on jetait un bâton à un chien, conclut Matt avec un respect croissant pour l'étonnante scientifique.

Une fois la torche éteinte, ils repartirent à tâtons vers le tunnel secondaire, se réfugièrent derrière un éboulis de glaçons et, accroupis l'un contre l'autre, ils scrutèrent l'artère principale. Le casque, qui émettait une lueur faible mais stable, avait dû s'immobiliser quelque part. Amanda espéra qu'il avait atterri suffisamment loin pour leur donner une longueur d'avance sur la bête.

Il ne restait plus qu'à voir si le grendel mordrait à l'hameçon.

13 h 18

Matt sonda les ténèbres à travers une lézarde de l'éboulis. Les yeux écarquillés, il s'efforça d'absorber chaque photon du tunnel voisin. Il dressa l'oreille à l'affût d'un bruit animal, mais ne perçut que les trépidations agaçantes du sonar. Un bruit étouffé quoique de plus en plus fort.

Les doigts d'Amanda se crispèrent dans sa main et, une fraction de seconde plus tard, il aperçut lui aussi les mouvements d'ombres.

Une masse imposante apparut au-dessus du halo du casque abandonné. Le grendel remplissait l'ensemble du couloir. Dans l'obscurité, il paraissait noir comme du pétrole, mais Matt savait qu'il avait la peau laiteuse.

L'animal s'arrêta.

Ses babines se retroussèrent sur des dents étincelantes. Il dodelina de la tête. Le bourdonnement de son sonar leur parvint aux oreilles. Même la nuit semblait vibrer à la recherche d'une proie.

Matt ne bougea pas d'un millimètre, de peur qu'un mouvement n'attire la bête. Pouvait-elle détecter la chaleur de leurs corps malgré les blocs de glace ?

Se sentant observé, il n'osa même plus cligner des paupières. *Tu vas le prendre cet appât, oui ou merde ?*

Le grendel fixa le tunnel d'un regard perçant, suspicieux, comme s'il flairait quelque chose, puis il poussa un grognement sourd, tourna la tête et se dirigea lentement mais sûrement vers la source de lumière et de chaleur. Quoi qu'il ait pu humer de leur côté, il préféra l'appât, beaucoup plus alléchant, et disparut.

Matt attendit une minute entière, le temps que la bête longe le souterrain jusqu'au virage, puis il se redressa prudemment et regagna le couloir principal. Il ne fallait pas tarder. Bientôt, le prédateur comprendrait la ruse et ferait machine arrière.

Pressé de mettre le plus de distance possible entre lui et eux, Matt vérifia si la voie était libre : l'ombre du monstre glissait vers sa fausse proie.

C'était le moment ou jamais.

Les deux aventuriers s'enfoncèrent à pas de loup dans l'obscurité de la grande allée. Quand le halo du casque s'estompa, ils tâtonnèrent avec les doigts.

Au bout d'une minute, Matt dut réutiliser sa torche. Inquiet à l'idée d'attirer le grendel, il tamisa la lumière en posant la main devant l'ampoule. Ils n'y voyaient pas grand-chose, mais cela suffisait pour accélérer l'allure.

Ni l'un ni l'autre ne soufflait mot.

Alors qu'ils serpentaient tant bien que mal de galerie en galerie, Matt redouta d'autres rencontres funestes. Par chance, il ne ressentait aucun bourdonnement caractéristique de sonar.

Finalement, il se risqua à ressortir son talkie-walkie. Après avoir tendu la lampe à Amanda, il pressa la radio contre ses lèvres et murmura le plus bas possible :

— Lieutenant Greer ? Vous me recevez ? À vous.

— Ici, le capitaine Bratt, répondit une voix lointaine mais audible. Quelle est votre position ?

— Putain, si je le savais, grogna-t-il. Vous êtes où ?

— Avec les autres, à la sortie du Vide sanitaire. Vous pouvez nous rejoindre ?

— J'ai retrouvé le Dr Reynolds. On fera de notre mieux.

Un rugissement retentit. Devant le désarroi de Matt, Amanda frémit :

— Qu'est-ce qui ne va pas ?

— Je crois que Petit Willy a découvert la supercherie.

— Il ne va pas tarder à rappliquer. Enlevez vos bottes, vous déraperez moins sur la glace.

Docile, le jeune homme délaça ses bottes d'Esquimau et retira ses chaussettes en laine. Le sol était froid, mais elle avait raison : il avait plus d'adhérence. Après avoir fourré ses chaussures dans une poche, il détala comme un fou et reprit sa radio.

— Ici, Matthew Pike. J'arrive avec le Dr Reynolds, mais on a du monde aux fesses.

— Magnez-vous ! On fera notre possible pour vous aider, mais on n'a aucun moyen de savoir où vous êtes.

Matt aperçut une tache de peinture au mur. *Bien sûr...*

— On suit les tunnels marqués d'un losange vert ! Ça vous dit quelque chose ?

Après un long silence, le haut-parleur grésilla de nouveau :

— Compris. Les losanges verts. Terminé.

Matt rangea le talkie-walkie dans sa veste militaire rapiécée en priant le ciel pour qu'on leur vienne en aide. Sinon, Amanda et lui seraient livrés à eux-mêmes.

Alors qu'ils cavalaient de couloir en couloir, le sonar reprit son bourdonnement de scie circulaire.

Le salaud les avait retrouvés !

Arrivé au bout d'une glissière particulièrement longue et abrupte, Matt lorgna derrière lui. Deux pupilles rouges étincelaient. À vingt mètres de distance, les regards du prédateur et de la proie se croisèrent.

Le grendel émit un grondement sourd.
Le défi était lancé.
L'ultime chasse avait commencé.

13 h 22
Station dérivante Oméga

Jenny détala avec Kowalski. Ils courbaient le dos de manière à rester discrets. De violentes rafales contraires tentaient de les repousser. Les pans de son poncho claquant au vent, la jeune femme avait tiré sa capuche au maximum autour de ses lunettes et la tenait d'une main.

Ils avançaient d'un pas lourd. La tempête, la neige, la glace... Tout rendait leur évasion lente et pénible. Néanmoins, si chaque centimètre carré de peau nue brûlait déjà atrocement, Jenny refusa d'abandonner le combat.

Des coups de feu retentirent, mais ils n'étaient pas dirigés contre eux. Comme prévu, Sewell et les autres avaient simulé une mutinerie dans le but de faire diversion : s'ils voulaient maîtriser les rebelles, les Russes seraient contraints de réclamer des renforts.

Jenny espéra qu'il n'y aurait pas de victimes, mais elle avait surtout peur pour son père... d'autant que leur plan était particulièrement faiblard : décoller, appeler à l'aide et suivre les vents jusqu'à la côte.

Après avoir contourné un bâtiment, ils aperçurent le parking de la station. Au bout du champ de glace, de sombres monticules indiquaient l'emplacement d'un cimetière hivernal de véhicules abandonnés.

En revanche, aucune trace du Twin Otter. Il devait dormir un peu plus loin, recouvert d'une épaisse couche de neige.

Jenny s'arrêta et tenta de se repérer. Aveuglés par le blizzard, ils risquaient de passer à quelques mètres de l'avion sans même s'en rendre compte... et ils n'avaient pas le temps d'errer pendant des heures : si les Russes ne les tuaient pas, le climat polaire ne leur laisserait aucune chance.

Accroupie, Jenny sentit le froid transpercer ses couches de vêtements, s'insinuer jusqu'à la moelle de ses os et elle eut l'impression qu'on lui frottait les joues au papier de verre. Elle les frictionna pour réactiver la circulation, mais ses doigts ressemblaient à de grosses saucisses engourdies.

Ils attendirent qu'un bref répit de la tempête leur permette de distinguer leur cible sur le parking. Peine perdue ! Les vents déchaînés ne mollissaient pas.

Kowalski s'impatienta :

— Allons-y ! On ne peut pas poireauter plus longtemps.

Les coups de feu s'étaient tus. La fausse insurrection du capitaine Sewell avait déjà été matée. Si les Russes décidaient de procéder à un comptage, deux prisonniers manqueraient à l'appel, et une battue serait organisée. D'ici là, les évadés devraient avoir fichu le camp.

Kowalski reprit sa marche forcée contre le blizzard. Jenny le suivit en se protégeant du vent derrière son imposante carrure. Ils traversèrent le parc de stationnement, puis s'engagèrent sur les plaines arides du pôle Nord.

Au bout de dix pas, le shérif regarda par-dessus son épaule : la base avait déjà disparu. Même ses lumières semblaient tenir plus du mirage que de la réalité.

Ils se retrouvaient à l'intérieur d'une grosse bulle blanche, d'une boule à neige secouée dans tous les sens, et ils progressaient lentement, pas à pas, en s'efforçant de maintenir le cap.

De minute en minute, l'inquiétude grandit. *À l'heure qu'il est, on aurait dû repérer l'Otter.*

Un éclat tremblotant apparut. Kowalski lâcha un juron. Il s'agissait sans doute d'un des lampadaires installés autour de la station et alimentés par les groupes électrogènes. Désorientés, les fugitifs avaient tourné en rond. Pourtant, cela n'avait pas de sens. Ils avaient toujours le vent de face.

Une silhouette surgit du halo lumineux. Noire et à ras de terre... droit vers eux.

Jenny et Kowalski se figèrent.

Elle courait trop vite pour qu'ils l'identifient en détail.

La bête sombre jaillit du blizzard.

Kowalski se baissa afin d'encaisser le choc, tel un ours prêt à recevoir un lion de plein fouet, mais un heureux tourbillon de neige transforma l'étrange créature en fidèle compagnon.

— Bane !

Jenny contourna le militaire et se planta devant son chien-loup en extension. Pris par son élan, le molosse la renversa sur les fesses. Une langue brûlante chercha la peau glacée de sa maîtresse.

Gémissant, il se collait à elle, quitte à ne plus faire qu'un.

La lumière approcha. Elle ne provenait pas d'un lampadaire mais d'un individu brandissant une fusée de détresse. L'homme était soigneusement emmitouflé.

D'emblée, Jenny remarqua un élément essentiel : sa parka était *bleue* – pas blanche.

Marine américaine.

— J'étais sûr qu'il s'agissait de votre mari ou de vous, annonça-t-il, soulagé.

C'était Tom Pomautuk, l'enseigne de vaisseau chargé de veiller sur Bane.

— Votre chien s'est mis à pleurer et, tout à coup, il a arraché sa laisse.

Kowalski se releva.

— Où vous cachiez-vous ?

— Dans l'avion du shérif Aratuk. À la première explosion, Bane a foncé là-bas.

Il a rejoint un endroit familier, songea Jenny. *Le seul endroit qu'il connaissait alentour.*

— J'ai été obligé de le suivre : le chien se trouvait sous ma responsabilité. Quand j'ai compris ce qui se passait, j'ai voulu lancer un SOS par radio.

— Vous avez joint quelqu'un ?

— Non, j'ai à peine eu le temps d'essayer. Pour échapper aux patrouilles, je me suis terré avec Bane dans la soute. Quand le blizzard s'est levé, j'ai su que personne ne viendrait plus nous déranger, alors j'ai retenté ma chance. À vrai dire, je sortais dégeler les antennes avec ma fusée quand le chien a commencé à geindre et à vouloir vous retrouver.

Jenny donna une dernière tape amicale à Bane.

— Quittons la tempête.

— *Amen*, frissonna Kowalski.

— Quel est votre plan ? demanda Tom.

À mesure qu'ils avançaient, la silhouette fantomatique de l'hydravion émergea du paysage immaculé.

— D'abord, on prie pour que les moteurs fonctionnent encore. Grâce au tumulte des intempéries, on devrait démarrer sans se faire repérer. Après, il faudra qu'ils chauffent quelques minutes.

— Vous voulez décoller ? s'étonna Tom. Voler... par un temps pareil ?

— Rassurez-vous, je l'ai déjà fait par visibilité nulle.

Sauf qu'il n'y avait pas de brouillard givrant, ajouta-t-elle en silence. Le blizzard allait mettre au défi ses qualités de pilote.

Ils détachèrent les amarres antitempête de l'appareil, ôtèrent les cales gelées et grimpèrent à l'intérieur. À l'abri du vent, il faisait presque chaud. Jenny s'installa aux manettes. Kowalski prit la place du copilote. Quant à Tom et Bane, ils se partagèrent la banquette.

Les clés de l'avion étaient restées en place. Jenny alluma le circuit d'alimentation principal et procéda à une vérification rapide des systèmes. Tout paraissait en ordre. En quelques coups d'interrupteurs à bascule, elle découpla les chauffe-blocs moteurs de la batterie auxiliaire, puis alluma les deux turbines :

— Allez, c'est parti.

Un vibrato familier fit trembler son siège.

Malgré la clameur du vent, le Twin Otter ronflait. Jusqu'où le bruit portait-il ? Les Russes étaient-ils déjà en route ?

Kowalski parut deviner les pensées de sa voisine et haussa les épaules. *Quelle importance ?*

Jenny augmenta lentement la puissance des moteurs. Dehors, les hélices faisaient tourbillonner les rafales de neige.

Au bout d'une longue minute, elle lança :

— Prêts ?

Personne ne répondit.

— En route, murmura-t-elle d'une voix à peine audible.

Même pour elle, ses mots ressemblaient à une prière. Elle poussa les manettes à fond, les hélices s'emballèrent, et le petit hydravion quitta son emplacement de parking en glissant sur ses patins.

Jenny s'éloigna de la base. Son plan ? Rouler vers le vent et profiter de la puissante tempête pour décoller plus vite. Le vol s'annonçait dantesque.

— Accrochez-vous…

— On a de la compagnie, l'interrompit Kowalski.

Des phares de voiture brillaient derrière eux, puis ils se séparèrent de manière à prendre l'avion en sandwich.

Des aéroglisseurs !

La pilote mit les gaz. Les hélices vrombirent, le Twin Otter accéléra mais, à cause du blizzard contre le pare-brise, il était encore trop lent. D'ordinaire, un fort vent de face était idéal pour décoller rapidement… sauf que, là, l'appareil tremblait et ballottait de tous côtés.

— Les Russes nous ont sans doute entendus.

— À moins qu'ils n'aient repéré la chaleur des moteurs aux jumelles infrarouges.

Une rafale de tirs résonna malgré l'épais manteau de neige. Quelques balles tintèrent sur la carlingue, mais l'empennage et les espaces de stockage protégèrent l'habitacle.

Jenny tâcha d'accroître encore sa vitesse.

— Ils arrivent ! s'exclama Tom.

De part et d'autre de l'avion, deux petites lumières essayaient de le mettre dans leur ligne de mire.

Putain, elles avancent vite, ces bécanes.

Les bourrasques qui fouettaient le pare-brise empêchaient d'avancer correctement. Ils n'y arriveraient jamais. Ils n'avaient pas le temps d'affronter le vent.

Jenny avait besoin d'un nouvel angle d'attaque et il n'y avait qu'une seule solution.

— Cramponnez-vous !

Elle ralentit le moteur gauche, tandis qu'elle mettait la gomme sur le droit. De même, elle releva un volet et baissa l'autre. L'Otter partit en quasi-aquaplanage. Ses patins dérapèrent sur la glace, il pivota à cent quatre-vingts degrés et rebroussa chemin.

— Qu'est-ce que vous fichez ? s'égosilla Kowalski.

Jenny remit les gaz à fond sur les deux moteurs. Les hélices tournoyèrent dans un brouillard de neige. L'appareil bondit en avant, reprit sa course folle et, grâce au vent de dos, il accéléra rapidement.

Kowalski comprit qu'ils revenaient droit vers la base.

— Il n'y a pas assez de place. Vous n'aurez jamais la portance nécessaire.

— Je sais.

Après un demi-tour express, les deux aéroglisseurs les prirent en chasse. Une balle cliqueta contre l'aile de l'avion.

— On ne réussira jamais, murmura Tom.

Concentrée sur ses jauges et, en particulier, sa vitesse, Jenny ne releva pas et fonça. *Allez...*

Les lumières de la base apparurent en face. Quelques masses foncées signalaient l'emplacement des cabanes Jamesway.

Les vibrations s'atténuèrent quand l'avion commença à s'élever. Jenny retint son souffle. Elle n'avait pas encore assez de vitesse. L'effet provisoire de portance n'était dû qu'à la force du vent. Elle avait raison. Les patins heurtèrent de nouveau la banquise et, à cause des aspérités du terrain, l'engin fut durement secoué.

— Demi-tour ! hurla Kowalski. On n'y arrivera pas !

Fredonnant à voix basse, Jenny s'élança vers un bâtiment dont l'ombre tremblotait à la lueur des lampadaires. Elle espéra qu'il se trouvait dans le prolongement du local d'où elle s'était enfuie.

L'avion roulait à tombeau ouvert : la pilote ne retenait qu'un chouïa de puissance, dont elle aurait bientôt besoin.

— Qu'est-ce que vous... ? balbutia Kowalski. *Oh, merde !*

Une congère s'était formée sur le flanc exposé au vent d'une cabane et atteignait presque le toit. L'Otter s'engagea sur la pente gelée et, lorsqu'il redressa le nez, Jenny donna un dernier coup d'accélérateur pour le faire décoller.

Les patins crissèrent sur le toit rouillé, puis les évadés se retrouvèrent en plein ciel, dans la gueule béante de la tempête.

Pendant quelques minutes d'angoisse absolue, Jenny batailla pour reprendre le contrôle de son appareil, qui oscillait comme un cerf-volant au gré des vents violents. Par chance, les rafales étaient plutôt régulières, et elle réussit à gagner de l'altitude en planant sur les courants. Finalement, elle prit son envol et l'Otter se stabilisa.

Soupir aux lèvres, elle vérifia ses compteurs : altitude, vitesse propre, boussole. En l'absence de visibilité, elle ne pouvait se fier qu'à ses instruments. Derrière le pare-brise, impossible de discerner le ciel de la banquise.

— Chapeau ! sourit Kowalski.

Jenny aurait voulu partager son enthousiasme. Hélas, l'aiguille du réservoir de carburant descendait en flèche, passant de plein à la moitié, puis au quart. Une balle avait percé un tuyau. Ils perdaient du kérosène. La jeune femme vérifia sa cuve principale.

Cela allait encore, si tant est qu'un huitième de réservoir puisse être considéré comme une *bonne* nouvelle.

— Un problème ? tressaillit Tom.

— On risque la panne sèche.

— Quoi ? bredouilla Kowalski. Comment ?

Quand elle lui eut expliqué la situation, il jura comme un charretier.

— On peut aller jusqu'où avant de devoir atterrir ?

— Pas très loin, Tom. Quatre-vingts kilomètres peut-être.

— Génial, maugréa Kowalski. Juste assez pour échouer au trou du cul du monde.

Jenny comprit sa colère. Perdus au pôle Nord sans vivres ni vêtements chauds, ils ne tiendraient pas longtemps.

— Qu'est-ce qu'on décide ? demanda l'enseigne de vaisseau.

Personne ne répondit.

Jenny continua de voler. Pour l'instant, il n'y avait rien d'autre à faire.

13 h 29
Station polaire Grendel

À court de stratagèmes, Matt et Amanda n'avaient plus qu'une seule solution : le moyen de défense le plus basique.

— Courez ! mugit Matt.

Sans ménagement, il poussa le Dr Reynolds, qui haleta de surprise, puis détala comme une biche effarouchée.

Il tâcha de rester à sa hauteur mais, pieds nus, il avait l'impression de courir avec des semelles en steak surgelé et, peu à peu, il perdit du terrain.

— Je connais... je connais cet endroit ! brailla Amanda. On n'est plus très loin de la sortie !

Matt regarda par-dessus son épaule.

Le grendel n'avait plus que dix mètres de retard. Ondulant et mortel, il les pourchassait au galop. Ses coups de griffes dans la glace projetaient des esquilles. Oubliée, la prudence ! Il sentait que ses proies risquaient de lui échapper.

— *Baissez-vous !*

L'ordre avait couvert le bourdonnement du sonar.

En tournant de nouveau la tête dans le sens de la marche, Matt vit un rempart d'armes braquées vers lui.

Les soldats de la Navy !

Amanda disparut parmi eux. Le jeune homme, lui, était trop loin. Par manque de temps, il plongea sur le ventre, les bras tendus, les deux mains cramponnées à son piolet.

Les balles sifflèrent au-dessus de sa tête. Des fragments de glace qui se détachaient des parois le heurtèrent par hasard ou par ricochet.

Matt roula sur le dos et regarda entre ses jambes.

Tête baissée, à un mètre de lui, le grendel laboura le sol avec la ferme intention de récupérer son trophée. Un mugissement s'échappa de son poitrail. De la vapeur sortait de ses évents. Sa cuirasse lisse ruisselait du sang de ses plaies.

Matt se sauva à reculons.

Même sous le feu d'armes automatiques, la bête continuait d'avancer. D'un coup de patte, elle lui épingla une jambe de pantalon au sol. Matt se débattit, mais il était coincé. Pendant un quart de seconde, il croisa le regard flamboyant du prédateur.

Le grendel retroussa les babines. Il allait peut-être mourir, mais il emporterait son gibier dans la tombe.

Matt fit tournoyer son piolet – pas vers le monstre mais le plus haut possible au-dessus de sa tête. La pointe de la lame se ficha dans la glace. De l'autre main, il desserra sa ceinture, ôta le premier bouton, puis, usant du piolet comme d'une ancre, il se glissa hors de son pantalon et faussa compagnie à son adversaire.

Le grendel poussa un rugissement sinistre et désespéré qui parcourut tout l'éventail des spectres sonores.

En simple caleçon Thermolactyl, Matt rejoignit la rangée de militaires.

Des mains l'empoignèrent et le remirent debout.

De son côté, l'animal avait fait volte-face en grimpant à moitié sur les parois pour fuir l'assaut cinglant et il disparut au bout du virage.

Matt et Amanda rejoignirent le groupe de scientifiques et les quelques soldats de la marine.

— Je n'aurais pas donné cher de votre peau ! s'extasia Craig.

— On n'est pas encore tirés d'affaire.

Bratt rassembla ses troupes : Greer, O'Donnell, Pearlson et Washburn. À l'annonce de la situation, Amanda le fixa durement.

— La *Sentinelle polaire* est partie ?

— Le commandant Perry n'avait pas le choix.

— Qu'est-ce qu'on va faire ? balbutia-t-elle, médusée.

— Impossible de rester ici. Nous sommes bientôt à court de munitions. Il va falloir tenter notre chance avec les Russes.

— Je connais quelques bonnes cachettes au Niveau Trois, intervint Washburn. Il y a des gaines techniques, des zones de stockage et un vieux dépôt d'armes. Si on arrive là-bas sans être repérés...

— N'importe quoi plutôt que ces saletés de tunnels, grommela Greer.

— On devra se montrer prudents, approuva Bratt.

Matt se réjouit de quitter le labyrinthe. Les bourdonnements incessants lui faisaient mal aux oreilles.

Soudain, il sursauta.

Oh, Seigneur...

À présent que les détonations s'étaient tues, il ne pouvait plus passer à côté.

Le grendel était parti... mais le ronronnement persistait.

À voir sa tête, Amanda aussi s'en était aperçue.

— On n'est pas seuls ! mugit-il.

Ils brandirent leurs torches vers les entrées de galeries : plusieurs paires d'yeux rouges miroitaient dans l'obscurité.

Bratt fit signe de reculer.

— Ce sont les décongelés de la grotte ! Ils ont fini par contourner le maudit cadavre.

— Ils ont sans doute été attirés par les coups de fusil ! hurla le Dr Ogden, terrifié.

— Dehors ! ordonna Bratt. Notre maigre puissance de feu ne suffira pas à en contenir autant !

Ils détalèrent dans le couloir, mais leur brusque fuite ne fit qu'aiguiser l'intérêt des monstres.

— Par ici ! glapit Amanda.

La porte d'accès à la base polaire apparut en face.

Au prix d'une course effrénée, Matt l'ouvrit et encouragea les civils à passer.

— Allez, allez, allez !

Les militaires assurèrent leurs arrières, puis rejoignirent la station.

À l'instant précis où la porte se refermait bruyamment, un coup de feu retentit devant eux. Matt esquiva le ricochet d'une balle sur la paroi métallique.

Leurs tirs n'avaient pas attiré que des grendels.

— *Stop !* aboya un type en parka blanche.

Cinq soldats russes les visaient au fusil d'assaut.

— Jetez vos armes ! Maintenant !

Personne ne bougea.

Matt attrapa Amanda par le bras, car elle n'avait pas entendu l'ordre, et il articula en silence :

— Non, restez avec moi.

— Obéissez, dit Bratt avant de lâcher son fusil.

Les autres suivirent son exemple.

— Continuez d'avancer. Éloignez-vous des portes.

— Gardez les mains en l'air ! vociféra le Russe. Et rejoignez-nous en file indienne !

D'un signe de tête, Bratt demanda encore à son groupe d'obtempérer.

Les Américains longèrent le couloir à la queue leu leu. À peine avaient-ils effectué dix pas qu'une masse énorme percuta la porte du Vide sanitaire. Les battants métalliques se voilèrent.

Tout le monde se figea.

— À terre, souffla Bratt.

Ils se jetèrent à quatre pattes. Matt attira Amanda avec lui.

Un coup de feu retentit, peut-être par réflexe, mais la trajectoire fut bonne. O'Donnell s'était baissé une seconde trop tard. Sa nuque explosa en une gerbe de sang et d'os, puis il s'effondra en arrière, les bras en croix.

Les militaires se hurlèrent un tas d'ordres dans leur langue natale.

— Merde, pesta Bratt, le visage cramoisi de rage.

Matt observa tour à tour la porte gauchie et leurs adversaires à la gâchette facile. Autant choisir entre la peste et le choléra !

Le chef des Russes s'approcha.

— Quel tour de passe-passe...

Quelque chose percuta de nouveau la porte à la vitesse d'un train de marchandises. Les gonds sautèrent et les battants volèrent à travers le tunnel.

Un grendel débarqua dans la foulée, bientôt suivi de ses congénères.

Lorsque tout le monde plongea au sol, ce fut le chaos.

Des tirs résonnèrent, gorgés de terreur.

— Restez à terre ! cria Bratt. Avancez en rampant.

Ils n'y arriveraient jamais. S'ils ne se prenaient pas une balle perdue comme O'Donnell, ils seraient déchiquetés par une meute de bêtes sauvages.

— Par ici ! hurla Amanda.

Elle avait roulé vers le mur et, malgré un tir qui faillit lui arracher un doigt, elle attrapa la poignée au-dessus de sa tête. De l'autre main, elle tira sur une grosse écoutille métallique qui, à présent, la protégeait des balles.

— À l'intérieur !

Ses compagnons d'échappée se précipitèrent vers elle.

Greer fut le dernier à passer, un grendel aux fesses.

Au moment où la bête sautait, Amanda referma la trappe d'un coup sec. Ébranlée par le choc, elle trébucha contre Matt, mais se rua de nouveau vers la porte et elle y coinça une barre à mine.

Malgré l'épaisse couche d'acier, l'écho des combats parvenait encore jusqu'à eux. Parfois, une masse imposante se cognait contre les murs et la porte.

Tandis que la bataille faisait rage dehors, les fugitifs à bout de souffle se blottirent sur le seuil. Matt mit de longues secondes à renfiler ses bottes en cuir d'orignal sur ses pieds gelés et meurtris.

— Pour l'instant, on devrait être à l'abri, annonça Amanda. C'est de l'acier blindé.

— Où sommes-nous ?

— Au cœur de la station, répondit Bratt. Dans le laboratoire de recherche principal.

Quelqu'un appuya sur un interrupteur. Des ampoules nues s'allumèrent.

Matt contempla la salle propre et ordonnée. Des tables en métal étaient alignées avec une précision militaire. Des meubles vitrés accueillaient vases à bec et instruments étincelants. Des armoires réfrigérantes étaient adossées à un mur. Le grand laboratoire était cerné de dépendances, mais il faisait trop sombre pour y distinguer quoi que ce soit.

Tandis que Matt balayait les installations du regard, un autre circuit d'éclairage se mit en route. Chaque ampoule s'alluma, l'une après l'autre, sur une espèce de parvis cintré qui s'étendait au loin. Le corridor longeait le mur extérieur et desservait sans doute l'ensemble du niveau.

— Oh, Seigneur...

ACTE TROIS

TOUT SE DÉCHAÎNE

ᐊᒫᓗᒃᓯᑦᑐᓂ ᑯᑯᑦᑐᖅ

11

IMMORTEL

ᓄᕐᔪᑕᐃᑦᑐᖅ

9 avril, 13 h 42
Sur la banquise...

Emmitouflé dans sa parka blanche, Viktor Petkov traversait le blizzard. Non seulement il portait des mitaines chauffantes mais son visage était protégé du vent par une capuche fourrée, une grosse écharpe en laine et des lunettes polarisantes.

Aucune épaisseur de vêtement n'aurait pu cependant lui réchauffer le cœur. Il se dirigeait vers la tombe de son père, crypte de glace enfouie sous la banquise.

Il était bien harnaché à califourchon sur l'aéroglisseur. Son pilote ? Un jeune officier qui affichait une témérité insouciante typique de son âge. Telle une fusée prise dans des vents contraires, l'engin volait à quelques centimètres du sol.

La tempête tentait par tous les moyens d'infléchir leur trajectoire, mais le motard se servait du système de guidage gyroscopique pour compenser et filait droit vers l'ancienne base.

Viktor contempla le paysage dévasté. Autour de lui, il n'y avait plus qu'un immense désert de glace. Comme la neige et les nuages masquaient le soleil, le monde s'était dissous dans un pâle crépuscule propre à saper votre énergie et votre force de volonté. Là-bas, le désespoir prenait une dimension physique et, avec le gémissement du vent, un profond sentiment de désolation vous pénétrait jusqu'à la moelle.

C'est ici que mon père a vécu ses derniers jours, seul, exilé, oublié.

La moto longea une crête de pression en arc de cercle, comme si elle caressait le dos épineux d'un dragon endormi. Une lueur floue émana de la pénombre.

— Destination en vue, amiral !

Lorsque le pilote rectifia son cap de quelques degrés, les deux aéroglisseurs qui l'encadraient l'imitèrent, tel un escadron d'avions de chasse en formation.

Au fur et à mesure, des détails émergèrent du blizzard : un massif montagneux de glace, un bassin noir, carré, artificiel, et, au pied d'un sommet, un puits de lumière qui ressemblait à une balise.

Les trois engins contournèrent la polynie et se dirigèrent vers Grendel. Moteur au ralenti, ils touchèrent de nouveau la banquise sur leurs patins en titane et s'arrêtèrent près de l'entrée, à l'abri d'une crête censée leur éviter le plus gros de la tempête.

Tandis que le pilote bondissait de sa monture, Viktor se débattit avec son harnais. Ses grosses mitaines le rendaient maladroit mais, même à mains nues, il ne se serait pas mieux débrouillé. Les yeux rivés sur les vestiges du puits – anéanti, dévasté et scellé au caveau enseveli, il tremblait. Il avait vu d'antiques lieux de sépulture éventrés de la même manière par des pilleurs de tombes en Égypte. Voilà ce qu'ils étaient tous, Américains et Russes : d'ignobles pilleurs de tombes se disputant un quarteron d'ossements et de babioles étincelantes.

Il contempla la scène sans ciller.

Je suis le seul à avoir ma place ici.

— Chef ?

Le pilote voulut l'aider à détacher son harnais. Tiré de sa rêverie, Viktor y parvint sans lui, descendit de moto et fourra ses mitaines dans sa poche. D'emblée, le froid glacial mordit sa peau nue, comme si la Mort lui serrait la main en guise de bienvenue à la crypte paternelle.

Planté à l'entrée, un soldat se redressa.

— Amiral !

C'était un officier supérieur du *Drakon*. Viktor s'alerta de le voir monter ainsi la garde.

— Un souci ?

Le lieutenant eut du mal à trouver les mots justes.

— On a rencontré deux problèmes, chef. L'un ici, l'autre à Oméga. Le commandant Mikovsky attend votre appel sur le TUUM.

Perplexe, Viktor se retourna vers la polynie déserte. Un câble noir, presque enfoui sous la neige, partait du lac et disparaissait au fond du puits. Une ligne TUUM était un téléphone sous-marin dont le sonar actif transmettait des voix au lieu des impulsions. Le système de communication ne fonctionnant qu'à courte distance, le *Drakon* devait encore sillonner les eaux environnantes.

Tandis que le groupe à moitié transi longeait l'épave d'une chenillette et s'enfonçait dans le premier tunnel de la base, la sentinelle débita à toute vitesse :

— Une poignée de militaires et de civils se sont barricadés au Niveau Quatre, amiral. Ils nous ont échappé, car nos hommes ont été attaqués par d'étranges bêtes.
— Des bêtes ?
— Des créatures blanchâtres de la taille d'un taureau. Moi-même, je n'en ai pas vu. Le temps que les renforts arrivent, elles s'étaient enfuies dans les grottes de glace. On a perdu un soldat, entraîné par un de ces monstres. Le couloir est maintenant placé sous haute surveillance.

Viktor sentit ses jambes flageoler. Avant de partir, il avait lu les comptes rendus secrets de son père à Moscou.

Pouvait-il s'agir de grendels ? Y en avait-il encore en vie ?

Les Russes pénétrèrent à l'intérieur de la station principale. Le câble noir en caoutchouc vulcanisé était connecté à une petite radio. À l'arrivée de Petkov, le responsable des transmissions se leva d'un bond.

— Chef ! Le commandant Mikovsky attend votre...
— Je sais.

Il décrocha le combiné du téléphone sous-marin.

— Petkov à l'appareil.
— Amiral, nos forces restées à Oméga m'ont transmis un rapport urgent, et je voulais vous en informer au plus vite.

Les mots résonnaient au loin, comme si on parlait dans un long tuyau, mais pas de doute, c'était bien Mikovsky.

— Je vous écoute.
— Il y a eu un problème de sécurité. Une prisonnière et un marin américain se sont évadés de la salle de confinement et ont rejoint un petit avion.

Viktor serra le poing. *Quelle poisse !*

— Ils se sont échappés et, à cause de la tempête, on a perdu leur trace. Il y a fort à parier qu'ils se dirigent vers l'Alaska pour donner l'alerte.

Le vieux Russe bouillait de rage. Une telle erreur n'aurait jamais dû se produire. Tout avait été planifié avec soin, et le but était justement d'éviter les témoins oculaires. Gênés par le blizzard et les éruptions solaires, les satellites de reconnaissance américains ne distinguaient au mieux que de vagues empreintes infrarouges. De plus, au cas où des navires en patrouille feraient écho d'un conflit, sans témoin oculaire vivant, le gouvernement russe pouvait jouer la carte du démenti plausible. On avait même laissé partir la *Sentinelle polaire* avec ses évacués : le petit submersible de recherche avait peut-être repéré le *Drakon* en plongée, mais il ne pouvait pas vérifier *de visu* ce qui se passait sur la banquise.

Démenti plausible. C'était le nouveau couplet de la guerre moderne.

Or, là, des fuyards étaient susceptibles d'identifier l'amiral russe sur les lieux.

Viktor inspira à fond et retint sa colère. Il avait réagi en militaire mais, au fond, quelle importance ? Il effleura le boîtier Polaris fixé à son poignet, se remémora le projet autrement plus important à l'œuvre... et retrouva son calme.

Les deux gouvernements avaient autorisé le déclenchement d'une guerre secrète, que les sphères politiques qualifiaient évasivement d'*échauffourée*. Des batailles clandestines éclataient souvent entre des puissances étrangères, y compris les États-Unis, dans des recoins perdus de la planète : eaux nord-coréennes, désert irakien, arrière-pays chinois et, plus d'une fois, sur les terres sauvages et isolées du pôle Nord. Les voies hiérarchiques comprenaient la nature desdites échauffourées, mais le détail des affrontements n'atteignait jamais les écrans radar du grand public.

Loin des yeux, loin du cœur.

— Quelles sont vos instructions ? demanda Mikovsky.

Viktor évalua la situation. Elle n'était pas désespérée, mais il ne voulait courir aucun risque supplémentaire. Oméga et ses détenus ne servaient plus à rien. Le trophée ne s'y trouvait pas. Sur un ton ferme et stoïque, le vieil amiral annonça :

— Ramenez le *Drakon* à la station américaine, récupérez nos hommes et évacuez les lieux.

— Et Oméga... les prisonniers ?

— Dès que nos troupes seront à l'abri, déclenchez les bombes et coulez la base.

Des dizaines d'innocents venaient d'être condamnés à mort. Après un long silence, le commandant acquiesça d'une voix faible :

— À vos ordres, amiral.

— Revenez ensuite ici. Notre mission est presque terminée.

Viktor raccrocha, puis s'adressa aux hommes réunis autour de lui.

— Maintenant, réglons l'autre problème.

13 h 55
Station polaire Grendel

Matt et les autres restèrent bouche bée d'horreur. Éclairé par de simples ampoules, un couloir partait du laboratoire principal, longeait le mur circulaire extérieur du Niveau Quatre et suivait la courbure de l'étage. Encastrés tous les cinquante centimètres dans la paroi, des réservoirs en acier dépassaient Matt d'une bonne tête. Ils étaient reliés entre eux par de gros tuyaux en caoutchouc entremêlés de canalisations et, malgré leur façade en verre, une épaisse couche de givre empêchait d'en distinguer le contenu en détail.

Quelqu'un avait néanmoins gratté la surface des douze premières cuves et, à la lueur des ampoules, on voyait bien ce qu'elles renfermaient : un bloc de glace parfaitement limpide.

Tel un insecte piégé dans un morceau d'ambre, une forme était incrustée au cœur de chaque réservoir. Nue. Humaine. Un rictus de douleur tordait les visages. Les paumes étaient collées au verre, les doigts bleus et crispés. Des hommes. Des femmes. Des enfants même.

Matt scruta le tunnel, cuve après cuve. Combien y en avait-il ? Lorsqu'il tourna le dos au spectacle macabre, il constata que ses compagnons de route étaient tout aussi choqués.

Seuls deux membres du groupe paraissaient plus gênés qu'épouvantés : le capitaine Bratt et le Dr Reynolds.

— C'est quoi ce cirque ? leur demanda-t-il.

Craig surgit à ses côtés, talonné par Washburn et les biologistes.

— Ce que les Russes essaient de cacher, avoua Amanda. Un laboratoire secret datant de la Seconde Guerre mondiale et utilisé à des fins d'expérimentation humaine.

Greer et Pearlson montaient la garde devant la porte bloquée par une grosse barre de fer. Pour le moment, les Russes avaient renoncé à l'ouvrir de force. Sans doute craignaient-ils le retour des grendels après les avoir repoussés dans le Vide sanitaire à grands coups de fusil. Hélas, leurs appréhensions ne les tiendraient pas éternellement à distance.

— Qu'est-ce que ces salauds essayaient de faire ? balbutia Washburn, *a priori* la plus secouée de la bande.

— Aucune idée. Dès qu'on a découvert le labo, on a bouclé les lieux.

Amanda indiqua une vitrine dont deux étagères disparaissaient sous une ribambelle de journaux de bord.

— Les réponses se trouvent sûrement à l'intérieur, mais ces carnets sont rédigés dans un code inconnu. On n'a pas réussi à les déchiffrer.

Craig examina les reliures.

— Il y a des nombres ici. On dirait des dates. Si je ne m'abuse, de janvier 1933... à mai 1945.

Il sortit le dernier volume et le feuilleta.

— Douze ans, souffla Bratt. Difficile de croire que l'opération ait duré aussi longtemps sans éveiller l'attention.

— À l'époque, les moyens de communication dans la région étaient très sommaires, expliqua Amanda. Les voyages, rares. C'était un jeu d'enfant de dissimuler un endroit pareil.

— Ou de le perdre au moment opportun, ajouta Matt. Putain, qu'est-ce qui s'est passé ici ?

Appuyé contre une cuve du fond, le Dr Ogden se redressa.

— J'ai peut-être une idée.

— Quoi ? grommela Bratt.

— Les grendels. Vous êtes témoin, capitaine : ils ont ressuscité après une congélation de plusieurs siècles.

— J'hallucine, bredouilla Amanda.

— Non, il a raison. Je l'ai vu de mes propres yeux.
Le biologiste enchaîna :

— Le monde naturel connaît d'autres résurrections miraculeuses. Certaines tortues hibernent des mois entiers dans la boue glacée, puis se réveillent avec le redoux printanier.

— Et des animaux carrément congelés ?

— Aussi, docteur Reynolds. Au nord du cercle polaire, la grenouille des bois devient dure comme de la pierre en hiver. Son cœur ne bat plus. On peut trancher son corps en deux, elle ne saigne pas. Ses signaux EEG cessent. En fait, il n'y a plus d'activité cellulaire du tout. Le batracien est pratiquement mort. Or, à l'arrivée du printemps, il fond et, en un quart d'heure, son cœur se remet à battre, la circulation sanguine repart et l'animal bondit de nouveau partout.

— C'est vrai, confirma Matt. J'ai lu des articles sur le sujet.

— Impossible ! lâcha Amanda. Quand un corps gèle, la glace envahit ses cellules et les détruit. Comment les grenouilles y survivent-elles ?

— La réponse est simple, annonça Ogden. Le sucre.

— Je vous demande pardon ?

— Pour être plus précis, le glucose. Depuis dix ans, le Dr Ken Storey étudie les grenouilles des bois en milieu arctique. Ce chercheur canadien a découvert que, au moment où le givre commence à recouvrir la peau caoutchouteuse de l'animal, le corps remplit chaque cellule de glucose sucré. Résultat : il augmente son osmolarité au point d'empêcher la formation de glace mortelle.

— Vous avez pourtant dit que les grenouilles gelaient ?

— Exact, mais seule l'eau *à l'extérieur* des cellules fige. Le glucose accumulé *à l'intérieur* joue un rôle cryoprotecteur et, à l'instar de l'antigel, il préserve la cellule jusqu'à sa fonte. Le Dr Storey a déterminé que ce processus d'évolution était gouverné par un ensemble de vingt gènes transformant le glycogène en glucose. L'élément déclencheur reste inconnu mais, à en croire la théorie la plus répandue, les tissus glandulaires de la grenouille sécrèteraient une hormone. Le plus fou, c'est qu'on retrouve les vingt gènes chez toutes les espèces vertébrées !

Amanda inspira à fond.

— Y compris *Ambulocetus*... les grendels.

— En effet. Rappelez-vous que j'envisage de les baptiser *Ambulocetus natans arctos*. Une sous-espèce de la baleine amphibie originelle, qui se serait adaptée au milieu polaire. Le gigantisme, la dépigmentation... en sont des exemples frappants. Alors, pourquoi pas celui-là ? Si l'animal s'est établi ici, dans une contrée régie non pas par le soleil mais par des cycles de congélation et de fonte, son corps a peut-être aussi adopté un tel rythme.

— D'autant qu'on a bien vu le phénomène se produire chez les monstres, renchérit Bratt. On sait qu'ils en sont capables.

— C'est une forme de biostase, confirma le biologiste. Vous imaginez ses applications potentielles ? Aujourd'hui encore, les chercheurs universitaires s'appuient sur le modèle des grenouilles arctiques pour essayer de congeler des organes humains. Le monde entier y verrait une bénédiction. Les organes des donneurs pourraient être conservés jusqu'à ce qu'on en ait besoin.

Matt contempla la série de cuves.

— Et ces gens-là ? Vous croyez qu'on a affaire à une effroyable banque d'organes ? À un entrepôt de stockage de pièces détachées ?

— Oh, non ! Loin de là.

— Alors, de quoi s'agit-il, professeur ?

— Je parie que les Russes nourrissaient un projet beaucoup plus grandiose. Souvenez-vous, les vingt gènes qui gouvernent la biostase de la grenouille des bois se retrouvent chez *tous* les vertébrés et, donc, aussi chez l'homme.

Matt n'en croyait pas ses oreilles.

— À mon avis, vous avez sous les yeux les cobayes d'un programme de biostase. Les Russes devaient tenter de leur transmettre la capacité des grendels à supporter la congélation. Ils cherchaient à atteindre le graal de toutes les sciences.

Devant la perplexité de l'assemblée, Ogden précisa :

— L'immortalité.

Matt observa les visages tordus de douleur dans la glace.

— Vous insinuez que ces personnes-là seraient en vie ?

On tambourina à la porte. Tout le monde se tut.

— Ouvrez la trappe immédiatement ! gronda une voix sèche. Si nous sommes obligés de la découper au chalumeau, vous vous mordrez les doigts de nous avoir donné du fil à retordre.

À entendre, ce n'étaient pas des menaces en l'air.

Le loup se trouvait à leur porte.

14 h 04
Au-dessus de la calotte glaciaire

Jenny affrontait le blizzard du mieux qu'elle pouvait. Le vent ne faiblissait pas, mais les bourrasques déchaînées l'obligeaient à tenir fermement le manche et à garder les yeux rivés sur ses instruments. Depuis dix minutes, elle n'avait même pas pris la peine de regarder dehors. À quoi bon ?

Malgré une visibilité nulle, elle avait gardé ses lunettes de ski, car l'éclat du jour perçait les nuages et lui donnait envie de baisser les paupières. Depuis combien de temps n'avait-elle pas dormi ?

Elle chassa la pensée de son esprit et contrôla sa vitesse propre. *Trop lent*. Les vents contraires la freinaient. Elle tenta aussi de faire abstraction de la jauge de carburant : l'aiguille indiquait un réservoir vide. Un voyant d'alerte jaune s'était allumé. Bref, ils traversaient la tempête en aspirant les dernières vapeurs de kérosène.

— C'est décidé ? lança Kowalski.

Il avait renoncé à contacter quiconque par radio.

— Je ne vois pas d'autre possibilité, répondit Jenny. On n'a pas assez d'essence pour rejoindre la côte. Je préfère me poser là où on a une chance de survie.

— On est encore loin ? demanda Tom à l'arrière.

Bane était roulé en boule près de lui, la queue collée au reste du corps.

— Si les coordonnées que vous m'avez communiquées sont exactes, il nous reste une quinzaine de kilomètres.

— Je n'en reviens pas qu'on fasse un truc pareil, maugréa Kowalski.

Jenny ne releva pas. Ils en avaient déjà discuté. C'était la seule et unique solution. Elle essayait de grappiller un peu de vitesse en surfant sur les courants aériens, ce qui faisait avancer l'appareil par secousses successives. À mesure que le givre s'accumulait sur les ailes et le pare-brise, les commandes devenaient paresseuses. Ils étaient en train de se transformer en glaçon volant.

Ils continuèrent ainsi en silence pendant cinq minutes. Haletante, Jenny attendait que les hélices s'arrêtent quand ses moteurs auraient consommé jusqu'à la dernière goutte de carburant.

— Là-bas ! cria Tom, le bras tendu entre Kowalski et elle.

Bane redressa le museau.

— Je ne vois pas...

— Dix degrés à tribord ! Attendez que le vent se lève !

Jenny se concentra sur la région indiquée et, entre deux tourbillons de neige, elle aperçut une lueur.

— Vous êtes sûr que c'est là ?

L'enseigne de vaisseau approuva d'un signe de tête.

— La station polaire Grendel, marmonna Kowalski.

Après avoir consulté l'altimètre, Jenny amorça sa descente. À court de carburant, ils avaient besoin d'atterrir quelque part. Ils ne pouvaient pas rentrer à Oméga et, perdus au milieu de la banquise, c'était la mort assurée. Seul un autre endroit pouvait leur offrir un abri : l'ancienne station russe.

Le pari était risqué mais pas insensé. Leurs ennemis ne s'attendaient pas à les voir débarquer. Si le Twin Otter réussissait à se poser discrètement, Tom Pomautuk ferait entrer ses camarades par une gaine de ventilation extérieure qui apportait de l'air frais à l'intérieur de la base souterraine. Le petit groupe pourrait alors s'y réfugier jusqu'au départ des Russes.

De toute façon, vu le manque de kérosène, ils n'avaient pas le choix.

L'avion vacilla quand la turbine gauche se mit à tousser. L'hélice eut des ratés et *patatras* ! le bimoteur devint *monomoteur*. Avec moitié moins de puissance, Jenny s'efforça de garder le contrôle en rabattant ses volets et plongea quasiment à la verticale.

— Accrochez-vous !

Kowalski avait les ongles enfoncés dans les accoudoirs.

— J'avais compris.

Sur la banquise, il n'y avait aucune ligne de visibilité. Jenny regarda l'aiguille de son altimètre dégringoler mais, planant de rafale en rafale, l'appareil continua de voler tant bien que mal.

Fixée sur son objectif, elle se mordit la lèvre inférieure et tenta de se rappeler où se trouvait la station. Grâce aux instruments de vol et à son instinct, une carte se dessina dans sa tête.

Tandis que l'altimètre descendait sous la barre des soixante mètres, elle lutta contre les vents violents et la panne de moteur pour maintenir le cap. Plus ils approchaient de la banquise, plus la neige s'épaississait.

Jenny voulait descendre en douceur. C'était le seul moyen d'atterrir à l'aveugle : lentement et sans à-coups, tant que le dernier moteur ne lâchait pas. L'aiguille passa sous les trente mètres... puis vingt... puis...

— Regardez ! s'exclama Tom.

La pilote leva le nez de ses instruments. Dehors, le blizzard laissait entrevoir un mur de glace déchiqueté, hérissé de crocs acérés et embrumé de neige, qui se dressait à moins de cent mètres devant eux. Elle réfléchit à toute vitesse et sut qu'elle n'aurait pas la puissance moteur pour le franchir.

En guise de prière, Kowalski lâcha une bordée de jurons.

Jenny grinça des dents, puis poussa le manche vers l'avant afin que l'avion pique du nez. *Je m'en fous*, songea-t-elle, *je pile la réception*. Quinze mètres plus bas, elle jaillit des nuages et plongea droit vers les pics de glace.

On ne voyait pas le sol.

La prière de Kowalski, de plus en plus fervente, se termina par un : *Franchement, je vous déteste !*

Jenny n'y prêta pas attention. Elle se fiait à ses instruments, qui lui promettaient bientôt le sol quelque part. Dès qu'elle rabattit les volets au maximum, l'Otter entama une chute vertigineuse.

C'en fut trop pour le dernier moteur. Il crachota, toussa et rendit l'âme. Résultat : l'hydravion n'était plus qu'un caillou gelé avec des ailes qui fonçait vers la terre.

— *Putaiiiiiiin !* glapit Kowalski.

Jenny fredonnait. Entraîné par son élan, l'appareil continua – à peine – à fendre les airs. L'aiguille de l'altimètre descendit de plus en plus, puis s'arrêta sur zéro. Toujours aucune trace du sol.

Soudain, les patins heurtèrent la glace, douce et lisse.

Comme elle allait encore beaucoup trop vite, Jenny releva les volets pour freiner.

Tandis que l'Otter filait sur la banquise, des vents latéraux menacèrent de le renverser sur l'aile et de provoquer un tonneau mortel mais, en jouant habilement sur l'ouverture des volets, elle réussit à le maintenir en équilibre.

— Glace ! mugit Tom.

Les pics fonçaient droit sur eux. Or, l'avion avait à peine ralenti. Sans freins hydrauliques, Jenny ne pouvait compter que sur les volets et la force de friction. Pour l'un, pas de problème. Pour l'autre, c'était plus compliqué.

Grâce à ses dix ans d'expérience dans les courses de chiens de traîneau, Jenny connaissait néanmoins les subtilités physiques des patins en acier sur la glace.

Alors qu'ils glissaient vers un crash certain, elle avait déjà pris conscience de l'inévitable.

Elle allait perdre son avion.

— Ça va faire mal, murmura-t-elle.

Elle pria le ciel pour que la banquise reste lisse. Tout dépendait des volets – et du timing.

Les falaises grandirent. Elle compta mentalement, puis, à la dernière seconde, elle rabattit les volets à droite, tandis qu'elle freinait de l'autre côté. L'avion, très maniable, chassa et tourna sur lui-même comme un champion olympique de patinage artistique.

L'empennage percuta la montagne de plein fouet et se déchira en absorbant une bonne partie du choc. Jenny tressauta. Sous la violence de l'impact, l'aile se ratatina, puis la cabine heurta la paroi de côté mais, comme la queue et l'aile de l'appareil avaient enduré le pire, il n'y eut qu'un peu de tôle froissée.

Tout le monde était secoué mais en vie.

Visiblement échaudé par l'expérience, Bane remonta sur sa banquette. Jenny se tourna vers Kowalski, qui tendit les bras, lui attrapa les joues et l'embrassa à pleine bouche.

— On ne se disputera plus jamais, ma belle.

Le moteur fixé à l'aile déchiquetée s'écrasa sur la glace.

— On ferait mieux de décamper, conseilla Tom.

Jenny emporta quelques affaires de secours : une torche électrique, des parkas et des mitaines de rechange, une grosse bobine de fil de polyéthylène, un pistolet de détresse et une poignée de fusées supplémentaires. Elle jeta un œil aux crochets qui, d'ordinaire, accueillaient son arme de service et maudit intérieurement Sewell de la lui avoir confisquée.

En quittant l'épave, elle lança un manteau à Kowalski.

— On dirait que le père Noël est passé en avance, murmura-t-il.

Vu sa carrure de déménageur, la parka était étriquée, les manches lui arrivaient à dix centimètres des poignets, mais il ne s'en plaignit pas.

Alors que le vent la faisait frissonner, Jenny enfila rapidement son anorak à l'abri des falaises.

Bane trottina autour des décombres et leva la patte. Un liquide jaunâtre fuma dans le froid glacial.

— Il est malin, ce clebs, lâcha Kowalski. Si j'avais envie de pisser, je ferais pareil. Rappelez-moi de ne plus jamais embarquer dans plus petit qu'un 747.

— Un peu de respect. Mon Twin Otter s'est quand même défoncé pour vous amener ici.

Jenny se surprit à regretter amèrement la perte de son avion.

Tom se pelotonna dans sa parka.

— On va où maintenant ?

— Quelque part où on n'est pas les bienvenus, répliqua Kowalski, l'index pointé vers la chaîne de montagnes. Voyons si on peut s'introduire par la petite porte.

— Où cette gaine de ventilation *a priori* cachée conduit-elle ? se renseigna Jenny.

Tom expliqua que le système d'aération fonctionnait sans pompes. De simples puits avaient été forés jusqu'aux niveaux les plus bas de la station – et même dessous. Plus lourd, l'air froid de la banquise s'engouffrait dans les canalisations et chassait la chaleur stagnante des bâtiments.

— C'est le principe de la circulation passive, conclut le jeune militaire. L'air frais est enfermé dans un labyrinthe de grottes entourant la base. Une réserve d'air propre, si on peut dire. Il est ensuite chauffé à travers des déflecteurs et utilisé pour alimenter les lieux.

— On arrivera donc directement à ce labyrinthe de grottes ? demanda Jenny.

— Oui, on devrait être en sécurité là-bas, lâcha Kowalski.

— Les gens l'appellent le « Vide sanitaire », confirma Tom.

14 h 13
Station polaire Grendel

Matt s'enfuit avec les autres dans le couloir circulaire qui jouxtait les laboratoires de recherche. Les effroyables cuves se succédaient à sa droite. Sans s'en apercevoir, il commença à les compter.

Arrivé à vingt-deux, il s'obligea à arrêter, mais l'ignoble série ne s'arrêtait pas là. Il y avait au moins une cinquantaine de réservoirs ! De l'autre côté, la paroi blindée était émaillée de fenêtres de bureaux, de portes scellées et de quelques trappes béantes. Il jeta un œil dans l'une d'elles et aperçut des cellules à barreaux. Dans la suivante, une espèce de vaste chambrée.

C'est ici qu'on devait loger les prisonniers, songea-t-il. Il ne pouvait qu'imaginer la terreur des malheureux. *Connaissaient-ils le funeste sort qui les attendait ?*

Tandis qu'Amanda Reynolds marchait d'un bon pas en avant, le Dr Ogden était à la traîne. D'un revers de manche, il frottait parfois le givre d'une cuve, regardait à l'intérieur et marmottait tout bas.

Matt secoua la tête. À cent lieues de vouloir satisfaire une quelconque curiosité scientifique, il n'avait qu'une envie : ficher le camp et retrouver les contrées sauvages de son Alaska, là où on n'avait à craindre que les foudres d'un grizzly affamé.

Un vacarme métallique retentit depuis le laboratoire principal. Les Russes étaient en train de forcer la porte. Après les menaces proférées par la voix glaciale, les fugitifs s'étaient vite enfoncés dans les entrailles du Niveau Quatre.

Les plans de la station à la main, Bratt ouvrait le chemin.

— Encore une dizaine de mètres.

Craig lorgna par-dessus l'épaule du capitaine. Les cartes venaient d'un chercheur de la NASA expert en sciences de la matière. Matt espéra de tout cœur que l'homme n'avait rien oublié.

— Par ici ! s'exclama Greer, parti en éclaireur.

Le lieutenant avait un genou à terre. Entre deux réservoirs, de nombreux tuyaux et canalisations sortaient d'une trappe et couraient le long des murs ou du plafond pour alimenter l'épouvantable expérience.

Pearlson indiqua un schéma placardé au-dessus de l'écoutille, tapota sur une grosse croix rouge et murmura :

— Vous êtes ici.

Matt étudia la carte, puis regarda devant et derrière lui : ils avaient parcouru la moitié du niveau et se trouvaient au milieu de l'espace de stockage.

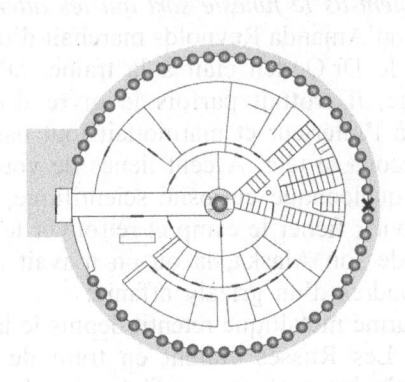

Pearlson et Greer entreprirent de dévisser le panneau au scalpel. Avant de déguerpir, tout le monde avait chapardé du matériel de laboratoire pour se défendre : scalpels, scies à amputation, marteaux métalliques... Washburn avait même récupéré deux crocs de boucherie. Matt n'osait pas émettre d'hypothèse sur l'usage médical d'instruments aussi cruels. Pour sa part, il avait choisi un tuyau en acier d'un mètre de long.

Tandis que les deux militaires s'acharnaient sur la trappe, l'ancien Béret vert observa ses compagnons d'infortune. Drôle de spectacle ! Ils s'étaient transformés en une bande de chasseurs-cueilleurs préhistoriques... équipés d'armes chirurgicales ultrasophistiquées.

Ogden frotta la façade d'une cuve voisine. Le crissement de la laine sur le verre attira l'attention de

Matt, qui se retint d'assommer le petit curieux à coups de barre de fer. *Foutez-leur la paix*, avait-il envie de hurler.

Comme s'il lisait dans ses pensées, le biologiste pivota vers lui d'un air perplexe.

— Ce sont des indigènes.

Sa voix chevrotait. En fait, lui aussi était à bout de nerfs, et il essayait de tenir le coup en s'occupant l'esprit.

— Tous sans exception.

Malgré ses réticences, Matt s'approcha.

— Des indigènes.

— Inuit, Aléoutes, Esquimaux… Appelez-les comme vous voulez. Quoi qu'il en soit, ils se ressemblent et sont peut-être originaires d'une même tribu.

Matt se planta devant le dernier réservoir que le scientifique avait essuyé. Au début, il le crut vide, puis il baissa les yeux.

Un garçonnet était assis par terre, figé dans la glace.

Le Dr Ogden avait raison : c'était en effet un jeune Inuit. Ses cheveux noirs, ses yeux en amande, ses pommettes rebondies, même la couleur de sa peau, bien qu'elle soit devenue légèrement bleutée… Impossible de se tromper sur son patrimoine génétique !

Des Inuit. Le peuple de Jenny.

Matt s'agenouilla.

L'enfant avait les paupières fermées, comme s'il dormait, mais ses menottes étaient collées aux parois de sa prison glacée.

Matt posa la main sur le verre et recouvrit la paume du jeune martyr. Son autre main se crispa sur son bout de tuyau. Quels monstres pouvaient infliger pareil traitement à un môme ? Le pauvre avait à peine 8 ans.

Un souvenir lui revint en mémoire.

Il a le même âge que Tyler au moment de sa mort.
Matt contempla le petit visage impassible, mais un fantôme s'immisça vite dans son esprit : Tyler, étendu sur la table en pin du chalet familial. Son fils aussi était mort prisonnier de la glace. Ses lèvres étaient toutes bleues, ses paupières closes.
Un ange endormi.
Accablé de douleur, il se félicita néanmoins que Jenny soit épargnée par une telle vision. Il espéra qu'elle était en sécurité et que jamais, au grand jamais, elle ne tomberait sur une abomination pareille.

Ému aux larmes, il souffla aux deux gamins :
— Je suis désolé.
Amanda posa la main sur son épaule.
— Le monde sera au courant, le rassura-t-elle d'une voix pâteuse, sa prononciation d'autant plus entravée par le chagrin.
— Comment ont-ils pu… ? Ce n'était qu'un gosse. Qui veillait sur lui ?
Matt n'avait pas quitté le réservoir des yeux. Par compassion, elle lui pressa l'épaule.
La mine défaite, Ogden étudiait un panneau de commande couvert de boutons et de manettes. Du bout du doigt, il effleura quelques caractères cyrilliques.
— Bizarre…
— Quoi ?
Le biologiste abaissa un levier un peu grippé. Un bruit sec résonna dans le silence du couloir. Les boutons s'allumèrent, un vieux moteur redémarra, et la façade de la cuve se mit à vibrer.
— Qu'avez-vous fait ? s'indigna Matt.
— Seigneur, il fonctionne toujours ! Je ne croyais pas que…
Un fracas tonitruant jaillit du fond du couloir.

— Les Russes ont réussi à ouvrir, annonça Bratt.

— Nous aussi, grimaça le lieutenant Greer. Enfin, presque.

Pearlson se battait contre la dernière vis filetée.

Entre la galerie des horreurs et leurs efforts effrénés, Craig ne savait plus où donner de la tête. Les yeux écarquillés, il serra contre son torse un clou à os de trente centimètres de long, autrement dit un petit piolet chirurgical, et gémit :

— Vite, dépêchez-vous.

On entendit des cris ainsi que des pas prudents sur le plancher métallique.

— Ça y est ! lâcha Greer avant de dégonder la trappe avec Pearlson.

— Tout le monde dehors ! ordonna Bratt.

Craig fut le premier à plonger. Les autres l'imitèrent.

Vidé de ses forces, Matt était toujours agenouillé près de l'enfant congelé. Sa main, collée à la paroi glacée, lui faisait mal. Il sentit le moteur vibrer contre le verre.

— Grouillez-vous ! insista Amanda.

Il observa le jeune Inuit une dernière fois et, en se relevant, il eut l'impression de l'abandonner. Ses doigts s'attardèrent encore quelques instants, puis il tourna les talons.

Greer aida Amanda à passer, puis il tendit la main à Matt, qui repoussa son aide et s'engouffra seul dans la trappe.

Washburn était accroupie en queue de peloton. Tel un pirate d'Amazonie, elle pointa un croc de boucher vers le fond du conduit.

Bratt ouvrait le chemin, suivi de Craig et des biologistes. Son tuyau sous le bras, Matt escorta le Dr Reynolds à quatre pattes. Il se dépêcha d'avancer pour laisser entrer les derniers : Pearlson, Greer et Washburn.

La galerie n'était qu'un banal puits foré dans la glace. Au sol, des tapis en caoutchouc facilitaient la progression.

Au bout de cinq mètres, le tunnel jalonné de canalisations s'assombrit. Matt lorgna par-dessus son épaule : Greer avait réencastré la trappe dans l'espoir de masquer leur fuite ou, du moins, de retarder la découverte du stratagème. Le quatrième niveau était vaste, divisé en multiples compartiments. Les Russes allaient perdre du temps à retrouver leur piste et, avec un peu de chance, ils ne remarqueraient pas d'emblée la trappe descellée.

Le chemin devint lugubre – et plus froid.

Finalement, le couloir déboucha sur un ancien cagibi de service, modeste cube découpé à même la glace. Quelques meubles en bois se partageaient l'espace avec des bobines de cuivre et de gaine, des monceaux de pièces détachées métalliques, un gros tuyau en caoutchouc et une caisse à outils.

Une échelle, faite de barreaux en bois arrimés au mur blanc, menait à un autre puits six mètres plus haut.

Bratt y pointa son rouleau de cartes et chuchota :

— Ce passage devrait nous mener au troisième niveau.

— Je pense qu'on peut y rejoindre l'ancien dépôt d'armes, annonça Washburn. Il se trouve dans le bâtiment principal de la station mais, si on réussit à divertir quelques minutes l'attention des Russes, certains d'entre nous pourraient se glisser jusque-là.

— D'accord, on monte, acquiesça Bratt.

Une fois les instruments chirurgicaux rangés dans les poches, tout le monde gravit la paroi selon le même ordre que précédemment. Matt suivit Amanda. Il atteignit le dernier échelon et se hissa à l'intérieur du nouveau conduit de service.

Un cri résonna derrière lui. En russe. Il venait du tunnel attenant au laboratoire du Niveau Quatre.

— Merde, pesta Greer.

L'ennemi avait déjà trouvé leur terrier.

Un coup de feu retentit. La balle ricocha le long de la galerie vers le cagibi. Des éclats de glace jaillirent à quelques centimètres de Washburn.

Matt se baissa et l'aida à gravir les derniers barreaux. D'une souplesse de chat, la jeune militaire se faufila derrière lui.

— Dites aux autres de se grouiller, souffla-t-il.

Inutile de le répéter. Tout le monde s'était figé au moment de la détonation mais, à présent, ils détalaient comme des lapins, Bratt en tête.

Un brouhaha d'ordres marmonnés en russe s'éleva. Difficile d'y comprendre quelque chose. Matt avait toujours les oreilles qui bourdonnaient, mais il n'appréciait guère de telles messes basses.

Il se pencha à l'entrée du tunnel et siffla aux deux soldats :

— Magnez-vous le train !

Par peur d'un nouveau coup de feu, les retardataires s'étaient plaqués chacun contre un mur.

Premier à bondir sur l'échelle, Greer grimpa avec l'agilité d'un singe. Derrière, Pearlson lui marchait presque sur les pieds.

Matt empoigna le lieutenant par la capuche, le tira jusqu'à lui et le poussa vers le reste du groupe.

Pearlson posa la main sur le rebord. En se retournant pour l'aider, Matt vit un objet sombre rebondir dans la salle. Il ouvrit des yeux horrifiés : le projectile ressemblait à un ananas noir mat.

Inquiet, le marin regarda par-dessus son épaule.

— Qu'est-ce que… ?

Le mystérieux objet pirouetta sur la glace et heurta le mur au pied de l'échelle.

— Merde ! lâcha Pearlson.

Matt l'attrapa par sa capuche, mais le militaire le repoussa, bondit devant la trappe pour faire écran de son corps et glapit, épouvanté :

— Barrez-vous !

Matt retomba sur les fesses lorsque la grenade explosa. Le souffle de la déflagration l'écarta encore de quelques pas. Ébloui par un éclair fulgurant, il sentit une vague de chaleur lui submerger le visage et le cou. Alors qu'il avait certainement hurlé, il ne s'en rendit même pas compte.

La lumière vive s'éteignit aussitôt. La chaleur, au contraire, s'intensifia et, quand il recouvra la vue, le jeune homme fut horrifié de comprendre pourquoi.

Pearlson bloquait toujours la sortie et ses vêtements étaient en feu. *Non, pas ses vêtements – son corps tout entier !*

Plus qu'une banale grenade, il s'agissait d'une méchante bombe incendiaire.

Tandis que l'héroïque soldat trébuchait en arrière, le bout du tunnel commença à fondre et le tapis de sol en caoutchouc fit des bulles. Matt se sauva à reculons. Il avait l'impression d'avoir pris un énorme coup de soleil. Si Pearlson ne s'était pas sacrifié, ils auraient tous péri carbonisés. Comme si elle venait d'un four béant, la chaleur résiduelle liquéfiait les murs de glace.

De peur de perdre leurs proies dans le dédale des gaines de service, les Russes avaient opté pour une solution rapide et radicale : la grenade allait soit tuer les évadés, soit les faire partir à grande eau.

Une main empoigna l'épaule de Matt.

C'était Greer, qui fixa le triste spectacle sans ciller :

— Dépêchez-vous.

Encore secoué par l'explosion, le jeune civil l'entendit à peine mais hocha la tête et, ensemble, ils rejoignirent les autres à quatre pattes.

Seulement, où aller ? La mort les attendait de chaque côté. La seule question était de savoir de quelle manière ils allaient périr. Matt regarda devant lui, puis derrière.

La glace ou le feu.

12

SECTIONS D'ASSAUT

ᓂᖕᒥᒧᓕᒐᔅᔪᑦ ᓴᕿᓐᓱᖅᐊᑐᑦ

9 avril, 14 h 15
À bord de la Sentinelle polaire

Tout le monde attendait la décision du commandant. La *Sentinelle* s'était arrêtée, à portée de périscope, sous une brèche à ciel ouvert coincée entre deux blocs de banquise. Des vents assourdissants balayaient les plaines enneigées à près de cent kilomètres à l'heure mais, sous l'eau, il régnait un silence de mort.

Perry se tourna vers le second maître qui s'occupait de la radio :

— Et on ne peut espérer aucune liaison satellite ?

Sous les regards pesants de l'assistance, le jeunot de 22 ans, tout blanc malgré ses taches de rousseur, ravala sa salive.

— Non, chef. L'orage magnétique est encore plus violent que le blizzard au-dessus de nos têtes. J'ai tout essayé.

Perry hocha la tête. Ils étaient encore livrés à eux-mêmes. Impossible de reporter la décision plus longtemps. Une demi-heure auparavant, le même radio avait débarqué au kiosque en annonçant avoir capté un message en russe sur le TUUM. Les téléphones sous-marins, s'ils étaient pratiques pour communiquer à courte distance, ne garantissaient aucune confidentialité, en particulier face à un bâtiment aussi sophistiqué que la *Sentinelle*. Non seulement rapide et silencieuse, elle possédait aussi l'ouïe la plus fine du monde.

À trente kilomètres de leur zone de navigation, les Américains avaient intercepté une liaison sonar entre le chef du contingent russe et le commandant du *Drakon*. L'interprète de bord n'avait mis que quelques instants à traduire leur brève conversation. Perry avait lui-même écouté l'enregistrement sur lequel une voix froide et caverneuse énonçait les consignes.

Déclenchez les bombes et coulez la base.

L'ennemi avait l'intention de faire un carnage. Les civils, les derniers GI... Tous seraient sacrifiés, rayés de la surface du globe.

À l'annonce de la terrible décision, Perry avait ordonné au timonier de trouver un endroit où déployer leur antenne. Il doutait fort que quelqu'un puisse réagir à temps, mais il fallait lancer un SOS d'urgence. Le délai était trop court.

Hélas, même leur maigre tentative avait échoué. Un quart d'heure plus tôt, ils avaient refait surface dans une brèche de la banquise. Une fois l'antenne sortie en pleine tempête, l'opérateur radio avait tout tenté. En vain. Les communications étaient toujours coupées.

Le Dr Willig, devenu porte-parole des civils à bord, lança :

— Ce sont nos hommes qui sont là-bas, nos collègues, nos amis, voire notre famille. On comprend le risque de l'intervention.

Perry scruta les visages à la ronde. Chacun à son poste respectif, les marins affichaient la même détermination. Il gravit la petite marche qui menait au périscope et s'accorda quelques instants pour évaluer sa propre motivation. *Amanda se trouvait là-bas... quelque part.* Dans quelle mesure ses sentiments affectaient-ils son jugement ? Qu'était-il prêt à risquer : son équipage, les civils placés sous sa protection, peut-être même son vaisseau ?

Les autres avaient beau avoir fait leur choix, il en allait de sa responsabilité personnelle : soit il continuait vers l'Alaska, soit il repartait à Oméga et s'employait à sauver les occupants de la station.

Malheureusement, quelle force la *Sentinelle* allait-elle opposer à un grand chasseur russe armé jusqu'aux dents ? Les Américains ne pouvaient compter que sur leur vitesse, leur discrétion et leur ruse.

Après avoir inspiré à fond, le commandant annonça au radio :

— On ne peut plus attendre. Configurez un SLOT de façon qu'il retransmette en boucle vers le SAT-NAV l'enregistrement du message russe et lâchez-le dans la brèche.

— À vos ordres.

Perry jeta un œil au vieux Suédois, puis dit à son second :

— Plongez à vingt-cinq mètres selon un angle de trente degrés...

Suspendue à ses lèvres, l'assistance retint son souffle. Allaient-ils continuer de l'avant ou faire machine arrière ?

Ils eurent leur réponse dès la consigne suivante :

— Et passez en mode ultrasilencieux.

14 h 35
À bord du Drakon

Sous le regard attentif de Mikovsky, le timonier et le barreur remontèrent vers la polynie. L'officier de plongée, Gregor Yanovich, surveillait le bathymètre.

Tout était stable.

Visiblement angoissé, Gregor se tourna vers le commandant. Depuis près d'un an qu'ils travaillaient ensemble, les deux hommes avaient appris à se comprendre sans même se parler et, à cet instant précis, Mikovsky devina la terrible question qui tenaillait l'esprit de son officier : *On va vraiment faire un truc pareil ?*

Il se contenta de soupirer. Il fallait suivre les directives. Après l'évasion des deux prisonniers, la station dérivante était devenue plus un danger qu'un atout pour leur mission.

— Fermeture des aérateurs ! Paré à émerger.

— Allez-y en douceur et sans heurt, insista Mikovsky.

On appuya sur des interrupteurs, les pompes ronronnèrent et, en quelques secondes, le *Drakon* refit surface. Des cris retentirent à l'intérieur du sous-marin. *La voie était libre.*

— Ouvrez l'écoutille !

D'un signe, Gregor relaya l'ordre au marin chargé d'actionner le levier de débrayage.

— L'équipe est prête à débarquer, commandant.

Son ton froid et très professionnel était plombé par la tâche effroyable qui les attendait.

— Des instructions ?

Mikovsky consulta sa montre.

— Empêchez les prisonniers de sortir. Vérifiez deux fois que les bombes sont installées comme il faut. Vous avez quinze minutes pour ramener tout le monde. Une fois le dernier homme à bord, on replonge très loin d'ici.

Droit comme un *I*, Gregor fixa un point imaginaire à l'horizon, là où il serait possible d'oublier ce qu'ils s'apprêtaient à faire, mais personne n'avait la vue aussi perçante.

Mikovsky donna son dernier ordre.

— Dès que le pont sera immergé, déclenchez l'explosion des bombes. Il ne doit rester aucune trace de la station dérivante.

14 h 50
Station polaire Grendel

Au moment de gravir une énième crête de pression, Jenny se réjouit que son père soit resté à Oméga, tant le chemin était rude. Les arêtes de glace avaient déjà abîmé ses mitaines. Elle avait les doigts endoloris, les mollets en feu et le reste du corps transi jusqu'aux os.

Mi-haletante, mi-gémissante, elle se hissa péniblement jusqu'au sommet.

Kowalski s'y tenait déjà à califourchon. Ensemble, ils glissèrent sur les fesses et les mains le long de l'autre versant, puis il l'aida à se relever.

— Ça va ?

Elle hocha la tête, aspira de grandes bouffées d'air glacial et se retourna vers Bane. Pomautuk dut le pousser par-derrière pour le forcer à franchir la crête, puis ils dégringolèrent la pente et rejoignirent les autres au petit trot.

— C'est encore loin ? demanda Jenny.

Tom regarda sa montre équipée d'une boussole.

— Plus que cent mètres par là.

Le défi paraissait impossible. En une heure, ils s'étaient à peine extirpés de la première couronne montagneuse qui surplombait la station enfouie. Devant eux, le terrain était plissé, fissuré, démesuré, fracassé, comme s'ils progressaient sur un gigantesque tapis de verre brisé.

Hélas, ils n'avaient pas le choix.

Ils se remirent à progresser d'un pas lourd. Les vents qui mugissaient au-dessus d'eux faisaient penser à des vagues s'écrasant contre des falaises et la neige, mousseuse, produisait des tourbillons d'écume.

Jenny s'abritait toujours derrière l'imposante carrure de Kowalski qui, tel un golem d'argile, traversait le blizzard sans faiblir. Elle se concentra sur ses épaules, son dos et s'obligea à suivre sa cadence.

Soudain, le colosse vacilla et tomba sur un genou en battant des bras.

— Merde !

Sa botte avait transpercé la fine pellicule de glace d'une mare à peine plus grande qu'une plaque d'égout. Il s'y enfonça jusqu'à la cuisse avant de se rattraper au bord. Le temps de ressortir de l'eau, il lâcha un chapelet de jurons.

— Alors, là, putain, c'est le pompon ! Je n'arrête pas de tomber dans cette saloperie de flotte.

Loin d'être dupe de son air bravache, Jenny avait lu la peur au fond de ses yeux. Elle l'aida à se relever avec Tom.

— Continuez de marcher. Vos mouvements associés à votre chaleur corporelle vous éviteront de geler sur place.

Il se dégagea de leur étreinte.

— Elle est où votre saleté de gaine d'aération ?

— On arrive ! le rassura Tom.

Accompagné de Bane, le jeune homme prit la tête du cortège. Kowalski lui emboîta le pas en ronchonnant dans sa barbe.

Un mètre derrière, Jenny entendit un clapotis. Elle lorgna par-dessus son épaule : des morceaux de glace étaient ballotés en profondeur. *De simples courants marins*.

Elle poursuivit son chemin.

Cinq minutes de marche plus tard, il s'avéra que Pomautuk avait raison : au détour d'un pic immaculé, ils découvrirent une énorme montagne.

— On est arrivés au bord de l'île de glace, annonça Tom.

Jenny baissa les yeux. Elle avait du mal à croire qu'elle foulait le sommet d'un iceberg monstrueux, haut de presque deux kilomètres.

— Où se trouve le puits d'aération ? grogna Kowalski, frigorifié.

Leur guide indiqua la gueule sombre d'un tunnel au pied de la montagne.

— Là-bas.

L'ouverture, trop carrée pour être naturelle, mesurait un mètre de côté. La grille en cuivre qui la verrouillait autrefois avait été forcée, à moitié enfouie sous la neige.

Des ours polaires en quête d'une tanière, songea Jenny.

Tandis qu'elle approchait prudemment, l'intrépide Tom se mit à quatre pattes.

— Faites gaffe, la pente est raide. Quarante-cinq degrés d'inclinaison. Pour plus de sécurité, il vaut mieux s'encorder.

Jenny lui tendit sa torche Maglite. Il l'alluma et la braqua au fond du conduit.

— On dirait que la galerie bifurque à droite au bout de dix mètres, comme chez nous dans les igloos.

Il posa le rouleau de câble qu'il portait à l'épaule.

Jenny s'avança encore. Les Inuit construisaient le couloir d'entrée de leurs maisons en serpentin afin d'empêcher les tempêtes de neige de s'engouffrer directement à l'intérieur.

— De la merde ! frissonna Kowalski. On se planque là-dedans, point barre.

Jenny sentit soudain les poils de sa nuque se hérisser. En tant que shérif, elle avait développé une espèce de sixième sens, d'instinct de survie. *Ils n'étaient pas seuls.* Sa brusque volte-face surprit Kowalski.

— Qu'est-ce que... ?

Quelque chose surgit derrière la crête de pression. L'énorme animal avait une tête oblongue, des yeux noirs et des griffes acérées. Il leva le museau et huma l'air vers eux.

La jeune femme resta bouche bée. *C'est quoi ce machin ?*

Tête basse, les épaules voûtées, le poil hérissé, Bane aboya.

La créature s'accroupit. Ses épaisses babines se retroussèrent sur des mâchoires de grand requin blanc.

Jenny en avait vu assez. De son enfance en Alaska, elle avait appris que tout ce qui possédait des dents essaierait forcément de vous dévorer. Elle empoigna son chien par la peau du cou.

— À l'intérieur !

Tom ne se le fit pas dire deux fois. Il savait obéir au quart de tour et, n'hésitant pas à offrir sur-le-champ une démonstration de ses talents, il plongea bille en tête sur la pente glacée.

Jenny regagna le puits. Au moment d'entrer, elle lâcha Bane, qui s'éloigna de quelques pas et se remit à aboyer. Elle voulut le rattraper, mais elle était coincée.

— Laissez le clebs ! gronda Kowalski.

Il la poussa vers le tunnel. Comme il était sur ses talons, elle n'eut pas d'autre choix que de s'élancer dans la galerie abrupte.

— Bane ! vociféra-t-elle. *Au pied !*

Lorsqu'elle lorgna par-dessus son épaule, l'imposant militaire lui boucha la vue. À l'approche du virage en épingle à cheveux, ils ralentirent un peu.

— Rampez ! Grouillez-vous ! insista Kowalski.

Le conduit s'assombrit derrière eux.

— Merde ! Elle nous suit, cette sale bête !

Jenny se retourna. La créature s'était faufilée dans le puits en ondulant sur son ventre lisse.

Le bondissant Bane avait à peine quelques mètres d'avance.

— Vite ! brailla Kowalski.

Il tenta encore d'inciter Jenny à avancer mais, cette fois-là, elle tint bon et sortit le pistolet de détresse.

— Baissez-vous !

Le marin s'aplatit.

Elle visa derrière l'oreille de son chien et tira. La fusée s'enflamma au moment où elle passait devant Bane et lui arracha un glapissement de surprise.

Lorsqu'elle explosa contre la gueule du prédateur, l'animal rugit, aveuglé par l'éclat éblouissant du projectile, et se donna un coup de patte sur le museau.

Jenny se précipita vers Tom, qui avait disparu plus loin avec la torche.

Kowalski surveilla leurs arrières jusqu'à ce qu'ils aient dépassé le virage.

— On dirait que le monstre s'en va. Il a dû vous trouver vachement trop épicée à son goût, shérif.

La pente se raidit encore et, bientôt, ils dévalèrent la galerie la tête la première. Jenny freinait avec ses bottes et ses mains, mais les murs étaient trop lisses.

Au bout d'une minute, Tom lança d'une voix retentissante :

— Je suis arrivé au bout ! Ce n'est plus très loin.

Il avait raison.

La lumière s'accrut, et la jeune femme débarqua dans un grand tunnel glacé. Kowalski faillit lui atterrir dessus, puis ce fut au tour de Bane. Elle se dégagea, se releva en se frottant les mains et regarda autour d'elle. À quelle profondeur de l'iceberg étaient-ils descendus ?

Tom caressa un losange vert dessiné au mur.

— Je crois savoir où nous sommes... mais...

Il braqua sa torche au sol. Quelqu'un avait renversé de la peinture rouge.

La nuque toujours hérissée, Bane renifla la tache.

Pas de la peinture... *Du sang.*

Encore frais.

— On n'aurait jamais dû quitter cette foutue station dérivante, grommela Kowalski.

Personne ne le contredit.

14 h 53
À l'extérieur de la station dérivante Oméga

L'adjudant Ted Kanter était allongé dans une congère, à moitié enfoui sous la neige et vêtu d'un anorak blanc. Couvert des pieds à la tête, il observait la base américaine aux jumelles infrarouges. Un quart d'heure plus tôt, il avait vu le sous-marin russe reparaître en plein blizzard dans un nuage de vapeur.

Le soldat ne se trouvait qu'à cent mètres d'Oméga. Son seul moyen de communication avec l'extérieur ? Une oreillette acoustique General Dynamics associée à un microphone subvocal collé au larynx. Après avoir fait son rapport, Kanter avait repris le guet.

Depuis son arrivée, on lui avait ordonné de rester en alerte mais de ne pas intervenir.

À quatre cents mètres de là, deux tentes blanches accueillaient l'équipe de reconnaissance de la Delta Force, mais il avait aussi un partenaire caché sous la neige, à deux mètres de lui. Après avoir été parachutés de nuit, les six hommes du groupe n'avaient pas bougé de leur poste depuis seize heures.

Le sergent-major de commandement Wilson, qui dirigeait la mission et avait donc été nommé Delta Un, était resté avec le gros des forces d'assaut au point de ralliement Alpha, six kilomètres plus loin. Les deux hélicoptères, camouflés pour passer inaperçus en milieu polaire, avaient été cachés jusqu'à obtention du feu vert.

À l'aube, Kanter et son équipe avaient suivi de près les manœuvres du *Drakon*. Il avait vu les Russes envahir la station et en prendre le contrôle. Des hommes s'étaient fait descendre à même pas quarante mètres de lui, mais il n'avait pas pu riposter. Il avait des instructions : regarder, observer, enregistrer.

Il n'était pas question d'*agir*, du moins pas encore.

Le contrôleur des opérations avait bien précisé de n'intervenir que sur son ordre. Il fallait d'abord régler des questions politiques et stratégiques. L'objectif de la mission, surnommé le « ballon de foot », devait aussi être retrouvé et mis en sécurité. Ce n'était qu'à partir de là qu'ils pourraient quitter leur tanière. En attendant, Kanter appliquait les consignes.

Un quart d'heure plus tôt, les Russes étaient sortis du *Drakon*. Il avait compté le nombre d'hommes descendus à terre, puis l'avait ajouté au reste des adversaires stationnés sur place, histoire d'avoir une idée des forces en présence.

Les soldats étaient désormais de retour. Concentré derrière ses jumelles infrarouges, il procéda au même comptage lorsqu'ils disparurent à l'intérieur du bateau. Ses mâchoires se crispèrent.

Le plan était clair.

— Delta Un, répondez, souffla-t-il dans son émetteur.

— Au rapport, Delta Quatre.

— Chef, je crois que les Russes évacuent la base.

Il poursuivit ses soustractions à mesure que d'autres hommes franchissaient la crête voisine et rejoignaient le *Drakon*.

— Compris. On a de nouvelles instructions, Delta Quatre.

Kanter se raidit.

— Le contrôleur vient de donner le feu vert. Préparez-vous à attaquer à mon signal.

— Message reçu, Delta Un.

Le soldat émergea de sa cachette.
La vraie bataille venait de commencer.

14 h 54
À bord de la Sentinelle polaire

Pendant que le sous-marin filait sous la glace, Perry faisait les cent pas au poste de contrôle. Personne ne parlait. Ses hommes connaissaient le danger et l'urgence de leur mission. Devant l'audace d'un tel projet, il avait conscience que, même en cas de réussite, il perdrait peut-être ses galons de commandant, mais il s'en moquait. Il distinguait encore le bien du mal, l'obéissance aveugle de la responsabilité personnelle. Pourtant, une question le taraudait : savait-il la différence entre le courage et la simple stupidité ?

Alors que la *Sentinelle* voguait vers Oméga, il avait souvent failli donner l'ordre de faire demi-tour et de rallier des eaux alaskaines plus tranquilles, mais il s'était abstenu et se contentait de regarder leur destination initiale s'éloigner. Ses prédécesseurs avaient-ils été tenaillés par les mêmes doutes ? Il ne s'était jamais senti aussi indigne de son rang.

Hélas, il n'y avait personne d'autre.

— Commandant, chuchota son second.

Le sous-marin était insonorisé et équipé de déflecteurs, mais on n'osait pas s'exprimer trop fort, de peur que le dragon qui hantait le secteur ne les entende.

— Position confirmée. Le *Drakon* a refait surface à Oméga.

Perry vérifia leur distance par rapport à la station dérivante. Encore cinq milles nautiques.

— Il est là depuis combien de temps ?

Son interlocuteur secoua la tête. Les informations arrivaient au compte-gouttes. Comme le sonar avait été désactivé, les coordonnées exactes de l'ennemi restaient floues. Certes, ils avaient localisé le submersible, mais cela réduisait considérablement leur marge de manœuvre. Les Russes étaient déjà en train d'évacuer la station. Selon la communication interceptée sur le TUUM, le commandant du *Drakon* ferait tout sauter dès qu'il entamerait sa descente.

Certes, il voulait éviter que l'explosion n'abîme son propre vaisseau, mais quel était le planning ?

Le lieutenant Liang, officier de plongée, s'approcha d'un air inquiet.

— J'ai exposé le scénario aux hommes de barre, chef, et nous sommes enfin d'accord sur les différentes options à suivre.

— Durée estimée de la manœuvre ?

— Je peux nous positionner en moins de trois minutes, mais il nous en faudra deux de plus pour émerger en toute sécurité.

— Cinq minutes...

Et on n'est pas encore arrivés là-bas.

Perry pointa leur vitesse. *Quarante-deux nœuds*. Une allure ahurissante pour un sous-marin naviguant en mode silencieux, mais c'était l'avantage de la *Sentinelle*. Néanmoins, ils n'osaient pas accélérer : si le *Drakon* repérait la cavitation des hélices ou quelque autre indice de leur arrivée, ils étaient cuits.

Le commandant calcula mentalement le temps nécessaire pour rejoindre Oméga, se mettre en position, organiser le sauvetage... et s'enfuir. Ils n'y arriveraient jamais. Dommage que le *Drakon* soit déjà en train d'évacuer ses troupes...

Liang ne broncha pas. Il pensait la même chose, comme tout le monde. Une énième fois, Perry songea à rebrousser chemin. Ils avaient tenté le coup, mais c'était perdu d'avance. Les Russes avaient gagné.

Il repensa toutefois au sourire d'Amanda, à ses petites rides au coin des yeux quand elle riait, à la façon dont ses lèvres s'entrouvraient doucement, tendrement contre les siennes...

— Il faut retarder le départ du *Drakon*.
— À vos ordres, commandant.
— Lancez un signal sonar à l'autre bateau.
— Je vous demande pardon ?

Perry se tourna vers ses hommes :

— On doit les prévenir que quelqu'un partage leurs eaux. Qu'on les observe.

Tout en faisant les cent pas, il exposa son plan à voix haute.

— Ils pensent qu'on est partis depuis longtemps et que personne n'assistera au carnage. Émettre une impulsion sonar va obliger le commandant à réfléchir quelques instants avec son capitaine. Cela nous laissera peut-être le temps nécessaire.

— Sauf qu'ils seront en état d'alerte absolue, objecta Liang. On aura du mal à leur passer sous le nez pour orchestrer le sauvetage.

— J'en suis conscient. On nous a envoyés au pôle Nord afin de tester la *Sentinelle* au maximum de ses capacités de vitesse et de discrétion. C'est exactement ce que j'ai l'intention de faire.

Liang prit une longue inspiration frémissante.

— À vos ordres, chef.
— Une impulsion... et, après, silence radio.
— Compris, répondit le second.

Perry s'adressa ensuite à Liang, son officier de plongée.

— Dès qu'on aura émis le signal, je veux que le timonier bifurque à quarante-cinq degrés de notre cap actuel. Pas question qu'ils repèrent notre position. On se déplace vite et en silence.

— Comme un fantôme, chef.

Liang pivota sur ses talons et rejoignit son poste.

Un technicien se leva d'un bond.

— J'ai repéré un souffle, commandant ! En provenance du *Drakon* !

Perry lâcha un juron. Le sous-marin russe s'apprêtait à replonger et évacuait l'air de ses ballasts. Ils arrivaient trop tard. Le processus d'évacuation était déjà bouclé.

Le second l'observa, l'air de dire : *On continue comme prévu ou on jette l'éponge ?*

Perry soutint son regard sans ciller.

— Appuyez sur la sonnette.

Le soldat posa la main sur l'épaule du responsable sonar, qui releva des interrupteurs et appuya sur un bouton.

C'était fait. Ils venaient de se trahir. Il n'y avait plus qu'à guetter une réaction. Les secondes parurent interminables. Le plancher vibra sous leurs pieds quand la *Sentinelle* réajusta sa trajectoire.

Perry serra les poings.

— Le tirage d'air s'est arrêté, murmura le technicien.

Leur appel avait été entendu.

— Chef !

Les écouteurs sur les oreilles, son collègue se leva.

— Je détecte un autre contact. Du bruit sur les hydrophones.

Un autre contact ? Perry se précipita.
— Venant d'où ?
— Juste au-dessus de nous.

Le commandant s'empara des écouteurs et entendit un roulement de tambour... ou plutôt deux... assez lents... qui ne tardèrent pas à s'accélérer.

Ancien expert sonar, Perry comprit à quoi il avait affaire :
— Un vrombissement de rotor.
— Affirmatif. Il y a deux oiseaux dans les parages.

14 h 56
À bord du Drakon

Mikovsky recevait les mêmes informations. Quelques instants plus tôt, leur sous-marin avait été visé par une impulsion précise et délibérée. À l'évidence, quelqu'un sillonnait les eaux polaires... et voilà qu'on s'approchait aussi par voie aérienne.

Le *Drakon* était pris en tenailles, coincé de tous côtés.

Pour qu'il ait envoyé un signal, l'autre submersible disposait certainement d'une force de frappe. Mikovsky sentait presque la torpille braquée sur son popotin. Le fait qu'aucun poisson ne file déjà sous l'eau insinuait qu'il s'agissait d'un avertissement.

Ne bouge pas, sinon ça va être ta fête.

Le commandant russe, lui, était impuissant. Il n'avait aucun moyen de se défendre. Son *Drakon*, piégé au cœur de la polynie, ne pouvait ni manœuvrer ni échapper à l'assaut ennemi. Cerné par la banquise, il n'était même pas capable de procéder à un balayage sonar digne de ce nom. Tant qu'il restait en surface, il était à moitié aveugle.

Hélas, ce n'était pas le pire danger.

La tempête de neige et les variations de flux magnétiques brouillaient les relevés radar. Deux hélicoptères fonçaient vers lui en rase-mottes, ce qui rendait le contact difficile et la visée sur cible impossible, surtout dans des conditions de visibilité nulle.

— Ils arrivent par vagues successives, avertit Gregor.

— J'ai détecté un lancement de missile ! s'écria un technicien sonar.

— Merde ! pesta Mikovsky.

Sur la vidéo des caméras extérieures, on distinguait vaguement le profil des crêtes de pression entourant le lac. Le reste du monde n'était qu'un vaste nuage blanc.

— Contre-mesures aériennes ! Larguez la paillette !

Un submersible n'était jamais plus vulnérable qu'en position émergée. Il valait mieux s'aplatir au fond d'une faille océanique que de rester où il se trouvait actuellement. Et c'était là qu'il allait… au diable avec celui qui avait envoyé l'impulsion sonar. Autant tenter sa chance sous l'eau.

— Ouverture des purges ! lança-t-il à Gregor. Sonnez la plongée d'urgence !

— Ouverture des purges.

Une sirène retentit d'un bout à l'autre du bâtiment, qui vibra à mesure qu'on remplissait les ballasts.

— Poursuivez le largage de paillette jusqu'à immersion totale ! mugit Mikovsky avant de s'adresser aux programmateurs de tir. Je veux savoir qui est en bas avec nous. Il me faut une solution dès qu'on aura quitté la banquise.

Ses hommes acquiescèrent en silence.

À l'écran, le sous-marin vomissait un nuage d'aluminium dans l'air. La paillette était censée faire dévier le missile de sa cible mais, à peine sorti, le leurre fut dissipé par les vents violents, et le *Drakon* se trouva de nouveau à découvert.

Alors que son bateau sombrait comme une pierre sous le poids des cuves pleines, Mikovsky vit un tourbillon de neige... foncer droit vers eux.

Un missile Sidewinder.

Ils n'y couperaient pas.

Quand la mer submergea les caméras extérieures, l'image disparut.

L'explosion fut assourdissante. Le *Drakon* tressauta comme s'il venait d'encaisser un gros coup de marteau. Entraînée par le tangage, la caméra vidéo remonta à l'air libre. Une bonne moitié de la polynie n'était plus qu'un cratère, une crique dévastée. Des bittes d'amarrage fendirent le ciel. L'eau et la glace parurent s'embraser.

Le missile avait manqué sa cible ! De peu, certes, mais tout de même. Un heureux nuage de paillettes avait dû dérouter la torpille de quelques degrés.

La puissance de l'impact avait fait néanmoins remonter le sous-marin en surface, ce qui le remettait à la merci de l'ennemi. Enfin, pas pour longtemps. Une fois stabilisé, il replongea. Les passerelles extérieures s'enfoncèrent de nouveau sous les morceaux de banquise.

Mikovsky remercia tous les dieux de la mer et des hommes.

Au moment où il tournait les talons, quelque chose attira son attention sur un autre écran vidéo. Cette caméra-là, immergée à un mètre de profondeur, était braquée vers la surface. L'image avait un aspect mouillé mais, grâce à la transparence bleu pâle de l'océan Arctique, elle restait étrangement nette, dessinée par l'explosion flamboyante du Sidewinder.

Un soldat en tenue de camouflage polaire gravissait le versant opposé de la crête. Le long tube noir qu'il portait sur l'épaule visa l'objectif.

Un lance-roquettes.

Un jet de feu s'échappa du canon.

— Paré à l'impact ! hurla Mikovsky.

Il n'eut pas le temps de terminer que le *Drakon* subit une terrible déflagration. Cette fois-là, l'ennemi avait visé juste.

Les oreilles du commandant se débouchèrent au moment où la fusée fit un gros trou à l'arrière de la coque blindée. *Un obus perforant*.

Ils étaient en train de couler. Des nuages de fumée envahirent le kiosque. Le *Drakon*, déjà alourdi par les ballasts remplis d'eau, dévia quand les flots heurtèrent la poupe de plein fouet. Dès que le bâtiment releva le nez, l'homme de barre tenta par tous les moyens de le ramener à l'équilibre.

Avec ses oreilles qui bourdonnaient, Mikovsky ne sut pas ce que Gregor hurla au pauvre soldat.

Le sous-marin penchait toujours. Malgré sa surdité temporaire, le commandant entendit un fracas métallique : on fermait d'autres écoutilles, à la fois manuellement et électroniquement, afin d'isoler les parties noyées du vaisseau.

Mikovsky se pencha pour compenser l'inclinaison du sol à trente degrés.

À l'écran, l'avant du *Drakon* rejaillit comme une baleine sautant hors de l'eau, tandis que la poupe, grevée par l'inondation, était entraînée au fond.

Ils se retrouvèrent de nouveau exposés à la surface du lac.

Mikovsky chercha du regard le guerrier solitaire qui avait envoyé le missile... et il finit par le repérer. L'homme s'éloignait à toutes jambes le long de la crête glacée.

Pourquoi s'enfuyait-il ?

Quelques secondes plus tard, la réponse surgit du blizzard. Deux hélicoptères blancs comme neige : un Sikorsky Seahawk et un Sikorsky H-92 Helibus. Le second appareil ralentit, des filins dégringolèrent des portes béantes et des hommes descendirent en rappel, arme sur le dos. L'Helibus décrivit ensuite un grand arc de cercle et, après avoir lâché son bataillon de soldats, il se dirigea vers Oméga.

Mikovsky devina l'identité des nouveaux venus. Le Fantôme Blanc l'avait mis au courant.

La Delta Force américaine.

De son côté, le Seahawk survola le sous-marin en bourdonnant comme une mouche sur le museau d'un taureau agonisant. Le commandant sentit qu'ils étaient condamnés. Sous ses pieds, le *Drakon* en perdition sombrait par l'arrière dans les eaux glaciales de l'Arctique. Il n'y avait plus qu'une chose à espérer : que, dans sa clémence, l'adversaire épargne l'équipage.

Alors que le Russe allait donner l'ordre d'évacuer le navire, le Seahawk passa juste au-dessus de la caméra extérieure. Il y avait un truc bizarre sous le train d'atterrissage. Intrigué, Mikovsky mit une longue seconde à comprendre de quoi il s'agissait.

Des bidons... Une vingtaine de bidons gris collés au ventre de l'appareil, telle une couvée d'œufs métalliques.

Des grenades sous-marines.

Mikovsky vit la première bombe se détacher de l'hélicoptère et plonger vers le *Drakon* empêtré dans la banquise.

Le sort qui attendait ses hommes était clair.

Pas de quartier !

15 h 02
À bord de la Sentinelle polaire

Au Cyclope, Perry était cerné par l'immensité de l'océan Arctique. La *Sentinelle*, toujours aussi silencieuse, s'était retirée à l'écart des combats. Même ses moteurs flottaient sans bruit.

Dès la première frappe de missile, il avait ordonné une plongée immédiate. À l'évidence, le *Drakon* essuyait des tirs en surface, et le commandant en avait eu confirmation quelques instants plus tard, quand le sonar avait détecté un impact de fusée en plein dans le mille. À huit cents mètres de là, ils avaient entendu l'explosion et, juste après, le *glouglou* d'un sous-marin brisé.

— On dirait que la cavalerie débarque enfin, avait lâché Liang sur un ton sombre mais soulagé.

Le lieutenant exprimait à voix haute ce que tout le monde pensait et il avait raison. L'assaut venait sans doute de la Delta Force mentionnée dans le dernier message de l'amiral Reynolds.

Perry avait cependant voulu en avoir le cœur net avant de trahir leur présence. Le timing de l'attaque était trop parfait. Comment l'équipe américaine d'élite avait-elle traversé le blizzard pour arriver pile à l'heure ? Et pourquoi n'avait-on pas entendu les deux hélicoptères jusque-là ? Parce qu'ils volaient trop haut et que les hydrophones les avaient seulement entendus au moment du largage de missile ?

Perry n'aimait pas les questions sans réponse... et, à bord d'un sous-marin, la paranoïa était un gage de survie. Elle assurait votre sécurité dans les eaux les plus dangereuses.

Voilà pourquoi il avait décidé d'observer les combats *de visu* par la verrière de la *Sentinelle*. Il avait bien essayé d'utiliser les caméras extérieures mais, étant donné la distance, leur zoom n'était pas assez puissant.

Perry avait donc improvisé et, debout au milieu du Cyclope, il se servait de banales jumelles pour contrôler les opérations.

À huit cents mètres de là, le *Drakon*, le museau en l'air, penchait à un angle de presque soixante degrés. Son profil se découpait dans les lumières de la tempête qui transperçaient le lac.

Perry savait que son homologue avait dû donner l'ordre d'évacuer. Les hostilités étaient presque terminées. L'équipage russe n'avait plus qu'une solution : abandonner le navire.

Soudain, un éclair embrasa l'océan et se figea sur sa rétine. Ébloui, le commandant cligna des paupières quand retentit l'écho étouffé d'une explosion. On aurait dit un roulement de tonnerre, suivi du cliquetis des tôles de pont ébranlées par la secousse.

La vision de Perry s'éclaircit. Le *Drakon* se dressait à la verticale dans de gros tourbillons de bulles. Des blocs de glace, fracassés par les détonations en surface, remontaient des profondeurs.

L'interphone bourdonna.

— Commandant, ici le kiosque. On a détecté une grenade sous-marine !

— Vite ! Faites-nous dégager de là !

Perry se hâta de regagner le pont.

Une autre déflagration secoua la *Sentinelle*.

Les eaux glaciales allaient bientôt devenir chaudes bouillantes.

15 h 03
Station dérivante Oméga

John Aratuk acceptait la mort. Il avait vu des villages entiers, y compris le sien, connaître une fin violente et brutale. Il avait tenu sa femme par la main alors qu'elle agonisait, piégée dans l'épave de la voiture qu'il conduisait en état d'ivresse. La mort faisait partie intégrante de son existence. Résultat : alors que les autres criaient ou fondaient en larmes, il restait assis en silence, les mains tenues dans le dos par des liens en plastique.

Nouvelle explosion. Le bâtiment trembla, et les ampoules dansèrent au plafond. La banquise, mise à rude épreuve par la série de détonations, menaçait de tout faire éclater en mille morceaux.

Autour de John, les militaires tentaient de trancher leurs liens avec le moindre objet aiguisé à portée de main.

Après l'évasion de Jenny et de Kowalski, les Russes les avaient tous attachés et surveillés de près mais, dix minutes plus tôt, même les gardes armés avaient débarrassé le plancher. À les voir fuir précipitamment en emportant quelques provisions, il était clair qu'ils abandonnaient Oméga.

Mais pourquoi ? Avaient-ils découvert ce qu'ils étaient venus chercher ? Et quel serait le sort des prisonniers ? Autant de questions débattues entre les scientifiques du groupe. John, lui, avait lu la réponse dans les yeux de Sewell. Il avait surpris une conversation sur les bombes installées aux quatre coins de la station et n'avait aucun doute sur les intentions ennemies.

Depuis peu, des déflagrations faisaient tanguer la banquise et couvraient même le vacarme de la tempête.

— Que tout le monde garde son calme ! s'époumona Sewell.

Son autorité pleine d'assurance fut mise à mal lorsqu'une énième poussée de la glace le déséquilibra et qu'il se rattrapa *in extremis* à un cadre de lit.

— Céder à la panique n'aidera pas à nous sauver !

John resta assis sans broncher. Jenny s'était enfuie. Il avait entendu le Twin Otter vrombir au-dessus de leurs têtes. Le vieil Inuit dirigea ses pieds vers le radiateur.

Au moins, il mourrait au chaud.

15 h 04
À l'extérieur de la station dérivante Oméga

L'adjudant Kanter était allongé au bout d'une crête de pression. Il avait calé contre lui le lance-roquettes ayant servi à perforer la coque du *Drakon*, mais il n'en avait plus besoin. Les explosions de grenades sous-marines lui donnaient mal aux oreilles. Bien qu'il soit un peu abrité par le versant gelé, chaque déflagration lui envoyait un coup de poing dans le plexus solaire.

Il regarda le chapelet de grenades tomber à la mer, s'enfoncer des trois mètres prévus et sauter. La surface du lac gonflait, puis un geyser d'eau et de glace jaillissait très haut vers le ciel. Chaque fois, la banquise flottante sur laquelle Kanter était allongé tressautait violemment.

La polynie s'était transformée en méchant bain bouillonnant. Des incendies embrasaient les berges dévastées. Un nuage de vapeur mêlé aux rafales de neige enveloppait la carcasse du sous-marin, qui sombrait à la verticale. Seule la pointe avant restait visible et, encore, elle disparaissait rapidement.

Deux marins russes resurgirent des flots et tentèrent de garder la tête hors de l'eau. Vêtus d'un gilet de sauvetage orangé, ils cherchaient à s'échapper par tous les moyens. Cela ne leur porta pas bonheur. Une grenade explosa à un mètre d'eux et envoya leurs corps déchiquetés s'écraser contre la banquise ou leur propre bateau.

Il n'y aurait pas de salut possible.

Le Sikorsky Helibus tournait autour du Seahawk, lui-même en vol stationnaire : il avait largué les derniers membres de l'équipe et attendait les instructions. Quelque part plus loin, Delta Un organisait ses forces terrestres pour reprendre le contrôle de la base scientifique américaine.

Kanter, lui, resta fasciné par la polynie.

L'attaque, d'une majesté époustouflante, était une symphonie de glace, de feu, d'eau et de fumée. Il ressentait chaque explosion jusqu'au fond de ses tripes et commençait à faire physiquement partie de l'assaut.

Il n'avait jamais été aussi fier de sa vie.

Puis il aperçut un mouvement sur le flanc du sous-marin moribond.

15 h 06
À bord du Drakon

Sanglé sur son siège comme la plupart des membres clés de l'équipage, Mikovsky tenta d'afficher un semblant d'ordre. Leur vaisseau avait rendu l'âme : compartiments dévastés, inondation générale, moteurs quasi morts. À cause de l'épaisse fumée, on avait du mal à réfléchir, à voir plus loin que le bout de son nez. Les explosions étaient assourdissantes. Les sous-mariniers avaient enfilé des masques à oxygène, mais leur maigre équipement de secours leur permettrait juste de se venger une dernière fois.

— Message transmis par ondes courtes numériques ! vociféra le radio, le visage à moitié brûlé par un feu électrique qu'il avait réussi à éteindre.

Il avait beau se trouver juste à côté, sa voix rauque et caverneuse paraissait sortir d'un immense tunnel.

Mikovsky lorgna vers son officier d'armement et obtint le signe de tête qu'il attendait. S'ils ne pouvaient pas suivre le protocole habituel, au moins le système de communication était intact. L'officier valida la solution de commande de tir et la cible en ligne de mire, comme jamais il n'en avait calculé auparavant.

Leur bateau était peut-être condamné, mais ils n'étaient pas morts.

Le *Drakon* transportait un arsenal complet de torpilles Shkval (vitesse maximale : deux cents nœuds) et de missiles anti-sous-marins SS-N-16. Quant à ses deux roquettes UGST, dernières-nées des usines russes, elles étaient alimentées par un monergol liquide associé à son propre comburant et montées sur des tubes latéraux spéciaux qui se déployaient de chaque côté du submersible. C'était un problème de déclenchement qui était à l'origine de la tragédie du *Koursk* en 2000, une erreur de manipulation qui avait entraîné la perte de tout l'équipage.

Ce jour-là, il n'y aurait pas d'erreur de manipulation.

Mikovsky reçut confirmation que la fusée UGST à tribord était prête à foncer vers sa cible. Il n'avait plus qu'un mot à dire.

Le dernier qu'il prononcerait de sa vie.

— Feu !

15 h 07
À bord de la Sentinelle polaire

— J'ai repéré un tir ! s'écria le responsable sonar. Torpille à l'eau !

— La cible ? demanda Perry.

Menacée par le bombardement de grenades, la *Sentinelle polaire* s'éloignait vite de la zone de combat. La calotte glaciaire bloquait l'onde de choc des explosions et provoquait de terribles remous sous la banquise, comme si on jetait des pétards dans une cuvette de W.-C.

Le commandant gardait néanmoins l'œil sur le sous-marin russe. Il ne voulait courir aucun risque.

— Apparemment, nous ne sommes pas visés, répondit le technicien sonar.

— Alors qui ?

15 h 07
À l'extérieur de la station dérivante Oméga

Affolé, Kanter tenta de joindre Delta Un. Il fallait donner l'alerte.

— Ici, Delta Un.

Même si son micro subvocal discernait le moindre murmure, l'adjudant hurla :

— Chef, dites au Seahawk que...

Trop tard. De son poste d'observation, il aperçut une gerbe de feu sous la ligne de flottaison écumante du *Drakon*. Une lance de métal gris collée à la coque jaillit hors de l'eau.

Le missile fusa droit vers le Seahawk, qui planait au-dessus d'eux. Jamais l'appareil ne pourrait y échapper à temps.

— Putain ! glapit Delta Un en comprenant le danger.

La torpille frappa l'hélicoptère et, l'espace d'un instant, Kanter crut que le projectile le traverserait de part en part.

Il retint son souffle.

Quand les rotors heurtèrent ensuite la pointe de la fusée, l'explosion – renforcée par les deux grenades sous-marines encore arrimées au train d'atterrissage – produisit une boule de feu et de métal.

Kanter plongea derrière sa ligne de crête pour éviter la pluie d'acier et de carburant. Malgré la puissante détonation, il entendit le *flap-flap* caractéristique d'un autre hélicoptère et regarda par-dessus son épaule.

Le Sikorsky Helibus fonçait au-dessus de la banquise, bombardé par des débris enflammés. Un morceau de rotor cassé du Seahawk s'écrasa à l'intérieur du cockpit. L'appareil pencha sur le côté, les pales à la verticale.

Kanter essaya de se relever mais, trahi par le sol glissant et les vents violents, il retomba aussitôt. S'aidant des pieds et des mains, il agrippa la glace et redressa la tête : l'Helibus piquait vers lui en une série de tourbillons infernaux.

Impossible de l'éviter à temps.

L'adjudant roula sur le dos et vit la mort arriver en face.

— *Merde*...

En fait, ce qui l'ennuyait plus que tout, c'était qu'il ne trouvait rien de plus profond à dire.

15 h 14
À bord de la Sentinelle polaire

Le commandant écouta ses hommes au rapport.

Obnubilé par le drame qui venait de se produire, il entendait à peine ce qu'on lui racontait.

Quelques instants plus tôt, le *Drakon* avait coulé à pic, franchissant le seuil critique d'immersion d'écrasement. Perry avait assisté aux derniers bouillonnements du submersible russe, qui avait rendu son dernier souffle avant de disparaître.

Sauf qu'il n'était pas mort seul.

Comme la banquise flottante était une fantastique caisse de résonance, Perry avait tout entendu. Derrière son périscope, il avait vu un hélicoptère s'encastrer dans la calotte polaire. Illuminée par son propre combustible en feu, l'épave avait tenu en équilibre quelques instants, puis le sol avait fondu sous la chaleur et l'appareil avait sombré à son tour, pourchassant le *Drakon* au fin fond de l'océan.

Tandis qu'un silence de mort s'était abattu en surface, la *Sentinelle* continuait sa discrète patrouille sous-marine.

Quel cirque ! Coupé du monde, Perry ne savait pas quoi faire. Devaient-ils sortir de l'eau et tenter de contacter les tombeurs des Russes ? S'agissait-il réellement de la Delta Force ou étaient-ils en présence d'un troisième combattant ? Et la station Grendel ? Était-elle encore contrôlée par des forces terrestres russes ?

— On se prépare à émerger, chef ? lança Liang.

C'était l'étape la plus logique, pourtant Perry hésita.

Un sous-marin se trouvait au maximum de son efficacité quand personne n'était au courant de sa présence et le commandant n'avait aucune envie de renoncer à un tel avantage. Il secoua lentement la tête :

— Pas encore, lieutenant, pas encore...

15 h 22
Quartier général des forces sous-marines du Pacifique
Pearl Harbor, Hawaï

L'amiral Kent Reynolds franchit l'énorme porte blindée de la salle de commandement. Il devait y retrouver son équipe d'experts qui, convoqués la nuit précédente, avaient souvent quitté leur lit douillet pour venir travailler.

Le lourd battant se referma derrière lui, et le verrou s'enclencha.

Au milieu de la pièce trônait un trésor hawaïen : une longue table de conférence en bois de koa verni qui, pourtant, disparaissait sous les monceaux de paperasse, les livres, les classeurs, les schémas et les ordinateurs portables.

Des professionnels de la communication, des agents de renseignements et des spécialistes de la Russie y travaillaient seuls ou en petits groupes. Ils parlaient à voix basse, car, même au COMSUBPAC, on avait du mal à partager ses secrets.

Un grand échalas s'écarta d'une carte rétroéclairée affichée au mur. Tout d'Armani vêtu, il avait ôté sa veste et retroussé ses manches de chemise. C'était Charles Landley, du NRO[1]. Excellent ami de la famille, il avait épousé une nièce de Reynolds.

---

1. *National Reconnaissance Office* : bureau de renseignements américain chargé de coordonner les programmes de satellites-espions.

Alors qu'il étudiait une carte des régions arctiques braquée sur le pôle Nord, il se retourna, la mine sombre et fatiguée :

— Merci d'être venu aussi vite, amiral.

— Que se passe-t-il, Charlie ?

Reynolds avait dû interrompre une conférence téléphonique avec le COMSUBLANT, son homologue côté Atlantique, mais Charles Landley ne l'aurait jamais dérangé sans raison.

— Le SOSUS a détecté une série d'explosions.

— Où ça ?

Le SOSUS[1] était un réseau d'hydrophones conçu pour écouter les fonds océaniques. Il repérait un pet de baleine dans n'importe quelle mer du globe.

Charlie tapota un point de la carte placardée au mur.

— Avec une fiabilité de 85 %, elles se seraient produites au niveau de la station dérivante Oméga.

L'amiral eut le souffle coupé. Ses craintes envers sa fille Amanda, déjà très vives depuis quelques heures, lui déclenchèrent une vive douleur au thorax.

— Votre analyse ?

— On pense à des grenades sous-marines. On a aussi détecté le bouillonnement caractéristique d'un submersible après implosion, ajouta Charlie. Avant l'arrivée de signaux aussi forts, on avait bien perçu des ronronnements d'hélicoptère... mais ils étaient trop faibles pour qu'on en soient sûrs et certains.

— Une équipe d'assaut ? demanda Reynolds.

— C'est l'avis des services de renseignements. Hélas, sans images satellites de Big Bird, on n'a aucune idée de ce qui se passe.

---

1. *SOund SUrveillance System*, ou système de surveillance des bruits.

— Combien de temps la tempête solaire va-t-elle durer ?

— Au moins deux heures. En fait, je soupçonne les Russes d'avoir délibérément traîné les pieds pendant quinze jours. Depuis qu'ils ont eu vent de notre découverte en Arctique, ils attendaient un *black-out* total des communications pour agir en douce.

— Et l'équipe qui a coulé le sous-marin ?

— On y travaille encore. Soit une seconde unité russe a débarqué. Auquel cas, c'est la *Sentinelle polaire* qu'ils ont sabordée. Soit il s'agit de notre Delta Force, et le *Drakon* a coulé.

Reynolds s'autorisa une lueur d'espoir.

— Il faut que ce soient les Américains. Les forces spéciales m'ont laissé entendre que leurs troupes s'étaient déployées en prévision de l'attaque russe.

Devant l'air navré de son jeune interlocuteur, il comprit qu'il y avait un souci et s'attendit au pire.

— J'ai appris autre chose, murmura Charlie.

Il n'avait encore confié sa découverte à personne. Reynolds comprit que c'était la raison pour laquelle on l'avait prié de venir d'urgence. Ses douleurs de poitrine s'amplifièrent.

Son interlocuteur l'entraîna vers une petite table, où l'icône du NRO dansait sur l'écran plat d'un ordinateur portable en titane. Il effleura le pavé tactile et pianota son mot de passe. Une fois la machine relancée, il posa son pouce sur un lecteur d'empreintes digitales pour ouvrir un dossier et fit signe à Kent Reynolds d'approcher.

L'amiral tomba sur un mémo du Pentagone estampillé *Top Secret* et daté de plus d'une semaine. Son titre en caractères gras : OP. GRENDEL.

Charlie n'aurait pas dû avoir accès au fichier, mais le NRO possédait ses propres canaux d'information. Le bureau avait des yeux et des doigts partout. Le jeune homme se concentra sur une carte de l'Asie au mur. Elle n'avait aucun rapport avec la situation actuelle, mais lui permit de regarder ailleurs.

Après avoir chaussé ses lunettes de vue, Reynolds éplucha les trois pages du rapport. La première partie relatait l'histoire de la station polaire russe. Au fil de sa lecture, il sentit sa vue se brouiller, comme si son corps essayait physiquement de nier ce qu'il avait sous les yeux. Hélas, il n'y avait aucun doute possible. Les dates, les noms étaient tous là.

Son regard s'attarda sur les mots *expérimentation humaine*. L'expression rappelait les histoires de guerre de son père, la libération des camps de concentration nazis, les atrocités commises derrière de sombres murs.

Comment ont-ils pu... ?

Écœuré, il continua de lire. Le dernier chapitre décrivait la réaction des militaires américains : mission, objectifs, scénarios de fin de partie. Il apprit ce que la base polaire recelait et l'ultime cahier des charges de l'opération Grendel.

— Vous aviez le droit de savoir, souffla Charlie, une main rassurante posée sur son épaule.

Reynolds eut soudain du mal à respirer. *Amanda...* L'intense douleur qui lui transperçait le cœur se prolongea vers son bras gauche. Il avait l'impression d'avoir la poitrine enserrée dans un étau.

— Amiral... ?

Les jambes flageolantes, il sentit son neveu par alliance le rattraper d'une solide poigne. Dans une espèce de brouillard, il vit les autres experts pivoter lentement vers eux et, sans s'en rendre compte, il se retrouva par terre, à genoux.

— Allez chercher du secours ! cria Charlie.

Le vieux militaire se cramponna à son bras.

— J'ai... j'ai besoin de contacter le commandant Perry.

Son ami le dévisagea, les yeux brillants d'inquiétude et de chagrin.

— C'est trop tard.

13

AU CŒUR DE LA STATION

ᐊᐳᖃᑦᑎᔅ ᐃᑉᐋᓂ

9 avril, 15 h 23
Station polaire Grendel

Transi de froid, Matt étudia le plan de la base. La carte était étalée sur le sol du minuscule cagibi, autre pièce de service creusée à même la glace. À genoux, il était encadré par Craig et Amanda. En face étaient accroupis Washburn, Greer et le capitaine Bratt.

Les biologistes préféraient rester à l'écart. Le Dr Ogden était adossé à un mur, l'air absent. Ses lèvres remuaient en silence, comme s'il se parlait à lui-même. Ses trois étudiants – Magdalene, Antony et Zane – étaient blottis l'un contre l'autre, terrorisés.

Une bonne demi-heure s'était écoulée depuis que Pearlson avait péri brûlé vif. L'adrénaline l'emportant sur la fatigue, les rescapés s'étaient réfugiés dans un débarras du Niveau Trois, où ils avaient passé différentes stratégies en revue : attendre sagement la fin des hostilités, se séparer en plusieurs groupes et fuir dans le dédale des couloirs, histoire de réduire le risque de capture générale... Ils avaient même songé à remonter à la surface et à s'échapper en motoneige ou en chenillette. Cependant, dès qu'ils pesaient le pour et le contre, une évidence s'imposait : mieux armés, ils auraient de meilleures chances de survie.

Avant de prendre une décision, ils avaient donc besoin de rallier l'arsenal de la station. Quelques jours plus tôt, Washburn avait inventorié un stock complet de la Seconde Guerre mondiale : plusieurs boîtes de grenades russes, trois lance-flammes de fabrication allemande et un mur complet de fusils russes graissés et enveloppés de peau de phoque.

— Ils fonctionnent encore, annonça-t-elle. J'en ai testé deux la semaine dernière. Les munitions sont rangées dans des caisses remplies de paille. Ici et ici.

Elle pointa son croc de boucherie aux deux angles de la pièce indiquée sur la carte.

Matt bascula le poids de son corps sur l'autre jambe. La rencontre avec Petit Willy lui ayant coûté son pantalon, il ne portait qu'un caleçon long et, à genoux sur la glace, il était en train de tester les limites du Thermolactyl.

— On devrait mettre moins d'une minute à entrer et à sortir, enchaîna Washburn. Le problème, ce sera d'y arriver.

Bratt approuva en silence. Greer revenait d'une expédition de reconnaissance dans le tunnel de service qui les reliait à la base. À cet étage-là, la trappe débouchait sur la salle des générateurs et les coffres à batteries. Manque de chance, l'armurerie se trouvait à l'exact opposé, de l'autre côté du vaste espace central.

Matt tenta d'obliger son cerveau à fondre et à réfléchir. *Il y a forcément un moyen...* Tout le monde se concentra sur la carte.

La salle des générateurs communiquait avec un local électrique mais, de là, les fugitifs devraient encore traverser la salle commune. Il allait de soi que l'endroit serait surveillé et, ne pouvant compter que sur les outils chirurgicaux chapardés au laboratoire, ils auraient un mal fou à mater les gardes russes sans alerter le reste de la station.

Matt se rassit sur les talons et se frictionna les genoux.

— Il n'existe aucun autre accès ? Il faut nécessairement entrer par la salle des générateurs ou le local électrique ?

— Pour autant qu'on sache, souffla Bratt, désabusé. On n'a que ces plans-là sur lesquels s'appuyer.

Craig prit la parole.

— Le plus simple serait d'éteindre les groupes électrogènes, de plonger Grendel dans le noir et de foncer à l'arsenal.

— Non, rétorqua Greer. Il faut partir du principe que les Russes connaissent l'emplacement des gros générateurs. Si on coupe le courant, ils se rueront pile à l'endroit où on ne veut pas d'eux. *(Il tapota la carte.)* Au Niveau Trois.

Amanda, qui avait lu la réponse sur ses lèvres, renchérit :

— À supposer qu'on désactive les générateurs, la seule puissance des batteries continuera d'éclairer la majeure partie du bâtiment. Elles se rechargent depuis que les chercheurs en sciences de la matière ont réparé le système.

— On pourrait laisser les générateurs fonctionner et couper uniquement l'alimentation du niveau supérieur, proposa Matt. Si le lieutenant a raison, la panne de courant attirera l'attention des Russes là-haut, c'est-à-dire loin de nous.

— Bonne idée, apprécia Greer. Je parie que nos adversaires massent déjà leurs effectifs au Niveau Un. Ils sont sur le qui-vive, au cas où on tenterait de s'échapper par la banquise. Si on n'éteint que le palier supérieur, ils vont tous s'y précipiter.

— Espérons que les sentinelles postées à notre niveau suivront le mouvement, grogna Bratt.

— Quoi qu'on fasse, il vaut mieux agir vite, insista Amanda. Tôt ou tard, les Russes vont fouiller les gaines de service.

— Ou se contenter de balancer leurs grenades incendiaires, maugréa Craig.

À le voir lorgner vers les trois galeries partant du cagibi, il craignait qu'un commando ennemi ne débarque ou qu'un autre ananas noir ne les carbonise sur place.

Bratt se redressa.

— Allons jeter un œil au local électrique. Il faut déjà voir si notre plan est possible et compter le nombre de Russes à cet étage. Greer et Washburn, vous venez avec moi.

— Je vous accompagne, annonça Matt.

Il ne voulait pas rester à la traîne. Par chance, Greer lui apporta son soutien.

— Il a fait partie des Bérets verts, capitaine. S'il faut maîtriser quelques gardes, on ne sera pas trop de quatre.

Bratt toisa l'ancien militaire des pieds à la tête.

— D'accord. Les autres, ne bougez pas d'ici.

— On a besoin d'un guetteur en salle des générateurs, intervint Matt. Si les choses tournent au vinaigre, il reviendra ici dare-dare et emmènera les civils à l'étage supérieur.

— Excellente suggestion, reconnut Bratt.

— Je m'en charge, annonça Craig d'une voix cependant peu assurée.

— Bon, c'est parti.

Bratt tendit la carte à Amanda et résuma leur plan :

— On s'occupe des lumières, on profite de la diversion pour neutraliser les éventuels soldats de garde et on récupère en vitesse un maximum d'armes.

Matt ramassa son bout de tuyau tranchant. Devant le regard inquiet d'Amanda, il tenta de lui offrir un sourire rassurant.

— Soyez prudent, murmura-t-elle.

Il hocha la tête et suivit les trois militaires dans le conduit de service, tandis que Craig rampait derrière lui. La salle des générateurs se trouvait à peine vingt mètres plus loin.

Washburn utilisa ses crocs de boucherie pour décoincer la grille d'aération, puis ils se faufilèrent à l'intérieur de la pièce. L'atmosphère, moite, était saturée d'effluves de diesel et de gaz d'échappement. Heureusement, les groupes électrogènes cliquetaient assez fort dans leurs caissons pour couvrir l'arrivée de la bande.

Matt aperçut les batteries entassées contre le mur de gauche : chacune faisait la taille d'un climatiseur ordinaire. Un éclat métallique attira son attention.

Le jeune homme esquissa un sourire ravi et troqua son tuyau contre la grosse hache de pompier fixée au mur.

— Oh, putain ! ronchonna Greer en brandissant son grand clou à os. J'aurais aimé être le premier à la voir.

— Je l'ai trouvée, je la garde.

Bratt les entraîna à côté, dans une pièce tapissée de panneaux électriques. Lorsqu'il voulut chercher les commandes du Niveau Un, Matt se heurta à une difficulté de taille : tout était écrit en cyrillique.

— Ici, chuchota Washburn, le doigt pointé vers des fusibles en plomb et en verre gros comme des hot-dogs. Ce sont les contacteurs-disjoncteurs du premier niveau.

— Vous êtes sûre ? demanda Matt.

— Mon père était électricien chez PG&E à Oakland.

— Et elle parle russe, ajouta Greer. Mon genre de femme, quoi !

— L'interrupteur principal est rouillé. Je dois démonter les fusibles.

— Attendez, souffla Bratt.

Le capitaine se posta à la porte de la salle commune. Une modeste lucarne permettait d'épier les lieux en toute discrétion. Il montra ses yeux, puis leva quatre doigts.

Il avait repéré quatre gardes.

— Fermez la porte du générateur, monsieur Teague, murmura-t-il, laconique. Je ne veux pas que le bruit alerte les Russes quand on sortira.

Le journaliste s'exécuta et resta planté devant.

Bratt s'adressa aux autres.

— À mon signal, ôtez les fusibles et préparez-vous à foncer.

Il leva la main, puis replia les doigts un à un.

Cinq... quatre... trois...

15 h 28

L'amiral Petkov se tenait à l'entrée des salles de recherche du Niveau Quatre. Une porte en acier gisait derrière lui, les gonds arrachés et la barre de sécurité tranchée net. Sur le battant, des lettres étaient inscrites en cyrillique :

ГРЕНДЕЛ

C'était le nom du laboratoire, le nom de la base, le nom des monstres qui nichaient au cœur des cavernes de glace voisines.
Grendel.
Le projet de son père.
Une vitrine béante abritait des journaux de bord codés par la main du regretté Dr Petkov. Viktor ne toucha à rien. Il remarqua juste qu'il manquait trois tomes. Celui qui était passé par là savait ce qu'il cherchait. Le Russe serra le poing. Vu ce qu'il venait d'apprendre, l'identité du voleur ne faisait plus de doute.

Au garde-à-vous, le lieutenant qui s'était hâté de lui transmettre les nouvelles attendait toujours sa réaction.

Quelques secondes plus tôt, il avait débarqué en insistant pour parler à l'amiral sans délai. L'opérateur radio chargé du TUUM avait détecté d'étranges bruits sur l'hydrophone. Au loin sous la banquise résonnaient des détonations synonymes d'explosions en série.

— Il pense à des grenades sous-marines, avait précisé le jeune soldat.

Il y avait pire, hélas. Entre deux déflagrations, le radio avait aussi repéré sur les ondes courtes l'écho d'un message entrecoupé de parasites. Un SOS du *Drakon*. On avait attaqué le submersible.

C'était nécessairement un coup de la Delta Force américaine. Certes, elle arrivait un peu en retard mais se rattrapait avec une efficacité redoutable et meurtrière.

Le lieutenant avait conclu d'une voix affolée :

— On a détecté un bouillonnement, signe que le bâtiment a implosé.

Viktor contempla les trous dans la rangée de journaux de bord. Une chose était sûre : le voleur ne faisait qu'un avec celui qui avait ordonné l'assaut du *Drakon*, le contrôleur des opérations de la Delta Force, bref, le chef envoyé en éclaireur pour s'accaparer discrètement les recherches de son père et tout sécuriser avant l'intervention de l'équipe de nettoyage. À présent qu'il avait récupéré le trophée, il avait mobilisé une équipe militaire d'élite.

Viktor se retourna :

— Personne d'autre ne doit savoir qu'on a perdu le *Drakon*.

— Chef ?...

Pendant de longues secondes, il planta son regard gris acier dans les yeux du lieutenant, qui balbutia :

— Oui, chef.

— Nous n'abandonnerons pas la station. Nous retrouverons les Américains qui viennent d'écumer les lieux. Nous n'échouerons pas dans notre mission.

— Non, chef.

— J'ai de nouvelles consignes à transmettre aux hommes.

Le jeune militaire se redressa, prêt à accepter son devoir. Viktor expliqua ce qu'il voulait. Le moteur Polaris avait été déballé et vissé au plancher du Niveau Cinq. L'équipage connaissait à présent le but de la mission : récupérer le résultat des recherches menées à Grendel, puis rayer la base de la carte. Néanmoins, s'ils avaient certainement conscience de la puissance destructrice de leur bombe, les Russes croyaient qu'il s'agissait d'un simple explosif nucléaire de type Z. Personne n'était au courant de sa véritable finalité.

Le lieutenant blêmit quand Viktor lui confia le code d'amorce de Polaris.

— Les Américains ne nous voleront pas notre trophée, conclut l'amiral. Même si on doit tous y laisser la vie, il est hors de question que cela arrive.

— Oui, chef... non, chef, bredouilla l'autre. Mes hommes vont les retrouver.

— Ne me décevez pas, lieutenant. Rompez.

Le soldat déguerpit. Il n'y avait rien de tel que la menace de sa propre mort pour motiver un groupe. Les Américains seraient capturés et le trophée retrouvé, sinon personne ne quitterait Grendel vivant – ni les Américains, ni les Russes, ni même lui.

Viktor admira le boîtier fixé à son poignet. Toujours aussi brillante, l'étoile Polaris matérialisait son contact permanent avec le dispositif, mais le centre restait noir.

Ce n'était qu'une question de patience.

Avant de faire exploser Polaris, l'amiral avait espéré rentrer en Russie avec le résultat des travaux de son père et laver l'honneur de la famille, mais la donne avait changé.

Il avait gravi les échelons jusqu'à devenir amiral de la flotte du Nord, car il savait adapter ses stratégies aux circonstances et ne perdait jamais de vue l'objectif global. Comme à cet instant précis où, les yeux rivés sur le cœur rouge qui palpitait dans l'angle inférieur de l'écran, il se remémora son passé.

À dix-huit ans, rempli de fierté, il rentrait chez lui en serrant son dossier d'admission à l'École navale russe. Il avait commencé par sentir une odeur d'urine, puis un courant d'air avait agité le corps désarticulé de sa mère au bout de la corde. Quand Viktor s'était précipité vers elle, les papiers avaient volé dans la pièce et atterri sous les pieds de la malheureuse.

Il ferma les yeux. Il venait d'effectuer un cycle complet, du cadavre de sa mère à la sépulture de son père.

D'une mort à l'autre.

Il était temps de boucler la boucle.

La vengeance lui pesait beaucoup plus sur le cœur que la quête d'honneur.

Il était *là*, l'objectif global.

Lorsqu'il rouvrit les paupières, Viktor remarqua une différence subtile mais significative : les cinq branches de l'étoile continuaient de s'allumer en rafale autour du cadran, et le cœur clignotait toujours au rythme de ses pulsations mais, à présent, un diamant rouge foncé luisait au milieu de l'étoile.

Le lieutenant avait suivi les instructions.

Polaris avait été amorcé.

Tout était prêt. Il n'y avait plus qu'une chose à faire.

Viktor appuya sur le bouton rouge, le seul qu'il avait évité d'effleurer jusque-là, et le maintint enfoncé durant la minute nécessaire.

Les secondes s'égrenèrent, puis la diode centrale s'alluma. *Dispositif activé.*

Dès qu'elle se mit à battre en rythme avec le petit cœur, il relâcha le bouton.

Mission accomplie.

L'explosion de Polaris était désormais liée au rythme cardiaque de Petkov, à ses propres pulsations. Si son cœur cessait de battre pendant une minute, l'engin sauterait. C'était une assurance supplémentaire, une solution de secours au cas où les choses tourneraient mal.

Viktor baissa le bras.

Il tenait désormais lieu de détonateur vivant. Il n'existait ni procédure d'annulation ni mécanisme de sûreté intégrée. Une fois les choses lancées, rien n'arrêterait plus Polaris.

Son explosion marquerait la chute d'une civilisation et l'avènement d'une nouvelle, forgée dans le sang et la glace. La vengeance de l'amiral s'abattrait sur tous : les Russes, les Américains, la planète entière. Il déplorait juste de ne plus être là pour assister à l'apothéose de son plan machiavélique.

Enfin, les regrets, il savait s'en accommoder... Il l'avait fait toute sa vie.

Un marin débarqua de la salle qui abritait les cuves gelées :

— Amiral Petkov !

— Qu'y a-t-il ?

— Q-quelque chose..., bafouilla-t-il, le doigt pointé vers le couloir. Quelque chose se passe là-bas.

— Quoi ? Ce sont les Américains ?

Viktor avait posté des gardes devant la gaine de service. Il fallait attendre que la chaleur corrosive de la grenade incendiaire s'atténue pour se lancer aux trousses des rescapés.

— Non, pas les Américains ! haleta le marin, épouvanté. Venez voir par vous-même !

15 h 29
... deux... un...

Bratt égrena le compte à rebours silencieux en repliant ses doigts un à un et termina le poing serré.
... zéro... go !

Washburn tenta d'arracher les fusibles qui alimentaient le Niveau Un, mais les vieux tubes rouillés lui donnèrent du fil à retordre.

Pour aller plus vite, Matt lui demanda de s'écarter et, d'un coup de hache, il fracassa la ligne de fusibles : une gerbe de verre brisé s'accompagna d'une fine volute de fumée électrique.

Effet immédiat ! Des cris résonnèrent au loin.

Bratt fit signe à tout le monde de rejoindre la porte. Par la fenêtre, Matt vit une poignée d'hommes en parka blanche se ruer, armés jusqu'aux dents, vers l'escalier central. D'autres clameurs retentirent, entrecoupées d'ordres vociférés en russe.

La moitié des sentinelles fonça au Niveau Un. L'autre resta sur place.

— Deux oiseaux ne quittent pas le nid, grogna Greer.

— Il va falloir les neutraliser, chuchota le capitaine. On n'a pas le choix. Les jeux sont faits.

Les soldats en anorak ouvert n'avaient pas quitté leur poste mais, focalisés sur l'agitation à l'étage, ils tournaient le dos au local électrique.

Bratt désigna Washburn et Matt.

— Vous prenez celui de gauche. On s'occupe de l'autre avec Greer.

Matt brandit sa hache. Il ne s'était jamais servi d'une arme aussi rudimentaire pour tuer quelqu'un. Chez les Bérets verts, il avait abattu des hommes, il en avait même passé un à la baïonnette, mais il n'avait jamais massacré personne à la hache. Il jeta un coup d'œil à Craig.

Les yeux ronds, le journaliste s'était réfugié devant la salle des générateurs.

— Regardez bien par la fenêtre, lui expliqua Matt. À la moindre embrouille, rejoignez les autres et fichez tous le camp.

Craig ouvrit la bouche, puis il se ravisa et acquiesça en silence. Au moment où il courait vers la porte, quelque chose tomba de son manteau et s'écrasa par terre.

Bratt le foudroya du regard, mais le ronronnement des groupes électrogènes avait couvert le bruit. Matt ramassa l'objet et, d'emblée, il reconnut un carnet de bord du laboratoire. Intrigué, il le rendit à Craig, qui le rangea en marmottant :

— Pour mon article. Si jamais je sors de ce merdier...

Eh bien, en voilà un qui avait vraiment de la suite dans les idées !

— Prêts ? murmura Bratt.

Tous ses camarades hochèrent la tête.

Il attendit qu'il y ait des éclats de voix à l'étage supérieur pour ouvrir la porte, puis les deux équipes foncèrent vers les gardes, qui leur tournaient toujours le dos.

Matt tenait sa hache à deux mains et ne se préoccupait même plus de ses pieds meurtris.

Washburn, qui cavalait à ses côtés, le distança au bout de cinq pas. Hélas, prise par son élan, elle shoota dans un plateau-repas laissé à terre, sa jambe se déroba, et son superbe sprint se transforma en vol plané. Elle essaya bien de se rattraper à une table, mais ne réussit qu'à l'entraîner avec elle aux pieds des sentinelles.

Alertés par le vacarme, les Russes firent volte-face, prêts à tirer.

Bratt et Greer étaient suffisamment proches. Le capitaine jeta son scalpel qui, avec un éclair argenté et surtout une précision effroyable, se planta dans l'œil gauche de sa cible. Le type trébucha en arrière, la bouche ouverte mais, avant qu'on n'entende le moindre cri, Greer lui sauta à la gorge.

Face à son propre objectif, Matt bondit par-dessus Washburn :

— Restez à terre !

Toujours en extension, il balança sa hache vers son adversaire mais, trop loin, il manqua de vitesse.

Une rafale de kalachnikov lui passa au-dessus de l'épaule et continua étrangement sa course vers le plafond.

En fait, Washburn, encore au sol, s'était servie d'un croc de boucherie pour empaler le soldat au mollet et le déséquilibrer.

Le garde s'effondra en arrière. Avec le détachement propre à un ancien membre des forces spéciales, Matt lui flanqua un coup de hache qui lui ouvrit le crâne comme une pastèque bien mûre.

Après quoi, il lâcha son arme, rampa sur les genoux et laissa sa proie convulser.

Ses mains tremblaient. Il avait oublié la règle n° 1 du bon militaire et commis l'erreur de croiser le regard de l'homme – ou plutôt du *garçon* – qu'il tuait. Un jeunot d'à peine 19 ans. Il avait lu la souffrance et la terreur dans les prunelles de sa victime.

Bratt les rejoignit.

— Allons-y. Quelqu'un a sûrement entendu tirer. La confusion ne va pas nous laisser beaucoup de temps.

Matt ravala sa bile. Chagrin ou pas, il fallait avancer. Il se souvint du blizzard qui avait estompé la chenillette de Jenny dans un odieux concert d'explosions et de coups de feu.

Ce n'étaient pas eux qui avaient déclaré la guerre.

Greer dépouilla un Russe de sa tenue de camouflage.

— Avec ce boucan, on va avoir besoin d'un bon guetteur.

Il essuya les taches de sang sur la parka imperméable et, prêt à se faire passer pour sa victime, il commença à l'endosser.

— Laissez, je m'en charge, intervint Matt. Vous savez mieux que moi ce qu'il faut récupérer à l'armurerie.

Greer accepta son offre et lui tendit les vêtements.

L'ancien militaire enfila le pantalon de ski sans retirer ses bottes. Comme le Russe était plus costaud, ce fut un jeu d'enfant. Une fois rhabillé, il endossa l'anorak trop grand par-dessus sa veste militaire et ramassa la kalachnikov.

Pendant ce temps-là, Washburn et Bratt avaient traîné les cadavres derrière deux tables renversées, tandis qu'en quelques coups de crosses, Greer brisait les ampoules au plafond et accentuait ainsi la pénombre.

— OK, on y va, lâcha Bratt.

Les trois soldats disparurent dans l'embrasure de la porte.

Resté seul, Matt rabattit la capuche sur sa tête afin de dissimuler ses traits au maximum.

En tout cas, je mourrai au moins avec un pantalon.

Il se posta entre l'escalier central et les flaques de sang. Personne n'était encore venu se renseigner sur la rafale de pistolet-mitrailleur, mais ce n'était qu'une affaire de minutes. Bratt avait raison. L'agitation ne durerait pas éternellement.

Matt espéra juste pour qu'elle prolonge un peu.

Sa prière ne fut pas entendue. Des pas résonnèrent dans les étages supérieurs.

Merde...

Il s'approcha, le visage toujours dissimulé sous sa capuche. Un bataillon de soldats surgit, fusil au poing, prêt au combat, et lui aboya dessus en russe.

Comme il ne comprenait pas un traître mot, il se précipita vers eux en simulant l'affolement. La kalachnikov collée le long de sa jambe mais le doigt posé sur la détente, il indiqua frénétiquement les paliers inférieurs. Avec le bruit et les cris, les soldats n'étaient sans doute pas sûrs de l'origine des détonations. Il essaya de les convaincre qu'elles venaient de plus bas.

Histoire d'en rajouter, il feignit de les suivre.

Le chef du groupe lui fit toutefois signe de rester là et entraîna ses soldats dans l'escalier, vers les profondeurs de la station.

Matt rebroussa chemin quand le dernier Russe eut disparu dans la spirale de glace. *Ouf!* Son subterfuge ne tiendrait pas longtemps mais, par chance, ce ne fut pas nécessaire.

Bratt resurgit du dépôt, les bras chargés d'armes, et hocha le menton vers l'escalier :

— Bien joué.

Il avait dû assister à la scène depuis l'encadrement de la porte.

Les deux autres, tout aussi encombrés, traînaient une caisse en bois.

— Des grenades, grommela Greer, plutôt amer. À notre tour de leur réserver une surprise ou deux.

Ils regagnèrent vite le local électrique, puis la salle des générateurs. Craig n'était plus là : il avait dû battre en retraite avec le reste des civils.

Ils se faufilèrent tant bien que mal dans le conduit d'aération en tirant derrière eux leur butin, dont les précieuses grenades.

En tête du groupe, Matt avait récupéré la kalachnikov, deux fusils supplémentaires et ses poches étaient bourrées de munitions.

Il s'extirpa du tunnel et balaya le cagibi du regard.

Personne. Les autres s'étaient volatilisés.

Arrivée en deuxième position, Washburn grimaça.

— Les coups de feu ont dû effrayer notre ami reporter. Il a réagi comme on le lui avait dit et il s'est barré avec les chercheurs.

Alors que Matt paraissait résigné, Greer maugréa :

— Ça me gonfle. On se casse le cul pour leur rapporter de quoi se défendre, et ils sont déjà tous partis.

— Où sont-ils passés ?

— Je n'en sais rien, Pike, souffla Bratt, mais ils ont emporté le plan de la station : notre seul moyen de nous repérer dans ce putain de labyrinthe.

15 h 38

L'amiral Petkov suivit l'enseigne Lausevic en évitant de regarder les sentinelles mortes congelées à l'intérieur des cuves recouvertes de givre. Il sentait peser sur lui le regard accusateur des participants malgré eux aux expériences de son père.

Ils n'étaient pourtant pas les seuls fantômes à revendiquer des droits sur la station désaffectée. Tous les chercheurs envoyés là-bas – dont le professeur Petkov – y avaient laissé la vie, ensevelis sous la banquise aussi sûrement que les pauvres cobayes de laboratoire.

Dans un univers aussi spectral, il était naturel que *Beliy Prizrak*, le Fantôme Blanc de la flotte du Nord, foule à son tour les couloirs de la base.

Si Lausevic se dépêchait et trébuchait souvent, il ne voulait pas non plus presser son supérieur.

— Je ne sais pas trop ce que ça veut dire, mais on s'est dit que vous voudriez jeter un œil.

— Montrez-moi.

À mi-chemin, Viktor entendit des éclats de rire et, après un dernier virage, il aperçut cinq soldats en train de se prélasser. L'un d'eux fumait même une cigarette.

Dès que l'amiral apparut, l'hilarité se calma net, le groupe se redressa, et le mégot fut écrasé d'un coup de talon.

Les militaires s'écartèrent du réservoir devant lequel ils s'étaient réunis. Contrairement aux autres cuves sombres et glacées, celle-là luisait de l'intérieur. Du givre fondu dégoulinait le long de la façade vitrée.

Dès qu'il s'approcha, Viktor sentit une certaine chaleur émaner de l'installation. On entendait aussi le ronronnement poussif d'un moteur ainsi qu'un faible gargouillis.

— On ne savait pas quoi faire, avoua Lausevic.

Le bloc gelé avait cédé sa place à un bain d'eau tiède agrémenté de petites bulles. En réalité, la glace était réchauffée par trois couches de résistances au fond de la cuve. C'était le radiateur en question qui projetait l'étrange lumière et, plus on allait vers le centre de l'appareil, plus le rougeoiement s'intensifiait.

— Pourquoi n'ai-je pas été prévenu plus tôt ? lança Viktor.

— On croyait à une nouvelle diversion des Américains, répondit un autre militaire. C'est juste à côté du conduit par lequel ils se sont enfuis.

Quelques fumées de la grenade incendiaire s'échappaient encore d'une gaine d'aération voisine.

— On n'était pas sûrs que ce soit important, renchérit Lausevic.

Pas important ? Viktor était fasciné par ce qu'il voyait.

Un garçonnet se trouvait en suspension dans l'eau frémissante. Ses paupières closes donnaient l'impression qu'il dormait. Son visage lisse et particulièrement serein, d'un teint olive, était encadré de cheveux noirs mi-longs. Ses membres flottaient, angéliques et parfaits.

Soudain, le bras gauche tressauta, comme s'il obéissait à un marionnettiste invisible.

— Le manège dure depuis quelques minutes, amiral. Ça a commencé par un frémissement de doigt.

Pris d'un spasme, le bambin donna un coup de pied.

Viktor s'approcha encore. *Pouvait-il être encore en vie ?* Il se souvint des journaux de bord manquants. Son expédition à Grendel avait pour but de récupérer les notes de son père et de voir si son ultime compte rendu disait vrai. L'amiral l'avait lui-même lu en entendant la voix du vieux Dr Petkov résonner dans sa tête, comme s'il s'adressait directement à son fils.

Il se remémora l'ultime ligne : *Aujourd'hui, nous avons vaincu la mort.*

Et si c'était vrai ? Auquel cas, les carnets dérobés n'avaient plus d'importance. Viktor avait sous les yeux le gage de la réussite paternelle. D'ailleurs, les soldats pourraient témoigner pour appuyer ses dires. Même si le mécanisme exact et les procédures restaient prisonniers des centaines de pages codées, le garçonnet serait une preuve vivante de son succès.

— Il y a un moyen d'ouvrir la cuve ? demanda Viktor.

Lausevic montra un gros levier bloqué, vers le haut, à côté du mot FERMÉ en cyrillique. En bas, il était écrit : OUVERT.

D'un signe de menton, Petkov donna le feu vert.

Le jeune soldat tira à deux mains sur la lourde manette. Elle résista quelques instants, puis céda dans un grand *crac* et, d'un coup d'épaule, il la rabaissa au maximum.

Un bruit de chasse d'eau retentit, la grille du fond s'ouvrit et toute la glace fondue partit à l'égout.

Entraîné par le courant, l'enfant se mit à tourbillonner, les bras écartés. Son corps en caoutchouc rebondit contre la vitre et les résistances, puis, une fois la cuve vidée, il retomba en tas informe, tel un animal marin échoué sur la plage.

Avec un *pop* humide, la façade se déverrouilla et laissa échapper un peu d'air comprimé aux relents d'ammoniac.

Lausevic ouvrit la porte à l'amiral.

Viktor s'agenouilla devant l'enfant nu et effleura le bras qui pendait à moitié dehors.

La peau était tiède, réchauffée par le bain bouillonnant, mais il ne semblait y avoir aucun souffle de vie.

Il descendit du poignet jusqu'aux doigts et pria pour que le jeune Inuit se réveille. Quelles histoires avait-il à raconter ? Avait-il connu le Dr Petkov ? Savait-il ce qui s'était passé à Grendel ? Pourquoi la base s'était-elle subitement retrouvée aux abonnés absents ?

À l'époque, la Seconde Guerre mondiale faisait rage. Les Allemands avaient envahi la Russie et assiégeaient les villes les unes après les autres. Au même moment, une lointaine station polaire s'était tue, donnant de ses nouvelles avec un mois de retard, puis deux. En plein conflit international, les gens ne s'étaient pas posé de questions. Vu la difficulté des communications et des voyages vers cette région-là du globe, personne n'avait eu les moyens de mener l'enquête.

Un an plus tard, Hiroshima et Nagasaki avaient été bombardées. L'armement nucléaire était devenu le nouveau défi technologique. La base Grendel et son projet de recherche étant tombés en désuétude, cela ne valait plus le coup de découvrir ce qui lui était arrivé. Les courants océaniques avaient pu l'entraîner n'importe où. L'iceberg qui l'abritait s'était peut-être même brisé et avait coulé à pic, ce qui n'était pas exceptionnel dans le cas de tels monstres flottants.

Et les années avaient continué de passer.

Le dernier rapport du Dr Petkov, où il prétendait avoir dépassé la frontière entre la vie et la mort, avait été considéré comme un délire de vieux fou et remisé au placard. Le seul fragment de preuve était censé figurer sur ses journaux de bord, perdus au même titre que la station et son éminent scientifique.

Le secret de la vie et de la mort.

Viktor contempla la petite bouille flasque. Plongé dans un sommeil paisible, l'enfant avait les lèvres bleuies et le teint grisâtre. L'amiral lui essuya le visage d'un revers de main.

Soudain, des doigts minuscules serrèrent son autre paume, plus fort qu'il ne l'aurait imaginé.

Il haleta de surprise quand le garçonnet se mit à convulser à l'intérieur de la cuve et à décocher des ruades, arc-bouté, la tête renversée en arrière, les muscles crispés.

Un filet d'eau s'écoula de sa bouche entrouverte et disparut dans la grille d'évacuation.

— Aidez-moi à le sortir de là !

Lausevic se précipita. Au moment d'attraper les jambes gesticulantes, il reçut un gros coup de pied à la tempe, mais les deux hommes réussirent à poser l'enfant dans le couloir, le corps en proie à de violents spasmes. Viktor l'empêcha de se fracasser le crâne par terre. Les pupilles papillotaient sous les paupières.

— Il est vivant ! s'écria un soldat, effaré.

Pas vivant, songea l'amiral, *mais pas mort non plus. Quelque part entre les deux.*

Le garçonnet devint très chaud. Des gouttes de sueur perlèrent sur sa peau. Viktor savait qu'en cas de crise épileptique grave, l'un des risques majeurs était l'hyperthermie, c'est-à-dire une augmentation de la température corporelle due aux contractions musculaires et susceptible de causer des lésions cérébrales. Le jeune Inuit était-il en train d'agoniser ou son corps tentait-il d'effacer les derniers effets d'une congélation prolongée et de revenir à la vie ?

Peu à peu, les convulsions redevinrent de simples tremblements. Viktor n'avait pas lâché son protégé. La poitrine du bambin se souleva, comme si quelque chose allait exploser hors de sa cage thoracique. Il resta cambré quelques instants. Ses lèvres bleues avaient rosi, et la violence de sa crise lui avait redonné des couleurs.

Soudain, il se ratatina aussi vite qu'un ballon de baudruche en laissant échapper un cri étranglé, puis il retomba inerte, retournant à son sommeil, étendu sur le sol.

Viktor éprouva un profond regret mêlé d'un chagrin inexplicable.

C'était peut-être le meilleur résultat auquel son père était arrivé : un progrès significatif mais, au bout du compte, l'échec.

Paisible, l'enfant dormait enfin d'un sommeil éternel.

Tout à coup, il rouvrit les paupières et le regarda, hébété. Sa petite poitrine se gonfla un court instant. Une main se souleva, puis retomba faiblement.

Vivant...

Ses lèvres remuèrent et, dans un souffle, il murmura :

— *Otyets.*

C'était du russe.

Viktor jeta un œil aux autres, mais l'enfant, lui, ne le quitta pas du regard.

— *Otyets... Papa.*

Avant que l'amiral ne puisse réagir, des bruits de bottes résonnèrent et un groupe de soldats armés surgit.

Le lieutenant à leur tête aperçut l'enfant nu par terre et dit :

— Chef, les Américains... Il n'y a plus d'électricité au niveau supérieur. On pense qu'ils essaient de fuir la station.

Resté à genoux, Viktor fronça les sourcils.

— C'est absurde. Les Américains ne vont nulle part, ils sont toujours ici.

— Que... que voulez-vous qu'on fasse ?
— Mes instructions n'ont pas changé.
Viktor fixa l'enfant, conscient qu'il détenait les réponses à toutes ses questions. Rien d'autre n'avait d'importance.
— Traquez-les et tuez-les.

15 h 42

Un étage plus bas, Craig longea la gaine de service en serrant la carte froissée entre ses doigts. La prochaine pièce ne devait plus être loin. Les autres suivaient à la queue leu leu.

Il s'arrêta à une intersection, se glissa dans le fouillis de canalisations et bifurqua à gauche.
— Par ici.
— Il y en a encore pour longtemps ? murmura le Dr Ogden.

La réponse surgit devant eux. Une faible lueur filtrait à travers une grille d'aération enchâssée au sol.

Le journaliste s'y allongea à plat ventre et observa la salle du dessous. Vue d'en haut, éclairée d'une simple ampoule, la pièce carrée était lambrissée de panneaux d'acier comme le reste de la station, mais elle paraissait déserte, abandonnée depuis longtemps et intacte.

De l'avis de Craig, c'était la meilleure cachette possible.

Bien à l'écart et isolée.

Il se tortilla de manière à pousser sur les jambes pour desceller la grille. Les vis tenaient bon, mais l'énergie du désespoir eut raison d'un peu d'acier rouillé dans la glace, et la trappe finit par céder.

Après s'être assuré que la voie était libre, il s'assit sur le rebord et se laissa descendre.

La chute fut brève, car la salle avait été inondée plusieurs décennies auparavant. L'eau était montée à un mètre, puis elle avait figé. Quelques caisses et autres bidons d'essence étaient à moitié enfouis sous la glace. Une étagère remplie d'outils saillait du bassin gelé, ses trois premiers rayonnages ancrés au sol.

Plus incroyable encore, il y avait deux roues en cuivre de trois mètres de haut au bout de la pièce. Chacune était montée sur un axe hexagonal relié à d'imposants moteurs prisonniers de la patinoire. Leurs dents s'imbriquaient dans les rainures d'un énorme panneau en cuivre occupant un mur complet de la salle.

La roue de droite gisait de travers, arrachée par une vieille explosion. Des traces de brûlure en émaillaient la surface. Elle avait défoncé la cloison métallique voisine et fendu la glace. Peut-être était-elle même à l'origine de l'inondation.

À son tour, Amanda découvrit l'impressionnant mécanisme d'horlogerie.

— C'est quoi cet endroit ?

Craig se retourna de façon qu'elle lise sur ses lèvres.

— Selon le plan, nous sommes dans la salle de contrôle de la porte sous-marine de la station.

Il indiqua un mur en cuivre rainuré.

— D'ici, on levait ou on abaissait la grille dès que le petit submersible russe arrivait à quai juste en dessous.

Le Dr Ogden et ses trois étudiants jetèrent des coups d'œil anxieux à la ronde.

— L'endroit est sûr ? s'inquiéta Magdalene.

— *Plus* sûr qu'ailleurs déjà, répliqua Craig. Il fallait sortir des conduits de service. Les Russes vont bientôt débarquer en brûlant tout sur leur passage. On sera mieux cachés ici. La salle est isolée du reste de la base. Je parie que nos ennemis ne sont même pas au courant de son existence.

Hormis le pont-levis métallique, la seule autre porte était munie d'un judas. Il s'en approcha et constata que le corridor les reliant à la station avait été inondé presque jusqu'au plafond. Aucun Russe ne les surprendrait donc par là.

— Où sont passés Matt et les militaires ? souffla Amanda.

Craig se mordit la lèvre et eut du mal à soutenir son regard.

— Aucune idée. Ils devront se débrouiller seuls.

Quelques minutes plus tôt, alors qu'il faisait le guet depuis le local électrique, la glissade de Washburn avait alerté les deux sentinelles russes. Une rafale de kalachnikov l'avait convaincu de rejoindre les civils. Persuadé que Matt et les autres étaient morts ou avaient été capturés, il ne pouvait pas courir le risque de rester dans les parages. Il avait donc entraîné son groupe vers le tréfonds de la station, car la salle de contrôle de la porte sous-marine semblait être une cachette idéale.

— On va rester planqués ici à attendre le départ des Russes ? lança Ogden.

Craig déplaça une caisse de bouteilles de vodka vides. Les occupants historiques de la station Grendel avaient dû organiser une dernière fête avant de mourir. Les bouteilles tintèrent. Alors que lui-même aurait bien eu besoin d'un remontant, il s'assit sur une caisse.

— À l'heure qu'il est, quelqu'un doit savoir ce qui se passe. Les secours sont sûrement en route. À nous de survivre jusqu'à leur arrivée.

À son regard noir, Craig sentit qu'Amanda était toujours fâchée contre lui. Un peu plus tôt, elle avait refusé de s'enfuir sans connaître le sort exact de Matt et des soldats de la Navy, mais la majorité l'avait emporté.

Incapable d'affronter ses reproches silencieux, il détourna la tête. Il avait besoin d'une distraction, de quelque chose qui leur fasse oublier la situation actuelle. Il sortit de sa poche l'un des trois livres qu'il avait dérobés au laboratoire. Voilà le genre d'énigme qui permettrait de prendre son mal en patience. L'un des chercheurs trouverait peut-être même la clé du mystère.

À la vue du registre, Amanda s'étonna :

— Vous l'avez fauché ?

— Bah, j'ai pris le premier tome et les deux derniers.

Craig tendit le deuxième à Amanda et le troisième au Dr Ogden.

— Je me suis dit qu'ils contenaient les meilleurs morceaux : le début et la fin. Qui s'intéresse vraiment aux péripéties du milieu ?

Amanda et Ogden ouvrirent chacun leur exemplaire. Les trois apprentis biologistes se penchèrent par-dessus l'épaule de leur professeur.

— C'est du charabia, grimaça Zane, benjamin du groupe.

— Non, il s'agit d'un code, rectifia Amanda.

Craig scruta la première ligne de son volume.

ᓴᐅᓐᖃᖁᓇᕐᖕᒍ ᒍᖅᖃᒥᕐᖕᒍᓴᓐᓂ
ᐅᓐᖕᒍᓴᓐᐅᓇᓂ (ᑭᖅᒃᖁᖅ

— Quelle drôle d'écriture ! Rien à voir avec du cyrillique.

Amanda referma son livre.

— Tous les journaux de bord suivent le même modèle. Il va falloir une équipe de cryptographes pour les déchiffrer.

— Pourquoi s'embarrasser d'un code ? demanda Craig. Que cherchaient-ils à cacher ?

— Vous y accordez peut-être trop d'importance. Depuis des siècles, les savants font de la parano sur leurs découvertes et ils ont recours aux procédés les plus ésotériques pour dissimuler l'avancée de leurs travaux. Même les cahiers de Léonard de Vinci ne pouvaient se lire que face à un miroir.

Craig tenta de trouver un sens à la succession de gribouillis cabalistiques. Sans résultat. Il sentit qu'il lui manquait un élément essentiel.

Un nouveau bruit surgit. Au début, le reporter crut au fruit de son imagination, mais le son s'amplifia.

— Qu'est-ce que c'est ? frémit Magdalene.

Amanda regarda les autres sans comprendre.

Craig s'approcha de l'endroit où la roue avait défoncé le mur. Il s'accroupit et tendit l'oreille.

— Je... je crois... entendre aboyer, chuchota Zane.

— Oh, oui ! C'est un chien, confirma le Dr Ogden.

— Non, pas un chien... un *loup* ! lâcha Craig.

Il reconnaissait le cri caractéristique. Il l'avait suffisamment entendu depuis quelques jours, mais cela n'avait pas de sens.

— C'est *Bane*, murmura-t-il, abasourdi.

14

COLIN-MAILLARD

ᐱᖕᒍᓱᐃᑦ ᖅᑲᐲᑐᑦ ᐊᕕᓐᒐᐊᐃᑦ

9 avril, 16 h 04
Station polaire Grendel

Accroupie à l'intersection de plusieurs tunnels, Jenny leva le poing pour intimer à Bane de se taire. L'animal ravala ses grognements et se serra contre elle d'un air protecteur. Matt l'avait dressé à obéir par signes, ce qui était très commode lors des parties de chasse en forêt.

Sauf qu'à Grendel, la proie, c'était eux.

Tom Pomautuk se tenait derrière avec Kowalski. L'index pointé vers un losange vert peint sur le couloir de gauche, il haleta, terrifié :

— Par ici.

Jenny ordonna à Bane d'avancer. Le chien trottina devant, le poil hérissé, les oreilles dressées, et le groupe lui emboîta le pas.

En une demi-heure, ils avaient aperçu d'autres monstres – imposantes créatures musclées à la peau toute lisse –, mais ils avaient réussi à les tenir à distance.

Jenny serra son pistolet de détresse. L'explosion de lumière et de chaleur d'une fusée suffisait à les désorienter et à les repousser, mais ils continuaient de les suivre à la trace. Hélas, les rescapés n'avaient plus que deux fusées. Après quoi, ils seraient à court de munitions.

Le halo de lumière autour d'eux vacilla et, pendant de longues secondes, ils se retrouvèrent dans le noir. Tom lâcha un juron, puis frappa sa torche contre le mur. Elle se ralluma.

— Je ne veux même pas y penser, grogna Kowalski.

La lampe récupérée dans la trousse de secours du Twin Otter n'était plus de première jeunesse : elle avait été fournie avec l'avion. Jenny, qui n'en avait jamais changé les piles, s'en voulut d'avoir négligé le calendrier d'entretien quand elle s'éteignit de nouveau.

— Allez, ma grande, gémit Kowalski.

Tom secoua la torche à deux mains, mais rien n'y fit : elle rendit définitivement l'âme.

Le voile de ténèbres qui s'abattit sur eux les incita à se rassembler.

— Bane, chuchota Jenny.

Elle sentit un frottement familier contre sa jambe. Ses doigts effleurèrent de la fourrure, et elle lui tapota le flanc. Quand le chien-loup grogna tout bas, ses côtes vibrèrent.

— Et maintenant ? s'inquiéta Tom.

— On n'a qu'à utiliser une fusée comme flambeau, répondit Kowalski. Elle devrait durer le temps qu'on trouve une planque sûre, à l'abri de ces saloperies.

— Je n'en ai plus que deux, protesta Jenny. De quoi se servira-t-on pour repousser les horribles prédateurs ?

— Si on veut avoir une chance d'y réchapper, il faut déjà les *voir*.

Logique imparable ! La jeune femme ouvrit son pistolet.

— Hé ! Regardez à droite, murmura Tom. C'est de la lumière ?

Les yeux écarquillés, Jenny distingua un minuscule point brillant à travers la glace :

— Ça vient de la station ?

— Impossible. On est trop loin de l'entrée.

— En tout cas, il y a bien de la clarté, lâcha Kowalski. Allons y jeter un œil. Allumez une fusée, shérif.

— Non. Son éclat vif nous empêcherait d'apercevoir notre but.

— Qu'est-ce que vous racontez ?

Elle rangea son pistolet et tendit le bras vers le militaire.

— Il va falloir y aller à tâtons. Donnez-moi la main.

Kowalski s'exécuta, puis elle réussit à attraper celle de Tom.

— Au pied, Bane, susurra-t-elle.

Comme s'ils jouaient à colin-maillard, ils progressèrent pas à pas vers l'origine de la lumière. Les mâchoires crispées, Jenny ressentait une infime vibration derrière les molaires. La curieuse impression ne l'avait plus quittée depuis qu'ils arpentaient le labyrinthe souterrain. Cela venait peut-être du ronronnement des moteurs ou des groupes électrogènes qui alimentaient la station au-dessus d'eux, mais elle n'en était pas convaincue. S'ils se trouvaient loin de la base, pourquoi les trépidations s'accentuaient-elles ?

Après quelques virages, ils avancèrent droit vers la lumière.

— On dirait qu'on repart à l'intérieur, annonça Kowalski.

Sans visibilité, difficile de dire s'il avait raison.

— On s'éloigne de la piste balisée, déplora Tom. Si ça tombe, on est en train de s'égarer.

— La lumière s'intensifie, les rassura Jenny.

Quoique... Ses pupilles s'habituaient peut-être simplement à l'obscurité. Son cerveau la démangeait. *Qu'est-ce que c'était ?*

— Ça me rappelle les histoires de mon grand-père au sujet de Sedna, chuchota Tom.

— Sedna ? répéta Kowalski.

— Une de nos divinités, expliqua Jenny.

Ils n'auraient pas dû bavarder autant mais, dans le noir, entendre la voix des autres était source de réconfort.

— Un esprit inuit représenté sous les traits d'une sirène. On raconte que sa silhouette luisante attire les pêcheurs au fond des mers jusqu'à ce qu'ils se noient.

— D'abord les monstres, maintenant les fantômes, grogna Kowalski. Vraiment, je déteste le pôle Nord.

Perdus dans leurs craintes et leurs pensées personnelles, ils poursuivirent leur chemin.

Bane, haletant, marchait à pas feutrés près de sa maîtresse.

Au détour d'un énième lacet, ils comprirent que le chatoiement venait d'une caverne ou, plutôt, d'un pan de mur effondré. Après tant de temps passé dans les ténèbres, la paroi de glace semblait d'un bleu saphir éblouissant.

Les rescapés se lâchèrent la main et avancèrent prudemment.

Premier sur les lieux, Kowalski balaya la grotte du regard.

— C'est un cul-de-sac.
— D'où vient la lumière ? demanda Jenny.
Quelqu'un l'entendit.
— *Hé-ho !* lança une voix féminine.
Bane aboya.
— Ne me dites pas qu'il s'agit de Sedna ? siffla Kowalski.
— À moins qu'elle n'ait appris l'anglais, non, répondit Tom.
Jenny ordonna à son chien de se taire, puis lança :
— Hé-ho !
— *Qui est là ?* intervint une voix masculine.
— Craig ? bredouilla la jeune femme, incrédule.
Silence.
— *Jenny ?*
Les larmes aux yeux, elle se précipita vers la fente verticale de cinq centimètres de large d'où filtrait la lumière. À un petit mètre d'elle, deux visages apparurent.

Si le reporter du Seattle Times *est là, alors sans doute que Matt...*

— Comment... Qu'est-ce que vous fabriquez là ? s'étonna Craig.

Bane aboya de nouveau. Jenny voulut le faire taire mais, à l'entrée du couloir, deux yeux rouges miroitèrent faiblement.

— Merde, lâcha Kowalski.

La créature avança vers eux en grognant d'un air méfiant. Ils n'en avaient jamais vu d'aussi énorme.

Jenny sortit son pistolet de détresse et tira. Un arc de cercle flamboyant jaillit, et la fusée explosa aux pieds du monstre.

Aveuglée, la bête se cabra, puis retomba lourdement à terre et battit en retraite, loin du projectile enflammé.

Tom et Kowalski s'approchèrent.

— Je parie qu'elle va bientôt revenir, maugréa le matelot.

— Il ne me reste qu'une fusée, annonça Jenny. Après, on n'aura plus rien pour les repousser.

— Ce sont des grendels, précisa Craig de l'autre côté du mur. Ils hibernent ici depuis des millénaires.

La jeune femme avait une autre question en tête :

— Où est Matt ?

— On a été séparés, soupira-t-il. Il se trouve quelque part dans la station, mais j'ignore où.

Il avait mis une seconde de trop à répondre. Hélas, même si Jenny sentait qu'il lui cachait quelque chose, ce n'était pas le moment de lui infliger un interrogatoire.

— Il faut trouver un autre moyen de sortir. Notre torche électrique était en panne, et on n'a plus qu'une fusée de détresse pour nous défendre.

— Comment êtes-vous arrivés ?

— Par une gaine d'aération qui remonte jusqu'à la surface.

— Ici, on n'est en sécurité nulle part. Il y a des outils en métal de notre côté. On peut essayer d'élargir la brèche afin que vous nous rejoigniez, suggéra-t-il, dubitatif.

La cloison de glace mesurait un mètre d'épaisseur. C'était perdu d'avance.

Une voix s'éleva derrière Craig. La même fille qui avait appelé quelques minutes plus tôt.

— Et les bidons de carburant qui alimentaient les moteurs de la porte sous-marine ? On pourrait fabriquer un énorme cocktail Molotov et faire sauter le mur.

Le visage de Craig disparut de la lézarde :

— Un instant, Jen.

À entendre la discussion étouffée, leurs voisins cherchaient une solution ou un consensus. Elle entendit dire que le bruit risquait d'alerter l'ennemi. Chez eux, l'éclat de la fusée s'amenuisait déjà, alors autant tenter sa chance avec les Russes.

Craig resurgit :

— Écartez-vous, on va essayer un truc.

Lorsqu'une espèce de lance d'incendie empestant le kérosène s'insinua à l'intérieur de la fissure, Jenny recula. Tom et Kowalski montaient toujours la garde à l'entrée du tunnel avec Bane.

Une étincelle jaillit, puis un grand *vlouf* enflammé fonça vers la jeune femme. Elle tomba en arrière au moment où une boule de feu la frôlait de justesse. La chaleur lui roussit les sourcils.

— Ça va ? demanda Kowalski.

— À mon avis, je n'ai plus à m'inquiéter de mon engelure au bout du nez.

— Estimez-vous heureuse d'avoir encore un nez.

Un brasier infernal s'était emparé de la brèche. Les flammes léchaient le mur. Des tourbillons de vapeur grésillaient et se condensaient à vue d'œil, trempant les murs, le sol et les corps. Du pétrole en feu ruisselait à l'intérieur de la grotte.

C'était surréaliste de voir des flammes danser sur la glace.

— Ils essaient de faire fondre le mur, comprit Jenny.

Devant les gerbes de feu qui les obligeaient à céder du terrain, Kowalski grommela :

— Espérons qu'on ne mourra pas d'abord brûlés vifs.

16 h 12

Pendant que Zane, étudiant en biologie, s'occupait de la pompe manuelle, Amanda braquait la lance d'arrosage.
— Allez, du nerf.
Elle appuya sur la poignée de débrayage et projeta davantage de carburant sur le feu en s'assurant que les flammes n'atteignaient pas le tuyau. La prudence était de mise, car il fallait maintenir une pression constante. On aurait dit qu'on versait de l'essence à briquet sur un barbecue déjà allumé.
De l'autre côté de la fissure, Craig se protégeait le visage avec la main. Des nuages de vapeur se mêlaient à une épaisse fumée grise. Des ruisseaux se formaient à mesure que le rempart de glace fondait. Quelques flaques de pétrole brûlaient par endroits, mais les biologistes se chargeaient de les éteindre avec des couvertures antifeu trouvées sur l'étagère.
Craig s'adressa à Amanda.
— On est à peu près arrivés à la moitié.
— Il reste combien ?
— Une cinquantaine de centimètres. Le passage est étroit mais, à mon avis, ils devraient pouvoir s'y faufiler.
L'air approbateur, elle continua d'arroser le brasier avec adresse. Il faudrait s'en contenter, car si le trou devenait trop large, les grendels risquaient d'y suivre leurs proies.
Malheureusement, les monstres blanchâtres ne constituaient pas le seul danger.
Postée près de la porte, Magdalene agita le bras.
— *Stop !* articula-t-elle en silence.

Amanda coupa l'alimentation du tuyau.

L'étudiante s'était plaquée contre le mur :

— Des soldats.

Craig jeta un œil au judas, puis s'écarta prudemment :

— Ils ont forcé la porte d'entrée. Ce corridor est rempli de glace depuis l'inondation, mais ils ont dû voir les flammes danser au loin.

— Ils ne peuvent pas savoir que c'est nous, chuchota Ogden, sa couverture serrée contre le torse.

— Ils seront quand même obligés d'enquêter sur l'incendie. Ils n'ont aucune envie de voir la station exploser sous leurs pieds.

Amanda tâcha d'articuler le plus bas possible :

— Qu'est-ce qu'on fait ?

Craig contempla la fissure.

— On trouve un nouveau plan, car le nôtre est foutu.

— Comm… ?

Avec une mine étrangement sévère, il tira sur le cordon de sa capuche, le colla contre l'oreille, puis releva son col d'anorak et le pressa sur sa gorge :

— Delta Un, ici Osprey. Vous me recevez ?

16 h 16

— Delta Un, répondez, insista Craig.

Le mini-émetteur UHF caché dans la doublure de sa parka envoyait de puissants signaux à travers la glace, mais il fallait qu'une certaine parabole de réception soit braquée sur ses coordonnées exactes pour les recevoir. L'installation se trouvait sur le bivouac de l'équipe Delta, à soixante kilomètres de la base polaire. En fait, ses camarades le suivaient à la trace depuis que son avion était arrivé la veille au soir.

D'un simple murmure, il pouvait communiquer *vers* ses hommes, mais la réception radio était beaucoup plus problématique. Vu l'épaisseur de la banquise, le fil d'antenne anodisé tissé sous les coutures de la parka était d'une efficacité médiocre. Craig devait quitter son repaire de glace pour améliorer les transmissions.

Par chance, quelques faibles mots entrecoupés de parasites lui parvinrent :

— *Delta... reçoit.*

— Quel est votre statut ?

— *La cible... coulé. Oméga sécurisée. Attendons de nouvelles instructions.*

Craig s'autorisa un sourire de satisfaction. Le *Drakon* avait été dégagé de l'échiquier. Excellente nouvelle ! Il pressa le micro sur sa gorge :

— Delta Un, la sécurité du ballon de foot est compromise. La présence des Russes complique son extraction. Tout assaut direct de votre part pourrait engendrer, par réaction défensive, la destruction des données et de la station. Je vais tenter de quitter Grendel. Une fois dehors, je vous recontacterai par radio pour évacuation. Ne bougez qu'à mon signal.

Entre deux grésillements, il distingua des mots par-ci par-là :

— *... complications... deux hélicoptères détruits... hommes à terre... plus qu'un appareil en état de voler.*

Merde. À cause des interférences, Craig ne comprenait pas tout ce qui s'était passé mais, à l'évidence, le sous-marin russe ne s'était pas laissé faire.

— Vos forces sont encore mobiles ?

— *Affirmatif, chef.*

— Bien. Continuez d'assurer la sécurité à Oméga et attendez mon autorisation pour mobiliser l'équipe d'évacuation. Je tenterai de vous contacter plus tard.

— ... *Un... message reçu.*

— Osprey, terminé.

Craig tira d'un coup sec sur son cordon-émetteur, qui se rembobina à l'intérieur de la capuche sous le regard médusé de l'assistance.

— Qui êtes-vous ? balbutia Amanda.

— Mon véritable nom n'a pas d'importance. Pour l'instant, « Craig » fera l'affaire.

— Alors, *d'où* venez-vous ?

Il se pinça les lèvres. À quoi bon mentir ? S'il voulait récupérer les fichiers de données, il aurait besoin d'une coopération générale et sans faille.

— Je suis officier de liaison à la CIA, chargé des forces spéciales. Actuellement, j'assure le commandement provisoire d'une unité de la Delta Force qui vient de reprendre Oméga.

— La station a été libérée ? demanda Amanda.

— Pour le moment, oui, mais, ici, ça ne nous avance pas à grand-chose. Il faut trouver le moyen de se sauver.

— Comment ? souffla le Dr Ogden.

Craig montra le trou dans le mur.

— Ils ont réussi à entrer par là. On va emprunter le même chemin vers la sortie.

— Mais les grendels... ? frémit Magdalene.

L'homme s'approcha de la caisse de bouteilles vides.

— Si on veut survivre, il va falloir se serrer les coudes.

16 h 17

Jenny regarda les flammes rugir de plus belle et l'obliger à s'écarter.

Dieu merci...

Quand le feu s'était temporairement éteint, elle avait jeté un coup d'œil prudent à l'avancée des travaux. La fonte de la glace avait permis d'élargir la brèche en un véritable passage, étroit mais praticable.

Ils avaient presque réussi.

L'espace de quelques instants, elle avait redouté que ses voisins manquent de carburant pour venir à bout des trente derniers centimètres. Elle avait entendu des murmures inquiets, puis la réapparition du tuyau l'avait forcée à reculer.

Depuis, des flammes avides léchaient la cloison gelée. Ils allaient y arriver. Jenny retint néanmoins son souffle.

De leur côté, Tom, Kowalski et Bane guettaient l'arrivée éventuelle d'un monstre à l'entrée du tunnel.

L'enseigne de vaisseau croisa le regard du shérif :

— Il est toujours là. Je vois des ombres bouger.

— Le salaud n'est pas près d'abandonner son pique-nique, confirma Kowalski.

— Tant que la fusée brûle, il se tiendra à carreau, répondit Jenny.

Enfin, j'espère, ajouta-t-elle en silence.

— Auquel cas, je demande un putain de lance-flammes à mon prochain anniversaire, maugréa Kowalski.

Elle tenta de comprendre ce qui se cachait dans la lugubre galerie. Craig avait fait allusion à des *grendels*, mais de quoi s'agissait-il en réalité ? Des légendes inuit parlaient d'esprits de baleines qui quittaient l'océan en entraînant de jeunes gens dans leur sillage. Elle avait toujours cru qu'il s'agissait de vieilles superstitions. À présent, elle n'en était plus aussi certaine.

Le subit apaisement du brasier la tira de sa rêverie. *Qu'est-ce qu'ils fabriquent à côté ?*

Jenny attendit. Quand il n'y eut plus que quelques flammèches, elle avança d'un pas et, alors qu'elle s'apprêtait à appeler Craig, une silhouette sombre drapée d'une couverture détrempée s'immisça au cœur de l'étroite fissure.

Le carré d'étoffe se releva sur une grande femme svelte moulée dans une combinaison isotherme bleue et brandissant une lanterne de mineur.

— Amanda... Docteur Reynolds ! s'exclama Tom.

Jenny reconnut le nom de la chercheuse qui dirigeait la station dérivante Oméga.

En voyant quelqu'un d'autre se tortiller à l'intérieur du couloir fondu, Kowalski s'étonna :

— Qu'est-ce que vous fichez ? Je croyais que c'était à nous de vous rejoindre.

— Changement de plan. L'endroit est plus sûr de votre côté.

La preuve ? Un coup de fusil résonna contre une lointaine paroi métallique.

Craig se débarrassa de sa couverture et aida le suivant à franchir la cloison :

— Je ne veux pas paraître trivial, mais les Russes débarquent.

Quatre nouveaux rejoignirent la grotte : trois hommes et une femme, tous terrifiés. Bane se faufila entre leurs jambes pour les renifler.

Le doyen du groupe s'adressa à Craig :

— Ils tirent sur la porte.

— Leur but est de nous piéger ici. D'autres soldats doivent déjà remonter par les conduits d'aération.

Kowalski pointa l'index vers la brèche.

— Vu ce qui nous guette, je suggère de rebrousser chemin et de hisser le drapeau blanc.

— D'un côté comme de l'autre, on risque la mort, rétorqua Craig. Là, au moins, on a assez de munitions pour défier les grendels.

Il sortit de sa poche une bouteille de vodka remplie d'un liquide jaune foncé et bouchée par un morceau de chiffon.

— On en a fabriqué dix. Si vos fusées maintiennent les prédateurs à distance, ces cocktails Molotov artisanaux devraient avoir le même effet.

— Et après ? se renseigna Jenny.

— On quitte la station en passant par la gaine de ventilation.

— Et dire que je commençais à me sentir bien ici, grogna Kowalski.

Devant la folie d'un tel plan, le shérif secoua la tête.

— On va mourir de froid à se planquer sur la banquise. Le blizzard n'est toujours pas calmé.

— Pas question de se cacher. On rejoint les véhicules stationnés sur le parking et on fonce vers Oméga.

— Mais les Russes...

Amanda lui coupa la parole.

— La station a été libérée par une équipe de la Delta Force. On va tenter d'atteindre une zone d'évacuation.

Jenny resta bouchée bée de stupeur.

Kowalski leva les yeux au ciel :

— Alors, là, c'est le comble ! On s'enfuit de cette saleté de base juste avant qu'elle ne soit délivrée par les forces spéciales. Question timing, on est franchement à côté de la plaque !

Jenny retrouva sa langue.

— Comment savez-vous tout ça ?

Amanda désigna Craig.

— Votre ami bosse à la CIA. C'est lui qui encadre l'équipe de la Delta Force envoyée au pôle Nord.

— Pardon ?

Des tirs résonnèrent de l'autre côté de la brèche.

— Il faut mettre les voiles, insista Craig. Retrouver le puits d'aération.

— C'est quoi, cette embrouille ? bafouilla Jenny, sidérée.

— Je vous expliquerai plus tard. Là, on n'a pas le temps.

Il lui effleura le bras, puis ajouta d'une voix douce :

— Je suis vraiment navré. Je ne voulais pas vous mêler à toute cette histoire.

Il passa devant, alluma son premier cocktail Molotov avec un briquet Bic et le jeta au fond du tunnel.

La puissante explosion fit gicler des flammes contre les murs, et l'énorme grendel déguerpit dans un virage.

— Allons-y ! lança Craig en se dirigeant vers la fournaise. Chaque seconde compte.

16 h 28

Encombré par le matériel récupéré à l'arsenal, Matt gravit l'échelle derrière Greer. Plus haut, le capitaine Bratt était accroupi dans la glissière, le visage éclairé par un stylo-lampe pendu à son cou. Il aida son lieutenant à grimper les derniers barreaux et à plonger à l'intérieur du tunnel.

En contrebas, la grande Washburn ne voulait courir aucun risque et, fusil en joue, elle surveillait les deux couloirs desservant le cagibi. Après avoir atteint le Niveau Deux, le groupe visait dorénavant le Niveau Un.

Alourdi par le poids des armes et ses poches emplies de grenades, Matt escalada les derniers échelons arrimés au mur de glace. Un bras se tendit vers lui et l'empoigna par la capuche de sa parka blanche.

— Une trace des civils par ici ?
— Non, mais ils peuvent être n'importe où. Il faut juste espérer qu'ils aient trouvé un abri sûr.

Matt rampa derrière le lieutenant et fit de la place à Washburn. Quelques secondes plus tard, ils longèrent le couloir en ondulant, Greer en tête, Bratt en queue de cortège.

Personne ne disait mot. Le plan était simple : avancer, trouver une faille dans la défense russe et faire sauter une ou deux bombes pour s'échapper de la station. Bratt savait où la *Sentinelle polaire* avait déployé sa balise SLOT. Le but du jeu était d'y programmer manuellement un SOS, puis de se cacher dans un recoin de la banquise. Aidés par le blizzard, ils comptaient ensuite jouer au chat et à la souris avec les Russes jusqu'à l'arrivée des secours.

En même temps, ils serviraient d'appât à leurs adversaires et les tiendraient éloignés des civils réfugiés au sein de la base.

Le groupe tomba sur un autre cagibi, quelque part entre les Niveaux Un et Deux, et s'y introduisit avec précaution. Sans doute persuadés que leurs proies chercheraient à rallier la surface, les Russes devaient fouiller les étages supérieurs.

Greer entra le premier. Après avoir vérifié l'absence d'empreintes fraîches, il indiqua que la voie était libre.

Matt sortit et s'étira le dos.

Soudain, le sol trembla. Une déflagration résonna jusqu'à eux, étouffée mais puissante, suivie de rafales de tirs irrégulières, comme des pétards.

— Putain, qu'est-ce que… ?

Des cristaux de glace qui s'étaient détachés sous le choc voletaient. Les deux derniers soldats débarquèrent tout guillerets. Greer aussi jubilait.

Matt se redressa.

— Dites-moi ce qui vous fait rigoler.

— J'ai l'impression que les Russes ont découvert leurs pauvres copains au Niveau Trois, annonça Greer.

— On a piégé l'armurerie, expliqua Washburn, un sourire glacé aux lèvres. On s'est dit qu'à la vue des cadavres, c'était là-bas qu'ils iraient vérifier en premier.

— Pearlson et les autres sont vengés, conclut le capitaine avant de reprendre son sérieux. Sans compter que cette diversion devrait ralentir la progression de nos ennemis, les rendre plus méfiants. Maintenant, ils savent qu'on est armés.

Choqué, Matt acquiesça en silence. Que de sang versé ! Il inspira à fond. Pour la centième fois depuis son départ de l'arsenal, il se demanda ce que devenaient Jenny et son père. Il était si inquiet qu'il éprouva d'emblée moins de compassion envers les morts de Grendel. Il fallait continuer. Personne n'aurait le droit de s'interposer entre son ex-femme et lui. Sa détermination farouche l'effraya autant qu'elle lui réchauffa le cœur. Pendant trois ans, il avait laissé le chagrin et les vieilles douleurs construire entre eux un rempart qui, à présent, lui semblait aussi fin que du papier à cigarettes.

Le quatuor reprit sa route vers le palier supérieur.

Après deux autres échelles et quelques mètres de glissières, ils distinguèrent des voix mêlées de cris assourdis. Ils éteignirent leurs lampes et remontèrent discrètement jusqu'à la source du brouhaha en communiquant par gestes.

Devant eux, une maigre lueur filtra dans la galerie. Elle venait d'une grille d'aération, dont ils s'approchèrent à pas de loup.

Bratt arriva le premier sur place et jeta un coup d'œil. Au bout de quelques secondes interminables, il contourna la grille et fit signe à Matt d'avancer.

Quasiment en apnée, ce dernier rampa vers lui et s'aperçut que la grille donnait sur les cuisines de la station. Des fours et des gazinières étaient alignés le long d'un mur, tandis qu'un assortiment de tables et d'étagères occupait la majeure partie de l'espace. Une double porte menait à la pièce principale.

Un Russe tenait l'un des battants ouvert. Une torche à la main, il leur tournait le dos et discutait avec un camarade.

Derrière eux, dans la pénombre de la grande salle, des lampes vacillaient. Des types montaient ou descendaient l'escalier central en vociférant. Un militaire, dont la parka ensanglantée était ornée d'une croix de médecin sur l'épaule, mugit, et d'autres hommes lui emboîtèrent le pas.

Finalement, les deux soldats laissèrent les portes de la cuisine se refermer, mais les hublots encastrés dans le bois laissaient toujours passer la lumière de la pièce voisine.

— Vous pouvez encore jouer au Russe ? chuchota Bratt.

— Comment ça ?

À l'instant où il posait la question, Matt s'aperçut qu'il portait encore l'anorak blanc de l'adversaire.

— C'est le moment ou jamais. Il fait encore sombre. Tout le monde est sous le choc. Si vous rabattez bien votre capuche, vous pourrez vous mêler à eux en douce.

— Pour quoi faire ?

Le capitaine désigna les portes fermées.

— Être nos yeux.

Matt l'écouta résumer son plan et, malgré l'angoisse, il se surprit à hocher la tête.

— Vu la confusion déclenchée par notre guet-apens, on n'aura peut-être pas de meilleure occasion, conclut Bratt.

— Alors, allons-y.

Washburn décoinçait déjà la grille d'aération avec un de ses crocs de boucherie à tout faire.

Le capitaine empoigna Matt par le bras.

— La réussite du plan dépend de vos talents d'acteur.

— Message reçu. J'ai intérêt à trouver une bonne motivation pour jouer ma scène.

— La survie ? grogna Greer derrière lui.

— Oui, ça fera l'affaire.

L'ancien Béret vert s'extirpa du conduit et se redressa devant la porte.

Les autres se dépêchèrent de prendre position dans la cuisine. Le timing était crucial.

Bratt lança à Matt un regard interrogateur. *Prêt ?*

16 h 48

Jenny avançait avec Craig et Bane. Devant eux, Kowalski lança une bombe incendiaire, qui explosa en projetant des gerbes de flammes et de verre brisé le long des parois.

La voie était dégagée.

Depuis vingt minutes, ils n'avaient plus vu la queue d'un grendel.

En tant que biologiste, le Dr Ogden avait avancé une explication :

— Ces créatures habitent un monde de glace et de ténèbres. Elles peuvent être attirées par la chaleur et la lumière, mais vos cocktails Molotov saturent leurs perceptions sensorielles. Meurtries, désorientées, elles préfèrent fuir.

Jusqu'à présent, sa théorie s'était vérifiée. Après avoir rejoint sans encombre l'itinéraire balisé, ils sillonnaient les profondeurs de l'iceberg en direction du puits d'aération. Seul l'écho d'une lointaine déflagration au-dessus de leurs têtes les avait dérangés un instant. Tout le monde s'était figé en sentant les galeries trembler mais, comme il n'y avait pas eu d'autre explosion, ils avaient repris leur route.

Derrière Jenny, Amanda conversait à voix basse avec les scientifiques, tandis que Tom surveillait leurs arrières, deux cocktails Molotov à la main.

Craig continua son récit.

— J'étais l'avant-courrier, l'agent chargé de la frappe chirurgicale. Ma mission était de récupérer les données et de les mettre à l'abri, mais les Russes ont dû avoir vent de mon arrivée en tant que supposé journaliste et ils m'ont tendu une embuscade en Alaska. Sans Matt, ils auraient réussi leur coup.

— Vous auriez pu nous mettre au courant.

— J'avais reçu des consignes strictes de la part des plus hautes sphères du pouvoir. C'était une opération top secret, en particulier après l'attaque de Prudhoe Bay. L'enjeu était trop important. Il fallait absolument que je me rende ici.

— Tout ça à cause d'éventuelles recherches en cryogénie…

Jenny tenta d'imaginer les corps congelés à l'intérieur des cuves. L'histoire paraissait trop monstrueuse pour être vraie.

Craig haussa les épaules.

— Je devais obéir aux ordres.

— Sauf que vous vous êtes servi de nous.

Elle se rappela leurs discussions à bord de l'hydravion après le bombardement de Prudhoe Bay. L'homme les avait manipulés.

— Vous nous avez roulés dans la farine.

Il esquissa un sourire contrit.

— Que voulez-vous ? Je suis doué pour ce que je fais.

Il se rembrunit et laissa échapper un soupir.

— Je devais utiliser les ressources que j'avais sous la main. Vous étiez mon seul moyen d'échapper aux radars de détection russes. Franchement, je suis désolé. Je ne pensais pas vous fourrer dans un tel pétrin.

Jenny garda les yeux rivés devant elle. Une question restait en suspens. Le dénommé Craig était-il *encore* en train de se jouer d'eux ?

Lorsqu'il reprit la parole, il donna surtout l'impression de se parler à lui-même.

— Il ne nous reste qu'à quitter la station. Ensuite, mes hommes viendront en nombre pour sécuriser les lieux, et tout sera terminé.

Jenny acquiesça en silence. *Terminé... Si seulement les choses étaient aussi simples !* Elle tenait Bane par l'encolure, car elle avait besoin d'un compagnon loyal et pas compliqué, mais force était de reconnaître qu'il constituait aussi un lien physique avec Matt. En caressant le poil épais du croisé loup, elle sentait la chaleur de son ex-mari.

Craig avait raconté que Matt et quelques soldats de la Navy avaient tenté de faire une razzia dans l'ancien dépôt d'armes de la station, mais nul ne savait ce qui leur était arrivé.

Comme s'il devinait l'angoisse de sa maîtresse, Bane se colla contre sa jambe.

— Puits d'aération en vue ! lança Kowalski.

D'un pas plus rapide, Jenny guida son chien entre les flammes du cocktail Molotov. La chaleur étouffante dégageait des relents d'hydrocarbures brûlés, et la glace fondue rendait le sol dangereusement glissant... sans parler des ruisseaux de feu qui traçaient des rigoles à terre.

Le chemin s'assombrit de nouveau. Toujours en première ligne, Kowalski brandit sa lanterne au plafond.

Sur le mur gauche apparut un orifice noir : l'extrémité de la gaine de ventilation.

Alors que le groupe se rassemblait devant, Jenny s'avança. C'était à elle de jouer. La galerie était trop abrupte pour être escaladée à mains nues en étant chaussé de simples bottes. Tom tendit au shérif un piolet récupéré en salle de contrôle de la porte sous-marine. Elle vérifia l'équilibrage de l'outil, son poids et surtout l'affûtage de la lame.

Le Dr Reynolds s'assit et retira ses crampons.

— C'est moi qui devrais m'y coller.

— Ils me vont aussi, objecta Jenny, et, en Alaska, je pratique souvent l'escalade sur glace.

Elle ne rappela pas leur précédente discussion. La pointure était trop petite pour un homme et, en cas de problème dans le tunnel, la surdité d'Amanda serait un handicap.

Jenny s'empressa de fixer les crampons en acier à ses bottes. Les pointes acérées lui offriraient une meilleure adhérence. Quant au piolet, il lui servirait à grimper et à se défendre.

Tom lui remit deux cocktails Molotov.

— J'ai lâché la corde juste à droite de l'entrée quand on s'est... quand on s'est fait attaquer. Si vous l'attachez à la grille, elle devrait descendre jusqu'ici.

Jenny fourra les bombes dans sa poche.

— Pas de souci. Veillez bien sur Bane. Les grendels lui ont mis les nerfs à vif. Ne le laissez pas se sauver.

— Je ne le quitte pas et, tout à l'heure, je vous promets de monter derrière lui.

— Merci, Tom.

Un genou à terre, Kowalski fit la courte échelle à Jenny, qui s'engouffra à l'intérieur du conduit et ficha ses crampons dans les parois gelées.

— Soyez prudente.

La gorge trop serrée pour répondre ou se rassurer elle-même, elle entama son ascension en appliquant le conseil n° 1 de son père chaque fois qu'ils partaient en randonnée glaciaire : *Toujours garder deux points de contact.*

Bien campée sur ses pieds, elle planta son piolet un peu plus haut. Une fois certaine qu'il ne bougerait pas, elle leva une jambe, piqua la pointe de sa botte dans le mur, puis ramena l'autre.

Elle progressa très lentement. *Prudence est mère de sûreté*, son père lui rappela-t-il à l'oreille.

Au souvenir du vieil Inuit, elle s'accorda un bref répit. *Au moins, il est en sécurité. Le capitaine Sewell a promis de veiller sur lui et, maintenant, les équipes de la Delta Force sont sur place.*

Elle n'avait plus qu'à les rejoindre.

En revanche, qu'advenait-il de Matt ?

Son pied gauche dérapa. Elle s'aplatit contre la paroi de glace et, le temps de retrouver une prise, elle resta pendue de tout son poids au piolet. Dès qu'elle fut stabilisée, elle aspira plusieurs grandes bouffées d'air froid.

Deux points de contact – toujours.

Jenny chassa ses craintes au sujet de Matt. C'était trop dangereux. Si elle voulait survivre, elle devait rester concentrée. Ensuite, elle aurait le droit de s'inquiéter. Un sourire lui vint aux lèvres. Un jour, son ex-mari lui avait dit qu'elle avait le don de se fabriquer des angoisses en béton armé.

Regrettant de ne pas avoir le dixième de son sang-froid, elle poursuivit son ascension à la seule force des bras et des jambes. Bientôt, le coude du conduit apparut. *Presque arrivée*. Elle emprunta le virage et aperçut l'éclat du jour au bout du tunnel. Aucun obstacle à signaler.

À présent que la sortie était en ligne de mire, elle se dépêcha de grimper... sans néanmoins prendre de risques inconsidérés. Les deux hommes de sa vie lui susurraient leurs conseils à l'oreille.

Prudence est mère de sûreté.
Ne t'inquiète pas.

Peu à peu, d'autres mots enfouis au fond de son passé resurgirent. Elle se souvint de lèvres douces effleurant sa gorge, d'un souffle tiède sur sa nuque, de ferventes déclarations : *Je t'aime... je t'aime tant, Jen.*

Ces paroles-là, elle les conserva dans un coin de son cœur et, à mesure qu'elle prenait conscience d'un sentiment oublié depuis longtemps, elle lâcha à voix haute :

— Moi aussi, je t'aime, Matt.

16 h 50

Déguisé en soldat russe, Matt poussa les portes de la cuisine et entra dans la salle principale, armé de sa kalachnikov. Malgré la demi-obscurité, il se cacha le visage derrière son bras et avait rabattu au maximum sa capuche bordée de fourrure.

Alors que les militaires s'affairaient sans même remarquer sa présence, il longea les murs et resta le plus à l'ombre possible. Le tumulte se concentrait au niveau de l'escalier, où des bataillons de Russes regardaient les tourbillons de fumée s'élever d'une armurerie en ruine.

Deux types traînaient une masse informe dans un sac en plastique noir.

Une housse mortuaire.

Deux autres chargés du même fardeau macabre les suivaient. Leurs camarades, qui assistaient à la procession, paraissaient furieux. Des éclats de voix fusaient. Les faisceaux des torches électriques balayaient le secteur.

Lorsqu'il en vit un arriver droit sur lui, Matt détourna la tête, mais il heurta une chaise, qui se renversa bruyamment par terre. Il pressa le pas. Quelqu'un lui hurla dessus. On aurait dit une espèce de juron.

L'Américain se contenta d'agiter la main et poursuivit sa route jusqu'à un point stratégique d'où il apercevait le tunnel de sortie. L'épave de la chenillette bloquait toujours à moitié le passage, mais on l'avait décalée afin de permettre l'accès à la surface. Derrière les deux militaires de garde, il y avait du mouvement dehors.

Du coin de l'œil, Matt surveilla l'horizon. Sa mission ? Partir en éclaireur et déterminer combien d'adversaires les séparaient de la liberté. S'il jugeait l'évasion possible, il devait faire signe aux autres, puis utiliser la grenade dissimulée dans sa poche pour créer une diversion au niveau du puits central. Le raffut masquerait la cavalcade des marins américains vers la sortie. Armé de son pistolet-mitrailleur, Matt était censé couvrir leur fuite mais, d'abord, il devait décider si l'idée était viable ou pas.

Il plissa le front, puis sursauta quand un type lui aboya dessus. Il ne l'avait pas entendu approcher.

Vêtu d'une parka ouverte, le colosse mesurait au moins deux mètres dix. Matt tenta d'apercevoir un insigne de grade. Malgré son visage taillé à coups de serpe et abîmé par le blizzard, l'homme paraissait jeune. Trop jeune pour avoir vraiment du galon.

Il continua de baragouiner, son fusil pointé vers les housses mortuaires posées sur une table du mess. Il avait les joues rouges, un peu de salive aux commissures des lèvres et, lorsqu'il termina sa tirade, il soufflait comme un bœuf.

N'ayant pas compris grand-chose, Matt fit ce qu'on faisait toujours en pareilles circonstances : il hocha la tête.

— *Da*, marmonna-t-il d'un air sévère.

Avec *niet*, c'était à peu près l'intégralité de son vocabulaire russe. Il venait donc de jouer à pile ou face : *da* ou *niet*.

Oui ou non.

À l'évidence, son interlocuteur lui avait débité la grande scène du deux, et l'approbation semblait la meilleure réaction possible. D'autre part, Matt ne se serait pas aventuré à *contredire* une telle armoire à glace.

— *Da*, répéta-t-il d'une voix plus assurée.

Sa stratégie parut fonctionner.

Une main aussi grosse qu'un quartier de bœuf s'abattit sur son épaule et faillit le mettre à genoux. Il tint bon et resta droit, le temps que le Russe passe son chemin.

Danger écarté.

Soudain, la grenade glissa de son anorak et cliqueta par terre. La goupille étant intacte, l'engin ne risquait pas d'exploser, mais Matt ne put s'empêcher de tressaillir.

La bombe roula aux pieds du géant, qui, au moment de la ramasser, se raidit. Il avait reconnu l'âge avancé du matériel. Il releva les yeux vers Matt et, tandis que les neurones de son cerveau se mettaient en branle, il fronça ses sourcils broussailleux.

L'Américain fut plus prompt à réagir. Il lui flanqua un coup de crosse sur le nez et sentit l'os se briser. Le soldat renversa la tête en arrière et s'étala de tout son long.

Sans hésiter, Matt se précipita à genoux en feignant de l'aider de se relever et, quand les regards se dirigèrent vers lui, il lâcha un rire rauque, comme si le jeunot avait trébuché seul.

Avant d'être démasqué, il dégoupilla sa grenade et la fit rouler sous les tables en direction de l'escalier central. Elle irait beaucoup moins loin que s'il l'avait lancée, mais il faudrait que cela suffise.

Manque de chance, elle percuta la chaise qu'il avait lui-même renversée quelques secondes plus tôt et ricocha vers lui.

Putain de merde...

Il plongea derrière l'imposant Russe, qui, toujours sonné, gémissait en voulant se relever à tâtons.

Lorsqu'il se rendit compte qu'il avait oublié de prévenir ses camarades, Matt lâcha un juron.

Tant pis... ils comprendront le message.

La grenade explosa.

Une table jaillit. Il eut à peine le temps de l'apercevoir, car il glissa sur plusieurs mètres, soufflé par la déflagration. Quand des éclats d'obus entaillèrent le cou épais de son complice involontaire, Matt reçut une giclée de sang frais au visage.

Il roula sur le côté. Ses oreilles bourdonnaient tellement qu'il n'entendait plus rien. Les Russes se redressèrent les uns après les autres. Des torches électriques balayèrent la pièce envahie de fumée.

Un mouvement attira son attention.

Trois silhouettes sortirent de la cuisine et lui foncèrent dessus, Bratt en tête.

Matt, groggy, se demanda pourquoi ils ne fonçaient pas vers la sortie. Encore à terre, il regarda autour de lui.

Ah, d'accord...

Il avait dérapé jusqu'à l'entrée du couloir, et l'épave de la chenillette n'était plus qu'à quelques mètres de lui.

À cinq petits pas, deux soldats beuglèrent. Enfin, il le supposa : leurs lèvres remuaient, mais il n'entendait toujours rien et comprenait encore moins ce qu'on lui racontait.

Ils s'approchèrent, le fusil braqué sur sa tempe.

Matt leva les bras et tenta un pari :

— *Niet !*

Il avait une chance sur deux. *Da* ou *niet*.

Cette fois-là, il choisit la mauvaise solution.

L'homme le plus proche tira.

15

AVIS DE TEMPÊTE

ᐱᖅᓱᖅᓱᔪᖅ ᐳᖅᐃᑎᕐᑦ

9 avril, 16 h 55
Station polaire Grendel

Un peu en retrait, Amanda observa le conduit d'aération. Le shérif avait disparu du halo de la lanterne. Le reste du groupe, anxieux et aux abois, s'était réuni au niveau du puits.

La jeune femme se sentit isolée. Pourtant, elle croyait s'être habituée au fait que la surdité vous coupait encore plus du monde que la cécité. Les stimuli auditifs vous enveloppaient, vous reliaient à votre environnement et, même si elle voyait ce qui se passait, elle avait l'impression d'assister de loin à la scène, comme si un rempart invisible la séparait des autres.

Ces dernières années, elle ne s'estimait pleinement connectée à la réalité que les rares fois où elle se lovait dans les bras de Greg. La chaleur virile de son corps, la douceur de ses caresses, le goût de ses lèvres, l'odeur de sa peau… tout contribuait à abattre le mur de verre.

Sauf qu'il était parti. Certes, il était commandant avant d'être homme, il devait évacuer les civils qu'il pouvait encore sauver, mais elle souffrait de sa décision. Elle aurait voulu l'avoir auprès d'elle... Elle avait besoin de lui.

Elle serra les bras autour de sa poitrine, histoire de chasser la terreur qui s'était emparée d'elle. L'élan de courage dont elle avait fait preuve depuis sa confrontation avec le premier grendel n'était plus qu'un simple désir de survivre, de continuer à aller de l'avant.

Chargé de monter la garde, Tom caressa Bane. Kowalski surveillait l'autre côté. Tendus à bloc, ils affichaient un visage stoïque et ne cillaient pas.

Amanda se dit qu'elle devait faire la même tête.

Les Russes... les grendels... À force d'attendre un assaut qui ne venait pas, ils commençaient à perdre patience.

Elle se rappela sa récente discussion avec Henry Ogden.

Le biologiste avait élaboré une théorie sur l'organisation sociale des grendels. Selon lui, ils passaient une bonne partie de leur vie en état de congélation hivernale, car c'était le meilleur moyen de conserver leurs forces dans un milieu aussi hostile. Toutefois, afin de protéger l'espèce et de surveiller leur territoire, une ou deux sentinelles restaient éveillées. Elles écumaient les grottes sous-marines reliées au Vide sanitaire ou sillonnaient la banquise en se faufilant par des points de sortie naturels ou artificiels. Lors de ses explorations du labyrinthe glacé, Ogden avait repéré des endroits où des coups de griffe semblaient avoir tiré un grendel de son sommeil. Sa thèse était la suivante :

— Tous les deux ou trois ans, les gardiens s'endorment et laissent un nouveau membre de la meute prendre le relais. Voilà sans doute pourquoi ils sont restés cachés aussi longtemps. Seuls un ou deux spécimens restent actifs, tandis que les autres hibernent paisiblement pendant des siècles. Il est impossible de savoir depuis quand ils vivent ici, mais on peut imaginer qu'ils sont parfois entrés en contact avec le genre humain, ce qui a suscité une mythologie relative aux dragons et aux monstres des neiges.

— Ou au Grendel de Beowulf, avait ajouté Amanda. Pourquoi restent-ils sur l'île depuis si longtemps ?

— Cet endroit est leur nid. En étudiant des cavités de la falaise, j'ai trouvé quelques petits congelés. Il n'y en avait pas beaucoup mais, vu la longévité des créatures, je parie qu'il suffit d'une progéniture modeste pour assurer la pérennité de l'espèce. Résultat : comme chez la plupart des animaux peu reproducteurs, l'ensemble du groupe social défend le nid bec et ongles.

Où sont-ils maintenant ? songea Amanda. Si les grendels protégeaient bien leur descendance, le feu ne les tiendrait pas éternellement à distance.

Attiré par un bruit, Tom fit volte-face.

La jeune sourde vit ses camarades s'agiter près du puits et comprit pourquoi : un gros filin rouge dansait jusqu'à terre. Jenny avait réussi à sortir.

Les rescapés s'approchèrent encore.

Craig leva la main, les lèvres illuminées par sa lanterne.

— Pour éviter toute surcharge, je suggère de remonter par groupes de trois. J'irai avec les deux femmes, annonça-t-il, le doigt pointé vers Amanda et Magdalene. Ensuite, ce sera au tour du Dr Ogden et des deux étudiants. Enfin, les militaires et le chien.

D'un regard à la ronde, il guetta une éventuelle objection.

Personne ne trouva à redire, Amanda encore moins que les autres : elle faisait partie du premier trio. Craig aida Magdalene à grimper, puis il tendit la main au Dr Reynolds, qui déclina son offre.

— J'adore l'escalade.

Il acquiesça en silence et se hissa à la force des poignets.

Amanda le talonna. L'ascension fut rude, mais la terreur de ce qui les attendait en bas leur donna des ailes. La jeune femme n'avait jamais été aussi heureuse de voir la lumière du jour. Elle sortit à quatre pattes derrière les deux autres et se retrouva à l'air libre.

Une bourrasque faillit l'empêcher de se redresser, mais Jenny l'aida à garder l'équilibre et précisa, les yeux au ciel :

— Le blizzard commence à faiblir.

Amanda fronça les sourcils : les rafales de neige ne permettaient qu'une visibilité de quelques mètres, et un froid mordant lui piquait les joues. Si la tempête s'apaisait, à quelle scène d'apocalypse avaient-ils échappé ?

Craig se pencha au-dessus du trou pour parler aux autres, puis il se retourna vers les filles.

— Il va falloir mettre la gomme. Moins il y a de blizzard, plus on risque de se faire repérer.

À peine quelques secondes plus tard, les trois biologistes émergèrent de la gaine de ventilation. Craig se pencha une dernière fois au-dessus du puits.

Amanda sentit les poils de sa nuque frissonner. Sourde à la tempête, aux bavardages, elle fut la première à s'en apercevoir et pivota à trois cent soixante degrés.

Un sonar...

— Arrêtez ! mugit-elle. Des grendels !

Tout le monde se raidit, à l'affût.

Le temps de sortir un cocktail Molotov de sa poche, Craig remua les lèvres :

— ... crier au fond du puits. Les créatures attaquent aussi en bas.

Le Dr Ogden tenta d'allumer sa propre bombe, mais le vent éteignait sans cesse le briquet.

— ... un assaut coordonné. Ils se servent de leur sonar pour communiquer entre eux.

Amanda contempla l'épais brouillard neigeux. Ils étaient tombés dans une embuscade.

De sombres silhouettes émergèrent du cœur de la tempête et rampèrent vers eux, tels de gigantesques fantômes.

Enfin, Henry réussit à enflammer son chiffon imbibé d'essence et lança sa bouteille vers les grendels. La bombe artisanale atterrit sur un talus enneigé et grésilla faiblement sans ralentir une seconde la progression des prédateurs.

Amanda aperçut du mouvement derrière un sommet à droite. Un autre grendel... et encore un autre.

Les Américains étaient cernés.

Craig brandit un cocktail Molotov allumé.

— Évitez la neige. Elle est trop fraîche et humide.

Il suivit le conseil d'Amanda. La bombe décrivit un arc de cercle dans la tempête, percuta le rebord tranchant d'une crête de pression et explosa devant la meute principale de grendels.

Les animaux tressaillirent et se figèrent.

Sauvez-vous, implora Amanda en silence.

En guise de réponse, les vibrations de sonar s'intensifièrent, comme si les prédateurs rugissaient de frustration. Sur la banquise, ils étaient moins intimidés par les flammes.

— Replongez dans la gaine de ventilation ! ordonna Craig.

Amanda fit volte-face au moment où Bane bondissait du puits en grognant et en aboyant aussi férocement qu'un vrai loup. Jenny l'empoigna par le col pour l'empêcher d'attaquer les grendels.

Tout le monde criait. Amanda, elle, n'entendait rien. Les gens étaient si affolés qu'elle ne comprenait pas ce qu'ils disaient. Pourquoi personne ne se précipitait-il vers le puits ?

Une fraction de seconde plus tard, elle eut sa réponse.

Kowalski s'extirpa du trou, le visage cramoisi :

— Reculez ! Ils sont à nos trousses !

Surgit ensuite Tom, la manche gauche de son anorak roussie. Il plongea le bras dans la poudreuse. De la fumée s'échappait du tunnel.

— La galerie s'est effondrée à cause du dernier cocktail Molotov. On ne peut plus passer.

— Merde, grommela Kowalski.

Amanda se retourna. La bombe de Craig sombrait doucement dans la neige fondue. Les bêtes sanguinaires, guidées par un nouveau signal sonar, reprirent leur marche vers le groupe en piétinant les dernières flammèches.

Les aventuriers se blottirent les uns contre les autres.

Il n'y avait pas d'issue possible.

17 h 03

La kalachnikov visa la tête de Matt à bout portant. Un éclair jaillit du canon. Toujours sourd à cause de l'explosion de sa grenade, l'Américain n'entendit pas le coup partir – *ou plutôt celui qui neutralisa le tireur*.

Il trébucha en arrière, l'oreille en feu, et regarda sans comprendre le côté droit du crâne du Russe exploser en une gerbe d'os et de cervelle. Tout s'était déroulé dans un silence de mort. Matt atterrit sur le côté. Un filet de sang coulait le long de son cou. La balle lui avait éraflé l'oreille. Bratt, Greer et Washburn se ruèrent vers lui. Le fusil du capitaine fumait encore.

Le second Russe tenta de riposter, mais Greer et Washburn pressèrent ensemble la détente. Touché à l'épaule, l'homme pivota comme une toupie. L'autre plomb, qui lui avait traversé le cou, projeta du sang au mur.

En plein chaos, Matt recouvra peu à peu l'ouïe. Des hurlements, des coups de feu... Soudain, les portes de la cuisine volèrent à travers la pièce dans un panache de flammes et de fumée. Un autre traquenard !

Bratt empoigna leur éclaireur par la capuche, le redressa d'un coup sec et hurla au creux de son oreille indemne :

— La prochaine fois, je vous scotche la grenade autour de la taille !

Ils s'élancèrent tous vers la chenillette.

— Attention aux soldats ! haleta Matt.

Ils eurent à peine le temps de courber le dos qu'une rafale de tirs crépita sur la carrosserie défoncée.

Ils étaient toujours à découvert. Il fallait vite bouger de là.

Au centre de la pièce enfumée, une étrange agitation attira l'attention de Matt : un homme semblait flotter au-dessus de l'escalier principal, éclairé par deux ou trois lampes torches. Grand, les cheveux blancs et vêtu d'un pardessus ouvert, il transportait un garçonnet enveloppé dans une couverture. Le bambin, en pleurs, se bouchait les oreilles.

La vision était surréaliste.

— Baissez-vous, Pike ! mugit Bratt.

Tandis que Greer balançait une grenade aux snipers, Washburn en fit rouler une autre vers la grande salle.

— Non ! s'écria Matt.

Trop tard. Les deux explosions le rendirent de nouveau sourd. À cause du souffle, la chenillette bondit de trente centimètres. Des fragments de glace s'abattirent sur leurs têtes et un brouillard humide envahit le couloir.

Bratt montra la sortie. Ses camarades n'avaient pas d'autre choix que de le suivre. Encore fallait-il espérer que la bombe ait neutralisé tous les adversaires devant eux.

Le capitaine s'élança le premier, bientôt imité par Washburn et Matt. Greer courait derrière eux en tirant à l'aveuglette vers la salle. Les coups de feu résonnaient au loin, comme s'ils venaient d'un petit pistolet en plastique.

De l'épaule, Greer voulut inciter Matt à se dépêcher, mais ce dernier faillit trébucher et lui lança un regard noir.

À vrai dire, le lieutenant avait un genou à terre. Il ne l'avait pas poussé. Il était tombé.

Matt voulut voler à son secours mais, le visage tordu de douleur et de colère, le malheureux lui fit signe de continuer en vociférant sans bruit.

Des flots de sang rouge vif giclaient de sa jambe. *Touché à l'artère fémorale.* Le militaire s'effondra sur le sol gelé, le fusil en travers des genoux.

Washburn empoigna Matt par le bras et l'obligea à la suivre.

Greer croisa son regard et, curieuse réaction, il se contenta de hausser les épaules, déçu, comme s'il venait de perdre un vulgaire pari. Il braqua son fusil vers la station et se remit à tirer.

Pan... pan... pan...

Après avoir dépassé la chenillette, les survivants se ruèrent vers la porte éventrée. Des cadavres gisaient en tas informe. On ne leur opposa aucune résistance.

Matt aperçut un objet familier au creux d'une main sectionnée. Convaincu de son utilité potentielle, il s'en empara au passage et le fourra dans sa poche.

Le trio fonça jusqu'à la surface et retrouva la tempête.

Une fois sorti de Grendel, Matt sentit les rafales de vent venir à bout de sa surdité. Il entendit mugir le blizzard.

— Par ici ! s'époumona Bratt.

Ils comptaient voler une motoneige et rejoindre la balise SLOT en slalomant à l'abri des cimes rocheuses, mais le parking se trouvait encore à une bonne centaine de mètres.

Il ne fallait pas non plus se bercer d'illusions : l'endroit était forcément gardé par des Russes.

Des coups de feu retentirent. Sous l'impact, des fragments de glace se détachèrent et leur picotèrent le visage.

Bratt, Washburn et Matt se réfugièrent à plat ventre derrière une petite crête gelée. Les snipers s'étaient blottis dans une vallée de la banquise, bien à l'abri. On y apercevait même des tentes orangées.

— C'est là qu'ils entreposent les cadavres de la station, siffla Washburn. Je connais un chemin dérobé, et il me reste une grenade. Couvrez-moi.

Tandis qu'elle s'éloignait en rampant, Bratt mitrailla les tentes. Matt roula sur le flanc. Dès qu'il voyait du mouvement ou une ombre suspecte, il décochait une rafale de kalachnikov.

Washburn atteignit une crevasse qui devait lui permettre de contourner les tireurs embusqués mais, comme d'habitude ce jour-là, tout vira à la catastrophe.

17 h 11

Jenny se prépara à l'orée du puits avec les autres. Elle avait agrippé Bane par la peau du cou. Le vent soufflait toujours très fort, mais les rafales de neige s'étaient un peu calmées.

— À mon signal ! rugit Kowalski.

Postés aux premières loges, Tom et lui brandirent chacun un cocktail Molotov au-dessus de leur tête.

Cinq grendels s'étaient massés devant eux. Leur cortège avait été stoppé par une série d'explosions étouffées qui avaient retenti tout près de là. Sensibles aux vibrations, les créatures avaient été perturbées par les secousses.

— Ça vient de la station, avait annoncé Tom. Quelqu'un est passé à l'attaque.

— On dirait des grenades, avait renchéri Kowalski.

Ils avaient profité de la confusion temporaire des prédateurs pour allumer deux bombes et échafauder un plan rapide.

Rien de très sophistiqué. Droit au but.

Kowalski s'approcha du premier grendel et lui agita sa bouteille enflammée sous le nez.

Les babines retroussées, l'animal montra les crocs. Alors que ses congénères, méfiants, reculaient d'un pas, il ne bougea pas d'un millimètre et ne paraissait absolument pas intimidé par la démonstration de force.

— Celui-ci est bien nourri, murmura Ogden. Il s'agit sans doute d'une sentinelle. Son instinct territorial sera exacerbé au maximum.

Leur seul espoir ? Neutraliser le chef de meute afin d'inciter – peut-être – les autres à se disperser.

Kowalski avança encore, Tom sur ses talons, quand la bête leur sauta dessus en rugissant.

— Putain !

Il balança son cocktail Molotov, rebroussa vite chemin, se cogna dans le jeune enseigne et les fit trébucher tous les deux.

Par chance, il avait visé juste. La bombe atterrit au fond de la gueule du monstre et le résultat fut spectaculaire.

Quand l'essence explosa, on aurait dit qu'un dragon crachait des flammes. Aveuglé de rage et de douleur, le grendel pivota sur lui-même, tandis que le troupeau fuyait en ordre dispersé.

Dès qu'une odeur de chair brûlée envahit la vallée, Kowalski se releva d'un bond.

— Maintenant !

Tom, qui avait réussi à garder son cocktail Molotov au sec, le jeta avec la force d'un joueur de base-ball professionnel. La bouteille loba l'animal fou furieux et explosa un peu plus loin, vers les autres grendels.

— Allons-y ! lança Kowalski.

La bête blessée s'effondra sur la banquise, les poumons carbonisés. Des flammes s'échappaient encore de ses babines et de ses évents, mais elle ne bougeait plus.

Par précaution, Kowalski la contourna néanmoins au plus large. Tom fit signe aux camarades de les rejoindre. Jenny, Craig et le Dr Reynolds couraient ensemble. Désormais libre de ses mouvements, Bane rattrapa Kowalski en tête. Quant aux biologistes, ils ne quittaient pas Tom d'une semelle.

Tous traversèrent au galop un océan de feu et de glace.

Armé des derniers cocktails Molotov, Kowalski embrasait la route de manière à tenir les grendels à distance.

Soudain, un hurlement...

Jenny se retourna et vit Antony à terre, la jambe passée au travers de la glace. Tom et Zane lui portaient déjà secours.

Kowalski freina quelques mètres plus loin :

— La vache, ça craint !

Ils devaient se méfier des trous de la banquise. On pouvait facilement s'y casser la jambe... ou le cou.

Zane aida son ami à se relever.

— Merde, c'est superfroid, grogna l'imprudent.

La glace se fissura derrière lui. Un grendel qui les suivait sous l'eau jaillit du trou et mordit à pleines dents dans la cuisse de sa proie. Zane et Tom furent repoussés en arrière quand l'épaisse couche gelée se brisa, puis la bête d'une demi-tonne replongea dans les eaux sombres en emportant son butin.

Antony n'eut pas le temps de hurler qu'il avait déjà disparu.

Affolé, tout le monde se remit à cavaler, mais la poudreuse masquait les plaques de glace les plus fragiles.

— Les grendels nous suivent à la trace, haleta Ogden.

— On ne peut pas s'arrêter, objecta Kowalski.

Personne n'en avait envie, mais leur progression devint plus prudente. Le courageux marin prit les choses en main et, afin de ne courir aucun risque inutile, ses compagnons d'échappée le suivirent pas à pas.

Jenny avait déjà vu des ours polaires chasser le phoque ainsi, c'est-à-dire en bondissant de l'eau glacée pour attraper un gibier trop naïf. La région devait être truffée de trous de respiration couverts d'une fine pellicule de givre, de fissures permanentes protégées par les crêtes de pression alentour.

Il fallait faire très attention.

Un monticule de neige se suréleva par-dessous. La glace crissa en profondeur. Les grendels n'avaient pas renoncé à leur traque.

— Encore un effort ! s'exclama Tom. Le parking se trouve juste après la prochaine crête !

Ils augmentèrent doucement l'allure.

Au détour du virage, Jenny constata qu'il avait raison. L'enchevêtrement de sommets montagneux laissait place à une vaste plaine. Ils étaient presque sortis du terrible piège.

Soudain, des coups de feu couvrirent la plainte du vent. Kowalski fit signe de s'arrêter à l'abri et scruta les environs. D'autres tirs résonnèrent tout près : un combat avait éclaté.

— Quelqu'un affronte les Russes, souffla Tom.
— La Delta Force peut-être ? suggéra Amanda.

Craig secoua la tête.

D'un sifflement, Kowalski réunit les gens autour de lui : à dix petits mètres d'eux étaient alignés une chenillette, des motoneiges et quelques autres engins de transport.

Cachées derrière le parking, deux silhouettes mitraillèrent les montagnes de gauche. La riposte ne se fit pas attendre, et des balles crépitèrent autour des snipers.

Impossible de dire qui était qui. Même si le blizzard s'était calmé, les tourbillons de poudreuse estompaient les détails.

Sans prévenir, Bane s'élança entre les véhicules stationnés et fonça vers la plaine.

Jenny voulut le rattraper, mais Kowalski l'en empêcha.

L'entrée de la base luisait dans la pénombre, et des individus s'en déversaient à profusion. Une bataille d'envergure s'annonçait.

Quand Jenny tourna de nouveau la tête, Bane avait disparu au milieu du parc automobile.

Les tirs étaient de plus en plus nourris.

— On fait quoi maintenant ? demanda Tom.

17 h 14

De sa cachette derrière la crête, Matt vit Washburn plaquée au sol par trois adversaires. Elle se défendit à coups de pied... sans grand résultat. D'autres soldats se plantèrent devant la station, et des snipers prirent position à l'abri du tunnel d'accès.

Matt et Bratt risquaient vite d'être débordés et abattus comme des lapins. L'ancien Béret vert tenta d'empêcher les Russes campés à l'entrée de leur tirer directement dessus, le capitaine fit de même avec le groupe terré entre les tentes, mais ils commençaient à manquer de munitions.

— Je vais attirer leur attention, annonça Bratt. Rejoignez le parking, essayez de démarrer un véhicule et fichez le camp.
— Et vous ?
Le capitaine éluda la question.
— Je tâcherai de les retenir le plus longtemps possible.
Matt hésita.
— Ce n'est pas votre guerre ! insista Bratt, le regard noir.
La vôtre non plus, songea l'autre à plat ventre. Seulement, comme ce n'était pas l'heure de discuter, il acquiesça en silence.
Le militaire sortit une grenade de sa poche et, en quelques gestes, il expliqua son plan :
— Prêt ?
Après avoir inspiré à fond, Matt s'accroupit.
— *Go !*
Bratt lança sa bombe en chandelle. Contré par les puissantes rafales qui soufflaient des montagnes, il ne pouvait pas atteindre le groupe massé au niveau des tentes, mais il accomplit quand même du bon travail : pendant quelques instants, l'explosion de glace occulta toute visibilité.
C'était le moment ou jamais. Matt détala sur les chapeaux de roues. Derrière lui, Bratt visa les soldats postés à l'entrée de la base.
La stratégie aurait pu fonctionner si, près des tentes, les Russes n'avaient pas réussi à charger leur lance-roquettes. Matt entendit une crépitation, suivi d'un sifflement reconnaissable entre mille.
Il plongea, dérapa sur l'épaule, et des esquilles de glace lacérèrent sa parka. De son côté, le capitaine fit

volte-face, prêt à se sauver, mais les distances étaient trop courtes, la fusée, trop rapide.

Matt se couvrit le visage, à la fois pour se protéger et pour s'épargner l'abominable spectacle.

BOUM! La banquise frémit. Il se redressa. Leur abri de fortune n'était plus qu'un trou de vapeur fumante.

Aucun signe de Bratt.

Une botte atterrit tout près en grésillant sur la neige.

Horrifié, Matt se sauva et, déterminé à ce que le valeureux militaire ne se soit pas sacrifié en vain, il courut vers le parking.

17 h 16

Jenny regarda l'homme esseulé courir sur la glace : vêtu d'une parka blanche typiquement russe, il disparut derrière une bourrasque de neige et de vapeur.

— Il faut dégager d'ici, insista Craig. Utiliser cette diversion pour récupérer un maximum de véhicules.

— Qui sait conduire une chenillette ? demanda Kowalski.

Le gros engin trônait à une dizaine de mètres. *Si proche...*

— Moi, répondit Ogden.

— Impeccable ! Avec Tom, on prendra deux motoneiges, histoire de vous servir à la fois d'ailiers et de balises. Les autres devraient tous rentrer dans la chenillette. Il me reste deux cocktails Molotov, ajouta-t-il avant d'en lancer un à Pomautuk. On fera le maximum pour empêcher les Russes de vous coller au cul.

— Allons-y, approuva Craig.

Pendant que Tom et Kowalski rejoignaient les motoneiges, les civils se ruèrent vers la première chenillette.

Henry ouvrit la portière de l'énorme véhicule. Le temps que Zane et Magdalene se hissent sur le siège avant, il essaya de démarrer. Le moteur toussa, puis se mit à vrombir. À présent que les tirs s'étaient calmés, son vacarme risquait d'attirer l'attention de l'adversaire. Avec un peu de chance, la détonation de la roquette avait rendu les Russes sourds pour quelques minutes encore. Sinon, il fallait espérer que la brise incessante couvre le bruit.

Jenny guetta une réaction ennemie dans une zone toujours enfumée par le nuage de l'explosion. Les vents repoussaient les tourbillons de vapeur vers l'entrée de Grendel, mais cela ne durerait plus très longtemps.

Une motoneige démarra, puis une autre. Tom et Kowalski avaient trouvé leurs montures.

Craig ouvrit la portière arrière aux deux retardataires.

— Dépêchez-vous de monter, les filles !

Alors qu'Amanda allait obéir, un aboiement sec retentit.

Jenny contourna la chenillette. *Bane*...

Elle aperçut du mouvement sur la banquise. À cinquante mètres d'eux, un homme fendait péniblement la neige. Le Russe en parka blanche. Le shérif siffla Craig.

Il s'approcha. Amanda se figea à la porte de la chenillette.

L'inconnu armé ne semblait pas les avoir repérés. Trop proche de l'explosion, il devait encore être sourd et désorienté.

— Il faut le neutraliser, annonça l'envoyé de la Delta Force.

Jenny remarqua alors la silhouette sombre et trapue de Bane. L'animal bondit sur le Russe et le flanqua à terre.

— Eh bien, on n'aura pas à s'en occuper. Sacré clebs ! Ça, c'est du chien d'attaque.

La jeune femme fronça les sourcils. Bane n'était pas du genre agressif.

Elle regarda l'homme se débattre avec le chien, puis s'agenouiller et le serrer dans ses bras. Elle trébucha de deux pas en avant.

— C'est Matt !

17 h 18

Matt laissa échapper un sanglot. *Comment Bane était-il arrivé jusque-là ? Avait-il couru depuis Oméga ?* Sa présence tenait du miracle.

Il entendit crier dans le vent, mais ne put en déterminer l'origine. Il releva la tête. Nouveau cri. Quelqu'un l'appelait par son nom.

Bane avança d'un mètre, puis se retourna, comme pour inciter son maître à le suivre.

Malgré ses jambes engourdies, Matt s'exécuta sans trop croire à sa chance.

Et il eut raison.

Un sifflement caractéristique fendit les airs.

Une autre roquette !

Les Russes devaient connaître sa destination. Ils allaient détruire le parking et lui ôter ainsi tout espoir d'évasion.

Il tenta d'obliger son chien à se coucher, mais ce dernier galopait déjà entre les véhicules.

— Bane ! Non !

Toujours obéissant, l'animal s'arrêta et fit volte-face.

La fusée explosa avec une force telle que Matt atterrit violemment sur le dos, le souffle coupé. Une vague de chaleur lui passa au-dessus de la tête.

— Non ! hurla-t-il de tout son cœur.

Il se rassit sur la banquise. Le parking n'était plus qu'un champ de ruines glacées et de voitures déchiquetées. Au centre s'étendait un trou béant sur l'océan Arctique.

Matt s'enfouit le visage entre les mains.

17 h 19

Jenny dut s'évanouir une fraction de seconde. Alors qu'elle se trouvait près de la chenillette à appeler Matt, l'instant d'après, elle était les quatre fers en l'air, à cinq bons mètres du véhicule.

Un peu étourdie, elle se rassit. Ses oreilles bourdonnaient. Elle se souvint que la banquise s'était soulevée sous ses pieds et qu'une secousse l'avait envoyée balader. De son côté, la chenillette s'était écrasée sur le flanc, renversée par la force de l'explosion.

Matt...

Elle l'avait aperçu juste avant l'attaque. L'angoisse lui remit aussitôt les idées en place.

Elle se releva tant bien que mal. Craig aussi, trois mètres à droite. Surprise ! Amanda, déjà debout près du gros véhicule, ne semblait même pas avoir bronché.

La plaine gelée avait disparu sous des tourbillons de vapeur, et un grand cratère laissait apparaître l'océan. Des épaves gisaient un peu partout, tels des jouets abandonnés. Il n'y avait aucune trace de Matt ou de Bane, mais le brouillard restait épais.

Coincé sous sa motoneige, Tom ne bougeait pas. De son corps inerte s'écoulait une traînée rouge sombre.

Oh, Seigneur...

La moto de Kowalski, renversée à mi-hauteur du sommet voisin, ronronnait toujours. En revanche, le matelot avait disparu.

— Il faut les aider, balbutia le Dr Reynolds d'une voix plus confuse que d'habitude. L'explosion... *(Elle secoua la tête.)* Elle m'est presque tombée dessus.

Jenny posa la main sur son épaule. Ce devait être terrifiant de vivre un drame pareil sans rien entendre.

Craig les rejoignit.

Des silhouettes remuèrent derrière le pare-brise de la chenillette. Magdalene et Ogden, qui avait une belle entaille au front, tentaient de calmer un Zane désorienté, agité et semi-conscient.

— On doit les sortir de là, insista Jenny.

— La portière est coincée, répondit Amanda. J'ai essayé... je n'ai pas pu... À trois, on y arrivera peut-être.

— On n'a pas le temps, protesta Craig.

À mesure que le vent dissipait la vapeur, une escouade de parkas blanches apparut sur la banquise, arme au poing.

— C'est l'équipe de nettoyage. Sauvons-nous avant qu'ils ne nous repèrent.

Jenny observa le parc de véhicules disloqués.

— Où ça ? On repart chez les grendels ?

Peu convaincu, Craig tenta d'échafauder un autre plan :

— La Delta Force peut débarquer d'ici à vingt minutes... si on arrive à se trouver une bonne planque jusque-là.

— J'ai peut-être une meilleure solution, intervint Amanda. Vite ! Suivez-moi.

Elle pivota sur ses talons et quitta le parking.

Jenny contempla les prisonniers de la chenillette et le corps inanimé de Tom. Elle détestait l'idée de les abandonner à leur triste sort, mais elle n'avait pas le choix. Surtout sans armes. Du bout des doigts, elle effleura son holster vide, puis, frustrée, rongée par la culpabilité, elle s'éloigna à son tour.

Des vrombissements de moteurs surgirent derrière eux. Deux phares luisaient dans la brume. Lancé à pleine vitesse, le tandem évita soigneusement la zone d'impact de la roquette.

Des aéroglisseurs.

Jenny prit ses jambes à son cou.

Amanda, qui avait trente mètres d'avance, disparut derrière une colline enneigée. Craig l'imita. Jenny lança un dernier regard aux camarades qu'elle laissait derrière elle. Un mouvement attira son attention. Le jeune enseigne de vaisseau, enfoui sous sa moto, leva péniblement le bras.

— Tom est encore en vie ! haleta-t-elle.

— On n'a pas le temps ! vociféra Craig, tapi dans un renfoncement naturel de la montagne. Les Russes vont débarquer d'une seconde à l'autre !

Leur moyen d'évasion ? Un gros char à glace fixé sur de longs patins en titane. Armée d'une hachette, Amanda tranchait déjà les amarres.

Jenny lorgna une dernière fois vers l'enseigne Pomautuk, dont le bras retomba mollement sur la neige.

Les mâchoires serrées, elle se résolut à un choix difficile. Ils ne pouvaient pas courir le risque d'une nouvelle capture. Tournant donc le dos à Tom et aux autres, elle s'élança vers le char.

— Un de chaque côté ! ordonna Amanda. Il va falloir pousser sur quelques mètres !

Le shérif s'empressa d'obéir. Le regard de Craig en disait long : vu le peu de temps qui leur restait, il était impossible de sauver leurs camarades. Ils redoublèrent d'efforts.

Une fois l'embarcation libérée de ses entraves, Amanda jeta la hachette à l'intérieur.

— Reculez le char de trois mètres. Ensuite, je hisserai les voiles.

Ils se mirent à pousser, mais l'embarcation, qui semblait peser une tonne, refusa de bouger. C'était raté d'avance.

— Allez, marmonna Craig à tribord.

Soudain, le char se débloqua. En fait, il n'était pas lourd du tout : les patins étaient juste pris dans la glace.

Dès que les trois rescapés l'eurent sorti de son abri et exposé aux violentes bourrasques, Amanda fonça à la poupe.

— Montez à l'avant ! Une personne de chaque côté pour assurer l'équilibre !

Jenny et Craig grimpèrent à l'intérieur.

Amanda détacha la voile d'une main experte. Un grand morceau de toile se déroula et battit au vent.

Aussitôt, le char accéléra et s'éloigna des crêtes de pression en marche arrière.

Jenny constata qu'il y avait deux personnes par aéroglisseur. Manque de chance, les Russes les repérèrent aussi et bifurquèrent vers eux.

— Merde ! pesta Craig.

Les passagers des motos les mitraillèrent. Quelques rafales de balles transpercèrent la voile, heureusement sans gravité.

— Allongez-vous ! cria Amanda. Gardez la tête baissée !

Jenny le faisait déjà, mais Craig appuya encore davantage.

Au-dessus d'eux, la bôme changea de cap à une vitesse qui aurait pu leur fracasser le crâne. Le char ne tarda pas à suivre le même mouvement et décolla sur un patin.

Jenny retint son souffle, persuadée qu'ils allaient se renverser, mais l'embarcation retomba sur la banquise, les voiles claquèrent comme si un avion à réaction avait franchi le mur du son et, *hop !* ils prirent la poudre d'escampette.

Le vent sifflait à leurs oreilles.

À présent qu'ils roulaient dans le bon sens, l'écart se creusa avec leurs poursuivants. Les deux motos commencèrent à s'estomper. Vu les conditions de vent, rien ne pouvait lutter contre un char de course.

Jenny laissa une lueur d'espoir lui réchauffer le cœur, puis elle aperçut un éclair de chaque côté de la première moto.

Des mini-fusées !

17 h 22

Matt courbait le dos sous le feu de tirs nourris. Fou de rage, il évita des épaves et des véhicules retournés en cherchant un semblant d'abri mais, derrière lui, l'ennemi gagnait inexorablement du terrain.

Un trou béant au milieu du parking lui barra la route. Matt allait devoir le longer, ce qui lui ferait perdre du temps mais, au moins, la vapeur qui s'en échappait était plus dense aux abords immédiats du cratère.

Après s'être élancé du côté où le brouillard était plus épais, il se demanda où aller ensuite. Il ne pourrait pas se cacher éternellement dans la fumée. Il fallait semer les Russes, les faire renoncer à leur traque.

Son attention fut attirée par un tourbillon bleu qui filait sur la plaine gelée : un char à glace pourchassé par deux aéroglisseurs. Une puissante explosion retentit près de la frêle embarcation, faisant jaillir des gerbes d'eau et de fragments de banquise. Le char ne dut son salut qu'à un brusque changement de cap, mais il ne put éviter le déluge de glace. Les motos, elles, se rapprochaient de plus en plus.

Une balle crépita aux pieds de Matt. Il l'esquiva d'un bond et se concentra de nouveau sur sa propre fuite. Alors que les mitrailleuses résonnaient autour de lui, un autre détail suscita son intérêt.

Peut-être...

Il tenta d'évaluer la distance, puis se dit « *Merde* ». Autant mourir en voulant sauver sa peau que de crever d'une balle dans la tête.

Il changea de trajectoire et se dirigea droit vers la zone d'impact de la roquette. À cet instant précis, les Russes eurent une vue plongeante sur leur proie et ajustèrent leurs tirs.

Matt sauta dans le trou fumant, les bras en croix.

Des blocs de glace flottaient au fond. Il s'efforça d'éviter leur piège mortel et plongea au cœur des eaux polaires.

Saisi par l'étau d'un froid terrible, plus brûlant que glacé, il lutta contre le réflexe de se recroqueviller en position fœtale. Ses poumons lui hurlèrent de haleter et de tousser.

Or, s'il cédait à ses instincts, c'était la mort assurée.

Matt s'empêcha donc de s'étrangler, puis s'obligea à battre des bras et des jambes pour s'enfoncer sous la glace. À cet effet, il put compter sur son extrême fatigue et sa parka triple épaisseur en Gore-Tex.

Les eaux étaient noires d'encre, mais il se focalisa sur la cible aperçue en surface. À soixante mètres de là, une vague lueur éclairait faiblement les abîmes de l'océan.

C'était le lac artificiel où le sous-marin russe avait émergé quelques heures plus tôt. Matt nagea vers lui, juste sous la couche de glace, en luttant contre le froid intense et le poids de ses vêtements. Il fallait qu'il y arrive.

Après son plongeon suicidaire, ses ennemis le croiraient mort et cesseraient de le poursuivre. Dès qu'il en aurait l'occasion, il sortirait de la polynie et se réfugierait à l'abri d'une grotte. Grâce au paquet de cigarettes et au briquet trouvés dans une poche intérieure de l'anorak, il allumerait un feu et attendrait au chaud le départ des Russes.

Ce n'était pas le plan du siècle... À vrai dire, il était même bourré de défauts, mais c'était mieux que de se prendre une balle dans le dos.

Matt progressa vers son but. *Encore un petit effort...*

Hélas, le puits de lumière salvatrice était toujours aussi loin. L'ancien Béret vert donna des coups de pied contre la glace pour gagner encore de la vitesse.

Les poumons en feu, il frissonnait de tous ses membres et commençait à voir des étoiles.

Au fond, ce n'était peut-être pas la meilleure solution...

Il refusa de céder à la panique. Son passé de militaire l'avait entraîné à se tirer des situations les plus inextricables. Il continua donc à nager de son mieux. Tant qu'il sentait son cœur battre, il était en vie.

Une terreur plus viscérale s'insinua néanmoins en lui.

Tyler était mort comme ça... noyé sous la glace.

Matt chassa la sombre pensée de son esprit, continua son crawl téméraire vers la clarté, mais il ne put s'empêcher d'éprouver un mélange de peur et de culpabilité.

Tel père, tel fils.

Libérées par un spasme pulmonaire, quelques bulles s'échappèrent de ses lèvres. Le chatoiement s'affadit.

Peut-être que je le mérite... J'ai laissé tomber Tyler.

Au fond de lui, Matt refusa toutefois d'y croire. Il battit des jambes, laboura l'eau et, enfin, la lueur sembla plus proche. Durant d'interminables secondes, il lutta pour son salut – à la fois au pôle Nord et dans son passé. Il ne mourrait pas. Il ne laisserait plus la culpabilité le dévorer comme elle l'avait fait lentement mais sûrement depuis trois ans.

Il allait vivre.

Après avoir puisé dans ses ultimes réserves d'oxygène, il remonta vers la lumière et la rédemption. Sa main transie s'approcha de la surface en tremblant... et se heurta à une plaque transparente : le lac avait gelé pendant la tempête.

Ballotté par les vagues, Matt se cogna la tête au plafond transparent. Il tâtonna à la ronde, puis flanqua un coup de poing contre la glace : elle mesurait au moins quinze centimètres d'épaisseur. Trop solide pour être brisée à mains nues.

L'homme releva la tête vers la lumière et la vie qui lui échappaient à cause de quinze malheureux centimètres.

Tel père... tel fils...

Un grand désespoir s'empara de lui. Son regard dériva vers les abysses polaires de l'océan.

Un mouvement attira son attention. Des ombres apparurent. D'abord une, puis une autre... et une autre. Immenses et gracieux malgré leur corpulence, parfaitement adaptés à un environnement aussi cauchemardesque, les corps blanchâtres montaient en spirale vers leur proie prise au piège.

Des grendels.

Matt sentit son dos se coller au plafond de glace.

Au moins, il ne mourrait pas comme Tyler.

17 h 23

À grands coups de voile, Amanda tenta d'échapper au déluge de fragments de banquise. Un rocher bleuâtre, gros comme une vache, rebondit à un mètre de la proue et continua sa course folle devant le char.

Elle appuya sa hanche contre la quille de manière à virer de bord. Résultat : ils dépassèrent le rocher au moment où il commençait à ralentir.

D'autres pluies de glace s'abattirent sur eux. La calotte polaire avait été sérieusement amputée, mais les aéroglisseurs contournèrent le cratère et reprirent leur traque.

Grâce aux pédales, Amanda s'amusait à changer de direction sans prévenir. Certes, son manège la freinait un peu, mais elle ne pouvait pas compter sur sa vitesse pure pour échapper aux mini-fusées ou aux motos. Seule solution ? Zigzaguer sans arrêt, histoire d'être une cible aussi mouvante que possible.

Dans son monde de silence, Amanda se concentra sur la route. Jenny et Craig, qui avaient roulé sur le ventre, regardaient derrière, mais gardaient le visage tourné vers elle afin qu'elle lise sur leurs lèvres en cas de besoin.

— Superpilote, articula Jenny en silence.

La sportive chevronnée esquissa un sourire sans joie, mais ils n'étaient pas encore tirés d'affaire.

Craig se tortilla, remit son oreillette radio en place et remonta son col d'anorak.

Amanda n'arrivait pas à déchiffrer ce qu'il disait, mais elle se douta qu'il appelait frénétiquement la Delta Force à la rescousse. Ils avaient quitté la station. Le « ballon de foot » était, pour l'heure, hors de portée de l'adversaire russe. Le dénommé Craig ne voulait donc pas risquer de s'emmêler les pinceaux ou de se faire intercepter à quelques minutes du coup de sifflet final. Pas si près du but !

Jenny pointa le doigt derrière elle. *Ennuis en vue.*

Lancé à vive allure, l'aéroglisseur de droite se rapprochait dangereusement.

Amanda redressa son char et, à la faveur de vents qui avaient forci, elle accéléra. Un seul objectif : semer leurs poursuivants.

Les lèvres de Jenny remuèrent.

— Ils vont encore nous canarder.

Couchés sur la moto, le pilote et son passager appuyaient à fond sur le champignon.

La passionnée de sensations fortes allait devoir les imiter.

Son compteur laser affichait déjà une vitesse proche de cent kilomètres à l'heure, record qu'elle n'avait jamais dépassé.

Elle tenta de faire abstraction du danger et se focalisa sur son embarcation : doigts sur les cordages, orteils sur les pédales, paume sur le gouvernail. Alors que le vent fouettait les voiles et la coque, elle ne fit progressivement plus qu'un avec son char. Les sens exacerbés, elle l'écoutait comme seule une personne sourde en était capable. Par une espèce de connexion intrinsèque, elle *entendait* les patins siffler, la tempête hurler. Son handicap était devenu sa force.

Elle accéléra encore et regarda le compteur grimper... *Cent... cent cinq...*

— Ils nous tirent dessus ! mugit Jenny sans bruit.

...cent dix... cent vingt...

Un éclair jaillit à droite, un panache de glace monta vers le ciel. D'un coup de gouvernail, Amanda profita du souffle de l'explosion pour gonfler ses voiles encore davantage.

...cent trente...

Lorsqu'il heurta un affleurement gelé, le char décolla du sol, tel un véliplanchiste en quête de la vague parfaite. Une boule de feu souffla la petite crête, mais les fugitifs s'en tirèrent sans dommage. Amanda se leva de son siège et orienta sa voile pour maintenir l'équilibre. Ils retombèrent violemment sur la banquise et continuèrent leur cavalcade effrénée.

...cent quarante... cent cinquante...

Une nouvelle pluie de glace s'abattit sur eux, mais ils avaient dépassé la zone critique de l'explosion. Porté par la tempête et dirigé par une pilote hors pair, le char fendit la plaine enneigée.

— Putain, ils font demi-tour ! cria Craig. Vous avez réussi !

Consciente de sa victoire, Amanda ne vérifia même pas. L'engin de course touchait à peine le sol. Elle le laissa glisser au gré du vent et attendit qu'il ralentisse de son propre chef pour actionner le frein.

En le sentant réagir très mollement, elle comprit le danger. Leur dernier saut avait abîmé le système.

Elle s'acharna sur la manette. Sans résultat. Elle tenta de diminuer la surface de voilure, mais les rafales étaient trop puissantes. Les cordages n'étaient plus que des filins d'acier tendus à bloc, coincés dans leur crémaillère. Le char n'était pas conçu pour filer à une vitesse pareille.

Les autres la virent se démener, les yeux écarquillés.

La brise se renforça, et l'aiguille monta encore de quelques crans.

... cent cinquante... cent soixante...

Le compteur n'allait pas plus loin.

Ils roulaient à tombeau ouvert sur la plaine gelée et, à la merci des vents violents, la moindre erreur se révélerait fatale.

Au grand regret d'Amanda, il n'y eut plus qu'une solution.

— On a besoin d'une hache !

17 h 26

À deux doigts de s'évanouir, Matt vit le banc de grendels s'élever lentement vers lui. Ils n'étaient pas pressés, car eux aussi savaient que leur proie ne leur échapperait pas, piégée entre un plafond de glace et des crocs acérés.

Il se rappela qu'Amanda avait réussi à berner les monstres avec un casque de spéléologie et un masque réchauffeur. Si seulement il trouvait un moyen de détourner leur attention... un truc chaud... brillant...

Une pensée lui traversa l'esprit. Quelque chose qu'il avait *oublié*.

Il tapota la poche de son anorak en espérant ne pas avoir perdu le butin qu'il avait récupéré dans la main sectionnée d'un adversaire au moment de fuir la station. *Ouf !* Son trésor était toujours là.

Matt sortit l'ananas noir : une grenade incendiaire russe, comparable à celle qui avait tué Pearlson.

Alors que le manque d'oxygène brouillait sa vision, il dégoupilla sa bombe et appuya sur le bouton qui luisait dessous. Visant le grendel le plus proche, il lâcha la grenade sur l'ombre blanche qui montait vers lui en spirale. Avec un peu de chance, l'explosion renverrait l'animal au tréfonds de l'océan.

L'engin tomba lourdement vers la meute de prédateurs.

Comme il n'était pas sûr de la minuterie, Matt se roula en boule, se boucha les oreilles, expira le peu d'air qui lui restait dans les poumons et garda la bouche ouverte. La gorge remplie d'eau salée, il surveilla en coin le monstre marin.

Le grendel renifla la grenade au moment où elle passait devant lui et y donna un coup de museau.

Matt ferma les yeux. *S'il vous plaît...*

En dessous de lui, le monde s'embrasa. Malgré ses paupières baissées, il s'en aperçut en même temps que la déflagration le percutait avec la force d'un trente tonnes, le projetait vers le ciel, lui comprimait la poitrine et lui enserrait le crâne dans un étau. Une chaleur brûlante lécha ses membres gelés.

Après quoi, son corps jaillit encore plus haut. Quand le plafond de glace vola en éclats, Matt se retrouva à l'air libre, agita les bras et les jambes, se remplit les poumons d'air polaire, aperçut la plaine désertique, puis retomba vers la mer, désormais parsemée de mini-icebergs et de sarrasins. Des flammes dansaient à la surface en flaques huileuses.

Matt heurta l'eau de plein fouet, crachota, sonné, le sang battant contre ses tempes, puis il pagaya maladroitement dans les remous.

Devant lui, une masse blanchâtre surgit des profondeurs, le dos dégoulinant d'eau et de feu. Ses pupilles noires le fixèrent.

Matt tenta de se sauver.

Puis l'énorme créature roula... et s'écrasa dans l'eau.

Morte.

Tremblant de froid et de terreur, il vit une colonne de vapeur s'élever au-dessus de l'océan. Pour une évasion discrète, c'était loupé. Alors qu'il tentait de regagner la rive, des hommes apparurent au bord du trou.

Les Russes.

Des fusils se braquèrent sur lui.

À bout de ressources, Matt se cramponna à un bloc de glace.

16

PÈRES ET FILS

ᐊᑖᑕᐃᑦ ᐃᕐᓂᒃᓗ

9 avril, 17 h 30
Sur la banquise...

Tête baissée, Jenny sortit la hachette coincée sous son ventre et regarda le paysage défiler. Ils volaient grâce à la seule force de la tempête. Le vent hurlait, les patins sifflaient comme un nid de serpents en colère, et les vibrations de la coque lui chatouillaient la peau.

De peur de basculer par-dessus bord, elle se cramponna au garde-fou.

— Qu'est-ce que je dois faire ? vociféra-t-elle de manière à couvrir le vacarme du vent.

Amanda désigna la bôme.

— Il faut donner du mou à la voile ! La corde est bloquée ! C'est le seul moyen de ralentir !

— OK, je vous écoute.

— Je veux que la voile se détende mais sans se déchirer. Le char doit continuer de rouler. Vous devez donc trancher quelques amarres afin qu'elle flotte au vent. Une fois qu'elle sera décoincée, je pourrai agir sur les cordages. Du moins, je l'espère.

Elle indiqua quels filins sectionner.

Les premiers, qui reliaient la voile à la bôme, ne posèrent pas de problème. Jenny n'eut qu'à s'allonger sur le dos et donner un coup de hachette. Dès qu'une amarre sautait, la tension se relâchait un peu. La voile frissonna mais tint bon.

Pour les suivants, la tâche se révéla plus délicate. La jeune femme dut s'agenouiller et se pencher en plein vent. Agrippée au mât, elle fit tournoyer la hachette et coupa la drisse. En cédant, un point d'amarrage lui écorcha la joue.

Elle trébucha en arrière et lâcha prise. Heureusement, Craig la rattrapa par la ceinture avant qu'elle ne tombe sur la banquise.

Elle se ressaisit. Un filet de sang brûlant coulait le long de son menton.

Loin de se laisser submerger par la peur, elle fulmina de rage, s'approcha encore et tailla avec une belle détermination.

— Attention ! rugit Amanda.

Au moment où la voile changea brusquement de structure, la bôme trembla. La pilote eut beau s'escrimer, le cabestan pivota sur lui-même, et les amarres claquèrent de tous côtés.

— À terre !

Jenny voulut obéir. Trop tard. La bôme lui arriva droit dessus dans un arc de cercle mortel. Impossible de lui échapper ! Au lieu de s'aplatir, la jeune femme sauta.

Elle évita le coup de massue, mais le pan de voile détaché la percuta de plein fouet. Elle en attrapa un coin. Près du mât, ses doigts trouvèrent des points d'amarrage auxquels se raccrocher quand elle dévia à l'extérieur de la coque.

Pendue au gréement, elle sentit la glace filer sous ses orteils.

Quand le vent s'engouffra de nouveau dans la voile, Jenny fut éjectée de son perchoir. Un cri s'échappa de ses lèvres, et elle atterrit... non pas sur la banquise mais à l'intérieur du char.

L'habile Amanda s'était débrouillée pour la récupérer.

— Ça va ? se renseigna Craig.

Jenny ne pouvait plus parler. De toute manière, elle n'était pas sûre de la réponse. Haletante, elle comprit qu'elle était passée à un cheveu de la mort.

— J'ai repris le contrôle de la voile ! lança le Dr Reynolds. On va pouvoir ralentir.

Dieu merci.

Toujours allongée là où elle était tombée, Jenny sentit l'embarcation décélérer. Les rafales n'étaient plus aussi féroces, et les patins sifflaient moins fort.

Elle eut à peine le temps de pousser un soupir de soulagement qu'un nouveau bruit entra en scène : un *flap-flap* grave et retentissant.

Elle roula sur le côté. Entre les nuages bas, un hélicoptère blanc surgit flanqué du drapeau américain.

— La Delta Force ! annonça Craig.

Jenny s'autorisa enfin à avoir les larmes aux yeux. Ils avaient réussi.

Craig pressa le micro sur sa gorge.

— Ici, Osprey. Sommes sains et saufs. Rentrons à la base. Préparez-nous de grands bols de café.

18 h 04
Station polaire Grendel

Matt était assis dans une cellule, groggy. Il portait des vêtements secs de la marine russe : pantalon, sweat-shirt vert à capuche et bottes trop grandes d'une pointure. Il se rappelait confusément les avoir enfilés, mais frissonnait encore sous l'effet de sa plongée arctique. Après une perquisition en règle, ses affaires mouillées avaient été entassées à l'extérieur de la cellule.

Un soldat était posté près de la porte. Les deux types qui avaient déshabillé Matt, l'avaient fouillé et lui avaient balancé sa tenue de rechange avaient disparu avec ses papiers d'identité. Avant de partir, ils avaient néanmoins vidé son portefeuille et empoché les billets détrempés. Au diable les vieux idéaux communistes !

Matt contempla les geôles voisines. Malgré son esprit un peu embrumé, il savait où il se trouvait. Quelque temps plus tôt, lors de sa fuite, il avait aperçu l'alignement de cachots. Il était de retour au Niveau Quatre, là où les cobayes congelés à l'intérieur des cuves avaient dû passer leurs dernières heures.

En fait de cellules, c'étaient plutôt des cages alignées sur un mur en dur. Aucune intimité. Pas de toilettes. Juste un seau rouillé dans un coin. Seul autre meuble ? Un lit en acier, sans matelas.

Assis sur le lit, Matt se tenait la tête entre les mains. L'explosion de la grenade bourdonnait encore à ses oreilles. Sa mâchoire était endolorie par le coup de crosse qu'il avait reçu. Il saignait du nez, mais il ignorait si c'était à cause de la déflagration ou de l'agressivité des Russes.

— Ça va ? demanda son voisin de cellule.

Matt essaya de se rappeler son nom. Un membre de l'équipe de biologie. Hélas, il n'avait toujours pas les idées claires.

— Mmm…, oui.

Le gamin partageait sa cage avec le Dr Ogden et la fille. Matt se demanda vaguement où était le dernier étudiant. N'y en avait-il pas eu un troisième ? Il gémit. *Quelle importance ?*

— Pike, lâcha une voix ferme derrière lui.

Washburn le fixait depuis une autre cellule. Elle avait la lèvre inférieure fendue et l'œil gauche au beurre noir.

— Où est passé le capitaine Bratt ?

Quand Matt secoua la tête en silence, son cerveau cogna contre sa boîte crânienne. Pris de nausées, le jeune homme ravala sa bile.

— Merde, murmura Washburn.

Ils étaient les seuls survivants.

Ogden s'approcha de la cloison en barreaux.

— Monsieur Pike… Matt… Il y a un truc que vous devez savoir. Votre femme…

L'intéressé redressa la tête.

— Qu'est-ce… qu'est-ce qu'elle a ?

— Nous étions ensemble. Je l'ai vue se sauver dans un char à glace avec l'agent de la CIA et le Dr Reynolds.

Le biologiste semblait amer, mais Matt ne comprit pas bien la teneur de ses propos. Il y avait trop d'éléments qui ne collaient pas. Il se rappela avoir aperçu un char coursé par deux aéroglisseurs.

— Jenny…

Ogden lui raconta son histoire.

Matt eut du mal à y croire, mais il songea à la réapparition subite de Bane... et à sa fin tragique. Il se frotta le visage, à la fois pour masquer son chagrin et le retenir. *Jenny... Elle avait été si proche. Que lui était-il arrivé ?*

Le biologiste baissa d'un ton.

— Je parle un peu russe. J'ai entendu ce que les gardes se racontaient pendant la fouille. Ils cherchent des livres. Des bouquins que le gars de la CIA a emportés.

Washburn s'approcha et chuchota :

— J'ai compris la même chose.

— Quel gars de la CIA ? s'étonna Matt.

— Il a dit s'appeler Craig Teague, murmura l'étudiant.

L'ancien Béret vert se rappela enfin le prénom du garçon. Zane. Abasourdi, il sentit le rouge lui monter aux joues et eut du mal à retrouver sa langue.

— Craig... Teague fait partie de la CIA ?

— Envoyé ici pour mettre à l'abri les informations russes sur la biostase et s'enfuir.

Matt songea à ses nombreuses conversations avec le prétendu journaliste. Il l'avait toujours cru doté d'une force intérieure hors normes capable de se manifester dans certaines circonstances, mais il n'aurait jamais imaginé...

Il serra le poing. Il lui avait sauvé la vie et voilà comment ce crétin le remerciait.

— Sale enfoiré...

— On fait quoi maintenant ? reprit Washburn.

Partagé entre son angoisse pour Jenny et sa colère, Matt n'arrivait plus à se concentrer.

— Pourquoi nous parquent-ils ici ? insista la jeune militaire.

D'un seul coup, la porte du corps de garde s'ouvrit en grand sur les deux Russes qui avaient emporté leurs papiers d'identité. Le doigt pointé vers eux, ils s'adressèrent à la sentinelle armée, puis s'approchèrent de Matt.

— Tu venir avec nous, annonça l'un d'eux dans un anglais hésitant.

Le garde ouvrit sa cellule. Matt se demanda ce que cela lui coûterait d'essayer de désarmer un soldat. Il se leva du lit. Ses jambes flageolèrent. Il faillit tomber. Tant pis pour l'assaut frontal.

Sous la menace d'un pistolet, il fut contraint de sortir. *Voilà qui répond à la question de Washburn.* On allait les interroger. Et ensuite ? Matt contempla le canon braqué sur lui. Les prisonniers ne seraient bientôt plus d'aucune utilité et ils en avaient trop vu. Jamais on ne leur laisserait la vie sauve.

Escorté par ses deux cerbères, Matt pénétra au cœur du Niveau Quatre. Au lieu de rejoindre le couloir circulaire bordé par les effroyables cuves, il emprunta une galerie intérieure qui débouchait sur une pièce unique.

On lui fit signe d'entrer, et il se retrouva dans un petit bureau délicatement meublé d'acajou : table, étagères, classeurs de rangement. Il y avait même un tapis en peau d'ours polaire, la tête encore attachée au corps.

D'emblée, Matt repéra un garçonnet vêtu d'une chemise de treillis qui lui arrivait aux chevilles. À genoux, il caressait la tête d'ours et lui murmurait à l'oreille.

Quand l'enfant redressa le menton, le prisonnier, médusé, trébucha sur le tapis. Comment oublier une bouille pareille ?

Un garde le houspilla en russe et l'empoigna par la nuque.

Matt était trop stupéfait pour réagir.

Une nouvelle voix, autoritaire et glaciale, s'éleva. Sous le regard hébété de l'Américain, l'autre occupant de la pièce quitta son fauteuil en cuir et congédia le soldat.

En uniforme noir, le colosse mesurait un bon mètre quatre-vingt-quinze mais, surtout, il avait des cheveux très blancs et des yeux gris perçants.

— Je vous en prie, prenez un siège, offrit-il sans l'ombre d'un accent.

S'il se redressa d'instinct, Matt refusa de s'asseoir. Il avait compris qu'il avait affaire au chef des forces russes.

La porte se referma, mais un garde resta dans la pièce. Matt remarqua aussi le pistolet à la ceinture de son interlocuteur.

Un regard sévère se posa sur lui.

— Je suis l'amiral Viktor Petkov. Comment vous appelez-vous ?

Avec le portefeuille posé sur le bureau, inutile de mentir. Cela ne mènerait nulle part.

— Matthew Pike.

— Eaux et Forêts ? lâcha Petkov, visiblement sceptique.

Matt ne se laissa pas démonter.

— C'est ce que mes papiers indiquent, non ?

La paupière du Russe tressauta. Il n'avait pas l'habitude qu'on lui tienne tête avec insolence. Le ton se durcit.

— Monsieur Pike, nous pouvons parler en toute courtoisie ou...

— Que voulez-vous ?

Matt était trop fatigué pour jouer l'adversaire cordial. Il n'avait rien de James Bond.

Le visage de Petkov s'empourpra, ses lèvres s'affinèrent.

Au même instant, le jeune Inuit s'approcha. L'amiral le suivit du regard et, quand l'enfant lui effleura la main, il serra ses petits doigts dans sa paume protectrice.

— Voici le miracle des recherches de mon père à Grendel.

— Votre père ?

— C'était un grand homme. Un des meilleurs spécialistes russes de l'Arctique. En tant que responsable de la base polaire, il étudiait la biostase et la congélation cryogénique.

— Il pratiquait des expériences sur des cobayes humains, riposta Matt.

Petkov jeta un coup d'œil au bambin.

— Il est facile de juger, mais les temps ont changé. Ce qui est considéré aujourd'hui comme *myerzost*, c'est-à-dire une « abomination », faisait autrefois partie de la science.

Mi-honteux, mi-fier, son ton se radoucit.

— Entre les deux guerres mondiales, la planète était en proie à des dynamiques plus tendues. Chaque pays essayait de découvrir l'innovation, l'outil technologique susceptible de révolutionner son économie. Avec le conflit qui leur pendait au nez et les fortes rivalités internationales, la capacité de préserver la vie sur les champs de bataille aurait été un facteur décisif de victoire ou de défaite. On aurait pu congeler les soldats en attendant de les soigner, sauver des organes ou encore placer des régiments entiers en chambre froide. Les possibilités d'utilisation médicale et d'innovation militaire étaient infinies.

— Votre pays a donc réduit certains de vos compatriotes en esclavage afin qu'ils servent d'animaux de laboratoire.

Petkov fronça les sourcils.

— Vous ignorez *vraiment* ce qui se passait ici ?

— Je n'en sais fichtre rien.

— Vous n'avez donc aucune idée de l'endroit où sont les journaux de bord de mon père ? Qui les a volés ?

Matt songea à mentir, mais il n'avait pas particulièrement envie de protéger Craig Teague.

— Ils sont partis.

— Dans le char à glace qui s'est échappé.

Échappé ? Oserait-il avoir une lueur d'espoir ? Jenny était censée faire partie des fugitifs. Il s'efforça de retrouver sa voix.

— Ils ont réussi à se sauver ?

Petkov le transperça du regard, comme s'il essayait également d'évaluer le risque de dire la vérité. Peut-être qu'il avait senti la détresse de Matt ou qu'il ne voyait en lui aucune menace. Toujours est-il qu'il répondit à sa question :

— Ils ont semé mes hommes et rejoint Oméga.

Soulagé, le prisonnier s'effondra sur le siège qu'il avait refusé quelques minutes plus tôt.

— Dieu merci. Jen... Mon ex-femme se trouvait sur ce char.

— Alors, elle est plus en danger que vous.

— Comment ça ?

— Les choses ne sont pas terminées, souffla Petkov avant de contempler le petit Inuit. La station polaire n'est pas une base scientifique russe.

Matt sentit une grosse pierre lui lester l'estomac.
— Elle est américaine.

18 h 16
Station dérivante Oméga

Jenny s'extirpa du char, posa les pieds sur la banquise et contempla ce qui restait de la polynie. Le lac artificiel était dévasté, noir de suie et maculé de traînées rouillées de carburant. Des flammes s'échappaient de deux épaves d'hélicoptère ratatinées sur la neige. Des relents de fumée et d'essence empestaient l'atmosphère.

Le vrombissement du seul appareil rescapé résonna sur la plaine gelée. Amanda arrima son embarcation, replia les voiles et, tandis qu'elle coinçait les patins avec des cales en bois, le Sikorsky Seahawk atterrit prudemment.

Craig s'élança vers l'hélicoptère, la nuque baissée pour éviter le souffle du rotor. Le temps de converser avec le chef de la Delta Force à bord de l'appareil, il colla son micro sous le menton.

Un groupe de soldats armés en tenue de camouflage polaire émergea des cabanes Jamesway. Tant que l'ennemi restait aussi proche, ils ne souhaitaient courir aucun risque.

Un militaire s'approcha des deux passagères du char.

— Mesdames, si vous voulez bien me suivre, je vais vous conduire auprès des autres. Les Russes ont posé des bombes un peu partout dans la station. On ignore si certaines sont piégées.

Jenny acquiesça, ravie de se retrouver à l'abri mais anxieuse à l'idée d'avoir des nouvelles de son père. Se portait-il bien ?

Ils rebroussèrent chemin vers Oméga. Il ne neigeait plus, mais le vent fouettait les cabanes. Jenny, sur les nerfs, était si près du but qu'elle faillit perdre l'équilibre. Elle savait où on les emmenait. À l'endroit précis d'où elle s'était évadée avec Kowalski.

Rien que d'y penser, elle fondit en larmes de soulagement et de chagrin. Pourtant, elle pensait avoir pleuré tout son soûl sur le char. Kowalski manquait à l'appel. Tom était sans doute mort. Bane aussi. Quant à Matt...

Elle avait besoin que quelqu'un soit encore en vie.

Dès que le militaire ouvrit la porte, Amanda et elle se dirigèrent vers les dortoirs.

Deux soldats armés étaient plantés sur le seuil.

— Question de sécurité, expliqua l'escorte. Tant qu'Oméga ne sera pas à 100 % hors de danger, on consigne tout le monde du même côté. Avec les Russes planqués à cinquante kilomètres, il n'y a pas plus sûr qu'ici.

Le shérif ne s'offusqua pas d'un petit excès de zèle protecteur. Après ce qu'elle avait enduré, plus on était de fous, plus on riait.

La chaleur étouffante qui régnait à l'intérieur à cause des radiateurs et de la foule la gifla comme une couverture trempée.

D'emblée, Jenny repéra le capitaine de corvette Sewell. Assis à l'avant, il avait le bras en écharpe et un pansement sur la moitié du visage.

— Vous ne pouviez pas rester loin de nous, hein ?

Effarée de le voir en si piteux état, elle bafouilla :
— Que s'est-il passé ?
— Vous m'aviez ordonné de veiller sur votre père... Je prends toujours les instructions au sérieux.

Une silhouette familière se fraya un chemin parmi la cohue, les traits tirés mais indemne.

Jenny se jeta dans ses bras.

— Papa !

— Jen... Chérie.

Elle ne trouvait plus les mots. Au fond d'elle, quelque chose se brisa. Elle éclata en sanglots. Pas de simples larmes mais de vrais torrents de douleur. Sa peine, incontrôlable, semblait jaillir d'un puits sans fond. Quelle souffrance ! Elle avait survécu. Combien d'autres n'avaient pas eu sa chance ?

— M... Matt, hoqueta-t-elle.

Les bras de John se resserrèrent autour d'elle.

Il l'entraîna vers un lit et l'incita à s'asseoir près de lui. Il n'essaya pas de la consoler verbalement. Les mots viendraient plus tard. Pour l'heure, elle avait juste besoin de pleurer, de se blottir contre quelqu'un et de s'accrocher à lui.

Son père la berça en douceur et, peu à peu, elle reprit conscience du monde qui l'entourait. Vidée, hébétée, elle redressa le menton. Craig les avait rejoints. Il s'entretenait avec Amanda, Sewell et un homme rougeaud en tenue imperméable.

Ce dernier portait un casque sous le bras. Ses cheveux noirs et courts étaient lissés en arrière. Il avait une trentaine d'années mais, preuve qu'il n'avait pas eu la vie facile, une longue balafre lui courait de l'oreille jusqu'à la base du cou. Penché au-dessus d'une table, il caressa sa cicatrice.

— Je ne vois pas l'intérêt. On devrait frapper maintenant, avant que les Russes ne se retranchent encore plus.

Intriguée, le shérif se dégagea de l'étreinte de John et lui tapota la main.

— Jen ?...

— Je vais mieux.

Du moins, pour l'instant, ajouta-t-elle en silence. Elle s'approcha du groupe, bientôt suivie par son père.

— Vous vous remettez ? demanda Craig.

— Aussi bien qu'on puisse l'espérer.

L'agent de la CIA reprit sa discussion avec les autres.

— Voici les journaux de bord que je devais me procurer. Hélas, ils sont codés. Impossible de trouver la clé de déchiffrage.

Amanda se tourna vers Jenny.

— Il n'est pas sûr d'avoir emporté les bons.

— Quelle importance ? lâcha le nouveau venu. Mon équipe peut investir la station en moins de deux heures. Ensuite, vous n'aurez qu'à y envoyer autant de cryptanalystes que vous voulez.

Jenny le dévisagea. L'homme devait diriger le détachement de la Delta Force.

— L'amiral russe n'est pas stupide, objecta Craig. Il préférera détruire la base plutôt que de l'abandonner. Avant de tirer à l'aveuglette, il nous faut davantage d'infos.

Et comment ! Jenny contempla le livre ouvert sur la pile. Alors que les lignes de symboles s'enchaînaient, ses yeux se posèrent sur le titre :

ᑕᐅᑎᕐᓂᖅᓇᕐᔪ ᔪᑭᕐᒃᑕᕐᔪᓐᓴᓂ
ᐅᑎᕐᒃᔪᓴᑎᐅᓴᓂ (ᑭᖅᑭᕐᒃᑕᖅᔪ

La curiosité piquée au vif, elle s'empara du registre et effleura la page du bout du doigt.

— Le dernier mot est *Grendel*.

Craig fit volte-face sur son siège.

— Vous réussissez à déchiffrer le code ?

— Non, ça n'a aucun sens.

Elle montra l'ouvrage à son père, qui avoua aussi son impuissance :

— Je n'arrive pas à lire.

— Je ne comprends pas ! s'étonna Craig.

Jenny feuilleta le journal.

— Moi non plus. Tout est écrit en inuktitut ou plutôt en caractères inuktitut, mais ce n'est pas de l'inuit. J'ai saisi le dernier mot, *Grendel*, car c'est un nom propre, épelé phonétiquement en symboles de mon peuple.

— Phonétiquement ? Donc vous pouvez lire la première ligne ? Ce qu'elle donne à voix haute ?

L'index posé sur la phrase, Jenny ânonna :

— *ii – stor – iya – led – yan – noy – stan – zii Grendel*.

— C'est du russe ! s'exclama Craig, médusé. Vous parlez russe. *Istoriya ledyanoi stantsii Grendel*. Autrement dit : « Histoire de la station polaire Grendel. »

Les yeux ronds, Jenny releva la tête vers lui.

Il se frappa le front.

— Évidemment que le médecin responsable de la base connaissait la langue des Inuit ! Ils étaient ses cobayes. Il avait besoin de communiquer avec eux. Il s'est donc servi de leur code pour consigner ses propres notes en russe. Jenny, il faut que vous me traduisiez ces bouquins.

— Tous ?

— Juste les passages clés. Je dois savoir si on a pris les bons tomes.

Amanda, qui avait suivi la discussion avec intérêt, renchérit :

— Pour vérifier que les résultats des recherches sont à l'abri.

Perdu dans ses pensées, l'agent de la CIA hocha la tête et se reconcentra sur le livre.

Ébranlée par les épreuves des derniers jours, Jenny n'était pas sûre de comprendre tous les enjeux. Par-dessus l'épaule de Craig, elle articula en silence : *Vous lui faites confiance ?*

Sans broncher, Amanda esquissa un infime signe de tête.

Non.

18 h 35
Station polaire Grendel

Viktor Petkov se réjouit de son effet de surprise. Il détestait les Américains qui ignoraient allègrement leur histoire et leurs propres atrocités tout en condamnant les mêmes actions par d'autres gouvernements. Leur hypocrisie le rendait malade.

— Arrêtez vos conneries. Je suis sûr que ce n'est pas une base américaine ! s'offusqua le prisonnier. Je l'ai parcourue de long en large. Tout est écrit en russe.

— Parce que, monsieur Pike, les découvertes au pôle Nord étaient les nôtres. Mon pays a refusé que les Américains nous volent nos trouvailles et s'en attribuent les lauriers. En revanche, nous avons permis aux États-Unis de financer et de superviser les recherches.

— Il s'agissait d'un projet commun ? En fait, on a sorti le pognon, et vous l'avez dépensé.

— Vous n'avez pas fourni que de l'argent.

Il attira le garçonnet sur ses genoux. Tandis que l'enfant, encore ensommeillé, cherchait le réconfort d'un torse familier, Viktor fixa le détenu.

— Vous avez apporté les sujets d'étude.

— Impossible ! On ne cautionnerait jamais ce genre d'expériences. C'est contraire aux principes défendus par les États-Unis.

Viktor décida d'instruire son interlocuteur.

— En 1936, une unité d'élite de l'armée américaine a été parachutée près du lac Anjikuni. Ils ont vidé un village isolé jusqu'au dernier de ses habitants. Hommes, femmes, enfants…

L'amiral caressa les cheveux de son jeune protégé.

— Comme matériel de recherche comparatif, ils ont même récupéré des cadavres, qu'ils ont conservés dans des sépultures réfrigérées. Qui s'émouvrait de la disparition d'une poignée d'Esquimaux au fin fond de nulle part ?

— Je n'y crois pas. Nous ne participerions jamais à des expériences sur les êtres humains.

— Vous en êtes sûr ?

Matthew Pike lui assena un regard de défi.

— Depuis des lustres, votre pays utilise comme cobayes les citoyens qu'il estime *le moins désirables*. Je parie que vous connaissez l'étude de Tuskegee sur la syphilis. Deux cents Noirs infectés ont servi, à leur insu, de sujets d'expérimentation. On leur a caché leur maladie et on les a privés de médicaments afin que vos chercheurs américains étudient leur douloureuse agonie.

Le prisonnier eut la décence de baisser les yeux.

— Ces lointaines pratiques remontent aux années 1930.

— Elles se sont prolongées après. En 1940, des médecins de Chicago ont sciemment inoculé la malaria à quatre cents détenus en vue de tester l'efficacité de traitements innovants. Les Nazis ont d'ailleurs invoqué cette histoire pour légitimer les épouvantables crimes commis pendant l'Holocauste.

— Vous ne pouvez pas comparer. Nous avons condamné le régime nazi et traîné tous ses représentants en justice.

— Comment justifier alors l'opération Paperclip ? Vos services de renseignements ont recruté des chercheurs nazis. Ils leur ont offert l'asile et une nouvelle identité en échange de leur participation à des projets top secret. Les scientifiques allemands ne sont pas les seuls concernés. En 1995, les États-Unis ont reconnu avoir exfiltré des criminels de guerre japonais, ceux-là même qui, au départ, avaient mené des expérimentations humaines sur des GI américains.

Livide, Pike commença à comprendre ce qui s'était réellement passé à Grendel. Quelle horreur d'être ainsi dépouillé de son innocence avec une telle violence !

— C'était il y a longtemps, marmonna-t-il en s'efforçant de justifier l'inacceptable. En pleine Seconde Guerre mondiale.

— Exact. À votre avis, quand cette station polaire a-t-elle été construite ?

Pike secoua la tête en silence.

— N'imaginez pas que les expériences secrètes sur votre peuple sont de l'histoire ancienne à remiser au placard. Dans les années 1950-1960, de nombreux documents attestent que la CIA et le ministère de la Défense ont pulvérisé des agents chimiques et biologiques sur de grandes métropoles américaines. Vous avez, par exemple, lâché des moustiques porteurs de la fièvre jaune sur des villes de Géorgie et de Floride, puis des scientifiques de l'armée se sont présentés en tant qu'inspecteurs de santé publique pour vérifier l'état de vos victimes involontaires. La liste est longue :

expériences sur le LSD, tests d'exposition aux radiations, mise au point de gaz neurotoxiques, recherche biologique... Les projets se poursuivent aujourd'hui dans votre jardin, avec vos propres concitoyens. Vous êtes encore étonné que Grendel en ait accueilli certains ?

Le regard fixe, le prisonnier trembla légèrement, peu importe que ce soit à cause de sa quasi-noyade dans l'océan Arctique ou de sa prise de conscience des exactions à Grendel.

La voix de Viktor devint plus grave.

— Et vous vous permettez de juger mon père. Quelqu'un forcé de travailler ici, arraché à ses proches...

L'amiral ravala sa colère et sa bile. Il avait mis de longues années à pardonner à son père – non pas les infamies commises au sein de la station mais l'abandon de sa famille. Il n'avait compris la situation que beaucoup plus tard et ne pouvait pas en attendre moins du type assis face à lui. En fait, il ne savait même pas pourquoi il se donnait autant de peine. Essayait-il encore de justifier de telles horreurs à lui-même ? Avait-il véritablement pardonné ?

Il dévisagea l'enfant sur ses genoux et, d'une voix lasse, souffla au garde :

— Emmenez le détenu. Il ne m'est plus d'aucune utilité.

Il agita la main d'un air désinvolte, ce qui surprit le jeune Inuit. Une menotte s'approcha de sa joue.

— Papa, dit-il en russe.

Il s'était collé à lui comme un oison après l'éclosion, mais Viktor savait qu'il y avait autre chose. Il lisait dans ses pensées. À en croire de vieilles photos, la ressemblance avec son père était frappante. Même cheveux blancs. Même regard gris pâle. Ils étaient aussi coiffés pareil ! Pour un bambin tout juste sorti d'hibernation, le temps n'avait pas passé. À son réveil, le fils était devenu le père, sans aucune différence apparente.

Viktor effleura ses traits poupins. *Ces prunelles-là ont regardé mon père. Ces mains-là l'ont touché.* Il se sentit profondément lié à l'enfant. Le Dr Petkov avait dû beaucoup s'en occuper pour engendrer une affection aussi nette. Comment refuser d'en faire autant ? Il lui caressa le visage. Après avoir perdu toute sa famille, il avait enfin renoué avec son passé.

Souriant, le petit murmura quelques mots. Ce n'était pas du russe. L'amiral n'y comprit rien, mais l'Américain, toujours tenu en joue, se retourna sur le seuil.

— Il parle inuit.

— Qu'est-ce... qu'est-ce qu'il a dit ?

Pike rebroussa chemin et se pencha vers le garçonnet.

— *Kinauvit ?*

L'enfant se redressa, radieux.

— Makivik... *Maki !*

— Je lui ai demandé son nom. C'est Makivik, mais tout le monde l'appelle Maki.

Le Russe écarta quelques cheveux de sa frimousse.

— Maki.

Le prénom était joli et lui allait bien.

— *Nanuq*, gloussa l'enfant en tirant sur une mèche blanche de l'amiral.

— *Ours polaire*, traduisit l'Américain. À cause de la couleur de vos cheveux.

— Comme mon père.

— Il vous prend pour votre père ?

— Oui. À mon avis, il n'a pas conscience des années qui ont passé.

Ravi d'avoir quelqu'un à qui parler, Maki se mit à babiller en se frottant l'œil.

Pike fronça les sourcils.

— Qu'est-ce qu'il a dit ? demanda Viktor.

— Il pensait que vous étiez censé encore dormir.

— Dormir ?

Les deux hommes se dévisagèrent d'un air effaré. Était-ce possible ?

Le vieux Russe lorgna vers le couloir extérieur, où les réservoirs frigorifiques étaient alignés.

— *Niet*. Je n'arrive pas à y croire, bredouilla-t-il d'une voix inhabituellement chevrotante. D... demandez-lui. *Où ?*

Pike le fixa en silence, puis se concentra sur l'enfant.

— Maki. *Nau taima ?*

Ils échangèrent quelques phrases, puis le jeune Inuit sauta des genoux de Viktor.

— *Qujannamiik*, murmura l'Américain. Merci.

— Il sait où mon père pourrait se trouver ?

À titre de réponse, Maki agita le bras.

— *Malinnga !*

— Suivez-moi, traduisit Pike.

19 h 18
Station dérivante Oméga

Le déchiffrage des registres se poursuivit sous les yeux d'Amanda. À voix haute, Jenny lisait les symboles inuktitut en laissant à Craig le temps de comprendre le russe parlé.

Le premier volume, consacré à la création de la station, remontait jusqu'au drame notoire de la *Jeannette* en 1879.

Le commandant George W. DeLong devait explorer une nouvelle route entre les États-Unis et la Russie, mais son navire s'était retrouvé pris dans les glaces du pôle Nord. Le calvaire avait duré deux hivers, jusqu'à ce que la *Jeannette* se brise sous la pression de la banquise en 1881. Les rescapés s'étaient enfuis à bord de trois radeaux de survie, qu'ils avaient poussés sur d'immenses déserts glacés pour rejoindre l'océan. Seules deux embarcations avaient rallié les côtes sibériennes.

Le sort de la troisième était resté une énigme... mais manifestement pas aux yeux des Russes.

— « Samedi 1er octobre, en l'an de grâce 1881. »

Jenny et Craig s'attardèrent sur les détails de l'histoire.

— « Nous sommes bénis. Nos prières ont été entendues. Après une nuit de tempête au cours de laquelle, blottis sous une bâche goudronnée, nous écopions toutes les heures, le soleil s'est enfin levé sur une journée sans nuages. Une île est apparue à l'horizon. Pas un continent. Dieu n'est jamais aussi charitable envers les marins. C'était un iceberg, suffisamment truffé de grottes pour nous protéger quelque temps des intempéries. Nous nous sommes réfugiés où nous pouvions et nous avons découvert les corps d'étranges animaux marins conservés dans la glace. Quand on meurt de faim, n'importe quelle viande est bonne à prendre, et celle-ci était particulièrement savoureuse, avec un arrière-goût sucré. Dieu soit loué. »

Jenny balaya la pièce du regard. Tout le monde savait de quels « animaux » les rescapés de la *Jeannette* parlaient. *Des grendels*. Même l'allusion à la douceur de la viande rappelait le rapprochement du Dr Ogden avec la physiologie de la grenouille des bois. C'était le glucose, ou le sucre, qui servait de cryoprotecteur. Amanda préféra néanmoins se taire et laissa ses deux camarades continuer.

— « 2 octobre... Nous ne sommes plus que trois. J'ignore quel crime nous avons commis contre cet océan, mais il nous le fait payer au centuple. Cette nuit, les morts se sont réveillés et nous ont attaqués durant notre sommeil. Les animaux qui avaient constitué notre dîner sont devenus les prédateurs. Nous ne sommes que trois à avoir fui à bord du canot de sauvetage. Et encore, ils se sont lancés à nos trousses. Nous ne devons notre survie qu'à un heureux coup de harpon. Nous avons traîné la bête derrière le bateau jusqu'à être certains qu'elle soit morte, puis nous avons emporté sa tête en guise de trophée, preuve de la colère divine à montrer au monde. »

Grand mal leur en prit ! Après trois jours de mer, les rescapés avaient débarqué dans un village sibérien en racontant leur histoire, trophée à l'appui. Malheureusement, les habitants, très superstitieux, avaient craint que la dépouille n'attire d'autres monstres. Les trois marins avaient été tués, puis la mystérieuse tête avait été bénie par le prêtre local et enterrée sous l'église afin de la sanctifier.

Il avait fallu trente ans pour que l'histoire parvienne aux oreilles d'un historien naturaliste. L'homme avait remonté la légende jusqu'à sa source, exhumé le crâne du monstre et l'avait rapporté à Saint-Pétersbourg. La relique était venue grossir les archives polaires les plus fournies de la planète : celles de l'Institut de recherche arctique et antarctique. Des études avaient été lancées pour localiser la fameuse île de glace mais, malgré les cartes fournies par les victimes du massacre, on n'avait identifié l'endroit, à présent enclavé dans la banquise, que vingt ans plus tard.

Le jeu en avait cependant valu la chandelle, car les marins n'avaient pas menti : on avait retrouvé les grendels.

Impatient, Craig demanda à Jenny d'embrayer sur les deux derniers tomes. Ils regroupaient les réflexions scientifiques de Vladimir Petkov, père de l'amiral qui avait attaqué la station Oméga et la base polaire.

— Voilà ce qu'on a vraiment besoin de savoir, affirma-t-il.

Alors qu'une nouvelle phase de traduction démarrait, le chef de la Delta Force, qui ne répondait qu'au nom de Delta Un, entra accompagné de deux de ses hommes.

Il s'approcha de Craig et lui dit quelque chose, qu'Amanda lut sur ses lèvres :

— L'hélico est prêt à décoller. On n'attend plus que le feu vert pour rejoindre Grendel.

— Pas encore. Je veux être sûr d'avoir tout ce qu'il faut.

Comme le temps pressait, ils feuilletèrent vite les chapitres suivants, histoire de vérifier qu'ils disposaient des dernières notes de recherche, mais le Dr Vladimir Petkov n'était pas stupide : en plus de coder son texte, il s'était gardé de révéler certains éléments.

Dans les glandes profondes de la peau des grendels, ses chercheurs avaient isolé une substance contrôlant le mécanisme de biostase. Apparemment, dès qu'une pellicule de givre se formait sur l'épiderme, les glandes produisaient en masse une hormone qui déclenchait la cryoconservation.

Hélas, toutes les tentatives d'inoculation de l'hormone à des cobayes avaient été des échecs retentissants. Après congélation, personne n'était revenu à la vie.

Craig trébuchait parfois sur les mots :

— « J'ai donc procédé par saut intuitif. Un... un cofacteur activateur d'hormone ! Résultat : ma première ressuscitation réussie. C'est la découverte capitale que j'espérais depuis le début. »

La victime avait été une jeune Inuit de 16 ans. Quelques minutes à peine après le miracle, elle avait succombé à de violentes convulsions mais, pour l'éminent Russe, le progrès était notable.

Jenny blêmit. C'était son propre peuple qu'on avait utilisé avec tant de cruauté et de cynisme.

À en croire les dates du journal, le Dr Petkov avait passé trois ans à affiner sa technique sur d'autres patients. Craig demanda à sa lectrice de sauter les passages consacrés aux recherches annexes sur les calmants et les somnifères. Des formules chimiques qui n'avaient pas grand intérêt au regard du projet principal.

La curiosité de l'Américain ne fut satisfaite que dans les dernières pages. Vladimir avait enfin obtenu la bonne combinaison, « mélange impossible qui relevait davantage du hasard que de la science et serait incroyablement difficile à reproduire », mais il avait réussi à synthétiser une quantité substantielle de sérum ultime.

Le registre se terminait de façon abrupte, sans livrer d'indices sur le sort des échantillons ou le destin tragique de la station.

— Je vous ai tout lu, annonça Jenny.

Craig s'empara du dernier volume.

— Il doit y avoir autre chose.

Amanda, qui côtoyait des scientifiques à longueur de journée, répondit :

— Plus le Dr Petkov touchait au but, plus il est devenu parano. Il a divisé ses découvertes entre notes et échantillons.

Delta Un se redressa.

— Quelles sont vos instructions, chef ?

— Il faut retourner là-bas, marmonna Craig, soucieux. On ne possède que la moitié du puzzle. J'ai rapporté les notes, mais les Russes ont gardé les produits. On doit les récupérer avant que l'amiral Petkov ne les détruise.

— Paré à partir à votre signal.

— Allons-y. On ne peut pas laisser à l'ennemi le temps de mettre la main sur les échantillons.

Delta Un aboya des ordres à ses deux subalternes et se dirigea vers la porte.

— Je vous rejoins dans une seconde. Préparez l'hélico !

Craig s'adressa ensuite à Jenny d'un air contrit :

— Je ne peux pas abandonner les journaux sans protection et je veux les relire en détail, au cas où un élément capital nous aurait échappé. J'ai donc besoin que quelqu'un sachant parler inuktitut nous accompagne.

Son regard oscilla entre Jenny et son père, John.

— Il faut savoir si ces bouquins contiennent des consignes ou des indices.

— Vous voulez entraîner l'un de nous là-dedans ? s'indigna la jeune femme. Vous ne croyez pas qu'on en a déjà assez bavé ? Qu'on s'est suffisamment sacrifiés ?

— Vos connaissances pourraient sauver d'autres vies. Le Dr Ogden, ses étudiants et tous ceux qui se terrent encore là-bas. Je ne vous oblige pas à venir, mais j'ai besoin de vous.

Sceptique, Jenny refusa de s'en laisser compter.

— Je n'irai qu'à une seule condition.

L'agent de la CIA parut soulagé.

— Vous me rendez mon flingue.

— Ne vous inquiétez pas. Cette fois, on sera tous armés.

Bonne nouvelle !

À l'heure des derniers préparatifs, Amanda vit Craig se pencher vers Delta Un dans la neige. Le blizzard reprenait du poil de la bête, mais elle parvenait presque à lire sur leurs lèvres. Elle se tourna vers Sewell qui, avec ses hommes, défendrait la base jusqu'au retour de la Delta Force.

— Je peux vous emprunter vos jumelles, capitaine ?

Une fois équipée, Amanda zooma sur les deux types en pleine discussion sous un lampadaire.

— Tout est prêt ici ? demanda Craig.

Une certaine tension faisait briller les prunelles de Delta Un qui, après un bref signe de tête, répondit :

— Cinq sur cinq. On accusera les Russes.

Quelqu'un s'approcha d'Amanda et la fit sursauter. C'était John Aratuk.

— Que regardez-vous ?

Alors que la jeune femme, terrifiée, allait lui confier ses craintes et ses soupçons, une nouvelle impression – familière – s'immisça en elle.

Non... impossible.

Elle avait la chair de poule et, malgré sa surdité, elle ressentait un fourmillement caractéristique derrière les oreilles. Sauf que, là, il tirait plutôt la sonnette d'alarme.

Les grendels les auraient-ils traqués jusqu'à Oméga ?

— Un problème ? s'inquiéta John.

Elle se tourna vers lui et se frictionna les bras.

— *Un sonar...*

19 h 31
Station polaire Grendel

Matt traversa la zone de détention et se dirigea vers le couloir extérieur circulaire.

— *Malinnga !* répéta le bambin, qu'il tenait par la main.

Suivez-moi ! Sur leurs talons, le vieil amiral russe et ses deux sentinelles armées coupaient court à toute tentative d'évasion. Matt craignait aussi pour la sécurité du jeune Maki. Il ne le laisserait pas tomber.

Ses compagnons de cellule lui jetèrent des regards interrogateurs. Quant au Dr Ogden, il contempla le garçonnet d'un air sidéré.

Matt serra les doigts minuscules, si chauds contre sa peau. Comment l'enfant pouvait-il avoir été congelé dans sa cuve à peine quelques heures plus tôt ? Il se revit promener son fils, Tyler, par la main. La glace avait été fatale aux deux garçons. Or, voilà qu'à présent l'un d'eux avait ressuscité.

Maki observa les vagues silhouettes à l'intérieur des réservoirs. Avait-il conscience de ce qu'ils contenaient ? Ses propres parents se trouvaient-ils quelque part ?

Les yeux ronds, il fourra le pouce dans sa bouche et se dépêcha, effrayé.

— Il sait où il va ? lança Petkov derrière eux.

Matt traduisit la question en inuktitut.

— *Ii*, confirma Maki en suçant son pouce.

Au fond du couloir apparut un mur qui bloquait le passage. Ils avaient fait le tour complet du Niveau Quatre. Il n'y avait aucun moyen d'aller plus loin. Pas de porte.

L'enfant avança pourtant jusqu'au bout de la galerie. À droite, les cuves avaient disparu au profit d'une paroi apparemment lisse et sans jointures. De ses doigts minuscules, il y trouva un panneau caché qui, une fois actionné, révéla une roue de trente centimètres de diamètre.

Tandis qu'il tripotait sa découverte, Maki murmura quelques mots, que Matt traduisit pour Petkov.

— Il dit qu'il s'agit de votre pièce secrète.

L'amiral écarta gentiment le bras de l'enfant, contempla le volant en cuivre et fit signe à Matt d'avancer.

— Ouvrez.

Malgré les efforts de l'Américain, la roue refusa de bouger d'un millimètre.

— J'ai besoin d'un levier, haleta-t-il.

Maki souleva un loquet secret sous le système. Aussitôt, le volant, impeccablement graissé et protégé, se mit à tourner.

Quand la grosse poignée s'arrêta enfin, un pan de mur s'ouvrit en sifflant sur ses gonds. Une porte dérobée !

Tandis qu'un pistolet obligeait Matt à reculer, l'autre garde tira le battant.

Un déluge d'air glacial se déversa comme d'un congélateur béant. Des lampes s'allumèrent, révélant qu'il s'agissait bien d'une glacière XXL. La pièce était creusée à même l'iceberg bleuté, sauf qu'il ne s'agissait pas d'un énième placard d'entretien mais d'un laboratoire.

Trois parois étaient flanquées de plans de travail sculptés dans la glace. Les étagères qui les surplombaient étaient jonchées d'instruments en inox : centrifugeuses, pipettes de mesure, éprouvettes graduées. En revanche, les rayonnages du fond, éclairés par une rangée d'ampoules nues, étaient percés de trous, d'où dépassait le piston de seringues en verre. La glace était assez transparente pour révéler le liquide ambré qu'elles contenaient. Il devait y avoir plus d'une cinquantaine de doses.

Matt sonda la pièce du regard. À coup sûr, les travaux devaient s'effectuer dans une atmosphère parfaitement glaciale.

Maki entra en suçant toujours son pouce. Les yeux écarquillés, il scruta le laboratoire, puis se retourna vers le vieux Russe.

— *Papa*, balbutia-t-il en inuktitut avant de le répéter en russe.

Matt comprit son désarroi.

Un homme était assis par terre, avachi, les jambes écartées, la tête penchée sur le côté. Malgré le givre qui recouvrait ses traits, son identité ne faisait aucun doute. Sa tignasse blanche comme neige était reconnaissable entre mille.

La preuve ? L'amiral, effaré, tomba à genoux et tendit le bras vers le corps.

Le visage de Petkov père était bleuâtre, ses vêtements recouverts de gel et de glace. Il avait une manche retroussée. Une seringue brisée gisait près de lui. Un filet de sang séché courait de l'intérieur du bras jusqu'à l'aiguille.

Matt sortit une seringue de son compartiment au mur. Le liquide, insensible au froid intense, n'avait pas gelé.

— Il s'est piqué lui-même, conclut l'Américain.

Petkov fixa tour à tour l'enfant, son père et Matt. Il était facile de lire dans son esprit. *À l'image de Maki, mon père pourrait-il toujours être en vie ?*

Matt aperçut un journal de bord, semblable aux autres, posé sur une table. Il en souleva la couverture friable et découvrit des pages entières de caractères inuktitut. Jenny et son père lui avaient appris la langue mais, même s'il arrivait à les déchiffrer, les mots n'avaient aucun sens. Il les marmonna à haute voix en essayant d'y comprendre quelque chose.

Viktor Petkov redressa la tête.

— Vous parlez russe.

— Je parcours juste ce qui est écrit là-dedans.

Agenouillé près de la dépouille paternelle, l'amiral lui demanda son journal et feuilleta ce qui était, de toute évidence, l'ultime volume.

— Lisez, lâcha-t-il d'une voix tremblante. S'il vous plaît.

Fatigué, en quête de réconfort, Maki se blottit contre le vieil homme, qui l'entoura d'un bras protecteur.

Avec deux pistolets braqués sur lui, Matt n'était pas en mesure de jouer les fortes têtes et, d'ailleurs, il était curieux d'en savoir plus. À mesure que l'Américain débitait son texte, Petkov traduisit tout haut, mais il s'arrêta de temps en temps pour poser une question ou lui demander de répéter une phrase.

Peu à peu, la vérité se dessina au grand jour.

Il s'agissait du testament de Vladimir Petkov. Au cours de ses dix ans passés à Grendel, le père de Viktor s'était lentement forgé une conscience, en particulier grâce à Maki. L'enfant était né au sein de la station polaire, mais ses parents avaient péri durant une phase d'expérimentation. Comme son propre fils resté en Russie lui manquait, le chercheur avait pris l'orphelin en affection. Grosse erreur ! La règle n° 1 était de ne jamais donner de nom à ses animaux de laboratoire. Par son erreur de jugement, il avait toutefois redécouvert sa part d'humanité et perdu son détachement professionnel.

Le phénomène s'était produit à peu près au moment où il avait compris comment activer l'hormone des grendels. Il fallait la recueillir sur un animal vivant, sorti d'hibernation. Si elle venait d'un spécimen mort ou congelé, elle n'était d'aucun intérêt. Une fois qu'on l'avait prélevé à la seringue, le produit devait aussi être manipulé avec soin et maintenu à une température polaire constante.

Matt comprenait à présent l'utilité d'une chambre froide.

La réponse à l'énigme était de nouveau un mélange de feu et de glace : le *feu* d'un grendel vivant et la *glace* de l'île. Nulle part ailleurs on n'aurait pu faire une trouvaille pareille.

Telle était la prise de conscience qui avait achevé d'accabler Vladimir Petkov. Écœuré d'avoir participé à un projet aussi répugnant et d'avoir sacrifié autant de vies, il avait refusé que le monde extérieur apprenne sa découverte, surtout après les rumeurs d'Holocauste en Allemagne.

— On a des juifs russes dans la famille, souffla Petkov.

Message reçu. Les persécutions subies par son peuple lui avaient ouvert les yeux sur l'inhumanité de ses travaux. Cela n'avait pourtant pas suffi. Vladimir avait eu besoin d'un dernier acte de contrition. La planète ne pourrait jamais tirer profit de ce qui s'était passé à Grendel. Avec une poignée de chercheurs, il avait donc consenti le sacrifice ultime. Ils avaient saboté leur propre base, c'est-à-dire détruit les radios et sabordé le sous-marin. Coupés du monde et à la merci des courants dérivants, ils étaient condamnés à disparaître au cœur du silence arctique. Plusieurs membres de la station avaient tenté de fuir par la banquise mais, à l'évidence, ils avaient échoué.

Soucieux de protéger les prisonniers innocents de la base, Vladimir les avait plongés dans un sommeil glacé.

Matt contempla le couloir en se demandant si la décision du professeur était un acte de compassion ou une nouvelle forme de torture. En tout cas, vu la seringue à son bras, Vladimir s'était administré le même produit. Les effets seraient-ils identiques ?

— C'est mon père qui a détruit la station, murmura Petkov, atterré. Personne ne l'a trahi.

— S'il voulait se regarder dans le miroir, il n'avait pas le choix, expliqua Matt. Il devait ensevelir ce qu'il avait découvert de manière aussi immonde.

— Qu'ai-je fait ?

L'amiral effleura une grosse montre-bracelet fixée à son avant-bras droit. Des diodes clignotaient sur le cadran. On aurait dit un émetteur radio.

— J'ai amené tout le monde ici. Je me suis battu pour contrecarrer le sacrifice de mon père et proclamer le résultat de ses travaux au grand jour.

Soudain, il y eut du remue-ménage. Un soldat se planta sur le seuil au garde-à-vous et, visiblement inquiet, il parla très vite en russe.

L'amiral répondit, se releva et, après le départ précipité du messager, il confia à Matt :

— Mes hommes viennent de repérer un bruit d'hélicoptère sur l'hydrophone du TUUM. L'appareil vient de quitter Oméga.

La Delta Force, devina l'Américain. La cavalerie allait enfin débarquer, mais Jenny était-elle saine et sauve ? Il n'y avait qu'à l'espérer.

— Mon père a donné sa vie pour dissimuler sa découverte, annonça Petkov. Je n'admettrai pas qu'on la lui vole aujourd'hui. Je terminerai ce qu'il a commencé.

Il baissa sa manche sur le boîtier attaché à son poignet.

— Je n'ai pas dit mon dernier mot.

19 h 48
Au-dessus de la banquise...

Installée à l'arrière du Seahawk, Jenny regardait à la fenêtre. Pourtant, il n'y avait pas grand-chose à voir : au décollage, les pales de l'hélicoptère avaient soulevé un nuage blanc opaque.

Dès qu'ils prirent de l'altitude, la neige retomba. L'appareil était ballotté par les vents, mais le pilote chevronné compensa pour garder l'équilibre.

Jenny ne voyait pas Craig, assis à l'avant, mais sa voix lui parvenait dans le casque radio.

— On devrait arriver à Grendel d'ici à vingt minutes. Continuez de déchiffrer le dernier journal, je vais vous enregistrer. Je vous écouterai aussi pendant le vol. Le moindre indice peut décider de la réussite ou de l'échec de notre opération.

Sanglé sur un strapontin et prêt à bondir avec les douze hommes de son équipe, Delta Un fixait les plaines enneigées d'un air morne.

Jenny suivit son regard perdu au loin. La station Oméga n'était plus qu'une ombre rougeâtre sur la banquise. Comme les jours rallongeaient, le soleil à l'horizon était encore haut, et on s'approchait doucement des mois de luminosité estivale.

L'interminable journée n'en finirait-elle donc jamais ?

Prête à poursuivre la traduction, elle reprit le carnet quand, soudain, le paysage s'embrasa dans une gerbe de feu et de neige.

Vint ensuite la secousse. Malgré son casque antibruit, Jenny entendit une explosion étouffée cogner à l'intérieur de sa poitrine.

Seigneur... non... non...

Les yeux écarquillés d'effroi, elle colla son nez au carreau. Le cauchemar dépassait l'entendement. Elle dressa l'oreille et, pendant qu'un bruit sourd résonnait autour d'elle, une longue plainte s'éleva de ses entrailles.

L'hélicoptère vira de bord.

L'espace d'un instant, ils ne virent plus rien. Jenny implora le ciel de s'être trompée, puis la tornade flamboyante resurgit sur la banquise, telle une colonne de feu tourbillonnant sur les courants ascendants. Là où se dressait autrefois Oméga, des flammes s'élevaient à la hauteur du Seahawk qui s'éloignait à tire-d'aile.

Peu à peu, le cyclone de feu retomba, affaibli par le vent et la neige.

Jenny retrouva l'ouïe. Des cris de surprise et de consternation jaillirent dans la cabine. Le visage grimaçant de colère ou de douleur, les soldats se massèrent contre les vitres.

Au bout du désert glacé, un énorme cratère fumait comme un volcan arctique, illuminé par les reliefs de l'incendie. La banquise était parsemée de flaques de feu.

Il n'y avait plus trace d'Oméga. La station avait été rasée, rayée de la surface de la Terre.

Jenny n'arrivait plus à respirer. *Son père... tous les autres...* Ses yeux s'embuèrent de larmes qui restèrent collées à ses cils.

— Putain ! mugit Craig sur un canal radio commun. Vous m'aviez certifié que toutes les bombes russes avaient été désamorcées !

— Elles l'étaient, chef ! répondit un sergent. Sauf... sauf si j'en ai raté une.

Dans l'hélicoptère, la stupéfaction était générale – à une exception près : Delta Un était resté de marbre, toujours stoïque, indifférent et pas surpris pour deux sous.

Lorsqu'il lui jeta un regard, Jenny comprit avec horreur ce qui s'était réellement passé.

Craig hurlait contre le sergent, mais sa voix sentait le mensonge à plein nez. C'était un coup monté. Les cadors de l'équipe visaient le même objectif secret que les Russes : récupérer le trophée et faire le ménage derrière eux.

Pas de témoins.

Pour ne pas montrer qu'elle avait deviné leur manège, Jenny garda la même expression choquée. En réalité, Delta Un essayait de la percer à jour. La vie de la jeune femme ne tenait plus qu'à un fil : sa connaissance de l'inuktitut. Dès qu'ils n'auraient plus besoin d'elle, ils l'abattraient d'une balle dans la tête.

Quand Craig lui murmura ses condoléances à l'oreille, elle fixa le journal de bord sans broncher.

Du coin de l'œil, elle voyait les flammes danser. Des larmes de chagrin et de colère roulèrent sur ses joues. *Papa*...

Sa main descendit jusqu'à son holster de ceinture. Une autre promesse non tenue.

Il était toujours vide.

17

L'ÉPREUVE DU FEU

ᐅᑉᑐᐃᓂᖅ ᐃᑦᐊᑕᖅ

9 avril, 19 h 55
Station polaire Grendel

Matt avait été raccompagné *manu militari* à sa cellule. Bizarrement, on lui avait laissé la garde de Maki, qui s'était roulé en boule dans un cocon de couvertures. L'amiral avait peut-être souhaité que l'enfant et son interprète restent ensemble. Matt ne voyait aucune objection à son rôle de baby-sitter. Au pied du lit, il regarda le bambin dormir, ses petits doigts serrés autour de ses lèvres comme s'il priait.

Maki ne pouvait pas renier ses origines inuit : teint olive, cheveux d'ébène, yeux marron en amande. Matt s'étonnait même qu'il ressemble autant à Tyler et, par conséquent, à Jenny. Le cœur lourd, au-delà de la terreur et de l'angoisse, il se sentit rongé par l'impression d'un immense gâchis.

— C'est difficile à croire, murmura le Dr Ogden.

Matt avait raconté à son voisin de cellule ce que Vladimir Petkov avait consigné dans son journal.

Hypnotisé par l'enfant, il acquiesça en silence.

— Qu'est-ce que je ne donnerais pas pour étudier ce môme... peut-être un échantillon de son sang !

Matt ferma les yeux, désabusé. *Les scientifiques.* Ils ne levaient jamais le nez de leurs travaux, pour voir qui était concerné.

— Une *hormone* de grendel ! En tout cas, ça paraît plausible. La cryostase exigeant une cascade enzymatique immédiate de la séquence génétique, les glandes de la peau seraient un facteur déclenchant idéal. Dès qu'il commence à givrer, l'épiderme déclenche un pic hormonal, les gènes sont activés, le glucose remplit les cellules afin de les protéger, et le corps se congèle de lui-même. Comme les grendels sont des mammifères, leurs agents chimiques hormonaux pourraient être compatibles avec d'autres espèces placentaires, de même qu'on utilise déjà l'insuline de vache ou de porc pour traiter le diabète humain. Ce professeur était vraiment en avance sur son temps. Brillant, en fait.

Matt en avait assez entendu.

— *Brillant ?* Vous avez perdu la boule ou quoi ? Je dirais plutôt *monstrueux* ! Vous imaginez les atrocités que ces pauvres gens ont subies ? Combien d'entre eux ont été tués ? Merde ! s'insurgea-t-il, le doigt pointé vers Maki. Est-ce qu'il ressemble à un rat de laboratoire ?

Henry Ogden s'éloigna des barreaux.

— Je ne voulais pas insinuer...

À voir ses cernes noirs et ses mains tremblantes, le biologiste était aussi exténué et effrayé que les autres. Conscient qu'il n'aurait pas dû lui crier dessus, Matt baissa d'un ton.

— Quelqu'un doit assumer ses responsabilités. Il faut poser des limites. Dans son désir de progrès, la science ne peut pas mépriser la morale. Dès que ça se produit, on est tous perdants.

— En parlant d'échec, intervint Washburn, où en sont les types de la Delta Force ? Ils sont capables d'investir les lieux ?

Matt vit les deux étudiants en biologie s'intéresser à la question. C'était leur seul espoir : *le sauvetage*. Hélas, il se rappela aussi la farouche détermination de Petkov. L'amiral russe n'était pas près de se rendre, même contre une force de frappe supérieure. D'ailleurs, il avait un éclat dans le regard, un détachement glacé encore plus effrayant qu'une arme ou un grendel.

Seul Maki semblait atteindre son cœur de pierre. Comme avec Vladimir, l'enfant détenait peut-être la clé du salut de l'amiral, mais une telle transformation réclamait du temps. Du temps qu'ils n'avaient pas. Petkov était un ours acculé au fond de sa tanière. Il n'existait rien de plus dangereux... ni de plus imprévisible.

Matt se retourna vers Washburn :

— J'ai compté au moins douze soldats. Et les Russes ont l'avantage d'être retranchés ici. Il faudrait un puissant assaut frontal pour ouvrir une brèche, puis une opération sanglante et brutale de nettoyage, niveau par niveau.

De son lit, Magdalene lança :

— Ils vont quand même venir, j'espère ?

Matt observa le maigre groupe de rescapés. Ils étaient cinq, six en comptant Maki. La Delta Force ne débarquerait pas à Grendel pour une simple mission de secours. Craig avait dû entendre parler des échantillons et, s'il voulait mener sa mission à bien, il devait absolument les récupérer.

Washburn l'avait aussi compris.

— Ils ne viennent pas pour nous. On n'est pas leur priorité.

La porte de la prison s'ouvrit. Petkov entra, escorté de ses deux gardes, et s'approcha des cellules.

Rebelote, songea Matt.

Avec sa brusquerie habituelle, le vieux Russe lâcha :

— Votre Delta Force a fait sauter la station dérivante.

Matt mit un instant à assimiler la nouvelle.

— Arrêtez vos conneries ! pesta Washburn.

— Nous avons enregistré l'explosion quelques minutes après le décollage de leur hélicoptère.

Le lieutenant le foudroya du regard, mais Matt savait que leur adversaire ne cherchait pas à les mystifier. Ce n'était pas son genre. Oméga avait été détruite. *Mais pourquoi ?*

En deux mots, Petkov répondit à sa question silencieuse :

— Démenti plausible.

Il avait sans doute raison. Les équipes de la Delta Force procédaient dans l'ombre par frappes chirurgicales, avec un minimum de supervision. Elles s'infiltraient en zone de combat, exécutaient leur mission et ne laissaient aucun témoin derrière elles.

Aucun témoin...

Matt prit conscience des implications. Haletant, il se cogna contre le montant du lit, ce qui réveilla l'enfant en sursaut.

Petkov fit signe à un garde d'ouvrir la cellule.

— Nos deux pays semblent convoiter le même objectif : s'accaparer les résultats des recherches et ne laisser à personne le droit de les revendiquer. À n'importe quel prix.

De nouveau sous la menace des pistolets, Matt demanda :

— Qu'attendez-vous de moi ?

— Que vous les en empêchiez l'un et l'autre. Mon père s'est sacrifié pour enterrer ses travaux. Je ne laisserai aucun gouvernement l'emporter.

La rage au ventre, Matt haussa le sourcil. À supposer que l'amiral ne raconte pas d'histoires, qu'il s'agisse bien d'une mission clandestine, l'Américain venait peut-être de trouver un allié. Ils avaient un ennemi en commun. Si la Delta Force avait assassiné tout le monde à Oméga (cela paraissait incroyable mais affreusement possible), il tâcherait de venger ses camarades.

Au fond de son cœur, des prunelles sombres le fixèrent avec amour.

Jenny...

Furibond, il lut la même résolution dans le regard de Petkov, mais jusqu'où pouvait-il se fier à un homme aussi froid ?

— Que suggérez-vous ?

La réponse de l'amiral fut glaciale.

— Agitez le drapeau blanc. Je veux parler au chef de la Delta Force, celui qui a dérobé les carnets de mon père. Ensuite, nous verrons dans quel camp nous nous situons.

— À mon avis, Craig ne sera pas d'humeur très bavarde quand il débarquera ici. Je crois qu'il préférera discuter à grands coups de M-16.

— Vous devrez le convaincre d'agir autrement.

— Pourquoi m'écouterait-il ?

— Vous allez emmener quelqu'un dont il ne pourra pas contester la présence.
— Qui ça ?
Petkov contempla le bambin à moitié endormi.

19 h 59
Au-dessus de la banquise...

Jenny lisait le texte sur ses genoux. En larmes, elle traduisait les symboles inuktitut en russe phonétique sans avoir aucune idée de ce qu'elle racontait. C'était tout ce qu'elle pouvait faire pour s'empêcher de hurler. Elle savait que Craig l'écoutait et l'enregistrait en quête d'indices.

Face à elle, Delta Un regardait par la fenêtre. Les vestiges de la station en flammes avaient disparu depuis longtemps dans le crépuscule. Avant de partir, l'hélicoptère avait survolé la zone dévastée, mais ils n'avaient repéré aucun rescapé.

La litanie de la jeune femme fut interrompue par la voix du pilote sur le canal commun.

— Base polaire droit devant !
— Paré à larguer le missile, annonça Craig. À mon signal.

Un missile ? Le shérif se redressa sur son siège.
— Cible verrouillée.
— Feu.

Un sifflement, accompagné d'un éclair flamboyant, résonna à l'extérieur de l'appareil.

Au moment où le Seahawk virait de bord, elle aperçut le sillage en spirale d'une fusée. Le missile s'écrasa dans les montagnes qui se dressaient à gauche de la base, projetant des panaches de feu et de glace vers les plaines enneigées. Une tache orangée, une tente, claqua au vent.

Jenny reconnut l'endroit d'où les Russes avaient lancé leurs roquettes. Apparemment, Craig déblayait le passage pour permettre à l'hélicoptère d'atterrir – et peut-être se venger.

Malgré les bourrasques de vapeur et de fumée, le Seahawk s'approcha de la banquise.

— Équipe Une, parée ! mugit Delta Un.

Jenny sursauta, puis vit s'ouvrir les portes opposées à son siège. Tandis que les rafales s'engouffraient dans l'habitacle et qu'un froid mordant la saisissait, les soldats descendirent en rappel l'un après l'autre. Quelques secondes plus tard, ils sortirent de son champ de vision.

— Équipe Deux !

La porte située juste à côté de Jenny coulissa. À cause des vents de travers, la jeune femme faillit lâcher le journal de bord et le serra fort contre sa poitrine.

Derrière elle, on empoigna des filins et on sauta dans le vide dès que son câble s'était déroulé. À la fin, il ne resta plus que trois hommes à bord, dont Delta Un.

— Armez les canons latéraux !

Déjà en position, deux soldats s'exécutèrent.

— Tirez à mon signal ! Pas de quartier !

Jenny jeta un coup d'œil au sol. Comme la fumée de l'explosion se dissipait peu à peu, elle aperçut les hommes qu'on venait de débarquer : des silhouettes en tenue de camouflage polaire se jetèrent à plat ventre.

— Feu ! ordonna Delta Un.

Les mitrailleuses rugirent, crépitèrent et crachèrent du feu. Une pluie de douilles cuivrées s'abattit sur le secteur. En contrebas, la banquise, qui se retrouva déchiquetée autour des soldats, forma un rempart de protection.

Un Russe bondit d'un bunker où il s'était réfugié. Une rafale de tirs le coupa en deux, laissant une traînée rouge sur la glace, comme si on venait d'écraser un moucheron sur un pare-brise. À part lui, il ne semblait pas y avoir d'autre survivant.

— Descendez encore, ordonna Craig au pilote.

Le Seahawk obéit, puis s'écarta un peu afin que les forces terrestres fassent barrage devant la station.

L'oreille collée au casque, Delta Un transmit :

— Les premiers rapports arrivent ! La surface est à nous ! Nos hommes surveillent la porte d'accès !

— On peut atterrir sans risque ? se renseigna Craig.

— Je préférerais rester en vol jusqu'à ce que la station soit totalement investie, mais il faut penser au carburant. On a un sacré bout de route avant de rentrer en Alaska... *Attendez !*

Il écouta ce qu'on lui disait par radio, répondit en appuyant sur son micro de gorge et reprit à voix haute :

— Les équipes au sol me signalent du mouvement à l'entrée de la station, chef. Quelqu'un est en train de sortir. Sans arme. Il agite un drapeau blanc.

— Quoi ? Déjà ? Qui est-ce ?

L'hélicoptère pivota de quelques degrés. Jenny repéra l'homme à une centaine de mètres. Des bancs de fumée résiduelle obscurcissaient la vue, mais sa veste verte se détachait sur la banquise. Malgré la distance, la jeune femme reconnut le vêtement élimé. Elle l'avait lavé, reprisé, raccommodé et repassé pendant dix longues années.

Incapable de retenir sa joie et sa stupeur, elle s'écria :

— C'est Matt !

S'ensuivit un sanglot de soulagement.

Comme la radio était toujours branchée, Craig l'entendit :

— Vous êtes sûre ?

— Il a un gosse avec lui, annonça Delta Un.

À présent qu'on lui en parlait, Jenny remarqua l'enfant cramponné à sa jambe. Son ex-mari l'entourait d'un bras protecteur tandis que, de l'autre, il brandissait un bout d'anorak blanc.

— Atterrissez ! gronda Craig.

Pendant que le Seahawk entamait sa descente, Delta Un exhorta son supérieur à la prudence.

— Si on attendait que les choses soient réglées ?

— Il nous a été envoyé comme émissaire. Je parie qu'on peut s'en servir à notre avantage.

Jenny frémit. Depuis le début, Matt et elle n'avaient été que des pions dans une partie d'échecs entre superpuissances et, apparemment, leur rôle n'était pas terminé.

Quand les patins se posèrent sur la glace, l'appareil souleva un nuage de poudreuse, puis les rotors ralentirent.

— Gardez le moteur au chaud, lâcha Delta Un.

— À vos ordres, répondit le pilote.

Craig s'extirpa du cockpit.

— On laisse les journaux de bord ici. Delta Un, ils seront sous votre responsabilité.

— Quelle est la suite du programme ?

— Je vais rencontrer le type dehors. Il m'a sauvé la peau plusieurs fois, voyons s'il en est encore capable. Jenny, ne bougez pas d'ici.

— Vous vous fichez de moi ?

Elle détacha sa ceinture. S'ils voulaient qu'elle reste là, ils devraient l'abattre.

Craig tenta d'évaluer sa sincérité, puis haussa les épaules. De toute manière, il préférait avoir ses cibles réunies en un même lieu.

Ils descendirent de l'hélicoptère, passèrent tête baissée sous les rotors et retrouvèrent trois membres de la Delta Force, qui s'avançaient vers eux avec une escorte armée.

Jenny remarqua à peine leur présence. Elle n'avait d'yeux que pour l'homme planté à trente mètres de la station. Matt ! De peur qu'ils ne se fassent descendre tous les deux, elle se retint de courir vers lui.

Le groupe traversa la banquise, franchit la ligne de défense et pénétra en terrain neutre.

Un genou au sol, Matt rassura le garçonnet agrippé à lui. L'enfant était emmitouflé dans une parka d'adulte qui lui arrivait aux chevilles. Les manches descendaient jusqu'à terre. Serré contre l'Américain, il se tortilla pour observer, étonné, les nouveaux arrivants.

Jenny aperçut son visage. Cheveux noirs, grands yeux marron, traits fins. Les jambes en coton, elle trébucha.

— Tyler !

20 h 07
Sur la banquise...

Matt était accaparé par l'enfant. Depuis qu'ils avaient quitté le tunnel, Maki se collait à lui comme une ventouse. Les pétarades des mitrailleuses 50 mm de l'hélicoptère l'avaient déjà effrayé mais, à présent qu'il se retrouvait à l'air libre, le visage fouetté par le vent et la neige, il était victime d'une crise d'agoraphobie. Matt n'avait eu aucun mal à deviner pourquoi. Le bambin avait sûrement passé son enfance dans la station polaire, peut-être même sans sortir du Niveau Quatre. Devant l'immensité du monde alentour, il était déboussolé.

Il avait besoin de quelque chose à quoi se raccrocher, d'un point d'ancrage... et c'était Matt.

L'homme vit à peine les autres approcher. Il avait repéré Craig parmi les militaires et devait empêcher Maki de repartir en courant vers la station.

— *Tyler !*

Le cri familier lui déchira le cœur.

Jenny surgit du groupe de soldats, hagarde, et reprit vite ses esprits. Dès que le mot était sorti de sa bouche, elle avait compris son erreur. *Pur réflexe*, songea Matt.

— Il... il s'appelle Maki, haleta-t-il.

L'enfant se cramponnait à son genou et, cette fois-là, l'Américain ne chercha pas à le calmer. Flageolant à l'idée de revoir Jenny vivante, il avait aussi besoin d'un soutien.

Elle se précipita vers lui.

Matt tressaillit, car il ne savait pas à quoi s'attendre, mais elle lui sauta au cou. Il fut surpris d'une réaction aussi naturelle. Tout coulait de source, comme s'ils ne s'étaient jamais quittés et que le temps n'avait pas eu d'emprise. En attirant Jenny contre lui pour vérifier qu'il ne rêvait pas, il huma le parfum de ses cheveux, de sa nuque. Elle était réelle. Elle était dans ses bras.

— À la station... Papa..., sanglota-t-elle à son oreille.

Matt se raidit. John ne faisait pas partie du voyage. On l'avait laissé à Oméga. Vu la réaction de la jeune femme, Petkov n'avait pas menti : la station avait bien explosé.

— Je suis vraiment désolé, Jen.

Maigre consolation, songea-t-il. Il n'avait à lui offrir que sa force, son épaule, ses bras.

Elle se mit à trembler et susurra en cachette :

— C'est la faute de Craig. Ne lui fais pas confiance.

Les doigts crispés sur la parka de Jenny, Matt fixa l'homme en anorak bleu et resta impassible, comme s'il n'avait rien entendu.

Tout était vrai. Tout.

Il relâcha doucement son étreinte mais garda le bras autour de son ex-épouse.

— Ravi de vous retrouver en forme, mon vieux ! lança Craig. Que se passe-t-il ? Que fabriquez-vous ici ?

Matt se retint de lui assener son poing dans la figure, car il aurait signé son arrêt de mort. Dorénavant, pour survivre, il faudrait louvoyer entre mensonges et semi-vérités.

D'abord, *jouer la comédie* :

— Bon sang, ça fait du bien de vous voir tous là.

Le sourire hésitant de Craig s'élargit.

— L'amiral russe contrôle Grendel, mais il m'a envoyé à votre rencontre. Selon lui, si vous aviez décidé de tirer avant de poser les questions, autant que ce soit un Américain qui passe à la moulinette.

— Pourquoi a-t-il besoin d'un messager ?

— Il veut négocier une trêve. Pour reprendre ses mots, les deux camps détiennent chacun la moitié du miracle. Vous, les notes techniques. Lui, les échantillons. L'un sans l'autre, ça ne sert à rien.

— Il dit la vérité ?

Matt s'écarta et essaya en vain de pousser Maki dans les jambes de Jenny.

— Voici la preuve avec laquelle il m'a envoyé vous parler.

Perplexe, Craig se pencha vers l'enfant.

— Je ne comprends pas.

Matt n'aurait pas dû s'en étonner. Les agents de la CIA apprenaient à se concentrer sur un seul objectif, et leurs œillères les empêchaient de s'occuper du reste. Surtout des corps abandonnés sur le bas-côté de la route.

— C'est le gamin du réservoir. La cuve frigorifique que le Dr Ogden a rallumée.

— Mon Dieu, vous êtes sérieux ? Il a ressuscité ? Le processus fonctionne réellement ?

D'un calme olympien, Matt ne voulut pas montrer qu'il avait compris les intentions meurtrières de la Delta Force.

— Ça a marché, mais les derniers échantillons exploitables de l'élixir dorment dans une chambre forte secrète de la station. Je les ai vus de mes propres yeux. Problème : Petkov a placé des explosifs aux quatre coins de la base. Il est prêt à tout détruire.

Le regard de Craig s'assombrit.

— Que réclame-t-il ?

— Une trêve. Il veut entamer des pourparlers au Niveau Un. Ses soldats resteront à l'écart. Vous pouvez venir à six, aussi armés que vous le désirez, mais, s'il arrive quelque chose à l'amiral, ses hommes ont l'ordre d'abattre les prisonniers et de faire sauter la chambre forte. Je crois que vous n'avez pas le choix. Soit vous perdez tout, soit vous signez un pacte avec le diable.

Matt se tut, de peur d'être allé trop loin.

Craig grogna et tourna les talons. Après avoir remonté le col de sa veste, il se mit à parler dedans en tirant le cordon de sa capuche jusqu'à son oreille. *Une radio cachée*, comprit Matt.

Jenny se faufila vers lui.

— Il appelle le type de la Delta Force chargé de garder les registres volés qu'on a laissés à bord de l'hélico, mais c'est quoi, cette histoire de négociation ? On peut se fier à quelqu'un ici ?

— La seule personne en qui j'ai confiance se trouve à côté de moi.

— Si on arrive à se tirer de...

— *Quand*, rectifia-t-il. Quand on arrivera à s'en tirer.

— Matt...

Il pressa doucement ses lèvres contre les siennes. Ce n'était pas tant un baiser qu'une promesse d'avenir. Une promesse qu'il avait la ferme intention de tenir. Les larmes de Jenny donnèrent à sa bouche un goût salé. Ils allaient s'en sortir vivants.

Tandis que ses hommes fourbissaient leurs armes, Craig reprit :

— Vous avez raison. J'ai l'impression qu'on est plus ou moins obligés de rencontrer ce salaud.

Matt compta l'équipe de Craig. *Cinq*.

— Vous avez un soldat de trop.

— Comment ça ? Vous aviez dit qu'on pouvait être six.

— Jenny vient avec nous. Trouvez-lui un flingue.

— Mais...

— Soit elle nous accompagne, soit je n'y retourne pas. Et, si je n'obéis pas aux instructions, Petkov fera sauter le coffre-fort.

De guerre lasse, Craig écarta l'un de ses militaires.

— Très bien, mais elle serait plus en sécurité ici.

Matt ne broncha pas. Pour le meilleur ou pour le pire, le couple ne se quitterait plus. Après lui avoir pressé la main une dernière fois, Jenny réclama son dû.

Un soldat lui tendit son arme de poing. Matt dut guider la main de la jeune femme jusqu'à son holster. Folle de rage, elle aurait très bien pu descendre Craig sans sommation.

Matt prit Maki, un peu hagard, dans ses bras, et ils se dirigèrent vers la station. Ils rejoignirent d'un pas lourd la porte déchiquetée et empruntèrent le tunnel. Une chaleur moite leur effleura le visage.

Matt se demanda si Petkov était prêt. L'amiral était resté vague sur le déroulement de son plan. L'Américain devait simplement *amener Craig à l'intérieur de la base*. Petkov se chargerait du reste, mais qu'espérait-il ? Le contingent russe ne ferait pas le poids, ni en effectifs ni en armes.

Matt conduisit ses troupes au Niveau Un. Le courant était rétabli : quelqu'un avait trouvé des fusibles de rechange. L'endroit était suréclairé : les flaques de sang étincelaient d'un rouge criard, les cadavres étaient alignés le long d'un mur, et on avait poussé les tables.

Petkov se tenait au centre, près de l'escalier en colimaçon.

— Bienvenue, lâcha-t-il sur un ton glacial.

Il grimpa sur la plate-forme de l'ascenseur, où trônait un mystérieux globe en titane posé sur un trépied. Des diodes bleues s'allumaient en rafale au niveau de sa ligne médiane. Bien qu'il soit vierge de toute inscription, on y lisait clairement *bombe* en lettres capitales.

Matt eut la désagréable impression que son nouvel allié n'avait pas été aussi franc qu'il l'aurait souhaité. Quel jeu était-il en train de jouer ?

Des pas résonnèrent derrière eux, et cinq autres membres de la Delta Force se déployèrent dans la salle. Apparemment, aucun camp ne respecterait son engagement.

Matt n'aurait pas dû, mais il ne put s'empêcher d'être surpris.

Toujours aussi stoïque, Petkov enchaîna :

— Vous risquez de faire capoter votre mission. À mon signal ou à ma mort, les échantillons seront détruits.

Craig arracha Maki des bras de Matt.

— C'est tout ce dont j'ai besoin. Un *issledovatelskiy subyekt*. Un sujet de recherche. Dans l'hélicoptère, Jenny a eu l'amabilité de me lire le journal de votre père. Selon lui, l'hormone reste active huit jours après la ressuscitation. Entre ses notes et le gosse, nous synthétiserons l'hormone nous-mêmes. Vos flacons n'ont aucune valeur, mais je vous propose un marché. Votre vie en échange des échantillons. Mon offre est valable soixante secondes.

— Je vous remercie, mais je n'aurai pas besoin d'autant de temps.

Une puissante explosion ébranla les murs, projeta tout le monde en l'air et, dans un épais nuage, Matt atterrit près de Jenny.

Le tunnel de sortie avait disparu : un éboulis de glace bloquait le chemin. Des bourdonnements plein les oreilles, Matt se releva. Craig et ses rescapés de la Delta Force l'imitèrent. Deux hommes étaient morts, écrasés par l'effondrement de la galerie.

Les lampes tremblotaient. La fumée faisait tousser.

Alors que Petkov s'était enfui par l'escalier vers les étages inférieurs, Matt se sentit piégé entre deux fous dangereux. Enseveli dans la même tombe.

Il contempla le globe en titane posé sur la plate-forme de l'ascenseur. La ribambelle de diodes bleues continuait de clignoter.

Les choses allaient mal se terminer.

20 h 15
Sous la banquise...

À bord de la *Sentinelle polaire*, Amanda était blottie contre le commandant Greg Perry, les yeux rivés sur l'écran de DeepEye. Certains passagers regardaient la même chose, d'autres s'étaient réunis autour de la fenêtre panoramique en Lexan.

Greg posa la main sur le genou de la jeune femme. Visiblement, il ne voulait plus la quitter... et elle s'en accommodait très bien.

Une demi-heure plus tôt, à Oméga, c'était la panique totale. Amanda avait voulu alerter ses camarades de la trahison orchestrée par la Delta Force et des ultrasons agaçants indiquant la présence de grendels... sauf qu'en lieu et place des monstres blanchâtres elle avait entendu le sonar de la *Sentinelle polaire*.

Avant même qu'elle ne puisse prévenir Sewell, Greg avait débarqué avec ses hommes et intimé à tout le monde de garder son calme.

Sous le choc, Amanda s'était jetée dans ses bras. Oubliant leurs principes de bienséance, il l'avait serrée contre lui, embrassée et avait chuchoté qu'il l'aimait.

À peine le Seahawk avait-il décollé qu'ils s'étaient tous sauvés et, sous la houlette de Greg, ils avaient traversé la pénombre arctique vers le bâtiment océanographique. Amanda avait eu la stupeur d'y découvrir le kiosque de la *Sentinelle*. Le submersible avait refait surface dans un trou de la banquise que les scientifiques utilisaient d'ordinaire pour leurs expéditions en bathysphère biplace. Autant dire qu'il n'y avait pas de place à revendre !

Pressés par le temps, les rescapés s'étaient engouffrés dans le vaisseau, puis Greg avait ordonné de replonger en piqué. La *Sentinelle* avait coulé comme une brique, et ils s'étaient trouvés au moins à soixante-dix mètres de profondeur quand les bombes russes avaient ravagé Oméga.

À cet instant précis, Amanda se trouvait au Cyclope. Un incroyable déluge de flammes avait fendu l'océan. Le sous-marin n'avait pas été épargné mais, grâce à l'effet isolant de l'eau, ils avaient survécu et n'avaient ressenti qu'une légère secousse.

Greg avait parlé à Amanda du message TBF de l'amiral Reynolds qui, affolé, lui avait appris le véritable objectif de la Delta Force.

— Je préparais une opération de sauvetage au nez et à la barbe des Russes. Je n'aurais jamais imaginé devoir vous protéger de nos propres forces armées, marmonna-t-il avec amertume.

Il l'avait aussi informée que son père avait eu une crise cardiaque, mais qu'il se rétablissait bien à l'hôpital naval d'Oahu.

— Avant même de se laisser soigner, il a insisté pour nous prévenir.

Son obstination leur avait sauvé la vie.

Depuis, la *Sentinelle* avait repris son travail d'espionnage. Elle s'était immobilisée près de l'iceberg qui abritait la station polaire Grendel et, grâce au sonar ultraperfectionné DeepEye, ils avaient assisté à l'assaut de la base souterraine. C'était plutôt inquiétant de voir défiler en silence des images fantomatiques de soldats et de coups de feu.

L'explosion se matérialisa à l'écran par une grosse tache jaune, qui s'estompa peu à peu.

Greg pressa le genou d'Amanda pour attirer son attention.

— Je ne vois pas comment les aider. On dirait que l'entrée de la station s'est écroulée. Ils sont coincés à l'intérieur.

Un homme se pencha par-dessus l'épaule du commandant et tapota un personnage flou à l'image.

— Jenny… C'est ma fille.

— Vous êtes sûr ?

— À 22 ans, elle s'est cassé la jambe. Les médecins lui ont posé une broche.

Amanda zooma. John avait peut-être raison. Le sonar avait la même capacité de pénétration que les rayons X. Or, on discernait une masse métallique au niveau des membres inférieurs. Il pouvait donc s'agir de Jenny.

Elle se tourna vers le vieil Inuit. Épouvanté, il *savait* que c'était son enfant. Amanda s'efforça de trouver un moyen de sauver les civils pris entre les deux unités de combat.

Greg indiqua le moniteur. Des traînées jaunes apparurent aux étages supérieurs de la base. Inutile de lire sur ses lèvres pour savoir à quoi ils avaient affaire. *Des coups de feu.*

Un éclair ambré jaillit au milieu du bâtiment.

— Une grenade, articula Greg en silence.

D'autres éclaboussures lumineuses plongèrent vers le tréfonds de la station.

La guerre s'annonçait sans merci.

20 h 22
Station polaire Grendel

L'explosion d'une nouvelle grenade fit trembler le sol, mais Jenny berça le jeune Inuit qui, effrayé, se boucha les oreilles et ferma les paupières très fort.

Armé de son fusil, Matt les protégea tous les deux.

Du puits central émanèrent des cris ainsi qu'un nuage de fumée et de suie. Un incendie faisait rage quelque part. Le bâtiment était principalement constitué d'acier et de cuivre, mais il y avait aussi de la paille et des matériaux composites inflammables.

Grendel était en feu.

À supposer que la Delta Force s'empare des lieux, qu'adviendrait-il ensuite ? Ses occupants périraient carbonisés ou seraient ensevelis sous des tonnes de glace quand la station s'effondrerait.

Il ne fallait pas oublier non plus la troisième possibilité.

Auréolée de fumée, la grosse sphère en titane trônait sur l'ascenseur. Un GI expert en démolition était agenouillé devant une trappe ouverte à la base du globe et observait l'objet depuis dix minutes sans toucher à ses outils, ce qui n'augurait rien de bon.

Craig surveillait le Niveau Un en braillant dans sa radio. Deux membres de la Delta Force s'étaient postés près du puits. Le reste des troupes poursuivait sa guérilla aux étages inférieurs.

Le faux journaliste du *Seattle Times* baissa son micro de gorge et s'approcha des trois civils.

— Les hommes restés sur la banquise n'arriveront pas à nous dégager. Ils mettraient des jours à creuser et, s'ils s'aventuraient à utiliser un missile pour déblayer le passage, ils nous tueraient tous.

— Que vont-ils donc faire ?

Craig ferma les yeux un instant, puis contempla la bombe.

— Je leur ai ordonné de battre en retraite à cinquante kilomètres. Je ne veux pas risquer de perdre les précieux journaux de bord.

— Cinquante kilomètres ? s'étonna Matt. Vous exagérez un peu, non ?

— À l'heure qu'il est, le sergent Conrad sait juste que cette sphère grise est un engin nucléaire. Tant qu'on n'aura pas réussi à la désamorcer...

Force était de reconnaître que Craig ne se laissait pas démonter facilement. La situation avait beau être critique, il restait dévoué à sa mission.

Aux aguets, Matt souffla :

— Les tirs... Je crois qu'ils s'espacent...

Il avait raison. Jenny cajola Maki. On n'entendait plus que des coups de feu sporadiques.

À hauteur du puits, les gardes s'agitèrent.

— Les camarades remontent !

Deux membres de la Delta Force gravirent les marches d'un pas lourd, leurs pistolets braqués sur un soldat russe. Le jeune homme d'à peine 18 ans avait les mains sur la tête, le crâne en sang et les vêtements maculés de suie.

L'un de ses cerbères le sermonna en russe. Il tomba à genoux. L'autre vint faire son rapport à Craig.

— Ils se rendent. On a encore deux prisonniers au Niveau Trois.

— Et les autres ?

— Morts.

Le GI jeta un œil à la cage d'escalier. Les tirs avaient cessé.

— Tous les étages ont été vérifiés, sauf le Niveau Quatre. Des hommes sont en train de le passer au peigne fin.

— Des nouvelles de Petkov ? demanda Matt.

Le type donna un coup de coude au prisonnier. Fragilisé par sa peur et son hémorragie, ce dernier s'écroula sur le flanc mais n'osa même pas se rattraper avec les mains.

— L'amiral se serait réfugié au Niveau Quatre mais, pour l'instant, on ne l'a pas retrouvé. Le gosse raconte peut-être des bobards. Il aurait besoin d'un petit encouragement.

De son côté, Conrad avait terminé d'examiner la bombe.

— Verdict ? lança Craig.

— Je n'ai jamais rien vu de pareil. À mon avis, c'est un engin nucléaire à faible rendement. Peu de risques de radiations. Rien à voir, en revanche, avec une bombe ordinaire. Je pense plutôt à une espèce de disrupteur, comme les armes à impulsion EM en cours de développement. La puissance explosive est faible pour une arme nucléaire, mais l'énergie dégagée pourrait créer une impulsion massive. Enfin, je doute qu'il s'agisse d'une impulsion *électromagnétique*. C'est autre chose. J'ignore quoi.

— Vous parlez de *faible* déflagration, l'interrompit Matt. C'est ce qui m'intéresse. Faible à quel point ?

L'expert répondit, désabusé :

— Faible pour un engin nucléaire, mais l'île se fissurera quand même comme un œuf dur. S'il explose, on sera tous morts, qu'importe l'impulsion émise.

— Vous pouvez le désamorcer ?

— Non. Le dispositif de déclenchement, de type subsonique, est relié à un détonateur externe. À moins de trouver le code d'annulation, notre boule à facettes sautera dans... *(Il consulta sa montre.)* ...cinquante-cinq minutes.

Craig se frotta la tempe.

— Il faut localiser l'amiral. Il est notre dernière chance.

Ses yeux se posèrent sur le jeune Russe terrorisé. Il hocha la tête vers le soldat qui l'avait malmené.

— Faites-lui cracher ce qu'il sait.

Le prisonnier avait dû comprendre. Les mains sur la tête, il se mit à jacasser dans sa langue natale.

— Ne vous donnez pas tant de peine, Teague, annonça Matt. Je sais où Petkov doit se cacher. Je peux le retrouver.

— Où ça ?

— Au Niveau Quatre. Je vais vous montrer.

— D'accord. De toute façon, je doute que le gamin sache quoi que ce soit.

Craig dégaina son pistolet et abattit le Russe d'une balle en pleine tête.

La détonation résonna dans le silence de la station. Des fragments d'os, de la cervelle et du sang giclèrent par terre.

— Putain de merde ! Quelle mouche vous a piqué ?

— Ne me prenez pas pour un imbécile, Pike. Vous savez très bien pourquoi.

Craig fit signe à deux soldats de le rejoindre et se dirigea vers le puits central.

— Il n'y aura qu'un vainqueur. Choisissez votre camp et allons-y.

Tétanisé, Matt fixa Jenny, qui s'était détournée du cadavre pour protéger Maki.

Blotti dans des bras rassurants, l'enfant s'était remis à gémir à cause du coup de feu.

Matt les serra contre lui. La jeune femme réprima son désir de le voir rester à leurs côtés et chuchota :

— Vas-y... mais sois prudent.

Il hocha la tête d'un air entendu. Pour l'heure, il fallait surtout s'inquiéter de la bombe. Une fois le danger écarté, ils trouveraient le moyen de survivre aux Russes et à la Delta Force.

Matt épaula son fusil.

Jenny ferma les yeux, car elle ne voulait pas assister à son départ, mais elle rouvrit vite les paupières et s'imprégna de chaque détail : le mouvement de ses épaules, la longueur de son pas. Consciente qu'elle ne le reverrait peut-être jamais, elle regretta d'avoir gâché trois ans par excès d'amertume.

Le groupe disparut dans la cage d'escalier. Hormis les deux sentinelles au bord du puits, Jenny se retrouva donc seule avec le garçonnet sanglotant. Elle le consola, comme elle n'avait pas été capable de consoler Tyler. Elle lui caressa les cheveux et fredonna pour l'apaiser.

De leur côté, les gardes discutaient à voix basse. On n'entendait plus ni coups de feu ni explosions. Dans un brouillard enfumé et graisseux, la sphère en titane battait comme un cœur et égrenait les secondes.

Soudain, une voix s'éleva, vague et fantomatique. La jeune Américaine crut avoir rêvé, puis elle entendit prononcer son nom :

— Jenny... vous m'entendez ?

Elle regarda prudemment derrière elle. La voix, qu'elle ne reconnaissait pas, provenait d'un panneau électronique renversé.

— *Jenny, c'est le commandant Perry de la* Sentinelle polaire.

20 h 32
À bord de la Sentinelle polaire

Perry se trouvait au poste de communication, près du pont, et parlait dans le téléphone sous-marin TUUM.

— Si vous m'entendez, dirigez-vous vers le son de ma voix.

Il contacta le Cyclope *via* l'interphone.

— John, est-ce qu'Amanda voit Jenny à l'écran ? Votre fille a-t-elle réagi ?

Un bref silence, puis...

— Oui ! s'exclama le père, soulagé.

Rivés au sonar DeepEye, ils attendaient depuis cinq minutes que Jenny se retrouve seule. Quelques heures plus tôt, Perry avait surpris une conversation TUUM entre la station et le *Drakon*. Il avait donc espéré que le câble en caoutchouc qui dormait au fond de l'océan n'avait pas été sectionné par l'explosion.

— Jenny, nous vous voyons grâce au sonar. Avez-vous un moyen de communiquer avec nous ? Il doit y avoir un récepteur quelque part. Une espèce de vieux téléphone. Si vous le trouvez, il vous suffit de parler dedans.

Perry implora le ciel. Il ne savait pas quelle aide ils pourraient apporter mais, avant d'échafauder un plan, il avait besoin de connaître la situation au sein de la station.

Silence.

Allez, on a besoin d'une lueur d'espoir. D'un coup de pouce de la chance.

Toujours rien.

20 h 33
Station polaire Grendel

Jenny serra le téléphone entre ses doigts. Des larmes de frustration lui montèrent aux yeux. La ligne avait été coupée. Il n'y avait aucun moyen de joindre l'extérieur mais, alors qu'elle aurait voulu jeter le combiné de rage par terre, elle se contenta de le reposer calmement.

Jusqu'à présent, les sentinelles bavardaient sans lui prêter attention. Elle garda un bras sur l'épaule de Maki, histoire de ne pas éveiller les soupçons.

— *Il doit y avoir un souci de votre côté*, reprit le commandant, *mais on va surveiller les messages en provenance de Grendel. On est tout ouïe. Vous n'avez qu'à trouver une radio quelconque. Même un talkie-walkie. On entendra le moindre son. Allez-y, mais ne vous faites pas remarquer par la Delta Force.*

Jenny baissa les paupières.

— *Sachez seulement qu'on vous regarde. On tâchera de vous assister au mieux.*

L'assurance du commandant glissa sur elle comme de l'eau sur une peau de phoque. Même si elle se procurait une radio, à quoi bon ? Comment pourraient-ils venir à leur secours ?

Alors qu'elle contemplait les diodes bleues du globe en titane, un profond désespoir l'envahit. Après quarante-huit heures de veille ou presque, elle était trop fatiguée pour se battre. La tension et la terreur qui la rongeaient en permanence l'avaient épuisée. Elle se sentait vide, impuissante.

— *On est là, Jenny*, murmura-t-on dans le minuscule haut-parleur. *On ne partira pas sans vous avoir tous sortis d'affaire.*

Les mots étaient à peine audibles, mais elle reconnut le débit particulier de la voix, les légères difficultés d'articulation.

— Amanda...

Elle avait lâché le nom d'un fantôme.

— *Quelqu'un veut vous parler.*

Durant un bref silence, elle tenta de reprendre ses esprits.

— *Chérie... Jen...*

Un flot de larmes inonda son cœur vide.

— Papa !

Son cri avait attiré l'attention des gardes. Pour rattraper sa bévue, elle se pencha vers Maki et commença à lui parler.

Son père était vivant !

— *Suis les conseils du commandant Perry*, insista-t-il. *On ne vous abandonnera pas.*

Jenny berça l'enfant de manière à dissimuler ses sanglots. John avait survécu. Devant un tel miracle, plus question de se décourager ! Elle ne renoncerait pas.

Elle contempla le cadavre du jeune Russe : un talkie-walkie noir dépassait d'une poche de son treillis.

Elle prit Maki dans ses bras et s'approcha du corps en fredonnant. Elle attendit que les soldats aient le dos tourné pour récupérer la radio et la cacher là où personne n'aurait l'idée de venir la chercher.

Et ensuite ?

Au fond de la salle, la sphère argentée continuait son compte à rebours mortel. Tant qu'elle constituerait une menace, il n'y aurait pas d'opération de sauvetage possible.

Tout dépendait de l'homme que Jenny aimait.

20 h 36

Matt marchait en tête le long des cuves réfrigérées.

Craig suivait avec deux hommes. D'autres membres de la Delta Force surveillaient des secteurs clés de l'étage. Depuis l'exécution des derniers Russes, Grendel était redevenue une base américaine... à l'exception de Viktor Petkov.

Matt s'approcha du panneau secret au bout du couloir. Il jaugea les forces maléfiques en présence – Craig opposé à l'amiral russe – mais songea aussi à Jenny et Maki. Il puisa son courage au fond du cœur de la jeune femme, dans son désir de protéger les innocents. Priorité n° 1 : désactiver la bombe.

Ses doigts se crispèrent sur la crosse de son fusil.

— Il n'y a que dalle ici, grogna Craig, suspicieux.
— Que dalle ?

D'une chiquenaude, Matt fit apparaître le volant d'ouverture de la chambre froide.

— Allez-y d'abord, Teague, car je doute qu'on reçoive un accueil des plus chaleureux.

Craig l'écarta et demanda à un soldat d'actionner la roue. Au souvenir de sa propre frustration, Matt le laissa s'escrimer quelques secondes mais, comme le temps pressait, il appuya sur l'interrupteur caché qui bloquait le système et, *hop !* la porte s'entrebâilla.

Personne n'osa l'ouvrir en grand.

— Amiral Petkov ! lança Craig. Vous vouliez négocier. Si vous êtes d'accord, je suis toujours prêt à discuter.

Pas de réponse.

— Il s'est peut-être suicidé, marmonna un garde.
— Entrez, le désavoua aussitôt le vieux Russe.

Déstabilisé par sa subite reddition, le chef de l'opération américaine lorgna vers Matt.

— Pas question que j'entre le premier ! s'exclama le civil. C'est votre saleté de jeu à vous.

Craig fit reculer tout le monde et poussa la porte en s'abritant derrière le battant. Aucun coup de feu ne retentit.

Muni d'un petit miroir-espion, un sergent scruta la pièce et s'étonna :

— La voie est libre. Il est assis là, sans arme.

Soucieux d'en avoir le cœur net, Craig lui ordonna de passer d'abord. Le sergent quitta son poste d'observation et se faufila par la porte. Un genou à terre, il balaya la pièce avec son fusil, mais aucune menace ne surgit à l'horizon.

— Rien à signaler !

Craig contourna le battant, pistolet au poing, et entra. Matt lui emboîta le pas, tandis que l'autre militaire surveillait le couloir.

Le laboratoire n'avait pas changé. Rien n'avait été déplacé ni cassé. Matt s'attendait au moins à ce que Petkov ait détruit les échantillons de produit miracle, mais ils se dressaient toujours sur les étagères du fond.

L'amiral était assis par terre, près de son père, quoique les deux hommes se ressemblent plus comme des frères.

— Vladimir Petkov, murmura Craig.

Inutile de confirmer l'évidence.

Son adversaire en joue, il observa le mur de seringues.

— Nous ne sommes pas obligés d'en finir ainsi. Expliquez-nous comment désamorcer la bombe, et je vous laisse la vie sauve.

— Comme vous avez épargné mes hommes ou même vos propres concitoyens à Oméga, bougonna Petkov.

Il retroussa sa manche et montra le boîtier fixé à son poignet.

— La charge sonique explosera dans quarante-deux minutes.

Son interlocuteur n'essaya même plus de mentir.

— Je peux transformer ces quarante-deux minutes en une éternité de souffrance.

L'amiral lâcha un rire amer.

— Vous n'avez rien à m'apprendre sur la douleur, *huyok*.

Conscient de l'insulte, Craig se hérissa.

— Vous avez parlé de charge *sonique* ? intervint Matt. Je croyais qu'il s'agissait d'une bombe nucléaire.

Petkov le dévisagea, puis revint vers Craig. Il savait où se trouvait son véritable ennemi.

— C'est la détente de l'engin qui est nucléaire. Au bout de soixante secondes d'impulsions ultrasoniques, le réacteur principal atteindra un seuil critique et explosera, ravageant toute l'île.

Craig arma le chien de son pistolet d'un air menaçant. Loin de s'en émouvoir, Petkov tapota l'écran de son boîtier.

— Précaution supplémentaire, le détonateur est relié à mon rythme cardiaque. Si vous me tuez, le compte à rebours sera ramené à une minute.

Craig visa Vladimir Petkov à la tête.

— J'ai peut-être le moyen de vous faire entendre raison. Matt m'a raconté votre histoire. Votre père s'est injecté l'élixir en même temps que les Esquimaux. Au fond de lui, il voulait vivre.

Petkov resta impavide mais, cette fois-là, il ne répondit pas.

— À l'image du gosse, il pourrait ressusciter, et vous le priveriez d'une seconde naissance ? Je comprends la honte et le chagrin qui l'ont conduit à prendre sa décision, mais il n'y a que dans la vie, et non dans la mort, qu'on a une chance de rédemption. La refuseriez-vous à votre père ?

D'un coup de talon, Craig écrasa la seringue dont Vladimir s'était servi plusieurs décennies auparavant.

— C'est lui qui s'est fait l'injection. Il avait *envie* de vivre.

Petkov contempla son père. Sa main frémit. Il hésitait.

— Et Maki ? renchérit Matt. Le professeur a tenté l'expérience ultime sur un enfant qu'il considérait comme son fils adoptif. Il voulait qu'il s'en sorte. Si vous n'agissez ni pour votre père ni pour vous, pensez au petit.

Petkov soupira. Ses paupières se baissèrent. Un silence lourd s'abattit sur la pièce, puis, de lassitude, l'amiral souffla :

— Le code d'annulation est une série de lettres. Elles doivent être pianotées à l'endroit, puis à l'envers.

— Dites-les-moi, insista Craig. S'il vous plaît.

Le vieux Russe rouvrit les yeux.

— Faites de moi ce que vous voulez, mais promettez-moi de protéger l'enfant.

— Bien sûr.

— Pas de tests en laboratoire. Tout à l'heure, vous parliez de l'utiliser comme *issledovatelskiy subyekt*, ou « sujet de recherche ».

Il désigna le mur de seringues.

— Vous avez ici plus de matériel qu'il ne vous en faut. Laissez Maki vivre une existence normale.

— Juré.

Petkov poussa un nouveau soupir.

— Je vous conseille de noter.

Craig sortit un petit appareil de sa poche.

— J'ai un dictaphone numérique.

— Comme vous voulez. Le code est L-E-D-I-V-A-Y-B-E-T-A-Y-U-B-O-R-G-V.

L'Américain vérifia que l'enregistrement avait bien fonctionné.

— C'est ça, confirma l'amiral.

— Impeccable.

Craig leva son pistolet et pressa la détente.

Dans un espace aussi exigu, la détonation fit l'effet d'une grenade. Plusieurs seringues se brisèrent.

Surpris par tant de violence, Matt trébucha en arrière. Obéissant à une espèce de signal secret, le garde resté sur le seuil lui confisqua son fusil, tandis que son collègue le braquait.

Petkov resta à terre. Le cadavre de son père s'était écroulé sur ses jambes, décapité. La balle tirée à bout portant lui avait explosé la moitié du crâne.

Bouche bée, Matt fixa le meurtrier, qui haussa les épaules :

— Cette fois, je l'ai flingué parce qu'il me faisait chier.

20 h 49

Viktor serrait le corps glacé de son père contre lui. Des fragments d'os avaient arrosé ses genoux, le sol et les étagères. Une grosse esquille lui avait entaillé la joue, mais il sentait à peine la douleur.

Quelques minutes plus tôt, il rêvait encore qu'une partie de son père soit en hibernation, donc vivante, mais ses espoirs avaient volé en éclats aussi sûrement que le crâne gelé.

Mort.

À nouveau.

Comment la douleur pouvait-elle être aussi intense après tant d'années ?

Le cœur en miettes, il n'eut pourtant pas les larmes aux yeux. Enfant, il avait tellement pleuré son père qu'il avait épuisé ses réserves.

— Mettez-les en cellule avec les autres, ordonna Craig. Occupez-vous aussi de la femme et du gosse.

Le gosse...

Sortant de son hébétude, Viktor lâcha d'une voix rauque :

— Vous m'avez juré.

Craig s'arrêta à la porte.

— Je tiendrai ma promesse tant que vous n'aurez pas menti.

20 h 50

En regardant l'amiral se relever tant bien que mal, Matt constata qu'il avait gardé quelques forces. On menotta le Russe de sorte qu'il ne puisse pas appuyer sur les boutons de son boîtier puis, sans délai, les deux hommes quittèrent le laboratoire sous la menace des fusils.

La partie était terminée. Craig avait gagné.

Une fois la bombe neutralisée, le salaud aurait entièrement le loisir de contacter le reste de son équipe et de regagner la banquise. Notes, échantillons... Il avait trouvé tout ce qu'il lui fallait à Grendel.

Il ne restait plus qu'à faire le grand ménage.

De retour en cellule, Matt et Petkov suscitèrent l'étonnement des détenus, Ogden et les deux étudiants en biologie d'un côté, Washburn de l'autre.

Jenny et Maki, qui ne tardèrent pas à les rejoindre, intégrèrent la cage de la dernière militaire rescapée.

— Ça va, Jen ? s'inquiéta Matt.

Elle acquiesça en silence. Elle était livide, mais ses prunelles lançaient des éclairs de rage. Quand Washburn assit le jeune Inuit sur le lit, il parut fasciné par la peau noire du lieutenant.

— Que s'est-il passé ? demanda Jenny.

— Craig a récupéré les seringues, les journaux du bord et le code de désamorçage de la bombe.

Petkov retrouva sa langue et cracha d'une voix pâteuse :

— Ce *huyok* n'a rien du tout.

— Je vous demande pardon ?

— Il n'existe aucun moyen d'arrêter Polaris.

Matt mit une demi-seconde à digérer l'information. Roublard, l'amiral avait piégé Craig à son propre jeu. En d'autres circonstances, son stratagème aurait fait sensation mais, là, les choses s'annonçaient très mal pour tous.

— Dans vingt-neuf minutes, c'est la fin du monde.

18

ÉTOILE POLAIRE

ᑲᓇᖅᓯᖅ ᐅᐸᓗᓐᑫᖅ

9 avril, 20 h 52
Station polaire Grendel

Craig se dépêcha de pianoter le code sur le clavier électronique de la sphère. Ils avaient déjà perdu dix précieuses minutes à établir la connexion.

Malgré l'urgence de la situation, il écouta religieusement l'enregistrement numérique, entra chaque lettre au fur et à mesure, puis, selon les consignes de l'amiral, il répéta la séquence *à l'envers*. Ses doigts coururent sur les touches avec habileté.

V-G-R-O-B-U-Y-A-T-E-B-Y-A-V-I-D-E-L

Il cliqua sur ENTRÉE.

Aucun résultat.

Il appuya de nouveau sur le bouton. Toujours rien.

— Les raccordements sont bons ?

— Oui, chef, confirma le sergent Conrad, expert en démolition. L'engin a accepté le code, mais il ne réagit pas.

— J'ai peut-être commis une faute de frappe.

Craig s'était sans doute trompé au moment de taper à rebours. Il étudia les lettres de plus près et, lorsqu'il comprit son erreur, il serra le poing.

— Putain de merde !

Le code formait une phrase – *V grobu ya tebya videl* – qui était une insulte courante en russe. *Je te verrai dans ta tombe.*

À moitié penché sous le globe, Conrad interpréta mal sa colère.

— Rien ne semble clocher.

Craig bondit de la plate-forme.

— Tout va de travers au contraire ! Il nous a fourgué le mauvais code.

Il connaissait un moyen de faire parler le salaud et dévala les marches quatre à quatre.

L'enfant.

20 h 53

Petkov termina sa description de Polaris. La bombe sonique du Niveau Un n'était qu'un *maillon* de la chaîne. Cinq autres amplificateurs répartis sur la banquise s'apprêtaient à semer la désolation. Matt était abasourdi par l'ampleur de l'ambition : détruire la calotte polaire, ravager la planète et potentiellement déclencher une nouvelle ère glaciaire.

— Vous êtes cinglé ? finit-il par articuler.

Sa réaction n'était pas des plus diplomatiques, mais il avait dépassé le stade des politesses.

— Après ce que vous avez vu, vous avez encore envie de protéger un monde pareil ? rétorqua l'amiral.

— Et comment ! J'y habite.

Il attrapa la main de Jenny entre les barreaux.

— Tout ce que j'aime s'y trouve. Notre civilisation est dans la merde, d'accord, mais, putain, ce n'est pas une raison pour jeter le bébé avec l'eau du bain.

— Tant pis, on ne peut plus arrêter Polaris. Le dispositif de mise à feu s'enclenchera d'ici à vingt minutes. Même si on arrive à s'échapper, les amplificateurs sont installés à cinquante kilomètres à la ronde autour de l'île. Il faudrait en désactiver au moins deux sur cinq pour stopper le processus. C'est impossible. La partie est terminée.

Le pessimisme du vieux Russe était lassant, mais il commençait à déteindre sur Matt. Que pouvaient-ils bien faire ?

— Attendez, lâcha Jenny.

Elle observa les deux gardes de la Delta Force. Postés à l'entrée de la prison, l'un regardait dehors, l'autre à l'intérieur et ils partageaient une cigarette sans trop surveiller les détenus.

Jenny traversa discrètement sa cellule jusqu'à Maki. Épuisé, traumatisé, il sommeillait sur les genoux de Washburn. Elle écarta les pans de sa parka et sortit un talkie-walkie noir, qu'elle fourra dans son propre manteau avant de rebrousser chemin.

— Qui penses-tu contacter avec ton machin ? s'étonna Matt.

— La *Sentinelle polaire*... j'espère.

— Le commandant Perry est ici ? chuchota Washburn au bout de sa cellule.

Jenny lui fit signe de ne pas bouger.

— En attendant de trouver le moyen de nous secourir, il surveille tout ici... Si l'amiral dit la vérité, on n'en sortira pas vivants, mais ils peuvent au moins essayer de désactiver Polaris.

Bien que le pari soit risqué, il n'y avait pas d'autre solution.

— Essaie d'établir une liaison, approuva Matt.

Washburn serra Maki dans ses bras et lui fredonna une berceuse de manière à couvrir la voix du shérif.

Matt s'approcha de Petkov.

— Si on veut avoir un espoir d'y arriver, il nous faut les coordonnées exactes des amplificateurs secondaires.

Le Russe secoua la tête, plus en signe de désespoir que de refus obstiné.

Matt se retint de l'étrangler. Conscient d'avoir une épée de Damoclès au-dessus de la tête, il persévéra.

— S'il vous plaît, amiral. On va mourir. Ce que votre père cherchait à cacher partira en fumée. Là-dessus, vous avez gagné. Les résultats de ses travaux seront perdus à jamais. En revanche, votre soif de vengeance envers le monde... parce que vous croyiez que votre pays ou le mien avait commis une atrocité contre le grand Dr Petkov... Elle n'a plus de raison d'être. On sait tous les deux ce qui s'est passé. C'est votre père qui a précipité le sort tragique de la station Grendel. Il a coopéré aux recherches et n'a retrouvé qu'à la fin sa part d'humanité.

Viktor fléchit la tête d'un air las.

— Maki a sauvé votre père qui, à son tour, a tenté de le protéger en le conservant dans la glace. Le regretté Vladimir avait foi en un avenir meilleur et cet espoir, il est là, insista-t-il, le doigt pointé vers le jeune Inuit. Les enfants du monde. Vous n'avez pas le droit de les en priver.

Bercé par la chanson, Maki avait blotti sa tête contre le cou de Washburn.

— C'est un beau garçon, admit le Russe. D'accord, je vais vous donner les coordonnées, mais votre sous-marin n'arrivera jamais là-bas à temps.

— Il a raison, confirma Jenny. Je viens de joindre la *Sentinelle*. Perry doute d'atteindre un amplificateur, encore moins les deux, mais il fonce à plein régime. Il a besoin des positions précises.

Matt leva les yeux au plafond. *La vache !* Il se serait coupé un bras en échange d'une lueur d'optimisme chez ses camarades.

— Passe-moi la radio.

Jenny glissa le talkie-walkie entre les barreaux. Il l'alluma et le tendit devant la bouche de Petkov, car l'amiral était toujours menotté dans le dos.

— Allez-y...

Un bruit sourd résonna près de la porte. Les regards se braquèrent vers l'entrée. Un garde gisait à terre, l'orbite gauche transpercée par un poignard. L'autre s'effondra sous le poids de son agresseur. Il voulut crier à l'aide, mais une lame acérée lui trancha la gorge. Son sang éclaboussa le sol.

Tandis que le soldat suffoquait dans son sang, son meurtrier se releva. Un vrai gorille !

Jenny s'élança vers la porte de la cellule.

— Kowalski !

Ce dernier essuya ses paluches ensanglantées sur sa veste.

— Il faut qu'on arrête de se rencontrer comme ça.

— Comment... Je croyais... L'attaque de roquette ?

Tout en fouillant rapidement le garde, le colosse répondit :

— J'ai été projeté dans une congère et, quand j'ai vu la tournure des événements, je me suis planqué au fond. Ensuite, j'ai trouvé un conduit d'aération et j'ai crapahuté jusqu'ici.

— Comment ?

— Avec un coup de pouce des copains.

Un autre type entra, la tête bandée, armé d'un fusil. Il surveillait le couloir.

— Tom ! s'exclama Jenny.

L'enseigne de vaisseau n'était pas seul. Une silhouette hirsute arriva en trottinant, la langue pendante, les yeux brillants.

— Mon Dieu, Bane ! s'étrangla Matt.

Le chien bondit vers lui, enfonça son museau entre les barreaux et se tortilla pour essayer de le rejoindre.

Kowalski ouvrit les cages.

— On l'a retrouvé dans la montagne ou, plutôt, c'est lui qui nous a repérés. Les Russes ont cru Tom clamsé, mais il était juste évanoui. Je l'ai traîné à l'abri.

— Vous avez survécu, bredouilla Jenny, incrédule.

— Et pas grâce à vous, les gars... Vous vous êtes barrés en nous laissant pour morts. La prochaine fois, bordel, vérifiez le pouls !

À peine libéré, Matt ne perdit pas une seconde. L'horloge jouait contre eux. Il arracha le poignard du cadavre, trancha les liens de l'amiral, puis fouilla les gardes en quête d'armes et tendit tout ce qu'il trouvait à ses anciens codétenus.

— On a intérêt à se magner.

— Par ici ! lança Tom.

Le groupe emprunta la galerie de service par laquelle Matt et les autres s'étaient enfuis quelques heures plus tôt.

Un hurlement féroce ébranla l'étage. Tout en encourageant les biologistes à prendre le tunnel, Matt dressa l'oreille. C'était Craig. Il avait dû se rendre compte que le code d'annulation était une ruse. Pas question de traîner par là quand il s'apercevrait de leur évasion !

Matt plongea derrière Bane et Jenny.

En tête du groupe, Kowalski expliqua.

— Depuis le début de l'assaut, on erre comme des rats dans les murs de la station. Tom connaît le bâtiment sur le bout des doigts. On attendait l'occasion de vous délivrer.

Tandis qu'ils s'entassaient à l'intérieur d'un cagibi d'entretien, Washburn se renseigna :

— La gaine d'aération est encore loin, Tom ?

Blotti contre elle, Maki ne bronchait pas, les yeux ronds.

— À huit cents mètres environ mais, ici, on est plus en sécurité.

Matt s'adressa à Petkov :

— Quelle est la portée de la bombe Polaris ?

Kowalski fit volte-face, effaré.

— Une bombe ? Quelle bombe ?

L'amiral ne releva pas et expliqua :

— Il y a plus à craindre de l'onde de choc que de l'explosion. Elle va ébranler l'île tout entière et la banquise sur des kilomètres à la ronde. Impossible d'y échapper.

— Quelle bombe, putain ? s'énerva Kowalski.

Quand Jenny l'informa de la situation, il secoua la tête, comme s'il tentait de nier la vérité.

— Génial ! Alors, là, c'est la dernière fois que je vous sauve la peau.

— Il nous reste combien de temps ? demanda Tom.

— Quinze minutes, annonça Matt. Pas assez pour se tirer d'ici.

— On fait quoi maintenant ?

L'ex-militaire brandit un ananas noir récupéré sur un garde.

— J'ai peut-être une idée.

— Cette grenade ne suffira pas à percer un trou jusqu'à la surface, mon pote, objecta Kowalski.

— On ne remonte pas.

— Alors, on va où ?

Matt répondit, puis entraîna les autres dans une folle course contre la montre.

Kowalski galopa derrière lui.

— Putain, vous êtes complètement malade.

21 h 10

Craig contempla la rangée de cellules désertes et les cadavres de ses sentinelles. Tout allait à vau-l'eau. Il pivota vers les deux soldats qui l'accompagnaient.

— Retrouvez-les !

Un autre GI débarqua sur le seuil.

— Ils se sont enfuis par les tunnels de service, chef.

Craig serra le poing.

— Bien sûr.

Qu'essayaient-ils néanmoins de faire ? Où pouvaient-ils aller ? L'esprit en ébullition, il ordonna :

— Envoyez deux hommes là-dedans. L'amiral russe ne doit pas…

Une explosion étouffée fit vibrer le sol sous ses pieds.

Les Américains se raidirent.

Craig fixa ses bottes.

— Merde !

21 h 11

Un étage plus bas, Matt testa l'accès au bassin d'amarrage. Ses camarades étaient alignés le long d'un mur du Niveau Cinq. Il venait d'ouvrir la trappe et d'y jeter deux grenades incendiaires confisquées sur la dépouille d'un geôlier.

De ses doigts nus, il effleura le battant métallique qui, jadis glacé, était devenu brûlant. L'effet de souffle avait été impressionnant, mais les charges explosives suffiraient-elles ?

Il n'y avait qu'un moyen d'en avoir le cœur net.

Tandis que le vacarme s'atténuait, Matt ouvrit la porte menant à l'embarcadère du vieux sous-marin russe de classe I. Une poignée de secondes plus tôt, le kiosque était encore pris dans les glaces d'une salle à moitié inondée. De son propre aveu, Vladimir Petkov avait sabordé leur ultime moyen de transport, vidé les ballasts et fait remonter le bâtiment jusqu'à le coincer au Niveau Cinq. Au fil des ans, la mer s'était engouffrée à l'intérieur de la zone et avait gelé.

Matt scruta la pièce. Les grenades avaient changé le tombeau de glace en fournaise. L'eau bouillonnait. Le lac qui s'était formé autour du submersible était parsemé de flaques enflammées. Des tourbillons de vapeur se mêlaient aux relents de phosphore.

Matt sentit ses yeux et ses joues brûler. Il faisait encore trop chaud pour entrer.

Le visage protégé par son bras, Kowalski maugréa :

— La prochaine fois, essayez d'abord *une seule* grenade.

Malgré les inconvénients de la chaleur résiduelle, le kiosque était au moins débarrassé de son manteau de glace, et les écoutilles étaient de nouveau utilisables.

Il ne restait plus qu'à y accéder.

Matt consulta sa montre. *Treize minutes*. Il n'y avait pas une seconde à perdre. Le front en sueur, il lança aux autres :

— Tout le monde à l'intérieur !

Washburn fut la plus téméraire, suivie de près par les biologistes. Ils avaient de l'eau jusqu'aux genoux. Tom les accompagna.

— Ouvrez la trappe ! ordonna Matt aux deux militaires.

Aidé de Kowalski, il protégeait la porte, son fusil pointé vers l'escalier. En dépit d'une excellente isolation des lieux, la détonation n'avait pas dû passer inaperçue.

— Emmène-les tous à bord du sous-marin, Jen !

Accompagnée du fidèle Bane, la jeune femme se lança en portant Maki dans ses bras. De son côté, Viktor Petkov transmettait toujours les coordonnées GPS à la *Sentinelle polaire*.

— Matt ! frémit Jenny. On s'enfonce de plus en plus. L'eau est en train de monter !

Elle avait raison. Le niveau lui arrivait désormais aux cuisses. Soudain, *vlouf !* un geyser jaillit du lac à moitié gelé.

Matt comprit le problème.

— Merde.

Les bombes russes étaient *trop* efficaces : elles avaient fait fondre des pans d'iceberg, réduit l'épaisseur d'autres et la pression extérieure de l'océan, d'ordinaire retenue par une énorme couche de glace, était en train de l'emporter. Un autre geyser surgit. La pièce était de plus en plus inondée.

564

Au milieu du lac enflammé, Jenny et l'amiral se retrouvèrent immergés jusqu'à la taille.

— Grouillez-vous, Petkov !

Des coups de feu retentirent. Kowalski brandit son fusil, le canon fumant, et siffla :

— Ils sont à nos trousses !

Rien d'étonnant.

Matt et le colosse reculèrent d'un pas.

Derrière eux, Tom et Washburn avaient ouvert la trappe, et les biologistes se réfugiaient déjà à l'intérieur du bâtiment. Le vieux sous-marin avait rendu l'âme. Leur seule chance de survie ? S'y terrer en espérant que la coque les protégerait quand l'onde de choc de la bombe fracasserait l'iceberg. Leurs chances de s'en sortir étaient infimes, mais Matt était têtu comme une mule.

Tant qu'il n'était pas mort, il continuerait de se battre.

Un cliquetis attira son attention vers le couloir. Une grenade rebondit dans l'escalier.

— Merde ! glapit Kowalski.

Il attrapa la poignée et referma la porte d'un coup sec.

— Sautez !

Matt bondit d'un côté, son camarade de l'autre.

La bombe arracha le battant de ses gonds. Le panneau métallique heurta le plafond glacé de la grotte, puis s'écrasa bruyamment dans l'eau.

Kowalski mitrailla un ennemi invisible en mugissant :

— Tout le monde à l'intérieur !

Tant bien que mal, Matt et lui battirent en retraite et se mirent à nager dans une salle qui se transformait vite en piscine.

Jenny et l'amiral avaient presque rejoint le sous-marin. Quant à Tom et Washburn, ils hissaient déjà Bane à bord.

Soudain, un geyser sépara Petkov de la jeune femme.

Jenny retomba lourdement et remonta à la surface en crachotant. Blotti contre elle, Maki gémissait.

Alors que le vieux Russe était à la traîne, une grande masse blanche émergea entre eux. Matt crut d'abord qu'il s'agissait d'un bloc de glace, mais elle fouetta l'air avant de redisparaître dans les eaux noires. Tétanisés de peur, les rescapés avaient tous deviné à quoi ils avaient affaire.

Un grendel.

Le prédateur s'était insinué par une fissure de l'île, en quête de nouveaux terrains de chasse.

Jenny leva Maki hors de l'eau.

Le moindre mouvement risquait de leur être fatal mais, sans bouger, c'était aussi la mort assurée.

Matt vérifia l'heure. *Douze minutes*.

Le niveau du lac continuait de monter, mais sa surface restait calme et sombre. Le grendel pouvait se trouver n'importe où, prêt à bondir.

De peur de s'attirer ses foudres, personne n'osa bouger.

21 h 12

À bord de la Sentinelle polaire

Perry étudia l'ordinateur de navigation et la cartographie.

— Vous êtes sûr que ce sont les coordonnées de l'amplificateur le plus proche ?

— Affirmatif, commandant.

Merde. Il recalcula mentalement les résultats informatiques et consulta sa montre, une Rolex Submariner, en regrettant pour une fois qu'elle soit aussi précise. *Douze minutes...*

Ils n'y arriveraient jamais. Même lancés à la vitesse maximale de cinquante-deux nœuds, ils atteindraient à peine le premier amplificateur Polaris, alors encore moins les *deux* nécessaires pour éviter la catastrophe. Comme les moteurs nucléaires produisaient une pression 10 % supérieure au seuil limite, le vaisseau vibrait de partout. Ils n'étaient plus tenus de naviguer en silence. Le sprint final était lancé.

— Il nous faut davantage de puissance, annonça Perry.

— Les ingénieurs disent que...

— Je sais.

À force de tirer sur les moteurs, ils risquaient la dislocation pure et simple de la *Sentinelle.* Il y avait des seuils que la fibre de carbone et le titane ne pouvaient pas dépasser. Cependant, le commandant n'avait le temps ni de remonter à la surface ni de demander conseil à l'amiral Reynolds. La décision lui appartenait.

— Dites aux techniciens de pousser les moteurs de 10 %.

— À vos ordres.

Quelques instants plus tard, les trépidations firent trembler les blocs-notes et les stylos. On aurait dit que le petit submersible longeait des rails de chemin de fer.

Chacun était figé à son poste.

Perry arpenta l'estrade du périscope. Un peu plus tôt, il s'était entretenu avec Amanda. Spécialiste de la dynamique des glaces, elle lui avait au moins confirmé la *théorie* soutenant le dispositif Polaris : la planète était peut-être menacée.

— Soixante nœuds, annonça-t-on au commandant.

L'enseigne chargé de la cartographie secoua la tête.

— Encore quinze kilomètres jusqu'à la première série de coordonnées.

Il fallait remettre un coup de collier.

— Passez-moi les ingénieurs, décréta Perry.

21 h 15
Station polaire Grendel

Matt avait de l'eau jusqu'aux aisselles. Malgré les flaques de carburant en feu qui éclairaient la pièce, le grendel restait invisible. Seule une vaguelette signalait de temps à autre qu'il n'avait pas renoncé à sa traque.

Le compte à rebours s'égrenait inexorablement.

Dix minutes.

Qu'ils s'enfuient ou qu'ils restent, les Américains étaient pris au piège, condamnés.

— Que personne ne bouge ! lança Craig depuis le seuil.

— Génial, grommela Kowalski. Il ne manquait plus que ça.

— Vous êtes fichus ! À la moindre réaction hostile, on tire !

Histoire d'enfoncer le clou, des visées laser affilées comme des rasoirs balayèrent la salle enfumée et se posèrent sur leurs torses.

— Ne bougez pas, répéta Craig.

Personne n'osa désobéir… mais pas à cause des fusils.

Les eaux étaient toujours calmes et sombres.

— Comme si j'allais remuer un orteil, ronchonna Kowalski.

Des silhouettes apparurent dans le couloir.

— Je veux que l'amiral me rejoigne sur-le-champ ! exigea Craig.

À trois mètres de Matt, l'eau frémit.

D'un regard, il exhorta Jenny à rester immobile. Sinon, elle aurait signé son arrêt de mort.

Il vérifia sa montre. *Neuf minutes...*

Fusils, grendels ou bombe nucléaire ? Entre la peste et le choléra, difficile de choisir.

Matt contempla de nouveau Jenny. Pour les autres, il n'y avait qu'une seule option. *Je suis désolé*, songea-t-il en silence avant de se diriger vers la porte.

21 h 16

Viktor comprit que Matt avait décidé de se sacrifier en attirant le grendel vers lui pour que les autres aient une chance de rejoindre le submersible. Son regard s'attarda sur le bambin que Jenny tenait dans ses bras.

Vladimir Petkov considérait Maki comme un fils et, au bout du compte, il s'était efforcé d'assurer sa sécurité. Une colère un peu égoïste, mâtinée de jalousie, envahit l'amiral à l'idée qu'un petit Inuit lui ait volé sa place dans le cœur de son père, mais Maki incarnait surtout un lien fort avec son passé perdu. On se constituait une famille là où on pouvait. S'il s'était longtemps fourvoyé à Grendel, le Dr Petkov avait fini par y retrouver sa part d'humanité.

Viktor tourna les talons. C'était lui qui les avait tous fourrés dans le pétrin.

Comme son père avant lui, il sut ce qu'il avait à faire.

— J'arrive !

Matt se figea.

— Qu'est-ce que vous...

Viktor lui lança le talkie-walkie.

— Tenez ! Et prenez soin du môme.

Il se jeta à l'eau et pataugea vers la sortie.

— J'arrive ! répéta-t-il, les mains sur la tête. Ne tirez pas.

— Amiral...

— Une minute, Pike, chuchota-t-il en tapotant le boîtier rivé à son poignet. Vous avez une minute.

21 h 17

Une minute ? Perplexe, Matt contempla son propre poignet. D'après sa montre, il restait huit bonnes minutes avant que la bombe n'explose...

Soudain, il comprit.

Un sillage apparut dans l'eau. Il serpenta d'abord paresseusement, puis se concentra sur la progression de l'amiral.

Le regard de Matt se posa de nouveau sur le boîtier. Dès que le cœur du vieux Russe cesserait de battre, le décompte mortel tomberait à soixante secondes.

L'ombre invisible fonça vers Petkov.

L'amiral se sacrifiait à la place de l'Américain mais, revers de la médaille, la bombe sauterait beaucoup plus vite.

Matt se tourna vers Jenny, abasourdie et terrifiée.

— Préparez-vous à courir.

Craig s'approcha, escorté de deux gardes. Comme le seuil était surélevé, ils n'avaient de l'eau qu'aux genoux. Des fusils se braquèrent sur Petkov, objet de toutes les attentions.

Il n'était plus qu'à quatre mètres de Craig quand le grendel l'attaqua par-derrière, les mâchoires béantes.

Percuté de plein fouet, l'amiral jaillit hors de l'eau, puis le monstre roula sur le flanc, le gibier dans sa gueule, et replongea.

Craig et ses hommes reculèrent, épouvantés.

— Foncez ! hurla Matt.

Jenny était la plus proche du sous-marin mais, immergée jusqu'au cou, elle fut obligée de nager en donnant de violents coups de pied. Dès qu'elle arriva à proximité du kiosque, Tom lui prit Maki des bras et le mit à l'abri.

Une fois les mains libres, elle empoigna le bas de l'échelle et commença à grimper.

Près de la porte, le grendel secoua sa proie dans tous les sens. Une mare de sang se forma autour de sa masse blanchâtre. Un bras remua faiblement.

Atterrés par la sauvagerie de l'attaque, Craig et les GI en avaient oublié les autres.

Lorsqu'il vit Kowalski atteindre le submersible en premier, Matt l'encouragea à monter.

Le matelot regarda par-dessus son épaule, rata un barreau et tendit le bras.

— Derrière vous !

Matt se retourna. Une deuxième silhouette pâle émergea, puis une troisième. L'odeur du sang frais avait attiré le reste de la meute.

Valait-il mieux jouer la prudence ou la vitesse ? Matt choisit la panique et, avec l'énergie du désespoir, il employa ses dernières forces à rejoindre le sous-marin.

Arrivé au sommet du kiosque, Kowalski tira dans le lac pour défendre son camarade.

Dès qu'il agrippa le premier barreau de l'échelle, Matt recroquevilla ses jambes sous son buste.

Engourdis par le froid, ses pieds dérapèrent sur le métal mouillé, mais Kowalski le rattrapa *in extremis*.

En contrebas, une bête imposante frappa la tourelle. Sonné, Matt perdit l'équilibre et lâcha prise. Par chance, son ami le tenait toujours solidement par la capuche de son sweat-shirt et l'empêcha de retomber à l'eau.

Alors que Matt tentait de reprendre appui sur les barreaux, une silhouette blanche bondit, hors de l'eau, entre ses jambes.

Un grendel avait décidé de le croquer tout cru.

Au prix d'un ultime effort, Kowalski hissa le jeune homme vers lui. Les mâchoires se refermèrent sur le talon de Matt, qui perdit une botte au passage, et l'animal disparut avec son trophée.

— Enfoiré de grendel !

Kowalski se faufilait déjà par la trappe.

— Quoi ?

Matt avait reconnu son agresseur. À en croire la peau trouée de balles, il venait d'échapper au monstre qui l'avait déjà traqué avec Amanda dans le Vide sanitaire et l'avait dépouillé de son pantalon.

— Maintenant, cette saloperie de bestiole affamée a aussi ma botte !

Désabusé, Kowalski s'engouffra à l'intérieur du sous-marin.

Des balles ricochèrent sur la coque. Matt baissa la tête et descendit en crabe vers l'écoutille.

Plusieurs grendels nageaient entre le fusil fumant de Craig et lui. En revanche, aucune trace du corps de Petkov.

Combien de temps avant que...

La réponse ne se fit pas attendre. Les eaux se mirent à bouillonner : pris d'une folie furieuse, les grendels se tortillèrent, sautèrent hors de l'eau et donnèrent de violents coups de queue.

Matt devina ce qui les énervait autant. Il le sentit également, du sommet de son crâne jusqu'à la pointe des orteils. Des vibrations avaient envahi la station, comme si on avait frappé un diapason avec un marteau de forgeron.

Une impulsion sonique.

Polaris s'était activé.

D'après l'amiral, le signal durerait soixante secondes, puis le détonateur nucléaire se déclencherait, détruisant l'iceberg et provoquant une onde de choc mortelle.

De l'autre côté du bassin tumultueux, Craig avait reculé d'un pas, intrigué.

Matt redressa la tête et tapota son poignet nu.

— Une minute, Teague !

Dès qu'il comprit, l'adversaire lâcha son fusil.

Petkov était mort… l'impulsion sonique…

L'ultimatum venait d'expirer.

Ravi par la mine horrifiée de Craig, Matt se laissa glisser au cœur du sous-marin, rabattit la trappe et rejoignit les autres.

Tandis que Kowalski scellait l'écoutille intérieure, Tom et Washburn brandirent des torches électriques. Personne ne parlait. Sensible à la tension ambiante, Bane poussa des gémissements rauques.

Il était désormais impossible d'enrayer Polaris.

21 h 17
À bord de la Sentinelle polaire

— Il reste moins d'une minute ? balbutia Perry, incrédule.

Entre deux grésillements, son interlocuteur confirma :

— *Oui... peut pas dire... à peine quelques secondes !*

Le commandant regarda Amanda qui, après avoir lu sur ses lèvres, affichait la même mine atterrée. La course était terminée avant même d'avoir commencé. Ils avaient perdu.

— *... détonateur nucléaire... Sauvez-vous...*

Perry n'eut pas le temps de réagir qu'Amanda lui planta ses ongles dans le bras en s'exclamant, la gorge nouée d'angoisse :

— Il faut descendre ! Vite !

— Quoi ?

— Aussi profondément que possible !

Convaincu qu'elle savait ce qu'elle faisait, Perry hurla à son équipage :

— Plongée d'urgence ! Ouverture des purges ! Et plus vite que ça !

Des sirènes résonnèrent d'un bout à l'autre du sous-marin.

21 h 17
Station polaire Grendel

Craig traversa au galop la grande salle du Niveau Quatre. Il savait où il allait, mais aurait-il le temps d'arriver à destination ? Il tâta sa poche d'anorak et y entendit un cliquetis rassurant.

Dans sa course effrénée, il croisa un adjudant de la Delta Force.

— Chef ?...

Craig ne ralentit même pas. Son objectif apparut au bout du couloir cintré : une cachette sûre, étanche, capable de résister à l'onde de choc. À Grendel, il n'y avait pas trente-six solutions.

La cuve isolée qui avait accueilli le jeune Inuit était encore ouverte. Craig se jeta à l'intérieur et claqua la porte. Toujours alimenté en électricité, le battant se verrouilla automatiquement, l'enfermant dans un cocon de verre.

Cela suffirait-il ? L'impulsion sonique de Polaris faisait vibrer les parois du réservoir.

L'homme se ratatina au fond du cylindre.

Combien de temps restait-il ?

21 h 17
À bord du sous-marin russe de classe I

Enlacés l'un contre l'autre, Matt et Jenny s'étaient nichés sur un lit, pris en sandwich entre deux matelas. Leurs camarades s'étaient calfeutrés de la même façon, au maximum deux par sommier. Washburn s'occupait de Maki. Même Bane avait eu droit à sa cellule capitonnée.

Par manque de temps, impossible de peaufiner un plan. Ils s'étaient tous rués vers les dortoirs, histoire de se protéger au mieux de l'explosion imminente.

Il n'y avait plus qu'à attendre.

Matt se blottit contre Jenny. L'amiral avait dû survivre plus longtemps que prévu. À moins que le temps mort du dispositif ne dure un peu plus qu'une minute.

Ils s'étreignirent de plus belle. Par souvenir ou par réflexe, leurs mains se cherchèrent. La bouche de Matt effleura les lèvres douces de Jenny, puis ils se mirent à murmurer, sans mots, juste pour partager leur souffle et communier avec l'autre, telle une promesse silencieuse venue du fond du cœur.

Il voulait passer plus de temps auprès d'elle.

Hélas, l'heure fatidique avait sonné.

21 h 17
Sur la banquise...

Le sergent-major de commandement Edwin Wilson, nom de code Delta Un, regarda le crépuscule tomber sur la plaine glacée. Le Sikorsky Seahawk patientait cinq pas derrière lui. Ses rotors tournaient à faible régime et gardaient les moteurs au chaud en cas d'évacuation précipitée. Conformément aux ordres, Wilson s'était retiré à cinquante kilomètres de l'iceberg. Depuis qu'on avait découvert une bombe au sein de la base, il s'était employé à protéger les registres dérobés. Son retour était conditionné *stricto sensu* au feu vert du contrôleur des opérations.

Il ne restait plus qu'à attendre de nouvelles instructions.

La banquise vibrait. Le soldat avait d'abord cru que c'était le fruit de son imagination mais, là, le doute n'était plus permis. Le sol continuait de trembler.

Que se passait-il ?

Le sergent-major fixa le nord-est derrière ses puissantes jumelles infrarouges. Le terrain était si plat et monotone qu'on distinguait même la ligne de crêtes de pression à l'horizon.

Rien. Aucune réponse de là-bas.

Il consulta sa montre. Selon le planning du premier compte rendu, il n'avait plus que quelques minutes à patienter.

Dubitatif, il reprit sa surveillance.

Tout à coup, le monde s'embrasa au nord. Aveuglé par un éclair vert, Wilson trébucha en arrière et lâcha ses jumelles.

Il cligna des paupières. Phénomène étrange, l'horizon ne formait plus un léger arc de cercle : il enflait doucement comme une vague.

Le sergent-major braqua de nouveau ses jumelles au nord. Un grand halo verdâtre s'y dressa, telle une balise flottante sur une lame de fond, et disparut.

Un rugissement de fin du monde envahit la banquise.

La bombe avait manifestement sauté, mais que se passait-il ? Wilson ne comprenait rien de ce qu'il voyait...

Soudain, la vérité s'imposa à lui : un immense mur de glace l'empêchait de discerner le halo verdâtre.

Sous ses yeux ébahis, la lame se propageait à partir du point zéro de l'explosion, comme si on avait lâché un gros rocher à la surface paisible d'un lac.

Un raz-de-marée de glace.

Le cœur battant, Wilson se rua vers l'hélicoptère :
— On se barre !

Les grondements inquiétants se poursuivirent. Au lieu de s'atténuer, le bruit de la déflagration s'amplifia même.

Un soldat ouvrit la porte du Seahawk.
— Qu'y a-t-il ?
— Dépêchez-vous de décoller ! Maintenant !

Aussitôt dit, aussitôt fait. Le pilote mit les gaz.

Wilson plongea sur le siège et implora le ciel, car la vague meurtrière de glace déferlait vers eux à vitesse grand *V*.

Dès que les rotors eurent atteint la puissance suffisante, l'hélicoptère décolla et vacilla au moment où les pales tentèrent d'accrocher l'air glacial.

— Allez !

Tandis que l'horizon approchait dangereusement, l'appareil s'éleva enfin à la verticale.

Wilson tenta d'évaluer la distance qui les séparait du tsunami de glace. *Le mur était-il en train de ralentir ? De perdre du terrain ?*

Apparemment.

Oui, c'était ça !

Ils allaient s'en sortir.

À huit cents mètres de là pourtant, quelque chose explosa sous la banquise. La calotte polaire se souleva et heurta les patins du Seahawk, qui tangua violemment.

Wilson hurla.

La vague amplifiée percuta l'hélicoptère et l'écrasa comme une mouche.

21 h 18
À bord de la Sentinelle polaire

Amanda fixa l'écran de DeepEye. Quelques secondes plus tôt, il était devenu tout neigeux à cause d'une grosse impulsion sonique et, là, pis, l'écran avait viré au *bleu*.

Il n'existait qu'un phénomène capable de déclencher une telle réaction sur un sonar.

Une explosion nucléaire.

John Aratuk avait rejoint le Cyclope. Plus vigilant que jamais, il leva les yeux vers le dôme en Lexan transparent. Autour d'eux, l'océan était d'un noir d'encre. Ils étaient presque arrivés au seuil maximal d'immersion d'écrasement. Aucun rayon de soleil n'atteignait de tels abysses.

Une étoile apparut dans les ténèbres. Au sud, tout en haut.

Au niveau zéro de l'explosion.

Le vieil Inuit lorgna vers Amanda. Inutile de parler. Son chagrin se lisait sur chaque ride de son visage. En une fraction de seconde, il avait pris plusieurs dizaines d'années.

— Je suis vraiment navrée, John.

Inconsolable, l'homme ferma les yeux et détourna la tête.

Le Dr Reynolds se concentra de nouveau sur DeepEye. La fille de son voisin et les autres avaient tenté l'impossible pour sauver la planète.

Leur sacrifice avait-il été vain ?

Certes, le détonateur de Polaris s'était enclenché, mais Amanda avait-elle réussi à neutraliser deux amplificateurs ?

Elle contempla l'écran bleu. Son plan était simple : elle avait demandé à la *Sentinelle* de plonger à la verticale, car il fallait être le plus loin possible de la surface.

Ensuite, elle avait pianoté les coordonnées des deux relais les plus proches en alignant DeepEye au milieu. Une fois arrivée à la profondeur voulue, elle avait augmenté l'ouverture du cône afin d'englober les amplificateurs, puis elle avait réglé la puissance du sonar au maximum et prié.

Polaris devait propager une onde harmonique parfaite, c'est-à-dire une fréquence précise capable de provoquer une rupture de la glace. S'il émettait des signaux sur le front d'onde, DeepEye pouvait dérégler le système et peut-être bloquer les amplificateurs situés à l'intérieur du cône.

Amanda scruta l'écran en attendant que l'image revienne.

Son plan avait-il fonctionné ?

21 h 18
À bord du sous-marin russe de classe I

Enfouie entre deux matelas, Jenny se cramponna à Matt. Le monde tournoya autour d'eux, comme s'ils étaient pris dans un tambour de machine à laver. Malgré le capitonnage, elle se sentit ballottée et cognée de partout, son crâne bourdonna à cause de la déflagration... mais elle était vivante.

Ils l'étaient tous les deux.

Littéralement enroulé autour d'elle, Matt la serra très fort et hurla à son oreille :

— On descend !

Elle ressentit la même augmentation de pression.

Au bout d'une longue minute, le monde se cala enfin de travers.

— Je crois qu'on s'est stabilisés, annonça Matt.

Il écarta un coin de matelas pour vérifier. Jenny aussi.

Kowalski avait déjà ressorti la tête et agitait une lampe-torche à l'intérieur du dortoir. Le sol, incliné, vacillait un peu.

— Tout le monde va bien ?

Les rescapés reparurent, tels des papillons sortant de leur chrysalide. Bane se manifesta par un aboiement étouffé.

Au fond de la pièce, Magdalene glapit :

— Zane... il est tombé !...

— Non, ça va, répondit l'étudiant d'une voix faible. Je me suis juste cassé le poignet.

Lentement, chacun émergea de son matelas et s'assura qu'il était encore entier. Washburn chanta une berceuse à Maki pour le calmer.

Tout en se frayant un chemin entre les lits entassés, Tom scruta les murs et le plafond. Jenny comprit pourquoi. Elle aussi entendait les charnières grincer, les joints claquer.

— On a sacrément plongé, marmonna-t-il. La déflagration a dû nous propulser illico par le fond.

— Au moins, on a survécu, se réjouit Ogden.

— La couche de glace qui entourait le vaisseau nous a protégés, expliqua Tom d'un ton morne. La grotte sous-marine était un point faible structurel de la station. Lors de l'explosion, elle s'est détachée de l'iceberg et nous a entraînés avec elle.

— On va continuer de couler ? frémit Magdalene.

— Grâce à la flottabilité positive, on devrait remonter à la surface comme un bouchon de liège, mais...

— Mais quoi ? insista Zane en se tenant le bras.

Tous les marins écoutèrent les murs gémir et grincer.

— Espérons qu'on n'atteigne pas d'abord le seuil d'écrasement, répondit Kowalski.

21 h 20
Sous la banquise...

Craig se réveilla en sursaut dans le noir, la tête en bas. Il avait un goût de sang sur la langue, le cerveau en compote, et son épaule lui faisait un mal de chien. *Fracture de la clavicule.* Pourtant, ce qui l'avait ranimé, c'étaient les giclées d'eau froide sur son visage.

Aveugle, il mit de longues secondes à reprendre ses marques. Ses mains effleurèrent les parois de verre, et il comprit d'où venaient les gouttelettes glacées : la porte du réservoir s'était fissurée.

Il aurait voulu savoir où il se trouvait, mais il faisait noir comme dans un four. La cuve commença à se remplir d'eau. Il entendit des bulles d'air s'échapper. Son abri n'était plus étanche. Craig avait survécu à l'onde de choc de la bombe, mais il voguait dorénavant tout au fond de l'océan Arctique.

Et il continuait de sombrer.

Plus il descendait, plus il était aspergé.

Trempé, il avait de l'eau glacée jusqu'aux cuisses. Ses dents claquaient de froid, de stupeur mais surtout de panique.

Il redoutait secrètement d'être enterré vivant. Le bruit courait que des agents de renseignements avaient connu une fin similaire.

Là, c'était pire.

Le froid s'emparait de lui plus vite que l'eau. Qu'est-ce qui le tuerait en premier ? L'hypothermie ou la noyade ?

Une bonne minute plus tard, il eut sa réponse.

Le réservoir cessa de bouillonner, et la brèche ne laissa plus entrer qu'un filet d'eau qui, à son tour, s'arrêta. Il avait atteint un point d'équilibre. La poche d'air retenait le poids de l'océan. Du moins, pour l'instant.

Craig était cependant loin d'être tiré d'affaire. L'atmosphère deviendrait vite irrespirable et, avant même de suffoquer, il mourrait de froid.

Ou peut-être pas.

Il palpa sa poche d'anorak. Des tessons de verre lui entaillèrent les doigts, mais il s'obstina et trouva ce qu'il cherchait : une longue seringue intacte. Au cas où, il avait subtilisé deux échantillons au laboratoire.

Désormais, c'était une question de survie.

D'une pichenette, il ôta le capuchon.

Étant donné l'obscurité, impossible de trouver une veine.

À deux mains, il s'enfonça l'aiguille dans le gras du ventre. Quelle douleur exquise ! Il appuya sur le piston et s'injecta le produit en pleine cavité péritonéale. De là, son corps l'absorberait lentement et en gorgerait son système sanguin.

Craig laissa tomber la seringue vide dans une mare glacée qui lui arrivait à la taille. Bientôt, ses dents claquèrent de façon incontrôlable, ses membres aussi.

Une nouvelle crainte surgit.

L'élixir cryogénique agirait-il assez vite ?

Il n'y avait plus qu'à attendre.

21 h 21
À bord du sous-marin russe de classe I

Matt retint son souffle. Le vieux submersible gémissait et craquait de partout. Kowalski balaya le couloir avec sa torche. Au loin, un filet d'eau sifflait doucement : il y avait une fuite quelque part. L'obscurité exerçait une pression quasi insoutenable.

Les mains moites, Jenny ne lâchait plus Matt.

Lorsqu'il sentit du mouvement sous ses pieds, il se tourna par prudence vers les deux hommes de la Navy.

Tom confirma son espoir.

— On remonte.

Jenny lui serra les doigts. Ils repartaient dans l'autre sens.

Des murmures de soulagement s'élevèrent de l'assistance.

Tom et Kowalski, en revanche, paraissaient toujours aussi tendus.

— Un problème ? s'inquiéta Matt.

— Il n'existe aucun moyen de contrebalancer la flottabilité, répondit le jeune enseigne.

— Impossible de contrôler l'émersion, renchérit Kowalski. On va grimper de plus en plus vite.

Tom avait comparé leur sous-marin à un bouchon en liège plongé au fond d'une bassine. À présent qu'il remontait, le bâtiment était propulsé par sa propre flottabilité. Conclusion : ils allaient atteindre la surface à une vitesse infernale et se fracasser contre la calotte glaciaire avec la force d'un train de marchandises.

— Retour aux matelas ? suggéra Matt.

— Ça ne servira pas à grand-chose, déplora Kowalski. On va se retrouver aplatis comme des crêpes.

Hélas, il n'y avait pas d'autre solution. Chaque rescapé se réfugia à l'abri de sa cellule capitonnée. Matt se blottit contre Jenny. En sentant ses oreilles se déboucher, il sut que leur vitesse augmentait. D'ailleurs, le vaisseau remontait de plus en plus à la verticale.

Jenny chercha son ex-mari à tâtons. Il se pelotonna contre elle, sans savoir si c'était la dernière fois qu'il en aurait l'occasion. Ses mains effleurèrent les joues humides de la jeune femme.

— Jen...

Elle tremblait de tous ses membres.

— Je t'aime, susurra-t-il. Depuis toujours. Je n'ai jamais cessé de t'aimer.

Secouée de sanglots silencieux, elle l'embrassa avec fougue. Inutile de parler. Elle répondait de tout son corps et toute son âme.

Étroitement enlacés, ils firent abstraction du monde et de leur terreur. À ce moment précis, il n'y avait plus que du pardon, de l'amour et un besoin sans fioritures. L'un pour l'autre. Comment avaient-ils pu oublier quelque chose d'aussi simple ?

Un instant d'éternité cristalline...

Puis le sous-marin heurta la surface.

21 h 23
Au-dessus de la banquise...

La pleine lune brillait comme un sou étincelant entre les nuages gris. Ses rayons donnaient au désert arctique un éclat métallisé. Seule ombre au tableau ? Un cratère de huit cents mètres de large, encore fumant. Le reste du monde n'était qu'une étendue parfaite d'argent fin.

Hélas, la perfection ne durait jamais.

À un kilomètre et demi du trou, une baleine noire fracassa la banquise et jaillit hors de l'eau. Elle plana quelques instants dans le ciel avant d'être rappelée par la loi de la gravité.

Le monstre de fer et d'acier retomba sur le ventre, disparut sous l'eau, puis remonta à la surface, ballotté entre les blocs de glace ramollie.

21 h 24
À bord du sous-marin russe de classe I

Matt et Jenny étaient entortillés l'un contre l'autre. Dans le noir, comprimés entre deux matelas, difficile de reconnaître quels membres appartenaient à qui.

Leur embarcation venait de percuter la banquise. Du moins, en principe. Projetés au plafond, Matt et Jenny étaient restés une longue seconde en apesanteur, comme s'ils volaient, puis, de façon inexplicable, ils étaient retombés.

Le choc les avait fait atterrir sur leur lit, sens dessus dessous.

Des cris de surprise fusèrent.

L'embarcation tanguait toujours.

Matt se dégagea de l'étreinte de Jenny et l'aida à sortir de leur nid. Il avait du mal à tenir sur ses jambes, à moins que ce ne soit le mouvement de balancier du sous-marin ? Cramponné au cadre du lit, il balbutia :

— Qu'est-ce qui nous est arrivé ?

Kowalski se gratta la tête avec sa torche.

— On devrait être morts écrabouillés.

Il paraissait étrangement déçu que ses convictions sur la physique des glaces et la flottabilité aient été désavouées.

À mesure que le sous-marin se stabilisait, Matt retrouva l'équilibre.

— Eh bien, je ne m'en plains pas ! Voyons un peu où on est.

Sans lâcher Jenny, il ramena ses camarades jusqu'à la trappe centrale. Quand on déverrouilla le panneau intérieur, Kowalski reçut des litres d'eau sur la figure.

— Merde alors ! Pourquoi est-ce toujours moi qui me fais tremper ?

Matt grimpa au sommet du kiosque, ouvrit la trappe extérieure en grand et, lorsqu'un souffle d'air frais lui caressa le visage, il éprouva la sensation la plus merveilleuse de sa vie.

Il sortit sur le pont pour laisser la place aux autres et admira le spectacle alentour.

La tempête s'était calmée. Le clair de lune donnait au monde un splendide éclat argenté.

Sauf qu'il ne s'agissait pas d'argent *massif*.

Le submersible russe clapotait au milieu des débris de banquise. Cent mètres plus loin, des vaguelettes léchaient un morceau d'iceberg. On distinguait nettement la frontière entre la glace solide d'un côté et décomposée de l'autre.

Matt n'en croyait pas ses yeux. Un gigantesque cratère noir séparait les deux mondes.

Jenny glissa la main dans la sienne.

— Que s'est-il passé ?

D'un geste ample, il balaya l'océan de neige fondue et de glaçons géants.

— Polaris n'a atteint son objectif qu'à moitié. J'ai l'impression qu'une partie des amplificateurs n'a pas fonctionné.

— Grâce à la *Sentinelle* ?

— Bah ! Qui d'autre ?

— La *Sentinelle*..., répéta Kowalski.

Matt suivit la direction indiquée par le matelot et vit une masse noire resurgir des flots en brisant quelques morceaux de glace. Le gros œil du sous-marin, éclairé de l'intérieur, fixa les miraculés de Grendel comme s'il était surpris de les retrouver en vie.

Matt attira Jenny sous son aile et, tout naturellement, ils ne refirent plus qu'un, ce qui, dut-il reconnaître, l'étonna aussi.

ÉPILOGUE

Un an plus tard, 14 mai, 6 h 34
Chaîne de Brooks, Alaska

Il était franchement trop tôt.
Peu pressé d'abandonner la chaleur de son duvet, Matt remonta la vieille courtepointe jusqu'aux oreilles. On avait beau être au printemps, les matinées en Alaska étaient aussi froides qu'un hiver dans le Middle West. Le jeune homme chercha l'endroit le plus douillet du lit, près du corps nu de son épouse.
Il se lova en cuillère près de Jenny, peau à peau, fourra le nez contre sa nuque et passa la jambe entre les siennes.
— On a déjà eu notre lune de miel cette nuit, murmura-t-elle, le visage enfoui dans l'oreiller.
Il grogna pour la forme mais, depuis la veille, où ils avaient échangé leurs vœux près de la rivière, il ne pouvait s'empêcher de sourire comme un adolescent à son premier béguin. La cérémonie s'était déroulée en toute intimité. Rien que les amis et la famille proches.

Nouveaux mariés eux aussi, Amanda et Greg étaient arrivés par avion. Le commandant Perry avait été décoré pour son comportement héroïque en Arctique : bien que Polaris ait détruit la moitié de la calotte glaciaire, ses efforts et le recours opportun d'Amanda au sonar DeepEye avaient permis de sauver le reste.

Les dégâts étaient importants mais pas irréversibles. Chaque été, la banquise fondait de moitié et se reconstituait ensuite, preuve que la planète possédait de fabuleuses capacités de récupération. Le phénomène s'était encore produit cette fois-là : quelques mois d'hiver, et la calotte glaciaire avait retrouvé sa superficie initiale.

En revanche, l'apaisement entre la Russie et les États-Unis n'était ni aussi facile ni aussi rapide. Dans les coulisses du pouvoir, on entendait encore parler sanctions et répercussions de crise : audiences quotidiennes, enquêtes judiciaires, procès en cour martiale... Pourtant, même le tumulte politique finirait par s'apaiser et se figer dans la glace.

Matt espérait juste qu'il en ressortirait de bonnes choses.

En ce qui concernait les événements en Arctique, rien ne se dessinait à l'horizon. On n'avait pas retrouvé les plans de Polaris, détruits par l'amiral Petkov avant même qu'il n'appareille de Severomorsk. Les grendels aussi avaient disparu, balayés par l'explosion nucléaire.

Au bout du compte, la guerre n'avait produit aucun résultat durable.

Enfin, presque...

Des éclats de rire résonnèrent au salon, manifestation de joie pure qui ne pouvait venir que d'un enfant.

C'était cette hilarité-là qui avait tiré Matt d'un sommeil trop court.

Jenny s'étira.

— J'ai l'impression que Maki est déjà debout.

Des poêles et des casseroles cliquetèrent dans la pièce voisine. Matt rabattit les draps, prêt à réclamer quelques heures de repos supplémentaires, quand une odeur familière lui chatouilla les narines.

— Du café..., soupira-t-il. Ce n'est pas du jeu.

Jenny se roula contre lui et s'assit dans le lit.

— Je crois qu'on devrait se lever.

Il s'appuya sur un coude et admira le corps de sa jeune épouse baigné de soleil. Franchement, il n'y avait pas plus veinard que lui sur la terre.

Un enfant gloussa de nouveau au salon.

Jenny sourit sans même éprouver une once de vieux chagrin. Comme elle, Matt appréciait le bonheur d'entendre rire chez eux, ne fût-ce qu'un temps.

Après avoir enfilé pyjama et peignoir, ils se dirigèrent vers la porte, que le galant mari ouvrit à sa bien-aimée.

Maki s'amusait avec Bane. Il gratouillait le ventre de l'animal allongé sur le dos, les quatre fers en l'air, et, dès qu'il touchait le point sensible, la patte arrière de Bane s'agitait nerveusement, ce qui le faisait hurler de rire.

Matt sourit d'un plaisir aussi simple. Un enfant et un chien.

— Vous êtes debout ! lança Belinda Haydon à la cuisine.

— Où est passé ton mari ?

— Bennie et le père de Jen sont partis pêcher il y a une heure.

Maki rejoignit la cuisine.

— Maman, dit-il en inuit. Je peux avoir un gâteau ?

La fin de sa phrase était en anglais. Il apprenait vite.

— Quand tu auras terminé tes céréales, chéri, répondit Belinda sur un ton ferme.

Le bambin fit la moue et repartit vers Bane.

Matt le suivit du regard. Après leur calvaire de l'année précédente, Jenny et lui avaient envisagé de l'adopter, mais ils avaient déjà trop de choses à régler entre eux. Le moment aurait été mal choisi pour élever un enfant traumatisé.

Ils lui avaient donc trouvé la famille parfaite : Bennie et Belinda. Jenny avait parlé à Matt de la fausse couche et de leur problème de stérilité. Le couple avait de l'amour à revendre. Personne n'aiderait mieux le jeune miraculé à récupérer et à grandir.

D'autant que Matt et Jenny pourraient eux-mêmes avoir d'autres enfants. Ils avaient déjà tenté d'en discuter à mots couverts pendant la nuit, partageant leurs espoirs sous les draps.

Ils avaient tous encore le temps.

— Tonton Matt ! lança Maki. Bane aussi veut un gâteau.

Matt éclata de rire.

Jenny sourit devant la scène.

Il croisa ses yeux brillants.

Il était vraiment l'homme le plus chanceux du monde.

6 h 55
Sous la banquise...

La cuve, fêlée et remplie d'eau, gisait au fond de l'océan. Son unique occupant ? Un amas congelé d'os et de chairs durcies. Il n'y avait pas de lumière. Pas un bruit.

Personne n'entendait l'homme hurler dans sa tête.

La seringue d'élixir cryoprotecteur lui avait sauvé la vie, mais il n'avait pas anticipé un terrible effet secondaire. À présent, il comprenait pourquoi les Russes avaient passé tant d'années à élaborer de puissants sédatifs. *Des somnifères.* En réalité, il s'agissait de recherches capitales dans le processus de biostase.

Car la cryogénie ne faisait *pas* dormir.

La conscience restait en éveil, gelée mais intacte.

Il n'avait pas le droit de s'assoupir.

Il avait beau brailler de toutes ses forces, il n'entendait rien.

Sourd, paralysé, aveugle.

Son corps, en revanche, serait préservé jusqu'à la fin des temps. Dans les abîmes obscurs de l'océan Arctique, une pensée persista malgré la folie qui le rongeait peu à peu.

Combien ? Combien de temps l'éternité dure-t-elle ?

MOT DE L'AUTEUR

On me demande souvent où je situe, dans mes livres, la frontière entre fiction et réalité. Je vous propose donc de partager quelques secrets relatifs à *Mission Iceberg*.

Commençons par le début. Mon roman s'ouvre sur un article relatant la disparition subite et mystérieuse d'un village inuit en bordure du lac Anjikuni. Je me suis inspiré d'un fait réel, mais le sort des malheureux est, bien sûr, le pur produit de mon imagination. Il en va de même pour l'histoire de la *Jeannette* en 1881. Si la tragédie a véritablement eu lieu, les mésaventures des marins perdus sur le dernier canot de sauvetage sont inventées de toutes pièces.

En ce qui concerne la menace de Polaris, je suis parti d'une vraie théorie scientifique pour l'incarner dans un engin harmonique fantaisiste en forme d'étoile. Les effets induits de la destruction de la calotte polaire arctique, à savoir le déclenchement d'une nouvelle ère glaciaire, se fondent également sur des projections de spécialistes en la matière.

Les fameux « grendels » sont un mélange de fiction et de réalité. D'une part, l'espèce *Ambulocetus natans*, plus communément appelée « la baleine qui marche », a été répertoriée par les paléontologues. D'autre part, la grenouille des bois possède bien des capacités remarquables d'adaptation en milieu arctique. Ces batraciens se congèlent pendant des mois, puis ils ressuscitent au printemps. Ken Storey, biochimiste à l'université de Carleton, étudie le mécanisme à l'origine de leur hibernation spectaculaire. Le rôle des sucres simples dans le processus de biostase est avéré, ainsi que l'étrange découverte selon laquelle tous les vertébrés possèdent les mêmes gènes. Je me suis donc amusé à mélanger les faits et les espèces pour créer mes grendels.

Enfin, je m'attarderai sur l'élément qui me paraît le plus invraisemblable : les États-Unis et la Russie pourraient-ils participer à un trafic aussi odieux que l'expérimentation humaine clandestine ? Dans mon roman, l'amiral Petkov évoque des cas historiques mais, en réalité, il ne fait qu'égratigner la surface de l'iceberg. À titre d'avertissement, permettez-moi de conclure par une liste partielle d'exactions réunies et copyrightées par le Health News Network (www.healthnewsnet.com) :

1932 Début de l'étude de Tuskegee sur la syphilis. Afin de servir de cobayes humains, deux cents Noirs atteints de syphilis ne sont ni informés de leur maladie ni soignés. Ils finiront tous par y succomber.

1935 Incident de la Pellagre. Il faut attendre que la pellagre décime des millions de citoyens pendant vingt ans pour que la Direction américaine des affaires sanitaires et sociales décide d'enrayer la catastrophe. Les autorités de l'agence reconnaissent savoir depuis le début que la maladie est causée par une carence en vitamine PP, mais qu'elles ont tardé à réagir, car les victimes étaient surtout issues de populations noires défavorisées.

1940 À Chicago, on injecte la malaria à quatre cents détenus afin d'observer les effets de nouveaux médicaments expérimentaux. Au procès de Nuremberg, les médecins nazis invoqueront cette étude américaine pour se défendre.

1945 Lancement de l'opération Paperclip. Le ministère américain des Affaires étrangères, les agences de renseignements militaires et la CIA offrent à des chercheurs nazis l'immunité judiciaire et une nouvelle identité secrète en échange de leur participation à des programmes gouvernementaux top secret.

1947 La CIA entame une étude sur l'utilisation potentielle du LSD comme arme. Des sujets humains (civils et militaires) servent de cobayes, sciemment ou pas.

1950 Au cours d'une expérience censée évaluer la capacité de réaction d'une ville américaine à une attaque biologique, la Navy répand un nuage de bactéries sur San Francisco. De nombreux habitants développeront les symptômes de la pneumonie.

1956 L'armée américaine lâche des moustiques porteurs de la fièvre jaune sur les agglomérations de Savannah (Géorgie) et Avon Park (Floride). Après chaque test, des militaires déguisés en agents de santé publique vérifient l'état des victimes.

1965 Des détenus de la prison d'Holmesburg à Philadelphie reçoivent des piqûres de dioxine, principal composant toxique de l'agent orange utilisé au Vietnam. Plus tard, ils seront suivis pour des cas de cancer.

1966 L'armée américaine diffuse une grande quantité de *Bacillus subtilis* var. *niger* dans le métro new-yorkais. Plus d'un million de civils sont exposés lorsque des scientifiques militaires lâchent des ampoules remplies de bactéries sur les grilles d'aération.

1990 Plus de mille cinq cents bébés noirs ou hispaniques de Los Angeles reçoivent, à six mois, un vaccin contre la rougeole encore non autorisé aux États-Unis. Les organismes de santé publique reconnaîtront que les parents ignoraient tout du caractère expérimental du programme.

1994 Le rapport du sénateur John D. Rockefeller révèle que, pendant au moins cinquante ans, le ministère de la Défense a soumis des centaines de milliers de soldats à des essais de laboratoire humains et qu'il les a exposés volontairement à des substances dangereuses.

1995 Le gouvernement américain admet avoir proposé à des criminels de guerre japonais et des chercheurs responsables d'expérimentations médicales humaines un bon salaire et une immunité judiciaire en échange d'informations concernant leurs travaux sur la guerre biologique.

1995 Le Dr Garth Nicolson découvre la preuve que les agents biologiques utilisés durant la guerre du Golfe ont été fabriqués à Houston (Texas) et Boca Raton (Floride), puis testés sur des prisonniers texans.

1996 Le ministère de la Défense concède que les soldats ayant participé à l'opération *Tempête du désert* ont été exposés à des agents chimiques.

1997 Quatre-vingt-huit membres du Congrès signent une lettre réclamant l'ouverture d'une enquête sur le recours aux armes biologiques et le syndrome de la guerre du Golfe.

REMERCIEMENTS

Plutôt que l'œuvre d'un écrivain reclus dans son coin, un livre est souvent le résultat d'un effort collectif. *Mission Iceberg* ne fait pas exception à la règle. Tout d'abord, je considère Steve Prey comme l'ingénieur en chef et le dessinateur de ce roman, car son travail de titan sur les plans de la station a à la fois inspiré et modifié mon intrigue. Plusieurs experts linguistiques ont aussi apporté leur précieuse contribution : Carolyn Williams, Vasily Derebenskiy et William Czajkowski m'ont aidé sur les passages en russe, tandis que Kim Crockatt et le site Internet Nunavut.com m'ont permis de rencontrer ma traductrice inuit, Emily Angulalik. Je sais également gré à John Overton, du Health News Network[1], de m'avoir fourni toutes les informations historiques nécessaires.

Je remercie du fond du cœur ma famille et mes amis, grâce auxquels mon manuscrit a pris sa forme actuelle : Carolyn McCray, Chris Crowe, Michael Gallowglas, Lee Garrett, David Murray, Dennis Grayson,

---

[1]. Centre de documentation américain permettant de s'informer sur la santé, la médecine, les biotechnologies et les effets du stress sur le corps humain.

Penny Hill, Lynne Williams, Laurel Piper, Lane Therrell, Mary Hanley, Dave Meek, Royale Adams, Jane O'Riva, Chris « The Little » Smith, Judy et Steve Prey ainsi que Caroline Williams. La carte est extraite de *The CIA World Factbook 2000*[1]. Enfin, mille mercis à mes quatre soutiens les plus fidèles : mon éditrice Lyssa Keusch, mes agents Russ Galen et Danny Baror ainsi que mon expert en relations publiques Jim Davis. Ultime précision et non des moindres, sachez que toute erreur éventuelle de fait ou de détail m'incombe entièrement.

---

1. Publication annuelle de la CIA détaillant chaque pays du monde en matière de géographie, de démographie, de politique, d'économie, de communication et d'organisation militaire.